Maggie Stiefvater · In deinen Augen

Maggie Stiefvater bei script5:

Nach dem Sommer
Ruht das Licht
In deinen Augen

Maggie Stiefvater

In deinen Augen

Roman

Übersetzt von Jessika Komina und Sandra Knuffinke

www.maggiestiefvater.de

ISBN 978-3-8390-0126-4
1. Auflage 2012
Erschienen unter dem Originaltitel *Forever*
Copyright © 2011 by Maggie Stiefvater. All rights reserved.
Published by Arrangement with SCHOLASTIC INC., 557 Broadway, New York, NY 10012 USA
Dieses Werk wurde vermittelt durch die Literarische Agentur Thomas Schlück GmbH, 30827 Garbsen.
Copyright © für die deutschsprachige Ausgabe 2012 script5
script5 ist ein Imprint der Loewe Verlag GmbH, Bindlach
Aus dem Amerikanischen übersetzt von Jessika Komina und Sandra Knuffinke
Umschlagillustration: CREATIO IMAGINIS, Maria-Franziska Ammon
Umschlaggestaltung: Christian Keller
Redaktion: Marion Perko
Printed in Germany

www.script5.de

Für alle, die sich für »Ja« entschieden haben

Ach der geworfene, ach der gewagte Ball,
füllt er die Hände nicht anders mit Wiederkehr:
rein um sein Heimgewicht ist er mehr.
Rainer Maria Rilke

Prolog

Shelby

Ich kann leise sein, so leise.
Hast zerstört die Stille. Ungeduld verdirbt die Jagd.
Ich lasse mir Zeit.
Lautlos bewege ich mich durch das Dunkel des Waldes. Die Nachtluft ist voller Staub, das Mondlicht fügt die einzelnen Partikel zu Sternbildern zusammen, wo es sich durch das Astwerk über mir stiehlt.
Das einzige Geräusch ist mein Atem, langsam eingesogen durch meine gebleckten Zähne. Behutsam setze ich meine Pfoten im feuchten Unterholz auf. Meine Nasenlöcher blähen sich. Ich lausche meinem Herzschlag über dem leisen Murmeln und Gurgeln eines nahen Baches.
Ein trockener Zweig droht unter meinem Fuß zu zerbrechen.
Ich halte inne.
Ich warte.
Ich laufe langsam weiter. Behutsam hebe ich die Pfote von dem Zweig. *Leise*, denke ich. Mein Atem streicht kalt über meine Vorderzähne. In der Nähe ein Rascheln, lebendig, es erregt meine Aufmerksamkeit und hält sie. Mein Magen ist zusammengezogen, leer.
Ich dringe weiter vor in die Dunkelheit. Meine Ohren stellen sich auf; das verängstigte Tier ist ganz nah. Ein Hirsch? Ein Nachtinsekt

füllt einen langen Augenblick mit einer Art Schnalzen, bevor ich mich wieder bewege. Zwischen den Lauten schlägt mein Herz, schnell. Wie groß ist das Tier? Wenn es verletzt ist, spielt es keine Rolle, dass ich allein jage.

Etwas streift meine Schulter. Weich. Zart.

Ich will zusammenzucken.

Ich will herumfahren und es zwischen den Zähnen zermalmen.

Aber dafür bin ich zu leise. Ich erstarre, für einen langen, langen Moment, und dann wende ich den Kopf, um zu sehen, was dort noch immer sanft wie eine Feder mein Ohr streift.

Es ist etwas, was ich nicht benennen kann; es schwebt durch die Luft, wirbelt in der Brise umher. Wieder und wieder und wieder berührt es mein Ohr. Mein Verstand brennt und verbiegt sich unter der Anstrengung, ihm einen Namen zu geben.

Papier?

Ich verstehe nicht, was es dort macht, warum es wie Laub an dem Zweig hängt, wenn es doch kein Laub ist. Es macht mich nervös. Darunter, auf dem Boden verteilt, liegen Dinge, die durchtränkt sind mit einem fremden, feindlichen Geruch. Die Haut eines gefährlichen Tiers, abgeworfen und zurückgelassen. Ich scheue davor zurück, die Zähne gefletscht, und da, plötzlich, sehe ich meine Beute.

Aber es ist kein Hirsch.

Es ist ein Mädchen, das sich im Dreck windet, die Hände in die Erde gekrallt. Sie wimmert. Wo das Mondlicht sie streift, ist sie reinweiß vor dem schwarzen Hintergrund. Sie verströmt Wellen von Angst. Meine Nasenlöcher füllen sich damit. Ich werde noch nervöser, spüre, wie das Fell in meinem Nacken kribbelt und sich aufstellt. Sie ist kein Wolf und doch riecht sie wie einer.

Ich bin leise.

Das Mädchen bemerkt mich nicht.

Als sie die Augen öffnet, bin ich direkt vor ihr, meine Nase berührt sie fast. Zuvor hat sie mir ihren zarten, warmen Atem ins Gesicht gekeucht, aber als sie mich sieht, hält sie inne.

Wir blicken einander an.

Mit jeder Sekunde, die ihre Augen in meine sehen, stellt sich mehr Fell in meinem Nacken und auf meinem Rücken auf.

Ihre Finger krümmen sich auf dem Boden. Als sie sich bewegt, riecht sie mit einem Mal weniger nach Wolf und mehr nach Mensch. *Gefahr*, zischt es in meinen Ohren.

Ich zeige ihr meine Zähne; ich weiche zurück. Alles, woran ich denken kann, ist Rückzug, bis ich nur noch Bäume um mich habe, bis genügend Distanz zwischen uns ist. Plötzlich fällt mir das Papier in dem Baum und die abgelegte Haut am Boden wieder ein. Ich fühle mich umzingelt – das seltsame Mädchen vor mir, das fremdartige Laub hinter mir. Mein Bauch streift den Waldboden, als ich mich zusammenkauere und den Schwanz zwischen die Hinterbeine kneife.

Mein Knurren setzt so langsam ein, dass ich es auf der Zunge spüre, bevor ich es höre.

Ich bin gefangen zwischen ihr und den Dingen, die nach ihr riechen, die in den Zweigen hängen und auf dem Boden liegen. Die Augen des Mädchens liegen immer noch auf meinen, fordern mich heraus, halten mich fest. Ich bin ihre Gefangene und ich kann nicht entkommen.

Als sie schreit, töte ich sie.

Kapitel 1

Grace

Jetzt war ich also nicht mehr nur eine Werwölfin, sondern auch noch eine Diebin.

Ich hatte mich am Rand des Boundary Wood als Mensch wiedergefunden. An welchem Rand genau, wusste ich nicht; der Wald war riesig und dehnte sich meilenweit aus. Meilen, die ich als Wolf mühelos zurückgelegt hätte. Als Mädchen nicht. Es war ein warmer, angenehmer Tag – ein herrlicher Tag, am Standard eines Frühlings in Minnesota gemessen. Wenn man nicht gerade nackt und verirrt mitten im Wald stand.

Mir tat alles weh. Meine Knochen fühlten sich an, als wären sie wie Knete zu Würsten gerollt worden, dann wieder zu Knochen geformt und dann wieder zu Würsten. Meine Haut juckte, besonders an meinen Knöcheln, Ellbogen und Knien. Auf einem Ohr hörte ich ein schrilles Pfeifen. Ich fühlte mich benebelt und orientierungslos. Und ich hatte das seltsame Gefühl, dass das alles hier ein Déjà-vu war.

Mein Unbehagen wurde noch größer, als mir klar wurde, dass ich nicht bloß nackt und verirrt mitten im Wald stand, sondern das auch noch ganz in der Nähe der Zivilisation. Während mich träge Fliegen umschwirrten, richtete ich mich auf, um mich umzusehen. Gleich hinter den Bäumen konnte ich die Rückseiten einer Reihe kleiner Häuser erkennen. Zu meinen Füßen lag eine zerfetzte schwarze Mülltüte, ihr Inhalt über den Boden verstreut. Es sah verdächtig danach aus, als wäre das mein Frühstück gewesen. Darüber wollte ich lieber nicht allzu genau nachdenken.

Eigentlich wollte ich über *nichts* allzu genau nachdenken. Meine Gedanken kehrten stoß- und ruckweise zu mir zurück, erst unscharf, dann deutlicher, wie halbvergessene Träume. Und während sich mein Bewusstsein langsam neu formte, erinnerte ich mich an diesen Moment – den benommenen Moment, in dem ich wieder zum Mensch wurde. Immer und immer wieder. In einem Dutzend verschiedener Umgebungen. Allmählich wurde mir klar, dass dies nicht meine erste Verwandlung in diesem Jahr war. Und alles, was dazwischenlag, hatte ich vergessen. Na ja, fast alles.

Ich kniff die Augen zu. Ich konnte sein Gesicht sehen, seine gelben Augen, sein dunkles Haar. Ich erinnerte mich daran, wie perfekt meine Hand in seine passte. Ich erinnerte mich daran, wie ich neben ihm in einem Auto saß, das es, so sagte mir ein Gefühl, nicht mehr gab.

Aber ich erinnerte mich nicht an seinen Namen. Wie hatte ich seinen *Namen* vergessen können?

Irgendwo in der Ferne quietschten Autoreifen. Das Geräusch wurde langsam leiser, nachdem es mich passiert hatte, eine Warnung, die mir ins Gedächtnis rief, wie nah die wirkliche Welt tatsächlich war.

Ich öffnete die Augen. Ich konnte jetzt nicht an ihn denken. Ich durfte es nicht. Es würde zurückkehren. Es würde alles zurückkehren. Im Moment musste ich mich auf das Hier und Jetzt konzentrieren.

Ich hatte mehrere Möglichkeiten. Entweder ich zog mich in den warmen, frühlingshaften Wald zurück und hoffte darauf, dass ich mich bald wieder in einen Wolf verwandeln würde. Das Problem dabei war jedoch, wie ganz und gar menschlich ich mich gerade fühlte. Dann blieb also nur noch die zweite Möglichkeit, mich dem Erbarmen der Menschen auszuliefern, die in dem kleinen blauen Haus direkt vor mir lebten. Schließlich hatte ich mich auch schon an ihrem Müll bedient und, wie es aussah, an dem ihrer Nachbarn gleich mit. Doch auch diese Möglichkeit war nicht unproblematisch. Denn selbst wenn ich mich im Moment durch und durch menschlich fühlte, wer wusste schon, wie lange das anhalten würde? Außerdem war ich nackt und kam geradewegs aus dem Wald. Ich hatte keine Ahnung, wie ich das erklären sollte, ohne im Krankenhaus oder auf der Polizeiwache zu landen.

Sam.

Plötzlich fiel mir sein Name wieder ein und mit ihm tausend andere Dinge: schüchtern in mein Ohr geraunte Gedichte, die Gitarre in seinen Händen, die Form des Schattens unter seinem Schlüsselbein und wie seine Finger beim Lesen die Seiten eines Buchs glatt strichen. Die Farbe der Wände in der Buchhandlung, der Klang seiner Stimme, wenn er mir über das Kissen etwas zuflüsterte, eine Liste mit guten Vorsätzen für jeden von uns. Und schließlich der Rest: Rachel, Isabel, Olivia. Tom Culpeper, der mir und Sam und Cole einen toten Wolf vor die Füße warf.

Meine Eltern. Oh Gott, meine Eltern. Mir fiel wieder ein, wie ich in ihrer Küche stand und mich mit ihnen über Sam stritt, während der Wolf aus mir hervorzubrechen drohte. Wie ich meinen Rucksack voller Kleider stopfte und mich zu Becks Haus davonstahl. Wie ich fast an meinem eigenen Blut erstickte …

Grace Brisbane.

Das alles hatte ich als Wolf vergessen. Und ich würde es wieder vergessen.

Ich sank in die Knie, weil das Stehen mir plötzlich zu schwierig erschien, und schlang die Arme um meine nackten Beine. Eine braune Spinne krabbelte über meine Zehen, bevor ich Zeit hatte zu reagieren. Über mir zwitscherten Vögel. Sonnensprenkel, beinahe heiß, wo sie mit voller Kraft durch die Bäume drangen, tanzten über den Waldboden. Eine warme Frühlingsbrise surrte durch die frischen grünen Blätter an den Zweigen. Wieder und wieder seufzte der Wald rings um mich auf. Die Natur hatte in meiner Abwesenheit ihren Lauf fortgesetzt wie eh und je und nun saß ich hier, ein kleines, undenkbares Stück Wirklichkeit, und wusste nicht, wo ich hingehörte oder was ich tun sollte.

Im nächsten Moment fuhr mir ein weiterer warmer Windstoß, der beinahe unerträglich nach Käsecrackern roch, ins Haar und zeigte mir einen Weg auf. Hinter dem geziegelten Bungalow nebenan hatte jemand, den das schöne Wetter anscheinend optimistisch gestimmt hatte, Wäsche zum Trocknen aufgehängt. Eine ganze Leine voll sorgfältig aufgereihter Möglichkeiten. Mein Blick lag fest auf den Kleidungsstücken, die sanft im Wind schaukelten. Wer auch immer dort wohnte, war zwar eindeutig ein paar Größen über mir angesiedelt, aber eins der Kleider sah aus, als hätte es einen Gürtel um die Taille. Es könnte funktionieren. Nur dass ich dafür jemanden bestehlen musste.

Ich hatte schon eine Menge Dinge getan, die eine Menge Menschen nicht unbedingt als *richtig* bezeichnet hätten, aber Stehlen hatte bisher nicht dazugehört. Nicht so. Nicht das gute Kleid von jemandem, der es höchstwahrscheinlich mit der Hand gewaschen und dann behutsam zum Trocknen aufgehängt hatte. Außerdem hingen auch Unterwäsche und Socken und Kissenbezüge auf der Leine, was bedeutete, dass die Menschen dort sich womöglich keinen Wäschetrockner leisten konnten. War ich wirklich bereit, jemandem sein Sonntagskleid zu stehlen, damit ich eine Chance hatte, zurück nach Mercy Falls zu kommen? War ich wirklich zu einem solchen Menschen geworden?

Ich würde es zurückbringen. Wenn alles vorbei war.

Ich schlich am Waldrand entlang, fühlte mich ungeschützt und kreideweiß und versuchte, einen genaueren Blick auf meine Beute zu erhaschen. Der Geruch nach backofenwarmen Käsecrackern – der mich als Wolf vermutlich überhaupt erst angelockt hatte – deutete darauf hin, dass jemand zu Hause war. Niemand konnte sich einfach so von diesem Geruch entfernen. Jetzt, da er mir in die Nase gestiegen war, musste ich mich beinahe zwingen, an etwas anderes zu denken. Es kostete mich alle Mühe, mich auf das vorliegende Problem des Kleiderraubs zu konzentrieren. Würden die Erzeuger des Gebäcks mich entdecken? Oder ihre Nachbarn? Wenn ich es geschickt anstellte, könnte ich den größten Teil der Zeit ungesehen bleiben.

Der Garten meines unglückseligen Opfers war typisch für die Häuser am Rand des Boundary Wood und ich sah die üblichen Verdächtigen: Tomatenrankgerüste, eine von Hand gegrabene Grillmulde, Fernsehantennen, deren Kabel ins Nirgendwo führten. Ein Rasenmäher, halb von einer Plane bedeckt. Ein rissiges Kunststoffplanschbecken voll schmuddeligem Sand und eine Gruppe Gartenmöbel, deren plastikartige Polster ein Sonnenblumenmuster hatten. Jede Menge Zeug also, aber nichts, was sich besonders gut als Deckung nutzen ließ.

Andererseits hatte auch niemand die einzelne Wölfin bemerkt, die den Müll an der Hintertür gestohlen hatte. Vielleicht übersahen sie auch ein nacktes Mädchen, das ein Kleid von der Wäscheleine stahl.

Ich atmete tief durch und wünschte mir einen einzigen Moment lang von ganzem Herzen, ich müsste bloß einen Überraschungstest in Mathe schreiben oder ein Pflaster von meinem unrasierten Bein abreißen, dann rannte ich in den Garten. Irgendwo fing ein Hund an, wie wild zu bellen. Ich grapschte mir das Kleid.

Bevor ich den nächsten Gedanken fassen konnte, war es auch schon vorbei. Ich war wieder zurück im Wald, das erbeutete Kleidungsstück in den Händen zu einem Knäuel zusammengedrückt, außer Atem und in einem Gestrüpp versteckt, das womöglich Giftefeu war.

Hinten im Haus schrie jemand den Hund an: »Schnauze, sonst zieh ich dir das Fell ab!«

Ich wartete, bis mein Herzschlag sich etwas beruhigt hatte. Dann zog ich mir, schuldbewusst und triumphierend zugleich, das Kleid über den Kopf. Es war ein hübsches, blau geblümtes Ding, eigentlich zu leicht für diese Jahreszeit und noch ein bisschen feucht. Ich musste es ziemlich zusammenschnüren, bis es mir einigermaßen passte, aber dann sah ich fast präsentabel aus.

Fünfzehn Minuten später hatte ich mir von der Hintertür eines anderen Nachbarn ein paar Clogs dazu stibitzt (am Absatz des einen Schuhs klebte Hundekot, weswegen sie wahrscheinlich überhaupt da draußen gestanden hatten) und schlenderte so lässig die Straße hinunter, als wäre ich dort zu Hause. Mithilfe meiner Wolfssinne, auf die ich mich nun ganz einließ, wie Sam es mir vor so langer Zeit gezeigt hatte, konnte ich in meinem Kopf ein wesentlich detaillierteres Bild meiner Umgebung schaffen, als ich mit bloßem Auge sah. Zwar lieferten mir auch all diese Informationen keine Vorstellung davon, wo ich war, aber eins wusste ich sicher: Ich war weit entfernt von Mercy Falls.

Zumindest aber hatte ich so etwas wie einen Plan. Raus aus dieser Gegend, bevor noch jemand sein Kleid oder seine Schuhe davonspazieren sah. Ich musste ein Geschäft oder sonst einen Punkt finden, anhand dessen ich mich orientieren konnte, hoffentlich bevor ich mir in den Clogs Blasen lief. Und dann: irgendwie zurück zu Sam.

Es war nicht gerade ein überragender Plan, aber er war alles, was ich hatte.

Kapitel 2

Isabel

Ich maß die Zeit, indem ich Dienstage zählte.

Drei Dienstage, bis die Sommerferien anfingen.

Sieben Dienstage, seit Grace aus dem Krankenhaus verschwunden war.

Fünfundfünfzig Dienstage, bis ich meinen Schulabschluss machen und endlich aus diesem verdammten Mercy Falls, Minnesota, rauskommen würde.

Sechs Dienstage, seit ich Cole St. Clair zum letzten Mal gesehen hatte.

Der Dienstag war der schlimmste Tag der Woche im Hause Culpeper. Krachtag. Na ja, theoretisch konnte bei uns jeder Tag zum Krachtag werden, aber der Dienstag war eine sichere Bank. Es war nun fast ein Jahr seit dem Tod meines Bruders, Jack, vergangen und nach einem gepflegten Schreimarathon, der drei Stockwerke, zwei Stunden und eine Scheidungsandrohung seitens meiner Mutter umfasst hatte, ging mein Vater tatsächlich wieder mit uns zur Therapie. Was bedeutete, dass der Mittwoch immer gleich ablief: Meine Mutter legte Parfüm auf, mein Vater hing ausnahmsweise mal nicht am Telefon und ich saß in Dads riesigem blauem Geländewagen und tat so, als stänke es darin nicht immer noch nach totem Wolf.

Mittwochs zeigten sich alle von ihrer besten Seite. In den paar

Stunden nach der Therapiesitzung – Abendessen in einem Restaurant in St. Paul, ein bisschen herrlich stumpfsinniges Shopping oder Kino – herrschte Friede, Freude, Eierkuchen. Und dann, Stunde um Stunde, entfernte sich jeder wieder langsam von diesem Ideal, bis es am nächsten Dienstag erneut Mord und Totschlag gab.

Normalerweise versuchte ich, dienstags gar nicht erst zu Hause zu sein.

Aber an diesem speziellen wurde ich zum Opfer meiner eigenen Unentschlossenheit. Nachdem ich von der Schule nach Hause gekommen war, konnte ich mich einfach nicht dazu überwinden, Taylor oder Madison anzurufen und mich mit ihnen zu verabreden. In der Woche zuvor war ich mit den beiden und irgendwelchen Jungs, die sie kannten, in Duluth gewesen und hatte für zweihundert Dollar Schuhe für meine Mom gekauft, für hundert ein Oberteil für mich und schließlich die Jungs dazu gebracht, uns für etwa ein Drittel dieser Summe Eis zu spendieren, das wir dann noch nicht mal aßen. Schon an dem Tag hatte ich keinen Sinn in der ganzen Aktion gesehen, außer vielleicht, Madison mit meinem lockeren Umgang mit der Kreditkarte zu schocken. Und auch heute sah ich noch keinen, da die Schuhe unbeachtet vor Moms Bett standen, das Oberteil vor meinem eigenen Spiegel zu Hause irgendwie komisch saß und ich mich nicht mal an die Namen der Jungen erinnern konnte, außer einer vagen Idee, dass der eine mit J angefangen hatte.

Blieb noch mein anderer Zeitvertreib, mich in meinen eigenen Geländewagen zu setzen und irgendwo in einer verschwiegenen Einfahrt zu parken, um Musik zu hören, meine Gedanken abdriften zu lassen und mir vorzustellen, ich wäre irgendwo anders. Normalerweise kriegte ich damit genügend Zeit rum, um erst nach Hause zu kommen, wenn meine Mom gerade ins Bett ging und die schlimmsten Streitereien vorbei waren. Ironischerweise hatte ich damals in Kalifornien ungefähr eine Million mehr Möglichkeiten gehabt, aus dem Haus zu kommen. Damals, als ich sie noch nicht gebraucht hatte.

Alles, was ich wollte, war Grace anrufen und mit ihr durch die Stadt schlendern oder bei ihr auf der Couch sitzen, während sie Hausaufgaben machte. Ich wusste nicht, ob das jemals wieder möglich sein würde.

Ich wägte meine Optionen so lange gegeneinander ab, dass ich schließlich die Gelegenheit zur Flucht verpasste. Ich stand in der Eingangshalle, mein Handy, das immer noch auf Anweisungen wartete, gezückt, als mein Vater im selben Moment die Treppe heruntergetrabt kam, in dem meine Mutter aus der Wohnzimmertür trat. Ich war gefangen zwischen zwei aufeinanderprallenden Wetterfronten. An diesem Punkt konnte man nichts mehr tun, als die Fenster zu verrammeln und zu hoffen, dass der Gartenzwerg es überstehen würde.

Ich wappnete mich für das Schlimmste.

Mein Vater tätschelte mir den Kopf. »Na, Schnuppel?«

Schnuppel?

Blinzelnd sah ich ihm nach, als er an mir vorbeistapfte, entschlossen und mächtig, ein Riese in seinem Schloss. Es war, als wäre ich ein Jahr in die Vergangenheit gereist.

Ich starrte ihn immer noch an, als er neben meiner Mutter in der Tür stehen blieb. Jetzt würden sie sicher das Feuer eröffnen und sich fiese Sprüche um die Ohren hauen. Stattdessen drückte er ihr einen Kuss auf die Wange.

»Wer sind Sie und was haben Sie mit meinen Eltern gemacht?«, fragte ich.

»Ha!«, machte mein Vater, in einem Tonfall, den man wohl als *heiter* bezeichnen musste. »Es wäre nett, wenn du dir was überziehen könntest, das deinen Bauchnabel ein bisschen mehr bedeckt, bevor Marshall kommt. Falls du dann nicht oben bist und Hausaufgaben machst.«

Mom warf mir einen »Ich hab's dir ja gesagt«-Blick zu, auch wenn sie kein Wort über mein Oberteil verloren hatte, als ich von der Schule nach Hause gekommen war.

»Moment mal, Marshall, der *Kongressabgeordnete*?«, erwiderte ich. Mein Vater hatte jede Menge Freunde vom College, die mittlerweile ziemlich hohe Tiere waren, aber seit Jacks Tod hatte er nicht mehr viel Zeit mit ihnen verbracht. Doch die Geschichten über sie hatte ich oft gehört, besonders wenn bei den Erwachsenen der Alkohol auf den Tisch kam. »Magic-Mushrooms-Marshall? Der Marshall, der's vor dir mit Mom getrieben hat?«

»Für dich immer noch Mr Landy«, rügte mein Vater, aber er war schon halb aus dem Zimmer und klang nicht sonderlich verärgert. Dann fügte er noch hinzu: »Und sei nicht so frech zu deiner Mutter.«

Mom drehte sich um und ging mit meinem Vater zurück ins Wohnzimmer. Ich hörte sie reden und einmal lachte meine Mutter sogar.

An einem Dienstag. Es war Dienstag und sie lachte.

»Was will der denn hier?«, fragte ich argwöhnisch und folgte ihnen durchs Wohnzimmer in die Küche. Mein Blick fiel auf die Arbeitsplatte. Ihre eine Hälfte war unter Chipsschüsseln und Gemüseplatten begraben und die andere unter Klemmbrettern, Ordnern und vollgekritzelten Blöcken.

»Du hast dir immer noch nichts anderes angezogen«, sagte Mom.

»Ich bin sowieso gleich weg«, antwortete ich. Das hatte ich gerade erst beschlossen. Dads Freunde fanden sich alle extrem witzig und waren in Wirklichkeit extrem unwitzig und so war meine Entscheidung gefallen. »Warum kommt Marshall her?«

»Mr Landy«, verbesserte mein Vater. »Wir wollen nur ein paar Rechtssachen besprechen und außerdem haben wir uns lange nicht gesehen.«

»Ein bestimmter Fall?« Ich schlenderte auf die papierbedeckte Seite der Arbeitsplatte zu, als mir plötzlich etwas ins Auge fiel. Tatsächlich, das Wort, das ich gesehen zu haben meinte – *Wölfe* –, war überall. Ein unbehagliches Kribbeln durchströmte mich, als ich das Geschreibsel überflog. Letztes Jahr, bevor ich Grace kannte, wäre dieses Gefühl das süße Prickeln von Rache gewesen, weil die Wölfe anscheinend endlich einen Denkzettel dafür bekommen sollten, dass sie Jack getötet hatten. Jetzt aber war ich erstaunlicherweise nur nervös. »Hier geht's darum, dass Wölfe in Minnesota unter Artenschutz stehen.«

»Möglicherweise nicht mehr lange«, erklärte mein Vater. »Landy hat da ein paar Ideen. Vielleicht kriegt er's sogar durch, dass das ganze Rudel beseitigt wird.«

Darum hatte er so gute Laune? Weil er und Landy und Mom es sich zusammen gemütlich machen und einen Plan aushecken würden, um die Wölfe zu töten? Ich konnte nicht fassen, dass er tatsächlich zu glauben schien, das würde Jacks Tod irgendwie erträglicher machen.

Grace war da draußen im Wald. Er wusste es nicht, aber er redete gerade davon, sie umzubringen.

»Grandios«, sagte ich. »Ich bin dann mal weg.«

»Wo willst du denn hin?«, fragte Mom.

»Madison.«

Mom hielt beim Aufreißen einer Chipstüte inne. Sie hatten genug zu essen eingekauft, um den ganzen Kongress satt zu kriegen.

»Fährst du wirklich zu Madison oder sagst du das nur, weil du weißt, dass ich sowieso zu viel zu tun habe, um es zu überprüfen?«

»Na schön«, seufzte ich. »Ich will ins Kenny's und ich weiß noch nicht, wer Zeit hat, mit mir hinzugehen. Zufrieden?«

»Überglücklich«, erwiderte Mom. Plötzlich fiel mir auf, dass sie die Schuhe trug, die ich für sie gekauft hatte. Aus irgendeinem Grund war es ein komisches Gefühl, sie so zu sehen. Mom und Dad, beide lächelnd, sie in ihren neuen Schuhen, und daneben ich, voller Sorge, dass sie meine Freundin mit einem Großkalibergewehr wegpusten würden.

Ich schnappte mir meine Handtasche, ging nach draußen und setzte mich in mein Auto. Und dort, in der stickigen Luft, blieb ich erst mal sitzen, ohne den Schlüssel umzudrehen oder mich zu bewegen. Ich hielt nur mein Handy in der Hand und überlegte, was ich nun tun sollte. Na ja, was ich tun *sollte*, wusste ich, nur nicht, ob ich es auch *wollte*. Sechs Dienstage, seit ich zum letzten Mal mit ihm geredet hatte. Vielleicht würde Sam ja ans Telefon gehen. Mit Sam konnte ich reden.

Nein, ich *musste* mit Sam reden. Weil der Kongressabgeordnete Landy und mein Dad in ihrem kartoffelchipbefeuerten Kriegsrat tatsächlich etwas in Gang setzen konnten. Ich hatte keine Wahl.

Ich biss mir auf die Lippe und wählte die Nummer von Becks Haus.

»Ja.«

Die Stimme am anderen Ende der Leitung war unendlich vertraut und das nervöse Flüstern in meinem Magen schwoll zu einem Heulen an.

Nicht Sam.

Meine Stimme klang ungewollt eisig. »Cole, ich bin's.«

»Oh«, sagte er und legte auf.

Kapitel 3

Grace

Das Einzige, woran ich die verstrichene Zeit messen konnte, war das Knurren meines Magens, und so kam es mir vor wie eine Ewigkeit, bis ich endlich ein Geschäft erreichte. Das erste, das ich fand, war ein Anglerladen namens *Ben's Fish and Tackle* in einem düstergrauen Gebäude ein Stück abseits der Straße, das aussah, als wäre es geradewegs aus dem umliegenden schlammigen Boden emporgewachsen. Um zur Tür zu gelangen, musste ich vorsichtig über einen holprigen Kiesparkplatz voller Schneematsch und Regenwasser staksen. Ein Schild über dem Türknauf informierte mich, dass ich die Schlüssel für meinen Mietumzugswagen in den Briefkasten an der Seite des Gebäudes werfen solle. Ein zweites Schild pries Beaglewelpen zum Verkauf an. Zwei Rüden und ein Weibchen.

Ich legte die Hand auf den Türknauf. Bevor ich ihn drehte, ging ich im Kopf noch mal meine Geschichte durch. Natürlich blieb immer die Möglichkeit, dass man mich erkennen würde – mit einem Mal wurde mir klar, dass ich keine Ahnung hatte, wie lange es her war, dass ich mich in einen Wolf verwandelt hatte, oder wie berichtenswert mein Verschwinden gewesen war. In Mercy Falls schaffte es schließlich schon eine verstopfte Toilette in die Schlagzeilen.

Ich ging hinein, schob die Tür hinter mir zu und verzog unwillkürlich das Gesicht. Im Inneren des Ladens war es entsetzlich heiß und es stank nach schalem Schweiß. Ich wanderte an Regalen voller Angelzeug, Rattengift und Luftpolsterfolie vorbei, bis ich schließlich die Kasse am hinteren Ende erreichte. Hinter der Theke stand ein kleiner alter Mann und schon aus einigen Metern Entfernung war mir klar, dass er und sein gestreiftes Hemd die Quelle des Schweißgeruchs darstellten.

»Wollen Sie 'nen Umzugswagen mieten?« Der Mann richtete sich auf und stierte mich durch viereckige Brillengläser an. An der Werkzeugwand hinter seinem Kopf hingen Reihen von Packbandrollen. Ich versuchte, durch den Mund zu atmen.

»Hallo«, antwortete ich. »Ich will keinen Umzugswagen mieten.« Dann holte ich Luft, machte ein möglichst jämmerliches Gesicht und fing an zu lügen. »Die Sache ist die, meine Freundin und ich, wir haben uns gerade total gestritten und dann hat sie mich einfach aus dem Auto geschmissen. Ziemlich daneben, was? Und jetzt steh ich hier. Wäre es möglich, dass ich kurz Ihr Telefon benutze?«

Stirnrunzelnd sah er mich an und ich fragte mich plötzlich, ob ich wohl komplett voller Matsch war und wie schlimm meine Haare aussahen. Verstohlen tastete ich mit der Hand darüber.

Dann fragte er: »Wie?«

Ich wiederholte meine Geschichte, wobei ich genau darauf achtete, dass sich nichts darin veränderte, und zog weiterhin mein jämmerliches Gesicht. Das war nicht schwierig. Ich fühlte mich wirklich ziemlich jämmerlich. Er sah immer noch skeptisch aus, also fügte ich hinzu: »Telefon? Damit ich jemanden anrufen kann, der mich abholen kommt?«

»Tja ja«, sagte er. »'n Ferngespräch, oder was?«

Hoffnung keimte in mir auf. Ich hatte keine Ahnung, ob es ein Ferngespräch werden würde oder nicht, also erwiderte ich: »Mercy Falls.«

»Hmm«, machte er, was meine Frage auch nicht beantwortete. »Tja ja.«

Ich wartete eine qualvolle Minute lang. Im Hintergrund hörte ich ein harsches, bellendes Lachen.

»Meine Frau telefoniert gerade«, sagte er. »Aber wenn sie fertig ist, können Sie das Telefon kriegen.«

»Danke«, erwiderte ich. »Ach so, wo sind wir hier eigentlich genau? Damit ich meinem Freund sagen kann, wo er mich abholen soll.«

»Tja ja«, sagte er wieder. Ich glaube nicht, dass er damit irgendwas Bestimmtes ausdrücken wollte – er sagte es anscheinend einfach, wenn er nachdachte. »Sagen Sie ihm, wir sind zwei Meilen vor Burntside.«

Burntside. Das war fast eine halbe Stunde Fahrt von Mercy Falls entfernt, alles über kurvige Landstraßen. Eine beunruhigende Vorstellung, dass ich, ohne mich daran zu erinnern, diese Entfernung zurückgelegt hatte, wie eine Schlafwandlerin.

»Danke«, wiederholte ich.

»Ich glaube, Sie haben da Hundekacke am Schuh«, fügte er hilfsbereit hinzu. »Ich kann's riechen.«

Ich tat so, als würde ich meinen Schuh inspizieren. »Oh, da haben Sie wohl recht. Ich hab mich schon gewundert.«

»Sie braucht sicher noch 'ne Weile«, warnte er mich. Es dauerte eine Sekunde, bis mir klar wurde, dass er seine Frau am Telefon meinte.

Aber ich begriff, was er eigentlich sagen wollte. Ich schlug vor: »Dann seh ich mich ein bisschen um«, und er machte ein erleichtertes Gesicht, als hätte er sich schon gezwungen gesehen, mich zu unterhalten, während ich bei ihm am Tresen stand. Sobald ich zu einer Wand voller Köder geschlendert war, um sie mir anzusehen, fing er wieder an, hinter der Theke herumzukramen, was auch immer er dort suchte. Seine Frau redete weiter und lachte ihr komisches bellendes Lachen und der Laden stank weiter nach Körperausdünstungen.

Ich betrachtete Angelruten, einen ausgestopften Hirschkopf mit einer rosa Baseballkappe darauf und Plastikeulen, mit denen man angeblich Vögel aus seinem Garten verscheuchen konnte. In einer Ecke standen Behälter mit lebendigen Mehlwürmern. Während ich sie anstarrte und sich mir der Magen zusammenzog, entweder vor Ekel oder als vage Ankündigung einer bevorstehenden Verwandlung, ging die Tür wieder auf und ein Mann in einer grünen Latzhose kam herein. Er und der verschwitzte alte Mann begrüßten einander. Ich fummelte an einem leuchtend orangefarbenen Halsband für Jagdhunde herum, konzentrierte mich dabei jedoch größtenteils auf meinen Körper, um herauszufinden, ob ich mich heute wirklich wieder verwandeln würde oder nicht.

Plötzlich schnappte ich etwas von dem Gespräch der beiden Männer auf, das mich aufmerken ließ. Der Mann mit der Latzhose sagte: »Ich meine, irgendwas muss man da doch unternehmen. Einer hat sich heute sogar einen Müllsack von meiner Hintertür geholt. Meine Frau glaubt, das war ein Hund, aber ich hab 'nen Pfotenabdruck gesehen – viel zu groß.«

Wölfe. Sie redeten über die Wölfe.

Über *mich*.

Ich machte mich ganz klein, kauerte mich hin, als wollte ich mir die Tüten mit Hundefutter auf dem untersten Bord des Metallregals genauer ansehen.

Der alte Mann sagte: »Hab gehört, Culpeper will da was organisieren.«

Der Latzhosentyp stieß eine Art Schnauben aus, das gleichzeitig aus seiner Nase und seinem Mund zu dringen schien.»Was, etwa so wie letztes Jahr? Das hat doch 'nen feuchten Dreck gebracht. Mit ihren Kugeln haben sie die doch gerade mal am Bauch gekitzelt. Ach was, so viel soll der Gewässerschein also dieses Jahr kosten?«

»Soll er«, bestätigte der alte Mann.»Aber diesmal hört sich das alles schon ganz anders an. Er will die Viecher drankriegen, wie sie das in Idaho gemacht haben. Mit Hubschraubern und … Feldjägern. Nee, so heißen die nicht. Scharfschützen. Das ist es. Will wohl versuchen, das gerichtlich durchzukriegen.«

Wieder drehte sich mir der Magen um. Es war, als landeten wir immer wieder bei Tom Culpeper. Der auf Sam geschossen hatte. Und dann auf Victor. Wann würde er endlich genug haben?

»Na, viel Glück dabei, das an den Ökofreaks vorbeizukriegen«, sagte Latzhose.»Diese Wölfe stehen doch unter Naturschutz oder so was. Mein Cousin hatte vor ein paar Jahren 'nen Heidenärger am Hals, weil einer davon ihm vors Auto gelaufen ist. Und den Wagen hat er sich dabei auch noch zu Schrott gefahren. Culpeper kriegt sicher noch ordentlich Gegenwind.«

Der alte Mann ließ sich Zeit mit der Antwort; er knisterte mit irgendetwas hinter der Theke herum.»Auch einen? Nein? Tja ja, aber immerhin ist er selber einer von diesen Großstadtanwälten. Und das war doch sein Junge, den die Wölfe damals erwischt haben. Wenn's einer schafft, da was zu bewegen, dann er. In Idaho haben sie doch das ganze Rudel ausgerottet. Oder war's Wyoming? Irgendwo da draußen jedenfalls.«

Das ganze Rudel.

»Aber nicht, weil die ein bisschen Müll geklaut haben«, entgegnete Latzhose.

»Nee, Schafe. Und wenn Wölfe Jungs töten statt nur Schafe, ist das ja wohl wesentlich schlimmer. Also schafft er's vielleicht. Wer weiß?«

Er schwieg einen Moment. »He, Fräulein? Hallo? Das Telefon ist jetzt frei.«

Wieder regte sich mein Magen. Ich stand auf, die Arme vor der Brust verschränkt, und hoffte inständig, dass Latzhose das Kleid nicht erkannte, aber er schenkte mir nur einen flüchtigen Blick und wandte sich dann ab. Er sah auch nicht unbedingt wie der Typ Mann aus, dem Details an Frauenkleidung auffielen. Zögernd blieb ich neben ihm stehen und der alte Mann reichte mir das Telefon.

»Dauert nur eine Minute«, versprach ich. Der alte Mann reagierte nicht, also zog ich mich in eine Ecke zurück. Die Männer unterhielten sich weiter, aber nicht mehr über die Wölfe.

Als ich das Telefon in der Hand hielt, wurde mir klar, dass es drei Nummern gab, die ich wählen konnte. Sams. Isabels. Die meiner Eltern.

Meine Eltern konnte ich nicht anrufen. *Wollte* ich nicht anrufen.

Ich tippte Sams Nummer ein. Einen kurzen Augenblick, bevor ich auf »Wählen« drückte, holte ich tief Luft, schloss die Augen und gestattete mir, daran zu denken, wie verzweifelt ich hoffte, dass er abhob, verzweifelter, als ich mir selbst eingestehen wollte. Tränen brannten in meinen Augen und ich blinzelte entschlossen.

Am anderen Ende klingelte es. Zweimal, dreimal. Vier. Fünf. Sechs, sieben.

Ich musste die Möglichkeit in Betracht ziehen, dass er vielleicht nicht rangehen würde.

»Hallo?«

Beim Klang der Stimme wurden mir die Knie weich. Ganz plötzlich musste ich mich hinhocken und mich an dem Metallregal neben mir festhalten, um nicht umzukippen. Mein gestohlenes Kleid legte sich wie ein Ring um mich auf den Boden.

»Sam«, flüsterte ich.

Stille. So lange, dass ich schon befürchtete, er hätte wieder aufgelegt. Ich fragte: »Bist du noch da?«

Er stieß eine Art Lachen aus, ein seltsamer, zittriger Laut. »Ich ... ich konnte nicht glauben, dass das wirklich du bist. Du bist ... ich konnte nicht glauben, dass du es bist.«

Erst jetzt wagte ich, es mir vorzustellen: wie er in seinem Auto vorfuhr, seine Arme um meinen Hals, ich in Sicherheit, ich endlich wieder *ich*, als müsste ich ihn nicht irgendwann wieder verlassen. Ich sehnte mich so sehr nach all dem, dass ich davon Bauchschmerzen bekam. »Kommst du mich holen?«, fragte ich.

»Wo bist du?«

»*Ben's Fish and Tackle*. Burntside.«

»Mein Gott.« Und dann: »Bin schon unterwegs. Zwanzig Minuten. Ich komme.«

»Ich warte auf dem Parkplatz«, sagte ich. Ich wischte eine Träne weg, die irgendwie geflossen war, ohne dass ich es merkte.

»Grace ...« Er hielt inne.

»Ich weiß«, sagte ich. »Ich auch.«

SAM

Ohne Grace lebte ich in hundert anderen Momenten als dem, in dem ich mich wirklich befand. Jede Sekunde war mit irgendjemandes Musik ausgefüllt oder mit Büchern, die ich nie lesen würde. Arbeit. Brot backen. Irgendetwas, Hauptsache, ich war abgelenkt. Ich täuschte mir selbst Normalität vor. Dass ich nur noch einen Tag ohne sie sein müsste, dass der morgige sie durch meine Tür führen würde und dass das Leben dann weitergehen würde, als wäre es nie unterbrochen worden.

Ohne Grace wurde ich zum Perpetuum mobile, angetrieben durch meine Unfähigkeit zu schlafen und meine Angst zuzulassen, dass sich die Gedanken in meinem Kopf auftürmten. Jede Nacht war eine Fotokopie eines jeden vorangegangenen Tages und jeder Tag war eine Fotokopie jeder Nacht. Alles fühlte sich so falsch an: das Haus, das bis zum Bersten mit Cole St. Clair gefüllt war und niemand anderem; meine Erinnerungen, gespickt mit Bildern von Grace, blutüberströmt, als sie sich in einen Wolf verwandelte; und daneben ich, der sich nicht verwandelte, mein Körper unberührt von der Macht der Jahreszeiten. Ich wartete auf einen Zug, der niemals in den Bahnhof einfuhr. Aber ich konnte nicht aufhören zu warten, denn wer wäre ich dann noch? Ich betrachtete meine Welt wie in einem Spiegel.

Rilke schreibt: »*Dieses heißt Schicksal: gegenüber sein und nichts als das und immer gegenüber.*«

Ohne Grace hatte ich nichts mehr als die Lieder über ihre Stimme und die Lieder über den Nachhall, der blieb, als sie aufhörte zu sprechen.

Und dann rief sie an.

Als das Telefon klingelte, hatte ich gerade den warmen Tag zum Anlass genommen, den VW zu waschen und die letzten Reste der Schicht aus Salz und Sand abzuschrubben, mit der ihn der ewige Winterschnee überzogen hatte. Ich hatte die vorderen Fenster heruntergekurbelt, damit ich bei der Arbeit Musik hören konnte. Gerade lief ein rhythmisches Gitarrenstück mit gegenläufigen Harmonien und einer sich in die Höhe schraubenden Melodie, die ich ab jetzt bis in alle Ewigkeit mit der Hoffnung dieses Moments assoziieren würde, des Moments, in dem sie mich anrief und fragte: *Kommst du mich holen?*

Das Auto und meine Arme waren schaumbedeckt und ich hielt

mich nicht damit auf, irgendetwas abzutrocknen. Ich warf nur mein Telefon auf den Beifahrersitz und drehte den Schlüssel im Zündschloss. Beim Ausparken aus der Einfahrt hatte ich es so eilig, dass mein Fuß, als ich vom Rückwärtsgang in den ersten schaltete, von der Kupplung rutschte und der Motor aufheulte, laut, laut, lauter. Der schrill aufsteigende Laut passte zum Hämmern meines Herzens.

Der Himmel über mir war weit und blau und voller weißer Wolken mit flirrenden Eiskristallen darin, die zu weit oben hingen, als dass ich sie hier auf der warmen Erde hätte spüren können. Ich war schon zehn Minuten unterwegs, als mir auffiel, dass ich vergessen hatte, die Fenster wieder hochzukurbeln; der Fahrtwind hatte die Schaumreste an meinen Armen zu weißen Streifen getrocknet. Als ein anderes Auto vor mir auftauchte, raste ich trotz Überholverbots an ihm vorbei.

In zehn Minuten würde ich Grace bei mir auf dem Beifahrersitz haben. Dann wäre alles in Ordnung. Ich konnte schon spüren, wie sie ihre Finger mit meinen verflocht, wie sie ihre Wange an meinen Hals schmiegte. Es schien Jahre her zu sein, seit ich das letzte Mal die Arme um ihren Körper geschlungen, mit den Händen ihre Taille umfasst hatte. Jahrzehnte, seit ich sie geküsst hatte. Jahrhunderte, seit ich sie hatte lachen hören.

Das Gewicht meiner Hoffnung drohte mich zu erdrücken. Ich klammerte mich an der unglaublich banalen Tatsache fest, dass Cole und ich uns seit zwei Monaten fast ausschließlich von Marmeladentoast, Dosenthunfisch und Tiefkühlburritos ernährten. Wenn Grace wieder da war, musste sich das ändern. Ich meinte, irgendwo noch ein Glas Spaghettisoße und eine Packung Nudeln gesehen zu haben. Auf einmal schien es mir unendlich wichtig, dass wir zu ihrer Rückkehr etwas Anständiges zu essen hatten.

Jede Minute brachte mich näher zu ihr. In meinem Hinterkopf machten sich drängende Sorgen breit, die größte davon Grace' Eltern. Sie waren überzeugt, dass ich etwas mit ihrem Verschwinden zu tun hatte, denn schließlich hatte sie sich unmittelbar vor ihrer Verwandlung noch meinetwegen mit ihnen gestritten. In den zwei Monaten, die Grace fort gewesen war, hatte die Polizei mein Auto durchsucht und mich verhört. Grace' Mutter fand immer wieder Vorwände, um an der Buchhandlung vorbeizuspazieren, wenn ich gerade dort arbeitete, und durchs Schaufenster zu mir hereinzustarren, während ich so tat, als bemerkte ich sie nicht. In der Lokalzeitung erschienen Artikel über Grace' und Olivias Verschwinden, in denen man alles über mich erfuhr außer meinem Namen.

Tief in meinem Inneren war mir klar, dass das alles – Grace ein Wolf, ihre Eltern die Feinde, ich in meinem neuen Körper in Mercy Falls – ein gordischer Knoten war, unmöglich zu lösen und zu glätten. Aber wenn ich Grace erst mal zurückhatte, würde sich das sicher alles regeln lassen.

Fast wäre ich an *Ben's Fish and Tackle* vorbeigefahren, einem unscheinbaren Gebäude, größtenteils verborgen hinter buschigen Kiefern. Als ich auf den Parkplatz einbog, geriet der VW ins Schlingern; die Schlaglöcher im Kies waren tief und voll mit schlammigem Wasser, das hörbar gegen den Unterboden des Wagens spritzte. Ich bremste und ließ den Blick über das Gelände schweifen. Hinter dem Haus standen ein paar Umzugswagen. Und daneben, dicht bei den Bäumen ...

Ich ließ das Auto mit laufendem Motor am Rand des Parkplatzes stehen und stieg aus. Ich sprang über eine hölzerne Eisenbahnschwelle und hielt dann an. Vor mir im nassen Gras lag ein geblümtes Kleid. Ein Stück weiter sah ich einen einsamen Holzclog und drei Meter daneben, umgekippt, sein Gegenstück. Ich holte tief Luft und kniete mich hin, um das Kleid aufzuheben. Der Stoffballen in meiner Hand verströmte die schwache Erinnerung an Grace' Duft. Ich richtete mich wieder auf und schluckte.

Von hier aus konnte ich den VW von der Seite sehen, an der nun der Schmutz des Parkplatzes klebte. Als hätte ich ihn nie gewaschen.

Ich setzte mich wieder hinters Steuer und legte das Kleid auf den Rücksitz, dann vergrub ich Nase und Mund in meinen Händen und atmete, die Ellbogen aufs Lenkrad gestützt, wieder und wieder dieselbe Luft ein. Lange Zeit saß ich so da und sah über das Armaturenbrett hinaus auf das zurückgelassene Paar Schuhe.

Es war so viel einfacher gewesen, als ich der Wolf war.

Kapitel 4

Cole

Das war ich, jetzt, seit ich ein Wolf war: Ich war Cole St. Clair und früher war ich NARKOTIKA.

Ich hatte geglaubt, dass nichts von mir übrig bliebe, wenn man den stampfenden Bass von NARKOTIKA wegnahm und das Gekreisch von hunderttausend Fans und den Kalender, auf dem sich vor lauter Tourdaten kaum noch ein weißer Fleck fand. Und nun saß ich hier, Monate später, und unter der Kruste, die ich abgeknibbelt hatte, war neue Haut zum Vorschein gekommen. Jetzt widmete ich mich den einfachen Freuden des Lebens: überbackene Käsesandwichs, Jeans, die mir nicht die Kronjuwelen einzwängten, einem Gläschen Wodka, zehn bis zwölf Stunden Schlaf.

Ich war mir nicht sicher, wie Isabel da hineinpasste.

Die Sache war die: Ich hielt es den größten Teil der Woche aus, ohne an getoastete Käsesandwichs und Wodka zu denken. Von Isabel konnte ich das nicht behaupten. Aber ich hatte auch nicht gerade die herrlichsten Tagträume, die mich auf angenehme Art quälten. Es war mehr so wie Sackratten. Wenn man richtig viel zu tun hatte, konnte man das Ganze fast vergessen, aber sobald man einmal zur Ruhe kam, war es die Hölle.

Fast zwei Monate und immer noch kein Wort von ihr, trotz einer Reihe extrem unterhaltsamer Mailboxnachrichten meinerseits.

Nachricht 1: »*Hi, Isabel Culpeper. Ich liege im Bett und starre an die Decke. Ich bin mehr oder weniger nackt. Ich denke an … deine Mutter. Ruf mich an.*«

Und jetzt rief sie plötzlich an?
 Ohne mich.
Ich konnte nicht im Haus bleiben, wenn mich das Telefon so vorwurfsvoll anstarrte, also schnappte ich mir meine Schuhe und marschierte raus in den Nachmittag. Nach Grace' Flucht aus dem Krankenhaus hatte ich mich tiefer in meine Forschungen nach den Ursachen, die uns zu Wölfen machten, vergraben. Hier draußen im Busch gab es keine Möglichkeit, uns unter dem Mikroskop zu betrachten, um echte Antworten zu bekommen. Aber ich hatte ein paar Experimente geplant, für die ich kein Labor brauchte – nur Glück, meinen Körper und ordentlich Eier in der Hose. Und eins von besagten Experimenten würde gleich viel besser laufen, wenn ich einen anderen Wolf in die Finger kriegen würde. Also hatte ich angefangen, Ausflüge in den Wald zu unternehmen. Oder, na ja, eher Beutezüge. So hatte Victor es immer genannt, wenn wir mitten in der Nacht zum Mini-Markt rannten, um uns irgendwas zu essen zu besorgen, was hauptsächlich aus Plastik und Trockenkäsearoma bestand. Ich unternahm also im Namen der Wissenschaft Beutezüge in den Boundary Wood. Ich hatte den Drang, zu Ende zu bringen, was ich angefangen hatte.

Nachricht 2: *Die ersten anderthalb Minuten von* I've Gotta Get a Message to You *von den Bee Gees.*

Heute war es warm und ich konnte absolut alles riechen, was je in diesen Wald gepinkelt hatte. Ich schlug meinen gewohnten Weg ein.

Cole, ich bin's.

Mein Gott, ich wurde noch verrückt. Wenn ich nicht Isabels Stimme hörte, dann Victors, und langsam wurde es mir echt ein bisschen zu voll in meinem Kopf. Wenn ich mir nicht gerade vorstellte, wie ich Isabel ihren BH auszog, versuchte ich das Telefon durch pure Willenskraft zum Klingeln zu bewegen, und wenn ich das nicht machte, erinnerte ich mich daran, wie Isabels Vater Victors Leiche in die Auffahrt geworfen hatte. Wenn man Sam noch dazunahm, lebte ich wie mit drei Geistern.

Nachricht 3: »*Mir ist langweilig. Ich brauche dringend Unterhaltung. Sam hockt nur traurig in der Ecke. Vielleicht sollte ich ihn mit seiner eigenen Gitarre erschlagen. Dann hätte ich was zu tun und er würde höchstwahrscheinlich mal den Mund aufmachen. Zwei Fliegen mit einer Klappe. Wenn man drüber nachdenkt, sind viele von diesen alten Redewendungen und Liedern echt ganz schön brutal. Zum Beispiel* Ringel, ringel, Rose. *Darin geht's um die Pest, wusstest du das? Natürlich wusstest du das. Die Pest ist schließlich deine große Schwester. Hey, redet Sam eigentlich mit dir? Mir erzählt er einen verdammten Scheiß. Mann, ist mir langweilig. Ruf mich an.*«

Fallen. Ich hätte lieber über meine Experimente nachgedacht. Einen Wolf zu fangen, stellte sich als recht kompliziert heraus. Aus allem möglichen Kram, der mir im Keller von Becks Haus in die Hände gefallen war, hatte ich eine Riesenanzahl von Fallen, Schlingen, Verschlägen und Ködern zusammengezimmert und damit eine ebenso große Anzahl von Tieren gefangen. Aber kein einziges aus der Familie Canis lupus. Schwer zu sagen, was mich mehr Nerven kostete: wieder mal ein nutzloses Tier in der Falle hängen zu sehen oder es dort rauszuholen, ohne eine Hand oder ein Auge einzubüßen.

Mittlerweile war ich ziemlich gut in Übung.
Cole, ich bin's.
Ich konnte es nicht fassen, dass sie nach all der Zeit anrief und ihre ersten Worte *nicht* irgendeine Art von Entschuldigung waren. Vielleicht wäre der Teil ja als Nächstes gekommen und ich hatte ihn verpasst, weil ich aufgelegt hatte.

Nachricht 4: Hotel California *von den Eagles, in voller Länge, bei dem das Wort »California« jedes Mal durch »Minnesota« ersetzt war.*

Ich trat gegen einen verrotteten Baumstamm und sah zu, wie er auf dem regendurchtränkten Waldboden in ein Dutzend schwarze Bruchstücke explodierte. Dann hatte ich mich eben geweigert, mit Isabel zu schlafen. Meine erste anständige Handlung nach Jahren. Keine gute Tat bleibt ungestraft, hatte meine Mutter immer gesagt. War so was wie ihr Lebensmotto. Wahrscheinlich dachte sie heute genau so darüber, dass sie mir die Windeln gewechselt hatte.

Hoffentlich starrte Isabel immer noch auf ihr Handy. Hoffentlich hatte sie noch hundert Mal angerufen, seit ich rausgegangen war. Hoffentlich fühlte sie sich so wund, wie ich mich fühlte.

Nachricht 5: »*Hi, hier spricht Cole St. Clair. Willst du zwei Sachen hören, die absolut wahr sind? Erstens, du gehst nie ans Telefon. Und zweitens, ich werde nie aufhören, dir lange Nachrichten zu hinterlassen. Das ist wie eine Therapie. Mit irgendwem muss ich schließlich reden. Hey, weißt du, was mir heute klar geworden ist? Victor ist tot. Gestern ist mir das auch schon klar geworden. Es wird mir jeden Tag von Neuem klar. Ich weiß nicht, was ich hier mache. Ich hab das Gefühl, es gibt niemanden, mit dem ich –*«

Ich überprüfte meine Fallen. Nach dem Regen, der mich die letzten paar Tage im Haus gefangen gehalten hatte, war alles voller Schlamm. Der Boden fühlte sich wie Brei unter meinen Füßen an und meine Fallen brachten keinen Erfolg. Nichts in der auf der Anhöhe. Ein Waschbär in der an der Straße. Nichts in der in der Schlucht. Und die in der Nähe des Schuppens im Wald, eine Art Schlinge, die ich zum ersten Mal ausprobiert hatte, war komplett zerstört, die Pflöcke aus dem Boden gerissen, Stolperdraht überall, junge Bäume abgeknickt und alle Köder aufgefressen. Es sah aus, als hätte ich versucht, Godzilla zu fangen.

Ich musste versuchen, wie ein Wolf zu denken, und das erwies sich als erstaunlich schwer, wenn ich gerade keiner war.

Ich sammelte die kaputten Einzelteile meiner Falle auf und machte mich auf den Weg zum Schuppen, um nachzusehen, ob dort irgendwas herumlag, das ich gebrauchen konnte, um sie wieder zusammenzubauen. Es gab nichts im Leben, was eine Drahtschere nicht wieder in Ordnung bringen konnte.

Cole, ich bin's.

Ich würde sie nicht zurückrufen.

Plötzlich roch ich etwas Totes. Noch nicht verwest, aber kurz davor.

Ich hatte nichts falsch gemacht. Sollte Isabel mich ruhig auch erst zwanzig Mal anrufen, so wie ich sie.

Nachricht 6: »*Tja, also, tut mir leid. Kann mir vorstellen, dass du bei der letzten Nachricht eher* not amused *warst. Hey, was hältst du übrigens von dieser Theorie: Ich glaube, Sam ist eine tote britische Hausfrau, die im Körper eines Beatles wiedergeboren wurde. Weißt du, ich kannte mal eine Band, die bei ihren Konzerten immer mit falschem britischen Akzent geredet hat. Mann, waren die mies, ganz abgesehen davon, dass sie totale Arschlöcher waren. Ich komm grad nicht auf den Namen. Entweder werd ich senil oder ich hab so viel schlimmes Zeug mit meinem Gehirn angestellt, dass ein paar Sachen rausgefallen sind. Nicht besonders nett von mir, dass ich das Ganze so einseitig gestalte, oder? Ich rede andauernd nur über mich, wenn ich dich anrufe. Also, wie geht es dir, Isabel Rosemary Culpeper? In letzter Zeit mal gelächelt? Hot Toddies. So hieß die Band. The Hot Toddies.«*

Ich fluchte, als sich mir ein Stück Draht von der Schlinge in die Handfläche bohrte. Es dauerte ein Weilchen, bis ich meine Hände von dem Gewirr aus Metall und Holz befreit hatte. Ich ließ alles vor mir auf den Boden fallen und starrte darauf. Mit diesem Scheißteil würde ich in nächster Zeit wohl nichts mehr fangen.

Ich konnte einfach abhauen. Schließlich hatte mich keiner drum gebeten, den Forscher zu spielen. Niemand hätte mich daran hindern können, mich vom Acker zu machen. Ich würde mich erst im Winter wieder in einen Wolf verwandeln und bis dahin könnte ich Hunderte von Meilen weit weg sein. Ich konnte sogar nach Hause fahren. Nur dass zu Hause nichts außer meinem schwarzen Mustang auf mich wartete. Dort hatte ich ungefähr genauso viel verloren wie hier bei Becks Wölfen.

Ich dachte an Grace' ehrliches Lächeln. An Sams Vertrauen in meine Theorie. An die Tatsache, dass Grace meinetwegen überlebt hatte. Irgendwie hatte es etwas fast Triumphales, wieder ein Ziel im Leben zu haben.

Ich hob meine blutige Handfläche an den Mund und saugte an dem Schnitt. Dann bückte ich mich und sammelte die Einzelteile wieder ein.

Nachricht 20: »*Ich wünschte, du würdest ans Telefon gehen.*«

Kapitel 5

Grace

Ich beobachtete ihn.
Ich lag im feuchten Unterholz, den Schwanz dicht an den Körper geschmiegt, erschöpft und wachsam, aber irgendwie konnte ich ihn nicht zurücklassen. Die Sonne sank tiefer und vergoldete die Blätter auf dem Boden ringsum, aber er blieb, wo er war. Seine Rufe und die Wucht meiner Faszination ließen mich erschaudern. Ich bettete das Kinn auf die Vorderpfoten, die Ohren flach an den Kopf gelegt. Der Wind trug seinen Geruch zu mir herüber. Ich kannte ihn. Alles in mir kannte ihn.

Ich wollte gefunden werden.

Ich musste weg von hier.

Seine Stimme entfernte sich, kam näher und entfernte sich dann wieder. Manchmal war der Junge so weit weg, dass ich ihn kaum hören konnte. Ich richtete mich halb auf, überlegte, ob ich ihm folgen sollte. Dann wurden die Vögel leiser, als er wieder näher kam, und ich duckte mich hastig zurück in die Büsche, die mich verbargen. Jede seiner Runden wurde ausgedehnter, der Abstand zwischen Kommen und Gehen größer. Und ich wurde immer unruhiger.

Konnte ich ihm folgen?

Wieder kam er zurück, nach einer langen Zeit in fast absoluter Stille. Dieses Mal war der Junge mir so nah, dass ich ihn von dort, wo ich reglos in meinem Versteck lag, gut sehen konnte. Einen Augenblick lang dachte ich, er hätte mich auch gesehen, aber sein Blick konzentrierte sich auf einen Punkt hinter mir. Die Form seiner Augen sandte ein nervöses Kribbeln durch meinen Magen. Etwas in mir zerrte und zupfte, meldete sich wie ein alter Schmerz. Er formte die Hände zu einem Trichter um den Mund und rief hinaus in den Wald.

Wenn ich aufstand, würde er mich sehen. Die Heftigkeit meines Wunsches, gesehen zu werden, mich ihm zu nähern, ließ ein dünnes Wimmern in meiner Kehle aufsteigen. Beinahe verstand ich, was er wollte. Beinahe –

»Grace?«

Das Wort durchbohrte mich wie ein Pfeil.

Der Junge sah mich noch immer nicht. Er hatte bloß seine Stimme hinaus in die Leere geworfen und wartete auf eine Antwort.

Ich hatte zu viel Angst. Mein Instinkt fesselte mich an den Boden. *Grace.* Das Wort hallte in mir nach und verlor mit jeder Wiederholung ein Stück seiner Bedeutung.

Den Kopf gesenkt, wandte er sich ab und entfernte sich langsam in Richtung der schräg stehenden Sonnenstrahlen, die den Waldrand markierten. Etwas wie Panik stieg in mir auf, brannte in meinem Bauch. *Grace.* Ich verlor die Form dieses Worts. Ich verlor etwas. Ich verlor mich. Ich –

Ich stand auf. Wenn er sich jetzt umdrehte, wäre ich nicht zu übersehen, ein dunkelgrauer Wolf vor schwarzen Baumstämmen. Ich wollte, dass er blieb. Wenn er blieb, würde dieses schreckliche Gefühl in mir vielleicht nachlassen. Das Bewusstsein, hier zu stehen, völlig ungeschützt, so nah bei ihm, ließ meine Beine unter mir zittern.

Er musste sich nur umdrehen.

Aber das tat er nicht. Er ging einfach weiter und nahm das, was ich verloren hatte, mit, nahm die Bedeutung dieses Wortes – *Grace* – mit, ohne zu wissen, wie nah er mir gewesen war.

Und ich rührte mich nicht und sah still zu, wie er mich zurückließ.

Kapitel 6

Sam

Ich lebte in einem Kriegsgebiet.
Als ich in die Auffahrt einbog, klatschte die Musik ihre Hände gegen die Autofenster. Die Luft vor dem Haus vibrierte vom Dröhnen der Bässe, das ganze Gebäude war zum Lautsprecher geworden. Die nächsten Nachbarn wohnten kilometerweit entfernt, also blieben sie von den Symptomen der Krankheit namens Cole St. Clair verschont. Coles schiere Präsenz war so mächtig, dass vier Wände sie nicht halten konnten. Sie sickerte aus den Fenstern, donnerte aus der Stereoanlage, brüllte mitten in der Nacht plötzlich los. Selbst wenn man ihm die Bühne wegnahm, der Rockstar blieb.

Seit er mit in Becks Haus – nein, in *meinem* Haus – lebte, hatte Cole es Stück für Stück zu einer außerirdischen Landschaft umgeformt. Es war, als könnte er gar nicht anders, als alles kaputt zu machen; das Chaos war einfach eine unumgängliche Nebenwirkung seiner Existenz. Er verteilte alle CD-Hüllen, die sich im Haus befanden, auf dem Wohnzimmerboden, ließ ständig den Fernseher laufen, der alles mit Dauerwerbesendungen beschallte, brannte irgendwas Klebriges in den Boden eines Topfs ein und ließ ihn dann auf dem Herd stehen. Die Bodendielen des Flurs im Erdgeschoss waren mit tiefen Scharten und Krallenspuren übersät, die von Coles Zimmer zum Bad und wieder zurück führten, wie ein Wolfsalphabet.

Ohne ersichtlichen Grund nahm er plötzlich alle Gläser aus dem Schrank, reihte sie der Größe nach geordnet auf der Arbeitsplatte auf und ließ die Schranktüren offen stehen, oder er sah sich ein Dutzend alte Achtzigerjahrefilme zur Hälfte an und ließ die Kassetten, ohne sie zurückzuspulen, auf dem Boden vor dem Videorekorder liegen, den er irgendwo im Keller ausgegraben hatte.

Als ich das erste Mal in ein solches Durcheinander nach Hause kam, machte ich den Fehler, es persönlich zu nehmen. Es dauerte Wochen, bis ich begriff, dass es dabei überhaupt nicht um mich ging. Sondern um ihn. Bei Cole ging immer alles um ihn selbst.

Ich stieg aus dem VW und ging auf das Haus zu. Ich hatte nicht vor, so lange hierzubleiben, dass mir Coles Musik anfing, auf die Nerven zu gehen. Ich war lediglich gekommen, um eine Reihe ganz spezieller Dinge zu holen, bevor ich mich wieder auf den Weg machte. Taschenlampe. Benadryl. Den Drahtkäfig aus der Garage. Dann würde ich noch am Supermarkt halten und ein bisschen Hackfleisch kaufen, in das ich das Beruhigungsmittel mischen konnte.

Ich fragte mich, ob man als Wolf eigentlich noch einen freien Willen hatte. Und ob ich ein schrecklicher Mensch war, weil ich vorhatte, meine Freundin zu betäuben und in mein Haus zu verschleppen, um sie dort im Keller festzuhalten. Es war nur – für einen Wolf gab es furchtbar viele Arten, einfach so zu sterben, bloß eine Sekunde zu lange auf einer Autobahn, ein paar Tage ohne Erfolg bei der Jagd, ein Schritt zu weit in den Garten eines betrunkenen Hinterwäldlers mit einer Schrotflinte.

Ich konnte spüren, dass ich sie verlieren würde.

Ich würde nicht noch eine Nacht mit diesem Gedanken im Kopf überstehen.

Als ich die Hintertür aufdrückte, ließ sich hinter dem Dröhnen des Basses tatsächliche Musik erahnen. Der Sänger, die Stimme verzerrt durch die Lautstärke, schrie mir entgegen: »*Suffocate suffocate suffocate.*« Die Klangfarbe kam mir bekannt vor und mit einem Schlag wurde mir klar, dass dies NARKOTIKA waren, so laut, dass ich den pulsierenden elektronischen Beat, der meinen Brustkorb summen ließ, für meinen Herzschlag gehalten hatte.

Ich rief nicht nach ihm, er hätte mich sowieso nicht gehört. Die Lampen, die er angelassen hatte, erzählten die Geschichte seines Kommens und Gehens: durch die Küche, den Flur hinunter zu seinem Zimmer, dann ins untere Bad und ins Wohnzimmer, wo die Anlage stand. Einen Moment lang dachte ich darüber nach, ihn suchen zu gehen, aber ich hatte keine Zeit, mich neben Grace auch noch auf die Jagd nach ihm zu machen. Ich schnappte mir eine Taschenlampe aus einem Küchenschrank und eine Banane von der Anrichte und ging zurück in den Flur. Wo ich prompt über Coles schlammverkrustete Schuhe stolperte, die mitten im Durchgang lagen. Erst jetzt fiel mir auf, wie schmutzig der Küchenboden war; der trübe gelbe Schein der Lampe erleuchtete den Uroboros, den Coles rastlose Schritte mit matschigen Fußstapfen vor die Schränke gemalt hatten.

Ich rubbelte mir mit der Hand übers Haar. Ein Schimpfwort kam mir in den Sinn, aber ich sprach es nicht aus. Was hätte Beck wohl mit Cole angefangen?

Plötzlich erinnerte ich mich an den Hund, den Ulrik einmal von der Arbeit mit nach Hause gebracht hatte, einen fast ausgewachsenen Rottweiler, der aus unerfindlichen Gründen Chauffeur hieß. Er wog etwa genauso viel wie ich, war ein bisschen räudig um die Hüften und von überaus freundlicher Natur. Ulrik grinste selig und faselte ständig irgendwas über deutsche Polizeihunde und dass ich Chauffeur mit der Zeit lieben würde wie einen Bruder. Eine Stunde nach seiner Ankunft hatte Chauffeur bereits vier Pfund Hackfleisch vertilgt, das Cover von einer Margaret-Thatcher-Biografie heruntergekaut – ich glaube, auch der größte Teil des ersten Kapitels fiel ihm zum Opfer – und einen dampfenden Haufen auf die Couch gesetzt. Beck sagte nur: »Schaff diesen verdammten Langolier hier raus.«

Ulrik schimpfte Beck auf Deutsch einen *Wichser* und verschwand mit dem Hund. Beck verbot mir, das Wort *Wichser* je in den Mund zu nehmen, weil das etwas sei, was dumme deutsche Männer sagten, wenn sie wüssten, dass sie unrecht hatten, und ein paar Stunden später kehrte Ulrik tatsächlich zurück, ohne Chauffeur. Ich setzte mich nie wieder auf diese Seite der Couch.

Aber ich konnte Cole nicht rauswerfen. Für ihn ging es von hier aus nirgendwohin außer abwärts. Außerdem war es auch nicht Cole an sich, der unerträglich war. Es war Cole in unverdünnter Form, pur, ohne dass irgendetwas seine Lautstärke dämpfte.

Alles hier war so anders gewesen, als das Haus noch voller Leute war.

Der Song endete und für zwei Sekunden herrschte Stille im Wohnzimmer, dann plärrte der nächste Song von NARKOTIKA aus den Lautsprechern. Wie eine Explosion erfüllte Coles Stimme den Flur, noch lauter und schnodderiger als im wahren Leben:

Break me into pieces
small enough to fit
in the palm of your hand, baby
I never thought that you would save me
break a piece
for your friends
break a piece

just for luck
break a piece
sell it sell it
break me break me

Mein Gehör war nicht mehr so empfindlich wie damals als Wolf, aber es war immer noch feiner als das der meisten Menschen. Die Musik war wie ein körperlicher Angriff, wie eine feste Wand, an der ich mich vorbeizwängen musste.

Das Wohnzimmer war leer – bevor ich wieder ging, würde ich die Musik abstellen – und ich hastete hindurch, um zur Treppe zu gelangen. Ich wusste, dass es im unteren Badezimmer eine Auswahl an Medikamenten gab, aber die waren für mich unerreichbar. Das untere Badezimmer mit seiner Wanne enthielt zu viele Erinnerungen, als dass ich es hätte betreten können. Zum Glück hatte Beck mit Blick auf meine Vergangenheit ein zweites Medikamentenlager im oberen Bad angelegt, in dem es keine Wanne gab.

Selbst hier oben konnte ich den Bass noch unter meinen Füßen vibrieren fühlen. Ich schloss die Tür hinter mir und gestattete mir die kleine Annehmlichkeit, mir die getrockneten Seifenreste vom Autowaschen von den Armen zu reiben, bevor ich den Spiegelschrank öffnete. Er war voll mit den leicht abstoßenden Zeugnissen anderer Menschen, wie die meisten Badezimmerschränke in einem Mehrpersonenhaushalt. Salben und anderer Leute Zahncreme, längst abgelaufene Tabletten für längst vergangene Beschwerden, Bürsten, in denen Haare in anderen Farben als meiner hingen, und Mundwasser, dessen Verfallsdatum wahrscheinlich seit zwei Jahren überschritten war. Hier hätte mal aufgeräumt werden müssen. Irgendwann würde ich bestimmt dazu kommen.

Mit spitzen Fingern fischte ich das Benadryl heraus und erhaschte beim Schließen des Schranks einen unwillkürlichen Blick auf mein Spiegelbild. Meine Haare waren länger, als ich sie jemals zuvor hatte wachsen lassen, meine gelben Augen hoben sich hell wie nie gegen die dunklen Ringe darunter ab. Aber es waren nicht meine Haare oder meine Augenfarbe, die mich genauer hinschauen ließen. Es war etwas in meinem Gesichtsausdruck, das ich nicht wiedererkannte, etwas wie eine Mischung aus Hilflosigkeit und Scheitern; wer immer dieser Sam auch war, ich kannte ihn nicht.

Ich griff nach der Taschenlampe und der Banane, die ich auf dem Waschbeckenrand abgelegt hatte. In jeder Minute, die ich länger hierblieb, lief Grace vielleicht weiter weg.

Ich rannte die Treppe hinunter, immer zwei Stufen auf einmal, mitten hinein in den Hexenkessel aus Musik. Das Wohnzimmer war noch immer leer, also lief ich auf die andere Seite, um die Anlage abzustellen. Es war eine seltsame Szenerie – die Lampen neben den karierten Sofas warfen ihre Schatten in alle möglichen Richtungen und keine Menschenseele war hier, um dem Wutausbruch zu lauschen, der aus den Boxen donnerte. Es waren mehr die Lampen als die Leere, die mir dieses unbehagliche Gefühl vermittelten. Sie passten nicht ganz zur Einrichtung, mit ihren Füßen aus dunklem Holz und den cremefarbenen Schirmen; Beck hatte sie eines Tages mitgebracht, woraufhin Paul erklärt hatte, das Haus sehe nun offiziell aus wie das seiner Großmutter. Vielleicht war das der Grund dafür, dass wir die Lampen nie benutzten, wir schalteten stattdessen immer das hellere Deckenlicht ein, das die verblassten Rottöne der Couch weniger traurig aussehen ließ und zuverlässig die Nacht aussperrte. In diesem Moment aber erinnerten mich die beiden Zwillingslichtkegel der Lampen an zwei Scheinwerfer auf einer Bühne.

Neben der Couch blieb ich stehen.

Das Wohnzimmer war nicht leer.

Außerhalb der Reichweite des Lichts lag ein Wolf, zuckend und bebend, die Schnauze geöffnet, sodass man seine Zähne sah. Ich erkannte die Farbe seines Fells, die starren grünen Augen: Cole.

Der sich verwandelte. Mein Verstand sagte mir, dass er dabei sein musste, sich zu verwandeln – ob von Wolf zu Mensch oder von Mensch zu Wolf, wusste ich nicht –, doch das Unbehagen blieb. Ich beobachtete ihn eine Minute lang, wartete ab, ob ich die Tür öffnen und ihn rauslassen musste.

Dem Dröhnen der Musik folgte Stille, als der Song endete; in meinen Ohren hallte der Rhythmus noch immer als geisterhaftes Echo wider. Ich legte meine Ausrüstung behutsam auf die Couch neben mir, die Härchen in meinem Nacken stellten sich warnend auf. Der Wolf neben der anderen Couch wurde noch immer von Zuckungen geschüttelt, sein Kopf ruckte mit unkontrollierter Heftigkeit und wie mechanisch hin und her. Er streckte alle viere stocksteif von sich. Aus seinen offenen Kiefern triefte Speichel.

Das war keine Verwandlung. Sondern ein Krampfanfall.

Ich zuckte vor Schreck zusammen, als ein langsamer Klavierakkord an mein Ohr drang, aber es war nur das nächste Lied auf der CD.

Ich kroch um die Couch herum und kniete mich vor Cole. Neben ihm auf dem Teppich lagen eine Hose und, ein paar Zentimeter weiter, eine halb heruntergedrückte Spritze.

»Cole«, stöhnte ich, »was hast du jetzt wieder angestellt?«

Der Kopf des Wolfs zuckte zurück in Richtung der Schultern, wieder und wieder.

Coles Stimme ertönte aus den Lautsprechern, langsam und unsicher vor der spärlichen Untermalung des einsamen Klaviers, es war ein ganz anderer Cole, als ich je gehört hatte:

*If I'm Hannibal
where are my Alps?*

Es gab niemanden, den ich hätte anrufen können. Der Notruf schied aus. Beck war weit, weit weg. Und Karyn, meiner Chefin in der Buchhandlung, das Ganze zu erklären, würde einfach zu lange dauern, auch wenn ich darauf vertrauen konnte, dass sie unser Geheimnis bewahrte. Grace hätte mir vielleicht helfen können, aber selbst sie war im Wald und versteckte sich vor mir. Das Gefühl des drohenden Verlusts setzte sich in mir fest, als riebe in meinen Lungen bei jedem Atemzug Schleifpapier aneinander.

Coles Körper zuckte sich durch einen Krampf nach dem anderen, sein Kopf ruckte wieder und wieder nach hinten. Die Lautlosigkeit, mit der das alles geschah, hatte etwas zutiefst Verstörendes an sich, die Tatsache, dass das einzige Geräusch, das all diese abrupten Bewegungen begleitete, das Scharren seines Kopfs auf dem Teppich war, während aus den Lautsprechern eine Stimme zu uns sang, die er nicht mehr besaß.

Ich langte hinter mich und zog mein Handy aus meiner Gesäßtasche. Es gab nur einen Menschen, den ich anrufen konnte. Schnell tippte ich die Nummer ein.

»Romulus«, begrüßte mich Isabel nach nur zweimal Klingeln. Im Hintergrund hörte ich Straßenlärm. »Ich hab gerade darüber nachgedacht, dich anzurufen.«

»Isabel«, sagte ich. Aus irgendeinem Grund gelang es mir nicht, meine Stimme angemessen ernst klingen zu lassen. Es hörte sich an, als plauderte ich über das Wetter. »Ich glaube, Cole hat so was wie einen Anfall. Ich weiß nicht, was ich machen soll.«

Sie zögerte keinen Moment. »Dreh ihn auf die Seite, damit er nicht an seiner eigenen Spucke erstickt.«

»Er ist ein Wolf.«

Cole wurde immer noch von Krämpfen geschüttelt, als führte er einen Krieg gegen sich selbst. In seinen Speichel mischten sich jetzt Blutstropfen. Wahrscheinlich hatte er sich auf die Zunge gebissen.

»War ja klar«, stöhnte sie. Sie klang sauer, was, wie ich langsam zu begreifen begann, ein Zeichen dafür war, dass sie sich Sorgen machte. »Wo bist du?«

»Im Haus.«

»Okay, ich bin in ein paar Sekunden da.«

»Du –?«

»Hab ich doch gesagt«, erklärte Isabel. »Ich hab dran gedacht, dich anzurufen.«

Es dauerte nur zwei Minuten, bis ihr Geländewagen in die Einfahrt rollte. Zwanzig Sekunden später fiel mir auf, dass Cole nicht mehr atmete.

Kapitel 7

Sam

Isabel telefonierte, als sie ins Wohnzimmer kam. Sie warf ihre Handtasche auf die Couch und würdigte Cole und mich kaum eines Blicks. »Wie ich bereits sagte, mein Hund hat einen Anfall«, sagte sie in ihr Handy. »Ich habe kein Auto. Wie kann ich ihm hier helfen? Nein, es geht nicht um Chloe.«

Während sie auf die Antwort lauschte, sah sie mir ins Gesicht. Einen Augenblick lang starrten wir uns an. Zwei Monate waren vergangen und Isabel hatte sich verändert – ihr Haar war länger, ja, aber wie bei mir lag der eigentliche Unterschied in ihren Augen. Sie war eine Fremde. Ich fragte mich, ob sie dasselbe über mich dachte.

Die Person am Telefon hatte ihr eine Frage gestellt. Sie gab sie an mich weiter. »Wie lange geht das schon so?«

Ich sah weg, auf die Uhr. Meine Hände fühlten sich kalt an. »Sechs Minuten, seit ich ihn so gefunden hab. Er atmet nicht.«

Isabel leckte sich über die kaugummirosa Lippen. Sie sah an mir vorbei, dorthin, wo Cole noch immer zuckte, seine Brust regungslos, ein reanimierter Leichnam. Als sie die Spritze neben ihm entdeckte, wurde ihr Blick finster. Sie hielt das Handy von ihrem Mund weg. »Sie sagen, wir sollen es mit einem Eisbeutel versuchen. Ins Kreuz.«

Ich kramte zwei Tüten Pommes frites aus dem Gefrierschrank.

Als ich zurückkam, hatte Isabel das Telefongespräch beendet und war vor Cole in die Hocke gegangen – ziemlich gewagt mit ihren Highheels. Ihre Haltung, die Neigung ihres Kopfes, hatte etwas Frappierendes. Sie wirkte wie ein wunderschönes, einsames Kunstwerk, faszinierend, aber unerreichbar.

Ich kniete mich auf Coles andere Seite und drückte ihm mit einem vagen Gefühl von Hilflosigkeit die Beutel auf den Rücken. Ich kämpfte gegen den Tod und dies waren die einzigen Waffen, die ich hatte.

»Jetzt«, sagte Isabel, »mit dreißig Prozent weniger Natriumgehalt.«

Ich brauchte einen Augenblick, bis ich begriff, dass sie vorlas, was auf den Pommes-Tüten stand.

Coles Stimme drang aus den Lautsprechern neben uns, sexy und sarkastisch: »*I am expendable.*«

»Was hat er gemacht?«, fragte sie. Die Spritze sah sie nicht an.

»Keine Ahnung«, antwortete ich. »Ich war gar nicht hier.«

Isabel streckte die Hand aus und half mir, einen der Beutel festzuhalten. »Dämlicher Scheißkerl.«

Mir fiel auf, dass das Zucken etwas abgeebbt war.

»Es hört auf«, sagte ich. Und dann, weil es mir vorkam, als würde zu viel Optimismus vielleicht das Schicksal dazu verleiten, mich zu bestrafen: »Oder er ist tot.«

»Ist er nicht«, erwiderte Isabel. Aber überzeugt klang sie nicht.

Der Wolf lag jetzt reglos da, den Kopf in einem grotesken Winkel zurückgebogen. Meine Finger waren leuchtend rot von den eiskalten Pommes. Wir waren vollkommen still. Grace musste mittlerweile weit weg von dem Ort sein, von dem aus sie mich angerufen hatte. Plötzlich kam mir mein Plan albern vor, kein bisschen logischer als der Versuch, Cole mit einer Tüte Tiefkühlpommes zu retten.

Die Brust des Wolfs bewegte sich noch immer nicht; ich hatte keine Ahnung, wie lange sein letzter Atemzug schon her war.

»Tja«, sagte ich leise. »Verdammt.«

Isabel ballte die Hände im Schoß.

Mit einem Mal bäumte sich der Körper des Wolfs noch einmal in aller Heftigkeit auf. Seine Beine ruderten wild durch die Luft.

»Das Eis«, blaffte Isabel. »Sam, aufwachen!«

Aber ich tat nichts. Erstaunt über die Wucht meiner Erleichterung darüber, dass Coles Körper nun wieder anfing zu beben, sah ich zu. Diese Art von Schmerz erkannte ich – er verwandelte sich. Der Wolf zuckte und schlotterte und sein Fell schien sich zu lösen und wich zurück. Pfoten verlängerten sich zu Fingern, Schultern ruckten und verbreiterten sich, die Wirbelsäule bog sich zurück. Alles an ihm zitterte. Der Körper des Wolfs dehnte sich bis zum Punkt des Unmöglichen aus, Muskeln wölbten sich unter der Haut, Knochen schabten hörbar übereinander.

Und dann lag Cole vor uns, keuchend, mit blauen Lippen und gespreizten, um Luft flehenden Fingern. Ich konnte sehen, wie seine Haut sich noch immer spannte und sich bei jedem mühevollen Atemzug seinen Rippen anpasste. Seine grünen Augen waren halb geschlossen, jedes Blinzeln beinahe zu lang, um ein Blinzeln zu sein.

Ich hörte, wie Isabel scharf die Luft einsog, und mir wurde klar, dass ich sie hätte auffordern sollen wegzusehen. Ich legte die Hand auf ihren Arm. Sie zuckte zusammen.

»Alles okay?«, erkundigte ich mich.

»Mir geht's gut«, antwortete sie, zu hastig, als dass es die Wahrheit hätte sein können. Niemandem ging es gut, nachdem er das gesehen hatte.

Der nächste Song auf der CD fing an, und als das Schlagzeug den

Auftakt zu einem von NARKOTIKAs bekanntesten Songs heraushämmerte, lachte Cole lautlos auf, ein Lachen, in dem keine Spur von Humor lag.

Isabel stand auf, plötzlich wutentbrannt, als wäre das Lachen eine Ohrfeige gewesen.

»Mein Werk hier ist getan. Ich geh dann mal.«

Coles Hand schoss nach vorn und umfasste ihren Knöchel. Er lallte: »Ischblculpepr.« Er schloss die Augen, öffnete sie wieder einen Spaltbreit. Sie waren nicht mehr als Schlitze. »Leider nicherreichbar.« Pause. »Nachem Piepton. Piep.«

Ich sah Isabel an. Im Hintergrund droschen Victors Hände posthum auf die Trommeln ein.

Sie sagte zu Cole: »Nächstes Mal versuch dich gefälligst draußen umzubringen. Dann muss Sam nicht die Sauerei wegmachen.«

»Isabel«, unterbrach ich sie scharf.

Aber Cole schien ungerührt.

»Hab nur«, erwiderte er und hielt dann inne. Jetzt, da er seit einer Weile wieder atmete, waren seine Lippen nicht mehr ganz so blau. »Hab nur versucht rauszufinden...« Dann verstummte er ganz und schloss die Augen. An seinem Schulterblatt zuckte noch immer ein Muskel.

Isabel stieg über ihn hinweg und schnappte sich ihre Handtasche von der Couch. Sie starrte die Banane an, die ich daneben hatte liegen lassen, die Brauen tief über den Augen zusammengezogen, als wäre die Banane, von allem, was sie heute gesehen hatte, das Unerklärlichste.

Der Gedanke, allein mit Cole zurückzubleiben – mit Cole, wenn er so war –, war unerträglich.

»Isabel«, sagte ich. Für einen Moment zögerte ich. »Du musst nicht gehen.«

Sie sah wieder auf Cole hinunter und ihre Lippen pressten sich zu einem dünnen, harten Strich zusammen. In ihren langen Wimpern glitzerte etwas Feuchtes. Dann sagte sie: »Tut mir leid, Sam.«

Sie ging und schlug die Hintertür so fest zu, dass alle Gläser, die Cole auf der Arbeitsplatte hatte stehen lassen, klirrten.

Kapitel 8

Isabel

Solange ich die Tachonadel über fünfundsechzig Meilen pro Stunde hielt, war alles, was ich sah, die Straße.

Die schmalen Sträßchen rund um Mercy Falls sahen nach Einbruch der Dunkelheit alle gleich aus. Große Bäume, kleine Bäume, Kühe, dann wieder große Bäume, kleine Bäume und schließlich Kühe. Bis zum Erbrechen. Ich jagte meinen Geländewagen um Kurven mit bröckelnden Kanten und raste ewig gleiche Geraden hinunter. Um eine Biegung brauste ich so schnell, dass mein leerer Kaffeebecher aus dem Getränkehalter flog. Der Becher knallte gegen die Beifahrertür und rollte dann durch den Fußraum, als ich die nächste Kurve nahm. Und immer noch schien es mir nicht schnell genug.

Alles, was ich wollte, war schneller zu sein als die Frage: *Was, wenn du dageblieben wärst?*

Ich hatte noch nie einen Strafzettel für zu schnelles Fahren bekommen. Einen Spitzenanwalt mit Problemen im Bereich Aggressionsbewältigung zum Vater zu haben, hatte in dieser Hinsicht einen fantastischen Abschreckungseffekt; normalerweise brauchte ich mir nur sein Gesicht vorzustellen, wenn er davon erfuhr, um schön unter dem Limit zu bleiben. Außerdem gab es hier draußen sowieso keinen Grund zum Rasen. Wir befanden uns schließlich immer noch in Mercy Falls, geschätzte Einwohnerzahl: 8. Wenn man hier zu schnell fuhr, war man, ehe man sich versah, raus aus der Stadt.

Jetzt aber war ein Schreiduell mit einem Polizisten so ziemlich die beste Therapie, die ich mir für meinen momentanen Geisteszustand vorstellen konnte.

Ich fuhr nicht nach Hause. Dort wäre ich von hier aus in zweiundzwanzig Minuten gewesen. Nicht lang genug.

Das Problem war, dass er mir unter die Haut gefahren war. Ich war ihm wieder zu nahe gekommen und hatte mich mit Cole infiziert. Und damit ging eine Reihe sehr charakteristischer Symptome einher. Gereiztheit. Stimmungsschwankungen. Kurzatmigkeit. Appetitverlust. Apathischer, glasiger Blick. Erschöpfung. Fehlten nur noch Pusteln und Beulen wie bei der Pest. Und dann der Tod.

Und ich hatte geglaubt, ich wäre geheilt. Aber wie es aussah, war das wohl nur eine Remission gewesen.

Es war nicht nur Cole. Ich hatte Sam nicht von meinem Vater und Marshall erzählt. Ich versuchte, mir einzureden, dass mein Vater den Artenschutz der Wölfe niemals würde aufheben können. Auch nicht mithilfe eines Kongressabgeordneten. Die beiden waren vielleicht hohe Tiere in ihren jeweiligen Heimatstädten, aber das hieß noch lange nicht, dass sie auch hohe Tiere in Minnesota waren. Ich musste kein schlechtes Gewissen haben, dass ich Sam heute nicht gewarnt hatte.

Ich war so tief in Gedanken, dass mir erst jetzt die blinkenden roten und blauen Lichter in meinem Rückspiegel auffielen. Eine Sirene heulte. Nicht richtig, nur ein kurzes Aufjaulen, das mir zeigen sollte, wer da hinter mir war.

Plötzlich erschien mir ein Schreiduell mit einem Polizisten gar keine so gute Idee mehr.

Ich fuhr rechts ran. Nahm meinen Führerschein aus der Handtasche. Die Papiere aus dem Handschuhfach. Ließ das Fenster herunterfahren.

Als der Polizist an meine Tür trat, erkannte ich an seiner braunen Uniform und dem großen, ulkigen Hut, dass er zur Landes- und nicht zur Bezirkspolizei gehörte. Landes-Cops sprachen nie Verwarnungen aus.

Ich war so was von geliefert.

Er richtete seine Taschenlampe auf mich. Ich blinzelte und schaltete die Deckenbeleuchtung des Wagens ein, damit er aufhörte, mich zu blenden.

»Guten Abend, Miss. Führerschein und Fahrzeugpapiere, bitte.« Er wirkte ein wenig angesäuert. »Haben Sie nicht gemerkt, dass ich hinter Ihnen war?«

»Na ja, wie's aussieht, schon«, erwiderte ich. Ich deutete auf den Automatikschalthebel und stellte ihn auf Parken.

Der Polizist verzog das Gesicht zu dem humorlosen Lächeln, das mein Vater manchmal beim Telefonieren aufsetzte. Er nahm meinen Führerschein und die Papiere entgegen, ohne einen Blick darauf zu werfen. »Ich bin Ihnen anderthalb Meilen gefolgt, bevor Sie angehalten haben.«

»Ich war abgelenkt«, sagte ich.

»So können Sie aber nicht fahren«, rügte der Polizist. »Ich muss Ihnen leider einen Strafzettel dafür geben, dass Sie in einer Fünfzigerzone dreiundsiebzig gefahren sind, hören Sie? Ich bin gleich wieder da. Bitte das Fahrzeug nicht bewegen.«

Er stapfte zurück zu seinem Wagen. Ich ließ das Fenster offen, auch wenn sich immer mehr Insekten gegen die Reflexion des Warnlichts in meinem Rückspiegel warfen. Ich sah die Reaktion meines Vaters lebhaft vor mir, ließ mich in meinen Sitz sinken und schloss die Augen. Hausarrest. Sie würden mir meine Kreditkarte wegnehmen. Telefonieren dürfte ich auch nicht mehr. Meine Eltern verfügten über unzählige Foltermethoden, die sie sich damals in Kalifornien ausgedacht hatten. Ich brauchte mir nicht mehr den Kopf darüber zu zerbrechen, ob ich noch mal zu Sam oder Cole fahren sollte, denn jetzt würde ich sowieso den Rest meines Abschlussjahrs eingesperrt zu Hause verbringen.

»Miss?«

Ich öffnete die Augen und setzte mich gerade hin. Der Polizist stand wieder an meinem Fenster, in der Hand meinen Führerschein und meine Fahrzeugpapiere und dazu einen kleinen Strafzettelblock.

Seine Stimme klang jetzt anders als zuvor. »Ihr Führerschein ist auf Isabel R. Culpeper ausgestellt. Sind Sie möglicherweise mit Thomas Culpeper verwandt?«

»Das ist mein Vater.«

Der Polizist klopfte mit seinem Stift auf den Strafzettelblock.

»Ah«, sagte er. Er gab mir Führerschein und Papiere zurück. »Das dachte ich mir. Sie sind zu schnell gefahren, Miss. Lassen Sie sich nicht noch einmal von mir dabei erwischen.«

Ich starrte auf den Führerschein in meiner Hand, dann wieder raus zu ihm. »Was ist mit –?«

Der Polizist tippte sich an die Hutkrempe. »Gute Fahrt noch, Miss Culpeper.«

Kapitel 9

Sam

Ich war ein General. Den größten Teil der Nacht saß ich wach und brütete über Karten und Strategien, um Cole zu konfrontieren. Becks Bürostuhl war meine Festung, in der ich mich hin und her drehte, Bruchstücke potenzieller Dialoge auf Becks alten Kalender kritzelte und als Orakel Solitär zurate zog. Wenn ich das nächste Spiel gewann, würde ich Cole die Regeln erklären, an die er sich würde halten müssen, wenn er in diesem Haus bleiben wollte. Wenn ich verlor, würde ich nichts sagen und abwarten, was passierte. Je weiter die Nacht voranschritt, desto kompliziertere Regeln stellte ich für mich auf: Wenn ich gewann, aber länger als zwei Minuten dafür brauchte, würde ich Cole eine Nachricht schreiben und sie ihm an die Schlafzimmertür kleben. Wenn ich gewann und den Herzkönig als Erstes ablegte, würde ich ihn von der Arbeit aus anrufen und ihm eine Liste von Statuten vorlesen.

Zwischen den einzelnen Solitärspielen probierte ich in meinem Kopf Sätze aus. Irgendwo gab es Worte, die Cole meine Sorgen erklären würden, ohne bevormundend zu wirken. Worte, die taktvoll, aber überzeugend waren. Aber dieses Irgendwo schien kein Ort zu sein, den ich in naher Zukunft finden würde.

Von Zeit zu Zeit schlich ich mich aus Becks Arbeitszimmer den düsteren grauen Flur hinunter bis zur Wohnzimmertür, dort blieb ich stehen und beobachtete Cole, noch immer durch den Anfall ausgeknockt, bis ich sicher war, ihn atmen gesehen zu haben. Dann trieben mich mein Frust und mein Ärger zurück ins Arbeitszimmer, um noch mehr sinnlose Pläne zu schmieden.

Meine Augen brannten vor Müdigkeit, aber ich durfte nicht schlafen. Wenn Cole aufwachte, würde ich vielleicht mit ihm reden. Falls ich gerade bei Solitär gewonnen hatte. Ich konnte nicht riskieren, dass er aufwachte, ohne dass ich sofort mit ihm reden konnte. Ich war mir noch nicht mal sicher, warum ich das nicht riskieren durfte, ich wusste bloß, dass ich nicht schlafen gehen konnte, wenn jederzeit die Möglichkeit bestand, dass er aufwachte.

Als das Telefon klingelte, schrak ich so heftig zusammen, dass Becks Stuhl sich zu drehen anfing. Ich ließ ihn die Runde zu Ende machen und griff dann vorsichtig nach dem Hörer. »Hallo?«

»Sam«, sagte Isabel. Ihre Stimme klang forsch und sachlich. »Hast du einen Moment Zeit zu plaudern?«

Plaudern. Ich hatte einen ganz speziellen Hass für das Telefon als Plaudermedium reserviert. Es gestattete keine Pausen, kein Schweigen, kein Durchatmen. Es hieß immer entweder sprechen oder gar nichts, und das kam mir unnatürlich vor. »Ja«, antwortete ich argwöhnisch.

»Ich hatte vorhin keine Gelegenheit, es dir zu erzählen«, sagte Isabel, immer noch mit der scharfen, betont deutlichen Aussprache einer Geldeintreiberin. »Mein Vater trifft sich mit einem Abgeordneten, weil er den Artenschutz der Wölfe aufheben lassen will. Stichwort Hubschrauber. Und Scharfschützen.«

Ich sagte nichts. Das war nicht das, wovon ich gedacht hatte, dass sie darüber plaudern wollte. Becks Stuhl hatte immer noch ein wenig Schwung, also ließ ich ihn eine weitere Drehung machen. Meine müden Augen fühlten sich an, als würden sie direkt in meinem

Schädel eingemacht wie saure Gurken. Ich fragte mich, ob Cole schon wach war. Ich fragte mich, ob er noch atmete. Ich erinnerte mich an einen kleinen Jungen mit Mütze auf dem Kopf, der von Wölfen in eine Schneewehe gedrückt wurde. Ich überlegte, wie weit Grace mittlerweile wohl schon weg war.

»Sam. Hast du gehört?«

»Hubschrauber«, wiederholte ich. »Scharfschützen. Ja.«

Ihre Stimme klang kühl. »Grace, aus dreihundert Meter Entfernung in den Kopf geschossen.«

Das traf mich, aber mit etwa derselben Intensität, wie es entfernte, hypothetische Schrecken, irgendwelche Katastrophen in den Nachrichten, taten. »Isabel«, sagte ich. »Was willst du von mir?«

»Das, was ich immer von dir will«, antwortete sie. »Taten.«

Und in diesem Moment vermisste ich Grace mehr als je zuvor in den vergangenen zwei Monaten. Ich vermisste sie so sehr, dass ich einen Augenblick lang tatsächlich keine Luft bekam, als wäre ihre Abwesenheit ein Fremdkörper, der in meiner Kehle feststeckte. Nicht weil es die Probleme nicht mehr gegeben hätte, wenn sie hier gewesen wäre, oder weil Isabel mich dann in Ruhe gelassen hätte. Nur aus dem harten, selbstsüchtigen Grund, dass Grace, wenn sie hier gewesen wäre, diese Frage anders beantwortet hätte. Sie hätte gewusst, dass ich darauf gar keine Antwort gewollt hatte. Sie hätte mir befohlen, schlafen zu gehen, und ich hätte es gekonnt. Und dann wäre dieser lange, schreckliche Tag endlich vorbei gewesen, und wenn ich morgen früh aufwachte, wäre alles schon viel logischer. Aber der Morgen verlor seine Heilkräfte, wenn er dich bereits mit weit offenen, misstrauischen Augen antraf.

»Sam. Mann, rede ich hier mit mir selbst, oder was?« Durchs Telefon hörte ich das Piepen, das erklang, wenn eine Autotür geöffnet wurde. Dann einen scharfen Luftzug, als die Tür wieder zuschlug.

Mir wurde klar, wie undankbar ich mich gerade aufführte. »Tut mir leid, Isabel. Es war nur ... es war nur ein ziemlich langer Tag.«

»Das kannst du laut sagen.« Ihre Füße knirschten auf Kies. »Geht's ihm gut?«

Ich ging mit dem Telefon den Flur hinunter. Einen Moment hielt ich inne, bis sich meine Augen an die Lichtkegel der Lampen gewöhnt hatten – ich war so erschöpft, dass jede Lichtquelle einen Ring oder einen geisterhaften Schweif hatte –, und wartete auf das beruhigende Heben und Senken von Coles Brust.

»Ja«, flüsterte ich. »Er schläft.«

»Das ist mehr, als er verdient hat«, erwiderte Isabel.

Ich begriff, dass der Zeitpunkt gekommen war, an dem ich aufhören sollte, so zu tun, als kriegte ich nichts mit. Wahrscheinlich war der Zeitpunkt dafür sogar schon vor einer ganzen Weile gekommen. »Isabel«, fragte ich, während ich zurück in Becks Arbeitszimmer ging, »was ist da zwischen euch beiden los gewesen?«

Isabel schwieg.

»Für dich bin ich nicht verantwortlich.« Ich zögerte. »Aber für Cole schon.«

»Oh, Sam, meinst du nicht, es ist ein bisschen spät, jetzt noch die Verantwortungskarte auszuspielen?«

Ich glaube nicht, dass es so grausam klingen sollte, aber es versetzte mir einen Stich. Nur der Gedanke an das, was Grace mir über Isabel erzählt hatte – wie sie Grace über mein Verschwinden hinweggeholfen hatte, damals, als Grace dachte, ich wäre tot –, hielt mich davon ab aufzulegen. »Sag's mir einfach. Läuft da was zwischen euch?«

»Nein«, fauchte Isabel.

Ich hörte die Wahrheit hinter diesem Wort und vielleicht war das auch ihre Absicht. Es war ein Nein, das besagte: *Im Moment nicht.*

Ich dachte an ihr Gesicht, als sie die Spritze neben Cole entdeckt hatte, und fragte mich, wie groß die Lüge hinter diesem Nein wohl sein mochte. Ich sagte: »Er hat eine Menge zu verarbeiten. So ist er für niemanden gut, Isabel.«

Sie antwortete nicht sofort. Ich presste die Fingerspitzen an meinen Kopf, spürte den Geist des Meningitis-Kopfschmerzes. Ein Blick auf den Computerbildschirm verriet mir, dass ich keine Wahl mehr hatte. Die Stoppuhr in der Ecke des Fensters zeigte an, dass ich sieben Minuten und einundzwanzig Sekunden gebraucht hatte, um zu begreifen, dass ich verloren hatte.

»Das«, sagte Isabel, »warst du auch nicht.«

Kapitel 10

Cole

Damals, auf dem Planeten New York, war mein Vater George St. Clair, Doktor der Medizin, Doktor der Biologie, Mensa-Mitglied, ein großer Fan wissenschaftlicher Abläufe. Er war ein guter verrückter Wissenschaftler. Ihn interessierte die Frage nach dem Warum. Und die Frage nach dem Wie. Es interessierte ihn zwar kein bisschen, was seine Experimente mit dem Subjekt anstellten, dafür aber umso mehr, wie man an die Formel gelangte, mittels derer sie sich wiederholen ließen.

Das Einzige, was mich interessierte, waren Ergebnisse.

Und, vor allem anderen, dass ich nicht wie mein Vater wurde, in keinerlei Hinsicht. Tatsächlich basierten die meisten Entscheidungen meines Lebens auf der Philosophie des Nicht-wie-Dr.-George-St.-Clair-Seins.

Darum war es echt hart, ihm in etwas zustimmen zu müssen, was ihm so wichtig war, selbst wenn er es nie erfahren würde. Doch als ich die Augen öffnete, mit dem Gefühl, als hätte jemand meine Eingeweide zu Brei geschlagen, tastete ich als Erstes nach dem Notizbuch auf dem Nachttisch neben mir. Ich war schon vor einer Weile aufgewacht, hatte mich lebendig auf dem Wohnzimmerboden wiedergefunden – was schon mal eine Überraschung war – und war in mein Zimmer gekrochen, um entweder zu schlafen oder endgültig das Zeitliche zu segnen. Jetzt fühlten sich meine Gliedmaßen an, als wären sie von einer Firma mit lausigen Qualitätskontrollen zusammengebaut worden. Nach einem Blinzeln in das graue Licht, das auf jede Tages- oder Nachtzeit hätte hindeuten können, schlug ich das Notizbuch auf, mit Fingern, die sich wie leblose Gegenstände anfühlten. Ich musste Seiten voll mit Becks Handschrift überblättern, bis ich schließlich bei meiner eigenen anlangte, dann schrieb ich das Datum auf und übernahm die Form der vorigen Einträge. Die Handschrift auf der gegenüberliegenden Seite wirkte ein bisschen solider als mein jetziges Gekrakel.

EPINEPHRIN / PSEUDOEPHEDRIN, MISCHUNG NR. 4
METHODE: INTRAVENÖSE INJEKTION
RESULTAT: ERFOLGREICH
(NEBENWIRKUNG: KRAMPFANFALL)

Ich klappte das Buch zu und ließ es auf meiner Brust liegen. Die Champagnerkorken zur Feier meiner Entdeckung würde ich wohl erst knallen lassen, wenn ich es schaffte, wach zu bleiben. Wenn meine Fortschritte sich nicht mehr ganz so anfühlten wie eine Krankheit.

Ich schloss die Augen.

Kapitel 11

Grace

In der ersten Zeit als Wolf hatte ich keine Ahnung vom Überleben.

Als ich das erste Mal zum Rudel stieß, überwog mein Nichtwissen bei Weitem mein Wissen: Wie jagte man, wie fand man die anderen Wölfe wieder, wenn man sich verirrt hatte, wo schlief man? Ich konnte nicht mit den anderen sprechen. Ich verstand die verwirrende Fülle von Gesten und Bildern nicht, die sie benutzten. Eins aber wusste ich: Wenn ich meiner Angst nachgab, würde ich sterben.

Als Erstes lernte ich, das Rudel zu finden. Und zwar durch puren Zufall. Allein und hungrig und mit einer Leere in mir, die Nahrung nicht füllen würde, hatte ich verzweifelt den Kopf in den Nacken gelegt und in die kalte Dunkelheit hinausgerufen. Es war mehr ein Wehklagen als ein Heulen, nackte Einsamkeit. Der Laut hallte von den Felsen neben mir wider.

Und dann, ein paar Augenblicke später, hörte ich eine Antwort. Ein quietschendes Jaulen, das nicht lange anhielt. Dann noch einmal. Es dauerte ein bisschen, bis ich begriff, dass eine Reaktion von mir erwartet wurde. Ich heulte erneut auf und der andere Wolf antwortete sofort. Der Laut war noch nicht verklungen, als ein weiterer Wolf anfing, dann noch einer. Falls ihre Rufe ein Echo hatten, konnte ich es zumindest nicht hören; sie waren weit weg.

Aber was bedeutete schon weit weg? Dieser Körper ermüdete nie.

So lernte ich, die anderen Wölfe zu finden. Es dauerte Tage, bis ich die Dynamik des Rudels verinnerlicht hatte. Da war der große schwarze Wolf, eindeutig unser Anführer. Seine stärkste Waffe waren seine Augen: Ein strafender Blick und das betreffende Rudelmitglied lag flach auf dem Bauch. Jedes außer dem großen grauen Wolf, der beinahe ebenso angesehen war: Er legte lediglich die Ohren an und senkte, nur leicht unterwürfig, den Schwanz.

Von ihnen lernte ich die Sprache der Dominanz. Die Zähne gebleckt. Die Lefzen zurückgezogen. Das Nackenfell aufgestellt.

Und von den untersten Rudelmitgliedern lernte ich, was Unterwerfung bedeutete. Den Bauch zum Himmel gewandt, den Blick gesenkt, den ganzen Körper zusammengekauert, um möglichst klein zu wirken.

Jeden Tag aufs Neue wurde der rangniedrigste Wolf, ein kränkliches Tier mit einem Triefauge, an seine Stellung erinnert. Die anderen schnappten nach ihm, drückten ihn zu Boden, ließen ihn erst als Letzten fressen. Ich dachte, den niedrigsten Rang zu bekleiden, wäre hart, aber es konnte noch schlimmer kommen: wenn man komplett ignoriert wurde.

Eine weiße Wölfin trieb sich immer in der Nähe des Rudels herum. Sie war praktisch unsichtbar. Niemand berücksichtigte sie beim Spielen, nicht einmal der graubraune Clown des Rudels. Er spielte sogar mit Vögeln, aber nicht mit ihr. Auf der Jagd war sie nicht existent, niemand traute ihr, niemand beachtete sie. Aber die Art, wie das Rudel sie behandelte, war nicht völlig ungerechtfertigt: Genau wie ich schien sie ihre Sprache nicht zu sprechen. Oder vielleicht war meine Einschätzung auch zu wohlwollend. Es wirkte eher, als hätte sie keinerlei Interesse daran, ihr Wissen zu nutzen.

In ihren Augen lauerten Geheimnisse.

Die einzige Gelegenheit, bei der ich sie mit einem anderen Wolf interagieren sah, war, als sie den Grauen anknurrte und er sie angriff.

Ich dachte, er würde sie töten.

Aber sie war stark; nachdem die beiden sich eine Weile im Unterholz gebalgt hatten, griff der Clown schließlich ein und warf sich zwischen die beiden kämpfenden Wölfe. Er wollte immer den Frieden bewahren. Doch nachdem der graue Wolf sich geschüttelt hatte und davongetrottet war, wandte sich der graubraune Clown noch einmal der weißen Wölfin zu und bleckte die Zähne, um sie daran zu erinnern, dass er, auch wenn er den Kampf unterbrochen hatte, nichts mit ihr zu tun haben wollte.

Danach beschloss ich, auf keinen Fall so zu werden wie sie. Selbst der Omegawolf wurde besser behandelt. In dieser Welt war kein Platz für Außenseiter. Also kroch ich auf den schwarzen Alphawolf zu. Ich versuchte, an alles zu denken, was ich gesehen hatte; mein Instinkt flüsterte mir zu, an was ich mich nicht mehr richtig erinnern konnte. Ohren anlegen, den Kopf schräg halten, zusammenkauern. Ich leckte sein Kinn und bat so um Aufnahme ins Rudel. Der Clown beobachtete die Begegnung; ich sah zur Seite und schenkte ihm ein wölfisches Grinsen, gerade so lange, dass er es mitbekam. Ich bündelte meine Gedanken und schaffte es, ihm ein Bild zu senden: ich, wie ich mit dem Rudel rannte, mit den anderen spielte, bei der Jagd half.

Sie hießen mich so ausgelassen und unverzüglich willkommen, dass es schien, als hätten sie nur auf diese Geste von mir gewartet. Von diesem Moment an wusste ich, dass die weiße Wölfin nur zurückgewiesen wurde, weil sie es nicht anders wollte.

Mein Unterricht begann. Während rings um uns der Frühling erwachte, Blüten sprießen ließ, die so süß dufteten, dass der Geruch beinahe an Verwesung erinnerte, und der Boden weich und feucht wurde, erkor mich das ganze Rudel zu seinem Projekt. Der graue Wolf brachte mir bei, mich an meine Beute anzuschleichen, einen Hirsch zu umkreisen und mich in seine Schnauze zu verbeißen, während die anderen sich auf seine Flanken stürzten. Der schwarze Alphawolf lehrte mich, Geruchsspuren am Rande unseres Reviers zu verfolgen. Der Clown zeigte mir, wie man Nahrung vergrub und einen leeren Vorrat markierte. Meine Unwissenheit schien ihnen regelrechtes Vergnügen zu bereiten. Nachdem ich die Zeichen für das Spielen längst gelernt hatte, forderten sie mich noch immer mit vollkommen übertriebenen Verbeugungen dazu auf, die Ellbogen auf dem Boden, den Schwanz wedelnd in der Luft. Als ich, hungrig bis zum Umfallen, ganz allein eine Maus fing, sprangen sie um mich herum und feierten, als hätte ich einen Elch erlegt. Wenn sie mich bei der Jagd abhängten, brachten sie mir ein Stück der Beute, wie sie es für einen Welpen tun würden; lange Zeit war ihre Freundlichkeit das Einzige, was mich am Leben hielt.

Wenn ich mich auf dem Waldboden zusammenkrümmte, leise winselnd, am ganzen Körper zitternd, während das Mädchen, das in mir lebte, meine Eingeweide in Stücke riss, standen die Wölfe Wache und beschützten mich, auch wenn ich nicht sicher war, wovor eigentlich. Wir waren die größten Lebewesen in diesem Wald, mit Ausnahme der Hirsche, und um die zu finden, mussten wir stundenlang laufen.

Laufen. Das taten wir. Unser Revier war groß, zu Beginn erschien es mir endlos. Doch wie weit wir unserer Beute auch folgten, wir umkreisten immer wieder denselben Teil des Waldes, ein lang gezogenes, sanft gewelltes Stück Land, durchsetzt von Bäumen mit blasser Rinde, zu dem wir immer zurückkehrten. *Zu Hause. Gefällt's dir?*

Nachts, wenn wir rasteten, heulte ich. Ein nicht zu stillender Hunger stieg dann in mir auf und mein Geist klammerte sich an Gedanken, die nicht in meinen Kopf zu passen schienen. Mein Jaulen steckte die anderen an und gemeinsam sangen wir, taten unsere Anwesenheit kund und beklagten die Rudelmitglieder, die nicht bei uns waren.

Ich wartete auf ihn.

Ich wusste, er würde nicht kommen, aber dennoch heulte ich, und wenn ich das tat, sandten mir die anderen Wölfe Bilder von ihm: schmal, grau, gelbe Augen. Ich schickte meine eigenen Bilder zurück, von einem Wolf am Waldrand, still und auf der Hut, der mich beobachtete. Die Bilder, so klar wie die zierlichen Blätter an den Bäumen vor mir, machten den Drang, ihn zu finden, nur schlimmer, aber ich wusste nicht, wo ich anfangen sollte zu suchen.

Und es waren nicht nur seine Augen, die mich nicht losließen. Sie waren lediglich der Zugang zu anderen Beinaheerinnerungen, Beinahebildern, Beinaheversionen von mir, die ich nicht einfangen konnte, schwerer zu fassen als der schnellste Hirsch. Ich fürchtete zu verhungern, aus Mangel an – was immer es auch sein mochte.

Langsam lernte ich, als Wolf zu überleben, aber niemand konnte mir beibringen, wie ich so *leben* sollte.

Kapitel 12

Grace

Eines frühen Nachmittags verwandelte ich mich. »Eines« Nachmittags deshalb, weil ich absolut keine Vorstellung von Zeit hatte. Ich hatte keine Ahnung, wie lange das letzte Mal her war, dass ich ich gewesen war und mich klar daran erinnerte, damals, bei *Ben's Fish and Tackle*. Als ich zu mir kam, wusste ich nur, dass ich mich auf der kleinen überwucherten Terrasse in der Nähe von Isabels Haus befand. Mein Gesicht lag im feuchten Matsch, unter dem sich das bunte Mosaik verbarg, das ich vor Monaten zum ersten Mal gesehen hatte. Ich hatte so lange dort gelegen, dass die kleinen Fliesen ein Gittermuster auf meiner Wange hinterlassen hatten. Weiter unten führten die Enten auf dem See kurz angebundene Gespräche miteinander. Ich stand auf, testete, ob meine Beine mich trugen, und wischte den gröbsten Schmutz und die klebrigen nassen Blätter von meinem Körper.

»Grace«, sagte ich. Die Enten hörten auf zu schnattern.

Dass es mir gelungen war, mich an meinen Namen zu erinnern, stimmte mich ungemein zufrieden. Mein Wolfsdasein hatte meine Ansprüche, was Wunder betraf, drastisch gesenkt. Außerdem bewies die Tatsache, dass ich ihn laut aussprechen konnte, dass ich wirklich ganz Mensch war und das Risiko eingehen konnte, zum Haus der Culpepers zu gehen. Die Sonne ertastete mich durch die Zweige und wärmte mir den Rücken, als ich zwischen den Bäumen hindurchschlich. Nach einem schnellen Blick, um zu prüfen, ob die Auffahrt leer war – ich war schließlich splitternackt –, rannte ich quer durch den Garten zur Hintertür.

Beim letzten Mal, als Isabel mich hierher mitgenommen hatte, war die Hintertür unverschlossen gewesen; ich wusste sogar noch, dass ich diesen Umstand kommentiert hatte. *Ich denke nie dran abzuschließen*, hatte Isabel gesagt.

Heute hatte sie es wieder vergessen.

Vorsichtig ging ich hinein und fand schließlich in der makellos sauberen Edelstahlküche das Telefon. Der Geruch nach Essen war dort so quälend, dass ich einen Moment lang einfach nur dastand, das Telefon in der Hand, bevor ich daran dachte zu wählen.

Isabel ging sofort ran.

»Hi«, sagte ich. »Ich bin's. Ich bin bei dir zu Hause. Sonst ist niemand hier.«

Mein Magen knurrte. Sehnsüchtig beäugte ich einen Brotkasten, aus dem die Ecke einer Bagelverpackung lugte.

»Rühr dich nicht vom Fleck«, befahl Isabel. »Ich bin schon unterwegs.«

Eine halbe Stunde später fand mich Isabel in der Tierausstellung ihres Dads, einen Bagel kauend und in ihren alten Klamotten. Der Raum war wirklich faszinierend, wenn auch auf eine entsetzliche Art und Weise. Zunächst mal war er riesig: zwei Stockwerke hoch, düster wie ein Museum und ungefähr so lang, wie das Haus meiner Eltern breit war. Und außerdem bis unter die Decke voll mit Dutzenden von ausgestopften Tieren. Von denen ich annahm, dass Tom Culpeper sie alle höchstpersönlich erschossen hatte. War es erlaubt, Elche zu schießen? Gab es überhaupt Elche in Minnesota? Wenn irgendjemand hier schon mal welche gesehen haben müsste, dann wäre das ja wohl ich selbst. Vielleicht hatte er sie ja auch einfach gekauft. Ich stellte mir vor, wie Männer in Overalls ausgestopfte Tiere mit styroporgepolsterten Geweihen aus einem Lieferwagen luden.

Die Tür fiel laut und hallend hinter Isabel zu, wie in einer Kirche, und ihre Absätze klapperten über den Boden. Das Echo ihrer Schritte in der Stille verstärkte den Kircheneffekt nur noch.

»Du siehst ja ganz schön glücklich aus«, kommentierte Isabel, da ich immer noch über die Elche lächelte. Sie blieb neben mir stehen. »Ich bin gekommen, so schnell ich konnte. Sieht aus, als hättest du meinen Schrank schon allein gefunden.«

»Ja«, antwortete ich. »Danke für die Sachen.«

Sie zupfte am Ärmel des T-Shirts, das ich angezogen hatte, ein altes gelbes Ding mit dem Aufdruck SANTA MARIA ACADEMY. »An diesem Oberteil hängen schreckliche Erinnerungen. Damals war ich Isabel C., weil meine beste Freundin auch Isabel hieß. Isabel D. Mann, war das ein Miststück.«

»Ich wollte nichts von deinen guten Sachen kaputt machen, falls ich mich wieder verwandele.« Ich warf ihr einen Blick zu; ich war so froh, sie zu sehen. Jede andere Freundin hätte mich umarmt, nachdem ich Monate weggewesen war. Aber ich hatte nicht den Eindruck, dass Isabel je irgendwen umarmte, unter keinen Umständen. Mein Magen zog sich zusammen, warnte mich, dass ich vielleicht nicht so lange Grace bleiben würde, wie ich hoffte. Ich fragte: »Hat dein Dad die alle geschossen?«

Isabel zog eine Grimasse. »Nicht alle. Ein paar von denen hat er wahrscheinlich eine Strafpredigt gehalten, bis sie tot umgefallen sind.«

Wir gingen ein paar Schritte weiter, bis ich vor einem Wolf mit

Glasaugen stehen blieb. Ich wartete darauf, dass das Entsetzen mich packte, aber es blieb aus. Kleine runde Fenster ließen schmale Lichtstrahlen herein, die die Pfoten des Wolfs in helle Kreise hüllten. Der Wolf wirkte zusammengeschrumpft, sein Pelz war staubig und stumpf und er sah nicht aus, als wäre er jemals lebendig gewesen. Seine Augen waren in irgendeiner Fabrik hergestellt worden und verrieten mir nichts darüber, wer er einst gewesen sein mochte, weder als Mensch noch als Tier.

»Kanada«, sagte Isabel. »Ich hab ihn gefragt. Keiner von den Wölfen aus Mercy Falls. Du brauchst das Vieh also nicht so anzustarren.«

Ich war mir nicht sicher, ob ich ihm das geglaubt hätte.

»Vermisst du Kalifornien?«, fragte ich. »Und Isabel D.?«

»Ja«, antwortete Isabel, führte das jedoch nicht weiter aus. »Hast du schon Sam angerufen?«

»Da geht keiner ran.« Sein Handy hatte sofort auf Mailbox geschaltet; wahrscheinlich hatte er den Akku wieder leer werden lassen. Und im Haus hatte auch niemand abgehoben. Ich gab mir Mühe, mir meine Enttäuschung nicht anmerken zu lassen. Isabel würde es nicht verstehen und mir stand im Moment genauso wenig der Sinn danach, meine Sorgen mit jemandem zu teilen, wie Isabel.

»War bei mir genauso«, bestätigte Isabel. »Ich hab ihm im Buchladen eine Nachricht hinterlassen.«

»Danke«, sagte ich. Aber um ehrlich zu sein, hatte ich das Gefühl, dass ich mich bald schon wieder verwandeln würde. In letzter Zeit waren meine Phasen als Mensch, in denen ich mich unangenehmerweise immer wieder in mir völlig fremden Teilen des Waldes wiederfand, zwar schon deutlich länger, aber bisher schien es, als könnte ich diesen Zustand höchstens eine Stunde aufrechterhalten. Manchmal blieb ich kaum lange genug menschlich, um den Körperwechsel in meinem vor Kurzem noch wölfischen Gehirn zu registrieren. Ich hatte keine Ahnung, wie viel Zeit vergangen war. All diese Tage, die schweigend an mir vorbeimarschierten ...

Ich strich dem Wolf über die Nase. Sie fühlte sich staubig und hart an, als streichelte ich ein Bücherregal. Ich wünschte, ich wäre in Becks Haus und läge schlafend in Sams Bett. Oder meinetwegen sogar bei mir zu Hause, bereit, den versäumten Unterrichtsstoff in Angriff zu nehmen. Aber die drohende Verwandlung zum Wolf ließ alle anderen Sorgen in meinem Leben geradezu zwergenhaft erscheinen.

»Grace«, sagte Isabel. »Mein Vater versucht, seinen Abgeordnetenfreund dazu zu kriegen, dass er ihm hilft, den Artenschutz der Wölfe aufheben zu lassen. Er will eine Treibjagd organisieren, aus der Luft.«

Wieder zog sich mein Magen zusammen. Ich schlenderte über den wunderschönen Parkettboden weiter zum nächsten Tier, einem erstaunlich riesigen Hasen, für immer mitten im Sprung erstarrt. Zwischen seinen Hinterbeinen spannte sich ein Spinnennetz. Tom Culpeper – musste er denn immer noch Jagd auf die Wölfe machen? Konnte er nicht endlich damit aufhören? Aber ich wusste, dass er das nicht konnte. Für ihn war es keine Rache, sondern reine Prävention. Ein Kampf für die gerechte Sache. So glaubte er, andere Leute davor bewahren zu können, dasselbe Schicksal zu erleiden wie sein Sohn. Wenn ich mir wirklich, wirklich Mühe gab, konnte ich das Ganze aus seinem Blickwinkel betrachten und für vielleicht zwei Sekunden aufhören, ihn als Monster zu sehen, Isabel zuliebe.

»Also echt, genau wie Sam!«, fauchte Isabel. »Du verziehst ja keine Miene. Glaubst du mir etwa nicht?«

»Doch, ich glaube dir«, sagte ich. Ich betrachtete unsere Spiegelbilder in dem glänzend polierten Holz. Die unscharfe, wellige Form meiner menschlichen Gestalt zu sehen, stimmte mich außerordentlich froh. Plötzlich ergriff mich Wehmut, als ich an meine Lieblingsjeans dachte. Ich seufzte auf. »Ich hab nur langsam genug von dem Ganzen. Ist einfach ziemlich viel, um das ich mich kümmern muss.«

»Ja, aber irgendwer muss sich nun mal drum kümmern. Ob's dir passt oder nicht. Und Sam ist ungefähr so pragmatisch wie …« Isabel verstummte. Offenbar fiel ihr nichts ein, was noch weltentrückter war als Sam.

»Ich weiß, dass wir uns darum kümmern müssen«, seufzte ich erschöpft. In meinem Magen zuckte es wieder. »Wir müssten es irgendwie schaffen, sie woanders hinzubringen, aber ich kann im Moment nicht darüber nachdenken, wie wir das anstellen sollen.«

»Sie woanders hinbringen?«

Langsam ging ich weiter zum nächsten Tier. Eine Art von Gans, die mit gespreizten Flügeln auf der Stelle lief. Wahrscheinlich sollte es aussehen, als würde sie gerade landen. Die schräg einfallende Nachmittagssonne spielte meiner Wahrnehmung einen Streich und ließ es wirken, als zwinkerte die Gans mir mit ihrem schwarzen Auge zu. »Na ja, wie es aussieht, müssen wir sie vor deinem Dad in Sicherheit bringen. Er wird nicht aufhören. Es muss doch irgendeinen besseren Ort geben.«

Isabel lachte, ein kurzer Laut, der eher einem Zischen als einem Ausdruck von Fröhlichkeit ähnelte. »Wahnsinn. Da zerbrechen sich Sam und Cole seit zwei Monaten den Kopf darüber und dir fällt nach zwei Sekunden was ein.«

Ich blickte sie an. Auf ihrem Gesicht lag eine Art Schmunzeln, eine Augenbraue hochgezogen. Vermutlich sollte es anerkennend wirken. »Wer weiß, ob das überhaupt funktionieren würde. Ich meine, ein Rudel Wildtiere einfach so umzusiedeln …«

»Klar, aber wenigstens ist es eine Idee. Schön zu sehen, dass hier wenigstens einer sein Gehirn benutzt.«

Ich verzog das Gesicht. Wir sahen beide die Gans an. Sie zwinkerte nicht noch einmal.

»Tut es weh?«, fragte Isabel.

Ich merkte, dass ihr Blick auf meiner linken Hand ruhte, die sich von ganz allein hoch zu meiner Seite gestohlen hatte und sich dagegenpresste. »Nur ein bisschen«, erwiderte ich. Sie stellte mich nicht zur Rede wegen der Lüge.

Wir zuckten beide zusammen, als Isabels Handy klingelte.

»Für dich«, sagte Isabel, noch bevor sie es aus der Tasche gekramt hatte. Sie warf einen Blick auf das Display und reichte mir das Telefon.

Mein Magen machte einen Hüpfer; ich konnte nicht sagen, ob es an dem Wolf in mir lag oder an meiner plötzlichen, unerklärlichen Nervosität.

Isabel gab mir einen Klaps auf den Arm, meine Haut erzitterte unter ihrer Hand. »Sag was.«

»Hi«, sagte ich. Eigentlich war es eher ein Krächzen.

»Hi«, sagte Sam, seine Stimme kaum laut genug, dass ich sie hören konnte. »Wie geht es dir?«

Isabels Anwesenheit war mir sehr bewusst. Ich drehte mich zu der Gans um. Sie zwinkerte mir wieder zu. Meine Haut fühlte sich nicht an, als gehörte sie zu mir. »Jetzt schon besser.«

Ich wusste nicht, was ich in zwei Minuten sagen sollte, nachdem wir zwei Monate getrennt gewesen waren. Ich wollte nicht reden. Ich wollte mich an ihn schmiegen und einschlafen, mehr als alles andere. Ich wollte ihn wiedersehen, in seinen Augen lesen, dass das, was wir gehabt hatten, echt gewesen war, und dass er kein Fremder war. Ich wollte keine großen Gesten, kein ausgedehntes Gespräch –

ich wollte nur wissen, dass irgendetwas geblieben war, nachdem sich alles andere geändert hatte. Ich spürte eine Welle von Ärger über dieses vollkommen unzulängliche Telefon, über meinen unzuverlässigen Körper, über die Wölfe, die mich erschaffen und zerstört hatten.

»Ich komme«, sagte er. »Zehn Minuten.«

Acht Minuten zu viel. Meine Knochen schmerzten. »Ich würde gern …« Ich hielt inne und biss die Zähne gegen das Zittern zusammen. Dies war der schlimmste Moment – wenn es wirklich anfing wehzutun und ich genau wusste, dass es nur noch schlimmer werden würde. »… einen Kakao mit dir trinken, wenn ich wieder da bin. Ich vermisse Schokolade.«

Sam machte ein leises, heiseres Geräusch. Er verstand und das tat mir weh, mehr als die Verwandlung selbst. Er sagte: »Ich weiß, es ist schwer. Denk an den Sommer, Grace. Denk dran, dass es bald vorbei ist.«

Meine Augen brannten. Ich krümmte die Schultern, um mich vor Isabel abzuschirmen.

»Ich will, dass es jetzt vorbei ist«, flüsterte ich und fühlte mich schrecklich bei diesem Geständnis.

»Du —«, begann Sam.

»Grace!«, zischte Isabel und riss mir das Telefon aus der Hand. »Du musst abhauen. Meine Eltern sind zu Hause!«

Sie klappte das Handy zu und im selben Moment hörte ich Stimmen im Zimmer nebenan.

»Isabel!«, schallte Tom Culpepers Stimme deutlich zu uns herüber.

Das Innere meines Körpers dehnte sich und schien zu reißen. Am liebsten hätte ich mich ganz klein zusammengefaltet.

Isabel schob mich zu einer Tür und ich stolperte in ein angrenzendes Zimmer. »Hier rein«, drängte sie. »Sei still! Ich mach das schon.«

»Isabel«, keuchte ich. »Ich kann nicht –«

Die massive alte Klinke am anderen Ende des Saals bewegte sich mit einem Krachen, laut wie ein Schuss, und Isabel knallte mir die Tür vor der Nase zu.

Kapitel 13

Isabel

Einen kurzen Moment war ich mir nicht sicher, ob mein Vater Grace gesehen hatte. Sein normalerweise so wohlfrisiertes Haar war zerzaust und in seinen Augen las ich Entsetzen oder Überraschung oder irgendeine andere heftige Emotion. Er hatte die Tür mit solcher Wucht aufgestoßen, dass sie gegen die Wand geknallt und dann wieder zurückgeschwungen war. Der Elch war ins Wanken geraten; ich wartete darauf, dass er umkippte. Mir war noch nie in den Sinn gekommen, was für ein Wahnsinnsanblick es wäre, all diese Tiere wie Dominosteine umfallen zu sehen. Mein Vater zitterte immer noch, als der Elch längst damit aufgehört hatte.

Um mein Unbehagen zu verbergen, warf ich meinem Vater einen finsteren Blick zu. »Na, das nenn ich mal einen dramatischen Auftritt.« Ich lehnte mich gegen die Tür zum Klavierzimmer. Hoffentlich machte Grace da drinnen nichts kaputt.

»Gott sei Dank«, stieß mein Vater hervor, als hätte ich überhaupt nichts gesagt. »Warum zum Teufel gehst du nicht an dein Handy?«

Ungläubig sah ich ihn an. Ich ließ meine Eltern doch andauernd auf die Mailbox sprechen. Und dann rief ich sie zurück. Irgendwann. Nur weil ich heute auch ein paarmal nicht ans Telefon gegangen war, würden sie doch wohl nicht gleich Magengeschwüre kriegen.

Mom kam ins Zimmer geschlichen, die Augen blutunterlaufen und ihr Make-up eine mittlere Katastrophe. Angesichts der Tatsache, dass sie es normalerweise schaffte, Tränen wie ein edles Accessoire aussehen zu lassen, war ich ziemlich beeindruckt. Zuerst hatte ich gedacht, dass es vielleicht um den Polizisten ging, der mich angehalten hatte, aber ich konnte mir nicht vorstellen, dass Mom deswegen so neben der Spur wäre.

Argwöhnisch fragte ich: »Warum weint Mom so?«

Die Stimme meiner Mutter klang fast wie ein Knurren. »Isabel, wir haben dir dieses Handy nicht ohne Grund gekauft!«

Jetzt war ich doppelt beeindruckt. Nicht übel, Mom. Normalerweise überließ sie den guten Text immer meinem Vater.

»Trägst du es denn nicht bei dir?«, fragte mein Vater.

»Das Tragen übernimmt freundlicherweise meine Handtasche«, entgegnete ich. Mein Vater warf meiner Mutter einen Blick zu. »Ich erwarte, dass du von jetzt an immer rangehst«, sagte er dann zu mir. »Wenn du nicht gerade in der Schule sitzt oder irgendwelche wichtigen Gliedmaßen verloren hast, will ich, dass du auf Annehmen drückst und dir das Telefon ans Ohr hältst, wenn du siehst, dass wir anrufen. Ansonsten kannst du dich gleich davon verabschieden. Ein Handy ist ein –«

»Privileg. Ja, schon klar.« Aus dem Klavierzimmer hinter mir drangen leise Geräusche; ich fing an, in meiner Handtasche zu wühlen, um sie zu übertönen. Als sie verstummten, zog ich mein Handy hervor, um zu beweisen, dass ich es dabeihatte. Es zeigte zwölf verpasste Anrufe von meinen Eltern an. Und keinen einzigen von Cole, was nach über einem Monat mit mindestens einem verpassten Anruf von ihm zu jeder Tages- und Nachtzeit irgendwie komisch war. Ich runzelte die Stirn. »Was ist denn bitte schön überhaupt los?«

Mein Vater sagte: »Travis hat angerufen und gesagt, dass die Polizei eine Leiche im Wald gefunden hat. Ein Mädchen, und sie haben es noch nicht identifizieren können.«

Gar nicht gut. Plötzlich war ich ziemlich froh, dass Grace hinter mir im Klavierzimmer war und seltsame Kratzgeräusche machte. Dann fiel mir auf, dass Mom mich immer noch bedeutungsvoll anstarrte; es wurde wohl eine Reaktion von mir erwartet.

»Und da seid ihr gleich davon ausgegangen, dass irgendeine Tote auf jeden Fall ich sein muss?«, entgegnete ich.

»Isabel, du gehst doch ständig im Wald joggen!«, fauchte Mom.

Dann sprach mein Vater aus, womit ich schon die ganze Zeit gerechnet hatte. »Sie ist von Wölfen getötet worden.«

Mit einem Mal wallte entsetzliche Wut in mir auf, Wut auf Sam und Cole und Grace, weil sie nichts unternommen hatten, obwohl ich ihnen gesagt hatte, dass sie es verdammt noch mal *mussten*.

Aus dem Klavierzimmer ertönten noch mehr Geräusche. Ich sagte schnell etwas. »Tja, ich war den ganzen Tag erst in der Schule und dann hier. Ist einigermaßen schwierig, sich in der Schule umbringen zu lassen, was?« Und dann, weil mir klar wurde, dass ich fragen musste, damit ich mich nicht verdächtig machte: »Wann können sie denn sagen, wer es ist?«

»Ich weiß es nicht«, sagte mein Vater. »Sie haben gesagt, sie sei in einem ziemlich schlechten Zustand.«

Mom sagte abrupt: »Ich muss mich umziehen.« Zuerst begriff ich den Grund für ihren hastigen Rückzug nicht. Dann aber kapierte ich, dass sie an den Tod meines Bruders gedacht haben musste, sich vorgestellt haben musste, wie Jack von Wölfen zerfleischt worden war. Das Problem hatte ich nicht, ich wusste ja, wie Jack wirklich gestorben war.

Genau in diesem Moment erklang ein Rumpeln aus dem Klavierzimmer, deutlich genug, dass mein Vater misstrauisch die Augen zusammenkniff.

»Tut mir leid, dass ich nicht ans Telefon gegangen bin«, sagte ich laut. »Ich wollte nicht, dass Mom sich so aufregt. Hey. Auf dem Nachhauseweg bin ich mit dem Auto über irgendwas drübergefahren. Kannst du dir das mal angucken?«

Ich wartete darauf, dass er Nein sagte, dass er nach nebenan stürmte und Grace fand, die sich gerade in einen Wolf verwandelte. Stattdessen aber seufzte er und nickte, schon auf dem Weg in Richtung der anderen Tür.

Natürlich würde er an meinem Auto nichts finden. Aber er untersuchte es so lange und gründlich, dass mir genügend Zeit blieb, um zurück ins Klavierzimmer zu huschen und nachzusehen, ob Grace den Steinway schon zu Kleinholz verarbeitet hatte. Alles, was ich fand, war ein offenes Fenster, dessen Fliegengitter draußen im Garten lag. Ich beugte mich hinaus und erhaschte einen Blick auf etwas Gelbes – mein Santa-Maria-Academy-T-Shirt, das in einem Strauch hing.

Grace hätte sich keinen schlechteren Zeitpunkt aussuchen können, um da draußen als Wolf herumzulaufen.

Kapitel 14

Sam

Und ich hatte Grace schon wieder verpasst.
Nach unserem Telefonat verbrachte ich Stunden mit – gar nichts. Ich war noch immer komplett vom Klang ihrer Stimme in den Bann gezogen und so jagte einer meiner Gedanken den nächsten, kreisten dieselben müßigen Fragen immer wieder in meinem Kopf. Ich fragte mich, ob ich Grace womöglich noch erwischt hätte, wenn ich ihre Nachricht früher erhalten hätte, wenn ich nicht zum Schuppen rausgegangen wäre, um nach Lebenszeichen zu suchen, wenn ich nicht tiefer in den Wald gegangen wäre und durch die Birkenblätter zum Himmel hinaufgeschrien hätte, frustriert über Coles Anfall und Grace' Abwesenheit und über die schiere Last, ich zu sein.

Ich ertrank in meinen unbeantworteten Fragen, bis es schließlich dunkel wurde. Stunden waren vergangen, so als hätte ich mich verwandelt, doch ich hatte meine Haut nie verlassen. Es war Jahre her, seit mir die Zeit derart abhandengekommen war.

Das war einmal mein Leben gewesen. Stundenlang hatte ich aus dem Fenster gesehen, bis meine Beine unter mir einschliefen. Damals, als ich gerade zu Beck gekommen war – ich musste ungefähr acht Jahre alt gewesen sein, nicht lange, nachdem meine Eltern mir meine Narben verpasst hatten. Manchmal hob Ulrik mich dann unter den Achseln hoch und schleifte mich mit in die Küche, in ein Leben voll anderer Menschen, aber dort war ich nur ein stiller, zitternder Beobachter. Stunden, Tage, Monate vergingen, verschluckt von einem Ort, der weder Sam noch den Wolf einließ. Es war Beck, der den Bann schließlich brach.

Er hielt mir ein Taschentuch hin und dieses Geschenk war seltsam genug, um mich zurück in die Gegenwart zu holen. Wieder wedelte er mir damit vor der Nase herum. »Sam. Dein Gesicht.«

Ich fasste mir an die Wangen, sie waren weniger feucht als vielmehr klebrig von der Erinnerung an einen stetigen Tränenstrom. »Ich hab nicht geweint«, erklärte ich ihm.

»Das weiß ich«, antwortete Beck.

Während ich mir das Taschentuch ins Gesicht drückte, sagte Beck: »Ich will dir mal was erzählen. In deinem Kopf sind leere Kartons, Sam.«

Verwirrt sah ich ihn an. Wieder war diese Vorstellung seltsam genug, um meine Aufmerksamkeit zu fesseln.

»Da drin sind sogar eine ganze Menge leere Kartons und du kannst Sachen hineinpacken.« Beck gab mir ein zweites Taschentuch, für meine andere Wange.

Zu diesem Zeitpunkt war mein Vertrauen in Beck noch nicht vollständig aufgebaut; ich erinnere mich, dass ich zuerst dachte, das Ganze wäre ein ziemlich schlechter Witz, den ich nicht kapierte. Meine Stimme klang argwöhnisch, sogar in meinen eigenen Ohren. »Was für Sachen?«

»Traurige Sachen«, erwiderte Beck. »Hast du viele traurige Sachen in deinem Kopf?«

»Nein«, sagte ich.

Beck sog die Unterlippe ein und ließ sie langsam wieder los. »Tja, ich schon.«

Das schockierte mich. Ich fragte nicht nach, aber ich beugte mich ein Stück weiter vor.

»Und diese Sachen würden mich zum Weinen bringen«, fuhr Beck fort. »Früher hab ich deswegen oft den ganzen Tag geweint.«

Ich erinnerte mich, wie ich damals dachte, dass das bestimmt gelogen war. Ich konnte mir nicht vorstellen, wie Beck weinte. Er war ein Fels. Selbst jetzt, die Finger auf den Boden gestützt, wirkte er so gefasst, so selbstsicher, so unzerstörbar.

»Glaubst du mir nicht? Frag Ulrik. Der musste sich damit rumschlagen«, sagte Beck. »Und weißt du, was ich mit diesen traurigen Sachen gemacht habe? Ich hab sie in Kartons gesteckt. Ich hab die traurigen Sachen in Kartons in meinem Kopf gesteckt und dann hab ich die Deckel zugemacht und sie mit Klebeband verschnürt und sie in der Ecke aufgestapelt und ein Tuch drübergeworfen. Das sah dann aus wie oben bei uns auf dem Speicher.«

»Ein *Gehirn*speicher?«, erkundigte ich mich mit einem kleinen Grinsen. Na ja, ich war acht.

Beck lächelte, ein seltsam persönliches Lächeln, das ich, damals zumindest, nicht verstand. Heute weiß ich, dass es Erleichterung darüber war, mir einen Witz entlockt zu haben, wie jämmerlich er auch gewesen sein mochte. »Klar, ein Gehirnspeicher. Ganz oben, in der hintersten Ecke. Jetzt muss ich mir diese traurigen Sachen nicht mehr angucken. Irgendwann könnte ich die Kartons vielleicht mal aufmachen, wenn mir danach ist, aber eigentlich lasse ich sie lieber zu.«

»Wie hast du das mit dem Gehirnspeicher gemacht?«

»Du musst es dir vorstellen. Stell dir vor, wie du die traurigen Sachen in die Kartons packst und wie du alles mit Klebeband zuklebst. Und dann stell dir vor, dass du sie ganz in die Ecke von deinem Gehirn schiebst, wo du beim normalen Denken nicht drüberstolperst, und dann wirf ein Tuch drüber. Hast du solche traurigen Sachen, Sam?«

Ich konnte den staubigen Speicher in meinem Gehirn schon sehen. Er stand voller Kleiderkartons, weil das die interessanteste Art von Kartons war, die ich mir vorstellen konnte – groß genug, um sich eine Festung daraus zu bauen –, und obendrauf entdeckte ich jede Menge Klebeband. Daneben lagen Rasierklingen, die nur darauf warteten, die Kartons und mich wieder aufzuschneiden.

»Mom«, flüsterte ich.

Ich sah Beck nicht an, aber aus dem Augenwinkel erkannte ich, wie er schluckte.

»Was noch?«, fragte er, kaum laut genug, dass ich es hörte.

»Das Wasser«, sagte ich. Ich schloss die Augen. Ich konnte es sehen, direkt vor mir, und das nächste Wort musste ich hervorpressen. »Meine ...«

Meine Finger lagen auf meinen Narben.

Zögernd legte Beck eine Hand auf meine Schulter. Als ich nicht zurückzuckte, schlang er einen Arm um meinen Rücken und ich lehnte mich an seine Brust und fühlte mich klein und achtjährig und zerbrochen.

»Ich«, sagte ich.

Beck schwieg einen langen Moment und drückte mich an sich. Mit geschlossenen Augen war es, als gäbe es auf der ganzen Welt nichts als seinen Herzschlag unter dem Wollpullover – und dann sagte er: »Pack alles in diese Kartons, nur nicht dich selbst, Sam. *Dich* wollen wir behalten. Versprich mir, dass du hier draußen bei uns bleibst.«

Lange Zeit saßen wir so da, und als wir schließlich aufstanden, waren all meine traurigen Sachen in Kartons verstaut und Beck war mein Vater.

Jetzt ging ich nach draußen zu dem dicken, uralten Baumstumpf im Garten und legte mich darauf, sodass ich die Sterne über mir sehen konnte. Dann schloss ich die Augen und packte meine Sorgen langsam in Kartons, eine nach der anderen, und klebte die Kartons zu. Coles selbstzerstörerische Art in den einen, Tom Culpeper in den nächsten. Sogar Isabels Stimme bekam einen Karton, weil ich sie im Moment einfach nicht ertragen konnte.

Mit jedem Karton fühlte ich mich ein kleines bisschen leichter, konnte ein kleines bisschen freier atmen.

Das Einzige, was ich nicht übers Herz brachte dort hineinzupacken, war meine Traurigkeit darüber, dass Grace nicht bei mir war. Die behielt ich. Das durfte ich. Ich hatte sie mir verdient.

Danach lag ich einfach nur draußen auf dem Baumstumpf.

Am nächsten Morgen musste ich arbeiten, also hätte ich eigentlich schlafen sollen, aber ich wusste genau, was passieren würde: Jedes Mal wenn ich die Augen zumachte, würden meine Beine anfangen zu schmerzen, als wäre ich gerannt, und meine Lider würden anfangen zu zucken, als müssten sie offen sein, und mir würde plötzlich einfallen, dass ich die Nummern in meinem Handy noch mit Namen versehen musste, und dann würde ich daran denken, dass ich irgendwann aber wirklich mal die Ladung Wäsche zusammenfalten sollte, die ich vor einer Woche gewaschen hatte.

Außerdem würde ich daran denken, dass ich unbedingt mit Cole sprechen musste.

Der Baumstumpf war so breit, dass meine Beine höchstens dreißig Zentimeter darüber hinausragten; der Baum – eigentlich waren es sogar zwei gewesen, die zusammengewachsen waren – musste gigantisch gewesen sein, als er noch stand. Er trug schwarze Narben, dort wo Paul und Ulrik ihn als Abschussrampe für Feuerwerkskörper benutzt hatten. Als ich noch klein gewesen war, hatte ich gern die Altersringe gezählt. Er hatte länger gelebt als irgendeiner von uns.

Die Sterne über mir waren unendlich und schienen sich hin und her zu drehen, ein komplexes Mobile, geschaffen von Riesen. Sie zogen mich zu sich empor, in den Weltraum, in meine Erinnerungen. Als ich so auf dem Rücken lag, musste ich daran denken, wie ich von den Wölfen angegriffen worden war, vor langer Zeit, als ich noch jemand anderes gewesen war. Im einen Augenblick war ich allein gewesen und der Morgen und mein restliches Leben hatten vor mir gelegen wie Bilder aus einem Film, jede Sekunde nur ein winziges bisschen anders als die vorangegangene. Das Wunder einer nahtlosen, unbemerkten Metamorphose. Und im nächsten waren die Wölfe da.

Ich seufzte. Über mir bewegten sich Satelliten und Flugzeuge mühelos zwischen den Sternen hindurch; eine von Blitzen durchzuckte Wolkenbank schob sich langsam von Nordwesten her in mein Blickfeld. Mein Geist huschte rastlos hin und her, zwischen der Gegenwart – dem alten Baumstumpf, der sich hart in meine Schulterblätter presste – und der Vergangenheit – meinem Rucksack, der unter mir zusammengedrückt wurde, als die Wölfe mich in eine Schneewehe stießen, die das Räumfahrzeug zurückgelassen hatte. Meine Mutter hatte mir eine wahre Rüstung angelegt, aus einem blauen Wintermantel mit weißen Streifen an den Ärmeln und Handschuhen, die zu dick waren, um darin die Finger zu bewegen.

In meiner Erinnerung konnte ich mich nicht hören. Ich sah nur, wie mein Mund sich bewegte und die stöckchendürren Ärmchen meines siebenjährigen Ichs auf die Schnauzen der Wölfe eintrommelten. Ich beobachtete mich von einem Punkt außerhalb meines Körpers, ein blauweißer Mantel, eingepfercht unter einem schwarzen Wolfskörper. Unter seinen gespreizten Pfoten wirkte das Kleidungsstück substanzlos und leer, als wäre ich bereits verschwunden und hätte die äußeren Merkmale meines Menschenlebens zurückgelassen.

»Hör dir das mal an, Ringo.«

Meine Augen flogen auf. Ich brauchte einen Moment, bis ich Cole registrierte, der im Schneidersitz neben mir auf dem Baumstumpf saß. Er war eine schwarze Silhouette vor einem im Vergleich dazu grauen Himmel und hielt meine Gitarre so unsicher, als hätte sie Stacheln.

Er spielte einen D-Dur-Akkord, unrein und schnarrend, und sang mit seiner tiefen, rauen Stimme: »*I fell for her in summer*«, unbeholfener Griffwechsel und melodramatisch kippende Stimme, »*my lovely summer girl.*«

Meine Ohren brannten, als ich meinen eigenen Songtext erkannte.

»Ich hab deine CD gefunden.« Cole starrte eine Ewigkeit auf den Gitarrenhals, bevor er den nächsten Akkord griff. Aber er hatte jeden einzelnen Finger falsch auf das Griffbrett gelegt, zu nah am Bund, sodass ein eher perkussiver als melodischer Ton entstand. Er stieß ein liebenswert frustriertes Schnauben aus und sah mich an. »Als ich in deinem Auto rumgeschnüffelt hab.«

Ich schüttelte bloß den Kopf.

»*Sie schlägt mich mit dem Hammer, mein hartes Hammergirl*«, sang Cole jetzt, mit einem weiteren schnarrenden D als Begleitung. Mit gespielt verträumter Stimme sagte er: »Ich glaube, ich hätte leicht wie du enden können, Ringo, wenn ich mit Karamell-Macchiato gesäugt worden wäre und ein Rudel Werwölfe mir viktorianische Lyrik als Gutenachtgeschichten vorgelesen hätte.« Er sah meinen Gesichtsausdruck. »Ach, jetzt mach dir mal nicht gleich ins rosa Höschen.«

»Mein Höschen ist völlig trocken«, entgegnete ich. »Hast du getrunken?«

»Ich glaube, ich kann mit Recht behaupten«, antwortete er, »dass ich jeden Tropfen im Haus erfolgreich vernichtet habe. Also nein.«

»Warum warst du in meinem Auto?«

»Weil du da nicht warst«, sagte Cole. Wieder spielte er denselben Akkord. »Ist ein echter Ohrwurm, schon gemerkt? *Ich läg so gern im Bett mit dir, du süßes Sommergirl, aber ich bring's echt nicht, bin halt kein ganzer Körl ...*«

Ich sah zu, wie ein Flugzeug mit blinkenden Lichtern über den Himmel kroch. Erinnerungen daran, wie ich diesen Song geschrieben hatte, stiegen in mir auf, in dem Sommer, bevor ich Grace wirklich kennenlernte. Es war einer von jenen Songs, die wie im Rausch aus mir herausströmten, alles auf einmal, während ich über meine Gitarre gebeugt auf der Bettkante hockte und versuchte, passende Akkorde für den Text zu finden, bevor die Melodie wieder verflogen war. Wie ich ihn unter der Dusche gesungen hatte, um ihn fest in meinem Kopf zu verankern. Wie ich ihn beim Wäschefalten unten bei den anderen nur gesummt hatte, weil ich nicht wollte, dass Beck mich über ein Mädchen singen hörte. Und wie ich mir die ganze Zeit über das Unmögliche gewünscht hatte, das, was wir uns alle wünschten: den Sommer zu überdauern.

Cole brach seinen Quatschgesang ab und sagte: »Dieses andere in Moll gefällt mir noch besser, aber das hab ich nicht hingekriegt.« Er versuchte, einen anderen Akkord zu greifen. Die Gitarre schnarrte ihn an.

»Diese Gitarre«, sagte ich, »gehorcht nur ihrem Herrn und Meister.«

»Ja«, stimmte Cole zu, »aber Grace ist nun mal nicht hier.« Verschlagen grinste er mich an. Er schrummte wieder das D. »Das ist der einzige Akkord, den ich einigermaßen spielen kann. Guck dir das bloß an. Zehn Jahre Klavierunterricht, Ringo, aber drück mir ein Mal 'ne Gitarre in die Hand und ich verwandle mich in ein sabberndes Baby.«

Ich hatte ihn auf dem Album von NARKOTIKA zwar spielen hören, trotzdem fiel es mir erstaunlich schwer, mir Cole bei der Klavierstunde vorzustellen. Um ein Musikinstrument spielen zu lernen, musste man eine gewisse Toleranz für Langeweile und Misserfolge aufbringen können. Und die Fähigkeit, still zu sitzen, schadete auch nicht.

Ich sah zu, wie Blitze von Wolke zu Wolke sprangen; die Luft bekam langsam die typische Schwere, die immer vor Gewittern auftauchte. »Du legst die Finger zu dicht am Bund an. Darum schnarrt es so. Schieb sie ein Stück weiter dahinter und drück fester zu. Nur mit den Fingerspitzen, nicht mit der ganzen Kuppe.«

Eigentlich hatte ich nicht das Gefühl, es sonderlich gut erklärt zu haben, aber Cole änderte seine Fingerhaltung und spielte einen perfekten Akkord, ohne Schnarren oder tote Saiten.

Verträumt sah Cole zum Himmel auf und sang: »*Ich bin ein heißer Typ, riskier gern 'ne dicke Lippe ...*« Dann sah er mich an. »Die nächste Zeile musst du singen.«

Dieses Spiel hatten Paul und ich auch manchmal gespielt. Ich überlegte, ob ich zu sauer auf Cole war, um mitzuspielen, weil er sich über meine Musik lustig gemacht hatte. Nach einer etwas zu langen Pause fügte ich, halbherzig und so ziemlich in derselben Melodie, hinzu: »*Und ich seh den Satelliten nach.*«

»Nette Idee, Emo-Boy«, sagte Cole. In der Ferne grollte Donner. Er spielte noch ein D und sang: »*Und mein Weg endet mal auf Mercy Falls' Müllkippe ...*«

Ich stemmte mich auf die Ellbogen hoch, Cole schrammelte für mich weiter und ich sang: »*Denn jeden Abend werd ich als Hund wach.*«

Dann fragte ich: »Willst du eigentlich bei jeder Zeile denselben Akkord spielen?«

»Denke schon, ist schließlich mein bester. Ich bin ein One-Akkord-Wonder.«

Ich griff nach der Gitarre und fühlte mich wie ein Feigling. Jetzt dieses Spiel mit ihm zu spielen, war, als würde ich die Geschehnisse von letzter Nacht billigen und das, was er jede Woche mit dem Haus anstellte, und das, was er jede Minute mit sich selbst anstellte. Doch als ich die Gitarre von ihm entgegennahm und sanft über die Saiten strich, um zu hören, ob sie gestimmt war, fühlte sich das wie eine unendlich viel vertrautere Sprache an als jede, die ich in einem ernsten Gespräch mit Cole benutzen würde.

Ich spielte ein F-Dur.

»Aha, jetzt werden Nägel mit Köpfen gemacht«, sagte Cole. Aber er sang keine weitere Zeile. Stattdessen legte er sich, jetzt, da ich mit der Gitarre aufrecht saß, ausgestreckt auf meinen Platz auf dem Baumstumpf und starrte in den Himmel. So gut aussehend und lässig, wie er war, wirkte es, als wäre die Szene von einem einfallsreichen Fotografen arrangiert worden, als hätte ihn der Anfall von letzter Nacht kein bisschen aus der Fassung gebracht. »Spiel mal das in Moll.«

»Welches –?«

»Das, in dem es um Abschied geht.«

Ich sah hinaus in den schwarzen Wald und spielte einen a-Moll-Akkord. Einen Augenblick lang war es danach vollkommen still, mit Ausnahme irgendeines Insekts, das aus den Bäumen hervorzirpte.

Dann sagte Cole: »Nein, richtig, sing das Lied.«

Ich dachte an den spöttischen Unterton in seiner Stimme, als er

Summer Girl gesungen hatte, und erwiderte, »Nein. Ich will – nein.«

Cole seufzte, als hätte er schon mit einer Enttäuschung gerechnet. Über uns rumorte der Donner, der anscheinend einen Vorsprung gegenüber der Gewitterwolke hatte, denn die umhüllte gerade die Baumwipfel wie eine Hand, die ein Geheimnis verbarg. Abwesend zupfte ich an den Gitarrensaiten, weil mich das beruhigte, und sah nach oben. Es war faszinierend, wie diese Wolke selbst zwischen den einzelnen Blitzen wirkte, als wäre sie von innen erleuchtet, als hätte sie all das Licht aufgesogen, das die vielen Häuser und Städte abgaben, die sie überquerte. Vor dem schwarzen Himmel wirkte sie beinahe künstlich: violettgrau, mit messerscharfen Rändern. Es schien unmöglich, dass so etwas in der Natur existieren sollte.

»Arme kleine Scheißer«, sagte Cole, den Blick noch immer auf die Sterne gerichtet. »Die müssen doch echt die Schnauze voll davon haben, uns ständig dabei zuzusehen, wie wir immer wieder dieselben Fehler machen.«

Plötzlich erfüllte mich dieser Zustand des Wartens mit unglaublicher Dankbarkeit. Denn egal, wie sehr er auch an mir nagte, mich zum Wachbleiben zwang, mir meine Gedanken raubte, am Ende dieser endlosen Warterei stand Grace. Worauf wartete Cole?

»Jetzt?«, fragte Cole.

Ich hörte auf, Gitarre zu spielen. »Was, jetzt?«

Cole stemmte sich hoch. Auf die Hände gestützt, blickte er immer noch nach oben und sang, völlig ungehemmt – aber wieso sollte er es auch sein? Ich stellte schließlich nur ein Zweitausendstel des Publikums dar, an das er gewöhnt war.

»*One thousand ways to say good-bye, one thousand ways to cry ...*«

Ich spielte den a-Moll-Akkord, mit dem der Song anfing, und Cole verzog den Mund zu einem selbstkritischen Lächeln, als er merkte, dass er in der falschen Tonart angefangen hatte. Ich spielte den Akkord noch mal und diesmal sang ich und ich hatte auch keine Hemmungen, denn schließlich hatte Cole mich schon über die Lautsprecher meines Autos gehört und ich hatte nichts mehr zu verlieren:

One thousand ways to say good-bye
One thousand ways to cry
One thousand ways to hang your hat before you go outside
I say good-bye good-bye good-bye
I shout it out so loud
'Cause the next time that I find my voice
I might not remember how.

Als ich den Teil mit *good-bye good-bye good-bye* sang, fiel Cole mit den Harmonien ein, die ich auf meinem Demo aufgenommen hatte. Die Gitarre klang ein kleines bisschen schief – nur die H-Saite, es war immer die H-Saite, die sich verstimmte – und wir klangen auch ein kleines bisschen schief, aber es hatte trotzdem etwas Tröstliches, Kameradschaftliches.

Es war ein dünnes, zerfranstes Seil, über die Kluft zwischen uns geworfen. Nicht lang genug, um die andere Seite zu erreichen, aber vielleicht gerade ausreichend, um zu erkennen, dass sie nicht so breit war, wie ich anfangs gedacht hatte.

Am Ende imitierte Cole mit einem gehauchten *Haaaa-haaaaa-haaaa* ein begeistertes Publikum. Dann verstummte er abrupt und sah mich mit schief gelegtem Kopf an. Seine Augen waren schmal, als lauschte er auf irgendetwas.

Und dann hörte ich sie auch.

Die Wölfe heulten. Ihre fernen Stimmen, so rhythmisch und melodisch, tönten einen Moment lang durcheinander, bis sie die Harmonie wiederfanden. Sie klangen rastlos heute Abend, aber wunderschön – als warteten sie, wie wir anderen auch, auf etwas, das wir nicht recht benennen konnten.

Cole sah mich immer noch an, also sagte ich: »Das ist ihre Coverversion des Songs.«

»Müsste man noch ein bisschen dran feilen«, erwiderte Cole. Er blickte auf meine Gitarre. »Aber ansonsten nicht übel.«

Dann saßen wir schweigend da und hörten den Wölfen beim Heulen zu, sofern es der Donner zuließ. Ohne Erfolg versuchte ich, Grace' Stimme zu erkennen, aber ich hörte nur diejenigen, mit denen ich aufgewachsen war. Ich hielt mir vor Augen, dass ich ihre *richtige* Stimme doch erst heute Nachmittag gehört hatte. Es hatte keinerlei Bedeutung, dass sie nun in dem Gesang fehlte.

»Auf den Regen kann ich gut verzichten«, sagte Cole.

Ich sah ihn stirnrunzelnd an.

»Na dann, nix wie zurück in den Zwinger, was?« Cole schlug sich mit der flachen Hand auf den Arm und schnippte mit geschickten Fingern ein unsichtbares Insekt von seiner Haut. Er erhob sich, hakte die Daumen in die hinteren Hosentaschen und blieb mit dem Gesicht zum Wald stehen. »Damals in New York, da hat Victor –«

Er hielt inne. Im Haus klingelte das Telefon. Ich nahm mir vor, ihn später zu fragen: *Was war in New York?*, aber als ich drinnen ankam, war Isabel am Telefon und erzählte mir, dass die Wölfe ein Mädchen getötet hatten und dass es nicht Grace war, ich aber gefälligst den verdammten Fernseher einschalten sollte.

Ich schaltete ihn ein und Cole und ich standen vor der Couch. Er verschränkte die Arme, während ich mich durch die Sender klickte.

In der Tat waren die Wölfe wieder Thema in den Nachrichten. Es war einmal ein Mädchen, das wurde von den Wölfen von Mercy

Falls angegriffen. Damals war der Bericht kurz und spekulativ. Das wichtigste Wort lautete *Unfall*.

Jetzt, zehn Jahre später, war ein anderes Mädchen tot und die Berichte schienen nicht enden zu wollen.

Jetzt lautete das Wort *Vernichtung*.

Kapitel 15

Grace

Es war ein Albtraum.
Um mich herum nur Schwärze. Nicht die von Silhouetten gefüllte Schwärze meines Zimmers bei Nacht, sondern die absolute, unermessliche Dunkelheit eines Orts, an dem es keinerlei Licht gab. Wasser spritzte auf meine nackte Haut, das beißende Prickeln von Regen und dann das schwerfälligere Plätschern von Tropfen, die von irgendwo weiter oben auf mich herunterrannen.

Rings um mich herum hörte ich das Geräusch von Regen in einem Wald.

Ich war ein Mensch.

Ich hatte keine Ahnung, wo ich war.

Plötzlich eine grelle Lichtexplosion. Zusammengekauert und zitternd sah ich gerade noch einen gegabelten Blitz in die schwarzen Äste über mir züngeln, meine nassen, schmutzigen Finger ausgestreckt vor mir und die violetten Geister der Baumstämme, die mich umgaben. Dann war wieder alles schwarz.

Ich wartete. Ich wusste, es würde kommen, aber ich war trotzdem nicht vorbereitet, als –

Das Krachen des Donners klang, als käme es direkt aus meinem Inneren. Es war so laut, dass ich mir die Hände auf die Ohren presste und den Kopf zwischen die Schultern zog, bevor mein gesunder

Menschenverstand übernahm. Es war nur Donner. Donner konnte mir nichts anhaben.

Aber mein Herz hämmerte mir trotzdem in den Ohren.

Ich stand in der Dunkelheit – so finster, dass es beinahe *wehtat* – und schlang die Arme um meinen Oberkörper. All meine Instinkte schrien mich an, mir einen Unterschlupf zu suchen, mich in Sicherheit zu bringen.

Dann wieder: ein Blitz.

Violett aufleuchtender Himmel, eine knorrige Hand aus Ästen und

Augen.

Ich atmete nicht.

Es wurde wieder dunkel.

Schwarz.

Ich schloss die Augen und konnte die Gestalt immer noch im Negativ vor mir sehen: ein großes Tier, ein paar Meter von mir entfernt. Den Blick unverwandt auf mich gerichtet.

Jetzt richteten sich die Härchen auf meinen Armen kribbelnd auf, eine langsame, lautlose Warnung. Plötzlich war alles, woran ich denken konnte, ein Tag, als ich elf Jahre alt war. Als ich auf der Reifenschaukel saß und las. Als ich aufsah und in ein Paar Augen blickte – und von der Schaukel gerissen wurde.

Donner, ohrenbetäubend laut.

Ich lauschte nach irgendetwas, das sich näherte.

Wieder erhellte ein Blitz die Welt. Zwei Sekunden Licht und dort waren sie. Augen, farblos, als sich der Blitz in ihnen spiegelte. Ein Wolf. Keine drei Meter von mir entfernt.

Es war Shelby.

Die Welt wurde wieder schwarz.

Ich rannte.

Kapitel 16

Sam

Ich wachte auf.
Dann blinzelte ich, kurzzeitig verwirrt über die Helligkeit meines Schlafzimmerlichts mitten in der Nacht. Ganz langsam setzten sich meine Gedanken wieder zusammen und ich erinnerte mich, dass ich das Licht angelassen hatte, weil ich davon ausgegangen war, dass ich sowieso nicht würde einschlafen können.

Und nun lag ich da, der Blick noch verschwommen vom Schlaf, und sah auf meine Schreibtischlampe, die asymmetrische Schatten von der anderen Seite des Zimmers warf. Mein Notizbuch war halb von meiner Brust gerutscht, alle Wörter darin völlig aus dem Lot. Über mir drehten sich die Papierkraniche an ihren Schnüren, hektisch und in zackigen Kreisen, belebt durch die Belüftungsklappe in der Decke. Sie schienen ihren jeweiligen Welten verzweifelt entkommen zu wollen.

Als offensichtlich wurde, dass ich wohl nicht wieder einschlafen würde, streckte ich das Bein aus und schaltete mit dem nackten Fuß den CD-Player auf dem Tisch am Ende meines Betts ein. Eine mit den Fingern gezupfte Gitarre schallte aus den Lautsprechern, jeder Ton im selben Rhythmus wie mein Herzschlag. So schlaflos hier im Bett zu liegen, erinnerte mich an die Nächte vor Grace, als noch Beck und die anderen Wölfe mit im Haus gelebt hatten. Damals hatte das Volk der Papierkraniche über mir, bekritzelt mit Erinnerungen, gedroht, die Grenzen seines Lebensraumes zu sprengen, während langsam der Countdown bis zu meinem Verfallsdatum lief, dem Tag, an dem ich mich im Wald verlieren würde. Ich blieb halbe Nächte lang wach, versunken in meiner Sehnsucht.

Aber diese Sehnsucht war etwas Abstraktes gewesen. Ich hatte mir etwas gewünscht, von dem ich wusste, dass ich es nicht haben konnte: ein Leben nach dem Sommer, ein Leben nach meinem zwanzigsten Geburtstag, ein Leben, in dem ich mehr Zeit als Sam denn als Wolf verbrachte.

Doch jetzt war das, wonach ich mich sehnte, keine imaginäre Zukunft mehr. Es war eine konkrete Erinnerung, daran, wie ich auf dem Ledersessel im Arbeitszimmer der Brisbanes lümmelte, ein Buch – *Im Land der leeren Häuser* – in der Hand, während Grace am Schreibtisch bei den Hausaufgaben saß und an ihrem Bleistift kaute. Ich sagte nichts, weil wir das nicht mussten, angenehm berauscht vom Ledergeruch des Sessels unter mir, dem schwachen Duft nach gebratenem Hühnchen in der Luft und den Geräuschen von Grace, die seufzte und sich in ihrem Schreibtischstuhl hin und her drehte. Neben ihr summte das Radio leise Popsongs, Top-40-Hits, die mit dem Hintergrund verschmolzen, bis Grace schief bei einem Refrain mitsang.

Nach einer Weile hatte sie genug von ihren Hausaufgaben und kroch zu mir in den Sessel. *Mach mal Platz*, sagte sie, obwohl ich keinen hätte machen können. Ich protestierte, als sie mir in den Oberschenkel kniff, während sie hartnäckig versuchte, sich neben mich zu quetschen. *Hab ich dir wehgetan? Tut mir leid*, flüsterte sie mir dann ins Ohr, aber das war keine Entschuldigung, denn man biss jemandem nicht ins Ohrläppchen, um ihm zu sagen, dass einem etwas leidtat. Ich kniff zurück und sie vergrub ihr Gesicht lachend an meinem Schlüsselbein. Eine ihrer Hände schlängelte sich zwischen der Sessellehne und meinem Rücken zu meinen Schulterblättern. Ich tat so, als läse ich weiter, und sie tat so, als würde sie an mich geschmiegt dösen, in Wirklichkeit aber kniff sie mich andauernd in die Schultern und ich kitzelte sie mit meiner freien Hand, bis sie, selbst als wir uns wieder und wieder küssten, nicht aufhören konnte zu lachen.

Es gibt keinen besseren Geschmack als jemandes Lachen in deinem Mund.

Nach einer Weile schlief Grace wirklich an meiner Brust ein und ich versuchte erfolglos, es ihr nachzutun. Schließlich griff ich wieder nach meinem Buch, streichelte ihr Haar und las zum Soundtrack ihrer Atemzüge. Ihr Gewicht hielt meine flüchtigen Gedanken am Boden fest und in diesem Moment war ich mehr Teil dieser Welt, als ich es je zuvor gewesen war.

Und jetzt, als ich die Papierkraniche dabei beobachtete, wie sie ungeduldig an ihren Schnüren zerrten, wusste ich genau, was ich wollte, weil ich es bereits *gehabt* hatte.

Ich schlief nicht wieder ein.

Kapitel 17

Grace

Einen Wolf konnte ich unmöglich abhängen. Keine von uns sah besonders gut im Dunkeln, aber Shelby hatte den Geruchssinn und das Hörvermögen eines Wolfs. Ich dagegen hatte nichts als nackte Füße, die sich im Dorngestrüpp verfingen, und stumpfe Fingernägel, die zu kurz waren, um mich damit zu verteidigen, und Lungen, die nicht genügend Luft bekamen. Ich fühlte mich vollkommen hilflos in diesem stürmischen Wald. Alles, woran ich denken konnte, waren Zähne, die sich in mein Schlüsselbein schlugen, heißer Atem auf meinem Gesicht, Schnee, der mein Blut aufsaugte.

Wieder krachte über mir der Donner und ließ nur das schmerzhaft schnelle Pochen meines Herzens zurück.

Panik half jetzt auch nicht.

Beruhig dich, Grace.

Zwischen den einzelnen Blitzen stolperte ich weiter, die Hände vor mir ausgestreckt. Teilweise, um zu verhindern, dass ich irgendwo gegen lief, und teilweise in der Hoffnung, einen Baum zu finden, der so niedrige Äste hatte, dass ich hinaufklettern konnte. Das war der einzige Vorteil, den ich Shelby gegenüber hatte – meine Finger. Aber die Bäume hier waren alle entweder dürre Kiefern oder riesige Eichen – mit Ästen erst ab fünf bis fünfzehn Metern Höhe.

Und hinter mir, irgendwo: Shelby.

Shelby wusste, dass ich sie gesehen hatte, darum gab sie sich keine Mühe mehr, leise zu sein. Obwohl sie in der Dunkelheit nicht besser sehen konnte als ich, hörte ich, wie sie mich zwischen den Blitzen immer weiter einholte, gelenkt von ihrer Nase und ihren Ohren.

Noch mehr Angst aber machte es mir, wenn ich sie *nicht* hörte.

Ein Blitz flackerte auf. Ich glaubte zu sehen, wie –

Ich blieb stehen, reglos, wartete ab. Ich hielt den Atem an. Das Haar klebte mir nass im Gesicht und an den Schultern; eine einzelne Strähne hing mir im Mundwinkel. Es war einfacher, die Luft anzuhalten, als der Versuchung zu widerstehen, die paar Haare zur Seite zu streichen. Während ich so starr dastand, wurden mir plötzlich all die kleinen Unannehmlichkeiten bewusst: Meine Füße taten weh. Der Regen brannte auf meinen schlammverschmierten Beinen. Ich musste mich an ungesehenen Dornen verletzt haben. Mein Magen fühlte sich vollkommen leer an.

Ich versuchte, nicht an Shelby zu denken. Ich versuchte, mich zu konzentrieren und den Blick auf den Punkt zu richten, an dem ich meinte, einen Weg in die Sicherheit gesehen zu haben, sodass ich mir, wenn es wieder blitzte, einprägen konnte, wohin ich laufen musste.

Erneut flackerte ein Blitz auf und diesmal sah ich genau, was ich vorher erahnt hatte – nur für den Bruchteil einer Sekunde, aber ich war mir sicher: die schwarze Silhouette des Schuppens, in dem das Rudel seine Vorräte lagerte. Er stand ungefähr vierzig oder fünfzig Meter zu meiner Rechten, ein bisschen erhöht, wie auf einem Hügel. Wenn ich es bis dorthin schaffte, könnte ich Shelby die Tür vor der Nase zuknallen.

Der Wald wurde wieder schwarz und Donner durchschnitt die Stille. Er war so laut, dass es in den paar Sekunden danach schien, als wären sämtliche anderen Geräusche aus der Welt hinausgesaugt worden.

In dieser lautlosen Dunkelheit sprintete ich los, die Hände vor mir ausgestreckt, während ich verzweifelt versuchte, auf dem richtigen Weg zum Schuppen zu bleiben. Hinter mir hörte ich Shelby, ganz nah, unter ihren Pfoten zerbrach ein Zweig, als sie auf mich zusprang. Ich *spürte* ihre Nähe mehr, als dass ich sie hörte. Ihr Pelz streifte meine Hand. Ich stolperte weiter und dann
    fiel
        ich
    meine Hände griffen nur Luft
    endlose Schwärze
           abwärts

Ich merkte nicht, dass ich schrie, bis mir der Atem stockte und der Laut abbrach. Ich traf auf etwas Eiskaltes, Hartes, und meine Lungen leerten sich auf einen Schlag. Mir blieb nur ein einziger Moment, um zu begreifen, dass es Wasser war, worin ich da gelandet war, bevor sich mein Mund damit füllte.

Es gab kein Oben und Unten mehr, nur Schwarz. Nur Wasser, das in meinen Mund drang und meine Haut umschloss. Es war so kalt. So kalt. Vor meinen Augen explodierten Farben, nur ein Symptom in dieser Dunkelheit. Mein Gehirn, das nach Sauerstoff verlangte.

Ich kämpfte mich an die Oberfläche und rang keuchend nach Luft. Mein Mund war voll mit knirschendem, flüssigem Schlamm. Ich spürte, wie er mir aus den Haaren über die Wangen rann.

Donner grollte über mir, doch er schien aus weiter Ferne zu kommen; es war, als befände ich mich in einer Höhle. So heftig zitternd, dass ich es kaum schaffte, mich auszustrecken, tastete ich mit den Füßen nach dem Grund. Da – im Stehen reichte mir das Wasser bis zum Kinn. Es war eiskalt und dreckig, aber wenigstens konnte ich den Kopf über Wasser halten, ohne müde zu werden. Unkontrollierte Schauder ließen meine Schultern erbeben. Mir war so kalt.

Und dann, nach kaum ein paar Sekunden in diesem Eiswasser, spürte ich es. Quälend langsam breitete sich Übelkeit in mir aus, wie ein Faden, der mir vom Magen in die Kehle hinaufkroch. Die Kälte. Sie nagte an mir, drängte meinen Körper, sich zu verwandeln.

Aber ich durfte mich nicht verwandeln. Als Wolf müsste ich schwimmen, um den Kopf über Wasser zu halten. Und ich würde nicht ewig schwimmen können.

Vielleicht konnte ich ja rausklettern. Halb schwimmend, halb stolpernd bewegte ich mich durch das eisige Wasser, tastete nach einem Ausweg. Es musste doch einen geben. Meine Finger stießen auf eine zerklüftete Wand aus Erde, vollkommen senkrecht und höher, als ich greifen konnte. Mein Magen zog sich zusammen.

Nein, befahl ich mir selbst. *Nein, du verwandelst dich nicht, nicht jetzt.*

Ich tastete mich an den Seiten entlang, suchte nach einer Fluchtmöglichkeit. Die Wände erstreckten sich endlos über mir. Ich versuchte, mich in ihnen festzukrallen, aber meine Finger drangen nicht in die harte Erde ein und die Wurzeln darin gaben unter meinem Gewicht nach und ließen mich zurück in den Schlamm fallen. Meine Haut prickelte, sowohl vor Kälte als auch wegen der bevorstehenden Verwandlung. Ich biss mir auf die gefrorene Unterlippe, um sie ruhig zu halten.

Ich hätte um Hilfe rufen können, aber niemand hätte mich gehört.

Doch was sollte ich sonst tun? Tatsache war: Wenn ich mich in einen Wolf verwandelte, würde ich sterben. Irgendwann würde ich nicht mehr schwimmen können. Mit einem Mal schien mir das eine grauenhafte Art zu sterben, ganz allein, in einem Körper, in dem mich niemand erkennen würde.

Die Kälte zerrte an mir, strömte in meine Adern, setzte die Krankheit in mir frei. *Nein, nein, nein.* Aber ich konnte mich nicht mehr widersetzen; ich spürte das Pulsieren in meinen Fingern, während die Haut zuckend ihre Form änderte.

Wasser spritzte um mich auf, als mein Körper zu zerreißen begann.

Ich schrie Sams Namen hinaus in die Dunkelheit, bis ich nicht mehr wusste, was Sprechen war.

Kapitel 18

Sam

»Ah, das ist also der magische Ort«, sagte Cole. »Und, springst du jetzt in dein Trikot?«

Wir standen vor dem Hintereingang des *Crooked Shelf*, der Buchhandlung, in der ich mehr oder weniger wohnte. Wegen des Gewitters hatte ich schlecht geschlafen und nach der schlechten Nachricht vom Abend zuvor wäre ich am liebsten gar nicht arbeiten gegangen, aber so kurzfristig hatte ich meine Schicht nicht tauschen können. Also ging ich doch. Ich musste mir eingestehen, dass die Normalität des Ganzen meine Nervosität ein wenig linderte. Oder na ja, vielleicht *hätte* sie das, wenn Cole nicht gewesen wäre. Jeden zweiten Tag, wenn ich zur Arbeit musste, hatte ich Cole zu Hause gelassen und nicht weiter darüber nachgedacht. Heute aber hatte ich zu ihm rübergesehen, während ich mich fertig machte, und gemerkt, dass er mich schweigend beobachtete, also hatte ich ihn gefragt, ob er mitkommen wollte. Noch bereute ich es nicht, aber der Morgen hatte ja auch gerade erst angefangen.

Cole blinzelte vom Fuß der kurzen Treppe zu mir herauf, die Hände links und rechts auf das Geländer gestützt, das Haar ein kunstvolles Durcheinander. Die freundliche Morgensonne verlieh ihm etwas Entwaffnendes, Entspanntes. Reine Fassade.

»Mein Trikot?«, wiederholte ich.

»Ja, deine Superheldenuniform«, meinte Cole. »Sam Roth, Werwolf bei Nacht, Bucheinzelhandelsfachangestellter am Tag. Brauchst du dafür kein Cape oder so was?«

»Doch«, erwiderte ich und schloss die Tür auf. »Die Alphabetisierungsrate in diesem Land ist erschreckend, da braucht man schon ein Cape, um auch nur ein Kochbuch an den Mann zu bringen. Du bleibst aber im Hinterzimmer, wenn jemand kommt, oder?«

»Als ob mich in einer *Buchhandlung* irgendwer erkennen würde«, schnaubte Cole. »Sieht der Laden von vorne eigentlich genauso beschissen aus wie von hinten?«

Alle Geschäfte auf der Hauptstraße waren durch dieselbe Seitengasse miteinander verbunden, die voller graffitiverschmierter Abfalltonnen, Unkraut von der Größe junger Bäume und Plastiktüten war, die dem Tod durch Müllentsorgung entronnen waren, nur um sich am unteren Ende von Treppenaufgängen zu sammeln. Niemand außer den Ladeninhabern und ihren Angestellten kam jemals hierher; mich störte der desolate Zustand nicht, weil er schon so weit fortgeschritten war, dass ich keinen Drang mehr verspürte, hier irgendetwas in Ordnung zu bringen.

»Den Teil hier sieht ja niemand«, erklärte ich. »Da ist es egal, ob's schön ist.«

»Also wie Track sechs auf einem Album«, sagte Cole. Er grinste, wahrscheinlich war das ein Insiderwitz, den nur er verstand. »Und, was ist der Masterplan?«

Ich stieß die Hintertür auf. »Plan? Also, meine Schicht geht bis zwölf und irgendwann vorher will Isabel vorbeikommen und mir erzählen, was sie seit gestern Abend rausgefunden hat. Und dann könnte ich dir 'ne Papiertüte über den Kopf stülpen und wir gehen Mittag essen.«

Das Hinterzimmer war ein einziges Chaos aus Papierstapeln und

Kisten, die darauf warteten, im Müll zu landen. Ich selbst war nicht der Allersortierteste und Karyn, die Ladeninhaberin, hatte ein ziemlich kryptisches Ablagesystem, das niemand außer ihr durchblickte. Als Grace zum ersten Mal die Unordnung gesehen hatte, war sie entsetzt gewesen. Cole betrachtete nur nachdenklich ein Teppichmesser und einen mit Gummibändern zusammengehaltenen Stapel Lesezeichen, während ich im Laden die Lichter einschaltete.

»Leg die wieder dahin, wo du sie gefunden hast«, sagte ich.

Während ich den Laden kundenfertig machte, stakste Cole hinter mir her, die Hände im Rücken gefaltet wie ein kleiner Junge, dem eingebläut worden war, ja nichts kaputt zu machen. Er wirkte hier unglaublich fehl am Platz, ein elegantes, gefährliches Raubtier zwischen sonnenbeschienenen Regalen, die im Vergleich geradezu klobig anmuteten. Ich fragte mich, ob dieses Auftreten, das, was er ausstrahlte, einer bewussten Entscheidung entsprang, oder ob es lediglich ein Nebenprodukt seiner Persönlichkeit war. Und ich fragte mich, wie jemand wie er, eine zornige Sonne, an einem Ort wie Mercy Falls überleben sollte.

Befangen durch Coles eindringlichen Blick, der auf mir ruhte, schloss ich die Vordertür auf, machte die Kasse bereit und schaltete die Hintergrundmusik ein. Dass er die Schönheit dieses Orts wirklich zu schätzen wusste, bezweifelte ich zwar, dennoch ergriff mich eine kurze, heftige Welle von Stolz, als er sich umsah. In diesem Laden steckte so viel von mir.

Die mit Teppich ausgelegten Stufen im hinteren Teil des Geschäfts hatten Coles Aufmerksamkeit erregt. »Was ist denn da oben?«

»Lyrik und ein paar Sonderausgaben.« Und dazu Erinnerungen an Grace und mich, die noch einmal zu durchleben im Moment zu sehr wehgetan hätten.

Cole nahm einen Frauenroman von einem Display, studierte ihn abwesend und stellte ihn dann zurück. Er war erst seit fünf Minuten hier und wurde schon wieder unruhig. Ich warf einen verstohlenen Blick auf meine Armbanduhr, um zu sehen, wie lange es noch dauern würde, bis Karyn den Laden übernahm und mich erlöste. Mit einem Mal kamen mir die vier Stunden vor wie eine Ewigkeit. Ich versuchte, den philanthropischen Impuls wiederzufinden, der mich dazu getrieben hatte, Cole mit hierher zu nehmen.

Als ich mich zur Kassentheke umdrehte, sah ich etwas aus dem Augenwinkel. Es war einer dieser kurzen Blicke, bei denen man nachher überrascht war, wie viel man in nur einer Sekunde wahrgenommen hatte. Eins dieser flüchtigen Bilder, die eigentlich nicht viel mehr als vergessene Schemen sein durften und die stattdessen zum Schnappschuss wurden. Und auf diesem Schnappschuss war Folgendes zu sehen: Amy Brisbane, Grace' Mutter, die am Schaufenster der Buchhandlung vorbeilief, auf dem Weg zu ihrem Atelier. Sie hatte einen Arm über die Brust gelegt und umklammerte den Riemen ihrer Handtasche, als drohte er, mit jedem ihrer ruckartigen Schritte von ihrer Schulter zu rutschen. Sie trug einen hauchdünnen, hellen Schal und den ausdruckslosen Blick eines Menschen, der am liebsten unsichtbar wäre. Und im selben Moment, als ich ihr Gesicht sah, wusste ich, dass sie von dem toten Mädchen im Wald gehört hatte und dass sie sich fragte, ob es Grace war.

Ich sollte ihr sagen, dass sie es nicht war.

Doch da waren noch immer die unzähligen kleinen Verbrechen der Brisbanes. Sofort musste ich daran denken, wie Lewis Brisbanes Faust in einem Krankenzimmer in mein Gesicht gekracht war. Daran, wie sie mich mitten in der Nacht aus ihrem Haus geworfen hatten. Wie ich kostbare Tage mit Grace verlor, nur weil sie plötzlich ihre elterlichen Prinzipien entdeckt hatten. Ich hatte schon so wenig gehabt, doch auch das hatten sie mir genommen.

Aber Amy Brisbanes Gesicht – ich sah es immer noch vor mir, auch wenn ihre Marionettenschritte sie längst am Laden vorbeigetragen hatten.

Sie hatten Grace einzureden versucht, das mit mir sei nichts Ernstes.

Hin- und hergerissen schlug ich mir immer wieder mit der Faust in die Handfläche. Ich war mir der Tatsache bewusst, dass Cole mich beobachtete.

Dieses ausdruckslose Gesicht – es war dasselbe, das auch ich momentan oft aufsetzte.

Sie hatten ihr ihre letzten Tage als Mensch, als Grace, zur Hölle gemacht. Meinetwegen.

Wie ich das hasste. Ich hasste die Tatsache, dass ich wusste, was ich wollte und was richtig war, und dass diese beiden Dinge nicht dasselbe waren.

»Cole«, sagte ich. »Pass kurz auf den Laden auf, ja?«

Eine Augenbraue hochgezogen, drehte Cole sich zu mir um.

Mein Gott, ich wollte das nicht. Ein Teil von mir hoffte, dass Cole protestieren und mir die Entscheidung abnehmen würde. »Es kommt schon niemand. Ich bin in einer Minute wieder da. Versprochen.«

Cole zuckte mit den Schultern. »Tu, was du nicht lassen kannst.«

Ich zögerte noch einen Moment, wünschte, ich könnte mir einfach vormachen, dass das auf dem Gehweg jemand anderes gewesen war. Es war doch nur ein Gesicht gewesen, halb von einem Schal verdeckt, nur eine Sekunde sichtbar. Aber ich wusste, was ich gesehen hatte.

»Nicht den Laden in Brand setzen, okay?« Ich drückte die Vordertür auf und trat hinaus auf den Gehweg. Die plötzliche Helligkeit ließ mich den Blick senken; die Sonne hatte bis jetzt nur durch die Ladenfenster gelinst, hier draußen aber tauchte sie die Straße in gleißendes Licht. Blinzelnd erkannte ich, dass Grace' Mutter schon fast einen kompletten Häuserblock entfernt war.

Über die unebenen Gehwegplatten hastete ich ihr hinterher, machte einen zeitfressenden Bogen um zwei Damen mittleren Alters, die sich gackernd über dampfende Kaffeebecher beugten, dann um eine alte Frau mit ledrigem Gesicht, die vor dem Secondhandladen eine Zigarette rauchte, und dann um eine junge Mutter, die einen bürgersteigfüllenden Doppelkinderwagen vor sich herschob.

Schließlich blieb mir nichts anderes übrig, als zu rennen, im Kopf immer die Tatsache, dass es *Cole* war, der in meiner Abwesenheit auf den Laden aufpasste. Grace' Mutter war nicht mal kurz stehen geblieben, bevor sie die Straße überquerte. Atemlos hielt ich an der Straßenecke an, um einen Pick-up vorbeizulassen, bevor ich sie schließlich in der schattigen Nische vor ihrem lila gestrichenen Studio einholte. Aus der Nähe sah sie aus wie ein Papagei in der Mauser; ihr zerzaustes Haar löste sich aus seinem Band, nur die Hälfte ihrer Bluse war unordentlich in ihren Rock gestopft und der Schal, der mir schon eben aufgefallen war, hatte sich losgewickelt, sodass eine Seite viel weiter herunterhing als die andere.

»Mrs Brisbane«, rief ich mit stockender Stimme, während meine Lungen nach Luft rangen. »Warten Sie.«

Ich war mir nicht sicher, welchen Gesichtsausdruck ich von ihr erwartet hatte in dem Moment, als sie mich erkannte. Gegen Abscheu oder Wut wäre ich gewappnet gewesen. Aber sie blickte mich nur an, als wäre ich – gar nichts. Höchstens ein lästiges Ärgernis.

»Sam?«, sagte sie nach einer Pause, als hätte sie zuerst nachdenken müssen, bis ihr mein Name einfiel. »Ich habe zu tun.« Sie stocherte mit dem Schlüssel im Schloss herum und bekam die Tür nicht auf. Nach einem Augenblick gab sie den Schlüssel, mit dem sie es versucht hatte, auf und kramte in ihrer Handtasche nach einem anderen. Die Tasche war ein riesiges, schreiend buntes Patchworkungeheuer, vollgestopft bis oben hin; falls ich noch einen Beweis dafür gebraucht hätte, dass Grace nicht im Geringsten wie ihre Mutter war, hätte diese Tasche vollkommen gereicht. Mrs Brisbane sah mich nicht an, während sie weiterwühlte. Ihre abweisende Art – als wäre ich nicht mal mehr ihre Wut oder Verachtung wert – ließ mich bereuen, dass ich ihr überhaupt hinterhergelaufen war.

Ich trat einen Schritt zurück. »Ich dachte nur, Sie wissen es vielleicht nicht. Es ist nicht Grace.«

Mit einem so scharfen Ruck, dass der Schal ihr nun vollends vom Hals rutschte, hob sie den Kopf und sah mich an.

»Ich weiß es von Isabel«, sagte ich. »Culpeper. Es ist nicht Grace. Dieses Mädchen, das sie gefunden haben.«

Nun kam mir mein kleiner Akt der Gnade schon nicht mehr wie eine so gute Idee vor, denn mir wurde klar, dass ein argwöhnisches Gemüt meine Geschichte im Handumdrehen auseinandernehmen könnte.

»Sam«, sagte Mrs Brisbane mit sehr ruhiger Stimme, als spräche sie mit einem kleinen Jungen, der gern mal ein wenig flunkerte. Ihre Hand schwebte über ihrer Tasche, die Finger gespreizt und reglos wie die einer Schaufensterpuppe. »Bist du dir sicher, dass das stimmt?«

»Isabel kann es Ihnen bestätigen«, erwiderte ich.

Sie schloss die Augen. Zufriedenheit durchströmte mich, als ich sah, wie viel Schmerz ihr Grace' Verschwinden offensichtlich bereitete, doch schon im nächsten Moment fühlte ich mich deswegen furchtbar. Genau das war Grace' Eltern schon immer gut gelungen: mir das Gefühl zu geben, ich wäre eine schlechtere Version meiner selbst. Schnell bückte ich mich und hob unbeholfen ihren Schal auf.

Ich gab ihn ihr. »Ich muss zurück in den Laden.«

»Warte«, hielt sie mich zurück. »Komm einen Moment mit rein. Ein paar Minuten hast du doch wohl, oder?«

Ich zögerte.

Dann antwortete sie für mich: »Oh, du musst arbeiten. Natürlich. Bist du – bist du mir hinterhergelaufen?«

Ich blickte auf meine Füße. »Sie sahen aus, als wüssten Sie es nicht.«

»So war es auch«, erwiderte sie. Sie hielt inne; als ich sie ansah, waren ihre Augen geschlossen und sie rieb sich mit dem Zipfel ihres Schals übers Kinn. »Das Schreckliche daran ist, Sam, dass die Tochter einer anderen Mutter tot dort draußen liegt und ich froh darüber bin.«

»Ich auch«, sagte ich ganz leise. »Wenn Sie ein schrecklicher Mensch sind, dann bin ich es auch, denn ich bin *sehr*, sehr froh.«

Mrs Brisbane sah mich an – sah mich wirklich an, sie ließ die Hände sinken und starrte mir geradewegs ins Gesicht. »Wahrscheinlich hältst du mich für eine schlechte Mutter.«

Ich sagte nichts, weil sie recht hatte. Ich versuchte, mein Schweigen mit einem Schulterzucken abzumildern. Das war so nah an einer Lüge, wie ich es gerade noch zustande brachte.

Sie blickte einem vorbeifahrenden Auto nach. »Du weißt wahrscheinlich, dass Grace und wir einen großen Streit hatten, bevor sie – bevor sie krank geworden ist. Es ging um dich.« Sie warf mir einen Blick zu, um zu sehen, ob ihre Annahme richtig war. Als ich nicht antwortete, nahm sie das als Ja. »Ich hab mich mit ziemlich vielen dummen Jungs eingelassen, bevor ich geheiratet habe. Alleinsein war nicht so mein Ding. Wahrscheinlich dachte ich, Grace wäre wie ich, aber sie ist kein bisschen so wie ich, stimmt's? Ihr zwei meint es ernst miteinander, oder?«

Ich schwieg einen Moment. »Sehr ernst, Mrs Brisbane.«

»Bist du sicher, dass du nicht mit reinkommen willst? Mich selbst zu bemitleiden, wäre viel angenehmer, wenn mir nicht jedermann dabei zusehen würde.«

Nervös dachte ich an Cole, allein im Laden. Dann dachte ich an die Leute, die mir auf dem Weg hierher begegnet waren. Zwei Frauen mit Kaffee. Eine rauchende Verkäuferin. Eine Mutter mit Babys. Die Chancen, dass Cole sich in Schwierigkeiten bringen würde, schienen relativ gering.

»Okay, ganz kurz«, sagte ich.

Kapitel 19

Cole

Eine Buchhandlung war nicht gerade der unterhaltsamste Ort, an dem ich hätte festsitzen können. Ein paar Minuten wanderte ich durch die Regalreihen und suchte nach Büchern, in denen ich vielleicht erwähnt wurde, schabte mit der Fußsohle meinen Namen in den Teppich auf der Treppe und suchte im Radio, das den Verkaufsraum beschallte, nach einer etwas weniger aufdringlich unaufdringlichen Musik. Der Laden roch nach Sam – oder wahrscheinlich roch eher Sam nach dem Laden. Nach Tinte und altem Gemäuer und etwas Grünerem als Kaffee, aber weniger Interessantem als Gras. Es war alles sehr ... bildungsbürgerlich. Ich fühlte mich umzingelt von Gesprächen, an denen ich kein Interesse hatte teilzunehmen.

Schließlich fand ich ein Buch mit Überlebenstipps für alle möglichen Katastrophen, setzte mich auf den Hocker hinter der Kasse, die Füße auf den Tresen gelegt, und blätterte in dem Buch. Kein Kapitel lautete *Wenn man zum Werwolf wird*. Und auch bei *Von einer Sucht loskommen* oder *Mit sich selbst leben*: Fehlanzeige.

Die Tür machte *pling* und ich sah nicht auf, weil ich dachte, Sam wäre zurückgekommen.

»Oh, was machst *du* denn hier?«

Noch bevor ich den Kopf hob, erkannte ich sie an der Verachtung in ihrer Stimme und dem Rosenduft ihres Parfüms. Mein Gott, sie war echt heiß. Ihre Lippen sahen aus, als würden sie nach Kirschbonbons schmecken. Ihre Wimperntusche war so dick aufgetragen wie Schuhcreme und ihre Haare waren länger als vorher – mittlerweile hätte ich mir die eisig blonden Strähnen zweimal um den Finger wickeln können. Nicht dass ich mir solche Sachen vorstellte. Während hinter ihr langsam die Tür zufiel, öffnete sie ihre leckeren Lippen.

»Willkommen im *Crooked Shelf*«, sagte ich und zog eine Augenbraue hoch. »Was kann ich für Sie tun? Unsere Ratgeberabteilung ist sehr umfangreich.«

»Tja, du musst es ja wissen«, erwiderte Isabel. Sie hatte zwei Pappbecher dabei, die sie jetzt mit Nachdruck auf der Theke abstellte, weit weg von meinen Füßen. Mit etwas, was wie Abscheu wirkte, musterte sie mein Gesicht. Oder war es Angst? War Isabel Culpeper zu diesem Gefühl überhaupt fähig? »Was zur Hölle hat Sam sich dabei gedacht? Dir ist schon klar, dass hier jeder vorbeilaufen und dein Gesicht durchs Schaufenster sehen kann, oder?«

»Gönn denen doch die schöne Aussicht«, sagte ich.

»Muss toll sein, so eine unbekümmerte Einstellung.«

»Muss *ätzend* sein, sich solchen Stress wegen anderer Leute Probleme zu machen.« Etwas Träges, Fremdartiges bewegte sich durch meine Adern. Überrascht und beeindruckt zugleich stellte ich fest, dass es Wut war. Ich konnte mich nicht erinnern, wann ich zum letzten Mal wütend gewesen war – mit Sicherheit war es wegen irgendwas zwischen meinem Vater und mir gewesen –, und ich wusste noch nicht mal mehr, was man dagegen machte.

»Ich spiele jetzt mit Sicherheit keine Psychospielchen mit dir«, sagte sie.

Ich betrachtete die Kaffeebecher, die sie mitgebracht hatte. Einen für sich, einen für Sam. Solche Aufmerksamkeiten schienen mir nicht zu der Isabel zu passen, die ich kannte. »Ach, mit Sam aber schon, oder wie?«, fragte ich.

Isabel starrte mich einen langen Augenblick an und schüttelte schließlich den Kopf. »Mein Gott, unsicherer geht's wohl nicht mehr, was?«

Die Antwort auf diese Frage lautete: *Doch, immer*, aber ich konnte drauf verzichten, dass sie meine weniger bekannten Schwächen so ans Licht zerrte. Ich beugte mich vor, um die beiden Becher zu untersuchen, während Isabel meinen Bewegungen mit Blicken folgte, die mir einen langsamen, schmerzhaften Tod verhießen. Ich nahm die Deckel von den Bechern und sah hinein. In einem befand sich etwas, was verdächtig gesund roch. Grüner Tee wahrscheinlich oder vielleicht auch Pferdepisse. Der andere enthielt Kaffee. Davon nahm ich einen Schluck. Er schmeckte bitter und komplex, mit gerade genug Milch und Zucker, um ihn trinkbar zu machen.

»Das«, sagte sie, »war meiner.«

Ich grinste sie an. Mir war nicht nach Lächeln, was ich mit einem umso breiteren überspielte. »Jetzt ist es meiner. Was bedeutet, wir sind beinahe quitt.«

»Mann, Cole, was soll das denn? Quitt wofür?«

Ich blickte sie an und wartete darauf, dass sie es von allein begriff. Fünfzig Punkte, wenn sie es innerhalb von dreißig Sekunden kapierte. Zwanzig für eine Minute. Zehn Punkte, wenn sie ... Isabel verschränkte bloß die Arme und sah aus dem Fenster, als rechnete sie jeden Moment damit, dass die Paparazzi über uns herfielen. Sie war so wütend, dass ich es sogar *riechen* konnte. Wie ein Feuer brannte sich der Geruch in meine Wolfssinne; meine Haut kribbelte. Verborgene Instinkte drängten mich zu reagieren. Zu kämpfen. Zu flüchten. Nichts schien wirklich passend. Als sie nichts sagte, schüttelte ich den Kopf und formte die Hand neben meinem Ohr zu einem Telefonhörer.

»Oh«, machte Isabel ungläubig. »Im Ernst? Immer noch? Die Anrufe? Ach komm, Cole. Als hätte ich mich *darauf* jemals eingelassen. Du bist pures Gift.«

»Gift?«, wiederholte ich. Es wäre eine glatte Lüge, wenn ich behaupten würde, ich wäre nicht geschmeichelt gewesen. Dieses Wort hatte eine verführerische Kraft. *Gift.* »Tja, Giftigkeit. Eine meiner formidabelsten Eigenschaften. Führst du dich so auf, weil ich nicht mit dir geschlafen habe? Lustig, normalerweise schreien mich eher die Mädchen an, mit denen ich gevögelt *habe*.«

Sie stieß ihr hartes, kleines Lachen aus: *Ha. Ha. Ha.* Mit klappernden Absätzen umrundete sie die Theke und stellte sich neben mich. Ihr Atem war heiß in meinem Gesicht; ihre Wut noch lauter als ihre Stimme. »Ich führe mich so auf, weil ich vor gerade mal zwei Nächten genauso nah wie jetzt vor dir gestanden habe und dir beim Zucken und Sabbern zugucken musste, wegen irgendeinem Mist, den du dir in die Adern gespritzt hast. Ich hab dich *einmal* aus diesem Loch rausgezogen, Cole. Ich steh sowieso schon ziemlich dicht am Abgrund. Da kann ich mich nicht mit jemandem abgeben, der schon unten ist. Du ziehst mich runter.«

Und wieder war es wie jedes Mal, wenn Isabel ihren Zauber auf mich ausübte. Dieses winzige Stückchen Ehrlichkeit von ihr – und viel war es wirklich nicht – nahm mir völlig den Wind aus den Segeln. Die Wut, die mich zuvor erfasst hatte, war seltsam schwer aufrechtzuerhalten. Langsam, erst einen, dann den anderen, nahm ich die Füße von der Theke und drehte mich auf dem Hocker so, dass ich sie ansah. Statt zurückzuweichen, um mir Platz zu machen, blieb sie, wo sie war, und stand nun zwischen meinen Beinen. Eine Herausforderung. Oder vielleicht auch eine Kapitulation.

»Das«, sagte ich, »ist gelogen. Du hast mich doch nur da unten im Kaninchenbau gefunden, weil du selbst schon längst drin warst.«

Sie stand so dicht vor mir, dass ich ihren Lippenstift riechen konnte. Mir war schmerzhaft bewusst, dass sich zwischen ihren Hüften und meinen Oberschenkeln nur wenige Zentimeter Luft befanden.

»Ich gucke bestimmt nicht dabei zu, wie du dich umbringst«, erklärte Isabel. Eine ewig lange Minute verging, in der wir nichts hörten außer dem Dröhnen eines Lieferwagens, der draußen auf der Straße vorbeifuhr. Ihr Blick ruhte auf meinem Mund, doch plötzlich sah sie weg. »Mein Gott, ich kann hier nicht bleiben. Sag Sam einfach, ich rufe ihn an.«

Ich streckte die Hände aus und legte sie auf ihre Hüften, als sie versuchte, sich abzuwenden. »Isabel«, sagte ich. Einer meiner Daumen berührte nackte Haut, knapp über dem Bund ihrer Jeans. »Ich hab nicht versucht, mich umzubringen.«

»Was denn dann, warst du vielleicht mal wieder auf der Suche nach der nächsten Dröhnung?« Sie versuchte abermals, sich umzudrehen; ich hielt sie fest. Nicht genug, um sie wirklich aufzuhalten, aber sie wich auch nicht vehement genug zurück, um sich loszureißen, also blieben wir, wo wir waren.

»Ich wollte mich nicht zudröhnen. Ich hab versucht, zum Wolf zu werden.«

»Von mir aus. Ist doch dasselbe in Grün.« Jetzt sah sie mich nicht mehr an.

Ich ließ sie los und stand auf, sodass wir uns gegenüberstanden. Schon vor langer Zeit hatte ich gelernt, dass eine der besten Waffen in meinem Arsenal die Fähigkeit war, Leuten auf die Pelle zu rücken. Sie hob den Kopf, um mich anzusehen, und dann gab es nur noch ihre Augen und meine Augen und mich durchflutete das Gefühl, dass *ein Mal* alles richtig war, dass ich kurz davor war, das

Richtige zur richtigen Zeit zur richtigen Person zu sagen, das viel zu seltene Gefühl, wirklich das Richtige zu sagen zu haben und auch selbst daran zu glauben.

»Ich werde das hier nicht wiederholen, also glaubst du mir besser gleich beim ersten Mal: Ich suche nach einem Heilmittel.«

Kapitel 20

Sam

Sie – *Amy*, ich versuchte an sie als *Amy* und nicht als *Grace' Mutter* zu denken – bekam schließlich die Tür auf und führte mich durch ein dunkles Vorzimmer, das in einem gedeckteren Lila gehalten war als die Fassade, und dann in einen schockierend hellen Hauptraum voller Leinwände. Das Licht strömte durch die verglaste Rückwand herein, die den Blick auf einen schäbigen Parkplatz mit ein paar alten Traktoren freigab. Wenn man die Aussicht vernachlässigte, wirkte das Atelier professionell und stilvoll – hellgraue Wände wie in einem Museum und Bilderdraht, der von den weißen Deckenleisten hing. Die Bilder selbst hingen oder lehnten an den Wänden; ein paar davon sahen aus, als wären sie noch feucht.

»Wasser?«, fragte sie.

Ich stand mitten im Raum und gab mir Mühe, nichts zu berühren. Es dauerte einen Moment, bis ich das Wort *Wasser* in den richtigen Kontext einordnen konnte: zum Trinken, nicht um darin zu *er*trinken.

»Danke, nein«, antwortete ich.

Die Arbeiten, die ich bisher von Amy gesehen hatte, waren ziemlich skurril gewesen – Tiere in städtischem Umfeld, Liebende in schrägen Farben. Doch die Leinwände, auf die jetzt mein Blick fiel, wirkten, als wäre alles Leben herausgesaugt. Sogar wenn auf den

Gemälden Orte zu sehen waren – kleine Gassen und Scheunen –, kamen sie mir vor wie Bilder von kargen, fremden Planeten. Es gab keine Tiere, keine Liebenden. Keinen Mittelpunkt. Die einzige Leinwand, die überhaupt ein Subjekt hatte, war die, die noch auf der Staffelei stand. Es war eine riesige Leinwand, beinahe so groß wie ich, und sie war ganz weiß, mit Ausnahme einer kleinen Figur in der linken unteren Ecke. Das Mädchen wandte dem Betrachter den Rücken zu, die Schultern, über die dunkelblondes Haar fiel, hochgezogen. Selbst ohne dass sie mich ansah, war es unverwechselbar Grace.

»Bitte, leg ruhig los mit der Psychoanalyse«, sagte Amy, als ich die Bilder betrachtete.

»Nein danke, ich versuche gerade aufzuhören«, entgegnete ich. Und dieser kleine Witz fühlte sich an, als würde ich schummeln, wie am Abend zuvor, als ich mit Cole »Du singst die nächste Zeile« gespielt hatte, anstatt ihm mal ordentlich die Meinung zu sagen. Ich kooperierte mit dem Feind.

»Dann sag eben einfach so, was du denkst«, erwiderte sie. »Du machst mich nervös, Sam. Hab ich dir das schon mal gesagt? Hätte ich vielleicht tun sollen. Dann also jetzt. Du hast nie was gesagt, wenn du bei Grace warst, und ich wusste nicht, wie ich damit umgehen sollte. Zu mir sagt jeder was. Ich bringe alle zum Reden. Je länger du nicht mit mir geredet hast, desto mehr hab ich mich gefragt, wo das Problem lag.«

Ich sah sie an. Mir war klar, dass ich damit nur ihre Meinung bestätigte, aber ich wusste einfach nicht, was ich sagen sollte.

»Ach komm, jetzt willst du mich doch nur durcheinanderbringen«, lachte sie. »Was *denkst* du?«

Ich dachte viele Sachen, aber die meisten davon blieben besser Gedanken und wurden nicht zu Worten. Sie alle waren voller Wut, anklagend. Ich drehte mich zu der Grace auf der Leinwand um, ihr Rücken eine wirkungsvolle Barriere zwischen ihr und uns. »Ich habe gerade gedacht, dass das da keine Grace ist, die ich jemals gekannt habe.«

Sie durchquerte das Atelier und stellte sich neben mich. Ich rückte ein Stück von ihr ab. Unauffällig, aber sie merkte es trotzdem. »Verstehe. Tja, das ist die einzige Grace, die ich kenne.«

Langsam sagte ich: »Sie sieht einsam aus. Als wäre ihr kalt.« Ich fragte mich, wo sie wohl war.

»Unabhängig. Stur.« Plötzlich stieß Amy einen Seufzer aus und wandte sich so abrupt ab, dass ich zusammenzuckte. »Ich bin nie auf die Idee gekommen, dass ich eine schreckliche Mutter sein könnte. Meine Eltern haben mir kein bisschen Privatsphäre gelassen. Sie haben jedes Buch gelesen, das ich las. Sind zu jeder Veranstaltung mitgegangen, zu der ich ging. Strikte Regeln. Bis ich aufs College kam, habe ich wie unter einem Mikroskop gelebt und danach bin ich nie wieder nach Hause gegangen. Ich rede noch heute nicht mit ihnen. Sie betrachten mich immer noch unter diesem Riesenvergrößerungsglas.« Sie machte eine Fernglas-Geste. »Ich dachte ehrlich, wir wären tolle Eltern, Lewis und ich. Sobald Grace uns bat, Sachen allein machen zu dürfen, haben wir sie gelassen. Ich will nicht lügen – ich war natürlich auch sehr froh, mein eigenes Leben wiederzuhaben. Aber es ging ihr doch gut. Alle anderen haben immer erzählt, wie frech ihre Kinder waren oder was für schlechte Noten sie bekamen. Wenn es mit Grace je so weit gekommen wäre, hätten wir uns ja anders verhalten.«

Das klang nicht wie ein Geständnis. Mehr nach »Stellungnahme der Künstlerin«. Ein Konflikt, sauber destilliert, in vernünftigen kleinen Happen für die Presse. Ich sah Amy nicht an. Nur Grace auf der Leinwand. »Sie haben sie ganz allein gelassen.«

Pause. Vielleicht hatte sie nicht erwartet, dass ich überhaupt etwas sagte. Oder vielleicht nur nicht, dass ich ihr widersprach.

»Das ist nicht wahr«, sagte sie.

»Ich glaube an das, was sie mir erzählt hat. Ich habe sie Ihretwegen weinen sehen. Das war echt. Grace ist kein theatralischer Mensch.«

»Aber sie hat nie mehr verlangt«, verteidigte sich Amy.

Jetzt sah ich sie doch an – fixierte sie mit meinen gelben Augen. Ich wusste, dass sie das nervös machte, es machte jeden nervös. »Wirklich nicht?«

Amy hielt meinem Blick für ein paar Sekunden stand und sah dann weg. In diesem Moment wünschte sie sich wahrscheinlich, sie hätte mich auf dem Gehweg stehen lassen.

Doch als sie den Kopf wieder hob, waren ihre Wangen feucht und ihre Nase unschön gerötet. »Okay, Sam. Schluss mit dem Mist. Ich weiß, dass ich manchmal egoistisch war. Dass ich manchmal nur gesehen habe, was ich sehen wollte. Aber dazu gehören immer zwei, Sam – Grace war auch nicht gerade die liebevollste Tochter auf der Welt.« Sie wandte sich ab, um sich die Nase an ihrer Bluse abzuwischen.

»Lieben Sie sie?«, fragte ich.

Sie legte die Wange an ihre Schulter. »Mehr als sie mich.«

Ich antwortete nicht. Ich wusste nicht, wie sehr Grace ihre Eltern liebte. Ich wünschte, ich wäre jetzt bei ihr, anstatt hier in diesem Atelier, wo ich nicht wusste, was ich sagen sollte.

Amy ging ins angrenzende Badezimmer. Ich hörte, wie sie sich geräuschvoll schnäuzte, dann kam sie wieder zurück. Ein paar Meter von mir entfernt blieb sie stehen und betupfte sich die Nase mit einem Taschentuch. Sie hatte diesen eigenartigen Gesichtsausdruck, den Menschen bekommen, wenn sie im Begriff sind, etwas Ernsthafteres zu sagen, als sie es gewohnt sind.

»Liebst *du* sie?«, fragte sie.

Ich spürte, wie meine Ohren heiß wurden, auch wenn ich mich nicht für meine Gefühle schämte. »Ich bin hier«, sagte ich.

Sie kaute auf der Unterlippe und nickte in Richtung Boden. Dann, immer noch ohne mich anzusehen, fragte sie: »Wo ist sie?«

Ich rührte mich nicht.

Nach einer langen Weile hob sie den Blick und sah mich an. »Lewis denkt, du hast sie umgebracht.«

Ich spürte nichts. Noch nicht. Im Moment waren es nur Worte.

»Wegen deiner Vergangenheit«, fuhr sie fort. »Er meint, du wärst zu still und zu seltsam und dass deine Eltern dich verkorkst hätten. Dass du nach alldem gar nicht anders als kaputt sein könntest und dass du Grace getötet hast, als du erfahren hast, dass er dich nie wieder zu ihr lassen wollte.«

Meine Hände wollten sich zu Fäusten ballen, aber das hätte nicht gut gewirkt, also zwang ich sie, lose hängen zu bleiben. Sie fühlten sich an wie Gewichte an meinen Seiten, geschwollen, so als gehörten sie gar nicht zu meinem Körper. Und die ganze Zeit über beobachtete Amy mich, versuchte, meine Reaktion abzuschätzen.

Ich wusste, sie wollte Worte, aber ich hatte keine, die ich aussprechen wollte. Also schüttelte ich nur den Kopf.

Sie verzog den Mund zu einem traurigen kleinen Lächeln. »Ich glaube auch nicht, dass du das getan hast. Aber dann – wo ist sie, Sam?«

Beklommenheit stieg langsam in mir auf. Ich wusste nicht, ob es an dem Gespräch lag oder an den Farbdämpfen oder daran, dass Cole ganz allein im Laden war, aber sie war da.

»Ich weiß es nicht«, antwortete ich wahrheitsgemäß.

Grace' Mom legte mir die Hand auf den Arm. »Wenn du sie vor uns findest«, bat sie, »dann sag ihr, dass wir sie lieben.«

Ich dachte an Grace und an das leere Kleid, zusammengeknüllt in meiner Hand. Grace, weit, weit weg und unerreichbar im Wald.

»Egal, was kommt?«, fragte ich, auch wenn ich nicht glaubte, dass sie mir das auf eine Weise versichern könnte, die mich überzeugen würde. Ich löste die Hände voneinander; mir wurde klar, dass ich mit dem Daumen über eins meiner vernarbten Handgelenke gerieben hatte.

Amys Stimme war fest. »Egal, was kommt.«

Und ich glaubte ihr nicht.

Kapitel 21

Isabel

Das Problem mit Cole St. Clair war, dass man ihm alles glauben konnte, was er sagte – aber genauso gut konnte man ihm auch absolut gar nichts glauben. Denn er war einfach so größenwahnsinnig, dass man ihm leicht abnahm, er könnte das Unmögliche möglich machen. Gleichzeitig aber war er so ein unglaublicher Drecksack, dass man ihm keinen Zentimeter über den Weg traute.

Das Problem war, dass ich ihm glauben *wollte*.

Cole hakte die Daumen in seine Gesäßtaschen, wie um mich zu überzeugen, dass er mich nicht berühren würde, solange ich nicht den ersten Schritt machte. Mit all den Büchern im Hintergrund sah er aus wie eins von diesen Postern, wie man sie manchmal in Bibliotheken sah – die, auf denen irgendwelche Berühmtheiten für Bildung warben. COLE ST. CLAIR SAGT: LESEN IST DER HIT! Er sah aus, als ob er sich da oben auf seiner moralisch überlegenen Position prächtig amüsierte.

Und er sah verdammt gut aus.

Plötzlich musste ich an einen Fall denken, an dem mein Dad mal gearbeitet hatte. An die Einzelheiten erinnerte ich mich nicht mehr genau – wahrscheinlich warf ich im Kopf sogar mehrere Fälle durcheinander –, aber es ging um irgendeinen Loser, der in der Vergangenheit schon mal verurteilt worden war und jetzt wegen eines anderen Vergehens vor Gericht stand. Meine Mom hatte so was gesagt wie *Im Zweifel für den Angeklagten*. Die Antwort meines Vaters darauf hatte ich nie vergessen, denn das war meiner Meinung nach die erste und einzige kluge Aussage, die ich je von ihm gehört hatte: *Menschen ändern sich nicht. Sie ändern nur manchmal ihr Verhalten.*

Wenn mein Vater also recht hatte, dann bedeutete das, dass hinter diesen grünen Augen, die mich so ernst ansahen, derselbe alte Cole steckte, immer noch genauso dazu in der Lage, sternhagelvoll auf dem Boden zu liegen und darauf zu warten, dass er den Mut fand, sich umzubringen. Ich wusste nicht, ob ich das noch mal durchstehen würde.

Schließlich sagte ich: »Und dein Heilmittel für den Werwolfismus ist ... Epilepsie?«

Cole stieß ein gleichgültiges Schnauben aus. »Ach was, das war nur eine Nebenwirkung. Das krieg ich schon noch hin.«

»Du hättest sterben können.«

Er lächelte, dieses breite, umwerfende Lächeln, von dem er genau wusste, wie breit und umwerfend es war. »Bin ich aber nicht.«

»Ich glaube nicht, dass das zählt«, sagte ich. »Als nicht selbstmordgefährdet, meine ich.«

Coles Stimme klang abfällig. »Nur weil ich ein paar Risiken eingehe, bin ich noch lange nicht selbstmordgefährdet. Sonst bräuchten Fallschirmspringer ernsthaft Hilfe.«

»Nur dass Fallschirmspringer, wie der Name schon sagt, wenigstens Fallschirme haben!«

Cole zuckte mit den Schultern. »Und ich hatte dich und Sam.«

»Wir wussten doch noch nicht mal, was du –« Ich brach mitten im Satz ab, weil mein Handy klingelte. Ich trat einen Schritt von Cole weg, um einen Blick auf das Display zu werfen. Mein Dad.

Wenn es je einen Zeitpunkt gegeben hatte, an dem ich einen Anruf auf die Mailbox hatte gehen lassen wollen, dann war das jetzt, aber nach der Predigt, die mir meine Eltern gestern gehalten hatten, musste ich wohl rangehen.

Mir war klar, dass Cole mich beobachtete, als ich das Handy aufklappte. »Ja, was ist denn?«

»Isabel?« Mein Vater klang überrascht und irgendwie ... beschwingt.

»Es sei denn, du hast noch eine andere Tochter«, erwiderte ich. »Was so einiges erklären würde.«

Mein Vater tat, als hätte ich gar nichts gesagt. Er klang immer noch verdächtig gut gelaunt. »Ich hab deine Nummer aus Versehen gewählt. Eigentlich wollte ich deine Mutter anrufen.«

»Tja, jetzt hast du aber mich erwischt. Was wolltest du denn von ihr? Du klingst ja, als wärst du high.« Coles Augenbrauen hoben sich.

»Nicht diese Ausdrucksweise«, tadelte mein Vater automatisch. »Marshall hat mich gerade angerufen. Dieses Mädchen war der Tropfen, der das Fass zum Überlaufen gebracht hat. Er hat die Bestätigung, dass unser Wolfsrudel von der Artenschutzliste gestrichen wird, und sie sind schon dabei, eine Treibjagd in die Wege zu leiten. Und diesmal übernimmt das der Staat – nicht irgendwelche Hinterwäldler mit Schrotflinten. Sondern Helikopter. Die werden sie gründlich ausrotten, wie die in Idaho.«

»Und das ist definitiv?«, vergewisserte ich mich.

»Nur noch eine Frage des Termins«, erklärte mein Vater. »Sie müssen noch die nötigen Mittel und das Personal und so weiter zusammenstellen.«

Und irgendwie machte mir dieser letzte Satz unmissverständlich den Ernst der Sache klar – dieses Gefasel von »nötigen Mitteln und

Personal« klang so sehr nach einem dieser blödsinnigen Marshall-Ausdrücke, dass ich mir genau vorstellen konnte, wie mein Vater die Worte nachplapperte, nachdem er sie selbst nur Minuten zuvor am Telefon gehört hatte.

Das war's dann wohl.

Coles Gesichtsausdruck war nicht mehr der träge-verführerische von zuvor. Irgendetwas in meiner Stimme oder meinem Gesicht musste ihn alarmiert haben, denn jetzt sah er mich mit einem scharfen, eindringlichen Blick an, unter dem ich mich entblößt fühlte. Ich wandte mich ab.

Dann fragte ich meinen Vater: »Hast du eine Ahnung, wann? Nur ungefähr, meine ich?«

Jetzt redete er mit jemand anderem. Derjenige lachte und mein Vater lachte auch. »Was? Ach, Isabel, ich hab jetzt keine Zeit mehr. Vielleicht in einem Monat, haben sie gesagt. Wir arbeiten natürlich dran, das Ganze zu beschleunigen – ich glaube, es geht vor allem um den Helipiloten und um das richtige Gebiet. Wir sehen uns, wenn ich nach Hause komme. Hey – warum bist du eigentlich nicht in der Schule?«

»Bin gerade auf der Toilette«, sagte ich.

»Ach so, na, in der Schule musst du aber natürlich nicht ans Handy gehen«, erwiderte mein Vater. Im Hintergrund hörte ich einen Mann seinen Namen sagen. »So, ich muss auflegen. Bis dann, Schnuppel.«

Ich klappte das Handy zu und starrte auf die Bücher vor mir. Da stand eine Biografie von Teddy Roosevelt mit dem Cover nach vorn.

»Schnuppel«, sagte Cole.

»Fang gar nicht erst an damit.«

Ich drehte mich um und wir blickten einander nur an. Ich war mir nicht sicher, was er alles gehört hatte. Viel war ja nicht nötig, um zu kapieren, worum es ging. Irgendetwas an Coles Gesicht vermittelte mir noch immer ein komisches Gefühl. Als wäre das Leben zuvor nur ein Witz gewesen, den er zwar auch ein bisschen lustig, aber vor allem langweilig fand. Aber jetzt, nach dieser neuen Information, war da ein anderer Cole – ein *unsicherer*. Nur für zwei Sekunden war es, als sähe ich bis auf seinen tiefsten Grund, dann *plingte* die Tür auf und dieser Cole war wieder verschwunden.

Im Eingang stand Sam. Die Ladentür fiel langsam hinter ihm zu.

»Schlechte Nachrichten, Ringo«, sagte Cole. »Wir werden alle sterben.«

Sam sah mich fragend an.

»Mein Dad hat's geschafft«, erklärte ich. »Die Jagd ist genehmigt. Sie warten nur noch auf den Helipiloten.«

Eine lange, lange Weile stand Sam dort an der Tür, sein Kiefer zuckte kaum merklich. Sein Gesichtsausdruck hatte etwas seltsam Resolutes. Hinter ihm stand »Geschlossen« auf der Rückseite des »Geöffnet«-Schilds.

Das Schweigen dehnte sich so lange aus, dass ich schon in Erwägung zog, es zu brechen, aber dann sagte Sam, eigenartig förmlich: »Ich hole Grace aus diesem Wald raus. Die anderen auch, aber sie hat Priorität.«

Da sah Cole auf. »Ich glaube, dabei kann ich dir helfen.«

Kapitel 22

Sam

Im Wald war es still und matschig vom tagelangen Regen. Cole ging voraus, seine sicheren Schritte zeigten, wie oft er diesen Weg schon gegangen war. Isabel war widerstrebend weitergezogen zur Schule, und als Karyn kam, um mich abzulösen, waren Cole und ich so schnell wie möglich zurück zu Becks Haus gefahren. Im Auto hatte Cole mir dann seinen brillanten Plan erklärt, wie wir Grace fangen würden: mit einer Falle.

Ich konnte kaum glauben, dass Cole in der ganzen Zeit, in der ich dachte, er würde bloß das Haus verwüsten, versucht hatte, Tiere zu fangen. Wölfe. Aber bei Cole war einfach alles so unvorhersehbar, dass ich vermutlich gar nicht ernsthaft hätte überrascht sein dürfen.

»Wie viele von den Dingern hast du denn aufgestellt?«, fragte ich, während wir uns durch das Dickicht kämpften. Ich hätte über Isabels Neuigkeiten nachdenken können, über die drohende Jagd, aber ich konzentrierte mich darauf, mir einen Weg durch die Bäume zu bahnen. Die Welt um mich war so nass, dass dafür wirklich einiges an Konzentration nötig war. Wenn ich mich an Ästen festhielt, tropfte Wasser vom Gewitter letzte Nacht auf mich herab, und meine Füße rutschten immer wieder seitlich weg.

»Fünf«, antwortete Cole und blieb stehen, um seinen Schuh an einem Baumstamm abzuklopfen. Dicke Matschklumpen fielen aus den Profilen. »Ungefähr.«

»Ungefähr?«

Cole lief weiter. »Als Nächstes mache ich eine für Tom Culpeper«, sagte er, ohne sich umzudrehen.

Ich konnte nicht behaupten, dass ich was dagegen hatte.

»Und was genau hast du vor, wenn du tatsächlich einen fängst?«

Cole stieß einen übertrieben angeekelten Laut aus, als er über einen Haufen Hirschkot stieg. »Rausfinden, was uns dazu bringt, uns zu verwandeln. Und rausfinden, ob du wirklich geheilt bist.«

Ich war überrascht, dass er noch keine Blutprobe von mir gefordert hatte.

»Vielleicht«, sagte Cole nachdenklich, »führe ich demnächst mal ein paar Experimente an dir durch. Alle ganz harmlos natürlich.«

Offenbar kannte ich ihn schon besser, als ich dachte. »Vielleicht auch nicht«, erwiderte ich.

Plötzlich stieg mir beim Gehen ein Hauch von irgendetwas in die Nase, das mich an Shelby erinnerte. Ich blieb stehen, drehte mich langsam um die eigene Achse und stieg vorsichtig über einen peitschenartigen, leuchtend grünen Dornentrieb zu meinen Füßen.

»Was machst du da, Ringo?«, fragte Cole und blieb stehen, um auf mich zu warten.

»Ich dachte, ich hätte was gerochen ...« Ich hielt inne. Wie sollte ich ihm das erklären?

»Die weiße Wölfin? Die biestige?«

Ich sah ihn an. Er machte ein wissendes Gesicht.

»Ja. Shelby«, sagte ich. Was es auch immer für ein Geruch gewesen war, den ich eben aufgeschnappt hatte, jetzt schien er verflogen. »Die macht eigentlich nur Ärger. Hast du sie in letzter Zeit mal gesehen?«

Cole nickte knapp. Ich spürte, wie sich in meinem Magen ein Knoten der Enttäuschung ausdehnte, kalt und unverdaulich. Ich hatte Shelby seit Monaten nicht gesehen und in meinem Optimismus gehofft, sie hätte den Wald verlassen. Schließlich war es nicht ganz ungewöhnlich, dass Wölfe sich von ihrem Rudel trennten. Die meisten Rudel hatten einen Sündenbock, einen Wolf, auf dem ständig herumgehackt, der vom Futter weggejagt und völlig aus der Hierarchie ausgeschlossen wurde, und diese Außenseiter wanderten oft Hunderte von Meilen, um ein neues Rudel zu gründen, irgendwo weit weg von ihren Peinigern.

Vor langer Zeit war Salem, ein älterer Wolf, den ich schon ewig nicht mehr gesehen hatte, der Omegawolf des Rudels gewesen. Doch während ich mich durch die Meningitis kämpfte, hatte ich genug von Shelby mitbekommen, um zu wissen, dass sie in Pauls Achtung, und damit auch in der Achtung des Rudels, noch tiefer gesunken war. Es war, als hätte er irgendwie erfahren, was sie Grace und mir angetan hatte.

»Wieso Ärger?«, fragte Cole.

Ich wollte es ihm nicht sagen. Über Shelby zu reden, wäre, wie die Erinnerungen an sie aus den Kartons hervorzuholen, in denen ich sie so sorgsam verstaut hatte, und ich glaubte nicht, dass ich dafür bereit war. Zurückhaltend erklärte ich: »Shelby ist lieber ein Wolf als ein Mensch. Sie ... sie hatte 'ne üble Kindheit und irgendwas stimmt nicht mit ihr.« Sobald ich die Worte ausgesprochen hatte, hasste ich mich dafür, denn das war genau dasselbe wie das, was Grace' Mom kurz zuvor noch über mich gesagt hatte.

Cole grunzte. »Na, das ist ja mal wieder ganz nach Becks Geschmack.« Er wandte sich ab und lief los, folgte vage der Spur, die Shelby hinterlassen hatte, und nach einem Moment ging ich ihm hinterher, noch ganz in meine Gedanken versunken.

Ich dachte daran, wie Beck Shelby mit nach Hause gebracht hatte. Wie er uns alle gebeten hatte, ihr Zeit zu geben, ihr genügend Raum zu geben, ihr irgendwas zu geben, was sie brauchte, was wir ihr aber nicht bieten konnten. Dann waren Monate vergangen, es war ein warmer Tag wie dieser. Beck hatte gesagt: *Kannst du mal gucken, was Shelby so im Schilde führt?* Er dachte natürlich nicht, dass sie wirklich etwas im Schilde führte, sonst wäre er selbst gucken gegangen.

Ich fand sie draußen, zusammengekauert in der Einfahrt. Sie zuckte zusammen, als sie mich kommen hörte, doch als sie sah, dass ich es war, drehte sie sich ungerührt wieder um. Für sie war ich wie Luft: weder gut noch böse. Ich war einfach da. Also reagierte sie nicht, als ich zu ihr kam, ihr Gesicht hinter ihrem weißblonden Haar verborgen.

Sie hatte einen Bleistift in der Hand, mit dem sie in winzigen Eingeweiden stocherte, mithilfe der Spitze Darmwindungen gerade zog. Sie sahen aus wie Würmer. Dazwischen lag ein metallisch grünes, ölig aussehendes Organ. Am anderen Ende der Innereien, ein paar Zentimeter weiter, zuckte und strampelte ein Star, erst auf der Brust liegend und dann auf der Seite, durch seine eigenen Eingeweide an Shelbys Bleistift gefesselt.

»Das machen wir mit ihnen, wenn wir sie fressen«, sagte Shelby. Ich erinnerte mich, wie ich einfach dort stand und irgendeine Spur von Gefühl in ihrer Stimme auszumachen versuchte. Mit einem zweiten Bleistift, den sie in der anderen Hand hielt, deutete sie auf die zerfleischte Brusthöhle des Vogels. Ich wusste noch, dass es einer von meinen Bleistiften gewesen war, aus meinem Zimmer. Mit Batman drauf. Frisch angespitzt. Die Vorstellung, dass sie in meinem Zimmer gewesen war, kam mir wirklicher und entsetzlicher vor als das gequälte Tier, das dort am Rand der Einfahrt lag und mit den Füßchen Staub aufwirbelte.

»Hast du das gemacht?«, fragte ich. Ich wusste, dass es so war.

Als hätte ich gar nichts gesagt, fuhr Shelby fort. »Hier, da drin ist sein Gehirn. Kleiner als eine Erdnuss.«

Sie deutete auf das Auge des Stars. Ich konnte sehen, dass die Spitze des Bleistifts direkt auf der glänzenden schwarzen Oberfläche ruhte, und irgendetwas in mir zog sich zusammen, wappnete sich. Der Star lag vollkommen still. Man konnte seinen Puls in seinen entblößten Eingeweiden sehen.

»Nein –«, sagte ich.

Shelby stach meinen Batman-Bleistift in das Auge des Stars. Sie lächelte, ein versonnenes Lächeln, das nichts mit Freude zu tun hatte. Ihr Blick wanderte in meine Richtung, ohne dass sie den Kopf bewegte.

Ich stand da und mein Herz raste, als wäre ich derjenige, den sie folterte. Mein Atem kam in unregelmäßigen, fiebrigen Stößen. Als ich Shelby und den Star betrachtete, schwarz und weiß und rot, fiel es mir schwer, mich zu erinnern, wie sich Glücklichsein anfühlte.

Ich hatte es Beck nie erzählt.

Die Scham machte mich zum Gefangenen. Ich hatte sie nicht aufgehalten. Es war mein Bleistift gewesen. Und wie zur Strafe vergaß ich dieses Bild niemals. Ich trug es immer mit mir und es war tausendmal schwerer als der Leichnam des kleinen Vogels.

Bloß welches derbe Tier, ist reif die Zeit erst,
Schlurft bethlehemwärts, um zur Welt zu kommen?

Ich wünschte, Shelby wäre tot. Ich wünschte, dieser Geruch, dem Cole und ich folgten, wäre nur ein Phantom, ein Relikt anstelle eines Versprechens. Früher einmal hätte es mir gereicht, wenn sie einfach den Wald verlassen und sich ein neues Rudel gesucht hätte, aber dieser Sam war ich nicht mehr. Jetzt hoffte ich, dass sie irgendwo war, von wo sie niemals zurückkehren konnte.

Doch ihr Geruch, der über dem feuchten Unterholz schwebte, war einfach zu stark. Sie war am Leben. Und sie war hier gewesen. Noch vor Kurzem.

»Cole«, sagte ich.

Er blieb abrupt stehen, irgendetwas in meiner Stimme hatte ihn gewarnt. Einen Moment lang war nichts da. Nur der dumpfe, lebendige Geruch des Waldes, der langsam erwachte, als es wärmer wurde. Vögel, die einander von Baum zu Baum etwas zuriefen. Weit weg, irgendwo außerhalb des Walds, Hundegebell, das beinahe wie Jodeln klang. Und dann – ein ferner, schwacher, ängstlicher Laut. Wenn wir nicht stehen geblieben wären, hätten unsere Schritte ihn übertönt. Jetzt aber hörte ich es deutlich, das Fiepen und Winseln eines Wolfs in Not.

»Eine von deinen Fallen?«, fragte ich Cole gedämpft.

Er schüttelte den Kopf.

Wieder das Geräusch. Eine böse Ahnung regte sich in meinem Magen. Das klang nicht nach Shelby.

Ich hob den Finger an die Lippen und Cole ruckte mit dem Kinn, als Zeichen, dass er verstanden hatte. Wenn dort wirklich irgendwo ein verletztes Tier lag, wollte ich es nicht verscheuchen, bevor wir ihm helfen konnten.

Plötzlich waren wir selbst Wölfe – in Menschengestalt, lautlos und wachsam. Wie damals auf der Jagd waren meine Schritte lang und meine Füße verließen kaum den Waldboden. Diese Anschleichtechnik war nichts, woran ich mich bewusst erinnern musste. Ich brauchte bloß meine Menschlichkeit abzulegen und da war sie, direkt unter der Oberfläche, wo sie darauf gewartet hatte, dass ich sie zurückholte.

Der Boden unter meinen Füßen war glatt und schlüpfrig vor nassem Lehm und Sand. Als ich in eine flache Senke hinabstieg, die Arme ausgestreckt, um das Gleichgewicht zu halten, rutschten meine Schuhe immer wieder ab und hinterließen unförmige Abdrücke im Matsch. Ich blieb stehen. Lauschte. Hörte Cole leise zischen, als er hinter mir ins Straucheln geriet. Wieder hörte ich den Wolf winseln. Die Verzweiflung darin zupfte an etwas tief in meinem Inneren. Ich schlich mich näher an.

Mein Herz wummerte laut in meinen Ohren.

Je näher ich kam, desto falscher fühlte es sich an. Ich konnte das Fiepen des Wolfs hören, aber auch das Plätschern von Wasser, und das ergab keinen Sinn. In dieser Senke gab es keinen Fluss und vom See waren wir weit entfernt. Und trotzdem dieses Plätschern.

Über uns zwitscherte ein Vogel, laut, und eine Windbö fuhr durch die Blätter ringsum, ließ ihre blassen Unterseiten aufschimmern. Cole blickte mich an und doch auch wieder nicht, lauschte. Sein Haar war länger als damals, als wir uns kennengelernt hatten, seine Gesichtsfarbe gesünder. Aus irgendeinem Grund wirkte er, als gehörte er hierher, wie er so wachsam und angespannt den Wald durchstreifte. Der Wind brachte uns jetzt Blütenblätter, obwohl kein blühender Baum zu sehen war. Es war ein ganz normaler, herrlicher Frühlingstag hier im Wald, aber mein Atem kam in unregelmäßigen Stößen und alles, was ich denken konnte, war: *An diesen Moment werde ich mich für den Rest meines Lebens erinnern.*

Mit einem Mal, klar und deutlich, ergriff mich das Gefühl zu ertrinken. In Wasser, das kalt und schlammig über meinem Kopf, meinem Haar, zusammenschlug, in Wasser, das in meiner Nase brannte, das meine Lungen fest umklammerte.

Es war das Fragment einer Erinnerung, die nichts mit mir zu tun hatte. So wie Wölfe kommunizierten.

Und plötzlich wusste ich, wo der Wolf war. Ich gab meine Verstohlenheit auf und stolperte die letzten Meter hastig voran.

»Sam!«, keuchte Cole.

Gerade noch rechtzeitig blieb ich stehen. Der Boden unter meinem rechten Fuß sackte ab und landete mit einem Klatschen irgendwo ein Stück tiefer. Ich wich zurück auf sichereren Grund und spähte dann nach unten.

Ich sah schockierend gelben Lehm, ein unwirklicher Farbtupfer unter den dunklen Blättern. Es war eine Art Krater, ganz frisch entstanden, den nackten Baumwurzeln ringsum nach zu schließen, die gekrümmt wie Hexenfinger aus den glitschigen Seitenwänden ragten. Der Rand der Grube war unregelmäßig und an mehreren Stellen eingebrochen; der heftige Regen musste zu viel für die Decke eines unterirdischen Hohlraums gewesen sein. Das so entstandene Loch war zwei, drei oder auch fünf Meter tief, schwer zu sagen. Auf dem Grund befand sich Wasser oder Schlamm von gelblich oranger Farbe, dick genug, um an den Wänden kleben zu bleiben, dünn genug, um darin zu ertrinken.

Im Wasser war ein Wolf, sein Fell nass und schlammverklebt. Er wimmerte nicht mehr, sondern trieb einfach nur im Wasser. Er strampelte noch nicht einmal. Sein Fell war zu schmutzig, als dass ich ihn hätte erkennen können.

»Lebst du noch?«, flüsterte ich.

Beim Klang meiner Stimme fingen die Beine des Wolfs an zu zucken und er hob den Kopf, um mich anzusehen.

Grace.

Ich war ein Radio, auf dem alle Sender gleichzeitig eingestellt waren, so viele Gedanken, dass kein einziger klar zu mir durchdrang.

Jetzt sah ich die Spuren ihrer Anstrengungen: Krallenabdrücke im weichen Lehm kurz über der Wasserlinie, ganze Klumpen von Erde, die aus den Wänden der Grube gekratzt worden waren, eine glatte Rutschspur, entstanden durch einen Körper, der immer wieder zurück ins Wasser geglitten war. Sie war schon eine ganze Weile hier, und als sie mich ansah, erkannte ich, dass sie keine Kraft mehr hatte weiterzukämpfen. Ich sah auch, wie wissend, besonnen, klug ihr Blick war. Ohne das kalte Wasser, das ihren Körper in seiner Wolfsgestalt hielt, wäre sie wahrscheinlich ein Mensch gewesen.

Das machte es unendlich viel schlimmer.

Cole neben mir sog scharf die Luft ein, bevor er etwas sagte. »Gibt's irgendwas, wo er draufklettern kann? Irgendwas, damit er wenigstens –«

Er führte seinen Satz nicht zu Ende, weil ich bereits am Rand der Grube nach etwas suchte, das uns helfen konnte. Aber was konnte ich schon tun, solange Grace ein Wolf war? Das Wasser lag fast zwei Meter unter mir, und selbst wenn ich irgendetwas fand, das lang genug war, um bis auf den Boden des Kraters zu reichen – vielleicht gab es im Schuppen etwas Brauchbares –, müsste sie schon darauf nach oben laufen können, denn klettern konnte sie nicht. Und würde ich sie überhaupt dazu kriegen? Wenn sie wenigstens ihre Hände gehabt hätte, ihre Finger, dann wäre das hier immer noch nicht einfach gewesen, aber zumindest nicht unmöglich.

»Das bringt alles nichts«, sagte Cole und schob mit dem Fuß einen Ast zur Seite. Das einzige Holz in der Nähe der Grube waren ein paar halb zerfallene, verrottende Kiefern, die bei einem Sturm oder aus Altersschwäche umgestürzt waren, nichts, was uns weiterhalf. »Gibt's vielleicht irgendwas im Haus?«

»Eine Leiter«, erwiderte ich. Aber ich würde mindestens eine halbe Stunde brauchen, bis ich wieder hier wäre. Und ich glaubte nicht, dass ihr noch so viel Zeit blieb. Schon hier oben im Schatten der Bäume war es kalt, wie viel kälter war es dann erst unten im Wasser?

Wie kalt musste es für eine Unterkühlung sein? Ich kroch zurück bis an den Rand der Grube und fühlte mich hilflos. Dasselbe Grauen, das mich ergriffen hatte, als ich Cole bei seinem Anfall sah, breitete sich langsam in mir aus wie Gift.

Grace war jetzt zu meiner Seite der Grube herübergeschwommen und ich sah, wie sie versuchte, mit vor Erschöpfung bebenden Beinen irgendwo Halt zu finden. Es gelang ihr noch nicht einmal, sich auch nur ein paar Zentimeter aus dem Wasser zu hieven, bevor ihre Pfoten wieder an der Wand hinunterglitten. Ihr Kopf war ganz knapp über der Wasseroberfläche, ihre zitternden Ohren hingen schlaff herab. Alles an ihr wirkte entkräftet, frierend, resigniert.

»Der macht's nicht mehr so lange, bis wir die Leiter haben«, sagte Cole. »So viel Kraft hat er nicht mehr.«

Mir wurde übel bei dem Gedanken daran, dass sie sterben könnte. Verzweifelt sagte ich: »Cole, das ist Grace.«

Jetzt wandte er den Kopf und sah mich an; sein Gesichtsausdruck war kompliziert zu deuten.

Unter uns sah nun die Wölfin zu mir auf und unsere Blicke verschmolzen für einen Moment miteinander. Ihrer braun, meiner gelb.

»Grace«, sagte ich. »Nicht aufgeben.«

Das schien ihr ein wenig Kraft zu geben: Sie fing wieder an zu schwimmen, dieses Mal zu einem anderen Teil der Wand. Es schmerzte mich, in dieser grimmigen Entschlossenheit Grace wiederzuerkennen. Noch einmal versuchte sie, sich nach oben zu ziehen, eine Schulter in den Schlamm gedrückt, während die andere Pfote ein paar Zentimeter über dem Wasser über die steile Wand kratzte. Ihre Hinterpfoten stemmten sich gegen irgendetwas unter der Wasseroberfläche. Mit zuckenden Muskeln schob sie sich nach oben, presste sich gegen die lehmige Wand, schloss ein Auge, um keinen Schlamm hineinzubekommen. Zitternd sah sie mich aus ihrem geöffneten Auge an. Es war so leicht, durch all den Schlamm hindurchzusehen, durch den Wolf, durch alles andere, nur in dieses Auge, direkt bis zu Grace.

Dann gab die Wand nach. In einer Kaskade aus Matsch und Sand plumpste sie zurück ins Wasser. Ihr Kopf verschwand in der schlammigen Brühe.

Einen unendlichen Augenblick lang lag das braune Wasser vollkommen still da.

In diesen Sekunden, die sie brauchte, um sich zurück an die Oberfläche zu kämpfen, fasste ich einen Entschluss. Ich zog meine Jacke aus, stellte mich an den Rand der Grube, und bevor ich über die unzähligen Konsequenzen nachdenken konnte, sprang ich hinein.

Ich hörte, wie Cole meinen Namen rief, zu spät.

Halb rutschte, halb fiel ich ins Wasser. Mein Fuß berührte etwas Glitschiges, und bevor ich auch nur die Chance hatte zu bestimmen, ob es der Grund des Kraters war oder nur eine Wurzel unter Wasser, wurde ich verschluckt.

Der Sand im Wasser brannte eine Sekunde lang in meinen Augen, bevor ich sie schloss. In dieser Schwärze verschwand für einen Moment jede Zeit, wurde zu einem völlig abstrakten Konzept, dann fanden meine Füße Halt und ich hob den Kopf über die Wasseroberfläche.

»Sam Roth, du kleiner Scheißer«, stieß Cole hervor. In seiner Stimme lag Bewunderung, was bedeutete, dass ich mit großer Wahrscheinlichkeit eine ziemliche Dummheit begangen hatte.

Das Wasser reichte mir bis zum Schlüsselbein. Es war schleimig wie Rotz und bitterbitterkalt. In dieser Grube war es, als hätte ich keine Haut. Als gäbe es nur meine Knochen und das eiskalte Wasser, das sie umspülte.

Grace presste sich an die gegenüberliegende Wand, den Kopf in den Lehm gedrückt, offensichtlich hin- und hergerissen zwischen Misstrauen und irgendetwas anderem, das ihr Wolfsgesicht nicht ausdrücken konnte. Jetzt, da ich wusste, wie tief das Loch war, wurde mir klar, dass sie auf den Hinterbeinen stehen musste, an die Wand gelehnt, um ihre Kräfte zu schonen.

»Grace«, sagte ich und beim Klang meiner Stimme verhärtete sich der Ausdruck in ihren Augen zu Angst. Ich versuchte, es nicht persönlich zu nehmen; es war einfach ihr Wolfsinstinkt, der das Ruder übernahm, egal, wie viel Menschlichkeit ich zuvor in ihnen gesehen hatte. Trotzdem hieß das, dass ich meinen Plan, sie bis zum Rand der Grube hochzuheben, noch einmal überdenken musste. Es fiel mir schwer, mich zu konzentrieren; ich fror so erbärmlich, dass meine Gänsehaut wehtat. Mein alter Instinkt schrie mich an, vor der Kälte zu fliehen, bevor ich mich verwandelte.

Es war so kalt.

Cole kauerte über mir am Rand der Grube. Ich konnte seine Unruhe spüren, seine unausgesprochene Frage hören, aber ich wusste nicht, was ich ihm antworten sollte.

Ich bewegte mich ein Stück auf sie zu, nur um zu sehen, wie sie reagierte. Sie ging in die Defensive, zuckte vor mir zurück, verlor den Halt unter den Füßen und verschwand unter Wasser. Diesmal war sie mehrere Atemzüge lang fort. Als sie wieder hochkam, versuchte sie erfolglos, ihren vorherigen Ruheplatz wieder einzunehmen, aber die Wand trug sie nicht mehr. Sie paddelte schwach, schnaufte knapp über dem Wasser. Uns blieb keine Zeit mehr.

»Soll ich auch runterkommen?«, fragte Cole.

Ich schüttelte den Kopf. Mir war so kalt, dass meine Worte mehr gehaucht als gesprochen klangen. »Zu – kalt. Du – verwandelst – dich.«

Neben mir fiepte der Wolf, leise und ängstlich.

Grace, dachte ich und schloss die Augen. *Bitte erinnere dich daran, wer ich bin.* Ich öffnete die Augen wieder.

Sie war fort. Nur eine langsame, dicke Welle breitete sich kreisförmig von dem Punkt aus, an dem sie untergegangen war.

Ich stürzte nach vorn und wühlte im Wasser, meine Schuhe sackten in den weichen Boden des Kraters. Qualvolle Sekunden vergingen, in denen ich nur Lehm an den Armen, Wurzeln unter den Fingerspitzen spürte. Das Loch, das mir von oben so klein vorgekommen war, schien nun unendlich weit und tief.

Alles, was ich denken konnte, war: *Sie wird sterben, bevor ich sie finde. Sie wird sterben, nur Zentimeter von meinen Fingern entfernt dringt Wasser in ihre Nase, atmet sie Schlamm. Ich werde diesen Moment immer wieder durchleben, an jedem Tag meines Lebens.*

Und dann, endlich, stießen meine Finger auf etwas Festes. Ich ertastete ihr nasses Fell und schlang die Arme um sie, um sie hochzuheben und ihren Kopf über Wasser zu halten.

Ich hätte mir keine Sorgen darum machen müssen, dass sie nach mir schnappen könnte. Sie lag vollkommen schlaff in meinen Armen, federleicht in dem Wasser, das ihr Gewicht mittrug, jämmerlich und gebrochen. Sie war ein Golem aus Zweigen und Schlamm, schon jetzt so kalt wie ein Leichnam von den vielen Stunden im Wasser. Braune Brühe blubberte aus ihrer Nase.

Meine Arme hörten einfach nicht auf zu zittern. Ich presste die Stirn an ihre schmutzige Wange und sie zuckte nicht zurück. Ich fühlte ihre Rippen an meiner Haut. Sie stieß ein weiteres ersticktes, dreckwassernasses Schnauben aus.

»Grace«, flüsterte ich. »So geht es nicht zu Ende.«

Ihr Atem ging feucht und rasselnd. Mein Kopf war ein Bündel aus Ideen und Plänen – wenn ich sie nur weiter hochheben könnte, wenn ich sie nur irgendwie wärmen könnte, wenn ich sie über Wasser halten könnte, bis sie wieder etwas zu Kräften kam, wenn Cole die Leiter holen könnte – aber es gelang mir nicht, mich auf irgendetwas davon zu konzentrieren. Bemüht, ihr Gesicht über dem flüssigen Matsch zu halten, bewegte ich mich langsam, tastete mit den Füßen nach was immer es auch gewesen war, worauf sie zuvor gestanden hatte.

Ich sah zum Rand des Lochs hinauf. Cole war verschwunden.

Ich wusste nicht, was ich fühlen sollte.

Langsam ging ich weiter, bis ich eine rutschige, dicke Wurzel fand, die mein Gewicht trug, und ich stützte mich an der Wand ab, Grace' Wolfskörper in den Armen. Ich drückte sie an mich, bis ich ihren fremdartigen, schnellen Herzschlag an meiner Brust spürte. Sie zitterte jetzt, ob vor Angst oder Erschöpfung, wusste ich nicht. Und genauso wenig wusste ich, wie ich uns hier rausbringen sollte.

Aber eins wusste ich: Ich würde nicht loslassen.

Kapitel 23

Cole

Als Wolf zu laufen, war mühelos. Jeder Muskel war dafür gemacht. Alle Teile eines Wolfskörpers arbeiteten zusammen, die Bewegungen nahtlos, konstant, und der Geist eines Wolfs konnte die Vorstellung, irgendwann in der Zukunft erschöpft zu sein, nicht einmal erfassen. Darum hieß es laufen, als gäbe es keinen Grund, je wieder langsamer zu werden, oder: stehen bleiben.

Als Mensch hingegen fühlte ich mich unbeholfen und langsam. Meine Füße waren nutzlos in diesem Matsch, ständig sammelte sich so viel davon unter meinen Schuhsohlen, dass ich anhalten und ihn abklopfen musste, um überhaupt weiterzukommen. Als ich schließlich mein Ziel, den Schuppen, erreichte, war ich völlig außer Atem und meine Knie schmerzten vom Bergaufrennen. Aber zum Verschnaufen war keine Zeit. Ich hatte schon eine ungefähre Vorstellung, was ich aus dem Schuppen holen würde, es sei denn, mir kam spontan noch eine bessere Idee. Ich stieß die Tür auf und spähte hinein. All der Kram, den ich für so unglaublich praktisch gehalten hatte, wenn ich vorher mal hier gewesen war, kam mir jetzt unbrauchbar und abstrus vor. Plastiktonnen mit Kleidern. Kisten voller Essen. Wasserflaschen. Ein Fernseher. Decken.

Ich riss die Deckel von den Kisten mit der Bezeichnung »Ausrüstung«, auf der Suche nach dem, was ich wirklich brauchte: irgendeine Art von Kabel oder Gummischnur, ein Seil oder meinetwegen auch eine Königspython. Irgendwas, was ich um eine der Tonnen binden und sie damit in so etwas wie einen Lastenaufzug verwandeln konnte. Aber da war nichts. Ich hätte in einem Werwolfkindergarten gelandet sein können. Nur Snacks und Sachen für den Mittagschlaf.

Ich fluchte in den leeren Raum hinein.

Vielleicht hätte ich die zusätzliche Zeit riskieren sollen, um zurück zum Haus zu laufen und die Leiter zu holen.

Ich dachte an Sam, wie er zitternd dort in der Grube stand, Grace in den Armen.

Plötzlich blitzte eine Erinnerung in mir auf: Victors kalter Körper am Boden einer Grube, Erde, die auf ihm landete. Das war nur ein Streich, den meine Gedanken mir spielten, und ein unwahrer noch dazu – Victor war in ein Laken gewickelt gewesen, als wir ihn begruben –, aber es war genug. Ich würde mit Sam nicht noch einen Wolf begraben. Und vor allem nicht Grace.

Denn was ich langsam an dieser Sache mit Sam und Grace zu begreifen begann – warum Sam ohne sie offenbar nicht funktionierte –, war, dass diese Art von Liebe nur möglich war, wenn man sich sicher sein konnte, dass beide Menschen immer füreinander da waren. Wenn ein Teil der Gleichung ging oder starb oder in seiner Liebe nicht ganz so perfekt war, dann wurde das Ganze zur tragischsten, armseligsten Geschichte auf der Welt, lächerlich in ihrer Absurdität. Ohne Grace war Sam nur ein Witz ohne Pointe.

Denk nach, Cole. Wie lautet die logische Antwort?

Die Stimme meines Vaters.

Ich schloss die Augen, versuchte mir die Wände der Grube vorzustellen, Grace, Sam, mich oben an der Kante. Einfach. Manchmal war die einfachste Lösung die beste.

Ich schlug die Augen auf, schnappte mir zwei der Tonnen, stellte sie auf den Kopf, sodass sich ihr Inhalt über den Boden des Schuppens ergoss, und ließ alles zurück, außer einem Handtuch. Ich schob die Tonnen ineinander, warf das Handtuch hinein und klemmte mir die Deckel unter den Arm. Es schien, als wären die besten Waffen in meinem Leben immer die harmlosesten: leere Plastiktonnen, eine unbeschriebene CD, eine unmarkierte Spritze, mein Lächeln in einem dunklen Zimmer.

Ich schlug die Schuppentür hinter mir zu.

Grace

Ich war tot und trieb in Wasser, das tiefer und breiter war als ich.
Ich war
blubbernder Atem
Lehm in meinem Mund
Sterne vor Augen
ein Moment
noch ein Moment
und dann war ich
Grace.
Ich trieb dahin, tot, in Wasser, das kälter und mächtiger war als ich.
Bleib wach.
die Wärme seines Körpers zog an meiner Haut
zerrte
Bitte, wenn du mich verstehst
mein Innerstes war nach außen gekehrt
alles war gelb, Gold, auf meiner Haut verschmiert

Bleib wach

ich

war

wach

ich

war

COLE

In der Grube war es unheimlich still, als ich wiederkam, und ich rechnete fast damit, sowohl Grace als auch Sam tot aufzufinden. Früher einmal hätte ich mir dieses Gefühl geschnappt und einen Song darüber geschrieben, aber diese Zeit war lange vorbei.

Und tot waren sie auch nicht. Sam sah zu mir auf, als ich bis zum Rand der Grube vorkroch. Die Haare klebten ihm am Kopf, in der Art ungewollter Unordnung, die man normalerweise, ohne nachzudenken, mit einem Handgriff glättete, aber Sam hatte keine Hand frei. Seine Schultern bebten vor Kälte und er presste das Kinn auf die Brust, um das Zittern zu unterdrücken. Hätte ich nicht gewusst, was er da in den Armen hielt, wäre ich niemals darauf gekommen, dass diese kleine, dunkle Gestalt ein lebendiges Tier sein könnte.

»Achtung!«, sagte ich.

Sam sah genau in dem Moment auf, als ich die beiden Tonnen hinunterwarf. Er zuckte zusammen, als das Wasser in einer Fontäne nach oben schoss. Kalte Tropfen prasselten auf meine Haut. Ich spürte, wie sich bei diesem Gefühl der Wolf in mir regte und dann beinahe sofort wieder zur Ruhe legte. Eine kribbelnde Warnung, dass ich mich irgendwann wieder verwandeln würde, und zwar nicht, weil ich mir eine Spritze verabreicht oder sonst irgendwie an mir rumexperimentiert hatte. Irgendwann würde ich mich verwandeln, weil ich nicht anders konnte.

»C-Cole?«, fragte Sam. Er klang verwirrt.

»Stell dich auf die Tonnen. Eine reicht vielleicht schon. Wie schwer ist sie?«

»G-gar nicht.«

»Dann kannst du sie zu mir hochheben.« Ich wartete, während er sich steif durch das Wasser auf die Tonne zubewegte, die ihm am nächsten war. Sie trieb wippend auf der Wasseroberfläche; er würde sie unter Wasser drücken und umdrehen müssen, damit er darauf stehen konnte. Er versuchte, sich vorzubeugen und sie am Rand zu packen, während er Grace festhielt; ihr Kopf rutschte schlapp und reaktionslos von seiner Brust. Ich begriff, dass er nichts mit der Tonne anfangen konnte, ohne Grace loszulassen, und Grace loszulassen hieße, sie ertrinken zu lassen.

Sam starrte nur auf die im Wasser treibende Tonne, seine Arme zitterten unter Grace' Körper. Er stand bloß da, absolut reglos, den Kopf leicht schräg gelegt, als betrachtete er das Wasser oder irgendetwas knapp dahinter. Seine Schultern deuteten beide steil nach unten. Victor hatte mich gelehrt, was das bedeutete. Um eine Kapitulation zu erkennen, bedurfte es keiner Worte.

Es gibt Zeiten, in denen man bloß dasitzt und andere ihr Solo spielen lässt, und dann gibt es Zeiten, in denen man aufsteht und selbst Kontrolle über die Musik übernimmt. Die Wahrheit ist, dass ich im Stillsitzen nie besonders gut war.

Ich sagte abermals: »Achtung!«, und ließ mich, ohne Sam eine Chance zum Reagieren zu geben, in das Loch hinuntergleiten. Schwindel erfasste mich, solange mein Körper nicht sicher war, wie weit er noch fallen würde und wann er sich für den Aufprall wappnen musste, und dann streifte mein Arm die Seitenwand, bevor ich in den flüssigen Schlamm eintauchte. »Verdammte *Scheiße*«, keuchte ich, denn das Wasser war kalt, kalt, kalt.

Sams Gesicht wirkte unsicher unter seiner Dreckschicht, aber schließlich begriff er, was ich vorhatte. »B-beeil dich.«

»Super Idee«, entgegnete ich. Aber Sam hatte recht – das kalte Wasser riss und zerrte an mir, krallte seine Finger in mein Fleisch, stocherte nach dem Wolf in mir. Ich drehte die erste Tonne so, dass das Wasser hineinlief und sie mit seinem Gewicht unter die Oberfläche zog. In dem trüben Wasser tastend, während ich versuchte, meinen krampfenden Magen ruhig zu halten, stellte ich die Tonne auf den Kopf und drückte sie in den Schlamm auf dem Grund der Grube. Dann griff ich nach der zweiten, ließ sie sich mit Wasser füllen und hievte sie, richtig herum und etwas versetzt, auf die erste. Schnappte mir den umhertreibenden Deckel und presste ihn darauf.

»H-halt fest«, sagte Sam. »Ich n-nehm sie und …«

Er beendete den Satz nicht, aber das musste er auch nicht. Er griff Grace fester und stieg dann auf die erste Tonne. Ich streckte die freie Hand aus, um ihm Halt zu geben. Seine Haut hatte genau dieselbe Temperatur wie der Schlamm. Grace in seinen Armen sah aus wie ein toter Hund, während er auf die zweite Tonne stieg. Der Turm wackelte bedenklich; ich war das Einzige, was ihn davon abhielt, unter Sams Gewicht zusammenzubrechen.

»Schnell«, zischte ich. Verdammt, war das Wasser kalt; daran konnte ich mich nicht gewöhnen. Ich würde mich jeden Moment in einen Wolf verwandeln, *nein*, würde ich nicht, nicht jetzt – ich umklammerte die Ränder der Tonnen. Sam stand mit Grace auf der oberen und seine Schultern waren auf gleicher Höhe mit dem Rand der Grube. Nur für eine Sekunde schloss er die Augen. Dann flüsterte er: »Tut mir leid«, und schleuderte den Körper des Wolfs nach oben, raus aus der Grube, auf trockenen Boden. Es war nur ein Meter, anderthalb, aber ich konnte sehen, wie sehr es ihn schmerzte. Er wandte sich zu mir um, immer noch bibbernd vor Kälte.

Ich war dem Wolf in mir so nahe, dass ich ihn auf der Zunge schmecken konnte.

»Du gehst als Erster«, sagte Sam mit zusammengebissenen Zähnen, um seine Stimme besser unter Kontrolle zu halten. »Ich will nicht, dass du dich verwandelst.«

Ich war nicht derjenige, der hier wirklich zählte, nicht derjenige, der umgehend aus diesem Loch rausmusste, aber Sam ließ keinen Widerspruch zu. Er kletterte von den Tonnen herunter und ließ sich neben mir ins Wasser plumpsen. Meine Eingeweide hatten sich zu einem kopfgroßen, pulsierenden Knoten verschlungen. Es fühlte sich an, als krallten sich Klauen in mein Zwerchfell und schlichen sich langsam hinauf in meinen Hals.

»Los«, sagte Sam.

Meine Kopfhaut prickelte und kribbelte. Sam packte meinen Unterkiefer, so hart, dass seine Fingerspitzen sich schmerzhaft in den Knochen gruben. Er starrte mir in die Augen und ich fühlte, wie der Wolf in mir auf diese Herausforderung zu reagieren begann, auf den stummen Instinkt, der seinem Befehl Macht verlieh. Diesen Sam hier kannte ich nicht.

»*Los*, klettern«, kommandierte er. »Raus hier!«

Wenn er es so sagte, musste ich gehorchen. Ich kletterte auf die Tonnen, mit bebenden Muskeln und Fingern, die schließlich den Rand der Grube ertasteten. Mit jeder Sekunde außerhalb des Wassers fühlte ich mich wieder mehr wie ein Mensch und weniger wie ein Wolf, auch wenn ich meinen eigenen Geruch, den Gestank der Beinaheverwandlung riechen konnte. Er erfasste mich in Wellen, jedes Mal wenn ich den Kopf wandte. Nach einer kurzen Pause, um wieder Herr meiner Sinne zu werden, schob ich mich auf dem Bauch aus der Grube. Das sah bestimmt alles andere als sexy aus, aber ich war trotzdem ziemlich beeindruckt von mir. Ein paar Schritte weiter lag Grace auf der Seite, reglos, aber atmend.

Unter mir kletterte Sam unsicher auf die erste Tonne und musste einen langen Moment abwarten, um sein Gleichgewicht zu finden.

»Ich … ich hab sicher nur eine Sekunde, bis das hier zusammenbricht«, sagte Sam. »Kannst du –?«

»Hab dich«, erwiderte ich.

Irrtum; er hatte weniger als eine Sekunde. Er hatte es gerade zusammengekauert auf die zweite Tonne geschafft, als der Turm unter ihm zu kippen begann. Er streckte die Hand aus und im selben Moment packte ich seinen Arm. Die Tonnen fielen zurück ins Wasser, das Spritzgeräusch gedämpfter, als ich erwartet hätte, als Sam auch seinen anderen Arm hochschwang, damit ich ihn greifen konnte. Ich stemmte mich in den durchweichten Boden am Rand des Lochs und schob mich rückwärts. Gut, dass Sam so ein schlaksiges Kerlchen mit reisigdürren Gliedmaßen war, ansonsten wären wir alle beide wieder unten in der Grube gelandet.

Dann war es vorbei. Völlig außer Atem, auf die Ellbogen gestützt, lag ich da. Kein Zentimeter meines Körpers, der nicht von dem schleimigen Matsch aus der Grube bedeckt war. Sam saß neben Grace, ballte die Fäuste und öffnete sie wieder und sah hinunter auf die kleinen Lehmklümpchen, die sich darin bildeten. Die Wölfin lag bewegungslos neben ihm, ihre Atemzüge gingen schnell und ruckartig.

»Du hättest nicht runterkommen müssen«, sagte Sam.

»Doch, hätte ich«, erwiderte ich.

Ich sah auf und bemerkte, dass sein Blick bereits auf mir lag. In der Dunkelheit des Waldes wirkten seine Augen sehr hell. Wolfsaugen, kein Zweifel. Ich dachte daran, wie er meinen Kiefer gepackt und mir befohlen hatte zu klettern, wie er an meinen Wolfsinstinkt appelliert hatte, als nichts anderes mehr ging. Das letzte Mal, dass mir jemand so eindringlich ins Gesicht gestarrt hatte, mir befohlen hatte, zuzuhören und mich zu konzentrieren, war bei meiner ersten Verwandlung gewesen. Und die Stimme die von Geoffrey Beck.

Sam streckte die Hand aus und berührte Grace' Flanke; ich sah, wie seine Finger die Rippen unter dem Fell entlangfuhren. »Es gibt ein deutsches Gedicht«, sagte er, »in dem heißt es: *Wie lange braucht man jeden Tag, bis man sich kennt.*« Immer noch betastete er die Rippen der Wölfin, die Brauen gerunzelt, bis sie leicht, etwas nervös den Kopf hob. Sam legte die Hände in den Schoß. »Ich war dir gegenüber nicht fair«, sagte er dann.

Sam wollte sagen, dass mein früheres Verhalten keine Rolle mehr spielte, aber das tat es doch, irgendwie. »Heb dir deine Krautgedichte für Grace auf«, sagte ich nach einer Pause. »Nachher steckst du mich noch an mit deinem Spinnerkram.«

»Ich mein's ernst«, beharrte Sam.

Ohne ihn anzusehen, entgegnete ich: »Ich auch. Selbst jetzt, wo du geheilt bist, bist du immer noch absolut anormal.«

Sam lachte nicht. »Nimm die Entschuldigung einfach an, Cole, dann erwähne ich es nie wieder.«

»Bitte schön«, sagte ich, als ich aufstand, und warf ihm das Handtuch zu. »Entschuldigung angenommen. Und zu deiner Ehrenrettung: Ich hatte auch keine faire Behandlung verdient.«

Behutsam legte Sam das Handtuch um den Körper der Wölfin. Sie zuckte unter seiner Berührung zusammen, war jedoch zu müde, um wirklich zu reagieren. »So bin ich nicht erzogen worden«, sagte er schließlich. »Freundlichkeit sollte sich niemand erst verdienen müssen. Nur Grausamkeit.«

Plötzlich kam mir in den Sinn, wie anders dieses Gespräch verlaufen wäre, wenn Isabel hier gewesen wäre. Sie hätte ihm widersprochen. Aber das lag auch daran, dass für Isabel Grausamkeit und Freundlichkeit zuweilen ein und dasselbe waren.

»Wie dem auch sei«, murmelte Sam. Aber dann sagte er nichts weiter. Er hob Grace auf, so fest in ihr Handtuch gewickelt, dass sie sich nicht bewegen konnte, selbst wenn sie noch die Kraft dazu gehabt hätte, und machte sich auf den Weg zum Haus.

Anstatt ihm zu folgen, ging ich zurück an den Rand der Grube und spähte hinein. Die Tonnen trieben immer noch im flüssigen Schlamm, von einer so lückenlosen Schmutzschicht bedeckt, dass man ihre ursprüngliche Farbe nicht mehr erkennen konnte. Nichts regte sich auf der Wasseroberfläche, nichts verriet, wie tief das Loch war.

Ich spuckte hinunter. Der Schlamm war so dick, dass er sich noch nicht mal kräuselte, als meine Spucke darauf landete. Da unten zu sterben, wäre die Hölle gewesen. Mir wurde bewusst, dass jede Art, auf die ich zu sterben versucht hatte, ein einfacher Ausweg gewesen wäre. So war es mir natürlich nicht vorgekommen damals, als ich auf dem Boden lag und *esreichtesreichtesreichtesreichtichwillhierraus* zu niemand im Speziellen sagte. Ich war nie auf die Idee gekommen, dass es ein Privileg war, als Cole zu sterben und nicht als etwas anderes.

Kapitel 24

Isabel

Früher, vor Jacks Tod, gab es eine Sache, die meine Eltern immer wieder mit mir und Jack anstellten. Sie suchten sich einen Zeitpunkt, an dem wir mit allergrößter Wahrscheinlichkeit etwas vorhatten, worauf wir uns freuten – meistens wollten wir irgendwas mit Freunden unternehmen, zum Beispiel in die Kinopremiere eines Films gehen, auf den wir sehnsüchtig gewartet hatten, manchmal waren es aber auch einfach nur Hausaufgaben –, und dann kidnappten sie uns.

Sie fuhren mit uns ins *Il Pomodoro*. Das heißt »Die Tomate«, für diejenigen unter euch, die wie ich kein Schmalztriefienisch sprechen. Das *Il Pomodoro* lag anderthalb Stunden von Mercy Falls entfernt, mitten im Nirgendwo, und das will was heißen, denn Mercy Falls selbst war ja eigentlich schon der Inbegriff von mitten im Nirgendwo. Warum wir von einem Nicht-Ort zum anderen fuhren? Tja, während die meisten Menschen meinen Vater als knallharten Strafverteidiger erlebten, der seine Gegner mit der Mühelosigkeit eines Velociraptors auf Speed vernichtete, kannte ich die Wahrheit: In den Händen von Italienern, die ihm Knoblauchgrissini servierten, während im Hintergrund ein süßlicher Tenor herumknödelte, wurde mein Vater zu einem schnurrenden Kätzchen.

Und so hätte ich nach einem überstandenen harten Schultag, dessen Ende ich kaum hatte erwarten können, um endlich zu Becks Haus zu fahren und nachzusehen, was Sam und Cole so trieben (und nebenher noch eine Million anderer Sachen im Kopf hatte), fast ahnen müssen, dass dies der perfekte Eltern-Entführungs-Zeitpunkt war. Aber das letzte Mal war über ein Jahr her. Ich war unvorbereitet und völlig wehrlos.

Ich hatte kaum einen Schritt aus dem Schulgebäude gemacht, als mein Handy klingelte. Natürlich war es mein Vater, also musste ich rangehen oder seinen gerechten Zorn riskieren. Ich klappte das Telefon auf und bedeutete Mackenzie weiterzugehen; sie wackelte mir zum Abschied nur kurz mit den Fingern über die Schulter zu, ohne sich umzusehen.

»Was ist?«, meldete ich mich, während ich auf dem Autoschlüsselknopf herumdrückte, um zu sehen, ab welcher Entfernung sich die Türen entriegelten.

»Komm direkt nach Hause, wenn du fertig bist«, sagte mein Vater. Im Hintergrund hörte ich einen Wasserhahn rauschen und dann das Zuschnappen eines Schminkkoffers. »Wir gehen heute Abend ins *Il Pomodoro*, sobald du hier bist, geht's los.«

»Soll das ein Witz sein?«, fragte ich. »Ich muss Hausaufgaben machen und außerdem muss ich morgen früh raus. Ihr könnt ja ohne mich fahren, ist doch romantisch.«

Mein Vater lachte mit unbarmherzig guter Laune: Ha. Ha. Ha. »Wir gehen mit einer ganzen Gruppe hin, Isabel. Schließlich haben wir was zu feiern. Alle wollen dich wiedersehen. Das letzte Mal ist so lange her.« Im Hintergrund murmelte meine Mutter etwas. »Deine Mutter sagt, wenn du mitkommst, bezahlt sie dir den Ölwechsel an deinem Wagen.«

Ich riss die Tür meines Geländewagens auf und starrte wütend auf die Pfütze, in der ich stand. Diese Woche war einfach *alles* nass.

Aus dem Auto schlug mir warme Luft entgegen, ein Zeichen dafür, dass Frühling war – es war tatsächlich warm genug geworden, um im Laufe des Tages das Innere des Wagens aufzuheizen. »Das hat sie mir schon dafür versprochen, dass ich gestern ihre Sachen in die Reinigung gebracht habe.«

Mein Vater gab diese Information an meine Mutter weiter. Pause. »Sie sagt, dann fährt sie mit dir nach Duluth wegen irgendwelcher High- und Lowlights, was auch immer das ist. Moment, hat das was mit Haaren zu tun? Ich finde es gar nicht gut, wenn –«

»Ich will wirklich nicht mit«, unterbrach ich ihn. »Ich hab schon was vor.« Dann kam mir ein Gedanke. »Was wollt ihr denn feiern? Geht's um die Wolfsjagd?«

»Ja, schon, aber darüber reden wir bestimmt nicht den ganzen Abend«, antwortete mein Vater. »Komm schon, das wird lustig. Wir können –«

»Okay. Schon gut. Ich komme mit. Sag Mom, dass ich dringender einen Haarschnitt brauche als Farbe. Und auch nicht bei diesem Trottel, den sie so toll findet. Wenn der mich in die Finger kriegt, seh ich nachher immer aus wie eine Fußballmutti. Der Typ hat sein Handwerk anscheinend anhand von Neunzigerjahre-Sitcoms erlernt.« Ich stieg ins Auto, startete den Motor und versuchte, nicht an den Abend zu denken, der vor mir lag. Was tat ich nicht alles für Grace und Sam ...

»Du machst mich damit sehr glücklich, Isabel«, sagte mein Vater. Stirnrunzelnd sah ich das Lenkrad an. Aber irgendwie glaubte ich ihm.

Jedes Mal wenn wir das *Il Pomodoro* betraten, fragte ich mich, wie es diesem Laden gelungen war, meine Eltern dermaßen einzulullen. Schließlich waren wir Kalifornier, verdammt noch mal, da sollten wir doch einen gewissen Standard für kulinarische Erlebnisse verlangen. Und doch saßen wir wieder hier an dem rot-weiß karierten Tischtuch und hörten irgendeiner bedauernswerten Collegeabsolventin bei ihrem Operngesang zu, während wir die Speisekarte studierten und dabei vier verschiedene Sorten Brot knabberten, von denen keine wirklich italienisch, sondern alle ziemlich nach Minnesota aussahen. Der Raum war schummrig und die Decke niedrig und mit Schalldämmplatten verkleidet. Eine italoamerikanische Gruft mit einem Klecks Pesto obendrauf.

Ich hatte mein Bestes gegeben, mich während des Hinsetzens wie eine Klette an meinen Vater zu heften, immerhin waren wir bestimmt fünfzehn Leute und ich war schließlich nur mitgekommen, damit ich hören konnte, was er sagte. Trotzdem schaffte es im letzten Moment noch eine Frau namens Dolly, sich zwischen uns zu mogeln. Ihr Sohn, dessen Frisur aussah, als hätte er sich rückwärts in einen Windkanal gestellt, saß auf meiner anderen Seite. Ich knibbelte an den Enden meiner Grissini und bemühte mich, meine Tischnachbarn nicht mit den Ellbogen anzustoßen.

Etwas Kleines, Helles flog über den Tisch, landete punktgenau im Ausschnitt meines Oberteils und nistete sich zwischen meinen Brüsten ein. Mir gegenüber saß ein weiterer Überlebender des Windkanals – wahrscheinlich der Bruder –, der jetzt grinste und meinem Tischnachbarn verschwörerische Blicke zuwarf. Dolly kriegte von alldem nichts mit und quasselte über meinen Vater hinweg auf meine Mutter ein, die auf seiner anderen Seite saß.

Ich beugte mich über den Tisch zu dem Krümelwerfer. »Mach das noch mal«, sagte ich, laut genug, um über die Opernsängerin, Dolly, meine Mutter und den Geruch der Grissini hinweg gehört zu werden, »und ich verkaufe dein erstgeborenes Kind an den Teufel.«

Als ich mich wieder zurücklehnte, sagte der Junge neben mir: »Tut mir leid, er ist echt 'ne Nervensäge.« Doch ich wusste, was er wirklich meinte, war: *Super Aufhänger, um sie anzuquatschen, danke, Bruderherz!* Grace hätte natürlich widersprochen und gesagt: *Er wollte bestimmt nur nett sein*, weil Grace immer nur das Netteste von den Leuten dachte. Aber Jack wäre auf meiner Seite gewesen.

Um ehrlich zu sein, fiel es mir ziemlich schwer, nicht an das letzte Mal zu denken, als wir hier gewesen waren und Jack mir gegenübergesessen hatte, vor einem Hintergrund aus Reihen von Weinflaschen, genau dort, wo jetzt der Junge saß. An jenem Abend hatte Jack sich wie ein ziemliches Arschloch aufgeführt, auch wenn ich mir alle Mühe gab, diese Tatsache zu verdrängen. Es war, als würde ich ihn nicht richtig vermissen, wenn ich meine Erinnerungen daran zuließ, wie sehr ich ihn manchmal gehasst hatte. Stattdessen dachte ich daran, wie er grinsend und von oben bis unten verdreckt in der Einfahrt stand, obwohl mir das mittlerweile eher vorkam wie eine Erinnerung an die Erinnerung seines Lächelns und nicht an das Lächeln selbst. Wenn ich zu genau darüber nachdachte, fühlte ich mich schwerelos, haltlos.

Die Sängerin beendete ihren Vortrag und erntete höflichen Applaus, dann drehte sie unserem Tisch den Rücken zu und stieg auf die kleine Bühne an der Seite des Restaurants, wo sie sich flüsternd mit einer Frau in einem ebenso erniedrigenden Kostüm beriet. Mein Vater ergriff die Gelegenheit und klopfte mit seinem Löffel an sein Glas.

»Ein Toast, für diejenigen unter uns, die heute Abend etwas trinken«, verkündete er. Er war nicht richtig aufgestanden, sondern hatte sich nur halb erhoben. »Auf Marshall, der daran geglaubt hat, dass wir das hier schaffen können. Und auf Jack, der heute Abend nicht bei uns sein kann«, er hielt inne und fügte dann hinzu, »aber, wenn er es wäre, garantiert um ein eigenes Glas Wein betteln würde.«

Ich fand, es war ein beschissener Toast, auch wenn er nichts als die Wahrheit enthielt, aber ich ließ trotzdem zu, dass Dolly und die Sturmfrisur neben mir ihre Gläser gegen mein Wasserglas stießen. Dem Jungen gegenüber schenkte ich ein verächtliches Grinsen und zog mein Glas zurück, bevor er mit mir anstoßen konnte. Den Krümel würde ich später aus meinem Oberteil fischen.

Am Kopfende des Tischs saß Marshall und seine Stimme hatte etwas Durchdringendes, das der meines Vaters fehlte. Er hatte eine von diesen volltönenden Politikerstimmen, mit der sich besonders gut Dinge wie *Steuerminderungen für die Mittelschicht* und *Vielen Dank für Ihre Spende* und *Schatz, würdest du mir den Pullover mit der Ente drauf raussuchen?* sagen ließen.

Nun dröhnte er im Plauderton: »Wusstet ihr, dass ihr bei euch die gefährlichsten Wölfe von ganz Nordamerika habt?« Dann lächelte er breit, zufrieden, diese Information mit uns geteilt zu haben. Er hatte seine Krawatte gelockert, wie um zu zeigen, dass er hier unter Freunden war und nicht bei der Arbeit. »Bis das Rudel von Mercy Falls aktiv wurde, gab es in Nordamerika nur zwei bestätigte Wolfsangriffe mit tödlichem Ausgang. Mehr nicht. Auf Menschen natürlich. Drüben im Westen ist aber einiges an Vieh gerissen worden, darum haben sie in Idaho ja auch diese Zweihundertzwanzig-Wölfe-Quote in Kraft gesetzt.«

»So viele Wölfe durften die Jäger schießen?«, hakte Dolly nach.

»So isses«, antwortete Marshall, der mich mit seinem plötzlichen Minnesota-Akzent überraschte.

»Kommt mir vor wie 'ne ganze Menge Wölfe«, sagte Dolly. »Haben wir hier denn auch so viele?«

Mein Vater schaltete sich reibungslos ein; verglichen mit Marshall klang er eleganter, kultivierter. Andererseits saßen wir hier immer noch im *Il Pomodoro*, also wie kultiviert konnte er schon sein? Aber immerhin. »Nein, nein, das Rudel von Mercy Falls wird nur auf zwanzig bis dreißig Tiere geschätzt. Höchstens.«

Ich fragte mich, was Sam wohl zu dieser Unterhaltung gesagt hätte. Ich fragte mich, was er und Cole wohl zu unternehmen beschlossen hatten, wenn überhaupt irgendwas. Dann erinnerte ich mich an diesen seltsam entschlossenen Gesichtsausdruck, den Sam im Laden gehabt hatte, und plötzlich fühlte ich mich leer und unvollständig.

»Und wieso ist unser Rudel dann so gefährlich?«, wunderte sich Dolly, das Kinn auf die Hand gestützt. Sie setzte einen Trick ein, den ich selbst schon zu oft angewendet hatte, als dass ich ihn nicht erkannt hätte. Die Interessiertes-Dummchen-Nummer eignete sich hervorragend, um Aufmerksamkeit zu erlangen.

»Ihre Nähe zu Menschen«, antwortete mein Vater. Er gab einem der Kellner ein Zeichen: *Wir wären dann so weit.* »Das Einzige, was Wölfe normalerweise von Menschen fernhält, ist Angst, das heißt, sobald sie keine Angst mehr haben, werden sie in ihrem Revier zu extrem gefährlichen Jägern. In der Vergangenheit hat es immer mal wieder Wolfsrudel gegeben, in Europa und in Indien, die geradezu notorisch Menschen getötet haben.« In seiner Stimme lag keine Spur von Emotion: Als er *Menschen getötet* sagte, dachte er nicht *Jack getötet*. Mein Vater hatte nun ein Ziel, eine Mission, und solange er sich darauf konzentrierte, ging es ihm gut. Das war der alte Dad, beinahe frustrierend mächtig, aber letztendlich doch jemand, auf den man stolz sein konnte, ein Vater zum Bewundern. Seit Jack tot war, hatte ich diese Version von unserem Dad nicht mehr gesehen.

Verbittert stellte ich fest, dass ich, wäre es bei alldem nicht um das Schicksal von Sam und Grace und Cole gegangen, in diesem Moment vielleicht sogar glücklich gewesen wäre, selbst hier im *Il Pomodoro*. Mit meiner Mutter und meinem Vater, die lächelten und plauderten wie früher. Das alles hatte nur einen winzigen Preis. Ich konnte meine Eltern zurückhaben – aber dafür würde ich alle meine wahren Freunde verlieren.

»Oh nein, in Kanada sind sie weitverbreitet«, erklärte mein Vater gerade dem Mann, der ihm gegenübersaß.

»Hier geht es nicht um Zahlen«, fügte Marshall hinzu, weil es niemand aussprechen würde, wenn er es nicht tat. Darauf wusste niemand etwas zu sagen. Wir zuckten alle erschrocken zusammen, als die Sängerin wieder loslegte. Ich sah deutlich, wie Marshalls Lippen ein *Mein Gott* formten, aber über den durchdringenden Sopran war es nicht zu hören.

Im selben Moment, als ich mein Handy an meinem Bein vibrieren spürte, kitzelte mich etwas am Kragen. Ich sah auf und dem Deppen von gegenüber direkt in sein blödes, grinsendes Gesicht. Er hatte mir noch einen Krümel ins Oberteil geworfen. Diesmal war die Musik zu laut, um etwas zu ihm zu sagen, was vielleicht nicht das Schlechteste war, weil alles, was mir einfiel, ziemlich deftige Schimpfwörter waren. Außerdem musste ich nun jedes Mal, wenn ich zu dem Jungen hinübersah, daran denken, wie Jack mit uns hier gesessen hatte und dass wir jetzt alle hier hockten und über die Tiere redeten, die ihn getötet hatten, anstatt darüber, dass er nie wieder mit uns in diesem Restaurant sitzen würde. Ich zuckte zusammen, als mich wieder etwas berührte, diesmal an den Haaren. Es war der Junge neben mir, die Finger an meiner Schläfe.

»– hast auch was in die Haare gekriegt«, rief er mir über den Gesang zu. Ich hob die Hand, wie um zu sagen: *Lass es, lass es einfach sein.*

Mein Vater lehnte sich über den Tisch zu Marshall hinüber und versuchte, sich durch freundschaftliches Brüllen über etwas, was stark nach Bizet klang, Gehör zu verschaffen. »Aus der Luft kann man alles sehen.« Ich zog mein Handy hervor und klappte es auf. Als ich Sams Nummer sah, ging ein eigenartig nervöser Ruck durch meinen Magen. Er hatte mir eine SMS geschickt, die vor Tippfehlern nur so strotzte.

> wir gaben sie gefunfen. war schlimn aber cole war echu ein held. dachgte nur das willst du viell wissen. s

Es war schwer, mir die Wörter *Cole* und *Held* im selben Zusammenhang vorzustellen. *Held* schien auf irgendeine Art von edelmütigem Verhalten hinzudeuten. Ich versuchte, unter dem Tisch zurückzuschreiben, ohne dass es der überaus hilfsbereite Typ auf meiner einen und Dolly auf meiner anderen Seite mitbekamen, um ihn wissen zu lassen, dass ich jetzt hier im Restaurant war und wichtige Details mithörte und dass ich später anrufen würde. Oder vorbeikommen. Als ich »*oder komme vorbei*« schrieb, spürte ich wieder dieses Zucken im Bauch und eine Welle von Schuldgefühlen durchströmte mich, ohne dass ich hätte sagen können, warum.

Dann brach der Gesang ab und ringsum wurde applaudiert – Dolly hatte die Hände an ihr Gesicht gehoben und klatschte mir enthusiastisch ins Ohr –, nur mein Vater und Marshall unterhielten sich weiter über den Tisch gebeugt, als hätte es nie irgendwelche Musik gegeben.

Die Stimme meines Vaters war nun klar zu verstehen: »... sie aus dem Wald heraustreiben, wie wir das vorher schon gemacht haben, aber diesmal mit mehr Leuten, mit dem Staat und den Artenschutzbehörden hinter uns und so weiter, und sobald wir sie nördlich des Boundary Wood auf freier Fläche haben, übernehmen der Helikopter und die Scharfschützen.«

»Neunzigprozentige Erfolgsquote in Idaho, sagst du?«, erkundigte sich Marshall. Seine Gabel schwebte über seiner Vorspeise, als wollte er sich darauf Notizen machen.

»Genau, dann spielt der Rest auch keine Rolle mehr«, sagte mein Vater. »Allein, ohne ihr Rudel können sie nicht überleben. Ein Wolf braucht mehr als nur einen Partner, um genug Wild zu reißen.«

Wieder vibrierte das Handy in meiner Hand und ich klappte es auf. Noch einmal Sam.

ich dachtesie stirbt isabel. ich bin so erleichterz dass es wehtut.

Ich hörte den Jungen gegenüber lachen und wusste, dass er mich mit noch irgendetwas beworfen hatte, ohne dass ich es mitbekommen hatte. Ich wollte nicht zu ihm hochgucken, weil ich dann nur wieder sein Gesicht vor dieser Wand sehen würde, wo damals Jacks gewesen war. Plötzlich wusste ich, dass ich mich übergeben würde. Nicht irgendwann in ferner Zukunft, nicht *möglicherweise*, sondern auf die »Ich muss sofort hier weg, sonst passiert gleich was schrecklich Peinliches«-Art.

Ich schob meinen Stuhl zurück und rammte ihn Dolly in die Seite, die gerade wieder mitten in einer ihrer dämlichen Fragen war. Dann bahnte ich mir einen Weg zwischen Tischen und Sängerinnen und Vorspeisen aus Meeresgetier hindurch, das ausnahmsweise mal nicht von hier stammte.

Ich schaffte es bis zur Toilette – keine Kabinen, nur ein einziger Raum, der mehr an ein Privatbadezimmer als eine Restauranttoilette erinnerte – und schloss die Tür hinter mir. An die Wand gelehnt, die Hand über dem Mund, stand ich da. Aber ich übergab mich nicht. Ich fing an zu weinen.

Ich hätte es nicht zulassen dürfen, denn schließlich musste ich ja wieder da raus und dann hätte ich eine rote, geschwollene Nase und

Kaninchenaugen und alle würden es mir ansehen, aber ich konnte einfach nicht aufhören. Es war, als würde ich an meinen eigenen Tränen ersticken. Ich musste keuchen, um überhaupt Luft zu bekommen. In meinem Kopf gab es nur noch Jack, wie er da an dem Tisch gesessen und sich wie ein Arschloch benommen hatte, die Stimme meines Vaters, der über Scharfschützen in Helikoptern redete, den Gedanken daran, dass Grace beinahe gestorben war, ohne dass ich es auch nur mitbekommen hatte, blöde Jungs, die mir Sachen ins Oberteil warfen, das für ein Abendessen mit der Familie wahrscheinlich sowieso zu weit ausgeschnitten war, Cole, der vor dem Bett stand und auf mich herunterblickte, und die Sache, die mich überhaupt erst so weit gebracht hatte: Sams ehrliche, gebrochene SMS über Grace.

Jack war fort, mein Vater kriegte immer, was er wollte, ich wollte und hasste Cole St. Clair und niemand, niemand würde je so für mich empfinden wie Sam für Grace in dem Moment, als er diese SMS an mich schrieb.

Mittlerweile saß ich auf dem Boden, den Rücken an den Schrank unter dem Waschbecken gelehnt. Ich dachte daran, wie hart ich zu Cole gewesen war, als ich ihn, vollkommen fertig, in Becks Haus auf dem Fußboden gefunden hatte – nicht das letzte Mal, sondern damals, als er mir gesagt hatte, er müsse raus aus seinem Körper, ansonsten würde er sich umbringen. Ich hatte ihn für so schwach, so egoistisch, so wehleidig gehalten. Aber jetzt verstand ich ihn. Wenn in diesem Moment jemand zu mir gesagt hätte: *Isabel, ich kann dafür sorgen, dass es aufhört, du musst nur diese Tablette schlucken ...* Ich hätte es getan.

Es klopfte an der Tür.

»Besetzt«, rief ich, wütend darüber, dass meine Stimme sich so belegt und so wenig nach mir anhörte.

»Isabel?« Meine Mutter.

Ich hatte so heftig geweint, dass ich nur stoßweise atmen konnte. Ich gab mir Mühe, ruhig zu sprechen. »Bin in einer Sekunde draußen.«

Der Knauf drehte sich. In meiner Eile hatte ich vergessen abzuschließen.

Meine Mutter betrat das Badezimmer und machte die Tür hinter sich zu. Beschämt ließ ich den Kopf hängen. Ihre Füße, nur Zentimeter vor meinen eigenen, waren alles, was ich von ihr sehen konnte. Sie hatte die Schuhe an, die ich für sie gekauft hatte. Das brachte mich erneut zum Weinen, und als ich versuchte, das Schluchzen zu unterdrücken, kam ein schrecklicher, erstickter Laut aus meiner Kehle.

Meine Mutter setzte sich neben mich auf den Boden, ebenfalls mit dem Rücken zum Waschbecken. Sie duftete nach Rosen, genau wie ich. Sie stützte die Ellbogen auf die Knie und rieb sich mit einer Hand über ihr beherrschtes Dr.-Culpeper-Gesicht.

»Ich sag den anderen, dass dir schlecht geworden ist«, erklärte meine Mutter.

Ich vergrub das Gesicht in den Händen.

»Ich habe drei Gläser Wein getrunken. Also kann ich nicht fahren.« Sie zog den Autoschlüssel hervor und hielt ihn so, dass ich ihn durch den Spalt zwischen meinen Fingern sehen konnte. »Aber du.«

»Was ist mit Dad?«

»Dad kann bei Marshall mitfahren. Die zwei sind doch ein tolles Gespann.«

Da blickte ich auf. »Die sehen mich doch.«

Sie schüttelte den Kopf. »Wir gehen durch den Seitenausgang raus. Dann müssen wir nicht mehr am Tisch vorbei. Ich ruf ihn an.«

Sie zog ein Taschentuch aus der Handtasche und tupfte mein Kinn ab. »Ich hasse dieses verdammte Restaurant.«

»Okay«, sagte ich.

»Okay?«

»Okay.«

Sie stand auf und ich griff nach ihrer Hand, damit sie mich hochziehen konnte. »Du solltest dich aber wirklich nicht auf den Boden setzen – der ist dreckig, da könntest du dir ein Rotavirus oder Staphylokokken oder sonst was einfangen. Und warum hast du ein Stück Brot im T-Shirt?«

Vorsichtig pflückte ich die Krümel aus meinem Oberteil. Als wir so nebeneinander vor dem Spiegel standen, sahen meine Mutter und ich uns auf fast unheimliche Weise ähnlich, nur dass mein Gesicht eine tränenverschmierte, derangierte Ruine war und ihres nicht. Das genaue Gegenteil der vergangenen zwölf Monate.

»Okay«, sagte ich. »Gehen wir, bevor wieder irgendwer anfängt zu singen.«

Kapitel 25

Grace

Ich erinnerte mich nicht daran, geweckt worden zu sein. Ich erinnerte mich nur daran, zu *sein*. Ich setzte mich auf, blinzelte ins grelle Licht, vergrub das Gesicht in den Händen und strich mir über die Haut meiner Wangen. Mir tat alles weh – nicht wie nach einer Verwandlung, sondern als wäre ich unter einem Erdrutsch begraben gewesen. Der Fliesenboden unter mir war kalt, unerbittlich. Es gab kein Fenster und eine Reihe blendend heller Glühbirnen über dem Waschbecken ließ alles in permanentem Tageslicht erstrahlen.

Ich brauchte einen Moment, bis ich mich genügend gesammelt hatte, um mich umzusehen, und dann einen weiteren, um zu begreifen, was ich da sah. Ein Badezimmer. Eine gerahmte Postkarte, die irgendwelche Berge zeigte, neben dem Waschbecken. Eine verglaste Dusche, keine Badewanne. Eine geschlossene Tür. Mit einem Schlag kam die Erkenntnis – das hier war das Bad im oberen Stock von Becks Haus. Oh. Was das bedeutete, ließ mich nach Luft schnappen: Ich hatte es zurück nach Mercy Falls geschafft. Zurück zu Sam.

Zu überwältigt, um das alles wirklich fassen zu können, krabbelte ich auf die Füße. Die Bodenfliesen unter meinen Füßen waren voller Schlamm und Erde, deren Farbe – ein kränkliches Gelb – mich husten, nicht vorhandenes Wasser hochwürgen ließ.

Aus dem Augenwinkel sah ich eine Bewegung und ich erstarrte, die Hand noch vor dem Mund. Aber das war nur ich, im Spiegel: Eine nackte Grace mit deutlich zählbaren Rippen und weit aufgerissenen Augen starrte mir entgegen, den Mund hinter ihren Fingern verborgen. Ich ließ die Hand sinken, um meine unterste Rippe zu berühren, und wie aufs Stichwort fing mein Magen an zu knurren.

»Siehst ein bisschen verwildert aus«, flüsterte ich mir zu, nur um zu sehen, wie mein Mund sich bewegte. Ich klang immer noch wie ich. Das war gut.

Auf der Waschbeckenkante lag ein Stapel Kleider, so peinlich genau zusammengefaltet, wie es nur jemand tat, der entweder sehr oft Kleider faltete oder nie. Ich erkannte in ihnen den Inhalt meines Rucksacks wieder, den ich vor wie vielen Monaten auch immer hierher in Becks Haus mitgebracht hatte. Ich zog mein weißes Lieblingsoberteil mit den langen Ärmeln an und darüber ein blaues T-Shirt; die beiden waren wie alte Freunde. Dann Unterhose, Jeans und Socken. Keinen BH, keine Schuhe, denn das war alles noch im Krankenhaus – oder wo Sachen, die blutende Mädchen dort zurückließen, später so landeten.

Und das kam dabei heraus: Ich war ein Mädchen, das sich in einen Wolf verwandelt hatte, ich war beinahe gestorben, und das, was mich den ganzen Tag über am meisten stören würde, war, dass ich ohne BH rumlaufen musste.

Unter den Kleidern lag ein Zettel. Ich spürte ein seltsames Kribbeln im Bauch, als ich Sams vertraute Handschrift erkannte, dicht gedrängt und beinahe unleserlich.

Grace,
das hier ist wahrscheinlich das Schlimmste, was ich je getan habe –
meine Freundin im Badezimmer einzusperren. Aber wir wussten

nicht, was wir sonst mit dir anstellen sollten, bis du dich verwandelst. Ich hab deine Sachen hier reingelegt. Die Tür ist nicht abgeschlossen, also kannst du einfach raus, sobald du Finger hast. Ich kann's nicht erwarten, dich zu sehen. S

Glück. So hieß das Gefühl. Ich hielt den Zettel in der Hand und versuchte mich an die Geschehnisse zu erinnern, über die er schrieb. Ich versuchte mich daran zu erinnern, wie ich hier eingesperrt worden war, wie sie mich aus dem Wald geholt hatten. Es war, als sollte man sich an den Namen eines Schauspielers erinnern, nachdem einem sein vage bekanntes Gesicht gezeigt worden war. Meine Gedanken entwanden sich immer wieder provozierend knapp meinem Griff. Nichts, nichts, und dann – erstickte ich fast an der Erinnerung an Dunkelheit und Schlamm. Shelby. Ich erinnerte mich an Shelby. Ich musste schlucken, krampfhaft, und blickte wieder auf mein Spiegelbild. In meinem Gesicht stand Angst und meine Hand presste sich an meine Kehle.

Mein verängstigtes Gesicht gefiel mir nicht; ich sah aus wie ein fremdes Mädchen, das ich nicht erkannte. Also blieb ich noch eine Weile dort stehen und korrigierte behutsam meine Züge, bis die Grace im Spiegel wieder die war, die ich kannte, dann erst drehte ich den Türknauf. Wie Sam geschrieben hatte, war die Tür unverschlossen, und ich trat hinaus in den Flur.

Überrascht stellte ich fest, dass es Nacht war. Ich konnte das Summen des Kühlschranks im Erdgeschoss hören, das Flüstern der Luft in den Heizungsrohren, die Geräusche, die ein bewohntes Haus machte, wenn es glaubte, dass niemand zuhörte. Ich erinnerte mich, dass links von mir Sams Zimmer lag, doch die Tür stand offen und es war dunkel. Rechts von mir, am anderen Ende des Flurs, eine weitere offene Tür und von dort fiel Licht nach draußen. Ich entschied mich für diese Option und tappte an Fotos von Beck und anderen lächelnden Leuten und einer kuriosen Sammlung von Socken vorbei, die in einem künstlerisch anmutenden Muster an die Wand genagelt worden waren.

Ich spähte in die hell erleuchtete Tür und sah Becks Zimmer. Eine halbe Sekunde später fiel mir auf, dass ich eigentlich gar keinen Grund hatte, es für Becks Zimmer zu halten. Lauter tiefe Grün- und Blautöne, dunkles Holz und schlichte Muster. Eine Lampe auf dem Nachttisch warf ihr Licht auf einen Stapel Biografien und eine Lesebrille. Daran allein war nichts eindeutig Identifizierendes. Es war einfach ein sehr gemütliches und schnörkelloses Zimmer, genauso gemütlich und schnörkellos, wie Beck auf mich gewirkt hatte.

Aber es war nicht Beck, der auf der Matratze lag, sondern Cole, auf dem Bauch, quer darüber ausgestreckt; seine Füße baumelten über den Rand, die Zehen wiesen zu Boden. Ein kleines, in Leder gebundenes Büchlein lag aufgeschlagen neben ihm, die Seiten nach unten. Den Rest des Betts bedeckte ein Wirrwarr aus losen Zetteln und Fotos.

Es sah aus, als schliefe Cole inmitten dieses Durcheinanders. Ich wollte mich vorsichtig umdrehen, doch als mein Fuß eine quietschende Bodendiele erwischte, murmelte er etwas in die blaue Bettdecke.

»Bist du wach?«, fragte ich.

»Ja.«

Er wandte mir das Gesicht zu, als ich ans Fußende des Betts trat. Irgendwie kam ich mir vor wie in einem Hotelzimmer in diesem schönen, ordentlichen, unvertrauten Raum mit seinen zurückhaltenden Farbkombinationen, der leuchtenden Schreibtischlampe und dem Gefühl von Verlassenheit, das er ausstrahlte.

Cole sah zu mir auf. Sein Gesicht war jedes Mal ein Schock: so gut aussehend. Ich musste diese Tatsache bewusst beiseiteschieben, um mich mit ihm wie mit einem normalen Menschen unterhalten zu können. Er konnte ja nichts für sein Aussehen. Ich wollte ihn fragen, wo Sam war, aber bei genauerem Nachdenken erschien es mir ziemlich unhöflich, Cole bloß als Wegweiser zu benutzen.

»Ist das hier Becks Zimmer?«

Cole streckte den Arm über die Bettdecke in meine Richtung und antwortete, indem er den Daumen hob.

»Warum schläfst du hier?«

»Ich hab nicht geschlafen«, sagte Cole. Er rollte sich auf den Rücken. »Sam schläft nie. Ich versuche, sein Geheimnis zu ergründen.«

Ich ließ meinen Po auf die Bettkante sinken, halb sitzend, halb stehend. Der Gedanke, dass Sam nicht schlief, stimmte mich ein bisschen traurig. »Steht sein Geheimnis irgendwo in diesen Papieren?«

Cole lachte. Sein Lachen war ein kurzer, perkussiver Laut, der wie ein Ausschnitt aus einem Album klang. Ich fand, es war ein einsamer Laut.

»Nein, das hier sind alles Becks Geheimnisse.« Er tastete umher, bis seine Finger das Notizbuch fanden. »Becks Tagebuch.« Die andere Hand legte er auf ein paar lose Zettel. Jetzt sah ich, dass unter ihm noch mehr davon lagen. »Grundschuld, Testamente, Treuhandkram, zahnärztliche Unterlagen und Rezepte für Medikamente, mit denen Beck versucht hat, das Rudel zu heilen.«

Ich war überrascht, zumindest ein bisschen, von der Existenz solcher Dinge zu hören, aber eigentlich hätte ich es nicht sein dürfen. Das alles hier war nichts, wonach Sam gesucht hätte – Fakten interessierten ihn nicht besonders –, und höchstwahrscheinlich waren es auch Informationen, mit denen er aufgewachsen war und die er bereits als nutzlos verworfen hatte. »Meinst du, Beck würde sich freuen, wenn er wüsste, dass du seine Sachen durchsuchst?« Ich nahm der Frage mit einem Lächeln ihre Schärfe.

Cole entgegnete: »Er ist ja nicht hier.« Dann aber schien er seine knappe Antwort noch einmal zu überdenken und fügte mit ernster Stimme hinzu: »Beck hat gesagt, er wollte, dass ich hier für ihn übernehme. Und dann ist er gegangen. Das ist der einzige Weg, wie ich irgendwas in Erfahrung bringen kann. Schlägt meiner Meinung nach die Neuerfindung des Rades um Längen.«

»Wollte Beck nicht, dass Sam für ihn übernimmt?« Dann beantwortete ich meine eigene Frage. »Oh – ich schätze, er dachte, Sam verwandelt sich nicht mehr zurück. Darum hat er dich angeworben.«

Na ja, darum hatte er zumindest überhaupt *irgendjemanden* angeworben. Warum er Cole im Speziellen ausgewählt hatte, war weniger klar. Es musste einen Punkt gegeben haben, an dem er den Typen, der jetzt vor mir lag, gesehen und gedacht hatte, dass er einen guten Rudelführer abgeben würde. An irgendeinem Punkt musste er etwas von sich selbst in Cole wiedererkannt haben. Ich meinte sogar, es erahnen zu können. Sam hatte Becks Gesten, aber Cole hatte … Becks starke Persönlichkeit? Sein Selbstbewusstsein? In Cole war etwas wie Becks Charakterstärke; während Sam warmherzig war, war Cole ein Getriebener.

Wieder lachte Cole sein zynisches Lachen. Und wieder erkannte ich darin, dass seine draufgängerische Art nur aufgesetzt war. Es war wie bei Isabel, bei der ich erst lernen musste, den Zynismus auszublenden, um die Wahrheit zu hören: die Mutlosigkeit und Einsamkeit. Mir entgingen zwar immer noch viele der Nuancen, die Sam heraushörte, aber es war nicht so schwer, wenn man wusste, worauf man achten musste.

»*Anwerben*, so ein nobles Wort«, sagte Cole, setzte sich auf und faltete die Beine zum Schneidersitz. »Da denkt man doch gleich an Männer in Uniform, die das geliebte Vaterland verteidigen. Beck wollte bloß nicht, dass ich sterbe. Deswegen hat er mich ausgewählt. Er dachte, ich bringe mich um, und er dachte, er könnte mich retten.«

So leicht würde ich ihn nicht davonkommen lassen.

»Jeden Tag bringen sich Leute um«, sagte ich. »Dreißigtausend Amerikaner im Jahr oder so. Glaubst du wirklich, er hat dich deswegen ausgewählt? Ich nicht. Das wäre doch unlogisch. Von allen Menschen auf der Welt wird er sich aus einem ganz bestimmten Grund für dich entschieden haben, wenn man bedenkt, dass du berühmt bist und damit ein ziemliches Risiko darstellst. Ich meine, denk doch mal logisch. *Logisch.*«

Cole lächelte mich an, dieses urplötzliche, breite Lächeln, das in seiner Echtheit so anziehend war. »Ich mag dich«, sagte er. »Du darfst bleiben.«

»Wo ist Sam?«

»Unten.«

»Danke«, sagte ich. »Hey – ist Olivia schon hier aufgetaucht?«

Sein Blick veränderte sich nicht und zeigte seine Unwissenheit auf diese Weise deutlicher als alles, was er hätte sagen können. Mein Herz sank ein kleines Stückchen tiefer. »Wer?«, fragte er.

»Eine andere Wölfin«, sagte ich. »Eine Freundin von mir, die letztes Jahr gebissen worden ist. So alt wie ich.«

Die Vorstellung, dass sie noch irgendwo da draußen im Wald war und dasselbe durchmachte wie ich, quälte mich.

In diesem Moment huschte etwas Neues über Coles Miene, zu schnell, als dass ich es hätte deuten können. So gut war ich einfach nicht im Gesichterlesen. Er sah weg, sammelte ein paar der Zettel ein, klopfte sie auf seinem Bein zu einem Stapel zusammen und ließ sie dann so nachlässig fallen, dass sie sofort wieder durcheinanderrutschten. »Hab sie nicht gesehen.«

»Okay«, sagte ich. »Ich gehe dann mal Sam suchen.« Ich wandte mich Richtung Tür und eine eigenartige kleine Blase aus Nervosität wuchs in meinem Brustkorb. Sam war hier, ich war hier, ich steckte fest in meiner Haut. Ich würde wieder mit ihm zusammen sein. Plötzlich erfasste mich eine völlig irrationale Angst, dass ich ihm gegenüberstehen und mit einem Mal alles anders sein würde, auf welche Art auch immer. Dass das, was ich fühlte, nicht zu dem passen würde, was ich sah, oder dass er mittlerweile anders für mich empfand. Was, wenn wir wieder ganz von vorn anfangen mussten? Gleichzeitig jedoch erfüllte mich das Wissen, dass meine Ängste völlig unbegründet waren, und kurz darauf die Erkenntnis, dass sie nicht verschwinden würden, solange ich Sam nicht wiedergesehen hatte.

»Grace«, sagte Cole, als ich gehen wollte.

Ich blieb in der Tür stehen.

Er zuckte mit den Schultern. »Ach, schon gut.«

Als ich draußen im Flur war, lag Cole schon wieder auf dem Bett, Zettel unter und auf und rings um sich, umringt von allem, was Beck zurückgelassen hatte. Er hätte so leicht verloren wirken können inmitten all dieser Erinnerungen und Worte, stattdessen aber wirkte er beschwingt, beflügelt durch all den Schmerz, der schon vor ihm da gewesen war.

Kapitel 26

Isabel

Autofahren mit meinen Eltern hatte irgendetwas an sich, was mich zu einer schlechteren Fahrerin machte. Egal, wie viel Zeit ich schon mit den Händen am Lenkrad zugebracht hatte, kaum saß ein Erziehungsberechtigter auf dem Beifahrersitz, fing ich an, zu hart zu bremsen, die Kurven zu eng zu nehmen und versehentlich die Scheibenwischer einzuschalten, wenn ich nach dem Radioknopf griff. Und auch wenn ich eigentlich nicht der Typ war, der mit Leuten redete, die mich sowieso nicht hören konnten (Sam Roth stellte sich langsam, aber sicher als Ausnahme von dieser Regel heraus), sobald meine Mutter oder mein Vater im Auto saßen, merkte ich plötzlich, wie ich mich über die dämlichen Nummernschilder anderer Fahrer lustig machte oder über ihre Langsamkeit meckerte oder einen bissigen Kommentar abgab, wenn jemand seinen Blinker bereits zwei Meilen vor dem Abbiegen einschaltete.

Das war auch der Grund, warum ich, als das Licht meiner Scheinwerfer auf einen halb auf der Straße, halb mit der Schnauze im Graben stehenden Liefer- oder was auch immer für eine Art Wagen fiel, sagte: »Na, da hat aber einer super geparkt.«

Meine Mutter, die der Wein und die späte Stunde schläfrig und wohlwollend gemacht hatten, wurde plötzlich aufmerksam. »Isabel, halt mal dahinter an. Vielleicht braucht da jemand Hilfe.«

Ich wollte einfach nur nach Hause, damit ich Sam oder Cole anrufen und herausfinden konnte, was mit Grace los war. Wir waren nur noch zwei Meilen vom Haus entfernt, was ich vom Universum ein klitzekleines bisschen unfair fand. Das Fahrzeug am Rand des Lichtkegels meiner Scheinwerfer wirkte ein wenig unheimlich.

»Mom, *du* bist doch diejenige, die mir immer predigt, dass ich nie anhalten soll, weil ich sonst vergewaltigt oder von Demokraten verschleppt werde.«

Mom schüttelte den Kopf und zog ihre Puderdose aus der Handtasche. »So was hab ich noch nie gesagt, das klingt mehr nach deinem Vater.« Sie klappte die Sonnenblende runter und musterte sich in dem kleinen beleuchteten Spiegel darin. »Ich hätte ›Liberale‹ gesagt.«

Ich verlangsamte auf Schritttempo. Der Wagen – wie sich herausstellte, ein Pick-up mit einer von diesen hohen Hauben über der Ladefläche, bei deren Kauf man vermutlich seinen Personalausweis vorzeigen musste, um zu beweisen, dass man über fünfzig war – sah aus, als gehörte er einem Säufer, der nur angehalten hatte, um in den Graben zu reihern.

»Wie sollen wir denn da überhaupt helfen? Wir können doch keine … Reifen wechseln oder so.« Irgendwie wollte mir einfach kein Grund einfallen, aus dem dort jemand rechts rangefahren sein sollte, es sei denn eben zum Reihern.

»Da ist ein Polizist«, sagte Mom. Und tatsächlich sah ich jetzt den Streifenwagen, der ebenfalls am Straßenrand stand und dessen Scheinwerfer durch den riesigen Pick-up verdeckt gewesen waren. Wie beiläufig fügte sie hinzu: »Vielleicht haben sie ja medizinische Versorgung nötig.«

Mom lebte in der stetigen Hoffnung, dass irgendjemand medizinische Versorgung nötig hatte. Als ich noch klein war, war sie immer geradezu scharf drauf gewesen, dass jemand sich verletzte. Imbissköche ließ sie nie aus den Augen für den Fall, dass sich eine Küchenkatastrophe ereignete. In Kalifornien hatte sie bei jedem Auffahrunfall angehalten. Ihr Superheldenspruch lautete: »*BRAUCHT JEMAND EINEN ARZT? ICH BIN ÄRZTIN!*« Mein Vater hatte mich mal ermahnt, sie deswegen nicht aufzuziehen; anscheinend hatte sie es wegen irgendwelcher Familienprobleme schwer gehabt, ihren Abschluss zu machen, und war jetzt überglücklich, wenn sie den Leuten erzählen konnte, dass sie Ärztin war. Selbstverwirklichung schön und gut, aber so langsam sollte sie sich doch mal dran gewöhnt haben, oder?

Seufzend hielt ich hinter dem Pick-up. Ich manövrierte mein Auto etwas eleganter von der Straße, als der andere Fahrer das geschafft hatte, aber das war auch nicht besonders schwierig. Meine Mutter sprang eifrig aus dem Wagen und ich folgte ihr etwas langsamer. Drei Aufkleber zierten das Heck des Pick-ups: »Unterstützt unsere Truppen«, »Leg endlich auf und fahr« und, unerklärlicherweise, »Ich wär so gern in Minnesota«.

Am vorderen Ende des Wagens redete ein Polizist auf einen rothaarigen Mann ein, der ein weißes T-Shirt trug und Hosenträger, weil er eine fette Wampe, aber keinen Hintern in der Hose hatte. Und was noch interessanter war, durch die offene Pick-up-Tür konnte ich eine Pistole auf dem Fahrersitz liegen sehen.

»Dr. Culpeper«, begrüßte der Polizist meine Mutter freundlich.

Mom verfiel in ihre Karamellstimme – die einen so langsam und dickflüssig einhüllte, dass man gar nicht merkte, wie kurz davor man war zu ersticken. »Officer Heifort. Ich habe nur angehalten, um zu fragen, ob Sie vielleicht meine Hilfe brauchen.«

»Na, das ist aber mächtig anständig von Ihnen«, entgegnete Heifort. Er hatte die Finger unter seinem ebenfalls ansehnlichen Wanst in seinen Pistolengürtel gehakt. »Und das ist Ihre Tochter? Ist genauso hübsch wie Sie, Doc.« Meine Mutter winkte kokett ab. Aber Heifort bestand darauf. Der rothaarige Mann trat von einem Fuß auf den anderen. Dann kam das Gespräch auf die Mücken zu dieser Jahreszeit. Der Rothaarige sagte, es würde noch viel schlimmer werden als jetzt. Er nannte sie »Schnaken«.

»Wofür ist die Pistole?«, fragte ich.

Alle sahen mich an.

Ich zuckte mit den Schultern. »Hab mich nur gewundert.«

Heifort antwortete: »Tja, scheint ganz so, als hätte Mr Lundgren hier beschlossen, auf eigene Faust Jagd auf die Wölfe zu machen.«

Mr Lundgren protestierte: »Nee, nee, Officer, so war's ja nun auch wieder nicht. Ich hab das Viech *zufällig* gesehen und da hab ich aus dem Auto drauf geschossen. Ist ja wohl nicht dasselbe.«

»Vielleicht nicht«, gab Heifort zurück. »Aber da drüben liegt ein totes Tier und nach Sonnenuntergang darf hier eigentlich nichts geschossen werden. Und schon gar nicht mit einem .38er Revolver. Das muss ich Ihnen doch wohl nicht erst erzählen, Mr Lundgren.«

»Warten Sie«, schaltete ich mich ein. »Sie haben einen Wolf *getötet*?« Ich schob die Hände in die Jackentaschen. Obwohl es nicht besonders kalt war, zitterte ich plötzlich.

Heifort deutete auf eine Stelle ein paar Meter vor dem Pick-up und schüttelte resigniert den Kopf.

»Mein Mann hat mir aber gesagt, bis zur Treibjagd dürfte niemand auf sie schießen«, sagte meine Mutter und der Karamell in ihrer Stimme klang nun schon etwas härter. »Damit sie keine Angst bekommen und sich verstecken.«

»Genau so sieht's aus«, bestätigte Heifort.

Ich ging weg von ihnen, in Richtung des Grabens, wohin Heifort gedeutet hatte. Mir war bewusst, dass der Rotschopf mich mit seinem trübseligen Blick verfolgte. Jetzt konnte ich einen Streifen Pelz ausmachen; ein Tier lag im Gras auf der Seite.

Lieber Gott und möglicherweise Heiliger Antonius, ich weiß, ich habe immer jede Menge dämlicher Wünsche, aber der hier ist wirklich mal wichtig: Bitte lass es nicht Grace sein.

Obwohl ich wusste, dass sie eigentlich bei Sam und Cole in Sicherheit sein sollte, hielt ich die Luft an und ging näher heran. Das gebänderte Fell bewegte sich im Wind. Im Oberschenkel des Tiers klaffte ein kleines blutiges Loch, ein weiteres in der Schulter und schließlich eins direkt hinter dem Schädel. Oben auf dem Kopf sah es ein bisschen eklig aus, wo die Kugel wieder ausgetreten war. Um die Augen des Tiers zu sehen, hätte ich mich hinknien müssen, aber damit hielt ich mich nicht auf.

»Das ist ein Kojote«, sagte ich anklagend.

»Genau, Ma'am«, bestätigte Heifort fröhlich. »Ganz schön groß, was?«

Ich stieß die Luft aus. Sogar ein Stadtmädchen wie ich konnte einen Wolf von einem Kojoten unterscheiden. Ich war wieder bei meinem ursprünglichen Verdacht, dass Mr Lundgren sich ein Glas zu viel genehmigt hatte. Oder er hatte unbedingt seine neue Knarre ausprobieren wollen.

»Sie haben doch nicht etwa noch mehr Ärger in dieser Art gehabt, oder?«, wollte Mom von Heifort wissen. Sie stellte die Frage auf diese Art, die sie an sich hatte, wenn sie etwas mehr für meinen Vater als für sich selbst in Erfahrung bringen wollte. »Dass die Leute die Angelegenheit selbst in die Hand nehmen, meine ich? Sie halten doch wohl alles unter Verschluss?«

»Wir tun, was wir können«, antwortete Heifort. »Die meisten halten sich wirklich zurück. Sie wollen dem Heli nicht die Tour vermasseln. Aber allzu überrascht wär ich nicht, wenn's noch ein, zwei

Zwischenfälle gäbe, bevor's richtig losgeht. So sind die Jungs hier eben.« Letzteres war verbunden mit einer Geste in Richtung Mr Lundgren, als wäre der taub. »Na, wie gesagt, wir tun, was wir können.«

Meine Mutter wirkte nicht unbedingt zufrieden. Ihr Tonfall war kühl, als sie erwiderte: »Das sage ich meinen Patienten auch immer.« Stirnrunzelnd sah sie mich an. »Isabel, fass das nicht an.«

Als wäre meine Hand auch nur in die Nähe des Viehs gekommen. Ich kletterte wieder durch das Gras zu ihr hoch.

»Sie haben doch heute Abend nicht etwa getrunken, oder, Doc?«, fragte Heifort, als Mom sich zum Gehen wandte. Er und Mom hatten genau denselben Blick aufgesetzt. Feindseligkeit mit Sirupüberzug.

Meine Mutter schenkte ihm ein breites Lächeln. »Doch.« Sie hielt inne und ließ ihn erst mal darüber nachdenken. »Darum fährt ja auch Isabel. Komm jetzt, Isabel.«

Wir stiegen ins Auto und die Tür war kaum hinter ihr zugefallen, als meine Mutter auch schon losschimpfte: »Diese *Hinterwäldler*. Ich hasse diesen Kerl. Wahrscheinlich hat mich das jetzt für immer von meiner philanthropischen Ader geheilt.«

Das glaubte ich keine Sekunde lang. Das nächste Mal, wenn sie dachte, sie könnte helfen, würde sie ganz genauso aus dem Auto springen, noch bevor es zum Stehen gekommen war. Ob die Leute sie nun brauchten oder nicht.

Wie es aussah, wurde ich meiner Mutter immer ähnlicher.

»Dad und ich denken darüber nach, zurück nach Kalifornien zu ziehen«, sagte Mom jetzt. »Wenn das alles hier vorbei ist.«

Es gelang mir gerade so, das Auto nicht vor den nächsten Baum zu setzen. »Und das wolltet ihr mir *wann* genau sagen?«

»Wenn es etwas konkreter ist. Ich habe ein paar Jobangebote;

kommt nur noch darauf an, wie die Arbeitszeiten aussehen und wie viel wir für das Haus bekommen werden.«

»Noch mal«, sagte ich atemlos, »*wann genau* wolltet ihr mir das sagen?«

Meine Mutter klang verdutzt. »Na ja, Isabel, du gehst doch sowieso bald aufs College und du hast nur zwei auf deiner Liste, die nicht da drüben sind. Das wäre doch viel bequemer, um uns mal zu besuchen. Ich dachte, du hasst Mercy Falls.«

»Hab ich auch. Tu ich auch. Aber ich … ich kann einfach nicht glauben, dass ihr mir nichts davon gesagt habt, bevor –« Ich war mir nicht sicher, wie ich den Satz beenden sollte, also sagte ich nichts mehr.

»Bevor was?«

Entnervt warf ich eine Hand in die Luft; ich hätte beide gehoben, aber eine musste ich ja am Lenkrad lassen. »Nichts. Kalifornien. Toll. Juhu.« Ich stellte es mir vor – wie ich meine monsterdicken Mäntel in Kisten stopfte, wieder so was wie soziale Kontakte hatte, an einem Ort lebte, wo nicht jeder die Horrorgeschichte meines toten Bruders kannte. Wie ich Grace und Sam und Cole gegen ein Leben voller Verabredungen übers Handy, Durchschnittstemperaturen von 23 Grad und Lehrbücher eintauschte. Meine Mutter hatte recht, in Kalifornien aufs College zu gehen, irgendwann in ferner Zukunft, das war immer mein Plan gewesen. Tja, es schien, als wäre die Zukunft weitaus näher, als ich gedacht hatte.

»Ich fasse es einfach nicht, dass dieser Mann einen Kojoten für einen Wolf gehalten hat«, lästerte meine Mutter, als ich in die Einfahrt einbog. Ich wusste noch genau, wie es gewesen war, als wir hierherzogen. Das Haus war mir erschienen wie aus einem Gruselfilm. Jetzt sah ich, dass ich das Licht in meinem Zimmer im zweiten Stock angelassen hatte, und das Ganze bot ein Bild wie aus einem

Kinderbuch, eine riesige alte Villa mit einem einzigen gelben Fenster unter dem Dach. »Die sehen sich doch nicht im Entferntesten ähnlich.«

»Na ja«, sagte ich, »manche Leute sehen eben nur das, was sie sehen wollen.«

Kapitel 27

Grace

Ich fand Sam auf der Veranda vor dem Haus, wo er am Geländer lehnte, ein langer schwarzer Schatten, kaum zu sehen in der Dunkelheit. Es war bemerkenswert, wie Sam, nur durch die Beugung seiner Schultern und die Art, wie er das Kinn senkte, so viel Emotion vermitteln konnte. Selbst für jemanden wie mich, jemanden, der fand, ein Lächeln war ein Lächeln war ein Lächeln, waren seine Frustration und Traurigkeit leicht zu erkennen, an der Krümmung seines Rückens, dem Winkel seines Knies, an der Art, wie er einen seiner schmalen Füße auf die Kante gekippt hatte.

Plötzlich ergriff mich Schüchternheit und ich war wieder so unsicher und aufgeregt wie bei unserer allerersten Begegnung.

Ohne das Außenlicht einzuschalten, stellte ich mich zu ihm ans Geländer, nicht sicher, was ich sagen sollte. Am liebsten wäre ich auf und ab gehüpft, hätte ihm die Arme um den Hals geschlungen und ihm gegen die Brust geboxt und gegrinst wie eine Irre – oder geweint. Ich wusste nicht, was das richtige Verhalten für so eine Situation war.

Sam wandte sich zu mir um und im schummrigen Licht, das vom Fenster nach draußen fiel, sah ich Bartstoppeln an seinem Kinn. Er war älter geworden, während ich weg war. Ich hob die Hand und rieb über die Stoppeln und er lächelte kläglich.

»Tut das weh?«, wollte ich wissen und rubbelte jetzt gegen den Strich. Ich hatte es vermisst, ihn zu berühren.

»Wieso sollte es?«

»Na, weil ich falsch rum reibe?«, erwiderte ich. Es machte mich überwältigend glücklich, hier zu stehen, die Hand an seiner unrasierten Wange. Natürlich war alles schrecklich, aber gleichzeitig war auch alles wunderbar. Ich wollte lächeln und glaubte, dass meine Augen es wahrscheinlich bereits taten, denn auch er hatte eine Art Lächeln auf den Lippen, ein verwirrtes, als sei er sich nicht sicher, ob er das Richtige tat.

»Und außerdem«, sagte ich, »hallo.«

Jetzt lächelte Sam richtig und antwortete sanft: »Hey, mein Engel.« Er schlang die schlaksigen Arme in einer heftigen Umarmung um meinen Hals und ich legte meine um seinen Oberkörper und drückte ihn an mich, so fest es ging. Ich liebte es, Sam zu küssen, aber kein Kuss konnte so wunderbar sein wie das hier. Sein Atem in meinem Haar, mein Ohr gegen sein T-Shirt gequetscht. Es fühlte sich an, als wären wir zusammen ein robusteres Wesen, ein Grace-und-Sam.

Sam presste mich immer noch an sich und fragte: »Hast du schon was gegessen?«

»Ein Brot mit Brot drauf. Und dann hab ich noch ein paar Clogs gefunden. Nicht zum Essen.«

Sam lachte leise. Ich war so froh, es zu hören, so ausgehungert danach, *ihn* zu hören. Dann sagte er: »Einkaufen ist nicht gerade unsere Stärke.«

Mit dem Gesicht in seinem T-Shirt – es roch nach Weichspüler – murmelte ich: »Ich geh nicht gern Lebensmittel einkaufen. Immer dasselbe, Woche für Woche. Am liebsten hätte ich irgendwann mal genug Geld, um es jemand anderen für mich machen zu lassen.

Muss man dafür wohl reich sein? Ich will auch kein schickes Haus oder so. Nur jemanden, der für mich einkaufen geht.«

Sam dachte darüber nach. Er hatte seinen Griff um mich noch immer nicht gelockert. »Ich glaube, jeder muss selber einkaufen gehen.«

»Ich wette, die Queen geht nicht selber einkaufen.«

Er stieß die Luft über meinem Kopf aus. »Ja, aber die isst auch jeden Tag dasselbe. Aal in Aspik und Hammelfleischpastete und Scones mit Marmite.«

»Du weißt doch bestimmt nicht mal, was Marmite überhaupt ist«, sagte ich.

»Das ist so ein abartiges Zeug, das man sich aufs Brot schmiert. So hat Beck es mir zumindest erklärt.« Sam befreite seine Arme und lehnte sich wieder ans Geländer. Er musterte mich. »Ist dir kalt?«

Es dauerte einen Moment, bis ich die Frage dahinter verstand: *Meinst du, du verwandelst dich bald wieder?*

Aber ich fühlte mich gut, richtig und vollkommen wie ich. Kopfschüttelnd stellte ich mich wieder zu ihm ans Geländer. Eine Weile standen wir einfach im Dunkeln und sahen in die Nacht hinaus. Als ich Sam einen Blick zuwarf, fiel mir auf, dass seine Hände völlig ineinander verknotet waren. Die Finger der rechten Hand quetschten den linken Daumen so fest, dass er ganz weiß und blutleer aussah.

Ich lehnte den Kopf an seine Schulter, zwischen meiner Wange und seiner Haut nichts als sein T-Shirt. Sam seufzte auf bei der Berührung – kein unglücklicher Seufzer – und sagte: »Ich glaube, das da ist ein Nordlicht.«

Ohne den Kopf zu bewegen, hob ich den Blick. »Wo?«

»Da drüben. Über den Bäumen. Siehst du das? Wo es ein bisschen rosa ist.«

Ich blinzelte. Über uns leuchtete eine Million Sterne. »Könnte auch das Licht von der Tankstelle sein. Du weißt schon, der Quik-Mart am Stadtrand.«

»Was für eine deprimierende, praktische Vorstellung«, sagte Sam. »Ich fänd's schöner, wenn das was Magisches wäre.«

»So eine Aurora borealis ist auch nicht magischer als der QuikMart«, merkte ich an. Über das Thema hatte ich mal ein Referat gehalten, darum war mir die naturwissenschaftliche Erklärung geläufiger, als sie es vielleicht normalerweise gewesen wäre. Obwohl ich zugeben musste, dass ich die Vorstellung, wie Sonnenwind und Atome zusammenarbeiteten, um für uns hier unten eine Lightshow auf die Beine zu stellen, auch ein bisschen magisch fand.

»Noch so eine deprimierende, praktische Vorstellung.«

Nun löste ich den Blick von Himmel, um ihn anzusehen. »Sieht doch trotzdem schön aus.«

»Selbst wenn es wirklich der QuikMart sein sollte«, stimmte Sam zu. Dann blickte er mich an, auf eine nachdenkliche Art, die mich ein bisschen kribbelig machte. Als fielen ihm plötzlich seine guten Manieren wieder ein, fragte er widerstrebend: »Bist du müde? Wenn du willst, komm ich wieder mit dir rein.«

»Ich bin nicht müde«, antwortete ich. »Ich will einfach nur ein bisschen bei dir sein. Bevor alles wieder schwierig und verwirrend wird.«

Stirnrunzelnd sah er in die Nacht hinaus. Dann, mit einem Mal, sagte er: »Komm, wir gehen nachsehen, ob das wirklich ein Nordlicht ist.«

»Ach, hast du neuerdings ein Flugzeug?«

»Ich habe einen VW«, erwiderte er großspurig. »Wir müssen irgendwo hin, wo es dunkler ist. Weiter weg vom QuikMart. Mitten in die Wildnis von Minnesota. Was meinst du?«

Jetzt lag auf seinem Gesicht das schüchterne kleine Grinsen, das ich so liebte. Es kam mir vor wie eine Ewigkeit, seit ich es zum letzten Mal gesehen hatte.

»Hast du deine Schlüssel?«, vergewisserte ich mich.

Er klopfte bestätigend auf seine Hosentasche.

Ich deutete nach oben. »Was ist mit Cole?«

»Der schläft, wie jeder andere auch um diese Zeit«, winkte Sam ab. Ich sagte ihm nicht, dass Cole nicht schlief. Er sah mich zögern und deutete es falsch. »*Du* bist die Praktische von uns beiden. Ist das eine blöde Idee? Ich weiß nicht. Vielleicht ist es eine blöde Idee.«

»Ich fände es schön«, sagte ich. Ich griff nach seiner Hand und drückte sie entschlossen. »Wir sind doch sicher nicht lange weg.«

Als wir in der dunklen Einfahrt in den VW stiegen und der Wagen grummelnd zum Leben erwachte, war es, als hätten wir uns zu etwas viel Abenteuerlicherem verschworen als bloß der Suche nach Lichtern am Himmel. Wir hätten sonst wohin fahren können, immer auf der Jagd nach der verheißenen Magie. Sam drehte die Heizung bis zum Anschlag auf, während ich meinen Sitz zurückschob. Irgendwer hatte ihn bis ganz nach vorn gestellt. Sam griff über die Mittelkonsole und drückte kurz meine Hand, bevor er den Rückwärtsgang einlegte und aus der Einfahrt fuhr.

»Bereit?«

Ich grinste ihn an. Zum ersten Mal seit dem Krankenhaus, noch vor dem Krankenhaus, fühlte ich mich wie die alte Grace, die alles machen konnte, was sie sich in den Kopf setzte. »Ich bin seit meiner Geburt bereit.«

Wir rasten die Straße hinunter. Sam streckte den Finger aus und strich mir sanft übers Ohr, wodurch er den Wagen leicht schief lenkte. Hastig richtete er den Blick zurück auf die Straße und lachte über sich selbst, ganz kurz nur, während er das Lenkrad wieder gerade zog.

»Guck lieber mit aus dem Fenster«, bat er mich. »Ich kann ja anscheinend nicht mehr Auto fahren. Sag mir, wo wir hinsollen. Wo es am hellsten ist. Ich vertraue ganz auf dich.«

Ich presste das Gesicht an die Scheibe und blinzelte in Richtung des Lichthauchs am Himmel. Zuerst war schwer zu erkennen, aus welcher Richtung er kam, also lotste ich Sam einfach die dunkelsten Straßen hinunter, so weit wie möglich weg vom Haus und von der Stadt. Dann, während die Minuten verstrichen, wurde es leichter, den Weg nach Norden zu finden. Jede Biegung trug uns weiter fort von Becks Haus, von Mercy Falls, vom Boundary Wood. Plötzlich waren wir meilenweit entfernt von unserem wirklichen Leben und fuhren eine pfeilgerade Straße runter, unter einem weiten, offenen Himmel mit Hundertmillionen Sternen, die wie ausgestanzt darin leuchteten, und die Welt um uns schien endlos. In einer Nacht wie heute fiel es nicht schwer zu glauben, dass vor nicht allzu langer Zeit die Menschen im bloßen Sternenlicht sehen konnten.

»1859«, sagte ich, »gab es einen Sonnensturm, durch den das Nordlicht so stark leuchtete, dass die Leute bei seinem Licht lesen konnten.«

Sam zweifelte nicht an dem, was ich sagte. »Wieso weißt du so was?«

»Weil es interessant ist«, antwortete ich.

Sein Lächeln war wieder da. Sein winziges, amüsiertes Lächeln, das besagte, wie charmant er meine überentwickelte linke Gehirnhälfte fand. »Erzähl mir noch was Interessantes.«

»Die Aurora war so stark, dass alle Telegrafenbetreiber ihr Netz abgestellt und nur mit der Kraft des Nordlichts ihre Telegramme verschickt haben«, sagte ich.

»Haben sie nicht«, protestierte Sam, aber es war klar, dass er mir trotzdem glaubte. »Erzähl mir noch was Interessantes.«

Ich griff nach seiner Hand, die auf dem Schalthebel lag. Als ich mit dem Daumen über die Innenseite seines Handgelenks strich, spürte ich, wie sich darunter Gänsehaut bildete. Mit den Fingerspitzen ertastete ich seine Narbe, die Haut in der Mitte unnatürlich glatt, an den Rändern noch immer runzelig und voller Knötchen.

»An der Narbe spüre ich nichts«, sagte er. »Da habe ich überhaupt kein Gefühl.«

Einen kurzen Moment schloss ich die Finger um sein Handgelenk, presste den Daumen fest auf seine Haut. Ich konnte das Flattern seines Pulses fühlen.

»Wir könnten einfach immer weiterfahren«, sagte ich.

Sam schwieg und zuerst dachte ich, er verstünde nicht, was ich meinte. Dann aber sah ich, wie unruhig sich seine Hände auf dem Lenkrad bewegten. Im Licht des Armaturenbretts erkannte ich, dass er immer noch Dreck unter den Nägeln der rechten Hand hatte. Anders als ich hatte er seine schmutzige Haut nicht zurückgelassen.

»Woran denkst du?«, fragte ich.

Als er antwortete, klang seine Stimme erstickt, als müsste er die Wörter erst aus seiner Kehle lösen, um sie herauszubringen. »Dass ich letztes Jahr um diese Zeit nicht gewollt hätte.« Sam schluckte. »Und dass ich jetzt, wenn wir könnten, wollen würde. Kannst du dir das vorstellen?«

Das konnte ich. Ich konnte mir ein Leben weit weg von hier vorstellen, wie wir irgendwo ganz von vorn anfingen, nur wir zwei. Aber sobald ich die Bilder vor Augen hatte – Sams Socken, über einen Heizkörper unter einem Fenster drapiert, meine Bücher auf einem winzigen Küchentisch verteilt, benutzte Kaffeetassen, kopfüber in der Spüle stehend –, musste ich sofort an das denken, was ich zurücklassen würde: Rachel und Isabel und Olivia und, ja, auch meine Eltern. Durch das zweifelhafte Wunder meiner Verwandlung hatte ich sie so endgültig verlassen, dass meine alte Wut auf sie nur noch dumpf wirkte, weit entfernt. Sie hatten keine Macht mehr über meine Zukunft. Nichts hatte das, mit Ausnahme des Wetters.

Dann, plötzlich, sah ich durch Sams Fenster die Aurora, klar und leuchtend und ganz offensichtlich keine Reflexion irgendwelcher Tankstellenlichter. »Sam, Sam! Guck, da! Bieg ab, schnell, da lang!«

Links über uns schlängelte sich träge ein ausgefranstes rosa Band am Himmel. Es pulsierte und flackerte, als wäre es lebendig. Sam bog links ab in eine schmale, nur halbwegs gepflasterte Straße, die uns durch ein nicht enden wollendes schwarzes Feld führte. Das Auto rumpelte durch Schlaglöcher und schlingerte, hinter uns prasselte loser Kies. Meine Zähne klapperten hart aufeinander, als wir über einen Höcker fuhren. Sam stieß ein leises *Ahhhhhhhh* aus und das Beben und Ruckeln des VW verlieh seiner Stimme ein verrücktes Tremolo.

»Halt hier an!«, befahl ich.

Das Feld erstreckte sich meilenweit in alle Richtungen. Sam zog die Handbremse an und wir spähten gemeinsam durch die Frontscheibe.

Direkt über uns am Himmel stand die Aurora borealis. Wie eine leuchtende rosa Straße wand sie sich durch die Luft und verschwand hinter den Bäumen, an einer Seite gesäumt von einer Aura aus dunklerem Violett. Sie schimmerte und dehnte sich aus, wuchs und schrumpfte, strebte nach oben und zog sich wieder zusammen. In einem Moment war sie nur ein einzelner Pfad direkt in den Himmel und im nächsten eine ganze Ansammlung von Lichtern, eine glühende Armee, die stetig gen Norden marschierte.

»Willst du aussteigen?«, fragte Sam. Meine Hand lag bereits auf dem Türgriff. Die Luft draußen war kalt genug, um Biss zu haben, aber mir ging es gut, zumindest im Augenblick. Ich trat neben Sam, der sich an die Motorhaube lehnte, und stützte mich ebenfalls rücklings auf die Hände. Der Motor unter dem Blech war noch warm, ein Puffer gegen die Kühle der Nacht.

Zusammen blickten wir nach oben. Das flache, dunkle Feld rings um uns ließ den Himmel weit wie das Meer wirken. Mit dem Wolf in und Sam neben mir, zwei so seltsamen Wesen, überkam mich das Gefühl, dass wir ein wesentlicher Bestandteil dieser Welt, dieser Nacht, dieses grenzenlosen Rätsels waren. Mein Herz schlug schneller, aus Gründen, die ich nicht ganz erfassen konnte. Plötzlich war ich mir der Tatsache sehr bewusst, dass Sam nur wenige Zentimeter von mir entfernt war, dass er mich beobachtete, während der Atem in weißen Wolken vor seinem Gesicht stand.

»Von Nahem ist es schwer zu glauben«, sagte ich und aus irgendeinem Grund wurde meine Stimme bei *glauben* ganz rau, »dass das hier keine Magie ist.«

Sam küsste mich.

Der Kuss landete ein Stück zu weit seitlich auf meinem Mund, weil ich noch immer nach oben sah, aber es war ein richtiger Kuss, kein vorsichtiger. Ich wandte mich ihm zu, damit wir uns noch einmal küssen und diesmal genauer zielen konnten. Meine Lippen brannten unter der ungewohnten Reibung seiner Bartstoppeln, und als er meinen Arm berührte, spürte ich überdeutlich die rauen Schwielen an seinen Fingerspitzen. Alles in mir fühlte sich scharfkantig und hungrig an. Ich verstand nicht, wie etwas, das wir schon so oft gemacht hatten, plötzlich so fremd und neu und beängstigend sein konnte.

Während wir uns küssten, war es nicht mehr wichtig, dass ich noch vor Stunden ein Wolf gewesen war und dass ich irgendwann wieder einer sein würde. Es war nicht wichtig, dass tausend Fallen auf uns warteten, sobald wir aus diesem Moment heraustraten.

Wichtig war nur das: unsere Nasen, die sich berührten, die Weichheit seiner Lippen, das Verlangen in mir.

Sam löste sich von mir und presste sein Gesicht an meinen Hals. Dort ließ er es und zog mich in eine innige Umarmung. Seine Arme waren so fest um mich geschlungen, dass ich kaum Luft bekam, und mein Hüftknochen wurde schmerzhaft gegen die Motorhaube gedrückt, aber ich würde ihn nie, *nie* bitten, mich loszulassen.

Sam sagte etwas, aber seine Stimme war nur ein unverständliches Murmeln auf meiner Haut.

»Was?«, fragte ich.

Er ließ mich los und blickte auf meine Hand, die auf der Motorhaube lag. Er drückte seinen Daumen an meinen Zeigefinger und studierte die Form unserer verschlungenen Finger, als wäre das ein kleines Wunder. »Ich hab dein Gesicht vermisst«, sagte er leise. Aber er sah mich nicht dabei an.

Das Licht über uns schimmerte und wechselte die Form. Es hatte keinen Anfang und kein Ende, trotzdem sah es aus, als würde es uns verlassen. Wieder dachte ich an den Dreck unter seinen Fingernägeln, die Abschürfung an seiner Schläfe. Was war sonst noch passiert, während ich im Wald gewesen war?

»Ich hab mein Gesicht auch vermisst«, erwiderte ich. In meinem Kopf hatte es ganz witzig geklungen, doch als ich es aussprach, lachte keiner von uns. Sam zog die Hand zurück und sah wieder hoch zu der Aurora borealis. So blickte er noch immer in den Himmel hinauf, als dächte er an gar nichts, als mir plötzlich klar wurde, wie grausam es von mir war, nicht auch etwas Liebevolles zu ihm zu sagen, nichts von dem zu sagen, was er hören musste, nachdem ich so lange fortgewesen war. Doch dann war der Augenblick verflogen und mir fiel nichts ein, was nicht furchtbar kitschig gewirkt hätte. Ich überlegte, *Ich liebe dich* zu sagen, aber allein bei dem Gedanken daran, es laut auszusprechen, wurde mir ganz eigenartig zumute. Ich konnte es mir nicht erklären; denn ich liebte ihn – so sehr, dass es wehtat.

Aber ich wusste nicht, wie ich es sagen sollte. Also streckte ich nur die Hand aus und Sam nahm sie.

Sam

Außerhalb des Autos war das Licht sogar noch strahlender, als läge in der kalten Luft um uns ein rosavioletter Schimmer. Ich streckte die freie Hand aus, als könnte ich die Aurora berühren. Es war kalt, aber auf eine *gute* Art, die Art, bei der man sich lebendig fühlte. Der Himmel über unseren Köpfen war so klar, dass wir jeden Stern sehen konnten, der auf uns herabblickte. Jetzt, nachdem ich Grace geküsst hatte, konnte ich an nichts anderes mehr denken als daran, sie zu berühren. Meine Gedanken drehten sich nur um all die Stellen, die ich noch berühren musste: die weiche Haut in ihrer Armbeuge, die Kurve direkt über ihrer Hüfte, die Erhebung ihres Schlüsselbeins. Ich wollte sie wieder küssen, verzweifelt, wollte *mehr* von ihr, stattdessen aber hielten wir uns nur an den Händen, die Köpfe nach hinten geneigt, und lehnten uns gemeinsam zurück, um hinauf in die Unendlichkeit zu blicken. Es war, als würden wir fallen. Oder fliegen.

Ich war hin- und hergerissen zwischen dem Drang, den Moment hinter mir zu lassen, dieses *Mehr* zu ergreifen, und dem Wunsch, in ihm zu verweilen, in diesem Zustand stetiger Erwartung und stetiger Sicherheit. Sobald wir nach Hause zurückkehrten, würde die Jagd auf die Wölfe wieder zu etwas Realem werden und dafür war ich noch nicht bereit.

Plötzlich fragte Grace: »Sag mal, Sam, willst du mich heiraten?«

Ich zuckte zusammen, sah sie an, sie aber hielt den Blick noch immer auf die Sterne gerichtet, als hätte sie bloß einen Kommentar über das Wetter gemacht. Doch ihre Augen wirkten irgendwie hart, zusammengekniffen, und straften ihren beiläufigen Tonfall Lügen.

Ich wusste nicht, was sie von mir hören wollte. Am liebsten hätte ich lauthals gelacht. Denn mit einem Schlag wurde mir klar, dass sie recht hatte – gut, der Wald würde sie für die kalten Monate zu sich rufen, aber sie würde nicht sterben; ich hatte sie nicht für immer verloren. Ich hatte sie bei mir, genau in diesem Moment. Alles Weitere erschien im Vergleich dazu klein, erträglich, zweitrangig.

Mit einem Mal wirkte die Welt wie ein freundlicher, verheißungsvoller Ort. Mit einem Mal sah ich die Zukunft vor mir und sie war ein Ort, an dem ich mich wohlfühlen würde.

Ich begriff, dass Grace noch immer auf eine Antwort wartete. Ich zog sie dichter an mich, bis wir Nase an Nase unter dem Nordlicht saßen. »War das jetzt ein Antrag?«, fragte ich.

»Nur eine Frage. Um Klarheit zu schaffen«, antwortete Grace. Aber sie lächelte, ein winziges, ehrliches Lächeln, weil sie meine Gedanken bereits gelesen hatte. Die feinen Haare an ihrer Schläfe wehten im Wind, es sah aus, als müsste es kitzeln, aber es schien sie nicht zu stören. »Ich meine, anstatt für immer in Sünde zu leben.«

Nun lachte ich tatsächlich – vielleicht war die Zukunft ein gefährlicher Ort, aber ich liebte Grace und sie liebte mich und die Welt um uns war wunderschön und schimmerte in sanftem Rosa.

Sie küsste mich, ganz zart. »Sag ›okay‹.« Sie hatte angefangen zu zittern.

»Okay«, sagte ich. »Abgemacht.«

Es fühlte sich an wie etwas Greifbares, wie etwas, das ich in Händen halten konnte.

»Meinst du das auch wirklich ernst?«, vergewisserte sie sich. »Sag es nicht, wenn du es nicht ernst meinst.«

Meine Stimme klang nicht so bedeutsam, wie ich meine Worte empfand. »Ich meine es wirklich ernst.«

»Okay«, sagte Grace und schien plötzlich vollkommen zufrieden und beruhigt, meiner Zuneigung sicher. Sie seufzte leise auf und verflocht ihre Finger mit meinen. »Dann kannst du mich jetzt nach Hause bringen.«

Kapitel 28

Sam

Wieder zu Hause angekommen, ließ sich Grace in mein Bett plumpsen und war im selben Moment eingeschlummert. Ich beneidete sie um ihre entspannte Beziehung zum Schlaf. Reglos lag sie da und schlief den unheimlichen, totengleichen Schlaf vollkommener Erschöpfung. Ich konnte es ihr nicht gleichtun, alles in mir war hellwach. Mein Bewusstsein war in einer Endlosschleife gefangen und spielte mir die Ereignisse des Tages wieder und wieder vor, bis sie sich zu einem einzigen neuen Gebilde zusammenschlossen, das unmöglich wieder in einzelne Minuten zu zerlegen war.

Also ließ ich Grace allein und schlich mich nach unten. In der Küche durchwühlte ich meine Tasche nach dem Autoschlüssel und legte ihn auf die Theke. Es kam mir falsch vor, dass der Raum so aussah wie immer. Nach heute Abend hätte alles anders sein müssen. Der einzige Hinweis darauf, dass Cole hier residierte, war das leise Murmeln eines Fernsehers aus dem ersten Stock; ich war froh, allein zu sein. Ich war so erfüllt von Glück und Traurigkeit zugleich, dass Sprechen völlig außer Frage stand. Noch immer spürte ich Grace' Wange an meinem Hals und sah ihr Gesicht vor mir, wie sie zu den Sternen hochblickte und auf meine Antwort wartete. Ich war nicht bereit, dieses Gefühl durch irgendwelche Gespräche zu verwässern, noch nicht.

Stattdessen schälte ich mich aus meiner Jacke und ging ins Wohnzimmer – wo Cole ebenfalls den Fernseher angelassen hatte, wenn auch immerhin auf stumm geschaltet. Ich stellte ihn aus und griff nach meiner Gitarre, die noch genauso am Sessel lehnte, wie ich sie zurückgelassen hatte. Ihr Korpus war ein bisschen schmutzig, nachdem sie draußen gewesen war, und der Lack hatte einen frischen Kratzer, wo entweder Cole oder ich zu unvorsichtig mit ihr umgegangen waren.

Entschuldige, dachte ich, denn laut sprechen wollte ich immer noch nicht. Behutsam zupfte ich an den Saiten; der Temperaturwechsel von draußen nach drinnen hatte sie ein bisschen verstimmt, aber nicht so sehr, wie ich gedacht hatte. Ich hätte sie auch so spielen können, aber ich nahm mir trotzdem den Moment Zeit, bis alles perfekt war. Dann schlüpfte ich in den Gurt, vertraut und angenehm wie ein Lieblings-T-Shirt, und dachte an Grace' Lächeln.

Ich fing an zu spielen. Variationen in G-Dur, dem wunderbarsten Akkord der Welt, unendlich fröhlich. In einem G-Dur-Akkord hätte ich sogar wohnen wollen, mit Grace, wenn sie einverstanden war. Alles Gute und Unkomplizierte an mir hätte man mit diesem einen Akkord zusammenfassen können. Es war der zweite, den Paul mir beigebracht hatte, hier auf dieser uralten karierten Couch. Der erste: e-Moll. Als Begründung dafür hatte Beck im Vorbeigehen einen seiner Lieblingsfilme zitiert, eine Erinnerung, die mir jetzt einen kleinen Stich versetzte: »In jedem Leben muss etwas Regen fallen.«

»Und«, fügte Paul hinzu, »in jedem Song muss eine Überleitung in Moll vorkommen.«

Das düstere e-Moll war einfach für einen Anfänger wie mich. Viel komplizierter war da schon das harmonische G-Dur. Aber bei Paul wirkte seine Fröhlichkeit vollkommen mühelos.

Das war der Paul, an den ich mich heute erinnerte, nicht der Paul, der mich als Kind in den Schnee geworfen hatte. Genau wie ich mich an die Grace erinnerte, die jetzt oben schlief, und nicht an den Wolf mit ihren Augen, den wir in der Grube im Wald gefunden hatten.

Ich hatte einen so großen Teil meines Lebens damit verbracht, Angst zu haben oder in der Erinnerung an Situationen zu leben, in denen ich Angst gehabt hatte.

Schluss damit.

Ich spielte auf den Saiten der Gitarre herum, während ich den Flur hinunterging, zum Badezimmer. Das Licht war schon an, ich musste also nicht aufhören zu spielen, während ich dastand und auf die Badewanne am anderen Ende des Raumes starrte.

Dunkelheit drängte sich von beiden Seiten gegen mein Sichtfeld, Erinnerungen strömten auf mich ein. Ich spielte weiter Gitarre, zupfte einen Song über die Gegenwart, um die Vergangenheit von mir zu stoßen. So stand ich da, den Blick fest auf die leere Wanne gerichtet.

Wasser schwappte und beruhigte sich wieder

rot vor Blut

Der Druck des Gitarrengurts auf meiner Schulter schien mich zu erden. Die Saiten unter meinen Fingern hielten mich im Hier und Jetzt. Oben schlief Grace.

Ich machte einen Schritt ins Badezimmer und erschrak, als sich mein Spiegelbild bewegte. Ich hielt inne und musterte mich. War das mein Gesicht, so wie es jetzt aussah?

Wasser, das den Stoff meines T-Shirts durchtränkte

das ist nicht Sam

drei, zwei

Ich ließ meine Finger einen C-Dur-Akkord greifen. Füllte meinen Kopf mit allem, was dieser Akkord für mich bedeutete: *She came to me in summer, my lovely summer girl.* Ich klammerte mich an Grace' Worte von zuvor. *Sag mal, Sam, willst du mich heiraten?*

Grace hatte so viel getan, um mich zu retten. Jetzt war es an der Zeit, das selbst in die Hand zu nehmen.

Meine Finger hielten nicht still, als ich auf die Badewanne zuging, meine Gitarre übernahm das Singen, als ich es nicht mehr konnte, und dann stand ich vor der Wanne und blickte hinein. Einen Moment lang war sie nichts als ein gewöhnlicher, ganz alltäglicher Gegenstand, nur ein trockenes Becken, das darauf wartete, gefüllt zu werden.

Dann begann das Schrillen in meinen Ohren.

Ich sah das Gesicht meiner Mutter vor mir.

Ich konnte es nicht.

Meine Finger fanden G-Dur und griffen, ganz ohne mich, tausend Variationen davon, Songs, die sie spielen konnten, während meine Gedanken an anderen Orten weilten. Songs, die Teil von etwas Größerem waren als mir, ein grenzenloser Speicher voll Glück, den jeder anzapfen konnte.

Ich zögerte und meine Akkorde hallten von den Fliesen zu mir zurück. Die Wände schienen eng, die offene Tür weit hinter mir.

Ich kletterte in die Wanne, meine Schuhsohlen quietschten leise auf der trockenen Emailoberfläche. Mein Herz hämmerte unter meinem T-Shirt. In meinem Kopf summten Bienen. Tausende von Minuten, die nicht jetzt waren, erwachten dort zum Leben: Minuten mit Rasierklingen, Minuten, in denen alles, was mich ausmachte, gurgelnd im Abfluss verschwand, Minuten, in denen Hände mich unter Wasser drückten. Aber da war auch Grace, die meinen Kopf über der Oberfläche hielt, Grace' Stimme, die mich zu mir zurückrief, Grace, die mich bei der Hand nahm.

Und doch war *diese* Minute wichtiger als all die anderen. Die Minute, in der ich, Sam Roth, aus eigener Kraft hierhergekommen war, in den Händen meine Musik, stark, endlich stark.

Rilke schreibt:

Denn unter Wintern ist einer so endlos Winter,
daß, überwinternd, dein Herz überhaupt übersteht.

So fand mich Cole, eine Stunde später. Ich saß im Schneidersitz in der leeren Wanne, die Gitarre im Schoß. Meine Finger entlockten ihr ein G-Dur und ich sang ein Lied, das ich nie zuvor gesungen hatte.

Kapitel 29

Sam

Wake me up
wake me up, you said

but I was sleeping, too
I was dreaming

but now I'm waking up
still waking up

I can see the sun

Kapitel 30

Grace

Ich war hellwach.
Im Zimmer war alles still und schwarz und ich war mir sicher, dass ich gerade genau von diesem Moment geträumt hatte, nur dass in dem Traum jemand neben dem Bett gestanden hatte.

»Sam?«, flüsterte ich. Ich dachte, ich hätte nur wenige Minuten geschlafen, dachte, er hätte mich aufgeweckt, als er ins Bett gekommen war.

Hinter mir stieß Sam im Schlaf ein leises Schnaufen aus. Jetzt fühlte ich, dass ich nicht in eine Daunendecke gehüllt war, sondern in eine Sam-Decke. Unter normalen Umständen hätte mich dieses kleine Geschenk seiner Gegenwart glücklich gemacht und sofort wieder in den Schlaf gelullt, aber irgendjemand hatte am Bett gestanden, da war ich mir so sicher, dass das Gefühl, ihn tief schlummernd neben mir zu wissen, mich nur noch mehr aus der Ruhe brachte. Die Härchen in meinem Nacken stellten sich wachsam auf. Als meine Augen sich langsam an die Dunkelheit gewöhnten, tauchten Sams Papierkraniche über mir auf, schaukelnd und trudelnd, von einer unsichtbaren Brise in Bewegung gesetzt.

Dann hörte ich ein Geräusch.

Es war nicht unbedingt ein Krachen. Eher ein unterbrochenes Krachen, als wäre irgendetwas gefallen und aufgefangen worden.

Ich hielt die Luft an, lauschte – es kam von unten – und wurde mit einem weiteren gedämpften Rumpeln belohnt. Im Wohnzimmer? Oder war irgendetwas im Garten?

»Sam, wach auf«, drängte ich. Ich drehte mich zu ihm um und schrak zusammen, als ich neben mir im Dunkeln seine Augen glitzern sah; er war schon wach und schwieg. Lauschte, wie ich.

»Hast du das gehört?«, flüsterte ich.

Er nickte. Ich sah es nicht direkt, aber ich hörte, wie sein Kopf auf dem Kissen raschelte.

»Garage?«, fragte ich. Wieder nickte er.

Ein weiteres dumpfes Scharren schien meine Vermutung zu bestätigen. Wie in Zeitlupe rollten Sam und ich uns aus dem Bett; wir waren beide noch angezogen. Sam ging voraus die Treppe runter, aber ich war es, die als Erste sah, wie Cole aus dem Flur kam, der zu den unteren Schlafzimmern führte. Seine Haare standen ihm in wirren Stacheln vom Kopf ab. Ich war nie auf die Idee gekommen, dass er überhaupt Zeit auf sein Styling verwendete – denn coole Rockstars mussten doch sicher nicht groß dran arbeiten, wie coole Rockstars auszusehen –, jetzt aber wurde mir klar, dass diese Stacheln der natürliche Zustand seines Haars waren und er sich erhebliche Mühe geben musste, um das zu ändern. Er trug nur eine Jogginghose und wirkte eher genervt als beunruhigt.

Mit leiser Stimme, die klang, als wäre sie ein gutes Stück näher am Schlafen als am Wachen, raunte Cole: »Verdammt, was –?«

Zu dritt standen wir da, eine barfüßige Gang, und lauschten ein paar weitere Minuten. Nichts. Sam fuhr sich mit der Hand durchs Haar, sodass es sich ulkig aufstellte wie ein Fächer. Cole hob den Zeigefinger an die Lippen und deutete durch die Küche auf die Tür zur Garage. Und tatsächlich, als ich die Luft anhielt, konnte ich immer noch ein Scharren aus dieser Richtung hören.

Cole bewaffnete sich mit dem Besen, der neben dem Kühlschrank stand. Ich entschied mich für ein Messer aus dem Holzblock auf der Arbeitsplatte. Sam guckte uns beide bloß irritiert an und ging mit leeren Händen.

Vor der Tür blieben wir stehen und warteten auf weitere Geräusche. Einen Augenblick darauf ertönte wieder ein Krachen, lauter diesmal, gefolgt von einem metallischen Scheppern. Cole sah mich mit erhobenen Augenbrauen an und in dem Moment, als er die Garagentür aufriss, schlug ich auf den Lichtschalter.

Und wir sahen:

Nichts.

Verblüfft blickten wir einander an.

»Ist da jemand?«, rief ich in die Garage.

Cole sagte empört zu Sam: »Ich fass es nicht, dass hier die ganze Zeit ein zweites Auto rumsteht und du mir nichts davon gesagt hast.«

Wie die meisten Garagen war auch diese bis oben hin vollgestopft mit seltsamem, müffelndem Zeug, das man nicht im Haus haben wollte. Den größten Teil des Platzes nahm ein schrottreifer roter BMW-Kombi ein, vor Bewegungsmangel eingestaubt, aber da waren auch der unvermeidliche Rasenmäher, eine Werkbank voller kleiner Metallsoldaten und ein Nummernschild aus Wyoming über der Tür, auf dem »BECK 89« stand.

Mein Blick wanderte zurück zu dem Kombi.

»Psst, guckt mal, da!«, zischte ich.

Ein Rasentrimmer lehnte schief an der Stoßstange des Wagens. Ich trat als Erste in die Garage, um ihn wieder aufzustellen, und bemerkte dann, dass die Motorhaube einen Spaltbreit offen stand. Prüfend drückte ich sie herunter. »War das schon so?«

»Ja. Zumindest die letzten zehn Jahre«, sagte Sam und stellte sich neben mich. Der BMW war nicht gerade eine Schönheit und die Garage roch noch immer nach der Flüssigkeit, die er als Letztes verloren hatte, welche auch immer es war. Sam deutete auf eine umgekippte Werkzeugkiste neben dem hinteren Kotflügel. »Aber das da war nicht so.«

»Und außerdem«, warf Cole ein, »lauscht doch mal.«

Ich hörte sofort, was Cole meinte: ein Scharren unter dem Auto.

Ich wollte mich schon bücken, aber Sam hielt mich am Arm zurück und kniete sich dann selbst hin, um nachzusehen.

»Ach du Schande«, sagte er. »Das ist ein Waschbär.«

»Armer Kerl«, seufzte ich.

»Das könnte ein tollwütiger Babykiller sein«, flüsterte Cole dramatisch.

»Halt die Klappe«, befahl ihm Sam unbeeindruckt, während er immer noch unter das Auto spähte. »Wie kriegen wir den jetzt bloß hier raus?«

Cole ging an mir vorbei, den Besen erhoben wie ein Zepter. »Mich interessiert viel mehr, wie der hier reingekommen ist.«

Er wanderte um das Heck des Wagens herum zur Seitentür der Garage, die ein Stück offen stand. Mit dem Besen klopfte er dagegen. »Sherlock hat ein Indiz.«

Sam

Ich sagte: »Besser wär's, wenn Sherlock eine Idee hätte, wie wir Monsieur hier rauskriegen.«

»Oder Madame«, ergänzte Cole und Grace schenkte ihm einen beifälligen Blick. Mit dem Küchenmesser in der Hand wirkte sie knallhart und sexy und wie eine vollkommen andere Person. Dass sie sich so gut mit Cole verstand, hätte mich vielleicht eifersüchtig machen müssen, aber es stimmte mich nur froh – ein Beweis, stärker als jeder andere, dass ich anfing, Cole als einen Freund zu sehen. Schließlich hegte insgeheim ja jeder die Fantasie, dass alle, mit denen er befreundet war, sich auch untereinander gut verstanden.

Barfuß tappte ich in den vorderen Teil der Garage – Schmutz und Splitt drückten sich unangenehm in meine Fußsohlen – und zog das Tor auf. Mit einem höllenlauten Krachen rollte es hoch an die Decke und vor mir tat sich die dunkle Einfahrt mit meinem VW auf, eine unheimliche, einsame Landschaft. Kalte Nachtluft, die den Duft frischer Blätter und Knospen mit sich trug, schnitt mir in Arme und Zehen und die kraftvolle Kombination aus kühler Brise und der weiten, weiten Nacht ließ mein Blut pulsieren und rief mich zu sich. Einen Augenblick lang verlor ich mich in der Heftigkeit meiner Sehnsucht.

Mit einiger Mühe drehte ich mich zu Cole und Grace um. Cole stocherte bereits versuchsweise mit dem Besenstiel unter dem Auto herum, aber Grace blickte in die Nacht hinaus und ihr Gesichtsausdruck schien meinen zu spiegeln. Nachdenklich, voller Verlangen. Sie erwischte mich dabei, wie ich sie ansah, aber ihr Blick veränderte sich nicht. Es war – es war, als *wüsste* sie, wie ich mich fühlte. Zum ersten Mal seit sehr langer Zeit erinnerte ich mich daran, wie ich im Wald darauf gewartet hatte, dass sie sich verwandelte, darauf, dass wir beide gleichzeitig Wölfe waren.

»Komm schon, du kleiner Scheißer«, sagte Cole zu dem Tier unter dem Auto. »Ich hatte gerade so super geträumt.«

»Soll ich mich mit irgendwas anderem drüben hinstellen?«, fragte Grace, den Blick noch eine Sekunde lang auf mich gerichtet, bevor sie sich umdrehte.

»Das Messer ist aber vielleicht ein bisschen übertrieben«, merkte ich an und trat weg von der Garagentür. »Da hinten steht ein Straßenbesen.«

Sie betrachtete das Messer noch einen Moment lang, bevor sie es auf einer Vogeltränke ablegte – ein weiterer gescheiterter Versuch Becks, den Garten zu verschönern.

»Ich hasse Waschbären«, verkündete Cole. »Siehst du jetzt, was an deiner Idee, die Wölfe umzusiedeln, problematisch werden könnte, Grace?«

Grace, mit dem Straßenbesen bewaffnet, schob das borstige Ende mit grimmiger Entschlossenheit unter das Auto. »Ich kann nicht behaupten, dass ich diesen Vergleich sehr gelungen finde.«

Ich konnte das maskierte Gesicht des Waschbären unter dem BMW hervorspähen sehen. Im nächsten Moment flüchtete er vor Coles Besenstiel und huschte schnurstracks am offenen Garagentor vorbei, um auf der anderen Seite des Autos hinter einer Gießkanne Schutz zu suchen.

»Du dämlicher kleiner Scheißer«, stieß Cole ungläubig hervor.

Grace ging zu der Gießkanne und rüttelte sanft daran. Ein Moment des Zögerns, dann flitzte der Waschbär zurück unters Auto. Wieder ohne das geöffnete Tor auch nur zu beachten. Als Verfechterin der Logik warf Grace aufgebracht die freie Hand in die Luft. »Der Ausgang ist direkt vor deiner Nase! Eine ganze Wand breit!«

Mit etwas mehr Enthusiasmus, als die Aufgabe erforderte, stocherte Cole wieder mit seinem Besenstiel unter dem Wagen herum. Gebührend entsetzt über diesen Angriff, huschte der Waschbär zurück zur Gießkanne. Der Geruch seiner Angst war genauso stark wie der Gestank seines Fells und irgendwie war sie ansteckend.

»Das«, erklärte Cole und stieß den Besenstiel neben sich auf den Boden wie ein Moses in Jogginghose, »ist der Grund, warum Waschbären noch nicht die Weltherrschaft übernommen haben.«

»Das«, erwiderte ich, »ist der Grund, warum immer wieder auf uns geschossen wird.«

Grace sah mitleidig auf den Waschbären hinunter, der in seiner Ecke kauerte. »Kein Sinn für komplexe Logik.«

»Kein räumliches Vorstellungsvermögen«, korrigierte ich. »Wölfe können komplexe Logik durchaus verstehen. Nur keine menschliche. Keine räumliche Vorstellung. Kein Sinn für Zeit. Kein Sinn für Grenzen. Der Boundary Wood ist einfach zu klein für uns.«

»Dann siedeln wir die Wölfe eben an einen geeigneteren Ort um«, sagte Grace. »Mit einer niedrigeren Anzahl von Menschen pro Quadratkilometer. Irgendwo, wo es weniger Tom Culpepers gibt.«

»Tom Culpepers gibt es überall«, sagte ich im selben Moment, in dem auch Cole es aussprach, und Grace schenkte uns beiden ein wehmütiges Lächeln.

»Das müsste schon ziemlich abgelegen sein«, überlegte ich. »Und es darf kein Privatgelände sein, außer natürlich, es gehört uns, aber so reich sind wir wohl eher nicht. Und es dürfen nicht schon andere Wölfe dort leben, sonst besteht die Chance, dass sie uns gleich zu Anfang töten. Und es müsste Beute geben, sonst verhungern wir sowieso. Außerdem bin ich mir nicht sicher, wie man mehr als zwanzig Wölfe überhaupt einfangen sollte. Cole versucht es ja schon die ganze Zeit und er hat bisher nicht einen einzigen erwischt.«

Grace hatte ihr stures Gesicht aufgesetzt, was bedeutete, dass sie langsam schlechte Laune bekam. »Jemand 'ne bessere Idee?«

Ich zuckte mit den Schultern.

Cole kratzte sich mit dem Ende des Besenstiels die nackte Brust und sagte: »Na ja, immerhin sind sie ja vorher auch schon mal umgesiedelt worden.«

Womit ihm Grace' und meine ungeteilte Aufmerksamkeit sicher war.

In dem lässig-gedehnten Tonfall von jemandem, der ganz genau weiß, wie gern andere seine Neuigkeit hören wollen, fuhr Cole fort: »Becks Tagebuch fängt an, als er zum Wolf wird. Aber es fängt nicht in Minnesota an.«

»Okay«, stöhnte Grace. »Ich beiße an. Wo denn dann?«

Mit dem Besenstiel deutete Cole auf das Nummernschild über der Tür, BECK 89. »Irgendwann ist der Bestand an echten Wölfen angestiegen und die haben, wie Ringo hier schon sagte, angefangen, die Teilzeitwölfe um die Ecke zu bringen, und da hat er beschlossen, dass die einzige Möglichkeit ein Umzug war.«

Ich fühlte mich seltsam hintergangen. Es war ja nicht so, als hätte Beck mich über seine Herkunft angelogen – ich war mir ziemlich sicher, dass ich ihn nie direkt gefragt hatte, ob er schon immer hier in Minnesota gelebt hatte. Und es war auch nicht so, als hätte dieses Nummernschild nicht die ganze Zeit genau vor meiner Nase gehangen. Es war nur – Wyoming. Cole, dieser gutartige Eindringling, wusste also Sachen über Beck, die ich nicht wusste. Ein Teil von mir flüsterte mir zu, der einfache Grund dafür könnte sein, dass Cole den Mumm hatte, Becks Tagebuch zu lesen. Ein anderer Teil von mir aber widersprach, dass das dazu nicht hätte nötig sein sollen.

»Und steht da auch, wie er das gemacht hat?«, erkundigte ich mich.

Cole bedachte mich mit einem seltsamen Blick. »Vage.«

»Wie, vage?«

»Da stand nur, dass Hannah ihnen sehr geholfen hat.«

»Von einer Hannah hab ich noch nie was gehört«, sagte ich. Ich wusste, wie argwöhnisch ich klingen musste.

»Überrascht mich nicht«, sagte Cole. Wieder dieser komische Gesichtsausdruck. »Beck schreibt, dass sie erst seit Kurzem ein Wolf war, aber es anscheinend trotzdem nicht schaffte, so lange wie die anderen ein Mensch zu bleiben. In dem Jahr, nachdem sie umgezogen waren, hat sie aufgehört, sich zu verwandeln. Er schreibt, dass es ihr als Wolf offenbar leichter als den anderen fiel, an menschlichen Gedanken festzuhalten. Viel war es nicht. Aber sie erinnerte sich an Gesichter und konnte zu Orten zurückfinden, an denen sie als Mensch gewesen war, nicht als Wolf.«

Jetzt wurde mir klar, warum er mich so ansah. Auch Grace sah mich an. Ich wandte mich ab. »Lasst uns diesen Waschbären hier rausholen.«

Ein paar Sekunden lang standen wir bloß schweigend da, ein bisschen benommen durch den Schlafmangel, bis mir plötzlich aufging, dass ich irgendwo ganz in meiner Nähe Geräusche hörte. Den Kopf schief gelegt, hielt ich einen Moment inne und lauschte, um zu bestimmen, woher sie kamen.

»Ach, nein«, entfuhr es mir. Hinter einer Plastikmülltonne, direkt neben mir, hockte ein zweiter, größerer Waschbär und lugte misstrauisch zu mir hoch. Wie es aussah, war er besser im Verstecken als der erste, denn bis jetzt hatten wir ihn überhaupt nicht bemerkt. Grace verrenkte sich den Hals, um über das Auto hinweg zu sehen, was ich meinte.

Ich hatte nichts außer meinen bloßen Händen, also benutzte ich sie und packte den Griff der Mülltonne. Ganz langsam schob ich sie an die Wand, um den Waschbären zu zwingen, auf der anderen Seite hervorzukommen.

Sofort flitzte das Tier an der Wand entlang, geradewegs durch das Tor und in die Nacht hinaus. Kein Zögern. Bloß ab durch das Garagentor.

»Zwei?«, fragte Grace. »Das —« Sie schwieg, als der erste Waschbär, inspiriert durch den Erfolg seines Kumpans, hinter ihm her nach draußen huschte, diesmal ohne Umweg über die Gießkanne.

»Pfff«, machte sie. »*Jetzt* kapierst du also, wofür Ausgänge gut sind. Na ja, so lange hier nicht noch irgendwo ein dritter rumlungert.«

Ich ging zum Garagentor, um es zu schließen, und dabei fiel mein Blick auf Cole. Er starrte den beiden Waschbären hinterher, die Augenbrauen zusammengezogen, und sein Gesichtsausdruck wirkte ausnahmsweise mal nicht sorgfältig durchkomponiert, um den Betrachter irgendwie zu Coles Vorteil zu beeinflussen.

Grace wollte etwas sagen und folgte dann meinem Blick zu Cole. Sie verstummte.

Eine geschlagene Minute lang standen wir schweigend da. In der Ferne hatten die Wölfe angefangen zu heulen und die Härchen in meinem Nacken kribbelten.

»Da haben wir unsere Lösung«, sagte Cole. »Genau so hat Hannah es gemacht. So kriegen wir die Wölfe raus aus dem Wald.« Er wandte sich mir zu. »Einer von uns muss sie führen.«

Kapitel 31

Grace

Als ich am Morgen aufwachte, fühlte ich mich wie im Ferienlager. Mit dreizehn war ich zwei Wochen in einem Sommercamp gewesen, das meine Großmutter mir spendiert hatte. Ich fand es toll dort – zwei Wochen, in denen jeder Augenblick verplant war, jeder Tag pure, gebrauchsfertige Aktivität, die schon morgens ausgedruckt auf bunten DIN-A4-Zetteln in unseren Fächern auf uns wartete. Das genaue Gegenteil des Lebens mit meinen Eltern, die für so was wie Zeitpläne nur ein müdes Lächeln übrighatten. Es war fantastisch und zum ersten Mal wurde mir klar, dass es vielleicht auch andere, genauso richtige Wege zum Glück gab als den von meinen Eltern vorgeschriebenen. Das Problem mit dem Ferienlager war nur, dass es eben nicht mein Zuhause war. Meine Zahnbürste war voller Flusen aus der Vordertasche meines Rucksacks, weil Mom vergessen hatte, vor meiner Abreise Plastiktütchen zu kaufen. Die Federn des Etagenbetts bohrten sich mir unangenehm in die Schulter, wenn ich versuchte zu schlafen. Das Abendessen war gut, aber sehr salzig und ein kleines bisschen zu weit weg vom Mittagessen, und anders als zu Hause konnte ich hier nicht einfach zwischendurch in die Küche marschieren und mir ein paar Salzbrezeln holen. Es war lustig und anders und nur dieses winzige bisschen falsch, das es verwirrend für mich machte.

Und jetzt saß ich hier, in Becks Haus, in Sams Zimmer. Es war kein richtiges Zuhause für mich – *zu Hause*, das rief bei mir immer noch die Erinnerung an Kissen hervor, die nach meinem Shampoo dufteten, meine zerfledderten alten John-Buchan-Bücher, die ich bei einem Büchereiausverkauf erstanden hatte, wodurch sie mir doppelt ans Herz gewachsen waren, das Plätschern im Badezimmer, wenn mein Vater beim Rasieren das Wasser laufen ließ, bevor er zur Arbeit ging, das Radio im Arbeitszimmer, das leise, ernste Selbstgespräche führte, und die unendlich heimelige Logik meiner eigenen alltäglichen Morgenroutine. Gab es dieses Zuhause überhaupt noch?

Schlaftrunken setzte ich mich in Sams Bett auf und stellte überrascht fest, dass er neben mir lag, mit dem Gesicht zur Wand, die Finger dagegengepresst. Ich konnte mich nicht erinnern, jemals vor ihm aufgewacht zu sein, und beobachtete ihn, fast schon neurotisch, bis ich sah, dass seine Brust sich unter seinem abgetragenen T-Shirt hob und senkte.

Dann kletterte ich aus dem Bett. Wahrscheinlich würde er jeden Moment aufwachen – halb wünschte ich es mir, halb hoffte ich auf das Gegenteil –, doch er behielt seine verrenkte Schlafhaltung bei. Es sah aus, als hätte jemand ihn aufs Bett geworfen.

Durch meine Adern pulsierte die verhängnisvolle Kombination aus zu wenig Schlaf und übersteigertem Wachsein, daher brauchte ich länger als gedacht, um hinaus in den Flur zu stolpern, und dann noch einen Moment, bis mir wieder einfiel, wo das Badezimmer war, und als ich endlich dort anlangte, hatte ich keine Haarbürste und keine Zahnbürste und das Einzige, was ich zum Anziehen fand, war ein T-Shirt von Sam mit dem Logo einer Band, die ich nicht kannte. Also nahm ich seine Zahnbürste und versuchte mir einzureden, dass das kein bisschen ekliger war, als ihn zu küssen. Fast glaubte ich es auch. Schließlich fand ich neben einem ziemlich übel aussehenden Rasierer seine Haarbürste, die ich benutzte, während ich Ersteren nur skeptisch beäugte.

Ich warf einen Blick in den Spiegel. Es war, als lebte ich auf der falschen Seite davon. Zeit hatte hier keinerlei Bedeutung. »Ich muss Rachel sagen, dass ich noch lebe«, sagte ich zu mir selbst.

Das klang zunächst auch wie eine ziemlich gute Idee, bis ich anfing, darüber nachzudenken, auf wie viele Arten es schiefgehen konnte.

Ich sah noch einmal in Sams Zimmer – er schlief immer noch – und ging dann nach unten. Einerseits wünschte ich mir, dass er aufwachte, andererseits genoss ich dieses Gefühl, allein, aber nicht einsam zu sein. Es erinnerte mich an die vielen Male, die ich gelesen oder Hausaufgaben gemacht hatte, während Sam im selben Raum war. Zusammen, aber schweigend, zwei Monde in derselben Umlaufbahn.

Unten fand ich Cole, schlafend auf der Couch, einen Arm über den Kopf gestreckt. Mir fiel ein, dass es im Keller eine Kaffeemaschine gab, also schlich ich auf Zehenspitzen durch den Flur und die Treppe hinunter.

Das Untergeschoss war gemütlich, aber irgendwie auch desorientierend – ohne Fenster und frische Luft, das einzige Licht spendeten Lampen, sodass man unmöglich sagen konnte, welche Tageszeit gerade herrschte. Es war ein seltsames Gefühl, wieder hier unten zu sein, und mich beschlich ein eigenartiger, verwirrender Hauch von Traurigkeit. Das letzte Mal war ich nach dem Autounfall hier gewesen und hatte mit Beck über Sam geredet, der zum Wolf geworden war. Damals hatte ich geglaubt, er wäre für immer fort. Und jetzt war es Beck, der niemals wiederkommen würde.

Ich schaltete die Kaffeemaschine ein und ließ mich in den Sessel fallen, in dem ich auch bei meinem Gespräch mit Beck gesessen hatte. Hinter seinem leeren Platz erstreckten sich Regale mit Hunderten von Büchern, die er nie wieder lesen würde. Jede Wand war von ihnen bedeckt; die Kaffeemaschine war in die einzigen paar Zentimeter Regal gequetscht, auf denen keine Bücher standen. Ich fragte mich, wie viele es wohl sein mochten. Wenn ein Buch im Schnitt ungefähr drei Zentimeter dick war? Vielleicht tausend Stück. Vielleicht auch mehr. Selbst von hier aus konnte ich sehen, dass sie sorgfältig geordnet waren, Sachbücher nach Themen, die zerlesenen Romane nach ihren Autoren.

So eine Bibliothek wollte ich auch haben, wenn ich in Becks Alter war. Nicht *diese* Bibliothek. Eine Höhle aus Wörtern, die ich mir selbst gebaut hatte. Ich wusste nicht, ob das jetzt noch möglich war.

Seufzend stand ich auf und durchstöberte die Regale, bis ich ein paar Schulbücher fand, mit denen ich mich auf den Boden setzte und vorsichtig meine Kaffeetasse neben mir abstellte. Ich war nicht sicher, wie lange ich so dort gehockt und gelesen hatte, als ich die Stufen leise knarren hörte. Ich sah auf und mein Blick fiel auf ein Paar nackte Füße, die die Treppe herunterkamen: Cole, ungewaschen und zerzaust, im Gesicht einen Abdruck des Sofakissens.

»Hi, Brisbane«, begrüßte er mich.

»Hi«, sagte ich. »St. Clair.«

Cole ging zur Kaffeemaschine und brachte gleich die ganze Kanne mit zu meinem Platz auf dem Boden. Schweigend und ernst füllte er meine Tasse auf und goss sich danach selbst ein. Dann legte er den Kopf schief, um die Titel der Bücher zu lesen, die ich aus dem Regal gezogen hatte.

»Fernunterricht, was? Ganz schön schwere Kost so früh am Morgen.«

Ich zog den Kopf ein. »Was anderes hatte Beck nicht.«

Cole las weiter. »*Den College-Eignungstest bestehen. Seriöses Online-Studium. Werden auch Sie zu einem gebildeten Werwolf, ohne die Behaglichkeit Ihres Kellers zu verlassen.* Macht dir schwer zu schaffen, was? Das mit der Schule, meine ich.«

Ich sah zu ihm auf. Ich hatte nicht gedacht, dass ich so unzufrieden wirkte. Ich hatte nicht gedacht, dass ich unzufrieden *war*. »Nein. Okay, doch. Tut es. Ich wollte aufs College gehen. Ich wollte die Highschool zu Ende machen. Ich lerne *gern*.« Erst als ich das gesagt hatte, fiel mir auf, dass Cole NARKOTIKA einem Studium vorgezogen hatte. Wie sollte ich ihm diesen erwartungsvollen Schauder erklären, den ich immer gespürt hatte, wenn ich übers College nachdachte? Wie meine Vorfreude beschreiben, wenn ich mir die Kataloge ansah – all die Kurse, all die Möglichkeiten – oder auch nur das schiere Vergnügen, ein nagelneues Lehrbuch aufzuschlagen und einen nagelneuen Schreibblock gleich daneben? Den Reiz der Vorstellung, irgendwo mit einem Haufen anderer Leute zusammen zu sein, die genauso gern lernten. Eine winzige Wohnung zu haben, in der ich herrschte wie eine Königin, tun und lassen zu können, was ich wollte, Tag und Nacht. Jetzt kam ich mir albern vor und fügte hinzu: »Klingt wahrscheinlich ziemlich blöd.«

Aber Cole starrte nur gedankenverloren in seine Kaffeetasse und sagte: »Mmm, lernen. Bin selber ein großer Fan davon.« Er schnappte sich eins der Bücher und schlug es völlig wahllos auf. Die Kapitelüberschrift auf der Seite lautete *Die Welt aus dem Wohnzimmersessel kennenlernen* und darunter war ein Bild von einem Strichmännchen, das genau das tat. »Erinnerst du dich an alles, was im Krankenhaus passiert ist?«

Er sagte es auf diese »Frag nach«-Art, also tat ich das. Er lieferte mir einen detaillierten Bericht über die Geschehnisse jener Nacht, von dem Moment an, als ich Blut gespuckt hatte, über die Fahrt mit ihm und Sam ins Krankenhaus bis zu dem Punkt, an dem er sich eine wissenschaftliche Erklärung für meinen Zustand zusammengereimt hatte, um mich zu retten. Und dann erzählte er mir, wie mein Vater Sam geschlagen hatte.

Zuerst glaubte ich, ich hätte ihn missverstanden. »Geschlagen? Aber doch nicht richtig ins Gesicht, oder? Also, du meinst doch sicher nur, dass er ...«

»Nee, nee. Er hat ihm voll eine reingehauen«, beharrte Cole.

Ich trank einen Schluck Kaffee. Keine Ahnung, was eigenartiger war, die Vorstellung, dass mein Vater Sam schlug, oder die Einsicht, wie viel ich verpasst hatte, während ich in einem Krankenhausbett lag und mich verwandelte. Plötzlich kam mir die Zeit, die ich als Wolf verbracht hatte, noch mehr als sowieso schon wie verlorene Zeit vor, Stunden, die ich niemals zurückbekommen würde. So als hätte sich meine Lebenserwartung mit einem Schlag halbiert.

Schnell schob ich den Gedanken beiseite und stellte mir lieber wieder meinen Vater vor, wie er Sam schlug.

»Das«, sagte ich, »fasse ich jetzt nicht. Sam hat aber nicht zurückgeschlagen, oder?«

Cole lachte nur und goss sich noch mehr Kaffee ein.

»Also war ich nie wirklich geheilt«, sagte ich.

»Nein. Du hast dich nur nicht verwandelt, das ist nicht dasselbe. Das St.-Clair-Toxin – ich hoffe, es ist okay, wenn ich das Werwolfgift nach mir benenne, du weißt schon, damit ich mal den Friedensnobelpreis kriegen kann oder den Pulitzer oder welchen man für so was auch immer bekommt – hat sich immer weiter in dir angestaut.«

»Dann ist Sam auch nicht geheilt«, folgerte ich. Ich stellte die Kaffeetasse ab und schob die Bücher beiseite. Dass unsere ganze Mühe umsonst gewesen sein sollte – alles, was wir getan hatten –, war einfach zu viel. Die große Bibliothek und meine rote Kaffeemaschine schienen plötzlich in unerreichbare Ferne zu rücken.

»Na ja«, entgegnete Cole, »da bin ich mir nicht sicher. Immerhin hat er sich – ach, guck einer an, da ist er ja, unser medizinisches Wunder. Morgen, Ringo.«

Sam war nahezu lautlos die Treppe heruntergekommen und stand jetzt auf dem untersten Absatz. Seine Füße waren knallrot vom Duschen. Als ich ihn sah, fühlte ich mich ein kleines bisschen weniger pessimistisch, selbst wenn seine Anwesenheit auch kein Problem lösen würde, das nicht schon gelöst war.

»Wir haben gerade über die Heilung geredet«, sagte Cole.

Sam tappte zu mir herüber. »Hmm?« Im Schneidersitz ließ er sich neben mir nieder. Ich bot ihm Kaffee an und wie erwartet schüttelte er den Kopf.

»Deine, meine ich. Und die, an der ich arbeite. Ich hab viel drüber nachgedacht, wie du es schaffst, dich bewusst zu verwandeln.«

Sam zog eine Grimasse. »Ich verwandle mich nicht bewusst.«

»Nicht oft, Ringo«, gab Cole zu. »Aber doch, tust du.«

Ich spürte ein leises, hoffnungsvolles Kribbeln. Wenn irgendwer herauskriegte, was genau hinter den Wölfen aus dem Boundary Wood steckte, dann Cole, da war ich mir sicher. Schließlich hatte er mich schon einmal gerettet, oder?

»Zum Beispiel damals, als du mich vor den Wölfen gerettet hast«, sagte ich. »Und was war in der Klinik, als wir dir die Injektion verabreicht haben?« Dieser Abend in der Klinik von Isabels Mom, als ich den Wolf Sam dazu gedrängt hatte, zum Menschen zu werden, schien so lange her. Wieder legte sich dieser Hauch von Traurigkeit über mich. »Hast du sonst noch was rausgefunden?«

Sam setzte eine trotzige Miene auf, während Cole anfing, über Adrenalin und St.-Clair-Toxin im Körper zu reden und darüber, wie er Sams ungewöhnliche Verwandlungen als Basis für seine Heilmethode nutzen wollte.

»Aber wenn es am Adrenalin liegt, müsste man sich dann nicht auch verwandeln, wenn nur mal irgendwer ›Buh!‹ macht?«, fragte ich.

Cole zuckte mit den Schultern. »Ich hab mir reines Adrenalin injiziert und es hat funktioniert, so gerade eben.« Sam sah mich stirnrunzelnd an und ich fragte mich, ob er dasselbe dachte wie ich – dass »so gerade eben« sich ziemlich gefährlich anhörte.

Cole fuhr fort: »Es bringt mein Gehirn aber einfach nicht dazu, auf die richtige Weise zu reagieren; es löst die Verwandlung nicht so aus wie Kälte oder angestautes St.-Clair-Toxin. Ziemlich schwierig, das nachzubilden, wenn man keine Ahnung hat, wie genau es eigentlich funktioniert. Das ist, als müsste man ein Bild von einem Elefanten zeichnen und dürfte dabei nur nach den Geräuschen gehen, die er im Käfig nebenan macht.«

»Ich find's schon beeindruckend, wie du drauf gekommen bist, dass es überhaupt ein Elefant ist«, sagte Sam. »Beck und die anderen haben ja offenbar nicht mal die Tierart erkannt.« Er stand auf und streckte mir die Hand hin. »Kommt, wir machen Frühstück.«

Aber Cole war noch nicht fertig. »Beck *wollte* es einfach nicht sehen«, sagte er abfällig. »Er wollte seine Zeit als Wolf nicht aufgeben. Wisst ihr was? Wenn mein Vater was mit dem ganzen Kram zu tun hätte, würde er 'ne Computertomografie machen und ein MRT, mit ungefähr vierzehnhundert Elektroden jonglieren, vielleicht noch ein paar Ampullen hochgiftiger Medikamente und ein, zwei Autobatterien dazu, und drei oder vier tote Werwölfe später hätte er sein Heilmittel. Verdammt, der Mann ist echt super in seinem Job.«

Sam ließ die Hand sinken. »Ich find's nicht gut, wenn du so über Beck redest.«

»Wie denn?«

»Als wäre er –« Sam verstummte. Stirnrunzelnd sah er mich an, als wäre das Ende des Satzes irgendwo in meinem Gesicht verborgen. Ich wusste, was er hatte sagen wollen. *So wie du.* Auf Coles Lippen erschien das winzigste aller steinharten Lächeln.

»Wie wär's dann damit?«, fragte Cole. Er gestikulierte in Richtung von Becks altem Sessel, was mich vermuten ließ, dass auch er einmal in diesem Raum eine Unterhaltung mit ihm gehabt hatte. Es war ein eigenartiger Gedanke: dass Cole eine Vergangenheit mit Beck hatte, von der wir nichts wussten. »Wie wär's, wenn du mir sagst, wer Beck deiner Meinung nach war, und dann sage ich dir, wer er meiner Meinung nach war. Und du, Grace, kannst uns dann sagen, wessen Version mehr nach dem echten Beck klingt.«

»Ich glaube nicht –«, fing ich an.

»Ich hab ihn zwölf Jahre lang gekannt«, unterbrach mich Sam. »Du gerade mal zwölf Sekunden. Meine Version gewinnt.«

»Meinst du?«, fragte Cole. »Hat er dir erzählt, wie er als Anwalt so gewesen ist? Hat er dir von seiner Zeit in Wyoming erzählt? Oder von seiner Frau? Und wo er Ulrik gefunden hat? Und was er sich gerade selbst antun wollte, als Paul ihn fand?«

»Er hat mir erzählt, wie er zum Wolf geworden ist«, entgegnete Sam.

»Mir auch«, schaltete ich mich ein. Ich hatte das Gefühl, ich sollte Sam den Rücken stärken. »Er hat gesagt, er ist in Kanada gebissen worden und hat Paul dann in Minnesota wiedergetroffen.«

»Aber nicht, dass er sich in Kanada umbringen wollte und Paul ihn gebissen hat, um ihn davon abzuhalten?«, gab Cole zurück.

»Das hat er dir nur erzählt, weil es das war, was du hören wolltest«, sagte Sam.

»Und dir hat er die Geschichte mit der Wandertour und dass Paul schon hier in Minnesota gewesen ist, nur erzählt, weil es das war, was *du* hören wolltest«, erwiderte Cole. »Sag mir doch mal, wie Wyoming da reinpasst, davon hat er nämlich keinem von uns was erzählt. Er ist nicht von Kanada nach Mercy Falls gekommen, weil er rausgefunden hat, dass es hier schon Wölfe gab, und genauso wenig ist er beim Wandern gebissen worden. Er hat die Story nur vereinfacht, damit er in deinen Augen nicht schlecht dasteht. Für mich hat er sie vereinfacht, weil er wahrscheinlich nicht der Meinung war, dass der Rest irgendwie wichtig wäre, um mich zu überzeugen. Sag mir nicht, du hättest noch nie an ihm gezweifelt, Sam, das kann einfach nicht sein. Der Mann hat dafür gesorgt, dass du angesteckt wurdest, und dich dann adoptiert. Darüber musst du doch schon mal nachgedacht haben.«

Mein Magen krampfte sich aus Mitleid für Sam zusammen, aber er sah nicht zu Boden oder zur Seite. Sein Gesicht war völlig ausdruckslos. »Ja, hab ich.«

»Und was genau ist dabei rausgekommen?«, fragte Cole.

Sam sagte: »Ich weiß es nicht.«

»Aber zu irgendeinem Schluss bist du doch sicher gekommen.«

»Ich weiß nicht.«

Cole stand auf und trat einen Schritt vor, sodass er nun genau vor Sam stand, und die Heftigkeit, mit der er das tat, war ein wenig einschüchternd. »Würdest du ihn nicht gern danach fragen?«

Man musste Sam zugutehalten, dass er kein bisschen eingeschüchtert aussah. »Die Möglichkeit besteht ja leider nicht.«

»Was, wenn doch? Was, wenn du ihn für fünfzehn Minuten wiederhaben könntest? Ich kann ihn finden. Ich finde ihn und ich habe etwas, was ihn dazu zwingen dürfte, sich zu verwandeln. Nicht lange. Aber lange genug, um mit ihm zu reden. Ich muss nämlich sagen, dass ich auch ein paar Fragen an ihn hätte.«

Sam runzelte die Stirn. »Mit deinem eigenen Körper kannst du anstellen, was du willst, aber ich mache bei nichts mit, wofür er uns nicht sein Einverständnis geben kann.«

Cole blickte tief gekränkt. »Hier geht's um Adrenalin, nicht um Sex auf dem Abschlussball.«

Sams Stimme klang unnachgiebig. »Ich werde nicht riskieren, dass Beck stirbt, nur um ihn zu fragen, warum er mir nicht gesagt hat, dass er mal in Wyoming gewohnt hat.«

Das war die offensichtliche Antwort. Cole musste gewusst haben, dass Sam so etwas sagen würde. Aber auf Coles Gesicht lag schon wieder dieses kleine, harte Lächeln, das kaum als solches zu erkennen war. »Wenn wir Beck fangen und ich ihn zum Menschen mache«, sagte er, »kann ich bei ihm vielleicht alles auf Anfang zurückstellen, wie bei Grace. Würdest du dafür sein Leben riskieren?«

Sam antwortete nicht.

»Sag Ja«, drängte Cole. »Sag mir, ich soll ihn finden, und ich tu's.«

Und genau das, wurde mir nun klar, war der Grund, warum Sam und Cole nicht miteinander auskamen. Denn wenn es ans Eingemachte ging, traf Cole regelmäßig schlechte Entscheidungen aus guten Gründen und das konnte Sam nicht akzeptieren. Und jetzt ließ Cole diesen verlockenden Köder vor Sams Nase baumeln, diese eine Sache, die er mehr wollte als alles andere, aber verknüpft mit der, die er am wenigsten wollte. Ich wusste selbst nicht, welche Antwort ich mir von ihm wünschte.

Sam schluckte. Dann wandte er sich mir zu und fragte leise: »Was soll ich machen?«

Ich hatte keine Ahnung, was ich ihm sagen sollte, das er nicht schon wusste. Mit verschränkten Armen saß ich da. Mir fielen tausend Gründe sowohl dafür als auch dagegen ein, aber jeder einzelne davon begann und endete mit der Sehnsucht, die ich jetzt in Sams Gesicht sah. »Du musst danach noch mit dir weiterleben können«, sagte ich.

»Er stirbt da draußen sowieso, Sam«, sagte Cole.

Die Hände hinter dem Kopf verschränkt, drehte Sam sich von uns beiden weg. Er starrte auf die zahllosen Reihen von Becks Büchern.

Ohne einen von uns anzusehen, sagte er schließlich: »In Ordnung. Ja. Finde ihn.«

Ich sah Cole in die Augen und hielt seinen Blick fest.

Oben fing der Teekessel an zu pfeifen und Sam hastete wortlos die Treppe hoch, um ihn zum Schweigen zu bringen – eine willkommene Gelegenheit für ihn, dachte ich, den Raum zu verlassen. Beim Gedanken daran, Becks Verwandlung herbeizuführen, bildete sich ein unbehaglicher Klumpen in meinem Magen. Ich hatte allzu schnell wieder vergessen, wie viel wir jedes Mal riskierten, wenn wir versuchten, mehr über uns herauszufinden.

»Cole«, sagte ich, »Beck bedeutet ihm alles. Das hier ist kein Spiel. Tu nichts, wovon du nicht überzeugt bist, okay?«

»Ich bin immer überzeugt von dem, was ich tue«, erwiderte er. »Nur manchmal eben nicht davon, dass es unbedingt ein Happy End geben muss.«

Kapitel 32

Grace

Der erste Tag, an dem ich wieder ich war, war eigenartig. Ohne meine Kleider und meinen geregelten Tagesablauf kam ich nicht zur Ruhe, auch weil ich wusste, dass mein Wolfsich immer noch in meinen Gliedern lauerte. Auf gewisse Weise war ich sogar froh über die Unbeständigkeit, die das Leben als neuer Wolf mit sich brachte, denn ich wusste, dass sich meine Verwandlungen früher oder später auf denselben temperaturgebundenen Rhythmus einpendeln würden wie bei Sam, als ich ihn kennenlernte. Und ich liebte die Kälte. Ich wollte mich nicht vor ihr fürchten müssen.

In dem Versuch, wenigstens ein bisschen Normalität zu schaffen, schlug ich vor, dass wir zusammen Abendessen machten, was sich als schwieriger erwies als gedacht. Sams und Coles Vorrat beschränkte sich auf eine seltsame Kombination aus Lebensmitteln, von denen die meisten als »mikrowellentauglich« und die wenigsten als »Zutaten« beschrieben werden konnten. Schließlich fand ich alles, was ich brauchte, um Pfannkuchen und Rührei zu machen – was, wie ich meinte, immer eine gute Mahlzeit war –, und Sam stellte sich wortlos als Küchenhelfer zur Verfügung, während Cole im Wohnzimmer auf dem Boden lag und an die Decke starrte.

Ich warf einen Blick über die Schulter. »Was macht er denn da? Kann ich mal den Pfannenwender haben?«

Sam reichte ihn mir. »Wahrscheinlich tut ihm das Gehirn weh.« Er schob sich an mir vorbei, um an die Teller zu kommen, und einen Moment lang war sein Körper gegen meinen gepresst, lag seine Hand auf meiner Hüfte. Eine plötzliche Welle von Verlangen überkam mich.

»Hey«, sagte ich und er drehte sich um, die Teller in der Hand. »Stell die mal kurz weg und komm her.«

Sam kam auf mich zu und im selben Moment sah ich eine Bewegung aus dem Augenwinkel.

»Halt, was ist das denn?«, flüsterte ich. »Psst!«

Er erstarrte und folgte meinem Blick und ich erkannte, was sich dort bewegt hatte – ein Tier, das durch den dunklen Garten schlich. Das Licht aus den beiden Küchenfenstern erhellte den Rasen. Einen Moment verlor ich es wieder aus den Augen, aber dann war es da, neben dem abgedeckten Grill.

Ganz kurz hüpfte mein Herz leicht wie eine Feder, denn es war ein weißer Wolf. Olivia war eine weiße Wölfin und ich hatte sie so lange nicht mehr gesehen.

Dann aber hauchte Sam: »Shelby«, und als sie sich das nächste Mal bewegte, erkannte ich, dass er recht hatte. Sie hatte nichts von der geschmeidigen Anmut, die Olivia als Wölfin besaß, und als sie den Kopf hob, war die Bewegung ruckartig, argwöhnisch. Sie starrte in Richtung des Hauses, mit Augen, die definitiv nicht Olivias waren, dann hockte sie sich hin und pinkelte neben den Grill.

»Wie reizend«, sagte ich.

Sam runzelte die Stirn.

Schweigend beobachteten wir, wie Shelby vom Grill in die Mitte des Gartens wanderte, wo sie ein weiteres Mal ihr Revier markierte. Sie war allein.

»Ich glaube, es wird immer schlimmer mit ihr«, sagte Sam. Vor dem Fenster blieb Shelby eine Weile stehen und stierte hoch zum Haus. Mich beschlich das unbehagliche Gefühl, dass sie uns in der Küche direkt anblickte, obwohl wir für sie bloß reglose Silhouetten hätten sein dürfen, wenn überhaupt. Selbst von hier aus konnte ich sehen, wie sich das Fell in ihrem Nacken aufstellte.

»Die da«, wir fuhren beide zusammen, als Coles Stimme hinter uns ertönte, »ist echt total psychotisch.«

»Wie meinst du das?«, erkundigte ich mich.

»Ich hab sie schon öfter beim Fallenlegen gesehen. Die hat vor nichts Angst und ist biestig wie nur was.«

»Tja, *das* wusste ich schon«, erwiderte ich. Erschaudernd dachte ich an den Abend, als sie sich durch eine Fensterscheibe geworfen hatte, um mich anzugreifen. Keine angenehme Erinnerung. Und dann ihre Augen in dem Gewitter. »Sie hat schon so oft versucht, mich umzubringen, dass ich aufgehört hab zu zählen.«

»Sie hat Angst«, unterbrach Sam mich leise. Er beobachtete Shelby immer noch, deren Blick auf ihm lag, und nur auf ihm. Es war unheimlich. »Sie hat Angst und sie ist einsam und wütend und eifersüchtig. Mit dir, Grace, und Cole und Olivia hat sich das Rudel wahnsinnig schnell verändert und viel tiefer kann sie nicht mehr sinken. Sie verliert alles, was sie hat.«

Der letzte Pfannkuchen brannte an. Ich riss die Pfanne vom Herd. »Mir gefällt's nicht, wenn sie hier rumschleicht.«

»Ich glaube … ich glaube nicht, dass du dir Sorgen machen musst«, beruhigte mich Sam. Shelby regte sich noch immer nicht und starrte weiter auf seine Silhouette. »Ich glaube, sie gibt mir die Schuld.«

Plötzlich zuckte Shelby zusammen, als im selben Moment Coles Stimme durch den Garten schallte: »Hau ab, du psychotisches Miststück!«

Sie huschte davon ins Dunkel und die Hintertür knallte zu.

»Herzlichen Dank, Cole«, sagte ich. »Du bist immer so wunderbar subtil.«

»Ja«, erwiderte Cole, »das ist eine meine hervorstechendsten Eigenschaften.«

Sam sah noch immer stirnrunzelnd aus dem Fenster. »Ich frage mich, ob sie –«

Das Telefon auf der Bücheninsel klingelte und schnitt ihm das Wort ab. Cole griff danach. Dann zog er eine Grimasse und reichte es, ohne ranzugehen, an mich weiter.

Das Display zeigte Isabels Nummer. »Hallo?«

»Grace.« Ich wartete auf einen Kommentar zu meinem Menschsein, irgendwas Schnoddriges, Sarkastisches, aber mehr sagte sie nicht, bloß: *Grace.*

»Isabel«, erwiderte ich, nur um überhaupt was zu sagen. Ich warf Sam einen Blick zu, der meinen verwirrten Gesichtsausdruck spiegelte.

»Ist Sam bei dir?«

»Ja. Willst du ... willst du mit ihm sprechen?«

»Nein. Ich wollte nur sichergehen, dass du ...« Isabel hielt inne. Im Hintergrund war ziemlicher Lärm zu hören. »Grace, hat Sam dir erzählt, dass sie ein totes Mädchen im Wald gefunden haben? Das von Wölfen getötet worden ist?«

Ich sah Sam an, aber der konnte Isabel nicht hören.

»Nein«, antwortete ich nervös.

»Grace. Sie wissen jetzt, wer es ist.«

Alles in mir wurde ganz still.

Isabel sagte: »Es ist Olivia.«

Olivia.

Olivia.

Olivia.

Ich nahm meine Umgebung gestochen scharf wahr. Am Kühlschrank hing ein Foto von einem Mann, der neben einem Kajak stand und das Peace-Zeichen machte. Außerdem ein schmuddeliger Magnet in Form eines Zahns, mit dem Namen und der Telefonnummer einer Zahnarztpraxis. Neben dem Kühlschrank fing die Arbeitsplatte an, mit ein paar Kratzern darin, die bis hinunter in das farblose Material unter der Oberfläche reichten. Auf der Arbeitsplatte stand eine alte Coca-Cola-Flasche aus Glas, mit einem Bleistift darin und einem dieser Kugelschreiber, die aussahen wie Blumen. Der Wasserhahn über der Spüle tropfte alle elf Sekunden und der Tropfen lief erst ein Stück im Uhrzeigersinn um den Rand des Hahns, bevor er sich endlich traute, sich in das Becken darunter fallen zu lassen. Mir war noch nie aufgefallen, dass diese Küche komplett in warmen Farben gehalten war. Überall Braun, Rot, Orange, in den Arbeitsflächen und Schränken und Fliesen und den verblassten Fotos an den Schranktüren.

»Was hast du gesagt?«, rief Sam. »Was hast du zu ihr gesagt?«

Ich verstand nicht, warum er mich das fragte, da ich doch gar nichts gesagt hatte. Stirnrunzelnd blickte ich ihn an und merkte, dass er nun das Telefon in der Hand hielt, obwohl ich mich nicht erinnern konnte, es ihm gegeben zu haben.

Ich dachte: *Ich bin eine furchtbare Freundin, es tut überhaupt nicht weh. Ich stehe nur hier in dieser Küche und denke, wenn das meine wäre, würde ich einen Teppich reinlegen, dann würden meine Füße nicht so kalt auf dem nackten Boden. Dann hat Olivia mir wohl nichts bedeutet, wenn mir noch nicht mal nach Weinen zumute ist. Wenn ich an Teppiche denken kann, anstatt daran, dass sie tot ist.*

»Grace«, sagte Sam. Im Hintergrund sah ich Cole weggehen, das Telefon am Ohr. »Wie kann ich dir helfen?«

Das, fand ich, war eine seltsame Frage. Ich sah ihn nur an. »Mit mir ist alles in Ordnung.«

»Ist es nicht.«

»Doch«, beharrte ich. »Ich weine nicht. Mir ist noch nicht mal nach Weinen.«

Er strich mir das Haar hinter die Ohren, nahm es an meinem Hinterkopf zusammen, als wollte er mir einen Pferdeschwanz binden, und hielt es dort fest. Dann flüsterte er mir ins Ohr: »Das kommt noch.«

Ich legte den Kopf an seine Schulter; er kam mir plötzlich so schwer vor, als könnte ich ihn unmöglich weiter aufrecht halten. »Ich will Leute anrufen und fragen, ob es ihnen gut geht. Ich will Rachel anrufen«, sagte ich. »Und John. Und Olivia.« Zu spät wurde mir klar, was ich gerade gesagt hatte, und ich öffnete den Mund, als könnte ich es irgendwie zurücknehmen und stattdessen etwas Logischeres von mir geben.

»Oh Grace«, seufzte Sam und strich mir übers Kinn, aber sein Mitleid schien weit weg.

Cole, am Telefon, sagte mit einer Stimme, die ich noch nie bei ihm gehört hatte: »Tja, daran können wir jetzt wohl kaum noch was ändern, oder?«

Kapitel 33

Sam

In dieser Nacht war es Grace, die nicht schlafen konnte. Ich fühlte mich wie eine leere Tasse auf einem Meer aus Schlaf, die hüpfend und kippelnd immer wieder Tropfen von Schlummer aufnahm; es war nur eine Frage der Zeit, bis ich mich genug damit gefüllt hatte, um ganz nach unten zu sinken.

Mein Zimmer war dunkel mit Ausnahme der Lichterkette an der Decke, winzige Sternbilder an einem klaustrophobisch engen Himmel. Die ganze Zeit wollte ich den Stecker ziehen und uns in Dunkelheit hüllen, aber die Erschöpfung flüsterte mir ins Ohr und lenkte mich ab. Ich begriff nicht, wie ich jetzt so müde sein konnte, nachdem ich doch in der vorigen Nacht endlich geschlafen hatte. Es war, als hätte mein Körper, jetzt da ich Grace zurückhatte, wieder Geschmack am Schlafen gefunden und könnte nun gar nicht genug davon kriegen.

Grace saß neben mir, den Rücken an die Wand gelehnt, die Beine unter einem Gewirr von Decken, und strich mir mit der flachen Hand über die Brust, auf und ab, was auch nicht gerade dazu beitrug, dass ich wach blieb.

»Hey«, murmelte ich und streckte die Hand nach ihr aus. Meine Fingerspitzen streiften gerade so ihre Schulter. »Komm doch her und schlaf ein bisschen«

Sie legte ihre Finger auf meinen Mund; ihr Gesicht wirkte versonnen und gar nicht wie ihr eigenes, eine Grace-Maske, die ein anderes Mädchen in diesem schummrigen Licht aufgesetzt hatte.
»Ich muss die ganze Zeit nachdenken.« Dieses Gefühl war mir vertraut genug, dass ich mich auf die Ellbogen hochstemmte; ihre Finger glitten von meinen Lippen und zurück auf meine Brust.
»Du solltest dich hinlegen«, sagte ich.»Das hilft bestimmt.«
Grace' Blick war traurig und unsicher; sie war wie ein kleines Mädchen. Ich setzte mich ganz auf und zog sie an mich. Zusammen lehnten wir am Kopfteil des Betts, ihre Wange auf meiner Brust, dort wo zuvor ihre Hand gelegen hatte. Sie roch nach meinem Shampoo.
»Ich kann nicht aufhören, an sie zu denken«, flüsterte Grace, mutiger jetzt, da wir uns nicht ansahen.»Und dann muss ich immer daran denken, dass ich jetzt eigentlich zu Hause sein sollte, aber, Sam, ich will nicht zurück.«
Ich war mir nicht sicher, was ich dazu sagen sollte. Natürlich wollte ich auch nicht, dass sie zurückging, aber mir war genauso klar, dass sie eigentlich nicht hier sein sollte. Wenn sie ein Mensch gewesen wäre, geheilt, hätte ich vorgeschlagen, dass wir zusammen zu ihren Eltern gehen und mit ihnen reden könnten. Irgendwie hätten wir es schon geschafft, irgendwie hätten wir ihnen verständlich gemacht, dass wir es ernst miteinander meinten, und dann hätte ich eine Weile ohne sie in meinem Bett leben können, bis sie irgendwann offiziell bei mir einzog. Es wäre schrecklich gewesen, aber ich hätte es ertragen. Ich hatte ihr mal gesagt, dass ich mit ihr alles richtig machen wollte, und daran hatte sich nichts geändert.
Aber jetzt gab es einfach kein Richtig. Jetzt war Grace ein Mädchen und gleichzeitig ein Wolf, und solange sie sagte, dass sie nicht zurückwollte, und solange ich mir nicht sicher war, wie ihre Eltern

reagieren würden, wollte ich sie bei mir haben. Eines Tages, bald, würden wir bitter für diese gestohlenen Augenblicke miteinander bezahlen müssen und trotzdem fand ich es nicht falsch von uns, dass wir sie uns nahmen. Ich fuhr ihr mit den Fingern durchs Haar, bis ich ein winziges Knötchen erreichte und sie wieder herausziehen und von vorn anfangen musste. »Ich werde dich bestimmt nicht dazu zwingen.«

»Aber irgendwann müssen wir eine Lösung finden«, sagte Grace. »Ich wünschte, ich wäre schon achtzehn. Ich wünschte, ich wäre schon vor Ewigkeiten ausgezogen. Ich wünschte, wir wären schon verheiratet. Ich wünschte, ich müsste mir keine Lügen ausdenken müssen.«

Zumindest war ich offenbar nicht der Einzige, der glaubte, dass ihre Eltern mit der Wahrheit nicht gut zurechtkommen würden. »Aber das Problem ist morgen auch noch da«, erklärte ich entschlossen. »Heute Nacht können wir es sowieso nicht mehr lösen.« Nachdem ich es ausgesprochen hatte, erkannte ich darin – welche Ironie des Schicksals – Grace' eigenes Argument, mit dem sie mich schon so oft in den Schlaf gelullt hatte.

»In meinem Kopf dreht sich alles im Kreis«, sagte Grace. »Erzähl mir eine Geschichte.«

Ich hörte auf, ihr durchs Haar zu streichen, die angenehm monotone Bewegung machte mich zu schläfrig. »Eine Geschichte?«

»So wie einmal, als du mir erzählt hast, wie Beck dir das Jagen beigebracht hat.«

Ich durchforstete mein Gedächtnis nach einer Anekdote, irgendetwas, das ohne allzu viele Erklärungen auskam. Etwas, das sie zum Lachen bringen würde. Doch alle meine Beck-Geschichten kamen mir nun beschmutzt vor, befleckt von Zweifel. Alles an ihm, was ich nicht mit eigenen Augen gesehen hatte, schien mir nun apokryph.

Ich suchte nach anderen Erinnerungen und sagte schließlich: »Dieser BMW-Kombi war nicht Ulriks erstes Auto. Als ich hierherkam, hatte er einen kleinen Ford Escort. Der war braun. Und potthässlich.«

Grace stieß einen Seufzer aus, als wäre das ein angenehmer Anfang für eine Gutenachtgeschichte. Sie griff sich eine Handvoll von meinem T-Shirt, was mich sofort hellwach machte und voller Schuldbewusstsein an mindestens vier Sachen gleichzeitig denken ließ, die weder mit Gutenachtgeschichten zu tun hatten, noch mit selbstlosen Arten, ein trauerndes Mädchen zu trösten.

Ich schluckte und konzentrierte mich wieder auf meine Erinnerungen. »An dem Auto war alles Mögliche kaputt. Wenn man damit über Bodenwellen fuhr, scharrte immer irgendwas über die Straße. Der Auspuff wahrscheinlich. Einmal hat Ulrik in der Stadt ein Opossum erwischt und es den ganzen Weg mit nach Hause geschleift.«

Grace lachte ein kleines, geräuschloses Lachen, wie man es ausstößt, wenn man weiß, dass es von einem erwartet wird.

Ich machte tapfer weiter. »Es hat auch immer so gerochen, als ginge jeden Moment noch mehr kaputt. Als würden die Bremsen versagen oder irgendwelche Gummiteile verschmoren oder vielleicht war es auch nur das Opossum, das er nie ganz abgekriegt hat.«

Ich hielt inne und dachte an all die Fahrten in diesem Auto, wie ich auf dem Beifahrersitz saß und wartete, während Ulrik schnell in den Supermarkt flitzte und Bier besorgte, oder wie ich daneben am Straßenrand stand, während Beck über den stummen Motor schimpfte und mich fragte, warum zum Teufel er nicht einfach sein eigenes Auto genommen hatte. Das war damals, als Ulrik noch sehr häufig ein Mensch gewesen war, als sein Zimmer direkt neben meinem lag und ich oft von lauten Sexgeräuschen geweckt wurde, obwohl ich mir ziemlich sicher war, dass Ulrik zu diesem Zeitpunkt allein im Zimmer war. Diesen Teil verschwieg ich Grace.

»Mit dem Auto bin ich immer zum Buchladen gefahren«, sagte ich. »Ulrik hat irgendwann einem Typen, der in St. Paul am Straßenrand Rosen verkaufte, den BMW abgekauft, und ich hab den Escort gekriegt. Zwei Monate nachdem ich den Führerschein gemacht hatte, blieb ich mit einem Plattfuß liegen.« Ich war damals sechzehn, und zwar auf die naivste Art und Weise: euphorisch und gleichzeitig total nervös, zum ersten Mal allein von der Arbeit nach Hause fahren zu dürfen, und als der Reifen platzte, mit einem entsetzlich lauten Knall, so als hätte jemand direkt neben meinem Ohr eine Pistole abgefeuert, dachte ich, mein letztes Stündlein hätte geschlagen.

»Wusstest du, wie man einen Reifen wechselt?«, fragte Grace. So, wie sie es sagte, schien sie es jedenfalls zu wissen.

»Absolut nicht. Ich musste rechts ranfahren, mitten in den Schneematsch, und mit dem Handy, das ich gerade erst zum Geburtstag bekommen hatte, Beck um Hilfe rufen. Das erste Mal, dass ich dieses Handy benutzte, und dann nur, um zuzugeben, dass ich keinen platten Reifen wechseln konnte. Wie entmannt fühlt man sich denn da bitte?«

Wieder lachte Grace, ganz leise. »Entmannt«, wiederholte sie.

»Jawohl, entmannt«, bekräftigte ich, froh über dieses leise Lachen. Ich kehrte wieder zu meiner Erinnerung zurück. Es hatte ewig gedauert, bis Beck endlich gekommen war, aber irgendwann hatte Ulrik ihn auf dem Weg zur Arbeit bei mir abgesetzt. Ulrik ignorierte meinen trübseligen Gesichtsausdruck und winkte mir fröhlich aus dem Fenster des BMW zu: *Bis später, Kumpel!* Und dann verschwand sein Kombi in der einsetzenden Dämmerung, die Rücklichter neonrot in der schneegrauen Welt.

»Irgendwann kam jedenfalls Beck«, sagte ich und mir ging auf, dass ich entgegen meiner Absicht nun doch eine Anekdote über Beck erzählte. Vielleicht spielte er einfach in jeder meiner Anekdoten eine Rolle. »Und er sagte: ›Na, hast du den Wagen totgekriegt?‹ Er war dick eingepackt in mehrere Mäntel und Handschuhe und Schals, aber trotz allem zitterte er bereits. Beim Anblick des platten Reifens, der wirklich ziemlich ulkig aussah, stieß er einen Pfiff aus. ›Das nenn ich ganze Arbeit. Hast du 'nen Elch überfahren, oder was?‹«

»Und, hattest du?«, wollte Grace wissen.

»Nein«, sagte ich. »Beck hat mich noch ein bisschen weiter veräppelt und mir dann gezeigt, wo der Ersatzreifen ist und –«

Ich brach mitten im Satz ab. Eigentlich hatte ich die Geschichte erzählen wollen, wie Ulrik den Wagen schließlich verkauft hatte. Er hatte vier Pfund Speck gebraten und in den Kofferraum gepackt, wenn Leute kamen, um das Auto zu besichtigen, weil er mal gehört hatte, dass Immobilienmakler Plätzchen backten, wenn sie Häuser an Frauen verkaufen wollten. Aber stattdessen war ich in meiner Schläfrigkeit abgedriftet und die Geschichte, mit der ich jetzt angefangen hatte, endete mit Becks Lächeln, das verblasst war, ehe ein Paar Scheinwerfer den Hügel hinaufgekommen und auf der anderen Seite wieder verschwunden war, einem Haufen Schals und Pullover und Handschuhen auf dem Boden hinter dem Escort und mit einem nutzlosen Montierhebel in meiner Hand und der Erinnerung, dass Beck noch die Hälfte meines Namens herausbekam, während er sich verwandelte.

»Und was?«

Ich überlegte fieberhaft, ob ich die Geschichte noch irgendwie in eine andere Richtung lenken, heiterer gestalten konnte, plötzlich aber fiel mir ein Aspekt des Ganzen auf, über den ich seit Jahren nicht mehr nachgedacht hatte. »Beck hat sich verwandelt. Und ich stand da mit diesem verdammten Montierhebel und war genauso weit wie vorher.«

Wieder allein, hatte ich seinen Mantel und seine unzähligen Pullover vom Boden aufgeklaubt, den Großteil des schmutzigen Schnees abgeklopft und den ganzen Haufen auf den Rücksitz des Escorts geworfen. Dann hatte ich mir gestattet, mit voller Wucht die Wagentür zuzuknallen. Die Hände hinter dem Kopf verschränkt, hatte ich mich von der Straße und dem Wagen abgewandt. Denn der Verlust von Beck hatte mich noch nicht erreicht. Die Tatsache, dass ich am Straßenrand festsaß, war erst mal gegenwärtiger gewesen.

Grace stieß ein leises Geräusch aus, voller Mitleid für den Sam von damals, auch wenn dieser Sam lange gebraucht hatte, bis ihm klar wurde, was er in diesen paar Minuten verloren hatte.

»Eine Weile hab ich bloß rumgestanden und auf den ganzen nutzlosen Kram im Kofferraum gestarrt – Ulrik hatte zum Beispiel eine Hockeymaske da drin, und die hat mich angeguckt, als wollte sie sagen: *Du bist so ein Idiot, Sam Roth*. Und dann hörte ich, wie hinter mir ein Auto hielt. Diesen Teil hatte ich bis gerade eben komplett vergessen, Grace. Was meinst du, wer da angehalten hatte, um zu fragen, ob ich Hilfe brauche?«

Grace rieb ihre Nase an meinem T-Shirt. »Keine Ahnung. Wer denn?«

»Tom Culpeper«, antwortete ich.

»Nein!« Grace bog den Kopf zurück, sodass sie mich anblicken konnte. »Im Ernst?«

Jetzt sah sie wieder viel mehr aus wie sie selbst in dem schummrigen Licht, das Haar zerzaust, wo sie auf meiner Brust gelegen hatte, und die Augen lebendiger als zuvor. Meine Hand auf ihrer Hüfte sehnte sich danach, unter ihr T-Shirt zu kriechen und sich einen Pfad über die Wölbung ihrer Wirbelsäule zu suchen, ihre Schulterblätter zu berühren und dafür zu sorgen, dass sie an nichts anderes dachte als an mich.

Aber diese Grenze würde ich nicht ungebeten überschreiten. Ich wusste nicht, wo wir gerade standen. Und ich war gut im Warten.

»Ja«, sagte ich also, anstatt sie zu küssen. »Es war Tom Culpeper.«

Grace kuschelte sich wieder an meine Brust. »Das ist ja verrückt.«

Du bist Geoffrey Becks Junge, hatte Tom Culpeper festgestellt. Selbst im Dämmerlicht konnte ich sehen, dass sein Geländewagen mit Eis und Sand und Streusalz verkrustet war – oder Schneck, wie Ulrik es gern nannte, eine Mischung aus Schnee und Dreck –, und der krumme Lichtkegel seiner Scheinwerfer war auf mich und den Escort gerichtet. Nach kurzem Nachdenken fügte er hinzu: *Sam, richtig? Sieht aus, als könntest du Hilfe gebrauchen.*

Ich erinnerte mich, wie dankbar ich damals gewesen war, meinen Namen in einem so normalen Tonfall zu hören, der die Erinnerung daran überlagerte, wie Beck ihn hervorgestoßen hatte, als er sich verwandelte.

»Und er hat mir geholfen«, sagte ich. »Damals war er wohl irgendwie noch anders drauf, schätze ich. Muss gewesen sein, kurz nachdem sie hergezogen sind.«

»Hatte er Isabel dabei?«, fragte Grace.

»Nicht dass ich wüsste«, überlegte ich. »Ich gebe mir wirklich alle Mühe, ihn nicht als abgrundtief böse zu sehen, Grace. Um Isabels willen. Ich weiß nicht, was ich von ihm halten würde, wenn die Wölfe nicht wären.«

»Wenn die Wölfe nicht wären«, erwiderte Grace, »würden wir alle überhaupt nicht über ihn nachdenken.«

»In der Geschichte sollte eigentlich Speck vorkommen«, gestand ich. »Ich wollte dich zum Lachen bringen.«

Grace stieß einen tiefen Seufzer aus, als hätte das Gewicht der ganzen Welt die Luft aus ihren Lungen gepresst, und ich verstand genau, wie sie sich fühlte.

»Schon okay. Mach das Licht aus«, sagte sie und zog die Decke über uns beide, so wie wir dort lagen. Sie roch schwach nach Wolf und ich fürchtete, dass sie die Nacht nicht ohne Verwandlung überstehen würde. »Von mir aus kann dieser Tag jetzt gern vorbei sein.«

Viel wacher als zuvor streckte ich den Arm aus dem Bett, um den Stecker der Lichterkette herauszuziehen. Es wurde dunkel im Zimmer und nach ein paar Sekunden flüsterte Grace mir zu, dass sie mich liebte, fast ein wenig betrübt. Ich schlang meine Arme fest um ihre Schultern und es tat mir leid, dass es so kompliziert war, mich zu lieben.

Ihre Atemzüge wurden bereits langsamer, als ich es zurückflüsterte. Aber ich schlief nicht ein. Hellwach lag ich da und dachte an Tom Culpeper und an Beck und daran, wie tief die Wahrheit über sie vergraben schien. Immer wieder sah ich Culpeper durch den Schnee auf mich zukommen, die Nase bereits gerötet vor Kälte, um wie selbstverständlich einem Jungen, den er gar nicht kannte, dabei zu helfen, an einem eiskalten Abend einen Reifen zu wechseln. Und zwischen den einzelnen Malen, die dieses Bild vor mir aufflackerte, sah ich die Wölfe, die aus dem kalten Morgen auftauchten und meinen kleinen Körper zu Boden stießen. Mein Leben für immer veränderten.

Das war Becks Werk gewesen. Beck hatte beschlossen, mich zu holen. Schon lange, bevor meine Eltern entschieden hatten, dass sie mich nicht mehr wollten, hatte Beck das alles geplant. Sie hatten es ihm lediglich leicht gemacht.

Ich wusste nicht, wie ich mit diesem Wissen leben sollte, ohne dass es mich von innen auffraß, ohne dass es jede glückliche Erinnerung an meine Kindheit und Jugend vergiftete. Ohne dass es alles zerstörte, was Beck und ich je gehabt hatten.

Ich verstand einfach nicht, wie jemand Gott und zugleich der Teufel sein konnte. Wie ein und derselbe Mensch dich zermalmen *und* retten konnte. Wenn doch alles, was ich war, gut und böse, durch seine Hand miteinander verwoben war, woher sollte ich dann wissen, ob ich ihn lieben oder hassen musste?

Mitten in der Nacht wachte Grace auf, die Augen ängstlich geweitet und am ganzen Körper zitternd. Sie stieß meinen Namen hervor, genau wie Beck es vor all diesen Jahren dort am Straßenrand getan hatte, und dann, auch genau wie Beck, ließ sie mich allein zurück, mit nichts als einem Häufchen leerer Kleider und tausend unbeantworteten Fragen.

Kapitel 34

Isabel

Am nächsten Morgen um sieben Uhr erschien Sams Nummer auf dem Display meines Handys. Normalerweise wäre ich um diese Zeit dabei gewesen, mich für die Schule fertig zu machen, aber es war Wochenende und das bedeutete, dass ich auf dem Bett lag und mir meine Laufschuhe anzog. Das mit dem Laufen machte ich aus purer Eitelkeit, weil ich davon tolle Beine bekam.

Ich klappte mein Handy auf. »Hallo?« Ich war mir nicht sicher, was ich erwartete.

»Ich wusste es«, sagte Cole. »Ich wusste, dass du ans Telefon gehst, wenn du denkst, es ist Sam.«

»Mein Gott. Ist das jetzt dein Ernst?«

»Mein voller Ernst. Kann ich reinkommen?«

Ich sprang vom Bett, huschte ans Fenster und sah nach draußen. Dort konnte ich gerade noch das Heck eines ziemlich hässlichen Kombis am Ende der Einfahrt erkennen.

»Bist du das da in dem Perversomobil?«

»Mmhmm, und es stinkt wie die Pest«, antwortete Cole. »Ich würde dich ja einladen, dich zu mir zu setzen, damit wir uns mal in ganz intimer Atmosphäre unterhalten können, aber was auch immer hier so müffelt, es haut einen echt um.«

»Was willst du, Cole?«

»Deine Kreditkarte. Ich muss ein Fischernetz, ein bisschen Bastelzeug und ein paar Beruhigungsmittel bestellen, rezeptfrei natürlich, ich schwöre. Und zwar als Expresslieferung.«

»Sag mir bitte, dass das einer deiner missratenen Versuche ist, einen Witz zu machen.«

»Ich hab Sam gesagt, ich könnte Beck einfangen. Ich will eine Falle bauen, in der Grube, die Grace uns netterweise gezeigt hat, indem sie reingefallen ist, und der Köder wird Becks Lieblingsessen, das wiederum er netterweise in seinem Tagebuch bei einer Anekdote über einen Küchenbrand festgehalten hat.«

»Okay, das spricht definitiv für einen Witz. Ansonsten müsste ich nämlich davon ausgehen, dass mich da gerade ein Irrer angerufen hat.«

»Gerüche sind die stärksten Auslöser für Erinnerungen.«

Ich seufzte und ließ mich wieder aufs Bett fallen, das Telefon noch immer am Ohr. »Und wie bitte schön soll das euch alle davor bewahren, von meinem Vater über den Jordan geschickt zu werden?«

Einen Moment lang herrschte Stille. »Beck hat die Wölfe schon einmal umgesiedelt. Ich will ihn darüber ausfragen.«

»Und dafür brauchst du ein Fischernetz, Bastelzeug und ein paar Medikamente?«

»Wenn's nicht funktioniert, hab ich damit zumindest die Zutaten für eine Menge Spaß.«

Ich starrte nach oben. Vor langer Zeit hatte Jack hier mal einen Klumpen Knete an die Decke geworfen und dort klebte sie noch immer, genau an der Stelle, wo die Decke auf die schräge Wand traf.

Ich seufzte. »Na schön, Cole, von mir aus. Wir treffen uns an der Seitentür, das ist da an dem kleinen Treppenhaus, in dem du schon mal warst. Park dieses Monster irgendwo, wo meine Eltern es nicht sehen, wenn sie aufwachen. Und mach ja keinen Krach.«

»Ich mache nie Krach«, sagte Cole. Das Telefon verstummte in meiner Hand und im selben Moment ging meine Zimmertür auf.

Noch immer auf dem Rücken, bog ich den Kopf in den Nacken und erblickte wenig überrascht einen verkehrt herum stehenden Cole, der behutsam die Tür hinter sich schloss. Er trug eine Cargohose und ein schlichtes schwarzes T-Shirt. Trotzdem sah er aus wie ein Star, aber das lag, wie ich langsam begriff, mehr an seiner Haltung als an seinen Klamotten. In meinem Zimmer voller leichter, fließender Stoffe, glänzender Kissen und lächelnder Spiegel wirkte Cole fehl am Platz, aber das lag, wie ich ebenfalls langsam begriff, mehr an seiner Art als tatsächlich daran, wo er sich befand.

»Aha, heute bist du also Querfeldein-Barbie«, begrüßte er mich. Mir fiel wieder ein, dass ich meine Laufschuhe und Shorts trug. Er marschierte zu meiner Kommode und sprühte eine Wolke meines Parfüms in die Luft. Der Cole im Spiegel wedelte mit der Hand durch den feinen Nebel.

»Nein, heute bin ich Humorlos-Barbie«, antwortete ich. Cole nahm meinen Rosenkranz von der Kommode und strich mit dem Daumen über eine der Perlen. Die Art, wie er ihn in der Hand hielt, ließ es wie eine vertraute Geste aussehen, obwohl ich mir kaum vorstellen konnte, wie Cole St. Clair eine Kirche betreten sollte, ohne sofort in Flammen aufzugehen. »Ich dachte, die Seitentür wäre abgeschlossen gewesen.«

»Offensichtlich nicht.«

Ich schloss die Augen. Ihn anzusehen, machte mich ... müde. Ich fühlte dieselbe Schwere in mir wie im *Il Pomodoro*. Mir kam in den Sinn, dass ich vielleicht einfach irgendwo hingehen sollte, wo mich niemand kannte, um ganz von vorn anzufangen, ohne auch nur eine meiner alten Entscheidungen, Unterhaltungen oder Erwartungen dorthin mitzunehmen.

Das Bett stieß einen Seufzer aus, als Cole sich daraufsinken ließ und sich neben mir auf den Rücken legte. Er roch sauber, nach Rasierschaum und nach Strand, und mir wurde klar, dass er sich ganz besonders sorgfältig fertig gemacht haben musste, bevor er heute hierherkam. Das verstärkte das seltsame Gefühl in mir nur noch.

Ich schloss wieder die Augen. »Wie geht's Grace? Wegen Olivia, meine ich?«

»Schwer zu sagen. Sie hat sich gestern Nacht verwandelt, da haben wir sie im Bad eingesperrt.«

»Ich war nicht mit Olivia befreundet«, sagte ich. Irgendwie schien es wichtig, dass er das erfuhr. »Eigentlich hab ich sie kaum gekannt.«

»Ich überhaupt nicht.« Cole schwieg einen Moment. Dann sagte er, in ganz anderem Tonfall: »Ich mag Grace.«

Er sagte das, als wäre es etwas sehr Ernstes, und einen Augenblick lang dachte ich fast, er meinte es im Sinne von *Ich* mag *Grace*, was mich dann absolut verwirrt hätte. Doch er erklärte: »Ich mag, wie sie mit Sam zusammen ist. Ich hab nie an Liebe geglaubt, nicht richtig. Dachte immer, das wäre bloß was, was sich vor Ewigkeiten mal James Bond ausgedacht hat, um flachgelegt zu werden.«

Ein paar Minuten lang lagen wir einfach da, ohne zu reden. Draußen erwachten die Vögel. Im Haus war alles still, der Morgen war nicht kalt genug, dass die Heizung angesprungen wäre. Es war schwer, nicht die ganze Zeit daran zu denken, dass Cole hier direkt neben mir lag, auch wenn er gar nichts sagte, besonders aber, weil er so gut roch und ich mich nur zu gut daran erinnern konnte, wie es gewesen war, ihn zu küssen. Außerdem konnte ich mich daran erinnern, wie ich Sam zum letzten Mal Grace hatte küssen sehen, vor allem daran, wie er sie beim Küssen an sich gedrückt hatte. Ich konnte mir nicht vorstellen, dass Coles und mein Kuss genauso ausgesehen hatte. Der Gedanke an all das ließ es wieder laut und überfüllt in mir werden, ließ das Verlangen nach Cole erwachen und zugleich meine Zweifel, dass dieses Verlangen nach ihm das Richtige für mich war. Ich fühlte mich schuldig, schmutzig, euphorisch, als hätte ich bereits nachgegeben.

»Cole, ich bin müde«, sagte ich. Und sobald ich es ausgesprochen hatte, hatte ich keine Ahnung mehr, was ich damit eigentlich sagen wollte.

Er antwortete nicht. Er lag einfach da, stiller, als ich es bei ihm für möglich gehalten hatte. Irritiert über sein Schweigen, war ich kurz davor, ihn zu fragen, ob er mich gehört hatte.

Schließlich, als die Stille so vollkommen war, dass ich hören konnte, wie sich seine Lippen vor dem Sprechen öffneten, sagte er: »Manchmal denke ich darüber nach, zu Hause anzurufen.«

Ich war an Coles Selbstbezogenheit gewöhnt, aber das hier fühlte sich an wie ein neuer Negativrekord: Er kaperte mein Geständnis einfach mit einem eigenen.

Er sagte: »Ich stelle mir immer vor, wie ich einfach zu Hause anrufe und meiner Mom sage, dass ich nicht tot bin. Wie ich meinen Dad anrufe und ihn frage, ob er Lust hat, mit mir darüber zu plaudern, was Meningitis auf der Zellebene so mit einem anstellt. Oder wie ich Jeremy anrufe – das war unser Bassist – und ihm sage, dass ich nicht tot bin, aber sie nicht mehr nach mir suchen sollen. Wie ich meinen Eltern sage, dass ich nicht tot bin, aber nie mehr nach Hause komme.« Danach schwieg er so lange, dass ich schon dachte, er sei fertig. So lange, dass ich zusehen konnte, wie das Morgenlicht die hübschen Pastelltöne in meinem Zimmer zum Leuchten brachte, während draußen der Nebel verpuffte.

Dann sagte er: »Aber ich werde schon müde, wenn ich nur daran denke. Es ist wie dieses Gefühl, das ich hatte, bevor ich gegangen bin. Als wären meine Lungen plötzlich aus Blei. Als könnte mir nie wieder etwas wichtig sein. Als würde ich mir wünschen, dass entweder sie tot wären oder ich selbst, weil ich die Last der Vergangenheit, die wir miteinander haben, nicht ertrage. Und das alles, bevor ich auch nur das Telefon in die Hand nehme. Ich bin so müde, dass ich nie wieder aufwachen will. Aber mittlerweile hab ich kapiert, dass es nie ihre Schuld gewesen ist, dass es mir so geht. Es lag immer an mir, die ganze Zeit.«

Ich antwortete nicht. Wieder fielen mir meine Gedanken auf der Toilette im *Il Pomodoro* ein. Diese Sehnsucht danach, einfach mal fertig zu sein, alles erledigt zu haben, nichts, gar nichts zu *wollen*. Ich bemerkte erstaunt, wie präzise Cole meine eigene Müdigkeit beschrieben hatte.

»Ich bin ein Teil dessen, was du an dir selbst so hasst«, sagte Cole. Es war keine Frage.

Natürlich war er ein Teil dessen, was ich an mir selbst hasste. Alles war ein Teil dessen, was ich an mir selbst hasste. Das war nichts Persönliches.

Er setzte sich auf. »Ich gehe dann mal.«

Ich konnte noch immer seine Wärme auf der Matratze spüren. »Cole«, fragte ich, »findest du mich liebenswert?«

»Im Sinne von ›knuffig und knuddelig‹?«

»Im Sinne von ›es wert sein, geliebt zu werden‹«, erklärte ich.

Cole blickte mich unverwandt an. Nur für einen Moment hatte ich den seltsamen Eindruck, genau erkennen zu können, wie er ausgesehen hatte, als er jünger war, und wie er aussehen würde, wenn er älter wäre. Er erschütterte mich, dieser flüchtige Einblick in seine Zukunft. »Vielleicht«, erwiderte er. »Aber du lässt ja nicht zu, dass es irgendjemand versucht.«

Ich schloss die Augen und schluckte.

»Ich sehe einfach nicht den Unterschied zwischen nicht kämpfen«, sagte ich, »und aufgeben.«

Obwohl meine Augenlider fest geschlossen waren, stahl sich eine einzelne, heiße Träne aus meinem linken Auge. Ich war so wütend über diese Träne. Ich war so wütend.

Die Matratze neben mir senkte sich, als Cole näher rückte. Ich spürte, wie er sich über mich beugte. Sein Atem, warm und ruhig, traf auf meine Wange. Zwei Atemzüge. Drei. Vier. Ich wusste nicht, was ich wollte. Dann hörte ich ihn nicht mehr atmen und eine Sekunde später fühlte ich seine Lippen auf meinen.

Es war kein Kuss, wie ich ihn zuvor mit ihm erlebt hatte, hungrig, voller Verlangen, voller Verzweiflung. Es war kein Kuss, wie ich ihn je mit irgendjemandem erlebt hatte. Dieser Kuss hier war so sanft, dass er mehr wie die Erinnerung an einen Kuss war, so behutsam, als striche jemand mit den Fingern über meine Lippen. Mein Mund öffnete sich und hielt dann inne; der Kuss war so leise – ein Flüstern, kein Schrei. Coles Hand lag an meinem Hals, sein Daumen presste sich in die Haut unter meinem Kiefer. Es war keine Berührung, die besagte: *Ich will mehr.* Sondern eine Berührung, die besagte: *Ich will genau das.*

Das alles ging vollkommen lautlos vonstatten. Es schien, als würde keiner von uns beiden atmen.

Dann setzte Cole sich langsam wieder auf und ich öffnete die Augen. Sein Gesicht war ausdruckslos, wie immer, wenn es wichtig wurde. Er sagte: »So würde ich dich küssen, wenn ich dich lieben würde.«

Er stand auf – plötzlich sah er nicht mehr wie ein Star aus – und hob seinen Autoschlüssel, der ihm aus der Tasche gerutscht war, vom Bett auf. Er sah mich nicht an, als er ging und die Tür hinter sich schloss.

Es war so still im Haus, dass ich seine Schritte auf der Treppe hören konnte, die ersten fünf oder so langsam und zögerlich, der Rest hastig.

Ich berührte meinen Hals, dort, wo Coles Daumen gelegen hatte, und schloss wieder die Augen. Das hier fühlte sich weder wie kämpfen noch wie aufgeben an. Mir war nicht klar gewesen, dass es auch noch eine dritte Möglichkeit gab, und selbst wenn ich es gewusst hätte, wäre ich nie darauf gekommen, dass ausgerechnet Cole mich darauf bringen könnte.

Ich stieß den Atem aus; lang und zischend strich er über meine Lippen, die gerade noch geküsst worden waren. Dann richtete ich mich auf und zückte meine Kreditkarte.

Kapitel 35

Sam

Am nächsten Morgen war mir nicht danach, zur Arbeit zu fahren, immerhin ging um mich herum gerade die Welt unter, aber mir fiel keine plausible Ausrede für Karyn ein, also machte ich mich wohl oder übel auf den Weg nach Mercy Falls. Da ich jedoch die Geräusche von Grace, die als Wolf verheerende Schäden in die Wände des unteren Badezimmers kratzte, genauso wenig ertragen konnte, war es auf gewisse Art sogar ein Segen, aus dem Haus zu kommen, auch wenn ich ein furchtbar schlechtes Gewissen deswegen hatte. Nur weil ich nicht da war, um ihre Panik mit anzuhören, bedeutete das schließlich nicht, dass sie keine verspürte.

Es war ein schöner Tag, der erste in dieser Woche, der keine Anzeichen von Regen zeigte. Der Himmel hatte das träumerische, weite Blau des Sommers, Monate zu früh, und die Blätter an den Bäumen strahlten in tausend Grünschattierungen, von fast neonartigem, künstlich wirkendem Knallgrün bis ganz knapp vor Schwarz. Anstatt wie sonst hinter dem Laden zu parken, stellte ich den Wagen diesmal auf der Hauptstraße ab, weit genug außerhalb der Innenstadt, dass ich keine Parkuhr füttern musste. In Mercy Falls waren das nur ein paar Hundert Meter Unterschied. Ich ließ meine Jacke auf dem Beifahrersitz des VW liegen, schob die Hände in die Hosentaschen und marschierte los.

Mercy Falls war keine reiche Stadt, aber es war auf seine ganz eigene Art idyllisch und verfügte daher über eine hübsche, belebte Stadtmitte. Dieser Charme plus die Nähe zu den schönen Boundary Waters lockten Touristen an und die Touristen brachten Geld mit. Mercy Falls bot ihnen eine Fülle an hübschen Boutiquen, in denen sie es loswerden konnten, hauptsächlich von der Sorte, bei der Ehemänner lieber im Auto warteten oder sich die Zeit im Eisenwarenladen auf der Grieves Street vertrieben. Ich warf trotzdem einen Blick in die Schaufenster, an denen ich vorbeikam. Ich hielt mich ganz am Rand des Gehwegs, sodass mich die Strahlen der zögerlichen Morgensonne erreichen konnten. Sie waren angenehm auf meiner Haut, wie ein kleiner Trostpreis in dieser schrecklichen, wunderbaren Woche.

Ich war gerade ein paar Meter an einem Laden vorbei, der Kleidung und Nippeskram verkaufte, als ich abrupt stehen blieb und kehrtmachte, um mir die Auslage noch einmal genauer anzusehen. Dort stand eine kopflose Schaufensterpuppe in einem weißen Sommerkleid. Ganz schlicht: dünne Träger, ein lockeres Band um die Taille geschlungen. Der Stoff war mit etwas verziert, das, wie ich zu wissen meinte, Lochstickerei hieß. Ich stellte mir Grace in dem Kleid vor, die schmalen Träger über den Schultern, unterhalb des Halses ein Dreieck nackter Haut, der Saum knapp über dem Knie. Ich konnte mir ihre Hüften unter dem dünnen Stoff ausmalen und wie meine Hände ihn in ihrem Rücken zu einem Bündel zusammennahmen, wenn ich sie an mich zog. Es war ein Kleid, das Sorglosigkeit ausstrahlte und Bilder von Sommer und knöchelhohem Gras und blondem, von einer beherzten Sonne ausgebleichtem Haar heraufbeschwor.

Eine ganze Weile stand ich da und starrte es an, wünschte mir das, wofür es stand. Es kam mir so dumm vor, an solche Dinge zu denken, wo doch so viel auf dem Spiel stand. Dreimal war ich kurz davor, mich abzuwenden, weiterzugehen. Und jedes Mal hielt mich dieses Bild von Grace – wie der Wind den Saum des Kleids anhob und den Stoff flach gegen ihren Bauch und ihre Brüste drückte – doch vor dem Schaufenster fest.

Ich kaufte das Kleid. Ich hatte vier Zwanziger in meinem Portemonnaie – Karyn hatte mich letzte Woche bar bezahlt – und verließ den Laden mit nur noch einem davon und einer kleinen Tüte, in der das Kleid schlummerte. Nachdem ich kurz zurückgegangen war, um es ins Auto zu legen, machte ich mich schließlich auf den Weg zum *Crooked Shelf*, den Blick auf den Gehweg vor mir gerichtet, erfüllt von der Wärme und Unsicherheit, ein Geschenk gekauft zu haben, das mehr kostete, als ich an einem Arbeitstag verdiente. Was, wenn es ihr nicht gefiel? Vielleicht hätte ich mein Geld lieber für einen Ring sparen sollen. Aber selbst wenn sie es ernst gemeint hatte und mich wirklich heiraten wollte, was an sich schon ziemlich unmöglich schien, kam mir ein Ring wie etwas weit Entferntes vor. Ich hatte keine Ahnung, was so etwas kostete, also sollte ich vielleicht wirklich langsam anfangen zu sparen. Was, wenn ich ihr erzählte, dass ich ein Geschenk für sie hatte, und sie einen Ring erwartete und dann enttäuscht war? Ich fühlte mich wie der älteste und zugleich wie der jüngste Neunzehnjährige auf der ganzen Welt – wieso dachte ich plötzlich über Ringe nach und wieso hatte ich nicht schon viel früher damit angefangen? Und praktisch, wie sie nun mal veranlagt war, war Grace vielleicht sogar sauer, dass ich ihr ein Geschenk gekauft hatte, anstatt etwas wegen der Jagd zu unternehmen.

Mit all diesen Gedanken rang ich, als ich schließlich die Buchhandlung betrat. Mein Geist war so weit von meinem Körper entfernt, dass mir der Laden wie ein einsamer, zeitloser Ort vorkam, als ich ihn aufschloss. Es war Samstag und so kam eine Stunde später Karyn durch den Hintereingang und verschanzte sich direkt im winzigen Hinterzimmer, um sich den Bestellungen und der Buchhaltung zu widmen. Karyns und meine Beziehung war unproblematisch; es war schön zu wissen, dass sie im Laden war, auch wenn wir nicht miteinander sprachen.

Kunden waren noch keine da und ich fühlte mich unruhig, also ging ich irgendwann zu ihr. Die Sonne drang jetzt mit aller Kraft durch die vorderen Fenster und streckte ihre langen Finger bis nach hier hinten aus. Sie erfüllte mich mit ihrer angenehmen Wärme, als ich stehen blieb und mich in den Türrahmen lehnte.

»Hi«, sagte ich.

Karyn saß bereits in einem Nest aus Rechnungen und Buchkatalogen. Mit ihrem freundlichen Lächeln sah sie zu mir hoch. Ich fand sowieso alles an Karyn freundlich – sie war eine dieser Frauen, die sich immer wohl in ihrer Haut zu fühlen schienen, ob sie nun Jeans oder Juwelen trugen. Und falls sie irgendwie anders über mich dachte, seit Grace verschwunden war, ließ sie es mich zumindest nicht merken. Ich wünschte, ich könnte ihr sagen, wie sehr ich das von ihr gebraucht hatte, diese unveränderte Freundlichkeit. »Du siehst ja fröhlich aus«, begrüßte sie mich.

»Wirklich?«

»Fröhlich*er* jedenfalls. Und, wie lief es diese Woche?«

Ich zuckte mit den Schultern. »War ziemlich ruhig. Ich hab gefegt. Und die winzigen Handabdrücke von den Schaufenstern gewischt.«

»Ach, Kinder, wer braucht die schon?«, entgegnete Karyn. Es war eine rhetorische Frage. Sie überlegte. »Wenn es nur endlich wärmer werden würde, dann würden auch mehr Leute kommen. Oder wenn diese Tate-Flaugherty-Fortsetzung schon rauskäme. Dann würden sie in Scharen hier reinströmen. Vielleicht sollten wir das große Schaufenster dafür dekorieren. Was meinst du, ein Alaska-Thema für *Chaos in Juneau*?«

Ich zog eine Grimasse. »Ich hab so das Gefühl, Minnesota ist ganz froh, dass es sein eigenes Alaska-Thema erst mal wieder hinter sich hat.«

»Stimmt. Da ist was dran.«

Ich dachte an meine Gitarre, das Nordlicht über meinem Kopf, die Songs, die ich noch über die vergangenen Tage schreiben musste.

»Musikbiografien«, sagte ich. »Das gäbe ein schönes Schaufenster.«

Karyn deutete mit ihrem Bleistift auf mich. »Der Punkt geht an den Herrn.« Sie ließ den Stift wieder sinken und tippte damit auf den Brief, der vor ihr lag, eine Geste, die mich urplötzlich an Grace erinnerte. »Sam, ich weiß, dass Beck ... krank ist, und wahrscheinlich hast du gerade ganz andere Dinge im Kopf, aber hast du schon mal darüber nachgedacht, auf welches College du gehen willst?«

Überrascht über diese Frage blinzelte ich und verschränkte die Arme – die sie nun musterte, als wären sie Teil meiner Antwort. »Ich hab noch nicht viel darüber nachgedacht«, erwiderte ich. Aber ich wollte auch nicht, dass sie mich für unmotiviert hielt, also fügte ich hinzu: »Ich warte noch ab, wo Grace hingehen will.«

Einen halben Augenblick später wurde mir klar, dass diese Antwort problematisch war, und zwar aus mindestens drei verschiedenen Gründen, von denen der wichtigste war, dass Grace offiziell immer noch als vermisst galt.

Karyn jedoch sah mich weder mitleidig noch verwirrt an. Sie bedachte mich nur mit einem langen, nachdenklichen Blick, die Lippen zu einer schmalen Linie zusammengepresst und den Daumen

ans Kinn gelegt. In dem Moment kam es mir vor, als wüsste sie, woher auch immer, über uns Bescheid und als wäre das Ganze hier nicht mehr als ein Theaterstück, das Beck und ich zusammen mit ihr aufführten.
Frag nicht.
Sie sagte: »Ich hab nur nachgedacht. Wenn du nämlich nicht gleich weggehen würdest zum College, dann würde ich dich fragen, ob du Vollzeit hier anfangen möchtest.«
Das war nicht das, was ich zu hören erwartet hatte, also gab ich erst mal keine Antwort.
Karyn fuhr fort: »Ich weiß, was du denkst – reich wirst du damit nicht. Aber ich würde deinen Stundenlohn um zwei Dollar erhöhen.«
»Das kannst du dir doch gar nicht leisten.«
»Du verkaufst eine Menge Bücher für mich. Ich hätte einfach ein besseres Gefühl, wenn ich wüsste, dass es immer du bist, der hinter dieser Theke steht. Jeder Tag, an dem du auf diesem Hocker sitzt, ist ein Tag, an dem ich mir keine Sorgen darüber machen muss, was hier los ist.«
»Ich –« Wirklich, ich war dankbar für das Angebot. Nicht weil ich das Geld brauchte. Aber das Vertrauen. Mein Gesicht fühlte sich warm an, kurz vor einem Lächeln.
Karyn ergänzte: »Ich meine, ein schlechtes Gewissen habe ich schon, wenn ich versuche, dich noch ein Jahr vom College fernzuhalten, aber wenn du sowieso warten wolltest ...«
In diesem Moment klingelte die Ladenglocke. Einer von uns beiden würde aufstehen und hingehen müssen und darüber war ich froh. Nicht weil mir das Gespräch unangenehm war, sondern weil das Gegenteil der Fall war. Ich brauchte einen Augenblick, um das alles zu verarbeiten, um es eine Armlänge von mir wegzuhalten,

sodass ich mir meines Gesichtsausdrucks und meiner Worte sicher sein konnte, wenn ich wieder etwas sagte. Aber ich fühlte mich undankbar und reagierte zu langsam. Ich fragte: »Kann ich darüber nachdenken?«

»Es hätte mich gewundert, wenn du das nicht gewollt hättest«, entgegnete Karyn. »So gut kenne ich dich inzwischen, Sam.«

Ich grinste sie an und wandte mich ab, um nach vorn in den Laden zu gehen, und das war der Grund, warum ich lächelte, als ich dem Polizisten gegenübertrat.

Mein Lächeln verblasste. Nein, eigentlich lag es sogar einen Moment zu lange auf meinen Lippen, die mit ihrer Aufwärtskrümmung noch immer ein Gefühl zeigten, das bereits Sekunden zuvor verschwunden war. Der Polizist konnte aus allen möglichen Gründen hier sein. Vielleicht wollte er mit Karyn reden. Vielleicht wollte er ein Buch kaufen. Aber ich wusste, dass es nicht so war.

Jetzt erkannte ich, dass es William Koenig war. Koenig war jung, unaufdringlich, vertraut. Ich hätte gern geglaubt, dass unsere früheren Begegnungen sich zu meinem Vorteil auswirkten, aber sein Gesicht verriet mir alles, was ich wissen musste. Er trug die absichtlich ausdruckslose Miene von jemandem zur Schau, der seine frühere Freundlichkeit mittlerweile bereute.

»Sie sind ja nicht leicht zu finden, Sam«, sagte Koenig, als ich langsam auf ihn zuging. Meine Hände fühlten sich wie nutzlose Klumpen an meinen Seiten an.

»Nein?«, fragte ich. Ich fühlte mich gereizt, defensiv, trotz seines lockeren Tonfalls. Gefunden zu werden, war auch nicht gerade meine dringlichste Absicht. Und gesucht zu werden, gefiel mir auch nicht besonders gut.

»Ich hab den anderen gesagt, wenn, dann findet man Sie hier«, sagte Koenig.

Ich nickte. »Das stimmt wohl.« Ich hatte das Gefühl, als müsste ich jetzt fragen: *Was kann ich für Sie tun?*, aber ich wollte es eigentlich gar nicht wissen. Am liebsten wollte ich einfach nur allein sein, um alles zu verarbeiten, was in den letzten zweiundsiebzig Stunden passiert war.

»Wir hätten da ein paar Fragen an Sie«, sagte Koenig. Hinter ihm machte die Tür *pling* und eine Frau kam herein. Sie hatte eine riesige lila Handtasche dabei, von der ich aus irgendeinem Grund nicht den Blick wenden konnte.

»Wo ist denn bitte die Ratgeberabteilung?«, fragte sie mich. Sie schien überhaupt nicht zu bemerken, dass gerade ein Polizist vor mir stand. Vielleicht unterhielten andere Leute sich ja andauernd einfach so mit Polizisten. Die Vorstellung fiel mir schwer.

Wäre Koenig nicht da gewesen, hätte ich ihr erzählt, dass jedes Buch, das je geschrieben worden war, ein Ratgeber war, und sie gefragt, ob sie ihre Frage wohl etwas präzisieren könnte. Und dann wäre sie mit vier Büchern mehr gegangen, als sie eigentlich hatte kaufen wollen. Aber solange er zuhörte, sagte ich nur: »Da drüben. Hinter Ihnen.«

»Auf der Wache«, fuhr Koenig fort. »Um Ihre Privatsphäre zu wahren.«

Um meine Privatsphäre zu wahren. Das klang gar nicht gut.

»Sam?«, fragte Koenig.

Ich merkte, dass ich noch immer dieser lila Lederhandtasche hinterherstarrte, die sich nun durch den Laden bewegte. Das Handy der Frau hatte geklingelt und jetzt jammerte sie irgendetwas hinein.

»Okay«, sagte ich. »Ich meine, ich muss ja wohl, oder?«

Koenig antwortete: »Sie müssen gar nichts. Aber das alles ist wesentlich angenehmer, wenn kein Haftbefehl im Spiel ist.«

Ich nickte. Wörter. Ich musste irgendetwas sagen. Aber was? Ich dachte an Karyn, die im Hinterzimmer saß und dachte, hier vorne wäre alles in Ordnung, weil ich hier war. »Ich muss meiner Chefin Bescheid sagen, dass ich gehe. Ist das okay?«

»Natürlich.«

Ich spürte, wie er mir folgte, als ich nach hinten ging. »Karyn«, sagte ich und lehnte mich in den Türrahmen. Ich schaffte es nicht, meine Stimme locker klingen zu lassen, aber ich gab mir Mühe. Mir fiel auf, dass ich sie normalerweise nicht beim Namen rief, und das Wort fühlte sich fremd an in meinem Mund. »Tut mir leid, ich muss ein Weilchen weg. Ähm, Officer Koenig – sie wollen, dass ich komme und ein paar Fragen beantworte.«

Eine Sekunde lang blieb ihr Gesicht unverändert und dann verhärtete es sich schlagartig. »Sie wollen *was*? Sind sie jetzt hier?«

Sie stemmte sich aus ihrem Stuhl hoch und ich trat zurück, sodass sie einen Blick durch die Tür werfen konnte und Koenig, der zu einem der Papierkraniche hochstarrte, die ich oben an der Empore aufgehängt hatte, zwischen den Regalen stehen sah.

»Was ist hier los?«, verlangte sie zu wissen, mit ihrer forschen, geschäftsmäßigen Stimme, die normalerweise für schwierige Kunden reserviert war; eine sachliche Stimme, die deutlich machte, dass sie sich nichts gefallen ließ. Business-Karyn, so nannten wir sie beide. Sie verwandelte sie in einen vollkommen anderen Menschen.

»Ma'am«, erklärte Koenig entschuldigend – die natürliche Reaktion auf Business-Karyn –, »einer unserer Ermittler würde Sam gern ein paar Fragen stellen. Er hat mich gebeten, ihn abzuholen, damit die beiden sich in Ruhe unterhalten können.«

»Unterhalten«, echote Karyn. »Ist das die Art von Unterhaltung, bei der besser ein Anwalt dabei sein sollte?«

»Das muss Sam entscheiden. Aber im Moment wird ihm nichts zur Last gelegt.«

Im. Moment.
Karyn und ich hatten es beide gehört. *Im Moment*, das war nur ein anderer Ausdruck für *noch nicht*. Sie sah mich an. »Sam, willst du, dass ich Geoffrey anrufe?«

Ich wusste, dass mein Gesicht mich verriet, denn sie beantwortete ihre Frage gleich selbst. »Er ist gerade nicht erreichbar, oder?«

»Ich komme schon klar«, beruhigte ich sie.

»Das ist doch pure Schikane«, fuhr Karyn Koenig an. »Er ist ein leichtes Ziel, weil er nun mal nicht so ist wie alle anderen. Würden wir diese Unterhaltung auch führen, wenn Geoffrey Beck in der Stadt wäre?«

»Mit Verlaub, Ma'am«, entgegnete Koenig, »wenn Geoffrey Beck in der Stadt wäre, dann wäre wahrscheinlich er derjenige, dem wir die Fragen stellen.«

Karyn presste die Lippen aufeinander und machte ein unglückliches Gesicht. Koenig trat aus dem mittleren Gang und deutete auf die Ladentür. Jetzt konnte ich sehen, dass davor ein Polizeiwagen in zweiter Reihe geparkt stand und auf uns wartete.

Ich war Karyn unendlich dankbar dafür, dass sie sich so für mich einsetzte. Dass sie sich so bemühte, als wäre sie für mich verantwortlich. Sie wandte sich an mich. »Sam, ruf mich an. Wenn du irgendwas brauchst. Wenn du dich unwohl fühlst. Soll ich vielleicht mitkommen?«

»Ich komme schon klar«, wiederholte ich.

»Ihm passiert nichts«, schaltete sich Koenig ein. »Wir haben nicht vor, irgendjemanden in die Ecke zu drängen.«

»Tut mir leid, dass ich gehen muss«, sagte ich zu Karyn. Normalerweise kam sie am Samstagmorgen nur für ein paar Stunden und überließ den Laden dann dem Mitarbeiter, der gerade da war. Jetzt hatte ich ihr den ganzen Tag ruiniert.

»Ach, Sam. Du kannst doch nichts dafür«, sagte Karyn. Sie kam auf mich zu und drückte mich an sich, fest. Sie duftete nach Hyazinthen. Zu Koenig sagte sie – und Business-Karyn verblasste, als sich ein unverhohlen vorwurfsvoller Ton in ihre Stimme schlich –: »Ich hoffe, ihr wisst, was ihr da tut.«

Koenig führte mich zur Eingangstür. Mir war überdeutlich bewusst, dass die Frau mit der riesigen lila Tasche mich beobachtete, das Handy noch immer am Ohr. Die Lautstärke war so hoch eingestellt, dass ich hörte, wie eine Frauenstimme am anderen Ende fragte: »Nehmen die ihn jetzt fest?«

»Sam«, sagte Koenig. »Sagen Sie einfach nur die Wahrheit.«

Er hatte keine Ahnung, was er da von mir verlangte.

Kapitel 36

Cole

Nachdem ich das Haus der Culpepers verlassen hatte, fuhr ich einfach drauflos. Ich hatte Ulriks alten BMW, ein bisschen Geld dabei und niemanden, der mir sagte, ich sollte nicht fahren.

Im Radio lief ein Song von einer Band, die einmal als Vorgruppe bei uns gespielt hatte. Die Typen waren so was von fertig gewesen, dass selbst ich mich im Vergleich zu ihnen regelrecht tugendhaft gefühlt hatte, und das war zu dieser Zeit schon eine ziemliche Leistung. Ich hätte ihnen dafür danken sollen, dass sie uns so gut aussehen ließen. Der Sänger hieß Mark oder Mike oder Mack oder Abel oder so was in der Richtung. Nach dem Konzert war er zu mir gekommen, stinkbesoffen, und hatte mir gesagt, ich sei sein größtes Vorbild. Wie es aussah, in jeglicher Hinsicht.

Jetzt, eine Million Jahre später, hörte ich, wie der DJ die Single als den einzigen Hit der Band beschrieb. Ich fuhr weiter. Sams Handy steckte immer noch in meiner Tasche und es klingelte nicht, aber ausnahmsweise war mir das mal egal. Ich hatte das Gefühl, Isabel diesmal eine Nachricht hinterlassen zu haben, die keinen Rückruf erforderte. Es reichte aus, dass ich es ihr gesagt hatte.

Ich hatte die Scheibe runtergekurbelt und streckte den Arm aus dem Fenster, sodass der Wind daran zerrte und meine Handfläche feucht wurde vom Morgennebel. Die Landschaft von Minnesota erstreckte sich zu beiden Seiten der zweispurigen Straße. Struppige Kiefern und Häuser mit Flachdach, wahllos aufeinandergetürmte Felsen und plötzlich hinter Bäumen aufblitzende Seen. Es wirkte, als hätten die Einwohner von Mercy Falls einhellig beschlossen, im Ausgleich für all die Schönheit der Natur, die sie umgab, besonders hässliche Häuser zu bauen. Damit die ganze Chose ihnen nicht plötzlich vor lauter Idylle um die Ohren flog oder was weiß ich.

Immer wieder musste ich an das denken, was ich zu Isabel gesagt hatte – dass ich darüber nachdachte, meine Familie anzurufen. Es war mehr oder weniger die Wahrheit gewesen. Aber allein die Vorstellung, meine Eltern anzurufen, kam mir unmöglich vor, regelrecht unverdaulich. In dem Mengendiagramm, das mich und sie darstellte, war der überlappende Teil der beiden Kreise, unsere Schnittmenge, leer.

Aber daran, Jeremy anzurufen, dachte ich wirklich. Jeremy, unser Yogi-Bassist vom Dienst. Was er jetzt wohl ohne Victor und mich machte? Ich stellte mir gerne vor, dass er sein Geld dafür benutzt hatte, eine Rucksacktour durch Indien zu machen oder so was in der Art. Die Sache mit Jeremy, der Grund, warum ich kurz davor war, ihn und niemand anderen anzurufen, war, dass er und Victor mich immer besser gekannt hatten als jeder andere. Das war im Prinzip alles, was NARKOTIKA je gewesen war: ein Weg, Cole St. Clair kennenzulernen. Victor und Jeremy hatten Jahre ihres Lebens damit verbracht, mir dabei zu helfen, den ganz eigenen Schmerz, den es bedeutete, ich zu sein, einem Publikum von Hunderttausenden zu beschreiben.

Sie hatten es so oft gemacht, dass sie mich eigentlich gar nicht mehr dazu brauchten. Ich erinnere mich an ein Interview, in dem sie so überzeugend waren, dass ich beschloss, nie wieder eine Frage von einem Journalisten zu beantworten. Das Interview fand in unserem Hotelzimmer statt, ganz früh am Morgen, weil wir später noch einen Flug erwischen mussten. Victor war verkatert und entsprechend mies gelaunt. Jeremy saß an einem winzigen Schreibtisch mit Glasplatte und aß Frühstücksriegel. Das Hotelzimmer hatte einen schmalen Balkon mit Aussicht auf gar nichts und ich lag dort draußen auf dem Betonboden. Am Anfang hatte ich noch Sit-ups gemacht, die Füße unter die unterste Stange des Balkongeländers gehakt, jetzt aber starrte ich nur noch auf die Kondensstreifen der Flugzeuge am Himmel. Der Journalist, der uns interviewte, saß im Schneidersitz auf einem der ungemachten Betten. Er war jung, sorgfältig auf cool gestylt und hieß Jan.

»Und wer von euch schreibt die Songs?«, hatte Jan gefragt. »Oder ist das Gruppenarbeit?«

»Definitiv Gruppenarbeit«, antwortete Jeremy in seinem trägen, lässigen Tonfall. Den Südstaatenakzent hatte er sich irgendwann um die Zeit zugelegt, als er zum Buddhismus konvertiert war. »Cole schreibt die Texte und ich bringe ihm Kaffee und dann schreibt Cole die Musik und Victor bringt ihm Salzbrezeln.«

»Dann schreibst du also die meisten Songs, ja, Cole?« Jan erhob die Stimme, damit ich ihn draußen auf dem Balkon hören konnte. »Woher bekommst du deine Inspiration?«

Von meiner Position auf dem Balkon aus, die Augen starr nach oben gerichtet, hatte ich zwei Ausblicke zur Wahl: entweder die Backsteinfassaden der Gebäude auf der anderen Straßenseite oder das Viereck farblosen Himmels direkt über mir. Wenn man auf dem Rücken lag, sahen alle Städte gleich aus.

Jeremy brach ein Stück von seinem Frühstücksriegel ab; wir alle hörten die Krümel auf den Tisch rieseln. Vom anderen Bett aus stöhnte Victor, immer noch mit einer Stimme, als litte er unter PMS: »Darauf kriegst du von ihm eh keine Antwort.«

Jan klang ernsthaft verwundert, als wäre ich der Erste, von dem er je eine Abfuhr kassiert hatte. »Warum nicht?«

»Ist halt so. Er hasst diese Frage«, antwortete Victor. Seine Füße waren nackt; er ließ die Zehenknochen knacken. »Ist ja auch 'ne ziemlich blöde Frage, Mann. Das Leben, klar? Daher holen wir uns unsere Inspirationen.«

Jan kritzelte etwas auf seinen Block. Er war Linkshänder und Schreiben sah ungelenk aus bei ihm, als wäre er eine Ken-Puppe, die nicht ganz richtig zusammengesetzt worden war. Ich hoffte, er schrieb sich Folgendes auf: *Diese Frage nie wieder stellen.* »Okay. Ähm. Eure EP *One/Or the Other* ist gerade in die Top Ten eingestiegen. Was sagt ihr zu diesem unglaublichen Erfolg?«

»Ich kaufe meiner Mutter einen BMW«, sagte Victor. »Ach was, ich kaufe einfach Bayern. Da kommen BMWs doch her, stimmt's?«

»Erfolg ist ein arbiträres Konzept«, sagte Jeremy.

»Die nächste wird besser«, sagte ich. Ich hatte es bis dahin nicht laut ausgesprochen, aber jetzt schon, also war es die Wahrheit.

Noch mehr Gekritzel. Jan las die nächste Frage von seinem Zettel ab. »Äh, das bedeutet, dass ihr das Album von Human Parts Ministry von seinem Platz gekickt habt, den es vierzig Wochen lang innehatte. Nein, 'tschuldigung, einundvierzig. Im fertigen Interview gibt es solche Fehler nicht, keine Sorge. Auf jeden Fall hat Joey von Human Parts Ministry gesagt, dass sich *Looking Up or Down* seiner Meinung nach so lange so weit oben in den Charts gehalten hat, weil sich viele Leute mit dem Text identifizieren können. Glaubt ihr, eure Zuhörer da draußen identifizieren sich mit dem Text von *One/Or the Other*?«

In *One/Or the Other* ging es um den Gegensatz zwischen dem Cole, den ich auf der Bühne durch die Monitorboxen hörte, und dem Cole, der nachts durch die Hotelflure wanderte. Genau das war

One/Or the Other: das Wissen, dass ich umringt von Erwachsenen war, die Leben führten, wie ich niemals eins führen wollte. Es war das permanente Summen in mir, das mich drängte, *irgendwas* zu tun, worauf ich dann nichts fand, was einen Sinn hatte, der Teil von mir, der wie eine Fliege war, die sich immer und immer wieder gegen eine Fensterscheibe warf. Es war die Sinnlosigkeit des Alterns. Ein Klavierstück, das ich zum ersten Mal richtig hinkriegte. Das Date, zu dem ich Angie abholte und sie eine Strickjacke trug, in der sie aussah wie ihre Mutter. Straßen, die in Sackgassen endeten, Karrieren, die an Schreibtischen endeten, und Songs, mitten in der Nacht in einer Turnhalle herausgeschrien. Die Erkenntnis, dass das hier das Leben war und ich nicht hineingehörte.

»Nein«, sagte ich. »Ich denke, es geht um die Musik.«

Jeremy aß das letzte Stück von seinem Frühstücksriegel. Victor ließ die Fingerknöchel knacken. Ich sah Menschen, klein wie Bakterien, in einem Flugzeug, klein wie eine Ameise, über mich hinwegfliegen.

»Ich hab gehört, dass du früher im Kirchenchor gesungen hast, Cole«, sagte Jan nach einem Blick in seine Notizen. »Bist du immer noch praktizierender Katholik? Und du, Victor? Jeremy, von dir weiß ich, dass du keiner bist.«

»Ich glaube an Gott«, kam Victor ihm entgegen. Besonders überzeugend klang es aber nicht.

»Was ist mir dir, Cole?«, bohrte Jan nach.

Ich starrte in den leeren Himmel und wartete auf das nächste Flugzeug. Entweder das oder ich musste auf die glatten Häuserfassaden gucken. One/Or the Other.

»Eins kann ich dir über Cole sagen«, erklärte Jeremy. In dieser Stille klang es, als spräche er von einer Kanzel herab. »Coles Religion ist die Entlarvung des Unmöglichen. Er glaubt nicht an so was wie *unmöglich*. Er glaubt nicht an *Nein*. Coles Religion ist es, auf jemanden zu warten, der ihm sagt, dass irgendetwas nicht geht, nur damit er losziehen und es tun kann. Ganz egal, was es ist, Hauptsache, unmöglich. Hier, ich hab eine Schöpfungsgeschichte für dich. Am Anfang war ein Ozean und eine Leere und aus dem Ozean schuf Gott die Welt und aus der Leere schuf er Cole.«

Victor lachte.

»Ich dachte, du wärst Buddhist«, wandte Jan ein.

»Nur in Teilzeit«, erwiderte Jeremy.

Die Entlarvung des Unmöglichen.

Zu beiden Seiten der Straße erhoben sich jetzt so hohe Kiefern, dass ich das Gefühl hatte, einen Tunnel mitten durch die Erde zu graben. Mercy Falls lag eine ungezählte Anzahl von Meilen hinter mir.

Ich war wieder sechzehn und die Straße erstreckte sich vor mir, unendliche Möglichkeiten. Ich fühlte mich wie sauber gewischt, leer, als sei mir vergeben worden. Ich konnte ewig so weiterfahren, wohin ich wollte. Ich konnte sein, wer ich wollte. Aber ich spürte den Sog des Boundary Wood um mich herum und zum ersten Mal kam es mir nicht wie ein Fluch vor, Cole St. Clair sein zu müssen. Ich hatte eine Aufgabe, ein Ziel, und zwar das Unmögliche: ein Heilmittel zu finden.

Ich war so nah dran.

Die Straße rauschte unter meinem Auto dahin, meine Hand, die aus dem Fenster hing, war kalt. Zum ersten Mal seit Langem fühlte ich mich mächtig. Der Wald hatte die Leere genommen, die ich war, diesen Hohlraum, von dem ich dachte, er könnte niemals gefüllt werden, niemals befriedigt, und hatte dafür gesorgt, dass ich alles verlor – Dinge, von denen ich gar nicht gewusst hatte, dass ich sie gern behalten hätte.

Und am Ende war ich Cole St. Clair, in neuer Haut. Die Welt lag mir zu Füßen und der Tag dehnte sich meilenweit vor mir aus.

Ich zog Sams Handy aus der Tasche und wählte Jeremys Nummer.

»Jeremy«, sagte ich.

»Cole St. Clair«, erwiderte er, träge und lässig, als wäre er nicht im Geringsten überrascht. Dann schwiegen wir beide. Und weil er mich kannte, musste er nicht darauf warten, dass ich es aussprach. »Du kommst nicht mehr zurück, stimmt's?«

Kapitel 37

Sam

Die Befragung fand in einer Küche statt. Die Polizeiwache von Mercy Falls war ziemlich klein und offenbar schlecht vorbereitet auf derlei Unterfangen. Koenig führte mich an einer Art Telefonzentrale vorbei – wo alle in ihren Gesprächen innehielten und mir hinterhersahen –, dann an zwei Büros voller Schreibtische und uniformierter Menschen, die sich über Computer beugten, und schließlich in einen winzigen Raum mit einer Spüle, einem Kühlschrank und zwei Snackautomaten. Es war Mittagszeit und der Geruch nach mikrowellenerhitztem mexikanischem Essen und Erbrochenem erschlug mich beinahe. Noch dazu war es unerträglich heiß.

Koenig schob mich zu einem schmächtigen Holzstuhl an einem Klapptisch, von dem er erst noch ein paar Servietten, einen Teller mit einem halb aufgegessenen Zitronenriegel und eine Limonadendose abräumen musste. Nachdem er alles in den Müll geworfen hatte, blieb er knapp außerhalb der Tür stehen, mit dem Rücken zu mir. Alles, was ich von ihm sehen konnte, war sein Hinterkopf mit der geradezu gruselig perfekten Rasurkante der stoppelkurzen Haare in seinem Nacken. Kurz unter dieser Kante hatte er eine dunkle Brandnarbe, die zu einem Tropfen zusammenzulaufen schien und schließlich in seinem Hemdkragen verschwand. Mir kam der Gedanke, dass hinter dieser Narbe eine Geschichte steckte – möglicherweise keine ganz so dramatische wie die meiner Handgelenke, aber doch eine Geschichte –, und die Tatsache, dass jeder Mensch eine Geschichte hatte, die sich hinter irgendeinem innerlichen oder äußerlichen Makel versteckte, das Gewicht all dieser unerzählten Vergangenheiten, erfüllte mich plötzlich mit Erschöpfung.

Koenig sprach gedämpft mit jemandem im Flur. Ich hörte nur einzelne Bruchstücke. »Samuel Roth ... nein ... Haftbefehl ... Leiche? ... was er findet.«

Mit einem Mal wurde mir übel. Die Hitze. Mein Magen zog sich zusammen und verdrehte sich und plötzlich überkam mich das entsetzliche Gefühl, dass ich mich trotz der Hitze – nein, *wegen* der Hitze – verwandeln würde, hier in diesem kleinen Raum, und es absolut nichts gab, was ich dagegen tun konnte.

Ich legte den Kopf auf die Arme; der Tisch roch nach abgestandenem Essen, aber wenigstens fühlte er sich kühl an meiner Haut an. Mein Magen zuckte und wand sich noch immer und zum ersten Mal seit Monaten fühlte ich mich nicht fest verankert in meiner Haut.

Bitte nicht verwandeln, bitte nicht verwandeln.

Mit jedem Atemzug wiederholte ich dieses Mantra in meinem Kopf.

»Samuel Roth?«

Ich hob den Kopf. Ein Polizist mit Tränensäcken unter den Augen stand in der Tür. Er roch nach Tabak. Es war, als wäre alles in diesem Raum speziell als Anschlag auf meine Wolfssinne gedacht.

»Ich bin Officer Heifort. Haben Sie etwas dagegen, wenn Officer Koenig im Zimmer bleibt, während wir uns unterhalten?«

Ich wusste nicht, ob ich irgendwelche Worte herausbringen würde, also schüttelte ich bloß den Kopf, die Arme immer noch auf den

Tisch gestützt. Das Innere meiner Brust fühlte sich schwerelos an, alles in mir schien zu schwimmen.

Heifort zog den Stuhl mir gegenüber zurück – er musste ihn ziemlich weit zurückziehen, um genug Platz für seine stattliche Plauze zu schaffen. Er hatte einen Notizblock und einen Aktenordner dabei und legte beides vor sich auf den Tisch. Hinter ihm erschien wieder Koenig in der Tür, die Arme verschränkt. Für meine Begriffe sah Koenig viel mehr nach einem Polizisten aus, so formell und muskulös, trotzdem übte seine vertraute Gegenwart eine beruhigende Wirkung auf mich aus. Der Detective mit der Plauze schien mir regelrecht begeistert von der Vorstellung, mich in die Mangel zu nehmen.

»Also, wir werden Ihnen jetzt ein paar Fragen stellen«, erklärte er, »und Sie beantworten sie einfach, so gut es geht, in Ordnung?« In seiner Stimme lag eine Herzlichkeit, die seine Augen nicht erreichte.

Ich nickte.

»Wo treibt sich Ihr Daddy denn in letzter Zeit so rum, Sam? Wir haben Geoffrey Beck schon 'ne ganze Weile nicht gesehen«, begann Heifort.

»Er ist krank«, antwortete ich. Eine Lüge auszusprechen, die ich schon mal verwendet hatte, fiel mir leichter.

»Tut mir leid, das zu hören«, erwiderte Heifort. »Was hat er denn?«

»Krebs«, sagte ich. Ich sah auf den Tisch hinunter und murmelte: »Er wird in Minneapolis behandelt.«

Das schrieb Heifort sich auf. Ich wünschte, er hätte es nicht getan.

»Die Adresse des Krankenhauses, wissen Sie die?«, fragte er weiter.

Ich zuckte mit den Schultern und versuchte, so viel Traurigkeit wie möglich in die Geste zu legen.

Koenig schaltete sich ein. »Ich helfe später, sie rauszusuchen.«

Auch das notierte sich Heifort.

»Zu welchem Thema möchten Sie mich denn genau befragen?«, wollte ich wissen. Ich hatte so das Gefühl, als ginge es eigentlich gar nicht um Beck, sondern um Grace, und ein nicht unwesentlicher Teil von mir lehnte sich gegen die Vorstellung auf, wegen des Verschwindens von jemandem festgenommen zu werden, den ich noch in der vergangenen Nacht in den Armen gehalten hatte.

»Na ja, wenn Sie schon so fragen«, erklärte Heifort und zog die Akte unter dem Notizblock hervor. Er nahm ein Foto heraus und legte es vor mir auf den Tisch.

Es war die Nahaufnahme eines Fußes. Eines Mädchenfußes, lang und schmal. Unter dem Fuß und dem, was ich von dem nackten Bein darüber sehen konnte, war Laub. Zwischen den Zehen erkannte ich Blut.

Eine lange Pause entspann sich zwischen meinem aktuellen Atemzug und dem nächsten.

Heifort legte ein weiteres Foto auf das erste.

Ich zuckte zusammen und wandte den Blick ab, erleichtert und entsetzt zugleich.

»Können Sie uns dazu irgendwas sagen?«

Es war ein ziemlich überbelichtetes Bild von einem nackten Mädchen, das, weiß wie Schnee, dünn wie eine Weidengerte, auf einem Bett von Laub lag. Ihr Gesicht und ihr Hals waren ein einziges Katastrophengebiet. Und ich kannte sie. Aber beim letzten Mal, als ich sie gesehen hatte, war sie noch sommerlich gebräunt gewesen, mit einem Lächeln im Gesicht, einem schlagenden Herzen.

Oh Olivia. Es tut mir so leid.

»Warum zeigen Sie mir das?«, fragte ich. Ich konnte das Foto nicht ansehen. Olivia hatte es nicht verdient, von Wölfen getötet zu werden. Niemand hatte es verdient, so zu sterben.

»Wir hatten gehofft, das könnten Sie uns erklären«, entgegnete Heifort. Während er das sagte, legte er mir weitere Fotos vor, auf jedem ein anderes Detail des toten Mädchens. Ich wollte, dass er aufhörte. Er *musste* aufhören. »Angesichts der Tatsache, dass sie nur ein paar Meter von Geoffrey Becks Grundstücksgrenze entfernt gefunden wurde. Nackt. Nachdem sie ziemlich lange als vermisst gemeldet war.«

Eine bloße Schulter, blutbefleckt. Mit Erde verschmierte Haut. Eine Handfläche, zum Himmel gewandt. Ich schloss die Augen, doch die Bilder ließen sich nicht vertreiben. Ich spürte, wie sie sich in mich hineingruben, in mir zum Leben erwachten, zum Inventar künftiger Albträume wurden.

»Ich habe niemanden umgebracht«, sagte ich. Es klang falsch, wie Wörter aus einer Sprache, die ich nicht beherrsche, Wörter, die ich so falsch betonte, dass sie überhaupt keinen Sinn mehr ergaben.

»Oh nein, das waren Wölfe«, entgegnete Heifort. »Die haben sie getötet. Aber ich frage mich, wie sie nackt auf dieses Grundstück gekommen ist.«

Ich öffnete die Augen wieder, sah mir die Fotos aber immer noch nicht an. An der Wand hing ein Schwarzes Brett, an dem ein Zettel hing: »Bitte die Mikrowelle sauber machen, wenn euer Essen da drin explodiert ist. Danke, die Verwaltung.«

»Ich schwöre, damit hab ich nichts zu tun. Ich wusste noch nicht mal, wo sie war. Ich war das nicht.« In meinem Inneren aber baute sich das tonnenschwere Gefühl auf, dass ich wusste, wer es gewesen war. »Warum sollte ich so was tun?«, fügte ich hinzu.

»Tja, mein Junge, das weiß ich auch nicht«, sagte Heifort. Ich hatte keine Ahnung, warum er mich *mein Junge* nannte, es passte überhaupt nicht zu seiner restlichen Art. »Aber irgend so ein kranker Spinner *hat* es getan und es fällt mir schwer, das zu begreifen. Und ich weiß nur eins: Innerhalb des letzten Jahres sind zwei junge Mädchen verschwunden, die Sie kannten. Bei einer von ihnen waren Sie sogar der Letzte, der sie gesehen hat. Von Ihrem Pflegevater hat seit Monaten niemand was gehört, und wie es scheint, sind Sie der Einzige, der weiß, wo er sich aufhält. Jetzt wird ganz in der Nähe Ihres Hauses eine Leiche gefunden, nackt und halb verhungert, was ganz so aussieht wie das Werk eines ziemlich durchgeknallten Dreckskerls. Und vor mir sitzt ein Junge, der von seinen Eltern misshandelt worden ist, und soweit ich weiß, kann einen so was ziemlich verkorksen. Möchten Sie sich dazu irgendwie äußern?«

Während dieses gesamten Monologs war seine Stimme ruhig und freundlich geblieben. Koenig studierte angestrengt einen Kunstdruck von einem Schiff, das niemals auch nur in der Nähe von Minnesota gewesen war.

Als Heifort angefangen hatte zu sprechen, war in mir ein winziges Fünkchen Wut aufgeglommen, das züngelte und brannte, und mit jedem weiteren seiner Worte war die Flamme gewachsen. Nach allem, was ich durchgemacht hatte, würde ich mich bestimmt nicht auf eine solche Ein-Satz-Definition reduzieren lassen. Ich hob den Blick, bis er auf Heiforts traf, und ich hielt ihm stand. Er kniff fast unmerklich die Augen zusammen und ich wusste, dass es, wie immer, das Gelb meiner Augen war, das ihn verstörte. Plötzlich fühlte ich mich völlig ruhig, und als ich antwortete, erkannte ich einen Hauch von Becks Stimme in meiner. »Und wie genau lautet jetzt Ihre Frage, Officer? Ich hätte gedacht, Sie würden von mir hören wollen, was ich zu dem und dem Zeitpunkt gemacht habe oder wie viel mir mein Vater bedeutet oder was ich alles für Grace tun würde.

Stattdessen habe ich den starken Eindruck, dass ich meine geistige Gesundheit vor Ihnen verteidigen soll. Was weiß denn ich, was Sie denken, wozu ich fähig bin? Beschuldigen Sie mich, irgendwelche Mädchen entführt zu haben? Oder meinen Vater getötet? Oder wollten Sie mir einfach nur mal mitteilen, wie verkorkst ich Ihrer Meinung nach bin?«

»Jetzt mal ganz langsam«, sagte Heifort. »Ich beschuldige Sie wegen gar nichts, Mr Roth. Sie brauchen also nicht so aufbrausend zu werden, hier versucht niemand, Ihnen für irgendwas die Schuld in die Schuhe zu schieben.«

Jetzt hatte ich kein schlechtes Gewissen mehr, weil ich ihn belogen hatte – schließlich tat er dasselbe. Wenn der mir nichts in die Schuhe schieben wollte, was dann?

»Was wollen Sie denn von mir hören?« Ich schob ihm die Fotos des Mädchens – von Olivia – zurück über den Tisch. »Das da ist schrecklich. Aber ich habe nichts damit zu tun.«

Heifort ließ die Fotos liegen, wo sie waren. Er drehte sich in seinem Stuhl um, um Koenig einen vielsagenden Blick zuzuwerfen, aber Koenigs Gesichtsausdruck veränderte sich kein bisschen. Dann wandte er sich wieder zu mir um und sein Stuhl ächzte und quietschte unter der Last. Er rieb sich über den Tränensack eines seiner Augen. »Ich will wissen, wo Geoffrey Beck und Grace Brisbane sind, Samuel. Ich mache das hier schon lange genug, um zu wissen, dass es solche Zufälle nicht gibt. Und jetzt raten Sie mal, was der gemeinsame Faktor bei all diesen Punkten ist: Sie.«

Ich sagte nichts. Der gemeinsame Faktor war nicht ich.

»Also, wollen Sie nun kooperieren und mir ein paar Informationen liefern oder muss ich es auf die harte Tour versuchen?«, fragte Heifort.

»Ich habe keine Informationen für Sie.«

Heifort starrte mich eine Weile an, als wartete er darauf, dass mein Gesicht ihm irgendetwas verriet. »Meiner Meinung nach hat Ihr Daddy Ihnen keinen Gefallen damit getan, Ihnen dieses Anwaltsgefasel beizubringen«, sagte er schließlich. »Ist das alles, was Sie zu sagen haben?«

Ich hatte noch eine ganze Menge zu sagen, aber nicht ihm. Wenn es Koenig gewesen wäre, der mich gefragt hätte, hätte ich ihm erzählt, wie sehr ich darunter litt, dass Grace verschwunden war. Dass ich Beck wiederhaben wollte. Dass er nicht mein Pflegevater war, sondern mein Vater. Dass ich nicht wusste, was mit Olivia passiert war, sondern einfach nur versuchte, selbst den Kopf über Wasser zu halten. Ich wollte, dass sie mich in Ruhe ließen. Das war alles. Lasst mich einfach nur in Ruhe, damit ich das Ganze allein verarbeiten kann.

»Ja«, sagte ich.

Heifort sah mich stirnrunzelnd an. Ich wusste nicht, ob er mir glaubte oder nicht. Nach ein paar Sekunden sagte er: »Für heute sind wir wohl fertig. William, kümmerst du dich um ihn?«

Koenig nickte knapp, während Heifort sich vom Tisch hochstemmte. Das Atmen fiel mir schon ein bisschen leichter, als ich Heifort den Flur hinuntergehen hörte.

»Ich bringe Sie zurück zur Buchhandlung«, erklärte Koenig. Mit einer knappen, effizienten Geste bedeutete er mir aufzustehen. Ich kam der Aufforderung nach, überrascht – aus welchem Grund auch immer –, dass der Boden unter mir nicht nachgab. Meine Füße fühlten sich ein bisschen an, als wären sie aus Gelee.

Ich folgte Koenig aus der Küche, der jedoch kurz darauf stehen blieb, weil sein Handy klingelte. Er zog es aus seinem Polizeigürtel und warf stirnrunzelnd einen Blick aufs Display.

»Einen Moment«, sagte er dann zu mir. »Da muss ich rangehen.

Hallo, William Koenig hier. Okay, Sir. Moment, was genau ist passiert?«

Ich steckte die Hände in die Taschen. Ich fühlte mich benommen, erschöpft von der Befragung, vor Hunger, von Olivias Anblick. Durch die offene Tür der Telefonzentrale zu meiner Linken hörte ich Heiforts dröhnende Stimme. Die Telefonistinnen lachten über etwas, was er gesagt hatte. Seltsam, wie einfach er umschalten konnte – rechtschaffene Wut über den Tod eines jungen Mädchens im einen Moment, Bürowitzeleien im nächsten.

Koenig versuchte, den Mann am Telefon davon zu überzeugen, dass es kein Diebstahl war, wenn seine Noch-Ehefrau das gemeinsame Auto benutzte.

Dann hörte ich: »Hey, Tom.«

Es musste Dutzende von Toms in Mercy Falls geben. Dennoch wusste ich sofort, um welchen davon es sich hier handelte. Ich erkannte ihn an seinem Aftershave und daran, wie meine Nackenhaare sich aufstellten.

Die Telefonzentrale hatte auf der gegenüberliegenden Seite ein Fenster zum Flur und durch das sah ich Tom Culpeper. Er spielte mit den Schlüsseln in der Tasche seiner Outdoorjacke – eine von der Art, neben denen in Katalogen immer Sachen wie *rustikaler Charme*, *sportlicher Schnitt* und *vierhundert Dollar* standen und die sehr beliebt unter Leuten waren, die wesentlich mehr Zeit im Büro verbrachten als draußen. Sein Gesicht hatte das graue, eingefallene Aussehen von jemandem, der nicht geschlafen hatte, aber seine Stimme klang ruhig und kontrolliert. Eine Anwaltsstimme.

Ich überlegte, was schlimmer war: die Begegnung mit Culpeper zu riskieren oder den Kotzgeruch in der Küche weiter zu ertragen. Ich war kurz davor, mich für den Rückzug zu entscheiden.

Heifort rief: »Tom! Na, du alter Haudegen! Warte kurz, ich lass dich rein.« Damit rauschte er aus der Zentrale, um die Flurbiegung zu dem Vorraum, in dem Culpeper sich befand, und öffnete ihm die Tür. Freudig klopfte er ihm auf die Schulter. Natürlich, sie kannten sich. »Bist du geschäftlich hier oder wolltest du den Laden bloß ein bisschen aufmischen?«

»Wollte mich nur nach dem Bericht des Rechtsmediziners erkundigen«, antwortete Culpeper. »Was hatte Geoffrey Becks Junge denn dazu zu sagen?«

Heifort trat einen Schritt zurück, sodass Culpeper mich sehen konnte.

»Wenn man vom Teufel spricht«, sagte Culpeper.

Höflich wäre es gewesen, wenigstens Hallo zu sagen. Ich sagte gar nichts.

»Wie geht's deinem alten Herrn?«, fragte Culpeper. Die Frage triefte vor Ironie, nicht nur, weil klar war, dass es ihm völlig egal war, sondern auch, weil Culpeper so gar nicht der Typ war, der jemandes Vater als *alten Herrn* bezeichnen würde. Es war also offensichtlich, dass er das sarkastisch meinte. Er fügte hinzu: »Überrascht mich ja schon, dass er nicht mit dir hier ist.«

Meine Stimme klang steif. »Das wäre er, wenn er könnte.«

»Ich habe mich eben noch mit Lewis Brisbane unterhalten«, sagte Culpeper. »Wo wir gerade beim Thema rechtlicher Beistand sind. Die Brisbanes wissen jedenfalls, dass ich für sie da bin, wenn sie mich brauchen.«

Die Folgen, wenn Tom Culpeper Anwalt und Vertrauensperson für Grace' Eltern spielte, mochte ich mir gar nicht ausmalen. Die Aussicht auf ein freundschaftliches Verhältnis in der Zukunft rückte so jedenfalls in weite Ferne. Ach was, die Möglichkeit auf *irgendeine* Zukunft für mich rückte damit in weite Ferne, Punkt.

»Du hast sie tatsächlich nicht mehr alle, oder?«, sagte Tom Culpeper mit etwas wie Verwunderung in der Stimme, und mir wurde klar, dass ich zu lange geschwiegen hatte und nicht wusste, was sich in der Zwischenzeit auf meinem Gesicht abgespielt hatte, während ich mich in meiner Bestürzung verlor. Er schüttelte den Kopf, weniger grausam als vielmehr fasziniert von einem solch seltsamen Außenseiter. »Nur so als Tipp: Plädier am besten auf unzurechnungsfähig, damit könnte es klappen, dem amerikanischen Rechtssystem sei Dank. Meine Güte, Beck pickt sich aber auch immer die größten Psychopathen raus.«

Man musste Heifort zugutehalten, dass er wenigstens *versuchte*, sein Lächeln zu unterdrücken.

Koenig klappte sein Handy zu. Seine Augen waren schmal. »Meine Herren«, sagte er, »ich bringe Mr Roth jetzt zurück zur Arbeit, es sei denn, Sie brauchen ihn noch.«

Heifort schüttelte den Kopf, langsam und Unheil verkündend.

Culpeper dagegen wandte sich mir noch einmal zu, die Hände in den Taschen. In seiner Stimme lag keinerlei Wut. Natürlich nicht, wieso auch? In diesem Spiel hatte eindeutig er das bessere Blatt. »Wenn du deinen Vater das nächste Mal siehst«, beauftragte er mich, »sag ihm, dass seine Wölfe in vierzehn Tagen Geschichte sind. Das hätte schon längst passieren sollen. Ich weiß ja nicht, was ihr da alle für ein Spielchen spielt, aber das hat auf jeden Fall bald ein Ende.«

Er sah mir hinterher und ich erkannte keine Rachsucht in seinem Blick. Nur eine blutende Wunde, die in letzter Zeit zu oft aufgerissen war, um jemals richtig heilen zu können. Wie hätte ich ihn verurteilen können? Er kannte schließlich die Wahrheit nicht. Woher sollte er? Er hielt die Wölfe nun mal für nichts weiter als Tiere und uns für unvorsichtige Nachbarn mit fragwürdigen Idealen.

Doch eins war mir klar: Es würde nicht aufhören, bis wir tot waren.

Koenig nahm mich beim Arm und sah sich über die Schulter zu Culpeper um. »Ich fürchte, Sie verwechseln hier den Vater mit dem Sohn, Mr Culpeper.«

»Mag sein«, entgegnete Culpeper. »Aber Sie wissen ja, der Apfel fällt nicht weit vom Stamm.«

Culpeper wusste gar nicht, wie recht er damit hatte.

»Gehen wir«, sagte Koenig.

Kapitel 38

Grace

Sam war immer noch nicht zu Hause.
Ich würde mir keine Sorgen machen.

Ohne ihn fühlte ich mich rastlos und nutzlos in Becks Haus – als Wolf fiel es mir zumindest nicht so auf, dass ich keinerlei Aufgaben, keinerlei Ziel hatte. Noch nie zuvor war mir klar geworden, was für ein großer Teil meines Tages früher mit Hausaufgaben ausgefüllt gewesen war, mit Kochen und Telefonieren mit Rachel und noch mehr Hausaufgaben und Olivia und der Bücherei und mit Dingen wie die lose Diele an der Veranda festzunageln, weil Dad sowieso nie dazu kam. Lesen, das war eine Belohnung für getane Arbeit, und ohne gearbeitet zu haben, konnte ich mich nicht mit einem Buch entspannen, auch wenn Becks Keller voll davon war.

Alles, worüber ich früher nachgedacht hatte, war, dass meine Noten gut genug waren, damit ich mir keine Sorgen machen musste, welches College mich annehmen würde. Und dann, als ich Sam kennenlernte, kamen noch meine Bemühungen dazu, ihn menschlich zu halten.

Jetzt konnte ich mit nichts davon mehr etwas anfangen.

Ich hatte so viel Freizeit, dass das Wort Freizeit seine Bedeutung verlor. Ich fühlte mich wie in den Schulferien. Meine Mom hatte mal gesagt, ich könnte mit Stillstand nicht umgehen und dass man mir nach der Schule eigentlich Beruhigungsmittel verabreichen müsste. Damals hatte ich diese Aussage ein bisschen hart gefunden, aber jetzt schien durchaus etwas Wahres daran zu sein.

Ich wusch die sechs Kleidungsstücke, die ich hier bei Beck hatte, spülte den Berg Geschirr, der sich in der Küche angesammelt hatte, und rief schließlich Isabel an, weil ich niemand sonst anrufen konnte, und wenn ich nicht mit jemandem redete, würde ich nur wieder wegen Olivia weinen und damit war ja auch keinem geholfen.

»Sag mir noch mal, warum es so eine schlechte Idee ist, Rachel zu sagen, dass ich am Leben bin«, sagte ich, sobald Isabel ans Telefon gegangen war.

»Weil sie dann ein Riesentheater macht und ihre Eltern was mitkriegen und dann schafft sie es nicht zu lügen und am Ende weiß es jeder«, antwortete Isabel. »Noch Fragen? Nein? Gut.«

»Rachel kann auch vernünftig sein.«

»Sie hat gerade erst erfahren, dass eine ihrer Freundinnen von Wölfen zerfleischt wurde. Ich glaube nicht, dass Vernunft bei ihr gerade höchste Priorität hat.«

Ich sagte nichts. Das Einzige, was mich vor einem Zusammenbruch schützte, war, Olivias Tod so abstrakt wie möglich zu halten. Wenn ich daran dachte, wie es passiert war, dass es ganz sicher nicht schnell gegangen war, dass sie das alles nicht verdient hatte – wenn ich daran dachte, wie es gewesen war, im Schnee zu liegen, umringt von Wölfen, die mir die Haut von den Knochen reißen wollten, wenn ich mir vorstellte, Sam wäre nicht da gewesen, um sie aufzuhalten – dann konnte ich es einfach nicht fassen, was Isabel da gerade gesagt hatte. Am liebsten hätte ich gleich wieder aufgelegt. Das Einzige, was mich davon abhielt, war das Wissen, dass ich dann ganz allein mit dem Bild von Olivias Tod wäre, das wieder und wieder durch meinen Kopf geisterte.

Isabel sagte: »Zumindest war das bei mir so, als Jack gestorben ist. Als *vernünftig* hätte ich mich da nicht gerade bezeichnet.«

Ich schluckte.

»Grace, nimm's doch nicht so persönlich. Das ist einfach eine Tatsache. Und je eher du dich mit den Tatsachen arrangierst, desto schneller geht's dir besser. Und jetzt hör auf, darüber nachzugrübeln. Warum willst du es Rachel überhaupt sagen?«

Ich blinzelte, bis ich wieder klare Sicht hatte. Zum Glück war Cole nicht hier. Er hielt mich anscheinend für Wonderwoman und ich war nicht wild drauf, ihn vom Gegenteil zu überzeugen. Niemand außer Sam durfte wissen, was für ein Bündel Elend ich wirklich war, denn das war nicht schlimmer, als wenn ich es wusste. »Weil sie meine Freundin ist und ich nicht will, dass sie mich für tot hält«, antwortete ich Isabel. »Und weil ich verrückterweise gern mit ihr reden würde! Sie ist nämlich nicht ganz so doof, wie du denkst.«

»Ach, wie rührend«, erwiderte Isabel. Ich glaube, sie meinte es nicht böse. »Du wolltest, dass ich dir sage, warum es eine schlechte Idee ist, und das hab ich getan. So lautet nun mal meine Antwort.«

Ich stieß einen Seufzer aus. Er klang zittrig und verriet mehr von meinem Unglück, als mir lieb war.

»Na schön«, fauchte Isabel, als hätte ich sie angeschrien. »Dann erzähl's ihr doch. Aber jammer mir hinterher nicht die Ohren voll, wenn sie mit der Wahrheit nicht klarkommt.« Sie lachte, über einen Witz, den wohl nur sie verstand, und fuhr dann fort: »Aber dann würde ich ihr zumindest nur erzählen, dass du noch lebst, nicht die ganze Wolfsgeschichte. Wenn du überhaupt vorhast, auch nur ein bisschen auf mich zu hören, natürlich.«

»Ich höre immer auf dich. Außer dann, wenn ich es nicht tue.«

»Ah, da ist ja endlich die alte Grace. Schon besser. Ich dachte schon, du wärst zur kompletten Langweilerin mutiert.«

Ich lächelte vor mich hin. Mehr Gefühl durfte man sich von Isabel nicht erwarten. Dann fiel mir noch etwas anderes ein.

»Könntest du mir einen Gefallen tun?«, bat ich Isabel.

»Nimmt das denn *nie* ein Ende?«

»Ich weiß nicht, wie ich es sonst rausfinden soll. Ich weiß noch nicht mal, ob du es kannst, ohne dass irgendwer Verdacht schöpft. Aber wenn es jemand kann, dann du.«

»Immer her mit den Komplimenten, Grace. Denk dran, viel hilft viel.«

»Du hast außerdem total schöne Haare«, sagte ich und sie lachte ihr hartes Lachen. »Ich will nur wissen, ob ich immer noch meinen Abschluss machen könnte, wenn ich den Sommer über Kurse belegen würde.«

»Müsstest du dafür nicht ein Mensch sein? Nicht dass ich bei ein paar von diesen Amöbenhirnen, die da rumhocken, in dieser Hinsicht nicht auch meine Zweifel hätte.«

»Ich arbeite dran«, sagte ich. »Ich denke, ich könnte das hinkriegen. Wenn ich erst mal wieder aus der Versenkung aufgetaucht bin, meine ich.«

»Weißt du, was du bräuchtest? Einen guten Anwalt.«

Darüber hatte ich auch schon nachgedacht. Ich war mir nicht sicher, was das Gesetz von Minnesota zum Thema jugendliche Ausreißer zu sagen hatte, denn als solcher würde ich sicherlich betrachtet werden. Es war so unfair, dass mir diese Geschichte hier womöglich einen schlechten Ruf einbringen würde, aber damit würde ich schon irgendwie klarkommen. »Ich kenn da so ein Mädchen, deren Vater ist einer.«

Jetzt lachte Isabel richtig. »Okay, ich find's für dich raus«, versprach sie. »Typisch du, dir Sorgen über deinen Schulabschluss zu machen, während du dich in deiner Freizeit in eine andere Spezies verwandelst. Wie erfrischend, dass sich manche Dinge wohl niemals ändern. Du Streberin. Musterschülerin. Schoßhündchen der Lehrer. Haha, Schoßhündchen, kapiert? Weil du doch jetzt ein Wolf bist und so.«

»Ich lach mich tot. Schön, dass wenigstens du dich amüsierst«, sagte ich gespielt beleidigt.

Isabel lachte wieder. »Ganz meine Meinung.«

KAPITEL 39

SAM

Diesmal bedeutete Koenig mir, mich auf den Beifahrersitz des Polizeiwagens zu setzen. Unter der unermüdlichen Aufmerksamkeit der Sonne hatte sich der Wagen aufgeheizt und Koenig drehte die Klimaanlage voll auf. Sie war so kalt eingestellt, dass mich ständig kleine Tröpfchen Wasser im Gesicht trafen. Aber der Wolf, der immer noch irgendwo in mir stecken musste, regte sich nicht. Es roch nach Reinigungsmittel mit Kiefernduft.

Koenig schaltete das Radio ab, aus dem Siebzigerjahrerock drang.

Ich stellte mir vor, wie Culpeper von einem Hubschrauber aus meine Familie erschoss.

Das einzige Geräusch im Auto war das gelegentliche Rauschen des Funkgeräts an Koenigs Schulter. Mein Magen gab ein unüberhörbares Knurren von sich und Koenig griff an mir vorbei und zog an der Klappe des Handschuhfachs, sodass sie offen auf meine Knie fiel. Darin lagen eine Schachtel Cracker und zwei Schokoriegel.

Ich wählte die Cracker. »Danke«, sagte ich. Er hatte sie mir nicht auf eine Weise angeboten, bei der es mir hätte unbehaglich sein müssen, meine Dankbarkeit zu zeigen.

Koenig blickte mich nicht an. »Ich weiß, dass Heifort falschliegt«, erklärte er. »Ich weiß, was der gemeinsame Faktor ist, und du bist es nicht.«

Ich bemerkte, dass er nicht in Richtung Buchhandlung abgebogen war. Wir fuhren nicht in die Innenstadt von Mercy Falls, sondern in die entgegengesetzte Richtung.

»Was ist es dann?«, fragte ich. Eine erwartungsvolle Spannung hing in der Luft. Er hätte *Beck* antworten können oder *der Boundary Wood* oder alles Mögliche. Aber irgendwie hatte ich das Gefühl, dass er das nicht tun würde.

»Die Wölfe«, sagte Koenig.

Ich hielt die Luft an. Die verzerrte Stimme einer Polizistin aus der Zentrale meldete sich rauschend über das Funkgerät. »Einheit Siebzehn?«

Koenig drückte einen Knopf und drehte den Kopf in Richtung Schulter. »Bin unterwegs mit einem Passagier. Melde mich wieder, wenn ich einsatzbereit bin.«

»Zehn-vier«, kam zurück.

Er wartete einen Augenblick und sagte dann, immer noch ohne mich anzusehen: »Du sagst mir jetzt am besten die Wahrheit, Sam, wir haben nämlich keine Zeit mehr, um den heißen Brei herumzureden. Sag es mir jetzt, und zwar das, was wirklich los ist, nicht das, was du Heifort erzählt hast. Wo ist Geoffrey Beck?«

Die Reifen surrten laut auf dem Asphalt. Inzwischen hatten wir Mercy Falls weit hinter uns gelassen. Bäume flogen an uns vorbei und ich erinnerte mich an den Tag, als ich zum Anglergeschäft gefahren war, um Grace abzuholen. Es schien eine Million Jahre her zu sein.

Wie sollte ich ihm trauen? Wie sollte er gewappnet sein für die Wahrheit – und selbst wenn er es war, gab es immer noch unsere goldene Regel: Wir erzählten niemandem von uns. Besonders nicht einem Vertreter des Gesetzes, der gerade mit im Zimmer gewesen war, als ich der Entführung und des Mordes beschuldigt wurde.

»Ich weiß nicht«, murmelte ich. Kaum hörbar über den Straßenlärm.

Koenig presste die Lippen aufeinander und schüttelte den Kopf. »Ich war dabei, als die erste Wolfsjagd stattfand, Sam. Das war nicht legal und ich bereue es. Die ganze Stadt ist damals förmlich erstickt an Jack Culpepers Tod. Ich war dabei, als sie sie durch den Wald getrieben haben, bis runter zum See. An diesem Abend habe ich einen Wolf gesehen und das werde ich nie, nie mehr vergessen. Und jetzt wollen sie diese Wölfe aus dem Wald jagen und jeden einzelnen aus der Luft erschießen, Sam – ich habe die offiziellen Papiere gesehen, es wird auf jeden Fall passieren. Und deshalb frage ich dich jetzt noch einmal und du wirst mir die Wahrheit sagen, denn ohne mich haben du und die Wölfe keine Chance mehr. Sag es mir, Sam. *Wo ist Geoffrey Beck?*«

Ich schloss die Augen.

Hinter meinen Lidern sah ich Olivias Leiche. Und Tom Culpepers Gesicht.

»Er ist im Boundary Wood.«

Koenig stieß einen langen, zischenden Atemzug zwischen den Zähnen hervor.

»Und Grace Brisbane auch«, sagte er. »Stimmt's?«

Ich öffnete die Augen nicht.

»Und du«, fuhr Koenig fort. »Du warst auch dort. Sag mir, dass ich verrückt bin. Sag mir, dass ich falschliege. Sag mir, dass ich mich getäuscht habe, als ich damals an diesem Abend einen Wolf mit Geoffrey Becks Augen gesehen habe.«

Jetzt machte ich die Augen wieder auf, ich musste sein Gesicht sehen. Er starrte durch die Windschutzscheibe, die Brauen zusammengezogen. Seine Unsicherheit ließ ihn jünger wirken, die Uniform weniger einschüchternd.

»Sie haben sich nicht getäuscht.«

»Er hat keinen Krebs.«

Ich schüttelte den Kopf. Koenig wandte nicht den Kopf, aber er nickte, ein winziges Nicken, als wäre es nur für ihn selbst bestimmt.

»Es gibt keine Spur im Fall Grace Brisbane, weil sie nicht verschwunden ist, sondern weil sie ein –« Koenig hielt inne. Er konnte es nicht aussprechen.

Ich begriff, wie viel ich von diesem einen Moment abhängig machte. Davon, ob er den Satz beendete oder nicht. Ob er die Wahrheit packte, wie Isabel, oder ob er sie von sich wegschob oder sie verzerrte, damit sie in irgendeine Religion oder zu einem weniger verrückten Weltbild passte, so wie meine Eltern es getan hatten.

Ich sah ihn weiter an.

»– Wolf ist.« Koenig hielt den Blick weiterhin auf die Straße gerichtet, aber seine Hände krampften sich um das Lenkrad. »Wir können sie und Beck nicht finden, weil sie Wölfe sind.«

»Ja.«

Koenig schüttelte den Kopf. »Mein Vater hat meinen Geschwistern und mir immer Geschichten von Wölfen erzählt. Er hat erzählt, er hätte auf dem College einen Freund gehabt, der ein Werwolf war, und wir haben ihn dafür ausgelacht. Wir waren uns nie ganz sicher, ob das nur eine Geschichte war oder die Wahrheit.«

»Es ist die Wahrheit.« Mein Herz klopfte, als unser Geheimnis dort zwischen uns in der Luft hing. Vor dem Hintergrund seines Verdachts ging ich noch einmal jedes Gespräch durch, das ich je mit Koenig geführt hatte. Ich versuchte zu ergründen, ob das meine Ansichten über ihn änderte. Doch das tat es nicht.

»Aber warum – ich fasse es nicht, dass ich diese Frage stelle, aber warum bleiben sie Wölfe, wenn das Rudel kurz vor der Ausrottung steht?«

»Das kann man sich nicht aussuchen. Hängt von der Temperatur ab, Wolf im Winter, Mensch im Sommer. Jedes Jahr wird die Spanne kürzer und irgendwann bleibt man für immer ein Wolf. Wir können unsere menschlichen Gedanken nicht festhalten, wenn wir uns verwandeln.« Ich runzelte die Stirn. Diese Aussage wurde mit jedem Tag, den wir mit Cole verbrachten, weniger wahr. Es war ein seltsam verwirrendes Gefühl, wenn etwas, auf das man sich so lange verlassen hatte, sich mit einem Schlag änderte, als fände man plötzlich heraus, dass die Schwerkraft ab sofort montags frei hatte. »Das ist eine überaus vereinfachte Darstellung. Aber so ungefähr sehen die Grundlagen aus.« Ich fühlte mich komisch bei einer Wendung wie *überaus vereinfachte Darstellung*; das hatte ich wohl nur so gesagt, weil Koenig sich so förmlich ausdrückte.

»Also wird Grace ...«

»Vermisst, weil sie bei diesem Wetter immer noch sehr instabil ist. Wie sollte sie das ihren Eltern erklären?«

Koenig dachte nach. »Wird man als Werwolf geboren?«

»Nein, wir halten's mit der guten alten Horrorfilmtechnik. Beißen.«

»Und Olivia?«

»Wurde letztes Jahr gebissen.«

Koenig schnaubte. »Unglaublich. Ich wusste es. Ich bin so oft auf Hinweise gestoßen, die mich genau an diesen Punkt brachten, aber ich konnte es nicht glauben. Und als Grace Brisbane dann aus dem Krankenhaus verschwunden ist und nur dieses blutige Nachthemd von ihr übrig war ... sie sagten, sie hätte im Sterben gelegen und dass sie auf keinen Fall aus eigener Kraft gegangen sein konnte.«

»Sie musste sich verwandeln«, sagte ich leise.

»Auf der Wache haben alle dir die Schuld gegeben. Sie haben nach einem Weg gesucht, dich ans Kreuz zu nageln. Ganz besonders Tom

Culpeper. Heifort und die anderen fressen ihm aus der Hand.« Jetzt klang er ein wenig verbittert und mit einem Mal sah ich ihn in völlig neuem Licht. Plötzlich konnte ich ihn mir vorstellen, wie er zu Hause seine Uniform auszog, sich ein Bier aus dem Kühlschrank nahm, seinen Hund streichelte, fernsah. Ein richtiger Mensch, etwas vollkommen anderes als die uniformierte Persönlichkeit, die ich ihm zugeschrieben hatte. »Ihnen wäre nichts lieber, als dir mit dieser Sache endgültig das Genick zu brechen.«

»Tja, das ist ja toll«, erwiderte ich. »Weil ich ihnen nur immer wieder sagen kann, dass ich nichts gemacht habe. Zumindest bis Grace stabil genug ist, um wieder aufzutauchen. Und Olivia …«

Koenig schwieg einen Moment. »Warum haben sie sie getötet?«

Mein Kopf war voller Bilder von Shelby, ihr Blick, der mich durch das Küchenfenster fixierte, die Verzweiflung und die Wut, die ich meinte, in ihren Augen gesehen zu haben. »Ich glaube nicht, dass man dabei von ›sie‹ sprechen kann. Es gibt eine Wölfin, die hinter all den Problemen steckt. Sie hat auch Grace schon einmal angegriffen. Und Jack Culpeper. Die anderen würden kein Mädchen töten. Nicht wenn es schon fast Sommer ist. Da gibt es genügend andere Möglichkeiten, um an Nahrung zu kommen.« Ich musste mich sehr bemühen, um die Erinnerung an Olivias übel zugerichteten Körper von mir zu schieben.

Ein, zwei Minuten lang fuhren wir schweigend weiter.

»Wir haben also folgende Situation«, sagte Koenig dann und ich war fasziniert davon, wie sehr er sich immer wie ein Polizist anhörte, egal, was er sagte. »Sie haben die Freigabe, das Rudel auszulöschen. Vierzehn Tage sind eine ziemlich kurze Zeit. Du sagst, dass einige von ihnen sich bis dahin wahrscheinlich nicht verwandeln werden und dass andere es gar nicht mehr können. Demnach hätten wir hier einen Massenmord vorliegen.«

Endlich. Es war erleichternd und entsetzlich zugleich, Culpepers Plan mit so klaren Worten definiert zu hören.

»Viele Möglichkeiten bleiben da nicht. Man könnte die Leute darüber informieren, was die Wölfe wirklich sind, aber –«

»Das geht nicht«, unterbrach ich ihn hastig.

»Ich wollte gerade sagen, dass ich das nicht für durchführbar halte. Den Bürgern von Mercy Falls zu eröffnen, dass in ihrer Nähe ein Wolfsrudel mit einer unheilbaren, ansteckenden Krankheit lebt, kurz nachdem wir rausgefunden haben, dass sie ein junges Mädchen getötet haben ...«

»Wäre keine gute Idee«, vervollständigte ich den Satz.

»Und die einzige andere denkbare Möglichkeit wäre zu versuchen, mehr Tierschützer zu aktivieren, die das Rudel einfach als Wölfe schützen wollen. In Idaho hat das allerdings nicht funktioniert und ich fürchte, das lässt schon allein der Zeitrahmen nicht zu, aber ...«

»Wir haben daran gedacht, sie umzusiedeln«, sagte ich.

Koenig hielt inne. »Erzähl weiter.«

Ich rang um die richtigen Worte. Koenig drückte sich so präzise und logisch aus, dass ich das Gefühl hatte, mir besonders viel Mühe geben zu müssen, um es ihm gleichzutun. »Irgendwohin, wo sie weiter weg von den Menschen sind. Aber das ... könnte uns unter Umständen in eine noch schlimmere Situation bringen, wenn wir das Gebiet nicht kennen. Und ich weiß auch nicht, wie das Rudel sich an einem neuen Ort verhält, ohne die bekannten Grenzen. Ich weiß nicht, ob ich Becks Haus verkaufen soll oder ein Stück Land kaufen oder wie auch immer. Wir haben nicht genug Geld, um uns ein ganzes Territorium für sie leisten zu können. Wölfe brauchen viel Platz, sie laufen meilenweit. Also bleibt die Möglichkeit, dass es wieder Ärger gibt, immer bestehen.«

Koenig trommelte mit den Fingern aufs Lenkrad, seine Augen waren schmal. Ein langer Moment des Schweigens verging. Ich war froh darüber. Ich konnte ihn gut gebrauchen. Die Folgen meines Geständnisses gegenüber Koenig waren unabsehbar.

»Ich spreche jetzt einfach mal aus, was mir so im Kopf herumschwirrt«, begann Koenig schließlich. »Ich besitze ein Grundstück, ein paar Stunden nördlich von hier, direkt an den Boundary Waters. Es hat meinem Vater gehört, ich habe es gerade erst geerbt.«

»Ich … weiß nicht …«

»Eine Halbinsel«, unterbrach mich Koenig. »Ziemlich groß. War früher mal eine Ferienanlage, aber mittlerweile ist alles geschlossen. Familienstreitigkeiten. Es ist eingezäunt. Nicht der stabilste Zaun, an ein paar Stellen bloß ein bisschen Maschendraht zwischen den Bäumen, aber den könnte man ja verstärken.«

Er blickte im selben Moment zu mir rüber, in dem ich ihn ansah, und ich wusste, dass wir beide dasselbe dachten: *Das könnte es sein.*

»Ich glaube nur nicht, dass eine Halbinsel, egal, wie groß sie ist, für die Wölfe ausreicht. Wir müssten sie füttern«, überlegte ich.

»Dann füttert sie eben«, erwiderte Koenig.

»Aber können wir sicher sein, dass auch niemand mehr zum Campen dorthin kommt?«

»In dem Gebiet nebenan wurde früher Bergbau betrieben«, antwortete Koenig. »Die Bergbaugesellschaft ist zwar seit siebenundsechzig nicht mehr aktiv, aber das Grundstück wollen sie trotzdem nicht abgeben. Es hat schon seine Gründe, warum sich die Ferienanlage nicht gehalten hat.«

Ich kaute auf der Unterlippe. Es war schwer, an so etwas wie Hoffnung zu glauben. »Bleibt immer noch das Problem, dass wir sie erst mal irgendwie dorthin schaffen müssen.«

»Und zwar unauffällig«, riet Koenig. »Ich kann mir nicht vorstellen, dass Tom Culpeper eine Umsiedelung der Wölfe als angemessene Alternative zu ihrer Ausrottung akzeptieren würde.«

»Und schnell«, ergänzte ich. Ich dachte daran, wie lange Cole schon erfolglos versuchte, Wölfe zu fangen, und wie lange es wohl dauern würde, bis wir über zwanzig von ihnen erwischten, und wie wir sie dann an einen Ort transportieren sollten, der Stunden von hier entfernt war.

Koenig schwieg. Schließlich sagte er: »Vielleicht ist es ja keine gute Idee. Aber immerhin eine Möglichkeit.«

Eine Möglichkeit – das bedeutete nicht mehr als eine eventuell geeignete Vorgehensweise und nicht einmal darin war ich mir sicher. Doch was blieb uns anderes übrig?

Kapitel 40

Grace

Der nicht enden wollende Tag endete schließlich doch, als Sam mit einem Pizzakarton in der Hand und einem unsicheren Lächeln im Gesicht nach Hause kam. Beim Essen berichtete Sam mir, was Koenig gesagt hatte. Wir saßen im Schneidersitz auf dem Boden in seinem Zimmer, im Schein der Schreibtischlampe und der Lichterkette, die Pizza in ihrem Karton zwischen uns. Die Lampe stand direkt unter der Dachschräge und so, wie sich das Licht an der Wand brach, ließ es den ganzen Raum wie eine warme Höhle wirken. Der CD-Player neben Sams Bett lief ganz leise, eine rauchige Stimme sang mit Klavierbegleitung.

Sam beschrieb, was passiert war, und machte nach jedem Ereignis eine kleine, wischende Handbewegung über den Boden, als müsste er unbewusst erst das letzte aus dem Weg räumen, bevor er mir vom nächsten erzählte. Um uns herrschte das pure Chaos, ich fühlte mich vollkommen haltlos und trotzdem konnte ich nur daran denken, wie gern ich ihn in diesem dämmrigen gelben Licht ansah. Er wirkte nicht mehr so weich wie damals, als wir uns kennengelernt hatten, nicht mehr so jung, aber die Kanten seines Gesichts, seine raschen Gesten, die Art, wie er nachdenklich die Unterlippe einsog, bevor er weiterredete – in all das war ich verliebt.

Sam fragte mich, was ich meinte.

»Wozu?«

»Zu allem. Was machen wir jetzt?«

Es war erstaunlich, wie sehr er darauf vertraute, dass ich Logik in all das hineinbringen würde. Es war einfach so viel auf einmal – dass Koenig das Geheimnis der Wölfe erraten hatte, dass die Idee, sie umzusiedeln, plötzlich möglich erschien und überhaupt die Vorstellung, unser aller Schicksal jemandem anzuvertrauen, den wir kaum kannten. Woher sollten wir wissen, dass er uns nicht verriet?

»Um das zu beantworten, brauche ich erst mal noch ein Stück Pizza«, sagte ich. »Wollte Cole eigentlich nichts?«

Sam antwortete: »Er hat gesagt, er fastet. Warum, will ich, glaube ich, gar nicht wissen. Unglücklich wirkte er jedenfalls nicht.«

Ich zupfte den Rand von einem Stück Pizza ab, Sam nahm den Rest. Ich seufzte. Der Gedanke, den Boundary Wood zu verlassen, machte mir Angst. »Okay, ich meine, es müsste ja nicht für immer sein. Dass die Wölfe auf dieser Halbinsel leben. Vielleicht fällt uns später noch was Besseres ein, wenn diese ganze Aufregung wegen der Jagd sich gelegt hat.«

»Als Erstes müssen wir sie einfach nur aus diesem Wald rausbringen.« Er klappte den Pizzakarton zu und fuhr das Firmenlogo darauf mit dem Zeigefinger nach.

»Hat Koenig denn gesagt, dass er dir bei deinem Ärger mit der Polizei hilft? Ich meine, weil ich vermisst werde? Immerhin weiß er ja jetzt, dass du mich nicht entführt und umgebracht hast«, fragte ich. »Meinst du, er kann irgendwas tun, um sie dir vom Hals zu schaffen?«

»Ich weiß nicht. Dazu hat er nichts gesagt.«

Ich bemühte mich, die Frustration aus meiner Stimme herauszuhalten, schließlich war ich ja nicht auf *ihn* sauer. »Aber findest du nicht, dass das irgendwie ziemlich wichtig ist?«

»Schon, ja. Aber die Wölfe haben nur noch zwei Wochen. Darüber, wie ich meinen Namen reinwasche, kann ich mir nachher immer noch Sorgen machen. Ich glaube nicht, dass die wirklich was finden, was sie mir anhängen können«, entgegnete Sam. Er sah mich dabei nicht an.

»Wenn aber Koenig jetzt Bescheid weiß, dann ist der Verdacht gegen dich doch ausgeräumt«, sagte ich.

»Ja, Koenig weiß Bescheid. Aber die anderen nicht. Er kann denen schließlich nicht einfach erzählen, dass ich unschuldig bin.«

»Sam!«

Er zuckte mit den Schultern und wich immer noch meinem Blick aus. »Daran kann ich jetzt erst mal nichts ändern.«

Die Vorstellung, wie er auf der Polizeiwache saß und verhört wurde, versetzte mir einen schmerzhaften Stich. Der Gedanke, dass meine Eltern ihn für fähig hielten, mir etwas anzutun, war noch schlimmer. Und die Möglichkeit, dass er wegen Mordes vor Gericht kam, war einfach unerträglich.

Da kam mir eine Idee.

»Ich muss es meinen Eltern sagen«, rief ich. Ich dachte an mein Telefongespräch mit Isabel. »Oder Rachel. Oder sonstwem. Irgendwer muss erfahren, dass ich noch lebe. Keine tote Grace, kein Mordverdacht.«

»Und deine Eltern haben dann sicher volles Verständnis«, sagte Sam.

»Ich weiß nicht, wie sie sich verhalten werden, Sam! Aber ich lasse dich nicht einfach – einfach so ins Gefängnis gehen.« Verärgert knüllte ich meine Serviette zusammen und warf sie auf den Pizzakarton. Wir waren so knapp dem Schicksal entronnen, für immer auseinandergerissen zu werden, da schien der Gedanke erschreckend, dass es nach alldem nun ein vollkommen menschengemachtes, unwissenschaftliches Problem sein sollte, das uns schließlich doch trennte. Und Sam saß einfach bloß da und zog ein schuldbewusstes Gesicht, als glaubte er selbst schon daran, für meinen angeblichen Tod verantwortlich zu sein. »So schlimm meine Eltern auch sein können, das hier ist schlimmer.«

Sam sah mich an. »Vertraust du ihnen?«

»Sam, sie werden mich schon nicht umbringen«, fauchte ich.

Ich schlug mir die Hände vor Nase und Mund, mein Atem entlud sich in einem Stoßseufzer.

Sams Gesicht veränderte sich nicht. Die Serviette, die er fein säuberlich in Streifen gerissen hatte, hing wie erstarrt zwischen seinen Fingern.

Jetzt vergrub ich das ganze Gesicht in den Händen. Ich konnte ihn nicht ansehen. »Es tut mir leid, Sam«, sagte ich. »Tut mir so leid.« Der Gedanke an sein Gesicht, völlig regungslos, seinen ruhigen, wölfischen Blick – ich spürte, wie sich die ersten Tränen aus meinen Augen stahlen.

Die Bodendielen quietschten, als er aufstand. Ich nahm die Hände vom Gesicht. »Bitte geh nicht«, flüsterte ich. »Es tut mir so leid.«

»Ich hab ein Geschenk für dich«, sagte Sam. »Es liegt noch im Auto. Ich geh es holen.« Er berührte flüchtig meinen Kopf, als er schweigend aus dem Zimmer ging und die Tür hinter sich schloss.

Und so fühlte ich mich immer noch wie der schrecklichste Mensch auf der Welt, als er mir das Kleid gab. Er kniete vor mir wie ein armer Sünder und beobachtete mein Gesicht, als ich es aus der Tüte zog. Aus irgendeinem Grund dachte ich zuerst, es wäre gewagte Unterwäsche, und war erleichtert, wenn auch gleichzeitig ein kleines bisschen enttäuscht, als das Geschenk sich als hübsches Sommerkleid entpuppte. In letzter Zeit kriegte ich meine Gefühle irgendwie nicht richtig geordnet.

Ich strich den Stoff mit der Hand glatt und betrachtete die feinen Träger. Es war ein Kleid für einen heißen, sorglosen Sommer und der schien mir im Moment unendlich weit entfernt. Ich blickte Sam an und sah, dass er sich auf die Innenseite der Unterlippe biss und auf meine Reaktion wartete.

»Du bist der tollste Freund, den es gibt«, sagte ich zu ihm. Ich fühlte mich immer noch fürchterlich, so etwas hatte ich gar nicht verdient. »Du musstest mir doch nichts schenken. Ich denke gern daran, wie du an mich denkst, wenn ich nicht bei dir bin.« Ich streckte die Hand aus und legte sie an seine Wange. Er drehte das Gesicht zur Seite und gab mir einen Kuss in die Handfläche; als seine Lippen meine Haut berührten, zog sich irgendetwas in mir zusammen. Mit etwas tieferer Stimme fragte ich: »Soll ich's mal anprobieren?«

Im Badezimmer brauchte ich mehrere Minuten, um zu begreifen, wie man dieses Kleid eigentlich anzog, obwohl daran wirklich nichts Kompliziertes war. Ich war es bloß nicht gewohnt, Kleider zu tragen, und als ich schließlich hineingeschlüpft war, fühlte ich mich, als hätte ich überhaupt nichts an. Ich stellte mich auf den Badewannenrand, um mich im Spiegel zu betrachten, und versuchte mir vorzustellen, was Sam wohl dazu gebracht hatte zu denken: *Dieses Kleid muss ich für Grace kaufen.* Hatte er einfach gemeint, es würde mir gefallen? Oder dass ich darin sexy aussehen würde? Oder wollte er mir bloß irgendetwas schenken und das Kleid war das Erste gewesen, was ihm untergekommen war? Ich war mir nicht sicher, warum es ein solcher Unterschied gewesen wäre, ob er eine Verkäuferin gefragt hatte, was seiner Freundin wohl gefallen könnte, oder ob er das Kleid auf einem Bügel gesehen und sich mich darin vorgestellt hatte.

Im Spiegel sah ich aus wie ein Mädchen vom College, fand ich, selbstbewusst und hübsch. Ein Mädchen, das wusste, wie es seine Figur ins vorteilhafteste Licht rücken konnte. Ich strich die Vorderseite des Kleids glatt, der Rocksaum kitzelte neckisch meine Knie. Der Ansatz meiner Brüste war gerade eben erkennbar. Plötzlich hatte ich es eilig, zurück ins Zimmer zu gehen, damit Sam mich sehen konnte. Es schien wichtig, dass er mich sah und berührte.

Als ich in der Tür stand, fühlte ich mich mit einem Mal befangen. Sam saß auf dem Boden, mit dem Rücken ans Bett gelehnt und die Augen geschlossen, und lauschte der Musik, weit weg von hier. Doch als ich die Tür hinter mir zumachte, schlug er die Augen auf. Ich zog eine Grimasse und verknotete die Hände hinter dem Rücken.

»Und, was meinst du?«, fragte ich.

Hastig kam er auf die Füße.

»Oh«, sagte er.

»Nur den Gürtel im Rücken konnte ich nicht selber zuknoten«, sagte ich.

Sam holte tief Luft und trat auf mich zu. Ich fühlte mein Herz hämmern, auch wenn ich nicht genau wusste, warum. Er nahm die beiden Bänder, die links und rechts herunterhingen, und legte die Arme um mich, doch anstatt sie zusammenzubinden, presste er die Hände auf meinen Rücken, heiß durch die dünne Baumwolle des Kleids. Es war, als befände sich rein gar nichts zwischen seinen Fingerspitzen und meiner Haut. Sein Gesicht lag an meinem Hals. Ich konnte ihn atmen hören, jeder Zug klang gemessen, beherrscht.

Ich flüsterte: »Heißt das, es gefällt dir?«

Und dann, plötzlich, küssten wir uns. Es schien eine Ewigkeit her, seit wir uns so geküsst hatten, als wäre es uns todernst – eine Sekunde lang war alles, was ich denken konnte: *Ich hab doch gerade Pizza gegessen*, bis mir wieder einfiel, dass das auf Sam genauso zutraf. Sams Hände rutschten zu meinen Hüften, zerknüllten dort den

Stoff, löschten meine Zweifel aus, so viel Verlangen lag in seiner Berührung. Allein das, allein die Wärme seiner Handflächen an meiner Hüfte, durch das Kleid, sorgte dafür, dass mein Inneres sich heftig verkrampfte. Ich war so nervös, dass es wehtat. Mir entfuhr ein kleiner Seufzer.

»Ich kann aufhören«, sagte er. »Wenn du noch nicht so weit bist.«

»Nein«, sagte ich. »Nicht aufhören.«

Also knieten wir uns aufs Bett und hörten nicht auf, uns zu küssen, und er berührte mich weiter, behutsam, als hätte er mich noch nie zuvor berührt. Es war, als könnte er sich nicht erinnern, wie ich mich früher angefühlt hatte, und müsste es jetzt neu entdecken. Er betastete meine Schulterblätter, wo sie sich unter dem Stoff des Kleids abzeichneten. Ließ die Handfläche über meine Schultern gleiten. Zeichnete mit den Fingern die Rundung meiner Brüste am oberen Saum des Kleides nach.

Ich schloss die Augen. Es gab andere Dinge auf der Welt, die unsere Aufmerksamkeit erforderten, aber jetzt, in diesem Moment, konnte ich an nichts anderes denken als an Sams Hände, die unter dem Kleid an meinen Oberschenkeln heraufwanderten, sodass sich der Stoff um mich bauschte wie Sommerwölkchen. Als ich die Augen wieder öffnete, meine Hände fest auf Sams gepresst, lagen unter uns hundert Schatten, jeder einzelne entweder Sams oder meiner, aber es war unmöglich, sie auseinanderzuhalten.

Kapitel 41

Cole

Dieses neue Gebräu war Gift.

Irgendwann nach Mitternacht trat ich nach draußen. Jenseits der Hintertür war es schwarz wie in einer Gruft, aber ich lauschte erst mal, um sicherzugehen, dass ich allein war. Mein Magen zog sich vor Hunger zusammen, ein sowohl schmerzhaftes als auch produktives Gefühl. Der konkrete Beweis, dass mein Körper noch funktionierte. Das Fasten hatte mich zittrig und wachsam gemacht, wie ein grausames High.

Ich legte mein Notizbuch mit den Einzelheiten meiner Experimente auf die Türschwelle, sodass Sam wusste, wohin ich verschwunden war, falls ich nicht zurückkommen sollte. Der Wald wisperte lockend. Er schlief auch dann nicht, wenn alle anderen es taten.

Ich setzte die Nadel an meinem Handgelenk an und schloss die Augen.

Mein Herz vollführte schon jetzt Sprünge wie ein hyperaktives Kaninchen.

Die Flüssigkeit in der Spritze war farblos wie Spucke und wässrig wie eine Lüge. In meinen Adern wurde sie zu Rasierklingen und Sand, Feuer und Quecksilber. Ein Messer, das eine Kerbe in jeden meiner Rückenwirbel ritzte. Mir blieben exakt dreiundzwanzig Sekunden, um mich zu fragen, ob ich mich diesmal wohl endgültig umgebracht hatte, und dann noch elf, in denen mir klar wurde, dass ich es nicht hoffte. Dann noch drei, in denen ich mir wünschte, ich wäre im Bett geblieben. Und schließlich nur noch zwei, in denen ich dachte: *Heilige Scheiße.*

Ich barst aus meinem menschlichen Körper, meine Haut riss so jäh auf, dass ich fühlte, wie sie sich von meinen Knochen schälte. Mein Kopf explodierte. Die Sterne über mir drehten sich und stellten sich dann wieder scharf. Ich grapschte nach der Luft, der Wand, dem Boden, allem, was sich nicht bewegte. Mein Notizbuch rutschte von der Türschwelle, mein Körper stürzte hinterher, und dann rannte ich.

Ich hatte es gefunden. Das Gemisch, mit dem ich Beck seinem Wolfskörper entreißen würde.

Selbst jetzt noch, als ich schon ein Wolf war, heilte mein Körper weiter, meine Gelenke schoben sich wieder ineinander, die Haut an meiner Wirbelsäule nähte sich zusammen, meine Zellen erfanden sich mit jedem riesigen Sprung, den ich machte, neu. Ich war eine unglaubliche Maschine. Dieser Wolfskörper, in dem ich nun steckte, hielt mich am Leben, auch wenn er mir gleichzeitig bereits meine menschlichen Gedanken raubte.

Du bist Cole St. Clair.

Einer von uns musste in der Lage sein, seine Gedanken zu halten, wenn wir die Wölfe umsiedeln wollten. Musste sich zumindest an genügend Details erinnern, um die Wölfe zu versammeln, um sie alle an einen Ort zu führen. Es musste doch einen Weg geben, ein Wolfsgehirn dazu zu bringen, sich auf ein einfaches Ziel zu konzentrieren.

Cole St. Clair

Daran versuchte ich mich festzuklammern. Daran wollte ich mich festklammern. Was brachte es schon, wenn ich mich verwandeln konnte, wenn ich den Wolf wenigstens für ein paar Augenblicke besiegte, aber dann den Triumph nicht auskosten durfte?
Cole

Nichts von dem, was dieser Wald zu sagen hatte, blieb mir jetzt verborgen. Der Wind schrie in meinen Ohren, während ich rannte. Meine Pfoten huschten sicher über gefallene Äste und Gestrüpp, meine Krallen scharrten über nackten Stein. Der Boden senkte sich, vor mir tat sich ein Bach auf und ich segelte darüber. Mitten in der Luft wurde mir klar, dass ich nicht allein war. Ein halbes Dutzend andere Körper sprangen mit mir, helle Silhouetten vor der dunklen Nacht. Ihre Gerüche identifizierten sie, klarer, als es ihre Namen gekonnt hätten. Mein Rudel. Umringt von diesen anderen Wölfen fühlte ich mich geborgen, selbstbewusst, unbesiegbar. Zähne schnappten spielerisch nach meinem Ohr und wir tauschten Bilder aus: der Bach, der ein paar Meilen weiter eine tiefe Schlucht in den Boden grub. Das weiche Erdreich, unter dem ein staubiger Kaninchenbau darauf wartete, ausgebuddelt zu werden. Der Himmel über uns, schwarz und endlos.

Sam Roths Gesicht.

Ich blieb stehen.

Die Bilder huschten hin und her, schwerer aufzufangen, nun, da die meisten Wölfe mich zurückließen. Meine Gedanken dehnten sich aus in dem Versuch, das Konzept eines Namens und eines Gesichts zu erfassen. *Sam Roth*. Ich verfiel in einen langsameren Trab, das Bild und die Worte immer noch im Kopf, bis sie keine Verbindung mehr zueinander hatten. Als einer der Wölfe zurückgelaufen kam und mich spielerisch anrempelte, schnappte ich nach ihm, um zu zeigen, dass ich keine Lust auf ein Ringkämpfchen hatte. Er leckte mir übers Kinn und bestätigte so meine Überlegenheit, die ich bereits vorausgesetzt hatte. Nach einem Moment schnappte ich wieder nach ihm, nur, um in Ruhe gelassen zu werden. Dann schlich ich den Weg zurück, den ich gekommen war, die Nase am Boden, die Ohren gespitzt. Ich suchte nach etwas, was ich nicht ganz begriff.

Sam Roth.

Langsam, vorsichtig, bewegte ich mich durch den dunklen Wald. Wenn ich auch sonst nichts verstand, wollte ich zumindest eine Erklärung für dieses Bild, das mir zugesandt worden war: das Gesicht eines Menschen.

Ich spürte ein Kribbeln an der Wirbelsäule, als mein Rückenfell sich aufstellte, rasch und unerklärlich.

Dann prallte ihr Körper gegen mich.

Die weiße Wölfin grub ihre Zähne in mein Nackenfell, während ich noch um mein Gleichgewicht kämpfte. Sie hatte mich überrascht, aber nicht richtig erwischt, und so schüttelte ich sie mit einem Knurren ab. Wir umkreisten einander. Ihre Ohren waren aufgestellt; sie lauschte auf meine Bewegungen, denn die Dunkelheit tarnte mich. Ihr weißer Pelz hingegen stach hervor wie eine offene Wunde. Alles an ihrer Haltung strahlte Aggression aus. Sie roch nicht so, als hätte sie Angst, aber sie war nicht besonders groß. Letztendlich würde sie einen Rückzieher machen, und wenn nicht, würde der Kampf nicht lange dauern.

Ich hatte sie unterschätzt.

Als sie sich zum zweiten Mal auf mich stürzte, legten sich ihre Pfoten um meine Schultern wie in einer Umarmung und ihre Zähne fanden unter meinem Kiefer Halt. Diesmal bohrten sie sich tiefer in meine Haut, näher an meiner Luftröhre. Ich ließ zu, dass sie mich auf den Rücken warf, sodass ich mit den Hinterbeinen gegen ihren Bauch treten konnte. Doch auch das lockerte ihren Biss nur für einen Moment. Sie war schnell, effizient, furchtlos. Als Nächstes erwischte sie mein Ohr und ich spürte etwas Heißes an meinem Kopf, bevor ich die Nässe des Blutes fühlte. Als ich mich ihr entwand, war es, als würde meine Haut zwischen ihren Zähnen in kleine Stücke zerfetzt. Wir prallten gegeneinander, Brustkorb an Brustkorb. Ich schnappte nach ihrer Kehle, zerquetschte Fell und Haut zwischen meinen Zähnen, biss mich mit aller Macht an ihr fest. Und doch entglitt sie mir wie Wasser.

Jetzt hatte sie mich an der Seite meines Kopfes gepackt und ihre Zähne schabten über Knochen. Ihr Biss war nun sicherer und das war alles, was zählte.

Mein Auge.

Verzweifelt stolperte ich rückwärts, versuchte, sie abzuschütteln, bevor sie mir das Gesicht zerfleischte, mein Auge zerstörte. Stolz spielte keine Rolle mehr. Ich winselte und legte die Ohren an, wollte mich ihr unterwerfen, aber das interessierte sie nicht. Aus ihrer Kehle drang ein Knurren, das meinen Schädel zum Vibrieren brachte. Allein das Geräusch würde mein Auge zerbersten lassen, wenn sie es nicht vorher zerbiss.

Ihre Zähne glitten näher. Meine Muskeln bebten. Wappneten sich bereits für den bevorstehenden Schmerz.

Plötzlich jaulte sie auf und ließ mich los. Ich wich zurück, schüttelte den Kopf, mein Gesicht voller Blut, mein Ohr immer noch schreiend vor Schmerz. Neben mir duckte sich die weiße Wölfin unterwürfig vor einem großen grauen Wolf. Hinter ihm stand ein schwarzer, die Ohren angriffsbereit aufgestellt. Das Rudel war zurückgekommen.

Der graue Wolf wandte sich mir zu und ich sah, wie sich die Ohren der weißen Wölfin hinter ihm sofort aus ihrer devoten Haltung aufrichteten. Alles an ihr schrie Rebellion, sobald er einen Moment nicht hinsah. Ihr Blick lag noch immer unverwandt auf mir. Es war eine Drohung, das verstand ich jetzt. Ich sollte im Rudel den Platz unter ihr einnehmen oder ich würde eines Tages wieder gegen sie kämpfen müssen. Und dann würde das Rudel vielleicht nicht da sein, um sie aufzuhalten.

Ich wollte nicht einlenken.

Ich starrte zurück.

Der graue Wolf machte ein paar Schritte auf mich zu und zeigte mir dabei Bilder von meinem zerfleischten Gesicht. Vorsichtig stupste er mein Ohr an. Er war wachsam, ich roch immer weniger nach Wolf und immer mehr nach dem Wesen, das ich war, wenn ich kein Wolf war. Mein Wunder von Körper arbeitete hart daran, mein Gesicht zu heilen und mich wieder zum Menschen zu machen. Es war nicht kalt genug, um mich in dieser Haut zu halten.

Die weiße Wölfin starrte mich an.

Ich konnte fühlen, dass mir nicht mehr viel Zeit blieb. Mein Hirn dehnte sich bereits wieder aus.

Neben mir knurrte der graue Wolf und ich zuckte zurück, bis mir klar wurde, dass er die Weiße meinte. Er trat weg von mir, noch immer knurrend, und nun stimmte der schwarze Wolf mit ein. Die weiße Wölfin machte einen Schritt rückwärts. Noch einen. Sie ließen mich zurück.

Ein Schauder lief durch meinen Körper, bis genau unter mein Auge, wo er einen stechenden Schmerz auslöste. Ich verwandelte mich. Der graue Wolf – Beck – schnappte nach der weißen Wölfin und drängte sie so weiter weg von mir.

Sie retteten mich.

Die weiße Wölfin warf mir einen letzten Blick zu. *Dieses Mal.*

Kapitel 42

Isabel

Ich wartete das ganze Wochenende darauf, dass Grace anrief und mich einlud vorbeizukommen, und als mir klar wurde, dass sie wahrscheinlich darauf wartete, dass ich mich einfach, wie immer, selbst einlud, war es schon Montag. Bis dahin war das Päckchen mit Coles gefährlichem Spielzeug bereits eingetroffen, also, dachte ich mir, würde ich es bei ihm abliefern und dabei Grace besuchen. Dann sähe es zumindest nicht so aus, als wäre ich extra hingefahren, nur um Cole zu sehen. Schließlich wusste ich, was gut für mich war. Auch wenn es mir nicht gefiel.

Als Cole mir die Tür aufmachte, hatte er obenrum nichts an und roch leicht verschwitzt. Er sah aus, als hätte er mit bloßen Händen ein Loch gegraben, und die Haut um sein linkes Auge schien geschwollen. Aber auf seinem Gesicht lag ein Lächeln, breit und liebenswürdig. Alles in allem ein beeindruckender Auftritt, auch mit seiner Bettfrisur und dem Outfit, das nur aus einer Jogginghose bestand. Cole hatte einfach etwas unbestreitbar Theatralisches, selbst wenn seine Bühne die stinknormale Welt war.

»Guten Morgen«, begrüßte er mich und blinzelte hinaus in den warmen Tag. »Mensch, ist ja das reinste Minnesota hier draußen. Hatte ich gar nicht gemerkt.«

Es war herrliches Wetter, einer dieser perfekten Frühlingstage, die

Minnesota immer mal wieder mir nichts, dir nichts in Wochen voller Eiseskälte oder auch mitten in einer sommerlichen Hitzewelle dazwischenmogelte. Der Rasen roch genauso würzig wie die unebene Buchsbaumbepflanzung vor dem Haus.

»Der Morgen ist längst vorbei«, erwiderte ich. »Ich hab deine Sachen im Auto. Du hast nicht gesagt, was für Beruhigungsmittel, also hab ich einfach das heftigste Zeug genommen, das es gab.«

Cole rieb sich mit der schmutzigen Handfläche über die Brust und reckte den Hals, als könnte er schon vom Hauseingang aus sehen, was ich mitgebracht hatte. »Wie gut du mich doch kennst. Komm rein, ich koche gerade 'ne frische Kanne Dopingmittel. Hab 'ne beschissene Nacht hinter mir.«

Hinter ihm im Wohnzimmer plärrte Musik, es war schwer, sich vorzustellen, dass Grace sich im selben Haus befinden sollte. »Eigentlich hab ich keine Zeit«, sagte ich.

Cole lachte, ein lässiges Lachen, das meine Aussage als völlig abstrus abtat, und marschierte barfuß auf meinen Geländewagen zu. »Vorne oder hinten?«

»Ganz hinten.« Der Karton war nicht groß und ich hätte ihn auch gleich mit zum Haus bringen können, aber ich zog es vor, ihn in Coles Armen zu sehen.

»Na, dann komm mal mit in meine Werkstatt, meine Kleine«, sagte Cole.

Ich folgte ihm ins Haus. Drinnen war es kühler als draußen und irgendwas roch verbrannt. Die dröhnend laute Musik vibrierte rhythmisch in meinen Schuhsohlen; ich musste fast schreien, um mir Gehör zu verschaffen. »Wo sind Sam und Grace?«

»Ringo ist vor ein paar Stunden mit dem Auto weg. Grace muss er mitgenommen haben. Keine Ahnung, wo die hinwollten.«

»Du hast nicht gefragt?«

»Wir sind schließlich nicht verheiratet«, entgegnete Cole und fügte dann kokett hinzu: »Na ja, noch nicht.«

Da er beide Hände brauchte, um den Karton zu halten, schloss er die Tür mit dem Fuß hinter sich und sagte dann: »Küche.«

Zum chaotischen Soundtrack der Musik ging ich voran in die Küche, wo der verbrannte Geruch am stärksten war. Dort sah es aus wie in einem Katastrophengebiet. Die Arbeitsplatte war voller Gläser, Textmarker, Spritzen und Bücher, daneben lag eine aufgerissene Tüte Zucker, deren Inhalt herauszurieseln drohte. Jede Schranktür war mit Fotos der Wölfe von Mercy Falls in ihrer menschlichen Gestalt vollgeklebt. Ich bemühte mich, nichts anzufassen.

»Was verkokelt denn hier?«

»Mein Gehirn«, antwortete Cole. Er schob den Karton auf das letzte bisschen freien Platz neben der Mikrowelle. »Entschuldige das Chaos. Zum Abendessen gibt es heute Amitriptylin.«

»Weiß Sam, dass du seine Küche in ein Drogenlabor umgewandelt hast?«

»Jawoll, alles Sam-Roth-genehmigt. Willst du einen Kaffee, bevor wir die Falle aufbauen?«

Unter meinen Schuhsohlen knirschte Zucker. »Ich hab nie gesagt, dass ich dir dabei helfe, sie aufzubauen«, entgegnete ich.

Cole spähte prüfend in eine Tasse, bevor er sie vor mir auf die Kücheninsel stellte und mit Kaffee füllte. »Ich hab zwischen den Zeilen gelesen. Zucker? Milch?«

»Bist du high oder so was? Und warum hast du eigentlich nie ein T-Shirt an?«

»Ich schlafe nackt«, erklärte Cole und gab Milch und Zucker in meinen Kaffee. »Im Laufe des Tages zieh ich dann immer mehr an. Du hättest mal vor einer Stunde kommen sollen.«

Ich starrte ihn finster an.

Dann sagte er: »Und außerdem bin ich nicht high. Aber ein bisschen empört, dass du so was fragst.« Er wirkte keineswegs empört.

Ich trank einen Schluck Kaffee. Gar nicht so übel. »Woran arbeitest du hier wirklich?«

»An etwas, das Beck hoffentlich nicht umbringen wird«, sagte er. Irgendwie gelang es ihm, gleichzeitig wegwerfend wie auch beinahe zärtlich über all die Chemikalien im Raum zu sprechen. »Weißt du, was echt super wäre? Wenn du mir helfen könntest, heute Abend in euer Schullabor zu kommen.«

»Du meinst, einbrechen?«

»Ich meine, ich brauche ein Mikroskop. Mit einem Labor aus Lego und Knete kann man eben nur eine begrenzte Anzahl von bahnbrechenden wissenschaftlichen Entdeckungen machen. Ich brauche eine vernünftige Ausstattung.«

Ich musterte ihn. Diesem Cole, energiegeladen und selbstbewusst, konnte man nur schwer widerstehen. Ich runzelte die Stirn. »Ich helfe dir bestimmt nicht, in meine Schule einzubrechen.«

Cole streckte die Hand aus. »Okay. Dann hätte ich gern meinen Kaffee zurück.«

Mir war gar nicht bewusst gewesen, wie laut ich hatte sprechen müssen, um über die Musik gehört zu werden, bis zwischen zwei Songs eine Pause eintrat, in der ich die Stimme senken konnte. »Jetzt ist es meiner«, sagte ich, ein Echo dessen, was er in der Buchhandlung zu mir gesagt hatte. »Aber ich könnte dir helfen, in die Klinik zu kommen, in der meine Mom arbeitet.«

»Du Philanthrop«, sagte er.

»Was soll das denn heißen?«, gab ich zurück.

»Keine Ahnung. Hat Sam die Tage mal gesagt. Ich fand, das hörte sich nett an.«

Das war so ziemlich alles, was man über Cole wissen musste, nur diese paar Sätze. Er hörte etwas, was er nicht ganz verstand, fand es gut, und riss es sich prompt unter den Nagel.

Ich wühlte in meiner winzigen Handtasche. »Ich hab dir noch was mitgebracht.«

Ich überreichte ihm einen kleinen Modellmustang, schwarz und glänzend.

Cole nahm ihn und setzte ihn sich auf die flache Hand. Er stand jetzt ganz still; mir war nicht aufgefallen, dass er das vorher offenbar nicht getan hatte. Nach einer Weile sagte er: »Na, der verbraucht mit Sicherheit weniger Sprit als meiner.«

Er ließ das Miniauto die Kante der Arbeitsplatte entlangfahren und machte dabei ein leises, ansteigendes Motorengeräusch. Am Ende der Kücheninsel angekommen, ließ er den Wagen abheben und durch die Luft fliegen. »Aber dich lasse ich nicht ans Steuer, sorry«, sagte er.

»Ein schwarzes Auto würde mir sowieso nicht stehen«, erwiderte ich.

Plötzlich schoss Coles Arm hervor und schlang sich um meine Taille. Erschrocken riss ich die Augen auf. Er sagte: »Es gibt nichts, was dir nicht steht. Isabel Culpeper, Traumfrau deluxe.«

Er fing an zu tanzen. Und mit einem Mal tanzte ich auch, weil Cole tanzte. Und dieser Cole war sogar noch unwiderstehlicher als der von vorher. Das hier war alles, was Coles Lächeln verhieß, umgewandelt in etwas Greifbares, in eine reale Situation, bestehend aus seinen Händen um meine Hüften und seinem schlanken Körper, der sich gegen meinen drängte. Ich tanzte gern, war mir dabei aber immer sehr bewusst gewesen, *dass* ich tanzte, was mein Körper machte. Jetzt, mit diesem donnernden Rhythmus und mit Cole, wurde alles außer der Musik unsichtbar. *Ich* wurde unsichtbar. Meine Hüften wurden zu dem dröhnenden Bass. Meine Hände auf

Coles Schultern zum Heulen des Synthesizers. Mein Körper war nichts mehr als der harte, pulsierende Beat des Songs.

Meine Gedanken zuckten nur noch zwischen den einzelnen Takten auf.

Bumm:

meine Hand auf Coles Bauch

Bumm:

unsere Hüften, die sich aneinanderpressten

Bumm:

Coles Lachen

Bumm:

wir waren eins

Selbst das Wissen, dass Cole hierbei nur so gut war, weil es nun mal sein Job war, machte das Ganze nicht weniger fantastisch. Dazu kam, dass er nicht versuchte, fantastischer zu sein als ich – jede seiner Bewegungen diente unserem Zusammenspiel. Es gab kein Ego, nur die Musik und unsere beiden Körper.

Als der Song schließlich endete, trat Cole, völlig außer Atem, einen Schritt zurück, ein kleines Lächeln auf dem Gesicht. Ich begriff nicht, wie er jetzt aufhören konnte. Ich wollte tanzen, bis ich nicht mehr stehen konnte. Ich wollte meinen Körper an seinen pressen, bis uns nichts mehr trennen konnte.

»Du machst echt süchtig«, sagte ich zu ihm.

»Du musst es ja wissen.«

KAPITEL 43

SAM

Weil Grace sich heute schon fester in ihrer Haut verankert fühlte, wagten wir uns zum ersten Mal zusammen aus dem Haus. Sie duckte sich im Auto, als ich kurz in den Ein-Dollar-Laden rannte, um ihr ein paar Socken und T-Shirts zu kaufen, und dann in den Lebensmittelladen, um die Sachen von der Liste zu besorgen, die sie mir mitgegeben hatte. Es war schön, diese alltäglichen Dinge zu erledigen und zumindest den Anschein von Routine zu wahren. Das Einzige, was das Vergnügen schmälerte, war die Tatsache, dass Grace in diesem Auto festsaß, da sie offiziell immer noch vermisst wurde, und ich an den Boundary Wood gefesselt war, noch immer untrennbar mit dem Rudel verbunden, und wir beide Gefangene in Becks Haus waren, die darauf warteten, dass ihr Urteil vollstreckt wurde.

Wir brachten unsere Einkäufe nach Hause und ich faltete Grace' Liste zu einem Papierkranich und hängte ihn an die Decke zu den anderen. Der Luftzug der Heizung trieb ihn in Richtung Fenster, doch als ich ihn mit der Schulter anstupste, war der Faden nur gerade lang genug, dass er sich mit dem Kranich daneben verheddterte.

»Ich würde gern zu Rachel fahren«, sagte Grace.

»Okay«, antwortete ich. Ich hatte den Schlüssel schon in der Hand.

Wir kamen eine ganze Weile vor dem letzten Klingeln an Grace' Schule an und so saßen wir schweigend da und warteten darauf, dass der Unterricht endete. Als es so weit war, duckte Grace sich wieder auf dem Rücksitz, um nicht gesehen zu werden.

Es war seltsam, schrecklich, vor ihrer alten Schule zu sitzen und zu beobachten, wie die älteren Schüler grüppchenweise, meist zu zweit oder zu dritt, aus dem Gebäude geschlendert kamen und auf die Busse warteten. Überall leuchtende Farben: neonbunte Umhängetaschen, knallige Shirts mit Mannschaftsmottos, frische grüne Blätter an den Bäumen auf dem Parkplatz. Die Autofenster schalteten die Gespräche auf stumm und so ganz ohne Ton machte es fast den Eindruck, als kommunizierten die Leute allein durch ihre Körpersprache. Es wurden so viele Hände in die Luft gereckt, Schultern aneinandergestoßen, Köpfe beim Lachen in den Nacken geworfen. Sie brauchten keine Worte, wenn sie nur bereit waren, lange genug zu schweigen, um ohne sie sprechen zu lernen.

Ich sah auf die Uhr im Armaturenbrett. Wir waren erst seit ein paar Minuten hier, aber es kam mir länger vor. Es war ein herrlicher Tag, fast schon mehr Sommer als Frühling, einer jener Tage, an denen der wolkenlos blaue Himmel hoch und unerreichbar schien. Immer mehr Schüler kamen aus dem Gebäude, aber ich sah noch kein bekanntes Gesicht. Es war eine Ewigkeit her, seit ich hier darauf gewartet hatte, dass Grace aus dem Unterricht kam, damals, als ich noch derjenige war, der sich vor dem Wetter verstecken musste.

Ich fühlte mich so viel älter als sie alle. Viele waren in der Abschlussklasse, ein paar von ihnen mussten also in meinem Alter sein, aber das schien mir unfassbar. Ich konnte mir mich nicht unter ihnen vorstellen, wie ich, den Rucksack über die Schulter geworfen, auf den Bus wartete oder zu meinem Auto ging. Es war, als wäre ich niemals so jung gewesen. Gab es irgendwo ein Paralleluniversum mit einem Sam Roth, der nie die Wölfe getroffen, nie seine Eltern verloren, nie Duluth verlassen hatte? Wie würde dieser Sam wohl aussehen, der ganz normal zur Schule und danach aufs College ging, am Weihnachtsmorgen aufwachte, bei der Abschlussfeier seine Mutter umarmte? Hätte dieser narbenlose Sam eine Gitarre, eine Freundin, ein schönes Leben?

Ich fühlte mich wie ein Voyeur. Ich wollte hier weg.

Aber da war sie. In einem gerade geschnittenen braunen Kleid mit lila gestreifter Strumpfhose marschierte Rachel allein auf die andere Seite des Parkplatzes zu. Ihr Gang hatte etwas Grimmiges. Ich kurbelte das Fenster herunter. Das hier ließ sich nun wirklich nicht machen, ohne dass ich mir vorkam wie eine Figur aus einem Kriminalroman. *Der Junge rief sie aus dem Auto zu sich. Sie ging auf ihn zu; sie wusste, dass die Polizei ihn verdächtigte, aber er war doch immer so nett gewesen ...*

»Rachel!«, rief ich.

Rachels Augen weiteten sich und es dauerte eine ganze Weile, bis sie ihr Gesicht wieder genügend unter Kontrolle hatte, um einen etwas freundlicheren Blick aufzusetzen. Sie blieb etwa drei Meter vor meinem Fahrerfenster stehen, die Füße dicht zusammenstehend, die Hände um die Riemen ihres Rucksacks gelegt.

»Hi«, sagte sie. Sie blickte argwöhnisch, oder traurig.

»Kann ich mit dir reden?«

Rachel sah kurz zurück zur Schule, dann wieder zu mir. »Klar«, sagte sie. Aber näher kam sie nicht. Diese Distanziertheit tat weh. Und außerdem bedeutete sie, dass ich alles, was ich ihr zu sagen hatte, über drei Meter Parkplatz hinweg schreien musste.

»Würde es dir was ausmachen, ein bisschen, äh, näher zu kommen?«, bat ich.

Rachel zuckte mit den Schultern, kam jedoch nicht näher.

Ich ließ den Motor laufen, stieg aus und schlug die Tür hinter mir zu. Rachel bewegte sich nicht, als ich auf sie zukam, aber ihre Brauen senkten sich kaum merklich.

»Wie geht es dir?«, fragte ich leise.

Rachel sah mich an, ihre Zähne gruben sich in ihre Unterlippe. Sie wirkte so furchtbar traurig, dass es mir schwerfiel, Grace' Entscheidung herzukommen weiter für falsch zu halten.

»Das mit Olivia tut mir so leid«, sagte ich.

»Mir auch«, sagte Rachel. Es klang bemüht tapfer. »John kommt nicht gut damit klar.«

Es dauerte einen Moment, bis mir wieder einfiel, dass John Olivias Bruder war. »Rachel, ich bin wegen Grace hier.«

»Was ist mit Grace?« Sie klang zurückhaltend. Ich wünschte, sie würde mir trauen, aber dazu hatte sie wahrscheinlich keinen Grund.

Ich verzog das Gesicht und sah zu, wie die Schüler sich in die Busse drängten. Das Ganze wirkte wie ein Werbespot für eine Schule: strahlend blauer Himmel, leuchtend grüne Blätter, augenschmerzerregend gelbe Busse. Und auch Rachel passte perfekt ins Bild; diese gestreifte Strumpfhose sah aus, als müsste man sie extra aus einem Katalog bestellen. Rachel war Grace' Freundin. Und Grace war überzeugt davon, dass sie ein Geheimnis für sich behalten konnte. Nicht bloß irgendein Geheimnis. *Unser* Geheimnis. Obwohl ich Grace' Urteil Glauben schenkte, fiel es mir nun doch erstaunlich schwer, die Wahrheit auszusprechen. »Zuerst muss ich wissen, ob ich dir vertrauen kann, Rachel.«

»Ich hab ein paar ziemlich schlimme Sachen über dich gehört, Sam«, entgegnete Rachel.

Ich seufzte. »Ich weiß. Ich hab sie auch gehört. Ich hoffe, du weißt, dass ich Grace nie etwas antun würde, aber … du musst mir nicht unbedingt trauen, Rachel. Ich will nur wissen, ob du, wenn es um was Wichtiges geht, was wirklich Wichtiges, ein Geheimnis für dich behalten kannst. Sei ehrlich.«

Ich sah ihr an, dass sie ihren Schutzschild gern hätte sinken lassen, immerhin.

»Kann ich«, sagte sie.

Ich biss mir auf die Unterlippe und schloss die Augen, nur für eine Sekunde.

»Ich glaube nicht, dass du sie getötet hast«, fuhr sie fort, vollkommen sachlich, als würde sie sagen, sie glaube nicht, dass es heute Abend regnen würde, weil keine Wolken zu sehen waren. »Wenn dir das hilft.«

Ich öffnete die Augen. Es half. »Okay. Es ist so – und das hört sich jetzt ziemlich verrückt an ... Grace ist am Leben, sie ist immer noch hier in Mercy Falls und es geht ihr gut.«

Rachel beugte sich zu mir vor. »Und du hast sie gefesselt und bei dir im Keller eingesperrt?«

Das Schlimme an der Sache war, dass das ja sogar irgendwie stimmte. »Sehr witzig, Rachel. Ich halte sie bestimmt nicht gegen ihren Willen bei mir fest. Sie versteckt sich und ist noch nicht so weit rauszukommen. Die Situation ist schwer zu –«

»Oh Gott, du hast sie geschwängert«, stieß Rachel hervor. Aufgeregt warf sie die Hände in die Luft. »Ich hab's gewusst. Ich hab's ge*wusst*.«

»Rachel«, sagte ich. »Rach. *Rachel.*«

Sie redete immer noch. »– so oft darüber geredet, aber schaltet sie vielleicht mal ihr Hirn ein? Nein. Natürlich –«

»Rachel«, unterbrach ich. »Sie ist nicht schwanger.«

Sie musterte mich. Ich glaube, zu diesem Zeitpunkt hatte die Unterhaltung uns beide schon ziemlich erschöpft. »Okay. Was dann?«

»Tja, wahrscheinlich wirst du es mir nicht glauben. Ich weiß gar nicht so richtig, wie ich es dir sagen soll. Vielleicht solltest du es besser von Grace selber hören.«

»Sam«, sagte Rachel. »Wir hatten doch alle Sexualkunde in der Schule.«

»Äh, nein, Rachel. Wirklich. Jedenfalls hat sie mich gebeten, dir zu sagen ›Brad mit der brutal breiten Brust‹. Keine Ahnung, was das heißen soll, aber sie meinte, du wüsstest dann, dass sie es wirklich ist.«

Ich konnte sehen, wie diese Worte in ihr arbeiteten und sie überlegte, mit welchen unlauteren Methoden ich darangekommen sein könnte. Skeptisch fragte sie: »Warum erzählt sie mir das dann nicht alles selbst?«

»Weil du nicht zum Auto kommen wolltest!«, rief ich. »Sie kann nicht aussteigen und ich schon. Schließlich wird sie immer noch vermisst, falls du dich erinnerst. Wenn du tatsächlich gekommen wärst, als ich dich gerufen hab, hätte sie dir vom Rücksitz zuwinken können wie geplant.«

Als sie immer noch zögerte, rieb ich mir verzweifelt mit den Händen übers Gesicht. »Hör zu, Rachel, geh rüber und sieh selbst nach. Ich bleibe hier stehen. Dann hab ich gar keine Gelegenheit, dir mit einer Bierflasche den Schädel einzuschlagen und dich in den Kofferraum zu schubsen. Fühlst du dich damit wohler?«

»Wenn du noch ein Stück weiter weggehst, vielleicht«, entgegnete Rachel. »Tut mir leid, Sam, aber das hab ich alles schon mal im Fernsehen gesehen. Ich weiß, wie so was läuft.«

Ich presste mir zwei Finger auf die Nasenwurzel. »Pass auf. Ruf bei mir auf dem Handy an. Es liegt im Auto. Grace ist auch im Auto. Sie wird rangehen und dann kannst du selbst mit ihr reden. Dafür musst du noch nicht mal in die Nähe gehen.«

Rachel zog ihr Handy aus der Seitentasche ihres Rucksacks. »Wie ist deine Nummer?«

Ich sagte es ihr und sie hackte die Zahlen in die Tastatur. »Es klingelt«, sagte sie.

Ich deutete auf den VW. Das Klingeln war durch die geschlossenen Türen vage zu hören.

»Da geht keiner ran«, sagte Rachel vorwurfsvoll. Gerade als sie es ausgesprochen hatte, wurde das Beifahrerfenster runtergekurbelt und Grace spähte hinaus.

»Mein Gott«, zischte sie, »wirklich extrem unauffällig, wie ihr da steht. Steigt ihr jetzt mal langsam ein, oder was?«

Rachels Augen wurden kreisrund.

Ich hob die Hände zu beiden Seiten meines Kopfes, wie um mich zu ergeben. »Und, glaubst du mir jetzt?«

»Sagst du mir auch, warum sie undercover ist?«, fragte Rachel zurück.

Ich deutete auf Grace. »Ich glaube, das erzählt sie dir besser selbst.«

Kapitel 44

Grace

Ich war davon ausgegangen, dass meine schiere Präsenz ausreichte, damit Rachel Sam glaubte. Die Tatsache, dass ich lebte und atmete, sprach doch immerhin ziemlich eindeutig für Sams Unschuld, aber als es dann so weit war, war Rachel trotzdem noch unsicher. Es dauerte einige Minuten, bis wir sie ins Auto gelockt hatten, selbst nachdem sie mich darin gesehen hatte.

»Nur weil du Grace da drin hast, heißt das noch lange nicht, dass alles okay ist«, protestierte Rachel und spähte misstrauisch durch die offene Autotür. »Woher weiß ich denn, dass du sie in deinem Keller nicht mit psychoaktiven Pilzen fütterst und jetzt dasselbe mit mir vorhast?«

Sam blinzelte in die warme Sonne und warf einen Blick zurück zum Schulgebäude. Wahrscheinlich dachte er in diesem Moment dasselbe wie ich: dass so ziemlich jeder in Mercy Falls das Schlimmste von ihm erwartete und dass es einigermaßen unangenehm werden könnte, wenn jemandem auffiel, dass er mit einem unsicher dreinblickenden Mädchen auf einem Parkplatz stand. Er sagte: »Ich weiß jetzt nicht so richtig, wie ich diese Anschuldigung widerlegen soll.«

»Rachel, ich bin nicht mit Drogen vollgepumpt«, fiel ich ein. »Und jetzt steig endlich ins Auto.«

Stirnrunzelnd sah Rachel mich an, dann wieder Sam. »Nicht, bis du mir erklärt hast, warum du dich weiter verstecken willst.«

»Das ist eine ziemlich lange Geschichte.«

Rachel verschränkte die Arme. »Dann gib mir eine Zusammenfassung.«

»Aber es wäre wirklich, wirklich besser, wenn ich es dir in Ruhe erklären könnte.«

Rachel rührte sich nicht vom Fleck. »*Zusammenfassung.*«

Ich seufzte. »Rachel, ich verwandle mich immer mal wieder in einen Wolf. Und jetzt nicht ausflippen.«

Sie wartete darauf, dass ich weiterredete, dass ich dem Ganzen einen Sinn verlieh. Aber so einfach war das nicht, besonders nicht, wenn ich die Geschichte *zusammenfassen* sollte.

»Warum sollte ich ausflippen?«, fragte Rachel. »Nur weil du irre geworden bist und kompletten Schwachsinn erzählst? Klar verwandelst du dich in einen Wolf, ich verwandle mich ja auch in ein Zebra. Hier, guck, die Streifen da sind noch vom letzten Mal übrig.«

»Rachel«, sagte Sam sanft. »Ich verspreche dir, dass es wesentlich mehr Sinn ergibt, wenn du erst die Hintergründe hörst. Wenn du Grace nur eine Chance gibst – irgendwo, wo ihr unter euch seid –, dann ist es vielleicht immer noch seltsam, aber nicht mehr ganz so verrückt.«

Völlig außer sich blickte Rachel ihn an, dann wieder mich. »Tut mir leid, Grace. Aber ich finde es einfach keine so gute Idee, mich zu ihm ins Auto zu setzen und in seine Räuberhöhle fahren zu lassen.« Sie streckte Sam die Hand entgegen, der darauf starrte, als wäre sie eine Waffe. Dann wackelte sie mit den Fingern und fügte hinzu: »*Ich fahre.*«

»Du willst ... fahren? Zu mir nach Hause?«, vergewisserte sich Sam.

Rachel nickte.

Sam wirkte ein wenig überrumpelt, dennoch schaffte er es, seine Stimme ruhig klingen zu lassen. »Aber wo liegt denn da der Unterschied, ob ich fahre oder du?«

»Weiß ich auch nicht! Ich würde mich eben besser fühlen.« Sie hatte die Hand noch immer nach dem Schlüssel ausgestreckt. »Im Fernsehen fährt sich zumindest niemand *selbst* ins Verderben.«

Sam sah mich an. *Grace, hilf mir!*, schien sein Gesichtsausdruck zu schreien.

»Rachel«, sagte ich streng, »hast du überhaupt eine Ahnung, wie man mit Gangschaltung fährt?«

»Nein«, gab Rachel zu. »Aber ich lerne schnell.«

Ich bedachte sie mit einem unnachgiebigen Blick. »Rachel.«

»Grace, du musst ja wohl zugeben, dass das alles ziemlich seltsam ist. Los, sag es. Du verschwindest aus dem Krankenhaus und Olivia ist – und jetzt taucht Sam hier plötzlich mit dir auf und, na ja, die halluzinogenen Pilze kommen mir immer wahrscheinlicher vor, besonders wenn du hier was von Wölfen faselst. Als Nächstes kommt wahrscheinlich noch Isabel Culpeper und erzählt, dass wir alle gleich von Außerirdischen entführt werden, und eins sag ich dir, das könnte ich in meinem labilen emotionalen Zustand wirklich nicht ertragen. Ich finde –«

Ich seufzte. »Rachel.«

»Na *schön*«, fauchte sie. Sie warf ihren Rucksack auf den Rücksitz und stieg ein.

Als wir zu Becks Haus fuhren, Sam hinter dem Steuer, ich neben ihm und Rachel auf dem Rücksitz, überkam mich plötzlich ein unerklärliches Heimweh. Der Gedanke an mein verlorenes Leben machte mich ganz krank. Ich konnte gar nicht sagen, was genau ich so schrecklich vermisste – mit Sicherheit nicht meine Eltern, dafür waren sie gar nicht oft genug zu Hause gewesen –, bis mir klar wurde, dass es der grauenhaft süße Erdbeergeruch von Rachels Shampoo war, der dieses Gefühl in mir ausgelöst hatte. *Das* war es, was mir fehlte. Die Nachmittage und Abende mit Rachel, an denen wir uns in ihrem Zimmer verschanzten oder bei mir zu Hause das Kommando über die Küche übernahmen oder Olivia auf einer ihrer Fotoexpeditionen begleiteten. Ich hatte kein Heimweh, denn dazu hätte ich ein Heim haben müssen, das ich vermissen konnte. Ich hatte Menschenweh. Lebensweh.

Ich drehte mich nach hinten und streckte die Hand nach Rachel aus, aber meine Finger waren nicht lang genug, um sie zu berühren. Sie sagte nichts, aber sie nahm meine Hand und drückte sie fest. So blieben wir den Rest der Fahrt über sitzen, ich halb nach hinten verdreht und sie vorgebeugt, unsere Hände auf der Rückenlehne meines Sitzes. Sam sagte auch nichts, außer einmal »Ups, 'tschuldigung«, als er zu früh den Gang hochgeschaltet hatte und das Auto anfing zu ruckeln.

Eine Weile später, als wir im Haus angekommen waren, erzählte ich ihr alles, die ganze Geschichte, von dem Moment an, als die Wölfe mich von der Schaukel gerissen hatten, bis zu dem Tag, als ich in einer Pfütze meines eigenen Bluts lag und beinahe gestorben war. Und alles, was dazwischenlag. Sam wirkte nervöser, als ich ihn je erlebt hatte, aber ich machte mir keine Sorgen. Von dem Augenblick an, als Rachel im Auto meine Hand genommen hatte, hatte ich gewusst, dass sie zu den Dingen in diesem seltsamen neuen Leben gehörte, die ich behalten durfte.

Kapitel 45

Isabel

Ich hatte was gegen Kapitalverbrechen, zumindest dann, wenn eine kleine Gesetzesübertretung völlig ausreichte. Ins Schullabor hätten wir richtig einbrechen müssen. Uns mittels des Ersatzschlüssels aus dem Büro meiner Mutter Einlass in die Klinik zu verschaffen, war nur unbefugtes Betreten. Eine reine Vernunftentscheidung also. Ich hatte meinen Geländewagen auf dem Parkplatz des Supermarkts auf der anderen Straßenseite abgestellt, sodass niemandem, der an der Klinik vorbeifuhr, etwas Ungewöhnliches auffallen würde. Ich hätte wirklich eine hervorragende Kriminelle abgegeben. Tja, vielleicht wurde daraus ja auch was. Schließlich war ich jung und es konnte durchaus sein, dass aus meinen Plänen, Medizin zu studieren, doch nichts wurde.

Ich bedeutete Cole, vor mir reinzugehen. »Mach hier bloß nichts kaputt«, warnte ich ihn, was gegenüber Cole St. Clair wahrscheinlich nicht viel mehr als ein frommer Wunsch war.

Cole stakste den Flur hinunter und beäugte neugierig die Poster an den Wänden.

Die Wohlfahrtsklinik war ein Teilzeitprojekt meiner Mutter, die auch noch im städtischen Krankenhaus arbeitete. Bei der Eröffnung waren die Wände zuerst voller Kunstwerke gewesen, für die bei uns zu Hause kein Platz war oder die sie dort einfach nicht mehr hatte sehen können. Sie wollte, dass die Klinik heimelig wirkte, hatte sie erklärt, als wir frisch nach Mercy Falls gekommen waren. Nach Jacks Tod hatte sie viele der Gemälde von zu Hause verschenkt, und als diese Phase überstanden war, hatte sie die Bilder von den Klinikwänden wieder mitgenommen, um die anderen zu ersetzen. Das heute vorherrschende Dekor der Klinik bezeichnete ich gern als *späte pharmazeutische Periode.*

»Ganz den Flur runter und dann rechts«, sagte ich. »Nicht da rein. Das ist die Toilette.«

Als ich die Tür hinter mir zumachte, erreichte uns noch weniger von dem verblassenden Nachmittagslicht, aber das spielte keine Rolle. Ich schaltete die Neonlampen über uns ein und sofort verschluckte uns die Klinikzeit, in der sich alle Tageszeiten gleich anfühlten. Wie oft hatte ich es meiner Mom schon gesagt: Wenn sie wirklich wollte, dass es in der Klinik »heimelig« war, wären echte Glühbirnen ein großer Schritt in die richtige Richtung – dann hätte das hier schon viel eher einem normalen Haus geähnelt als einem Wal-Mart.

Cole war bereits im winzigen Labor meiner Mutter verschwunden und ich schlenderte langsam hinterher. Ich hatte zwar die Schule geschwänzt, um Cole sein Päckchen zu bringen, aber ausgeschlafen hatte ich trotzdem nicht – ich war früh aufgestanden und laufen gegangen. Dann hatte ich Cole geholfen, seine unglaublich professionell aussehende Falle aufzubauen, und mich bemüht, dabei nicht in die Grube zu fallen, aus der sie, wie er sagte, Grace gefischt hatten. Und dann waren wir hierhergefahren und hatten darauf gewartet, dass die Klinik zumachte, damit wir reingehen konnten, während meine Eltern glaubten, ich wäre bei einer Schülerratsversammlung. Eine Pause hätte ich jetzt wirklich gut brauchen können. Besonders viel gegessen hatten wir auch nicht, sodass ich mir langsam vorkam wie Sankt Isabel, Märtyrerin der Werwölfe. Im Empfangszimmer blieb ich stehen und öffnete den kleinen Kühlschrank unter der Theke. Ich schnappte mir zwei Flaschen Saft und nahm sie mit. Saft war besser als gar nichts.

Im Labor hockte Cole bereits rücklings auf einem Stuhl und beugte sich über den Tisch mit dem Mikroskop. Er hatte eine Hand erhoben und deutete mit dem Zeigefinger an die Decke. Es dauerte einen Moment, bis ich begriffen hatte, dass er sich in den Finger gestochen hatte und nun darauf wartete, dass es aufhörte zu bluten.

»Wie wär's mit einem Pflaster oder willst du lieber weiter Freiheitsstatue spielen?«, fragte ich. Ich stellte den Saft neben ihm ab und dann, nach kurzem Nachdenken, schraubte ich den Deckel ab und hielt ihm die Flasche an den Mund, sodass er einen Schluck trinken konnte. Zum Dank wedelte er mit seinem blutigen Finger.

»Hab keins gefunden«, erklärte Cole. »Hauptsächlich deshalb, weil ich gar nicht gesucht hab. Ist das da Methanol? Ach ja, guck mal, ist es.«

Ich besorgte ihm ein Pflaster und rollte einen Drehstuhl für mich heran. Viel Weg musste ich dabei nicht zurücklegen. Das Labor war in Wirklichkeit bloß eine Abstellkammer, mit Regalen und Schubläden voller Probepackungen verschreibungspflichtiger Medikamente, Schachteln mit Gazetupfern, Wattestäbchen und Zungenspateln, Flaschen mit Wundbenzin und Desinfektionsmittel. Ein Gerät für die Urinanalyse, das Mikroskop und einen Blutröhrchen-Rotator. Da blieb nicht viel Platz für zwei Stühle mit zwei Menschen.

Cole hatte etwas von seinem Blut auf ein Glasplättchen tropfen lassen und betrachtete es jetzt durch das Mikroskop.

»Wonach suchst du?«, fragte ich ihn.

Er antwortete nicht; seine Brauen hingen so nachdenklich tief über seinen Augen, dass er mich vermutlich noch nicht mal gehört hatte. Irgendwie gefiel es mir, ihn so zu sehen, wie er einmal nicht die große Show abzog, sondern ... einfach Cole war, so sehr es nur ging. Er wehrte sich nicht, als ich seine Hand nahm und das Blut abtupfte.

»Meine Güte«, sagte ich, »womit hast du dich denn da aufgesäbelt, mit einem Buttermesser?« Ich klebte ein Pflaster auf die Wunde und ließ seine Hand wieder los. Sofort stellte er damit das Mikroskop genauer ein.

Das Schweigen zwischen uns schien ewig anzudauern, obwohl es in Wirklichkeit wahrscheinlich gerade mal eine Minute war. Cole lehnte sich zurück, sah mich aber nicht an. Er stieß ein ungläubiges Lachen aus, kurz und heiser, die Fingerspitzen wie zu einem Dach zusammengepresst. Dann legte er die Finger an die Lippen.

»Lieber Gott«, sagte er und dann lachte er wieder dieses abgehackte Lachen.

»Was?«, fragte ich genervt.

»Tja – guck selbst.« Cole schob seinen Stuhl zurück und zog stattdessen meinen, mit mir darauf, an seinen Platz. »Was siehst du?«

Einen feuchten Dreck würde ich sehen, schließlich hatte ich ja keine Ahnung, wonach ich Ausschau halten sollte. Aber ich tat ihm den Gefallen und spähte durch das Mikroskop. Und tatsächlich, Cole hatte recht: Ich sah sofort, was er meinte. Unter der Linse waren Dutzende rote Blutkörperchen zu sehen, farblos und ganz normal. Und dann noch zwei rote Punkte.

Ich wich zurück. »Was ist das?«

»Das ist der Werwolf«, sagte Cole. Er zappelte auf seinem Drehstuhl hin und her. »Ich hab's gewusst. Ich hab's *gewusst*.«

»Was hast du gewusst?«

»Entweder hab ich Malaria oder so sieht der Wolf aus. Hängt da einfach so in meinem Blut rum. Ich *wusste*, dass das Virus sich wie Malaria verhält. Ich hab's gewusst. Mein Gott!«

Er sprang auf, sitzen bleiben reichte einfach nicht mehr.

»Na super, du Wunderkind. Und was bitte bedeutet das für die Wölfe? Kann man es dann auch heilen wie Malaria?«

Cole starrte auf ein Schaubild an der Wand. Es bildete die Wachstumsstadien eines Fötus ab, in so leuchtenden Farben, wie sie vermutlich seit den Sechzigern nicht mehr verwendet wurden. Er wedelte abwehrend mit der Hand. »Malaria kann man nicht heilen.«

»Erzähl keinen Quatsch«, erwiderte ich. »Es werden doch ständig irgendwelche Leute von Malaria geheilt.«

»Nein«, widersprach Cole und fuhr die Umrisse eines der Föten mit dem Zeigefinger nach. »Es wird nur verhindert, dass sie daran sterben.«

»Das heißt also, es gibt gar kein Heilmittel«, sagte ich. »Aber es gibt einen Weg zu verhindern, dass sie ... du *hast* aber doch schon verhindert, dass Grace stirbt. Ich verstehe nicht, was hieran die große neue Erkenntnis sein soll.«

»Sam. Die Erkenntnis ist Sam. Das hier ist nur die Bestätigung. Ich muss weiterarbeiten. Ich brauche Papier«, stieß Cole hervor und wandte sich mir zu. »Ich brauche ...« Er brach mitten im Satz ab, seine Hochstimmung verebbte. Für mich war das alles eine ziemliche Ernüchterung, für eine wissenschaftliche Enthüllung hergekommen zu sein, die sich als so unausgegoren herausstellte und die ich außerdem gar nicht verstand. Und nach Einbruch der Dunkelheit hier in der Klinik zu sein, erinnerte mich an den Abend, an dem Grace und ich Jack hierhergebracht hatten. Dieser Fehlschlag, dieser Verlust, das alles stürzte nun wieder auf mich ein und ich hätte mich am liebsten einfach nur zu Hause in meinem Bett zusammengerollt.

»Essen«, ergänzte ich. »Schlaf. Das brauche *ich* zumindest jetzt. Ich muss hier raus.«

Cole starrte mich an, als hätte ich *Enten* und *Yoga* gesagt.

Ich stand auf und stellte mich ihm gegenüber. »Anders als ihr mit euren wild wütenden Wolfsinfektionen muss ich nämlich morgen zur Schule, besonders nachdem ich heute schon blaugemacht habe, um dir zu helfen.«

»Warum bist du denn jetzt so sauer?«

»Ich bin nicht sauer«, entgegnete ich. »Ich bin müde. Ich will einfach nach Hause. Schätze ich.« Obwohl die Vorstellung, nach Hause zu fahren, irgendwie auch nicht sonderlich verlockend wirkte.

»Du bist wohl sauer«, widersprach er. »Ich hab's doch bald geschafft, Isabel. Ich hab es bald. Ich glaube, ich ... ich bin wirklich ganz nah dran. Ich muss mit Sam reden. Wenn ich ihn dazu kriege, dass er mit mir redet.«

Und plötzlich war er nur noch ein müder, gut aussehender Junge, kein Rockstar mit Zehntausenden von Fans, die sich alle fragten, wo er abgeblieben war, und auch kein Genie mit einem so übergroßen Gehirn, dass es dagegen rebellierte, benutzt zu werden, und stattdessen immer neue Wege fand, sich selbst zu zerstören.

Als ich ihn so sah, hatte ich auf einmal das Gefühl, irgendetwas von ihm zu brauchen, oder von sonst wem, und das bedeutete vermutlich, dass er auch etwas von mir brauchte, oder von sonst wem, aber diese Erkenntnis war ungefähr so aufschlussreich, wie sich rote Punkte unter einer Linse anzusehen. Zu wissen, dass etwas für jemanden eine Bedeutung hatte, war nicht dasselbe, als wenn es für einen selbst eine hatte.

Und dann hörte ich ein vertrautes Geräusch – das Knacken des Schlosses an der Tür am anderen Ende des Flurs, als der Bolzen sich zurückschob. Jemand war hier.

»Scheiße, Scheiße, Scheiße!«, zischte ich. Mir blieben ungefähr zwei Sekunden, um mir einen Plan auszudenken. »Nimm deine Sachen und dann ab unter den Tisch!« Cole schnappte sich sein Glasplättchen und seinen Saft und die Verpackung des Pflasters und ich vergewisserte mich, dass er sicher unter dem Tisch hockte, bevor ich das Licht ausknipste und mich neben ihm versteckte.

Die Eingangstür öffnete sich mit langsamem Geklacker und schlug dann dumpf wieder zu. Ich hörte den verärgerten Seufzer meiner Mutter, laut und dramatisch genug, um bis ins Labor zu dringen. Ich hoffte sehr, ihre Verärgerung war darauf zurückzuführen, dass sie dachte, jemand hätte das Flurlicht angelassen.

Von Cole war in der Dunkelheit nichts zu sehen außer dem Glitzern seiner Augen, in denen sich das Licht vom Flur spiegelte. Unter dem Tisch war nicht gerade viel Platz und wir hockten dort Knie an Knie, Fuß auf Fuß, unmöglich zu sagen, welcher Atemzug von wem kam. Wir waren beide mucksmäuschenstill und lauschten auf die Schritte meiner Mutter. Ich hörte ihre Absätze in einem der vorderen Räume klappern – wahrscheinlich im Empfangsbereich. Ein paar Sekunden blieb sie dort stehen und raschelte mit irgendwas. Cole verschob seinen Fuß, damit mein Stiefel sich nicht so in seinen Knöchel bohrte. Ich hörte irgendwas in seiner Schulter knacken, als er sich bewegte. Dann stützte er den Arm an der Wand hinter mir ab. Meine Hand war irgendwie zwischen seine Beine geraten, also zog ich sie rasch zurück.

Wir warteten.

Meine Mutter sagte laut und deutlich: »Verdammt.« Sie lief über den Flur und in eins der Behandlungszimmer. Mehr Papiergeraschel. Unter dem Tisch war es stockfinster, zu dunkel, als dass sich meine Augen daran gewöhnt hätten, und es fühlte sich an, als hätten wir beide zusammen mehr Beine, als wir sollten. Meine Mutter ließ einen Packen Papier fallen; ich konnte das Rauschen und Klicken hören, mit dem die Blätter auf dem Boden landeten und gegen den Behandlungstisch flatterten. Diesmal fluchte sie nicht.

Cole küsste mich. Ich hätte ihm befehlen müssen, damit aufzuhören, stillzuhalten, aber ich wollte es auch. Ich rührte mich nicht aus meiner zusammengekrümmten Haltung an der Wand, sondern ließ mich einfach wieder und wieder von ihm küssen. Es war die Art von Kuss, von dem man sich nicht so schnell wieder erholte. Man hätte jeden unserer Küsse nehmen können, vom allerersten Augenblick an, und sie auf Glasplättchen unter ein Mikroskop legen, und ich war mir ziemlich sicher, was man dann gefunden hätte. Selbst ein Experte hätte beim ersten nichts gesehen, beim zweiten vielleicht den Anfang von irgendetwas – noch nicht stark ausgeprägt, leicht zu bekämpfen – und dann immer mehr und mehr, bis es schließlich bei diesem hier so stark war, dass ihn auch ein ungeschulter Blick sofort erkannte: den Beweis, dass wir vermutlich nie voneinander geheilt werden würden, aber immerhin vielleicht nicht daran sterben mussten.

Ich hörte die Schritte meiner Mutter eine Sekunde, bevor das Licht im Labor anging. Dann einen schweren Seufzer.

»Isabel, was soll das?«

Cole zuckte zurück und wir starrten sie an wie zwei ertappte Opossums hinter einer Mülltonne, als sie ein Stück zurücktrat, um uns zu mustern. Ich sah, wie sie zuerst die Vitalfunktionen kontrollierte: Wir hatten unsere Kleidung noch an, nichts wirkte zerzaust oder verrutscht, wir injizierten uns nichts. Sie sah Cole an; Cole grinste lasziv zurück.

»Du – du bist doch ...«, stammelte meine Mutter. Sie starrte ihn an und blinzelte dann. Ich wartete darauf, dass sie sagte *der Sänger von NARKOTIKA*, obwohl ich nie auf die Idee gekommen wäre, dass sie ein Fan sein könnte. Dann aber sagte sie: »Der Junge auf der Treppe. In unserem Haus. Der nackte. Isabel, als ich dir gesagt habe, dass ich nicht will, dass du so etwas unter unserem Dach tust, meinte ich eigentlich nicht, dass du es stattdessen in der Klinik machen sollst. Warum hockt ihr hier unter dem Tisch? Ach, ich will es lieber gar nicht wissen. Wirklich nicht.«

Das traf sich gut, weil ich sowieso nicht wusste, was ich sagen sollte.

Meine Mutter rieb sich mit einer Hand, in der sie ein eng bedrucktes Formular hielt, über die Augenbraue. »Mein Gott. Wo ist dein Auto?«

»Auf der anderen Straßenseite«, antwortete ich.

»Natürlich, wo sonst«, sagte sie. Sie schüttelte den Kopf. »Ich werde deinem Vater nicht erzählen, dass ich dich hier gesehen habe, Isabel. Nur bitte, tu …« Sie erläuterte nicht näher, was ich tun oder lassen sollte. Sie warf einfach nur meine halb ausgetrunkene Flasche Saft in den Mülleimer an der Tür und schaltete das Licht aus. Ihre Schritte entfernten sich über den Flur und dann öffnete sich die Eingangstür wieder und fiel ins Schloss. Der Bolzen klickte.

Cole war unsichtbar im Dunklen, aber ich spürte ihn deutlich neben mir. Manchmal musste man die Dinge gar nicht sehen, um zu wissen, dass sie da waren.

Irgendetwas kitzelte mich; ich brauchte einen Augenblick, bis ich begriff, dass Cole seinen kleinen Mustang über meinen Arm fahren ließ. Er lachte vor sich hin, leise und ansteckend, als müssten wir immer noch still sein. An meiner Schulter angekommen, drehte er den Wagen um und ließ ihn wieder runter zu meiner Hand fahren. Das Auto geriet ein wenig ins Schleudern, weil er so lachte.

Ich diesem Moment dachte ich, dass dieses Lachen das Wahrhaftigste war, was ich je von Cole St. Clair gehört hatte.

Kapitel 46

Sam

Mir war nicht klar gewesen, wie sehr ich mich an unseren fehlenden geregelten Tagesablauf gewöhnt hatte, bis wir wieder einen hatten. Seit Grace im Haus war und Cole sich mehr auf seine wissenschaftlichen Experimente konzentrierte, hatte unser Leben wieder einen etwas normaleren Anstrich bekommen. Ich wurde wieder zum tagaktiven Wesen. Die Küche wurde wieder zu einem Ort, an dem man essen konnte; die Fläschchen verschreibungspflichtiger Medikamente und die hingekritzelten Notizen auf der Arbeitsplatte wichen Cornflakesschachteln und Kaffeetassen mit dunklen Ringen auf dem Boden. Grace verwandelte sich nur ungefähr einmal alle drei Tage und selbst dann auch nur für ein paar Stunden, nach denen sie auf wackligen Beinen aus dem Bad, wo sie sich vorher eingeschlossen hatte, ins Bett zurückkehrte.

Irgendwie kamen mir die Tage kürzer vor, wenn Nacht und Schlaf einem einigermaßen festen Zeitplan folgten. Ich ging zur Arbeit und verkaufte Bücher an tuschelnde Kunden und dann kam ich nach Hause und fühlte mich wie ein Verurteilter, dem noch ein paar Tage Gnadenfrist gewährt worden waren. Cole verbrachte die Tage mit seinem Vorhaben, irgendwann mal einen Wolf zu fangen, und schlief jeden Abend in einem anderen Zimmer ein. Morgens erwischte ich Grace dabei, wie sie Näpfe mit altem Müsli für die

Waschbären rausstellte, und abends erwischte ich sie dabei, wie sie sich sehnsüchtig Collegewebsites ansah und mit Rachel chattete. Wir alle schienen auf der Suche nach etwas Flüchtigem, Unerreichbarem.

Die Wolfsjagd wurde fast jeden Abend in den Nachrichten erwähnt.

Ich war – na ja, nicht unbedingt glücklich. Aber nahe dran. Ich wusste, dass das nicht mein wirkliches Leben war, es war ein geborgtes Leben. Eins, in das ich einstweilen hineingeschlüpft war, bis ich mein eigenes wieder im Griff hatte. Der Tag, an dem die Jagd auf die Wölfe stattfinden sollte, schien mir weit weg, ungewiss, aber vergessen konnte ich ihn auch nicht. Nur weil ich nicht wusste, was ich unternehmen sollte, bedeutete das nicht, dass nicht dringend etwas unternommen werden musste.

Am Mittwoch rief ich Koenig an und bat ihn, mir den Weg zu seiner Halbinsel zu beschreiben, damit ich mir einen gründlichen Überblick über ihr Potenzial verschaffen konnte. Genau das sagte ich: »einen gründlichen Überblick über ihr Potenzial«. Diesen Effekt schien Koenig einfach auf mich zu haben.

»Ich glaube«, sagte Koenig und betonte dabei *glaube* so stark, dass deutlich wurde, dass er eigentlich *weiß* meinte, »es wäre besser, wenn ich mit dir dort rausfahre. Wir wollen ja nicht, dass du auf der falschen Halbinsel landest. Am Samstag hätte ich Zeit.«

Erst nachdem wir aufgelegt hatten, begriff ich, dass er einen Witz gemacht hatte, und fühlte mich mies, weil ich nicht gelacht hatte.

Am Donnerstag rief die Zeitung an. Was ich ihnen zum Vermisstenfall Grace Brisbane zu sagen hätte?

Nichts. Nichts hatte ich ihnen zu sagen. Meiner Gitarre hatte ich am Abend zuvor Folgendes gesagt:

you can't lose a girl you misplaced years before
stop looking
stop looking

Aber der Song war noch nicht für die Veröffentlichung bereit, also legte ich auf, ohne irgendetwas zu sagen.

Am Freitag erklärte Grace, dass sie mit mir und Koenig zu der Halbinsel fahren würde. »Ich will, dass Koenig mich sieht«, sagte sie. Sie saß auf meinem Bett und sortierte Socken, während ich mich an verschiedenen Arten versuchte, Handtücher zu falten. »Wenn er weiß, dass ich noch lebe, kann es auch keinen Vermisstenfall mehr geben.«

Die Angst formte sich zu einem unverdaulichen Knoten in meinem Magen. Alle möglichen Folgen dieses Unterfangens keimten rasch und heftig in mir auf. »Aber dann sagt er bestimmt, dass du zurück zu deinen Eltern musst.«

»Dann fahren wir zu ihnen«, sagte Grace. Sie warf eine Socke mit einem Loch ans Fußende des Betts. »Erst zur Halbinsel, dann zu meinen Eltern.«

»Grace?«, fing ich an, aber ich wusste eigentlich gar nicht, was ich sie fragen wollte.

»Die sind doch sowieso nie zu Hause«, erklärte sie unerschrocken. »Und wenn doch, dann ist es Schicksal, dass ich mit ihnen reden soll. Jetzt guck mich nicht so an, Sam. Ich hab genug von dieser … von dieser *Unsicherheit*. Ich finde einfach keine Ruhe mit diesem Damoklesschwert über meinem Kopf. Ich lasse nicht zu, dass die Leute dich verdächtigen, mich … mich … was auch immer die denken, das du mir angetan hast. Mich entführt hast. Mich ermordet hast. Egal. Viel kann ich ja momentan nicht tun, aber das hier schon. Ich ertrag es einfach nicht, dass jemand so von dir denkt.«

»Aber deine Eltern ...«

Grace rollte alle Socken ohne Gegenstück zu einem Riesenball zusammen. Ich fragte mich, ob ich wohl die ganze Zeit in Socken rumgelaufen war, die nicht zueinanderpassten. »Es dauert nur noch ein paar Monate, bis ich achtzehn bin, Sam, und dann können sie mir nicht mehr vorschreiben, was ich mache. Also entweder entscheiden sie sich für die harte Tour und sehen mich direkt nach meinem Geburtstag nie wieder oder sie können Vernunft annehmen und vielleicht reden wir dann eines Tages wieder mit ihnen. Ganz vielleicht. Stimmt es, dass mein Dad dich geschlagen hat? Das hat Cole mir erzählt.«

Sie las mir die Antwort am Gesicht ab.

»Also ja«, sagte sie und seufzte dann, das erste Anzeichen, dass dies ein schmerzhaftes Thema für sie war. »Und darum habe ich auch kein Problem damit, dieses Gespräch mit ihnen zu führen.«

»Ich hasse Konfrontationen«, murmelte ich. Das war vermutlich das Unnötigste, was ich je gesagt hatte.

»Ich kapier das nicht«, stöhnte Grace und streckte die Beine aus. »Wie kann ein Kerl, der so gut wie nie Socken trägt, so viele haben, die nicht zueinanderpassen?«

Wir beide blickten auf meine nackten Füße. Sie streckte die Hand aus, als könnte sie von ihrem Platz aus meine Zehen erreichen. Ich griff nach ihrer Hand und drückte einen Kuss in ihre Handfläche. Sie roch nach Butter und Mehl und nach zu Hause.

»Okay«, gab ich nach. »Wir machen es so, wie du es willst. Erst Koenig, dann deine Eltern.«

»Es ist immer besser, wenn man einen Plan hat«, sagte sie.

Ob das wirklich stimmte, wusste ich nicht. Aber es fühlte sich auf jeden Fall so an.

Kapitel 47

Isabel

Ich hatte Grace' Bitte, das mit den Ferienkursen für sie rauszufinden, nicht vergessen, aber ich brauchte eine Weile, um mir darüber klar zu werden, wie ich es am besten anstellte. Schließlich konnte ich ja kaum so tun, als wollte ich es für mich selbst in Erfahrung bringen, und je spezifischer meine Fragen würden, desto größeren Verdacht würde ich erregen. Am Ende kam ich durch Zufall auf die Lösung. Als ich meinen Rucksack ausräumte, fand ich einen alten Zettel von Ms McKay, meiner Lieblingslehrerin aus dem letzten Schuljahr. Was nicht viel hieß, aber trotzdem. Dieser Zettel stammte aus meiner »problematischen Phase« – die Worte meiner Mutter – und Ms McKay teilte mir darauf mit, dass sie mir gern helfen würde, wenn ich sie nur ließe. Ich erinnerte mich, dass Ms McKay ziemlich gut darin war, Fragen zu beantworten, ohne selbst welche zu stellen.

Leider war ich nicht die Einzige, die das an Ms McKay schätzte, darum musste man sich immer anstellen, wenn man nach der letzten Stunde mit ihr reden wollte. Sie hatte kein eigenes Büro, nur ihr Englisch-Klassenzimmer, und für Außenstehende sah es wahrscheinlich so aus, als warteten fünf Schüler verzweifelt vor ihrer Tür, um etwas über Chaucer zu lernen.

Die Tür ging auf und wieder zu, als Hayley Olsen das Zimmer

verließ und ein anderes Mädchen hineinging. Ich rückte ein Stück auf und lehnte mich an die Wand. Hoffentlich wusste Grace, was für einen Gefallen ich ihr hier tat. Ich hätte schon längst zu Hause sein und faulenzen können. Tagträumen. Die Qualität meiner Tagträume hatte sich in letzter Zeit geradezu explosionsartig gesteigert.

Hinter mir tappten Schritte den Flur entlang, gefolgt vom unverkennbaren Geräusch eines Rucksacks, der auf den Boden plumpste. Ich warf einen Blick hinter mich.

Rachel.

Rachel war eine regelrechte Karikatur eines Teenagers. Die Art, wie sie sich präsentierte, hatte etwas unheimlich Kalkuliertes: die Streifen, die schrulligen Kleidchen, die Zöpfe und ulkigen Knödel, zu denen sie ihr Haar frisierte. So ziemlich alles an ihr schien *verschroben*, *witzig*, *albern*, *naiv* zu schreien. Nur dass es einen feinen Unterschied gab zwischen Unschuld und inszenierter Unschuld. Ich hatte gegen keins von beidem was einzuwenden, aber ich wusste nun mal gern, womit ich es zu tun hatte. Rachel hatte eine glasklare Vorstellung davon, wie sie von den Leuten wahrgenommen werden wollte, und lieferte ihnen genau das. Blöd war sie nicht.

Rachel sah, wie ich sie musterte, tat aber so, als merkte sie es nicht. Mein Verdacht hatte sich jedoch schon erhärtet.

»Na, so ein Zufall, dich hier zu sehen«, sagte ich.

Rachel zog eine Grimasse, die ungefähr so lange anhielt wie ein Einzelbild in einem Film – zu schnell, um vom menschlichen Auge bewusst wahrgenommen zu werden. »Ja, so ein Zufall.«

Ich beugte mich vor und senkte die Stimme. »Du bist aber nicht *zufällig* hier, um über Grace zu reden, oder?«

Ihre Augen weiteten sich. »Ich mache schon eine Therapie und außerdem geht dich das nichts an.«

Sie war gut.

»Klar. Sicher machst du das. Also willst du Ms McKay ja wohl auch nichts über sie und die Wölfe erzählen«, sagte ich. »Denn das wäre so abgrundtief dämlich, dass ich gar nicht wüsste, wo ich anfangen soll.«

Rachels Miene hellte sich mit einem Schlag auf. »Du weißt Bescheid!«

Ich sah sie bloß an.

»Dann ist es also wirklich wahr.« Rachel rieb sich den Oberarm und studierte eingehend den Fußboden.

»Ich hab's gesehen.«

Rachel seufzte. »Wer weiß es sonst noch?«

»Niemand. Und dabei bleibt es auch, klar?«

Die Tür ging wieder auf und zu, als der Junge vor mir reinging. Ich war die Nächste. Rachel stieß ein genervtes Schnauben aus. »Tja, also, ich hab meine Englischlektüre nicht gelesen, darum bin ich hier. Nicht wegen Grace. Moment mal – heißt das etwa, *du* bist ihretwegen hier?«

Ich war mir nicht sicher, wie sie zu diesem Schluss gelangt war, aber das änderte nichts daran, dass sie recht hatte. Eine halbe Sekunde lang zog ich es in Betracht, Rachel zu erzählen, dass Grace mich gebeten hatte, mich für sie nach Ferienkursen zu erkundigen, hauptsächlich, um ihr auf die Nase zu binden, dass Grace mich als Erste gefragt hatte – so oberflächlich war ich nun mal –, aber das brachte ja nichts.

»Ich will nur ein paar Sachen wegen meiner Abschlussnoten wissen«, sagte ich stattdessen.

Wir standen da, zwischen uns das unbehagliche Schweigen zweier Menschen, die eine Freundin gemeinsam hatten, aber ansonsten nicht viel. Am anderen Ende des Flurs liefen Schüler vorbei, lachend und lärmend, weil es Jungs waren und Highschooljungs nun mal den lieben langen Tag genau das taten. Die Schule roch immer noch nach den Burritos vom Mittagessen. Ich überlegte immer noch, welche Fragen ich Ms McKay stellen sollte.

Rachel, die an der Wand lehnte und die Spinde auf der anderen Seite des Flurs betrachtete, sagte: »Lässt die Welt irgendwie viel größer erscheinen, oder?«

Die Naivität ihrer Frage ärgerte mich. »Ist auch nur eine andere Art zu sterben.«

Rachel sah mich von der Seite an. »Bei dir lautet die Werkseinstellung echt ›Miststück‹, was? Das zieht aber auch nur, solange du noch jung bist und heiß aussiehst. Danach reicht es gerade mal zur Geschichtslehrerin.«

Ich sah sie an und kniff die Augen zusammen. »Dasselbe gilt aber wohl auch für ›überdrehtes Girlie‹.«

Rachel schenkte mir ein breites Lächeln, wahrscheinlich das unschuldigste auf ihrer Skala. »Mit anderen Worten: Du findest, dass ich heiß aussehe?«

Okay, Rachel war in Ordnung. Ich würde ihr nicht die Genugtuung eines Lächelns verschaffen, aber ich wusste, dass meine Augen mich verrieten. Die Tür ging auf. Wir musterten einander. Was ihre Verbündeten anging, hätte Grace sicher schlechter dran sein können.

Während ich zu Ms McKay hineinging, dachte ich mir, dass Rachel eigentlich recht hatte. Die Welt schien wirklich mit jedem Tag größer.

Kapitel 48

Cole

Noch ein Tag und eine Nacht. Wir – Sam und ich – standen im QuikMart ein paar Meilen vom Haus entfernt, der Himmel über uns höllenschwarz. Das Zentrum von Mercy Falls war noch ein ganzes Stück weiter weg, dieser Supermarkt-Schrägstrich-Tankstelle war eher was für die »Ach Mist, ich hab vergessen, Milch zu kaufen«-Momente im Leben. Und genau das war auch genau der Grund, warum wir hier waren. Oder na ja, zumindest Sam. Teilweise, weil uns wirklich die Milch ausgegangen war, und teilweise, weil ich langsam begriff, dass Sam nicht schlief, ohne dass es ihm jemand befahl, und ich würde es ganz bestimmt nicht tun. Normalerweise fiel diese Aufgabe Grace zu, aber Isabel hatte gerade angerufen, um uns das genaue Modell des Helikopters mitzuteilen, in dem die Scharfschützen sitzen würden, und wir standen alle ein bisschen neben uns. Grace und Sam hatten eine wortlose Debatte geführt, nur mithilfe von Blicken, die Grace offenbar gewonnen hatte, denn kurz darauf fing sie an, Muffins zu backen, und Sam verzog sich schmollend mit seiner Gitarre auf die Couch. Wenn die beiden irgendwann mal Kinder haben sollten, entwickelten die wahrscheinlich aus purem Selbstschutz eine Glutenunverträglichkeit.

Für Muffins brauchte man Milch.

Also war Sam hier, um Milch zu besorgen, weil der Lebensmittelladen schon um neun Uhr zumachte. Ich hingegen war mitgefahren, weil ich, wenn ich nur eine Sekunde länger in Becks Haus hätte verbringen müssen, irgendwas kaputt gehauen hätte. Ich fand zwar jeden Tag ein bisschen mehr über das Wolfsgift heraus, aber die Jagd stand unmittelbar bevor. In ein paar Tagen würden meine Experimente vielleicht so brauchbar sein wie eine Forschungsreihe über den Dodo.

Was uns um elf Uhr abends in den QuikMart brachte. Ich deutete auf das Regal mit den Kondomen, was Sam mit einem komplett humorlosen Blick quittierte. Er hatte in seinem Leben entweder zu wenige oder zu viele davon benutzt, um irgendetwas Komisches darin zu sehen.

Ich seilte mich ab, um allein durch die Gänge des Ladens zu tigern, voller rastloser Energie. Diese schäbige kleine Tankstelle kam mir plötzlich vor wie die Wirklichkeit. Die Wirklichkeit, Monate, nachdem ich NARKOTIKA den Todesstoß versetzt hatte, indem ich mit Victor zusammen verschwand. Die Wirklichkeit, in der ich in Überwachungskameras lächelte und irgendwo vielleicht jemand zurücklächelte. Leise Countrymusik winselte aus den Lautsprechern neben dem Toilettenschild (»Nur für *zahlende* Kunden«). Ein grünlich schwarzer Nachthimmel, den man so nur in der Umgebung von Tankstellen fand, füllte die großen Fensterscheiben aus. Niemand war noch wach außer uns und ich war nie wacher gewesen.

Ich ließ den Blick über Schokoriegel schweifen, deren Namen besser klangen, als die Dinger schmeckten, durchstöberte die einschlägigen Klatschmagazine gewohnheitsmäßig nach meinem Namen, betrachtete die Regale mit überteuerten Erkältungsmedikamenten, denen es schon lange nicht mehr gelang, meine Fähigkeit, zu schlafen oder Auto zu fahren, zu beeinträchtigen, und mir wurde klar, dass es in diesem Laden nichts gab, was ich haben wollte.

In meiner Tasche lag der kleine Mustang, den Isabel mir geschenkt hatte. Ich konnte nicht aufhören, daran zu denken. Wieder nahm ich das Auto heraus und ließ es über die Regale auf Sam zufahren, der, die Hände in den Taschen, vor einem Kühlschrank stand. Obwohl er die Milch direkt vor der Nase hatte, trug er ein vages Stirnrunzeln im Gesicht, als beanspruchte irgendein Problem seine Aufmerksamkeit ganz woanders.

»Zwei Prozent sind ein guter Kompromiss zwischen fettarm und vollfett, falls du Schwierigkeiten hast, dich zu entscheiden«, sagte ich. Aus irgendeinem Grund wollte ich, dass Sam mich nach dem Mustang fragte, dass er mich fragte, was zur Hölle ich damit machte. Ich dachte an Isabel, an meine erste Verwandlung in einen Wolf, an den schwarzen Himmel, der sich von außen gegen die Fenster presste.

Sam sagte: »Uns läuft die Zeit davon, Cole.«

Die elektronische Glocke der Ladentür, die sich gerade öffnete, hielt ihn davon ab, mehr zu sagen, und mich davon, ihm zu antworten. Ich drehte mich nicht zum Eingang um, aber irgendein Instinkt veranlasste meine Nackenhaare dazu, sich aufzustellen. Sam hatte sich ebenfalls nicht bewegt, aber ich sah, dass sein Gesichtsausdruck sich veränderte. Schärfer wurde. Das war es gewesen, worauf ich unbewusst reagiert hatte.

Erinnerungen blitzten in meinem Kopf auf. Wölfe im Wald, die Ohren aufgestellt und in alle Richtungen zuckend, mit einem Schlag wachsam. Die scharfe Luft in unseren Nasen, der Geruch nach Wild im Wind, Zeit zu jagen. Die wortlose Übereinkunft, dass nun gehandelt werden musste.

An der Ladentheke erhob sich Gemurmel, als der Verkäufer und der Neuankömmling einander begrüßten. Sam legte die Hand auf den Griff des Kühlschranks, öffnete ihn jedoch nicht. »Vielleicht brauchen wir doch keine Milch«, sagte er.

Sam

Es war John Marx, Olivias älterer Bruder.

Es war mir nie leichtgefallen, mich mit John zu unterhalten – wir kannten uns kaum und jedes unserer bisherigen Treffen war ziemlich angespannt verlaufen. Und nun war seine Schwester tot und Grace wurde vermisst. Ich wünschte, wir wären nicht hergekommen. Aber jetzt konnte ich nichts tun, außer weiterzumachen, als wäre alles wie immer. John stand nicht direkt an der Kasse; er starrte auf das Regal mit den Kaugummis. Mit gekrümmten Schultern schlurfte ich zu ihm an den Tresen. Ich roch Alkohol, was mich deprimierte. Früher war John mir immer so jung vorgekommen.

»Hi«, sagte ich, kaum hörbar, gerade so, dass man mir nicht ankreiden konnte, nichts gesagt zu haben.

John begrüßte mich mit dem klassischen Männernicken, ein kurzes Rucken mit dem Kopf. »Wie geht's.« Es war keine Frage.

»Drei einundzwanzig«, sagte der Verkäufer zu mir. Er war ein schmächtiger Kerl mit permanent gesenktem Blick. Ich zählte die Scheine ab, sah John nicht an, betete darum, dass er Cole nicht erkannte. Meine Augen wanderten zu der Überwachungskamera, die uns alle beobachtete.

»Wissen Sie, dass das hier Sam Roth ist?«, fragte John. Alle schwiegen, bis der Verkäufer begriff, dass John ihn angesprochen hatte.

Der Blick des Verkäufers huschte hoch zu meinen verräterisch gelben Augen und dann wieder nach unten auf die Geldscheine, die ich auf die Theke gelegt hatte, bevor er höflich antwortete: »Nein, wusste ich nicht.«

Natürlich wusste er, wer ich war. Jeder wusste das. Ich spürte, wie mich eine Welle von Zuneigung für den Verkäufer ergriff.

»Danke«, sagte ich, als ich mein Wechselgeld entgegennahm, und meinte damit mehr als nur die Münzen. Cole stieß sich neben mir von der Theke ab. Zeit zu gehen.

»Willst du gar nichts sagen?«, wandte John sich an mich. Ich hörte das Elend in seiner Stimme.

Mein Herz zuckte in meiner Brust, als ich mich zu ihm umdrehte. »Das mit Olivia tut mir leid.«

»Sag mir, warum sie tot ist«, sagte John. Auf wackeligen Beinen trat er einen Schritt auf mich zu. Ein Atemzug, versetzt mit Alkohol, hart, pur und erst vor Kurzem getrunken, wehte zu mir herüber. »Sag mir, was sie dort gemacht hat.«

Ich streckte eine Hand aus, die Handfläche zum Boden gerichtet. Eine Art »So nah reicht, bitte nicht näher«-Geste. »John, ich weiß n–«

John schlug meine Hand weg, woraufhin Cole eine nervöse Bewegung machte. »Lüg mich nicht an. Ich weiß, dass du es warst. Ich *weiß* es.«

Das machte es leichter. Ich konnte nicht lügen, aber das war jetzt auch nicht mehr erforderlich. »Ich war das nicht. Ich hab nichts damit zu tun, dass sie da draußen im Wald war.«

Der Verkäufer schaltete sich ein: »Das wäre ein guter Zeitpunkt, die Unterhaltung draußen weiterzuführen.«

Cole öffnete die Tür. Kühle Nachtluft strömte herein.

John packte mich an der Schulter, krallte die Hand in mein T-Shirt. »Wo ist Grace? Warum, von allen Mädchen in der Welt, warum meine Schwester? Warum Grace? Warum sie, du kranker –«

Dann sah ich in seinem Gesicht oder hörte in seiner Stimme oder fühlte in seinem Griff an meiner Schulter, was er als Nächstes tun würde, sodass ich, noch bevor er nach mir ausholte, den Arm hob und seinen Schlag abwehrte. Mehr als das konnte ich nicht tun. Ich würde mich nicht mit ihm prügeln, nicht deswegen. Nicht, nachdem er schon so viel Traurigkeit geschluckt hatte, dass er davon lallte.

»Okay, jetzt aber wirklich«, rief der Verkäufer. »Macht draußen weiter, Leute! Wiedersehen, schönen Abend noch!«

»John«, sagte ich. In meinem Arm pochte es, wo seine Faust mich getroffen hatte. Adrenalin strömte durch meinen Körper: Johns Aufgebrachtheit, Coles Nervosität, mein eigener Abwehrimpuls trugen nur noch dazu bei. »Es tut mir leid. Aber das hier hilft auch nicht.«

»Verdammt richtig«, keuchte John und stürzte sich auf mich.

Plötzlich stand Cole zwischen uns.

»Ich würde sagen, wir sind hier alle fertig«, erklärte er. Er war nicht größer als John oder ich, aber irgendwie überragte er uns trotzdem. Er sah mir ins Gesicht, versuchte meine Reaktion abzuschätzen. »Lasst uns nicht den Laden dieses netten Mannes auseinandernehmen.«

Eine Armlänge entfernt, auf Coles anderer Seite, starrte John mich an, die Augen leer wie die einer Statue. »Ich hab dich sogar gemocht, als ich dich kennengelernt habe«, sagte er. »Kannst du dir das vorstellen?«

Mir wurde übel.

»Gehen wir«, sagte ich zu Cole und zu dem Verkäufer: »Danke noch mal.«

Cole wandte sich von John ab, seine Bewegungen zackig vor Anspannung.

Bevor die Tür hinter uns zufiel, glitt Johns Stimme mit uns nach draußen. »Jeder weiß, was du getan hast, Sam Roth!«

Die Nachtluft roch nach Benzin und Rauch. Irgendwo kokelte ein Holzfeuer. Mir war, als brannte sich der Wolf in mir in meine Eingeweide.

»Mann, die Leute scheinen dir echt gern eine reinzuhauen«, sagte Cole, immer noch voller Energie. Meine Stimmung wurde von Coles beeinflusst und umgekehrt, und wir waren Wölfe, alle beide. In mir summte es, ich fühlte mich schwerelos. Der VW stand nicht weit entfernt, am Ende des Parkplatzes. Über die Fahrerseite zog sich ein langer, heller Kratzer, wie von einem Schlüssel. Zumindest wusste ich jetzt, dass die Begegnung mit John kein Zufall gewesen war. Die Neonlichter der Tankstelle spiegelten sich im Autolack. Keiner von uns beiden stieg ein.

»Du musst es machen«, sagte Cole. Er hatte die Beifahrertür geöffnet und lehnte sich, auf dem Trittbrett stehend, über das Dach zu mir herüber. »Die Wölfe führen. Ich hab's versucht, aber ich kann keinen Gedanken festhalten, während ich ein Wolf bin.«

Ich sah ihn an. Meine Finger kribbelten. Ich hatte die Milch im Laden vergessen. Ich dachte daran, wie John nach mir ausgeholt hatte, wie Cole sich zwischen uns gedrängt hatte, wie die Nacht in mir lebendig geworden war. So wie ich mich in diesem Moment fühlte, konnte ich nicht sagen: *Nein, das kann ich nicht*, denn gerade schien alles möglich.

»Ich kann mich nicht wieder verwandeln«, erwiderte ich. »Ich will das nicht.«

Cole lachte, nur ein einzelnes *Ha*. »Irgendwann wirst du dich sowieso wieder verwandeln, Ringo. Du bist noch nicht komplett geheilt. Also kannst du auch kurz die Welt retten, solange es noch geht.«

Ich wollte ihn anflehen: *Bitte, zwing mich nicht dazu,* aber was für eine Bedeutung hätte das schon für Cole, der sich selbst schon Ähnliches, und viel Schlimmeres, angetan hatte?

»Woher willst du wissen, dass sie auf mich hören?«, wandte ich noch ein.

Cole nahm die Hände vom Dach des VW, seine matten Fingerabdrücke verdunsteten Sekunden später. »Wir hören alle auf dich, Sam.« Er sprang auf den Asphalt. »Du redest bloß nicht immer mit uns.«

Kapitel 49

Grace

Am Samstag kam Officer Koenig zum Haus, um mit uns zu der Halbinsel zu fahren.

Wir standen am Wohnzimmerfenster und sahen zu, wie er in die Auffahrt einbog. Es war aufregend und schon irgendwie ironisch, einen Polizisten zu empfangen, nachdem wir ihnen so lange aus dem Weg gegangen waren. Als würde Mogli Shir Khan zum Tee einladen. Koenig kam um zwölf Uhr mittags, in einem kastanienbraunen Poloshirt und Jeans, von denen ich schwer vermutete, dass er sie gebügelt hatte. Er fuhr einen makellos glänzenden grauen Chevy-Pick-up, den er vielleicht ebenfalls gebügelt hatte. Er klopfte – es war ein effizientes *Klopf. Klopf. Klopf*, das mich an Isabels Lachen erinnerte –, und als Sam aufmachte, stand Koenig mit artig gefalteten Händen da, als wollte er seine Angebetete zu einem Date abholen.

»Kommen Sie rein«, sagte Sam.

Koenig trat ins Haus, eine Hand noch immer ordentlich in der anderen. Es schien in einem anderen Leben gewesen zu sein, als ich ihn zuletzt gesehen hatte, wie er genau so vor meiner Klasse gestanden und ein Haufen Schüler ihn mit Fragen über die Wölfe bombardiert hatte. Olivia hatte sich zu mir rübergebeugt und mir zugeflüstert, dass sie ihn süß fand. Jetzt stand er hier bei uns in der Diele und Olivia war tot.

Olivia war tot.

So langsam verstand ich diesen ausdruckslosen Blick, den Sam aufsetzte, sobald jemand etwas über seine Eltern sagte. Ich spürte überhaupt nichts bei dem Gedanken *Olivia ist tot*. Ich fühlte mich so taub wie Sams Narben.

Ich bemerkte, dass Koenig mich entdeckt hatte.

»Hi«, sagte ich.

Er holte tief Luft, als wäre er kurz vor einem Tauchsprung. Ich hätte so ziemlich alles dafür gegeben zu wissen, was er dachte. »Tja, gut«, sagte er. »Da bist du ja.«

»Ja«, antwortete ich. »Da bin ich.« Cole trat zu uns und Koenigs Brauen zogen sich über seinen Augen zusammen. Cole lächelte ihm zu, ein hartes, selbstsicheres Lächeln. Ich sah, wie sich auf Koenigs Gesicht langsam Erkennen ausbreitete.

»Natürlich«, sagte Koenig. Er verschränkte die Arme und wandte sich Sam zu. Egal, wie er sich bewegte oder stand, etwas an Koenig vermittelte immer den Eindruck, dass er nicht leicht aus dem Gleichgewicht zu bringen war. »Wohnen sonst noch irgendwelche Vermissten unter deinem Dach? Elvis vielleicht? Jimmy Hoffa? Amelia Earhart? Nur damit ich Bescheid weiß, bevor wir hier weitermachen.«

»Nein, das war's«, antwortete Sam. »Soweit ich weiß zumindest. Grace würde gern mitkommen, wenn das in Ordnung ist.«

Koenig dachte nach.

»Kommst du auch mit?«, fragte er Cole. »Wenn ja, muss ich nämlich erst Platz in der Fahrerkabine machen. Ach so, und es ist eine ziemlich lange Fahrt. Wer eine schwache Blase hat, sollte besser vorher noch mal das Badezimmer aufsuchen.« Und das war's. Nachdem die Situation geklärt war – ich war ein Teilzeitwolf, Cole ein verschwundener Rockstar –, ging es direkt ans Geschäftliche.

»Ich komme nicht mit«, erklärte Cole. »Ich hab Männerarbeit zu erledigen.«

Sam warf Cole einen warnenden Blick zu, der, wie ich vermutete, etwas damit zu tun hatte, dass die Küche endlich wieder wie eine Küche aussah und das auch so bleiben sollte.

Coles Antwort klang ganz schön enigmatisch. Na ja, mehr oder weniger. Wann immer Cole sich nicht völlig überdreht benahm, wirkte er im Vergleich dazu ziemlich mysteriös. »Nimm dein Handy mit. Falls ich dich brauche.«

Sam rieb sich mit den Fingern über den Mund, wie um zu prüfen, ob er sich gründlich genug rasiert hatte. »Setz nicht das Haus in Brand.«

»In Ordnung, Mom«, antwortete Cole.

»Ach, lasst uns fahren«, sagte ich.

Es war eine seltsame Fahrt. Wir kannten Koenig kein bisschen und er wusste nichts über uns, außer dem, was sonst niemand wusste. Noch schwieriger wurde es dadurch, dass er auf eine schlecht greifbare Art nett zu uns war, bei der wir noch nicht wussten, ob wir froh darüber sein sollten. Es war nicht leicht, dankbar und gesprächig zugleich zu sein.

So saßen wir zu dritt auf der Fahrerbank, Koenig, Sam und dann ich. Der Pick-up roch vage nach Dr. Pepper. Koenig fuhr acht Meilen über der Geschwindigkeitsbegrenzung. Die Straße führte uns nach Nordosten und es dauerte nicht lange, bis die Spuren der Zivilisation spärlicher wurden. Über uns strahlte ein freundlich blauer, wolkenloser Himmel und alle Farben schienen übersättigt. Wenn der Winter je bis hierhergekommen war, erinnerte sich diese Landschaft nicht mehr an ihn.

Koenig sagte nichts, sondern rieb sich nur hin und wieder über das stoppelkurze Haar. Er sah nicht aus wie der Koenig aus meiner Erinnerung, dieser junge Mann, der mit uns in seinem Zivilwagen mitten ins Nirgendwo fuhr, in seinem UPS-Fahrer-Hemd in Kastanienbraun. So hatte ich mir den Menschen nicht vorgestellt, in den ich an diesem Punkt all mein Vertrauen setzen würde. Sam neben mir übte einen Gitarrenakkord auf meinem Oberschenkel.

Tja, man sollte wohl keine voreiligen Schlüsse ziehen.

Es war still im Auto. Nach einer Weile fing Sam vom Wetter an. Er meinte, es sei ein schöner Tag für einen Ausflug. Koenig antwortete, dass man allerdings nie wissen könne, was Minnesota noch so auf Lager habe. Das alte Mädchen könne einen manchmal ganz schön überraschen. Mir gefiel es, dass er Minnesota so nannte, »altes Mädchen«. Es ließ ihn irgendwie gutmütiger erscheinen. Koenig fragte Sam, ob er sich schon für ein College entschieden habe, und Sam erzählte, dass Karyn ihm eine Vollzeitstelle in der Buchhandlung angeboten habe und er darüber nachdenke anzunehmen. Ein ehrlicher Job, kommentierte Koenig. Ich dachte an Seminare und Hauptfächer und Nebenfächer und an Erfolg, der mittels eines Stücks Papier gemessen wurde, und wünschte mir, sie würden das Thema wechseln.

Das tat Koenig auch. »Was ist mit St. Clair?«

»Cole? Beck hat ihn gefunden«, sagte Sam. »War so was wie ein Sozialfall.«

Koenig sah ihn kurz von der Seite an. »Für St. Clair oder für Beck?«

»Das frage ich mich mittlerweile auch immer öfter«, gab Sam zurück. Daraufhin wechselten er und Koenig einen Blick und ich stellte überrascht fest, dass Koenig Sam als ebenbürtig ansah oder zumindest als Erwachsenen. Ich hatte so viel Zeit mit Sam allein verbracht, dass die Reaktionen anderer auf ihn oder uns zusammen immer ein kleiner Schock waren. Es war schwer zu begreifen, wie ein einzelner Mensch so viele unterschiedliche Wirkungen auf unterschiedliche Leute haben konnte. Es war, als gäbe es vierzig Versionen von Sam. Ich hatte immer angenommen, dass die Leute mich einfach so nahmen, wie ich war, aber jetzt fing ich an, mich zu fragen, ob es wohl auch vierzig verschiedene Graces da draußen gab.

Wir alle zuckten zusammen, als Sams Handy in meiner Tasche klingelte – in die ich ein paar Klamotten zum Wechseln gepackt hatte, falls ich mich verwandelte, und ein Buch, falls ich beschäftigt aussehen musste – und Sam sagte: »Gehst du mal ran, Grace?«

Aber als ich die Nummer auf dem Display nicht erkannte, zögerte ich und zeigte sie Sam, während das Handy zum zweiten Mal zu klingeln begann. Er schüttelte verwirrt den Kopf.

»Soll ich?«, fragte ich und deutete an, das Handy aufzuklappen.

»New York«, schaltete sich Koenig ein. Er richtete den Blick wieder auf die Straße. »Das ist eine New Yorker Nummer.«

Auch diese Information brachte Sam keine Erleuchtung. Er zuckte mit den Schultern.

Ich klappte das Handy auf und hielt es mir ans Ohr. »Hallo?«

Die Stimme am anderen Ende war hell und männlich. »Oh … okay. Hallo. Könnte ich Cole sprechen?«

Sam blinzelte, er konnte die Stimme auch hören.

»Ich glaube, da haben Sie sich verwählt«, sagte ich, während mein Gehirn das alles verarbeitete – Cole hatte Sams Telefon benutzt, um jemanden anzurufen. Seine Eltern? Würde Cole das tun?

Die Stimme ließ sich nicht beirren. Sie klang lässig und glatt, wie ein schmelzendes Stück Butter. »Nein, hab ich nicht. Aber ich versteh schon. Hier ist Jeremy. Wir waren mal zusammen in einer Band.«

»Sie und dieser Typ, den ich nicht kenne«, entgegnete ich.

»Genau«, sagte Jeremy. »Ich hab da etwas, was Sie Cole St. Clair ausrichten könnten, wenn Sie so nett sind. Sagen Sie ihm bitte, dass ich das beste Geschenk auf der Welt für ihn habe und dass ich mir damit ganz schön Mühe gegeben habe, also soll er nicht einfach die Verpackung abreißen und es in die Tonne werfen, okay?«

»Ich höre.«

»In achtzehn Minuten wird dieses Geschenk im Radio bei Vilkas ausgestrahlt. Coles Eltern hören auch zu, dafür hab ich gesorgt. Klar so weit?«

»Vilkas? Welcher Sender?«, fragte ich. »Nicht dass ich mit dem Ganzen irgendwas anfangen könnte.«

»Ich kenne die Sendung«, meldete sich Koenig zu Wort, ohne von der Straße aufzusehen. »Rick Vilkas.«

»Genau der«, bestätigte Jeremy, der ihn gehört hatte. »Da hat jemand einen hervorragenden Geschmack. Ganz sicher, dass Cole nicht in der Nähe ist?«

»Ist er wirklich nicht«, entgegnete ich.

»Sagen Sie mir wenigstens eins? Als ich unseren tollkühnen Helden Cole St. Clair das letzte Mal gesehen habe, ging es ihm nicht gerade rosig. Tatsächlich sogar eher ziemlich beschissen. Alles, was ich wissen will, ist: Ist er glücklich?«

Ich dachte über das nach, was ich von Cole wusste. Ich dachte darüber nach, was es bedeutete, dass er offensichtlich einen Freund hatte, dem er so wichtig war. Cole konnte nicht durch und durch schrecklich gewesen sein, wenn er jemandem aus seinem früheren Leben noch immer so am Herzen lag. Andererseits war er vielleicht auch so toll gewesen, bevor er schrecklich geworden war, dass dieser Freund ihn trotzdem nicht aufgegeben hatte. Irgendwie veränderte das mein Bild von Cole und irgendwie auch wieder kein bisschen.

»So langsam wird's.«

Pause, dann fragte Jeremy: »Und Victor?«

Ich sagte nichts. Jeremy auch nicht. Koenig schaltete das Radio ein, ganz leise, und suchte nach dem Sender.

Jeremy sagte: »Sie sind beide schon vor langer Zeit gestorben. Ich war dabei, ich hab's mit angesehen. Haben Sie schon mal miterlebt, wie ein Freund in seiner eigenen Haut gestorben ist? Ah. Na ja, man kann nicht alle Toten zum Leben erwecken. So langsam wird's.« Ich brauchte einen Moment, bis mir aufging, dass er meine Antwort von vorher wiederholte. »Das ist doch schon mal was. Sagen Sie ihm, er soll sich Vilkas anhören, bitte. Er hat mein Leben verändert. Das werd ich ihm nie vergessen.«

»Ich hab nicht gesagt, dass ich weiß, wo er ist«, wandte ich ein.

»Ich weiß«, antwortete Jeremy. »Und das vergesse ich Ihnen auch nie.«

Das Telefon in meiner Hand verstummte. Sams und mein Blick trafen sich. Die fast schon sommerliche Sonne schien ihm hell ins Gesicht und verwandelte die Farbe seiner Augen in ein erschreckendes, fast unheimliches Gelb. Eine halbe Sekunde lang fragte ich mich, ob seine Eltern auch versucht hätten, einen Jungen mit braunen Augen zu töten oder mit blauen Augen. Einen Sohn, der nicht bereits Wolfsaugen hatte.

»Ruf Cole an«, sagte Sam.

Ich rief in Becks Haus an. Es klingelte und klingelte, und gerade als ich aufgeben wollte, machte es Klick in der Leitung und einen Moment später hörte ich: »Ja?«

»Cole«, sagte ich, »schalt das Radio ein.«

Kapitel 50

Cole

Als alles für mich anfing, und mit alles meine ich *das Leben*, war Selbstmord nur ein Witz. *Wenn ich mit dir in diesem Auto fahren muss, schneide ich mir die Pulsadern mit einem Plastikmesser auf.* Etwas, was ungefähr so realistisch war wie ein Einhorn. Nein, sogar noch weniger. So realistisch wie die Explosion um einen Zeichentrickkoyoten. Jeden Tag drohen hunderttausend Menschen, sich umzubringen, und bringen damit hunderttausend andere Menschen zum Lachen, denn genau wie ein Cartoon ist es lustig und bedeutungslos. Schon vergessen, bevor man den Fernseher auch nur ausgeschaltet hat.

Dann wurde es zu einer Krankheit. Zu etwas, was andere Leute betraf, die an irgendwelchen dreckigen Orten lebten, wo sie sich die Infektion einfingen. Es war *kein geeignetes Thema für den Abendbrottisch, Cole*, und, wie eine Grippe, erwischte es nur die Schwachen. Wenn man dem Virus ausgesetzt gewesen war, redete man nicht darüber. Man wollte den anderen ja nicht den Appetit verderben.

Erst in der Highschool wurde es dann zu einer Möglichkeit. Keine unmittelbare, nicht im Sinne von: *Möglicherweise lade ich mir dieses Album runter, weil die Gitarre so krank klingt, dass ich nur noch tanzen will*, sondern auf die Art, wie Leute sagen, dass sie Feuerwehrmann oder Astronaut werden wollen, wenn sie erwachsen sind, oder auch ein Buchhalter, der jedes Wochenende Überstunden macht, während seine Frau eine Affäre mit dem DHL-Boten hat. Es wurde zu einer Möglichkeit, zu einem *Wenn ich erwachsen bin, sterbe ich vielleicht.*

Das Leben war wie ein Kuchen, der beim Bäcker in der Vitrine noch gut ausgesehen hatte, aber beim Essen zu Sägemehl und Salz zerfiel.

Auch ich sah gut aus, als ich *the end* sang.

Doch es brauchte NARKOTIKA, um Selbstmord zu meinem Ziel zu machen. Zu einer Belohnung für geleistete Dienste. Als irgendwann selbst Leute in Russland, Japan und Iowa wussten, wie man NARKOTIKA aussprach, war alles wichtig und auch wieder nichts und ich war erschöpft von dem Versuch herauszufinden, wie es sein konnte, dass beides stimmte. Ich war eine juckende Stelle, an der ich schon so lange herumgekratzt hatte, dass ich blutete. Ich war ausgezogen, das Unmögliche zu vollbringen, was auch immer dieses Unmögliche sein mochte, nur um schließlich festzustellen, dass es das Leben mit mir selbst war. Selbstmord wurde zu einem Verfallsdatum, dem Tag, ab dem ich mich endlich nicht mehr bemühen musste.

Ich hatte gedacht, ich wäre zum Sterben nach Minnesota gekommen.

Um Viertel nach zwei nachmittags ging gerade die erste Werbepause in Rick Vilkas' Sendung zu Ende. Er war ein Musikgott, in dessen Show wir mal live aufgetreten waren und der mich danach gebeten hatte, ein Poster für seine Frau zu signieren, die, wie er behauptete, nur mit ihm schlafen wollte, wenn dabei unser Song *Sinking Ship (Going Down)* lief. Ich hatte »Bringt das Boot zum Schaukeln!« unter mein Foto geschrieben und dann meinen Namen. Im

Radio kam Rick Vilkas immer rüber wie ein Vertrauter, wie der beste Freund, mit dem man ein Bier trinken geht und der einem irgendwann mit dem Ellbogen in die Rippen stupst und ein Geheimnis verrät.

Auch jetzt, als seine Stimme aus den Lautsprechern in Becks Wohnzimmer drang, klang sie, als verriete sie etwas sehr Intimes. »Jeder, der diese Sendung hört – ach was, jeder, der überhaupt Radio hört –, weiß, dass Cole St. Clair, der Frontmann von NARKOTIKA und ein verdammt guter Songwriter, jetzt schon seit – wie lange? Fast einem Jahr? Zehn Monaten? Irgendwas um den Dreh – vermisst wird. Jaja, ich weiß, ich weiß! Mein Aufnahmeleiter verdreht gerade die Augen. Sag, was du willst, Buddy, wahrscheinlich war er wirklich total durchgeknallt, aber, Mann, konnte der Junge Songs schreiben.«

Da war er, mein Name im Radio. Das musste im vergangenen Jahr oft so gewesen sein, aber heute hörte ich zum ersten Mal mit. Ich wartete darauf, irgendetwas zu fühlen – dass mich Reue packte, ein schlechtes Gewissen, heftiger Schmerz –, aber da war nichts. NARKOTIKA war wie eine Exfreundin, deren Foto nicht mehr die Macht hatte, Gefühle in mir heraufzubeschwören.

Vilkas fuhr fort: »Tja, sieht jedenfalls so aus, als hätten wir Neuigkeiten und als wären wir noch dazu die Ersten, die sie euch überbringen, Leute. Cole St. Clair ist nicht tot. Er wird auch nicht von einem Haufen Fans oder meiner Frau irgendwo gefangen gehalten. Wir haben hier die Aussage seines Agenten, laut der St. Clair ein paar medizinische Probleme hatte, die mit Drogenmissbrauch verbunden waren – na so was aber auch, wärt ihr je auf die Idee gekommen, dass der Sänger von NARKOTIKA was mit illegalen Substanzen am Hut hatte? –, und dass er und sein Bandkollege zur Behandlung (alles streng geheim, natürlich) in eine Entzugsklinik außer Landes gegangen sind. Hier steht, dass er mittlerweile wieder zurück in den Staaten ist, aber darum bittet, in Ruhe gelassen zu werden, während er ›versucht, sich darüber klar zu werden, wie es jetzt weitergeht‹. Da habt ihr's, Leute. Cole St. Clair. Er lebt. Nein, nein, fangt jetzt nicht an, mir zu danken. Dafür ist später noch genug Zeit. Tja, dann hoffen wir mal alle auf eine Wiedervereinigungstour, was? Meine Frau würde es jedenfalls glücklich machen. Cole, falls du jetzt zuhörst, nimm dir so viel Zeit, wie du brauchst. Der Rock 'n' Roll wird schon auf dich warten.«

Dann spielte Vilkas einen von unseren Songs. Ich schaltete das Radio aus und rieb mir mit der Hand über den Mund. Meine Beine waren ganz verkrampft vom Hocken vor der Anlage.

Noch vor sechs Monaten hätte es für mich nichts Schlimmeres gegeben. Damals gab es nichts, was ich mir mehr wünschte, als für verschwunden oder für tot gehalten zu werden, außer tatsächlich zu verschwinden oder zu sterben.

Hinter mir auf der Couch sagte Isabel: »So, dann bist du jetzt also offiziell wiedergeboren.«

Ich schaltete das Radio wieder ein, um den Rest des Songs mitzuhören. Meine Hand lag offen auf meinem Knie und es war, als hielte ich darin die ganze Welt. Der Tag fühlte sich plötzlich an wie ein Gefängnisausbruch.

»Ja«, antwortete ich. »Sieht ganz so aus.«

Kapitel 51

Sam

Sobald ich die Halbinsel sah, wusste ich, das war die Lösung. Nicht etwa, weil der Eingang zum Gelände so vielversprechend aussah. Ein Eingangstor aus roh behauenen Baumstämmen, in das die Worte KNIFE LAKE LODGE eingebrannt waren, hieß uns willkommen. Zu beiden Seiten erhob sich ein Palisadenzaun. Koenig kämpfte leise fluchend mit dem Zahlenschloss, bis es uns schließlich Einlass gewährte, und dann zeigte er uns, wie der Palisadenzaun Maschendraht wich, der alle paar Meter an einen der immergrünen Bäume getackert worden war. Er erklärte alles höflich und sachlich, wie ein Immobilienmakler, der potenziellen Kunden ein wertvolles Stück Land vorführte.

»Wie geht es unten am Wasser weiter?«, wollte ich wissen. Grace neben mir erschlug eine Mücke, von denen eine ganze Menge durch die Gegend schwirrte, obwohl es ziemlich kühl war. Ich war froh, dass wir noch einigermaßen früh hergekommen waren, abends war die Luft hier oben sicher richtig rau.

Koenig zupfte an dem Maschendraht, der sich keinen Millimeter von der schroffen Rinde der Kiefer löste. »Wie gesagt, der Zaun führt ein paar Meter in den See. Hatte ich das gesagt? Wollt ihr es sehen?«

Ich war mir nicht sicher, ob ich es sehen wollte. Ich wusste nicht, worauf ich achten sollte. Über uns rief ununterbrochen eine Drossel, die wie eine rostige Schaukel in Bewegung klang. Ein Stück weiter weg sang ein anderer Vogel, der sich anhörte, als spräche er mit rollendem R, und dahinter noch einer und dahinter noch einer – dieser Wald bestand aus geschlossenen, endlosen Schichten von Bäumen und Vögeln, die es nur dort gab, wo auf Hunderten von Hektar kein menschlicher Fußabdruck zu finden war. Hier, in diesem alten Nadelwald, von Menschen lange verlassen, roch ich ein Rudel Hirsche, ein paar Biber, die durchs Unterholz krochen, und jede Menge kleinere Nagetiere, die in der steinigen Erde gruben. Die Erwartung pulsierte in meinen Adern und ich fühlte mich so sehr wie ein Wolf wie seit Langem nicht mehr.

»Ich auf jeden Fall«, antwortete Grace. »Wenn das in Ordnung ist.«

»Darum sind wir schließlich hier«, entgegnete Koenig und marschierte, sicheren Schrittes wie immer, los durch die Bäume. »Vergesst nur nicht, euch nach Zecken abzusuchen, wenn wir hier fertig sind.«

Ich bildete das Schlusslicht, zufrieden, die konkreten Details des Lebens Grace zu überlassen, während ich einfach unter den Bäumen herumspazierte und mir vorstellte, wie es dem Rudel hier ergehen würde. Dieser Wald war sehr dicht und unwegsam; der Boden war mit Farnen bedeckt, unter denen sich Steine und Senken verbargen. Der Zaun reichte aus, um große Tiere fernzuhalten, also gab es keine natürlichen Trampelpfade im Unterholz. Hier hätten die Wölfe keine Konkurrenz. Nichts, was ihnen gefährlich werden konnte. Koenig hatte recht; wenn die Wölfe schon umgesiedelt werden mussten, konnte man sich keinen besseren Ort vorstellen.

Grace drückte meinen Ellbogen. Sie hatte auf dem Weg zu mir einen solchen Lärm veranstaltet, dass mir erst dadurch klar geworden war, wie weit ich hinter den beiden zurückgefallen war. »Sam«, sagte sie, ganz außer Atem, als dächte sie dasselbe wie ich. »Siehst du die Hütte?«

»Ich hab mir gerade die Farne angeguckt«, erwiderte ich.

Sie nahm meinen Arm und lachte, ein klares, fröhliches Lachen, das ich schon lange nicht mehr gehört hatte. »Farne«, wiederholte sie und drückte sich an mich. »Du Verrückter. Komm mit hier rüber.«

Händchenhalten kam mir in Koenigs Gegenwart seltsam gefühlsduselig vor, wahrscheinlich weil es das Erste war, worauf sein Blick fiel, als wir auf der Lichtung mit der Hütte auftauchten. Zum Schutz gegen die Bremsen hier im offenen Gelände hatte er sich eine Baseballkappe aufgesetzt – was ihn irgendwie sogar noch förmlicher, nicht legerer aussehen ließ – und stand nun vor einem verwitterten Holzhaus, das in meinen Augen geradezu riesig war. Es schien ganz aus Fenstern und derben Holzbohlen zu bestehen und sah wahrscheinlich genauso aus, wie Touristen sich Minnesota vorstellten.

»Das ist die Hütte?«

Koenig ging wieder voran und kickte ein wenig Schutt von dem betonierten Weg, der zum Gebäude führte. »Ja. War früher mal wesentlich schöner.«

Was ich erwartet hatte – nein, noch nicht mal erwartet, sondern einfach nur *erhofft* –, war eine winzige Kate, irgendein Überbleibsel der früheren Anlage, in dem die Mitglieder des Rudels Unterschlupf fanden, wenn sie sich in Menschen verwandelten. Irgendwie hatte ich, als Koenig das mit der Ferienanlage erzählt hatte, nicht ganz geglaubt, dass es erst gemeint war. Sondern eher, dass er da ein gescheitertes Familienunternehmen ein bisschen aufbauschte. Aber das hier, das musste ein Wahnsinnsanblick gewesen sein, als es neu erbaut war.

Grace entwand mir ihre Hand, um auf Erkundungstour zu gehen. Die Hände gekrümmt auf die Scheibe gelegt, spähte sie durch ein Fenster. Die Ranke einer Kletterpflanze, die an der Hausfassade emporwuchs, berührte ihren Kopf. Sie stand knöcheltief im Unkraut, das in der Ritze zwischen dem Betonweg und dem Fundament des Hauses gesprossen war. Im Vergleich dazu sah sie sehr ordentlich aus, in ihren sauberen Jeans und einer meiner Windjacken, das blonde Haar auf den Schultern ausgebreitet. »Ich find's immer noch ziemlich schön«, sagte Grace, was mich sie noch einmal von Neuem ins Herz schließen ließ.

Etwas Ähnliches schien sie damit auch bei Koenig bewirkt zu haben. Sobald er begriffen hatte, dass sie es ernst meinte, erwiderte er: »Ja, eigentlich schon. Aber es gibt keinen Strom mehr. Schätze mal, man könnte ihn wieder anstellen lassen, aber dann kommen auch regelmäßig die Ableser hier raus.«

Grace, das Gesicht immer noch an die Scheibe gepresst, sagte: »Wow, das klingt ja wie der Anfang von einem Horrorfilm. Aber das da hinten ist doch ein großer Kamin, oder? Man könnte es auch ohne Strom bewohnbar machen, wenn man es richtig anpackt.« Ich stellte mich neben sie und linste ebenfalls durch das Fenster. Mein Blick fiel auf einen düsteren, großen Raum, der tatsächlich von einem riesigen offenen Kamin dominiert wurde. Alles wirkte grau und verlassen: die Teppiche, deren Farben der Staub verschleierte, eine vertrocknete Topfpflanze, ein ausgestopfter Tierkopf, den die Zeit unkenntlich gemacht hatte. Es war eine verlassene Hotellobby, ein Schnappschuss aus der Titanic auf dem Meeresgrund. Plötzlich kam mir eine winzige Kate viel leichter zu handhaben vor.

»Kann ich mir den Rest des Geländes mal ansehen?«, fragte ich und trat vom Fenster zurück. Dann zog ich Grace sanft von der Kletterpflanze weg – es war Giftefeu.

»Nur zu«, erwiderte Koenig. Dann, nach einer Pause, sagte er: »Sam?« Es klang sehr zögerlich, was mich vermuten ließ, dass mir wohl nicht gefallen würde, was er als Nächstes sagte.

»Ja, Sir?«, antwortete ich. Das *Sir* rutschte mir einfach so heraus, bevor ich darüber nachdenken konnte, und auch Grace sah noch nicht mal in meine Richtung, sondern weiter unverwandt Koenig an. Es lag einfach an der Art, wie er meinen Namen ausgesprochen hatte.

»Geoffrey Beck ist dein rechtmäßiger Adoptivvater, richtig?«

»Ja«, antwortete ich. Mein Herz zuckte in meiner Brust bei dieser Frage, nicht weil die Antwort gelogen gewesen wäre, sondern weil ich nicht begriff, warum er sie mir stellte. Vielleicht hatte er ja doch seine Meinung geändert und wollte uns jetzt nicht mehr helfen. Ich bemühte mich, möglichst unbekümmert zu klingen. »Warum fragen Sie?«

»Ich versuche zu entscheiden, ob ich das, was er dir angetan hat, als Verbrechen betrachte«, erklärte Koenig.

Auch wenn wir uns fernab von allem befanden, hier in Nirgendwohausen, Minnesota, wusste ich, was er meinte: Mich, wie ich vor einem ganz gewöhnlichen Haus in eine Schneewehe gedrückt wurde, heißen Wolfsatem im Gesicht. Jetzt pochte mein Herz wie verrückt. Vielleicht hatte er uns ja nie helfen wollen. Vielleicht hatte dieser Ausflug, unsere gesamten Unterhaltungen bis jetzt, nur dazu gedient, Beck zu belasten. Wie konnte ich wissen, worum es hier wirklich ging? Mein Gesicht fühlte sich heiß an; wahrscheinlich war es naiv von mir gewesen zu denken, dass ein Polizist uns helfen wollte.

Ich hielt Koenigs Blick stand, auch wenn mein Puls wild hämmerte. »Er konnte ja nicht wissen, dass meine Eltern versuchen würden, mich umzubringen.«

»Ja, aber das macht es doch gerade noch schrecklicher«, erwiderte Koenig, so rasch, dass er schon gewusst haben musste, was ich dagegen einwenden würde. »Wenn sie dich nicht umzubringen versucht und sich dadurch selbst ins Aus geschossen hätten, was hätte er dann gemacht? Dich entführt? Hätte er dich ihnen auch weggenommen, wenn sie es ihm nicht so leicht gemacht hätten?«

Grace unterbrach ihn. »Man kann aber niemanden für etwas verurteilen, was er nur vielleicht getan hätte.«

Ich warf ihr einen Blick zu. Ob sie wohl dasselbe dachte wie ich?

Koenig fuhr fort: »Aber er hat Sam von diesen beiden Wölfen angreifen lassen, mit dem Vorsatz, ihm Schaden zuzufügen.«

»Nicht direkt Schaden«, murmelte ich, aber ich sah weg dabei.

Koenigs Stimme klang ernst. »Das, was er dir angetan hat, würde ich durchaus als Schaden bezeichnen. Würdest du das Kind von jemand anderem beißen, Grace?«

Grace verzog das Gesicht.

»Was ist mit dir, Sam? Nein? Nur weil der Großteil der Welt gar nichts von der Waffe weiß, die Geoffrey Beck gegen dich angewendet hat, macht es das nicht weniger zu einem Angriff.«

Einerseits wusste ich, dass er recht hatte, aber andererseits war da der Beck, den ich kannte, der Beck, der mich zu dem gemacht hatte, was ich war. Wenn Grace mich für einen netten, einen großzügigen Menschen hielt, dann lag es nur daran, dass ich das von Beck gelernt hatte. Wenn er ein Monster war, hätte ich dann nicht auch zu einem kleinen Monster werden müssen, nach seinem Bilde? All diese Jahre hatte ich nun schon gewusst, wie ich zum Rudel gekommen war. Das Auto, das langsam vorbeifuhr, die Wölfe, der Tod von Sam Roth, Sohn einer mittelständischen Familie aus Duluth, dessen Mutter bei der Post und dessen Vater in einem Büro arbeiteten und nichts fabrizierten, was für einen Siebenjährigen nach Arbeit aussah. Jetzt, da ich erwachsen war, kam mir der Wolfsangriff nicht mehr wie ein Unfall vor. Und jetzt, da ich erwachsen war, wusste ich ja auch, dass Beck dahintersteckte. Dass er ihn *in die Wege geleitet hatte* – in die Wege leiten, das klang so geplant, so zielstrebig, es ließ sich schwer abmildern.

»Hat er sonst noch irgendetwas mit dir gemacht, Sam?«, fragte Koenig.

Ein paar sehr lange Sekunden begriff ich gar nicht, was er meinte. Dann ruckte mein Kopf nach oben. »Nein!«

Koenig sah mich nur betrübt an. In diesem Moment hasste ich ihn dafür, dass er mir Beck wegnahm, aber Beck hasste ich noch mehr, weil er sich so einfach wegnehmen ließ. Ich vermisste die Zeiten, als die Dinge noch richtig oder falsch gewesen waren und nichts dazwischen.

»Hören Sie auf«, sagte ich. »Hören Sie einfach auf. Bitte.«

Grace schaltete sich sanft ein. »Beck ist jetzt ein Wolf. Ich denke, es dürfte sehr schwer werden, ihn zu belangen, und selbst wenn Sie es versuchen wollten, glaube ich, dass er seine Strafe bereits bekommen hat.«

»Tut mir leid.« Koenig hob die Hände, als zielte ich mit einer Waffe auf ihn. »So ein Polizistenhirn lässt sich nicht abschalten. Ihr habt ja recht. Ich wollte nur – ach, spielt keine Rolle. Es ist nur nicht leicht aus dem Kopf zu kriegen, wenn man einmal anfängt, darüber nachzudenken. Deine Geschichte. Die Geschichte des Rudels. Wollt ihr mit in die Hütte kommen? Ich werde kurz mal reingehen. Sicherstellen, dass da drin nichts rumliegt, was irgendjemanden aus meiner Familie dazu verlocken könnte, noch mal zurückzukommen.«

»Ich gehe lieber erst mal eine Runde«, sagte ich. Ich fühlte mich fast schwerelos vor Erleichterung darüber, dass Koenig wirklich so zu sein schien, wie ich ihn eingeschätzt hatte. Alles an diesem Plan kam mir so zerbrechlich vor. »Wenn das in Ordnung ist.«

Koenig nickte knapp, sein Gesicht noch immer schuldbewusst. Er drückte die Klinke herunter und die Tür öffnete sich widerstandslos, dann ging er rein, ohne sich noch einmal nach uns umzusehen.

Als er im Haus verschwunden war, machte ich mich auf den Weg um das Gebäude herum und Grace folgte mir, nachdem sie sich eine Zecke vom Hosenbein gepflückt und sie mit dem Fingernagel zerquetscht hatte. Ich hatte keine konkrete Vorstellung davon, wo genau ich hinwollte, einfach weg, weiter in die Wildnis, einfach *mehr*. Wahrscheinlich hatte ich vage vor, runter zum See zu gehen. Ein Pfad aus Holzplanken führte uns ungefähr dreißig Meter von der Hütte weg, zurück ins Dickicht der Bäume, bevor diese Farnen und Dornengestrüpp wichen. Ich lauschte auf die Vögel und das Geräusch unserer Schritte im Unterholz. Die Nachmittagssonne tauchte alles in grüngoldenes Licht. Ich fühlte mich plötzlich sehr ruhig und klein und andächtig.

»Sam, das könnte funktionieren«, sagte Grace.

Ich sah sie nicht an. Ich dachte an die vielen Meilen Straße zwischen diesem Ort und zu Hause. Becks Haus kam mir schon jetzt vor wie eine wehmütige Erinnerung. »Die Hütte ist unheimlich.«

»Die kann man doch sauber machen«, erwiderte Grace. »Es könnte funktionieren.«

»Ich weiß«, sagte ich. »Ich weiß, dass es das könnte.«

Vor uns erhob sich eine Felszunge; die schmalen Steine waren länger als mein VW und flach wie Dachschindeln. Grace zögerte nur einen Moment und kletterte dann an der Seite hinauf. Ich kraxelte hinter ihr her und dann standen wir da, weiter oben als vorher, aber immer noch nicht hoch genug, um die Spitzen der größten Bäume zu sehen. Es gab nichts als dieses leise Summen, das man in großer Höhe in sich spürt, dieses Gefühl, dass der Boden sich leicht unter einem bewegt, wie um uns zu sagen, dass wir dem Himmel jetzt näher waren als ihm. So riesige Kiefern hatte ich in Mercy Falls noch nie gesehen. Eine davon wuchs direkt am Rand der Felszunge und Grace ließ die Finger über den Stamm gleiten, das Gesicht voller Staunen. »Ist das schön.« Die Hand auf der Rinde, legte sie den Kopf weit in den Nacken, um die Spitze zu sehen. Sie sah bezaubernd aus in diesem Moment, ihre verblüfft geöffneten Lippen, die Linie ihres Rückens und ihrer Beine, wie offensichtlich sie sich auf diesem riesigen Felshaufen mitten im Nirgendwo zu Hause fühlte.

»Du machst es einem leicht, dich zu lieben«, sagte ich.

Grace nahm die Finger von dem Baumstamm und drehte sich zu mir um. Den Kopf schief gelegt, als hätte ich ihr ein Rätsel gestellt, das zu lösen ihr schwerfiel, fragte sie: »Warum guckst du so traurig?«

Ich schob die Hände in die Taschen und blickte vom Felsen hinunter. Da unten gab es mindestens ein Dutzend verschiedene Grüntöne, wenn man nur richtig hinsah. Als Wolf würde man keinen einzigen davon erkennen. »Das hier ist der richtige Ort. Aber ich werde derjenige sein müssen, der es macht, Grace. Cole will es so. Wir können nicht alle Wölfe einfangen und wir haben nicht genug Leute, um sie aus dem Wald zu treiben. Unsere einzige Chance ist es, sie hier raus zu führen, und das muss ein Wolf mit einem einigermaßen menschlichen Orientierungssinn machen. Ich wollte, dass Cole es macht. Ich hab viel drüber nachgedacht: Wenn die Welt fair und logisch wäre, dann würde er es machen. Er ist gern ein Wolf und außerdem sind das seine Experimente, sein Spielzeug. Wenn die Welt fair wäre, müsste er die Wölfe herführen. Aber das ist sie nicht. Er sagt, er kann keinen Gedanken festhalten, wenn er ein Wolf ist. Er sagt, er würde es machen, aber er kann es nicht.«

Ich hörte Grace ausatmen, langsam und vorsichtig, aber sie sagte nichts.

»Du verwandelst dich doch nicht mal mehr«, wandte sie schließlich ein.

Die Antwort darauf wusste ich. Mit absoluter Sicherheit. »Cole kann dafür sorgen, dass sich das ändert.«

Grace zog meine Hand aus meiner Tasche und legte meine gekrümmten Finger in ihre Handfläche. Ich spürte ihren Puls an meinem Daumen, leicht und gleichmäßig.

»Ich hatte schon angefangen, die hier als selbstverständlich anzusehen«, sagte ich und bewegte die Finger auf ihrer Haut. »Ich hatte schon angefangen zu denken, ich müsste es nie wieder tun. Ich war schon so weit, mich mit dem Menschen anzufreunden, der ich bin.« Ich wollte ihr sagen, wie ungern ich mich wieder verwandeln wollte, wie ungern ich auch nur darüber nachdachte. Wie ich inzwischen endlich in der Gegenwart von mir dachte, von meinem Leben in Bewegung anstatt als Konserve. Aber ich wusste nicht, ob ich mich auf meine Stimme verlassen konnte. Und es laut auszusprechen, würde das, was getan werden musste, auch nicht einfacher machen. Also schwieg ich, mal wieder.

»Ach, Sam«, seufzte sie. Sie schlang die Arme um meinen Hals und ließ mich mein Gesicht an ihre Wange legen. Ihre Finger strichen durch mein Haar. Ich hörte, wie sie schluckte. »Wenn wir ...«

Aber sie sprach nicht zu Ende. Sie drückte mich nur so fest an sich, dass mein Atem an ihrem Körper vorbeischlüpfen musste, um zu entweichen. Ich küsste sie aufs Schlüsselbein, während ihre Haarspitzen mein Gesicht kitzelten. Sie seufzte.

Warum fühlte sich nur alles so an wie ein Abschied?

Der Wald um uns war voller Geräusche: singende Vögel, plätscherndes Wasser, Wind, der *sch-sch-sch* in den Bäumen flüsterte;

dies war das Geräusch seines Atems gewesen, bevor wir kamen, und würde es bleiben, lange, nachdem wir gegangen waren. Diese Welt, diese Natur war aus einem Stoff gemacht, der aus geheimen, unausgesprochenen Sorgen bestand, und die unseren waren nur eine der winzigen Maschen am Saum.

»Sam.« Koenig stand am Fuß der Felszunge. Grace und ich traten auseinander. Ich hatte ein Haar von ihr im Mund und zog es heraus.

»Dein Handy hat geklingelt, aber es ist ausgegangen, bevor irgendjemand eine Nachricht hinterlassen konnte. Hier draußen ist der Empfang zu schlecht, da kommt keiner durch. Es war deine Festnetznummer.«

Cole.

»Wir sollten zurückfahren«, sagte Grace, die sich bereits ebenso souverän an den Abstieg gemacht hatte, wie sie hier hochgestiegen war. Neben Koenig blieb sie stehen und beide betrachteten den Felsen und den Wald, bis ich bei ihnen angelangt war.

Koenig deutete kaum merklich mit dem Kinn auf den Wald um uns. »Und, was meint ihr?«

Ich sah Grace an, also tat Koenig es mir nach. Sie nickte nur.

»Du auch?«, fragte Koenig mich.

Ich lächelte wehmütig.

»Das dachte ich mir«, sagte er. »Ist ein guter Ort, um sich darin zu verlieren.«

Kapitel 52

Cole

Innerhalb einer Stunde rief ich Sam so oft auf dem Handy an wie Isabel in zwei Monaten. Mit dem gleichen Ergebnis. Nichts. Das hätte ich jetzt persönlich nehmen können, aber ich bildete mir gern ein, etwas dazugelernt zu haben. Geduld – das war wirklich eine Tugend.

Leider war sie nie eine meiner Stärken gewesen.

Ich rief Sam an. Es klingelte und klingelte, bis es meinen Ohren schon vorkam, als wäre jedes Läuten länger als das vorangegangene.

Die Minuten erstreckten sich ins Unendliche. Ich legte Musik auf, aber selbst die Songs schienen in Zeitlupe abzulaufen. Es irritierte mich immer mehr, wenn der Refrain kam; ich hatte das Gefühl, ihn schon hundertmal gehört zu haben.

Ich rief Sam an.

Nichts.

Ich trottete runter ins Untergeschoss, rauf in die Küche. Ich hatte schon fast all meinen Kram weggeräumt, aber in meiner Liebenswürdigkeit (und meinem Bedürfnis nach Ablenkung) wischte ich sogar die Arbeitsplatte mit einem nassen Papiertuch ab und schob das Kaffeepulver, das dem Aufbrühen entkommen war, und die Krümel um den Toaster zu einer Pyramide zusammen.

Ich rief Sam an. Endloses Klingeln. Ich hastete wieder nach unten, dann rauf zu dem Stapel Sachen in meinem Zimmer. Ich durchwühlte alle Materialien, die ich in den letzten Monaten angehäuft hatte, obwohl ich momentan nichts davon brauchte, doch ich wollte mich beschäftigen, etwas mit den Händen tun. Meine Füße schienen zu laufen, ob ich stand oder nicht, also konnte ich auch gleich stehen bleiben.

Ich rief Sam an.

Klingeling. Klingelingeling. Klingelingelingeling.

Ich schnappte mir eine Jogginghose und ein T-Shirt und nahm sie mit nach unten. Legte sie dort auf den Sessel. Fragte mich, ob ich noch ein langärmliges Oberteil, einen Pullover dazulegen sollte. Nein. Ein T-Shirt reichte. Nein. Vielleicht doch einen Pullover. Ich kramte ein Berkeley-Sweatshirt aus einer Schublade.

Ich rief Sam an.

Nichts. *Nichts.* Wo zur Hölle trieb er sich rum?

Ich kritzelte in Becks Notizbuch, das nun mir gehörte. Dann ging ich wieder nach unten. Ich warf einen Blick auf das Thermostat. Drehte es so heiß auf, wie es nur ging. Ich holte ein paar Heizlüfter aus der Garage. Suchte Steckdosen im Keller und stöpselte sie ein. So langsam war es die reinste Sauna hier unten. Immer noch nicht heiß genug. Ich musste den Sommer in diese vier Wände holen.

Ich rief Sam an.

Zweimal klingeln. Dreimal.

»Cole, was ist los?« Sam. Seine Stimme war unklar, mit Rauschen unterlegt, aber er war es.

»Sam«, sagte ich. Ich klang ein bisschen gereizt, aber das war, wie ich fand, mein gutes Recht. Ich blickte auf den Wolfskörper vor mir auf dem Boden. Das Betäubungsmittel ließ langsam nach. »Ich habe Beck.«

Kapitel 53

Sam

Bis Cole mir sagte, dass er Beck gefangen hatte, war mir gar nicht aufgefallen, dass heute Chinesentag war.

Ewig lange hatte ich geglaubt, dass der Chinesentag ein echter Feiertag war. Jedes Jahr am selben Tag im Mai hatten Ulrik oder Paul, oder wer sonst gerade da war, Shelby und mich ins Auto geladen und zu einem Tag voller Vergnügungen entführt – einen Luftballon in der Hand, ein Museumsbesuch, eine Probefahrt in einem schicken Auto, das wir uns niemals kaufen würden – und jedes Mal endete das Ganze mit einem Festmahl im *Fortune Garden* in Duluth. Ich aß eigentlich nicht viel außer Frühlingsrollen und Glückskeksen, aber die Assoziation mit diesem ausgelassenen Tag machte den Chinesen trotzdem zu meinem Lieblingsrestaurant. Wir kamen immer mit einem Dutzend weißer Imbissschachteln nach Hause, die nachher wochenlang im Kühlschrank lagen. Lange nach Einbruch der Dunkelheit bogen wir in die Einfahrt ein und man musste mich ins Bett schleifen und schieben.

Beck kam nie mit. Paul lieferte uns jedes Jahr eine andere Entschuldigung dafür. *Er will in Ruhe arbeiten und uns dafür aus dem Haus haben* oder *Er ist gestern lange wach geblieben* oder *Er feiert eben keinen Chinesentag.* Ich dachte nicht groß darüber nach. An diesem Tag war so viel anderes los, was meine Aufmerksamkeit beanspruchte. Die Wahrheit war einfach, dass ich jung und selbstbezogen war und, wie alle Kinder, nicht darüber nachdachte, was die Erwachsenen machten, wenn ich nicht bei ihnen war. Es war leicht, mir Beck an diesem Tag schwer beschäftigt in seinem Arbeitszimmer vorzustellen, wenn ich mir denn überhaupt irgendwas vorstellte.

So kam und ging der Chinesentag, Jahr für Jahr. Aufstehen im Morgengrauen und gleich aus dem Haus. Als ich älter wurde, fielen mir immer mehr Details auf, die ich nicht mitbekommen hatte, als ich noch kleiner war. Wenn wir gingen, nahmen Ulrik und Paul zum Beispiel den Telefonhörer ab und schlossen hinter uns ab, als wäre niemand mehr im Haus.

Mit dreizehn, vierzehn schließlich schlief ich nicht mehr augenblicklich ein, wenn wir nach Hause kamen. Normalerweise tat ich trotzdem so, als wäre ich müde, um mich schnellstens mit meinem neuen Buch oder irgendwelchen anderen Schätzen, die ich an jedem Chinesentag abstaubte, in mein Zimmer zurückziehen zu können. Ich schlich mich nur noch einmal raus, um auf die Toilette zu gehen, bevor ich endgültig das Licht ausmachte. In einem Jahr aber, als ich mein Zimmer verließ, hörte ich … etwas. Ich weiß immer noch nicht, was genau das Geräusch an sich gehabt hatte, dass ich deswegen im Flur stehen geblieben war. Irgendetwas Seltsames, Ungewohntes.

Also tappte ich zum ersten Mal leise am Badezimmer vorbei auf Becks Tür zu, die einen Spalt offen stand. Ich zögerte, lauschte, warf einen Blick über die Schulter, um sicherzugehen, dass mich niemand beobachtete. Und dann trat ich noch einen lautlosen Schritt vor, sodass ich in Becks Zimmer gucken konnte.

Das kleine Lämpchen auf seinem Nachttisch tauchte alles in schwaches Licht. Mitten auf dem Boden stand ein Teller mit einem unberührten Sandwich und braun gewordenen Apfelschnitzen und daneben eine volle Kaffeetasse mit einem hässlich braunen Ring am Rand, wo sich die Milch abgesetzt hatte. Ein Stückchen weiter, am Fußende des Betts, mit dem Rücken zu mir, saß Beck auf dem Boden. Seine Haltung hatte etwas Schockierendes, etwas, das ich nie wieder vergessen sollte. Er hatte die Knie an die Brust gezogen wie ein kleiner Junge und die Hände hinter dem Kopf verschränkt, die ihn hinunter zu seinem Körper drückten, wie um ihn vor einem starken Sturm zu schützen.

Ich verstand gar nichts. Dann hörte ich wieder dieses leise Geräusch und ich sah, wie seine Schultern zitterten. Nein, nicht nur seine Schultern, sein ganzer Körper, mehr ein Beben als ein Zittern, das abgehackte, stumme Schluchzen von jemandem, der schon eine Weile dabei ist und seine Kräfte für die lange Strecke schont, die noch vor ihm liegt.

Ich erinnere mich an nichts als meine vollkommene Überraschung, dass Beck dieses fremde Wesen in sich beherbergte und dass ich es nie gewusst, nie geahnt hatte. Später würde ich erfahren, dass dies nicht Becks einziges Geheimnis war, nur vielleicht das bestgehütete.

Ich ließ Beck mit seinem heimlichen Kummer allein und ging nach unten, wo Ulrik im Wohnzimmer saß und sich lustlos durch die Fernsehkanäle zappte.

»Was ist mit ihm los?«, fragte ich nur.

Und so erfuhr ich von Becks Frau und wie sie vor neun Jahren an diesem Tag im Mai gestorben war. Wenige Monate, bevor ich gebissen worden war. Ich hatte keine Verbindung gesehen, oder wenn doch, hatte ich sie nicht für wichtig gehalten, hatte gedacht, sie spiele keine Rolle.

Aber jetzt spielte sie eine Rolle.

Kapitel 54

Sam

Als wir in die Auffahrt einbogen, klingelte mein Handy erneut. Koenig schaltete den Pick-up noch nicht mal auf Parken, er stellte nur den Fuß aufs Bremspedal. Während wir ausstiegen, sah er erst auf die Uhr, dann in den Rückspiegel.

»Kommen Sie noch mit rein?«, lud Grace ihn ein und beugte sich ins Auto. Auf die Idee war ich gar nicht gekommen.

»Nein«, sagte Koenig. »Ich bin mir ziemlich sicher, dass das, was da drin vor sich geht – ich würde lieber alles glaubhaft abstreiten können. Ich habe dich heute nicht gesehen. Du redest ja später noch mit deinen Eltern, ist das korrekt?«

Grace nickte. »Mache ich. Danke noch mal. Für alles.«

»Ja«, schloss ich mich an. Auch wenn das eigentlich nicht reichte. Das Telefon klingelte noch immer. Es war wieder Cole. Ich hatte Koenig noch so viel mehr zu sagen, aber … Beck. Beck war da drin.

»Ruft mich später an, wenn ihr euch entschieden habt«, sagte Koenig. »Und Sam, nun geh schon ans Telefon.«

Grace schlug die Autotür zu und klopfte zum Abschied zweimal gegen die Seite des Pick-ups.

»Da bin ich«, meldete ich mich.

»Hat ja lange genug gedauert«, erwiderte Cole. »Seid ihr zu Fuß zurückgekommen, oder was?«

»Was?«, fragte ich. Die Nachmittagssonne schien kraftvoll und schräg durch die Kiefern; ich musste blinzeln und mich abwenden. Ich dachte, ich hätte ihn nicht richtig verstanden. »Ich stehe in der Einfahrt.«

Cole schwieg einen Moment und sagte dann: »Na, ein Glück. Dann beeilt euch mal, verdammt. Und wenn du gebissen wirst, denk dran, das war *deine* Idee.«

Ich fragte Cole: »Will ich's überhaupt wissen?«

»Kann sein, dass ich mich mit der Dosis der Beruhigungsmittel verschätzt hab. Nicht alles, was man im Internet liest, ist wahr. Offenbar braucht man für Wölfe doch mehr als für neurotische deutsche Schäferhunde.«

»Oh Mann«, sagte ich. »Also rennt Beck frei im Haus rum? Einfach so?«

Cole klang ein bisschen kurz angebunden. »Darf ich dich daran erinnern, dass *ich* hier schon die Drecksarbeit erledigt habe? Ich hab ihn aus dem Wald geholt. Dann kannst du ihn jetzt wenigstens aus deinem Zimmer holen.«

Wir hasteten zur Haustür. Die letzten Sonnenstrahlen verwandelten die Fenster des Hauses in Spiegel, die das Licht reflektierten. In einer anderen Zeit, in einem anderen Leben hätte es jetzt Abendessen gegeben. Ich hätte ein Haus betreten, in dem mich in der Mikrowelle aufgewärmte Essensreste und die Mathehausaufgaben erwarteten, in dem Iron Butterfly aus den Lautsprechern dröhnten und Ulrik dazu Luftschlagzeug spielte. Beck sagte dann immer: *Ich möchte mal wissen, wer behauptet hat, die Europäer hätten guten Geschmack. Mann, lag der daneben.* Das Haus hätte sich bis oben hin voll angefühlt und ich hätte mich in mein Zimmer zurückgezogen, um ein bisschen Ruhe zu haben.

Ich vermisste diesen Lärm.

Beck. Beck war hier.

Cole stieß ein ungeduldiges Zischen aus. »Bist du immer noch nicht drin? Verdammte Hacke, wofür braucht ihr denn so lange?«

Die Haustür war abgeschlossen. »Hier, rede mit Grace«, sagte ich.

»Mommy gibt mir auch keine andere Antwort als Daddy«, sagte Cole noch, aber ich reichte das Telefon trotzdem weiter.

»Rede du mit ihm, ich muss meinen Schlüssel suchen.« Ich wühlte in meiner Tasche und schloss die Tür auf.

»Hi«, meldete sich Grace. »Wir kommen jetzt rein.« Und sie legte auf.

Ich schob die Tür auf und blinzelte, um mich an das Dämmerlicht zu gewöhnen. Mein erster Eindruck waren rote Streifen auf den Möbeln, die langen Strahlen der Nachmittagssonne, die sich über alles legten. Weder von Cole noch von einem Wolf war irgendetwas zu sehen. Er war auch nicht oben, trotz seiner sarkastischen Bemerkung.

Mein Handy klingelte.

»Ts«, machte Grace und gab es an mich weiter.

Ich hielt es mir ans Ohr.

»Im Keller«, sagte Cole. »Immer dem Geruch von verbranntem Fleisch nach.«

Die Kellertür stand offen und aus dem Raum strömten Wellen von Wärme. Selbst von hier konnte ich den Wolf riechen: Nervosität und feuchter Waldboden und frühlingshaftes Wachstum. Als ich die Stufen in das dämmrige braune Licht hinunterging, drehte sich mir vor Sorge der Magen um. Unten, am Fuß der Treppe, stand Cole, die Arme verschränkt. Er ließ jeden einzelnen Knöchel seiner rechten Hand mit dem Daumen knacken und fing anschließend mit der linken Hand an. Hinter ihm sah ich ein paar Heizgeräte, die Quelle der unerträglichen Hitze.

»Na endlich«, begrüßte mich Cole. »Vor einer Viertelstunde war er noch so richtig schön groggy. Wieso hat das denn so lange gedauert? Seid ihr bis Kanada gefahren? Musstet ihr erst noch den Verbrennungsmotor erfinden, bevor ihr loskonntet?«

»Die Fahrt hat ein paar Stunden gedauert.« Ich betrachtete den Wolf. Er lag in einer unnatürlich verdrehten Haltung da, die kein Tier bei vollem Bewusstsein eingenommen hätte, halb auf der Seite, halb auf die Brust gedreht. Sein Kopf bewegte sich rastlos hin und her, seine Augen waren halb geschlossen, die Ohren hingen schlapp herunter. Mein Puls flatterte, fieberhaft, wie eine Motte gegen eine Glühbirne.

»Ihr hättet ja so schnell fahren können, wie ihr wolltet«, bemerkte Cole. »Polizisten kriegen keine Strafzettel.«

»Was sollen die Heizgeräte?«, fragte ich. »Davon verwandelt er sich auch nicht.«

»Aber wenn's klappt, bleibt ein hauptberuflicher Werwolf damit vielleicht länger ein Mensch«, entgegnete Cole. »Wenn wir nicht vorher zerfleischt werden, was immer wahrscheinlicher wird, je länger wir hier rumtrödeln.«

»Psst«, machte Grace. »Sollen wir oder nicht, Sam?«

Sie sah mich an, nicht Cole. Die Entscheidung lag bei mir.

Wir beide hockten uns vor den Wolf, dessen Gliedmaßen aufgrund meiner Nähe zu zucken begannen. Sofort stellten sich seine Ohren auf und sein Blick huschte zu meinem Gesicht. Becks Augen. Beck. *Beck.* Mein Herz zog sich schmerzhaft zusammen. Ich wartete auf den Moment, in dem er mich erkennen würde, aber er kam nicht. Nur dieser Blick und dann unkoordiniertes Scharren mit den Pfoten, der Versuch, seinen betäubten Körper aufzurichten.

Plötzlich erschien mir die Vorstellung, ihm eine Spritze Epinephrin und Gott weiß, was sonst noch, in die Adern zu jagen, einfach lächerlich. Dieser Wolf steckte so fest in seiner Haut, dass wir Beck niemals aus ihm herauslocken würden. Nein, hier gab es nichts außer Becks Augen, ohne dass Beck hinter ihnen wartete. Mein Bewusstsein klammerte sich an Songtextfetzen, irgendetwas, was mir über diesen Augenblick hinweghalf, was mich rettete.

Empty houses don't need windows
'cause no one's looking in
Why would a house need windows, anyway
If no one's looking out again

Der Gedanke, ihn wiederzusehen, ihn einfach nur zu sehen, war gewaltig. Bis zu diesem Moment war mir nicht klar gewesen, wie sehr ich mir das gewünscht hatte. Wie sehr ich es brauchte.

Cole hockte sich neben uns, in der Hand die Spritze. »Sam?« In Wirklichkeit aber sah er Grace an, die wiederum mich ansah.

Sofort spulte mein Gehirn noch einmal die Sekunde ab, in der die Wolfsaugen meine gefunden hatten. Sein Blick, ohne das geringste Verständnis, die geringste Vernunft darin. Wir hatten keine Ahnung, womit wir es hier zu tun hatten. Keine Ahnung, welchen Effekt die Injektion auf ihn haben würde. Cole hatte sich schon bei der Dosis für das Benadryl verschätzt. Was, wenn die Flüssigkeit in dieser Spritze Beck umbrachte? Würde ich damit leben können? Ich wusste, wie *ich* mich entscheiden würde – wie ich mich schon entschieden hatte, in derselben Situation. Als ich zwischen Sterben und der Chance, wieder zum Mensch zu werden, wählen musste, war ich das Risiko eingegangen. Aber immerhin hatte ich die Wahl gehabt. Ich hatte Ja oder Nein sagen können.

»Warte«, sagte ich. Der Wolf versuchte taumelnd, auf die Füße zu kommen, seine Oberlippe zog sich warnend zurück.

Aber da war auch das: ich, wie ich im Schnee lag, mein Leben, das gegen dieses hier eingetauscht wurde, zuschlagende Autotüren, Beck, der plante, mich zu beißen, der mir *alles* nahm. Ich hatte nie die Wahl gehabt, es war mir alles aufgezwungen worden, an einem Tag, der nicht anders hätte sein müssen als alle übrigen in meinem Leben. Er hatte die Entscheidung für mich getroffen. Das hier war nur fair. Kein Ja oder Nein damals. Kein Ja oder Nein heute.

Ich wollte, dass es funktionierte. Ich wollte, dass er zum Menschen wurde, damit ich eine Antwort auf all die Fragen verlangen konnte, die ich ihm nie gestellt hatte. Ich wollte ihn zwingen, ein Mensch zu werden, damit er mir ein letztes Mal ins Gesicht sehen und sagen konnte, warum er das von allen Menschen auf diesem Planeten ausgerechnet mir angetan hatte, warum mir, warum überhaupt irgendjemandem, *warum*. Und, so verrückt es auch schien, ich wollte ihn wiedersehen und ihm sagen, wie sehr er mir fehlte.

Ich wollte es.

Aber ich wusste nicht, ob er es auch wollte.

Ich sah Cole an. »Nein. Nein, ich hab's mir anders überlegt. Ich kann das nicht. So jemand bin ich nicht.«

Coles leuchtend grüne Augen blickten einen Moment lang in meine. »Ich aber«, sagte er dann.

Und flink wie eine Schlange streckte er den Arm aus und stach dem Wolf die Nadel in den Oberschenkel.

COLE

»*Cole*«, zischte Grace. »Ich fass es einfach nicht! Du –«

In dem Moment zuckte der Wolf, taumelte vor uns zurück und Grace schwieg. Ruckartige Krämpfe schüttelten seinen gesamten

Körper und sein Puls beschleunigte sich. Es war unmöglich zu sagen, ob wir gerade Zeugen eines Todes oder einer Wiedergeburt wurden. Ein Schauder ließ das Fell des Wolfs erzittern und er riss den Kopf in einer heftigen, unnatürlichen Bewegung nach hinten. Aus seinen Nasenlöchern drang ein langsames, immer höher werdendes Jaulen.

Es funktionierte.

Die Schnauze des Wolfs öffnete sich in stiller Qual.

Sam wandte den Kopf ab.

Es funktionierte.

In diesem Moment wünschte ich, mein Vater stünde hier und sähe zu, damit ich sagen könnte: *Sieh dir das an. Für jeden deiner Ansprüche, dem ich nicht gerecht geworden bin, sieh dir das an.* Mein ganzer Körper schien in Flammen zu stehen.

Mit einem letzten Krampfen schüttelte der Wolf seine Haut ab und lag nun auf dem ausgetretenen Teppich am Fuß der Treppe. Er war kein Wolf mehr. Er lag auf der Seite, die Finger in den Teppich gekrallt, seine Muskeln hart und drahtig über hervortretenden Knochen. Blasse Narben liefen über seinen Rücken, wie ein Panzer anstelle von Haut. Ich war fasziniert. Das war kein Mensch, es war die Skulptur eines Tiers in Menschengestalt, gebaut für Ausdauer und Jagd.

Sams Hände hingen schlaff an seinen Seiten. Grace sah mich an, außer sich vor Wut.

Aber ich hatte nur Augen für Beck.

Beck.

Ich hatte ihn aus diesem Wolf geholt.

Ich tastete mit den Fingern über die Wand, bis ich den Lichtschalter fand. Als gelbes Licht den Keller erfüllte und die Bücherregale an den Wänden erhellte, schnellte Becks Arm hoch, um seine Augen zu bedecken. Seine Haut zuckte und zitterte immer noch, als wäre sie sich noch nicht sicher, ob sie ihre jetzige Form beibehalten sollte. Mit all den Heizgeräten, die hier unten vor sich hin summten, war es geradezu erstickend heiß. Die Wärme schloss mich so fest in meiner menschlichen Haut ein, dass ich mir nicht vorstellen konnte, jemals wieder etwas anderes zu sein. Wenn dieses Inferno ihn nicht davon abhielt, sich zu verwandeln, dann gab es nichts, was das konnte.

Sam stieg schweigend die Treppe hoch und schloss die Tür, um auch noch den letzten Luftzug auszusperren.

»Du hast so ein Glück, dass das nicht schiefgegangen ist«, sagte Grace mit leiser Stimme, sodass nur ich es hörte.

Ich sah sie mit hochgezogener Augenbraue an und dann wieder Beck. »Hey«, sagte ich zu ihm. »Wenn du fertig bist, hätte ich ein paar Klamotten für dich. Bedanken kannst du dich später.«

Der Mann stieß einen leisen Laut aus, als er ausatmete und seine Position veränderte, die Art Laut, wie man sie unbewusst von sich gibt, wenn man Schmerzen hat. Mit einer Bewegung, die mehr wölfisch als menschlich wirkte, stemmte er den Oberkörper vom Boden hoch und blickte mich an.

Es war Monate her. Ich lag da, in dem Körper, den ich zerstört hatte.

Es gibt einen Ausweg, hatte er gesagt. *Ich kann dich rausholen aus dieser Welt. Ich kann dich verschwinden lassen. Ich kann dir helfen.*

Und jetzt, nach all dieser Zeit – es kam mir vor, als wären Jahre vergangen, seit er mir das Werwolfgift gespritzt hatte –, sahen wir uns wieder. Es war ein verdammt perfektes Beispiel für den Kreislauf des Lebens: Der Mann, der aus mir einen Werwolf gemacht hatte, war nun gleichzeitig der Wolf, den ich zum Mann gemacht hatte.

Doch in seinen Augen sah ich, dass er immer noch weit, weit weg war. Er hatte eine seltsame, tierartige Haltung zwischen Sitzen und Kauern eingenommen und musterte mich argwöhnisch. Seine Hände zitterten. Ich wusste nicht, ob das eine Nachwirkung der Verwandlung oder meiner Injektion war.

»Sag Bescheid, wenn du mich erkennst«, forderte ich ihn auf. Ohne Beck den Rücken zuzudrehen, nahm ich die Jogginghose und den Pulli von dem Sessel, in dem ich sie abgelegt hatte.

Ich knüllte das Stoffbündel zusammen und warf es in Becks Richtung. Es landete mit einem sanften *Poff* vor ihm, aber er beachtete es gar nicht. Sein Blick huschte von mir zu den Regalen hinter mir und dann zur Decke. Ich konnte tatsächlich mit ansehen, wie der Ausdruck darin sich langsam von Flucht zu Wiedererkennen wandelte, als sein Verstand einen Neustart vollführte, von Beck, dem Wolf, zu Beck, dem Menschen.

Schließlich schlüpfte er mit steifen Bewegungen in die Jogginghose und stellte sich mir gegenüber. Den Pullover ließ er auf dem Boden liegen. »Wie hast du das gemacht?« Er sah mich nicht an, als erwartete er nicht, dass ich ihm die Antwort liefern konnte, und starrte stattdessen auf seine Hände, die Finger weit gespreizt. Mit gerunzelter Stirn studierte er sie von beiden Seiten, erst die Handrücken, dann die Handflächen. Es war eine so fremdartige, intime Geste, dass ich wegsehen musste. Aus irgendeinem Grund erinnerte sie mich an Victors Beerdigung.

»Cole«, sagte er und seine Stimme klang erstickt und rau. Er räusperte sich und beim zweiten Versuch ging es schon ein bisschen besser. »Wie hast du das gemacht?«

»Adrenalin.« Das war die einfachste Antwort. »Und ein paar von seinen Freunden.«

»Woher wusstest du, dass es funktionieren würde?«, fragte Beck, und dann, bevor ich etwas sagen konnte, gab er die Antwort selbst. »Du wusstest es nicht. Ich war das Versuchskaninchen.«

Ich sagte nichts.

»Wusstest du, dass ich es war?«

Lügen war zwecklos. Ich nickte.

Beck sah auf. »Gut, das ist besser so. Da draußen im Wald gibt es Wölfe, die besser welche bleiben sollten.« Mit einem Mal schien ihm aufzufallen, dass Grace auf seiner anderen Seite stand. »Grace«, sagte er. »Sam ... hat es funktioniert? Ist er –?«

»Es hat funktioniert«, antwortete Grace sanft. Sie hatte die Arme fest vor der Brust verschränkt. »Er ist ein Mensch. Seit damals hat er sich nicht mehr verwandelt.«

Beck schloss die Augen und legte den Kopf in den Nacken, seine Schultern sackten nach unten. Ich sah, wie er schluckte. Seine Körpersprache vermittelte pure Erleichterung und aus irgendeinem Grund fiel es mir schwer, es mit anzusehen. »Ist er hier?«

Grace sah mich an.

Ich hörte Sams Stimme von der Treppe und sie klang anders, als ich sie je von ihm gehört hatte.

»Ich bin hier.«

Sam

Beck.

Ich konnte meine Gedanken nicht kontrollieren. Sie huschten die Stufen hinunter, über den Boden.

er ist eine Hand auf meiner Schulter

surrende Autoreifen auf nassem Asphalt

seine Stimme erzählt meine Kindheit

der Geruch des Waldes in meiner Vorstadtstraße
meine Handschrift sieht aus wie seine
Wölfe
            er ruft durchs Haus: *Sam, Hausaufgaben*
Schnee, kalt an meiner Haut
      Ganz ruhig, sagte er. *Keine Angst. Du bist immer noch Sam*
meine Haut reißt auf
Das
      mein neuer Schreibtisch für all die Bücher
habe
      meine Hände schweißnass auf dem Lenkrad seines Autos
ich
      endlose Abende, immer gleich, wir stehen am Grill
nicht
           du bist der Beste von uns allen, Sam
gewollt.

Kapitel 55

Grace

Mein erster Gedanke war, dass Sam mit Beck reden musste, um all seine widersprüchlichen Gefühle zu sortieren, und mein zweiter Gedanke war, dass Cole mit Beck reden musste, und zwar über die unterschiedlichen wissenschaftlichen Experimente, die er an sich selbst durchgeführt hatte, aber mein dritter Gedanke war, dass ich die Einzige zu sein schien, die sich an den eigentlichen Grund erinnerte, aus dem wir unbedingt mit Geoffrey Beck reden mussten.

»Beck«, sagte ich und ich kam mir ein bisschen komisch vor, weil ich es war, die ihn ansprach, aber die Jungs sagten nichts, also was sollte ich machen? »Tut mir leid, ich weiß, es geht dir schlecht, aber wir müssen dir ein paar Fragen stellen.«

Es war nicht zu übersehen, dass er litt. Cole hatte ihn in einen Menschen verwandelt, aber nur knapp. Im Raum hingen ein Geruch und eine Energie, die immer noch eindeutig wölfisch waren; wenn ich die Augen geschlossen und meine verborgenen Sinne auf Beck konzentriert hätte, wäre er in meinem Kopf wohl kaum ein Mensch gewesen.

»Dann los«, sagte Beck. Sein Blick huschte zu Cole, dann zu Sam, dann wieder zurück zu mir.

»Tom Culpeper hat eine Jagd in die Wege geleitet. Mit einem Hubschrauber. In einer Woche.« Ich wartete darauf, dass diese Information in sein Bewusstsein eindrang, wartete, ob ich noch mehr erklären musste.

»Scheiße«, sagte Beck leise.

Ich nickte. »Wir dachten uns, wir könnten das Rudel vielleicht umsiedeln. Aber wir müssen wissen, wie.«

»Mein Notizbuch …« Aus irgendeinem Grund griff Beck sich plötzlich an die Schulter und hielt sie für einen Moment umklammert. Dann ließ er die Hand wieder sinken. Es war schwerer, dachte ich bei mir, jemandem zuzusehen, der Schmerzen hatte, als sie selbst zu ertragen.

»Ich hab's gelesen«, schaltete sich Cole ein. Er trat einen Schritt näher. Ihm schienen Becks Qualen weniger auszumachen; vielleicht war ihm der Anblick eines leidenden Menschen vertrauter als mir. »Du hast geschrieben, dass Hannah sie weggeführt hat. Wie? Wie hat sie das Ziel im Kopf behalten?«

Beck sah zu Sam hoch, der immer noch schweigend auf der Treppe stand, und antwortete dann: »Hannah war wie Sam. Sie konnte ein paar Gedanken festhalten, wenn sie ein Wolf war. Mehr als wir anderen. Nicht so gut wie Sam, aber besser als ich. Derek war ihr bester Freund; er war gut darin, Bilder zu senden. Hannah und Paul haben die Wölfe zusammengetrommelt und Derek ist ein Mensch geblieben. Er hatte das Bild unseres Ziels im Kopf und hat es ihr geschickt. Sie hat die Wölfe geführt. Und er hat sie geführt.«

»Könnte Sam das auch?«, fragte Cole.

Ich wollte Sam nicht ansehen. Ich wusste, dass Cole bereits davon überzeugt war, dass er es konnte.

Beck sah mich stirnrunzelnd an. »Wenn einer von euch ihm Bilder schicken kann, während er ein Mensch ist.«

Jetzt sah ich zu Sam rüber, aber sein Gesicht verriet keinen seiner

Gedanken. Ich wusste nicht, ob die kurzen, unkontrollierten Momente, die wir manchmal teilten, etwas zählten, damals, als er mir den goldenen Wald gezeigt hatte, und dann in der Klinik, wo wir ihm das meningitisinfizierte Blut spritzten und ich ihm Bilder von uns beiden sandte. Aber zumindest in der Klinik war die Situation sehr intim gewesen, *nah*, ich hatte direkt neben ihm gesessen. Das war etwas anderes, als ihm die Bilder aus einem Autofenster zuzuwerfen, während wir aus dem Wald flüchteten. Sam wieder an seine Wolfsgestalt zu verlieren, für einen Plan, der auf solch wackligen Beinen stand … das war eine grässliche Vorstellung. Wir hatten so hart um seinen Menschenkörper gekämpft. Und er hasste es doch so sehr, sich zu verlieren.

»Jetzt bin ich dran«, sagte Beck. »Mit Fragen. Aber zuerst eins: Wenn ich mich hier zurückverwandele, bringt mich zurück in den Wald. Egal, was mit den Wölfen da draußen passiert, ich will dabei sein. Wenn sie überleben, überlebe ich auch. Wenn sie sterben, sterbe ich auch. Ist das klar?«

Ich wartete darauf, dass Sam protestierte, aber er sagte nichts. Gar nichts. Ich wusste nicht, was ich tun sollte. Zu ihm gehen? Sein Gesichtsausdruck hatte etwas Distanziertes, Furchterregendes.

»Einverstanden«, sagte Cole.

Beck wirkte nicht enttäuscht. »Erste Frage. Sagt mir, wie das mit der Meningitis war. Ihr fragt, ob Sam die Wölfe anführen könnte, aber er ist ein Mensch. Das Heilmittel hat also nicht funktioniert?«

»Doch, hat es«, erklärte Cole. »Die Meningitis kämpft gegen den Wolf an. Wenn ich richtigliege, wird er sich von Zeit zu Zeit wieder verwandeln. Aber irgendwann hört es ganz auf. Wenn alles im Gleichgewicht ist.«

»Zweite Frage«, fuhr Beck fort. Er verzog das Gesicht, sein Schmerz stand ihm mit jeder Falte auf die Stirn geschrieben, dann entspannten sich seine Züge wieder. »Warum ist jetzt Grace ein Wolf?« Als er sah, wie mein Kopf in seine Richtung ruckte, tippte er sich schief grinsend mit dem Zeigefinger an die Nase. Irgendwie freute es mich trotz allem, dass er sich an meinen Namen erinnerte und sich um mich Sorgen machte. Es fiel mir schwer, ihn nicht zu mögen, selbst um Sams Willen – die Vorstellung, dass er Sam je wehgetan haben sollte, schien absurd, als er so vor mir stand. Und wenn *ich* schon so verwirrt war, nachdem ich ihm nur ein paarmal begegnet war, dann konnte ich mir nicht annähernd vorstellen, wie Sam sich fühlte.

»Für die ausführliche Version dieser Antwort hast du keine Zeit«, erwiderte Cole. »Die Kurzversion lautet: Weil sie gebissen worden ist und die Vergangenheit einen immer irgendwann einholt.«

»Okay, dann die dritte Frage«, sagte Beck. »Kannst du sie heilen?«

»Die Meningitis hat Jack getötet«, sagte Sam, seine ersten Worte überhaupt. Er war nicht, wie ich, dabei gewesen, als Jack starb. Als seine Finger blau wurden, weil sein Herz sie aufgegeben hatte.

»Er hat sich die Meningitis als Mensch spritzen lassen«, entgegnete Cole wegwerfend. »Den Kampf kann keiner gewinnen. Du hast sie als Wolf bekommen.«

Sams Blick lag auf Cole und niemand anderem. »Woher sollen wir wissen, dass du recht hast?«

Cole deutete vage auf Beck. »Weil es noch keinen Beweis dafür gibt, dass ich falschliege.«

Aber Cole hatte schon öfter falschgelegen. Er hatte nur am Ende schließlich doch immer recht behalten. Das schien mir ein nicht ganz unwichtiges Detail zu sein.

Beck sagte: »Vierte Frage. Wohin wollt ihr sie bringen?«

»Auf eine Halbinsel, nördlich von hier«, erklärte Cole. »Die gehört einem Polizisten. Er hat das mit den Wölfen herausgefunden und will uns jetzt helfen. Aus purer Nächstenliebe.«

Becks Blick war skeptisch.

»Ich weiß, was du denkst«, sagte Cole. »Aber ich habe sowieso schon beschlossen, ihm das Land abzukaufen. Nächstenliebe ist schön und gut, aber eine Besitzurkunde auf meinen Namen ist besser.«

Überrascht sah ich Cole an und er mich, den Mund zu einem schmalen Strich zusammengepresst. Darüber würden wir später noch mal reden müssen.

»Letzte Frage«, sagte Beck. Irgendetwas in seiner Stimme erinnerte mich an das erste Mal, als ich mit ihm gesprochen hatte, damals, am Telefon, als Jack mich entführt hatte. Es hatte etwas so Mitfühlendes darin gelegen, etwas so Liebenswürdiges, dass es mich beinahe hatte zusammenbrechen lassen, wo alles andere es nicht geschafft hatte. Und jetzt sein Gesicht zu sehen, verstärkte diesen Effekt noch: der aufrichtige Schwung seines breiten Kiefers, die Fältchen rund um Mund und Augen, die wirkten, als würden sie lieber lächeln, die zusammengezogenen Augenbrauen, ernst und besorgt. Er rieb sich mit der Hand durch sein kurzes kastanienbraunes Haar und sah dann zu Sam hoch. Er klang völlig elend. »Wirst du jemals wieder mit mir sprechen?«

Sam

Hier stand Beck, direkt vor mir, schon wieder auf dem Weg zurück zum Wolf, und jedes Wort, das ich je in mir gehabt hatte, war mir abhandengekommen.

»Ich überlege die ganze Zeit, was ich sagen soll«, fuhr Beck fort, den Blick auf mich gerichtet. »Ich habe vielleicht zehn Minuten mit meinem erwachsenen Sohn, von dem ich nicht gedacht hätte, dass er älter als achtzehn werden würde. Was soll ich sagen, Sam? Was soll ich sagen?«

Ich klammerte mich an das Treppengeländer vor mir, so fest, dass meine Fingerknöchel weiß wurden. Ich hätte derjenige sein müssen, der die Fragen stellte, nicht Beck. Er musste die Antworten liefern. Was erwartete er denn von mir? Ich konnte keinen Meter gehen, ohne in die Fußstapfen zu treten, die er hinterlassen hatte.

Beck kauerte sich vor einen der Heizlüfter, doch er ließ mich nicht aus den Augen. »Vielleicht gibt es ja nach alldem auch nichts mehr zu sagen. Ach, ich ...« Er schüttelte kaum merklich den Kopf und sah zu Boden. Seine Füße waren blass und voller Narben. Irgendwie erinnerten sie mich an Kinderfüße.

Es war still im Raum. Alle beobachteten mich, als wäre es an mir, den nächsten Schritt zu machen. Aber mich beschäftigte dieselbe Frage wie ihn: Was sollte ich sagen, in nur zehn Minuten? Es gab *tausend* Dinge, die gesagt werden mussten. Dass ich nicht wusste, wie ich Grace helfen sollte. Dass Olivia tot war, dass die Polizei mich im Auge behielt. Unser Schicksal liegt in Coles Reagenzgläsern, was sollen wir machen, wie bringen wir uns in Sicherheit, wie kann ich Sam sein, wenn Winter dasselbe bedeutet wie Sommer?

Als ich schließlich etwas sagte, war meine Stimme rau und leise. »Bist du gefahren?«

»Ja«, sagte Beck sanft. »Ja, das willst du wissen, das verstehe ich.«

Ich hatte die Hände in die Taschen geschoben. Ich hätte sie gerne herausgezogen und die Arme verschränkt, aber ich wollte nicht unsicher wirken. Obwohl Grace vollkommen still dastand, sah sie aus, als würde sie sich bewegen, als *wollte* sie sich gern bewegen, aber ihre Füße hätten sich noch nicht dazu entschlossen. Ich wollte sie hier bei mir haben. Ich wollte nicht, dass sie seine Antwort hörte. Ich bestand nur noch aus Widersprüchen.

Beck schluckte. Als er wieder zu mir hochsah, war sein Gesichtsausdruck wie eine weiße Fahne. Er ergab sich meinem Urteil, kapitulierte vor der Wahrheit. »Ulrik ist gefahren«, sagte er.

Meiner Kehle entwich ein Laut, kaum hörbar, als ich das Gesicht abwandte. Ich wollte einen der Kartons aus meinem Kopf nehmen und mich darin verkriechen, aber es war ja Beck gewesen, der mir das mit den Kartons überhaupt erst erzählt hatte. Also blieb mir nur dies: Ich, wie ich im Schnee lag, meine Haut blutig unter dem Himmel, über mir ein Wolf, und es war Beck.

Ich konnte nicht daran denken.

Ich konnte nicht aufhören, daran zu denken.

Ich schloss die Augen, doch das Bild blieb.

Etwas berührte mich am Ellbogen und ich öffnete die Augen wieder. Es war Grace, die mir besorgt ins Gesicht sah und meinen Arm so behutsam hielt, als wäre er aus Glas.

»Ulrik ist gefahren«, wiederholte Beck und seine Stimme wurde ein bisschen lauter. »Die Wölfe waren Paul und ich. Ich … ich war mir nicht sicher, ob ich mich darauf verlassen konnte, dass Ulrik bei der Sache blieb. Paul wollte nicht. Ich hab ihn dazu gedrängt. Du musst mir nicht verzeihen. Das kann ich ja nicht einmal selbst. Egal, wie viel ich danach auch richtig gemacht habe, das, was ich dir angetan habe, wird immer falsch bleiben.« Er hielt inne. Atmete langsam und zittrig ein.

Diesen Beck kannte ich nicht.

Grace flüsterte mir ins Ohr: »Sieh ihn wenigstens an, Sam. Du weißt nicht, wann ihr euch wiederseht.«

Und ich tat es, weil sie mich darum bat.

»Als ich dachte, es wäre dein letztes Jahr, da …« Beck beendete den Satz nicht. Er schüttelte den Kopf, wie um den Nebel in seinen Gedanken loszuwerden. »Ich hätte nie gedacht, dass der Wald dich vor mir holen würde. Und da musste ich es wieder tun – jemanden finden, der sich um uns kümmert. Aber – hör zu, Sam – diesmal hab ich versucht, es *richtig* zu machen.«

Er wartete immer noch auf eine Reaktion von mir. Doch es gab keine. Ich war nicht hier. Ich war weit weg. Wenn ich mir Mühe gegeben hätte, hätte ich eine Sammlung von Wörtern finden können, die sich zu einem Songtext formen ließen. Etwas, was mich aus diesem Augenblick herausholte und an einen anderen Ort brachte.

Beck sah es. Er kannte mich, so gut, wie niemand sonst mich kannte, nicht einmal Grace, noch nicht. Er sagte: »Nicht, Sam. Zieh dich nicht zurück. Hör zu: Ich muss dir das sagen. Ich musste elf Jahre lang damit leben, Sam, elf Jahre mit diesem Ausdruck auf deinem Gesicht, wenn dir klar wurde, dass du dich gleich verwandelst. Elf Jahre, in denen du mich gefragt hast, ob es dieses Jahr denn wirklich sein müsse. Elf Jahre –«

An dieser Stelle brach er ab und schlug sich die Hand vor den Mund; seine zitternden Finger schlossen sich um seinen Kiefer. Er war so viel *weniger* als der Beck bei unserer letzten Begegnung. Dies hier war nicht der Beck aus dem Sommer. Es war der Beck eines Jahres, das in den letzten Zügen lag. In seinem Körper war nichts von seiner gewohnten Kraft, nur in seinen Augen.

Plötzlich durchzuckte Coles Stimme den Raum. »Sam, du weißt, dass ich dabei war, mich umzubringen, als er mich gefunden hat. Und damals hatte ich auch schon ziemlich viel Übung.« Sein Blick lag auf mir, fest, wie eine Herausforderung. »Wenn er nicht gewesen wäre, wäre ich jetzt tot. Er hat mich nicht gezwungen. Und Victor auch nicht. Wir haben uns beide dafür entschieden. Es war nicht wie bei dir.«

Ich wusste, dass er die Wahrheit sagte. Ich wusste, dass es damals zwei Coles gegeben hatte und wohl auch immer geben würde: den

Cole, der nur mit seinem Lächeln eine Menschenmenge zum Schweigen bringen konnte, und den Cole, der flüsternd Songs darüber sang, dass er nach seinen Alpen suchte. Und ich wusste, dass Beck dadurch, dass er Cole von der Bühne geholt hatte, diesen zweiten, besonneneren Cole zutage gefördert und ihm eine Chance aufs Leben gegeben hatte.

Genau wie mir. Beck hatte mich gebissen, aber es waren meine Eltern gewesen, die mich zerstört hatten, nicht er. Ich war zu ihm gekommen wie ein zerknülltes Blatt Papier und er hatte mich behutsam glatt gestrichen. Es war nicht nur Cole, den er wieder aufgebaut hatte.

Es gab so viele verschiedene Versionen von ihm, wie unzählige Fassungen eines Songs – alle waren das Original, alle enthielten die Wahrheit, alle waren richtig. Auch wenn das eigentlich nicht hätte möglich sein dürfen. Musste ich sie alle lieben?

»Okay«, sagte Beck und seine Stimme brauchte einen Augenblick, um sich zu festigen. »Okay. Wenn ich nur zehn Minuten habe, Sam, dann will ich dir das hier sagen. Du bist nicht der Beste von uns. Du bist weit mehr als das. Du bist so viel besser als wir alle zusammen. Wenn ich nur zehn Minuten habe, dann will ich dir sagen, dass du da rausgehen und leben sollst. Ich will dir sagen … bitte nimm deine Gitarre und sing deine Lieder für so viele Menschen wie möglich. Bitte falte noch tausend Stück von diesen verdammten Vögeln. Bitte küss dieses Mädchen eine Million Mal.«

Beck brach plötzlich ab und krümmte sich zusammen, das Gesicht auf den Knien, die Hände hinter dem Kopf verkrampft. Ich sah, wie die Muskeln in seinem Rücken zuckten. Ohne den Kopf zu heben, flüsterte er: »Und bitte vergiss mich. Ich wünschte, ich wäre ein besserer Mensch gewesen, aber das war ich nicht. Bitte vergiss mich.«

Die Knöchel seiner Fäuste hinter dem Kopf waren noch immer weiß.

So many ways to say good-bye.

Ich sagte: »Das will ich nicht.«

Beck hob den Kopf. Ich konnte sehen, wie an seinem Hals der Puls schlug, hart und schnell.

Grace ließ mich los und ich wusste, dass sie mich damit losschickte, die Treppe hinunter. Sie hatte recht. Ich nahm immer zwei Stufen auf einmal. Beck versuchte aufzustehen, aber es gelang ihm nicht, doch im selben Moment kniete ich schon vor ihm. Wir berührten einander beinahe mit der Stirn. Beck zitterte krampfartig.

Viele, viele Tage vor diesem war es Beck gewesen, der vor mir gekniet hatte, während ich zitternd auf dem Boden lag.

Ich fühlte mich genauso unsicher in meiner Haut wie Beck. Es war, als hätte ich all meine Papierkranicherinnerungen auseinandergenommen und etwas ganz Unbekanntes darauf gedruckt gefunden. Irgendwann einmal war Hoffnung in einen dieser Vögel eingefaltet worden. Mein Leben lang hatte ich gedacht, meine Geschichte müsste so lauten, immer wieder aufs Neue: *Es war einmal ein Junge, der musste alles aufs Spiel setzen, um zu behalten, was er liebte.* In Wirklichkeit aber ging die Geschichte so: *Es war einmal ein Junge, den zerfraß seine Angst bei lebendigem Leib.*

Ich hatte es so satt, mich zu fürchten. Es hatte in jener Nacht angefangen, mit mir und meiner Gitarre in der Badewanne, und es würde damit enden, dass ich mich wieder in meiner Wolfsgestalt verlor. Ich würde keine Angst mehr haben.

»Verdammt«, murmelte Beck, so leise wie ein Seufzer. Die Wärme konnte ihn nicht länger halten. Wieder hockten wir da, Stirn an Stirn, Vater und Sohn, Beck und Sam, so wie es immer gewesen war. Er war Teufel und Engel in all ihren Gestalten.

Ich flüsterte: »Sag mir, dass wir dich heilen sollen.«

Becks Fingerspitzen wurden erst weiß, dann rot, als sie sich in den Boden pressten. »Ja«, sagte er leise und ich wusste, dass er es meinetwegen tat, nur meinetwegen. »Tut, was nötig ist.« Er sah zu Cole hoch. »Cole, du bist –«

Und dann riss seine Haut auf, mit einem heftigen Ruck, und ich sprang auf, um den Heizlüfter aus dem Weg zu schubsen, bevor Beck zuckend zu Boden stürzte.

Cole trat vor und stach Beck eine zweite Nadel in die Armbeuge.

Und in diesem Bruchteil einer Sekunde, als Beck das Gesicht zur Decke wandte, seine Augen unverändert, sah ich darin mein eigenes.

Kapitel 56

Cole

EPINEPHRIN / PSEUDOEPHEDRIN, MISCHUNG NR. 7
METHODE: INTRAVENÖSE INJEKTION
RESULTAT: ERFOLGREICH
(NEBENWIRKUNGEN: KEINE)
(ANMERKUNG: UMWELTFAKTOREN ERZWINGEN NOCH IMMER RÜCKVERWANDLUNG IN WOLF)

Kapitel 57

Sam

Ich fühlte mich schmutzig, nachdem Beck sich wieder zurückverwandelt hatte, so als wäre ich Komplize bei einem Verbrechen gewesen. Das alles erinnerte mich so sehr an mein früheres Leben, als ich mich vor dem Winter versteckt und noch eine Familie gehabt hatte, dass ich spürte, wie meine Gedanken schon wieder davonglitten, um mich zu schützen. Und offenbar war ich nicht der Einzige: Cole verkündete, er wolle »eine Runde drehen«, und verschwand mit Ulriks altem BMW. Nachdem er weg war, stand Grace neben mir, während ich Brot backte, als hinge mein Leben davon ab. Schließlich ließ ich sie auf den Ofen aufpassen und ging duschen. Um die Erinnerungen abzuschrubben. Um mir von Neuem klarzumachen, dass ich, zumindest im Moment noch, meine Hände und meine menschliche Haut und mein Gesicht hatte.

Ich war mir nicht sicher, wie lange ich unter der Dusche gestanden hatte, als ich die Badezimmertür auf- und zugehen hörte.

»Mmm, gut«, sagte Grace. Der geschlossene Toilettendeckel knarzte, als sie versuchte, es sich darauf bequem zu machen. »Hast du gut hingekriegt, Sam.«

Ich konnte sie nicht sehen, aber ich roch das Brot. Es brachte mich merkwürdig aus dem Konzept, sie im selben Zimmer zu wissen, während ich hier unter dem laufenden Wasser stand. Irgendwie war duschen, während sie danebensaß, sogar noch intimer als Sex. Ich fühlte mich tausendmal nackter, selbst hinter dem dunklen Duschvorhang.

Ich starrte auf das Stück Seife in meiner Hand. Dann rieb ich mir damit über die Rippen. »Danke.«

Grace schwieg, nur Zentimeter von mir entfernt, auf der anderen Seite des Vorhangs. Ich konnte sie nicht sehen, also konnte sie mich auch nicht sehen.

»Und, bist du jetzt langsam mal sauber da drin?«, fragte sie schließlich.

»Mein Gott, Grace«, stieß ich hervor und sie lachte.

Wieder Schweigen. Ich wusch die Stellen zwischen meinen Fingern. Einer meiner Nägel war ziemlich kaputt von der ständigen Reibung an den Gitarrensaiten. Ich betrachtete ihn und versuchte zu entscheiden, ob ich deswegen etwas unternehmen musste; aber es war schwer, in dem orangefarbenen Schummerlicht, das der Duschvorhang durchließ, eine zuverlässige Diagnose zu stellen.

»Rachel hat gesagt, dass sie mitkommt. Zu meinen Eltern«, sagte Grace. »Morgen Abend. Da hat sie Zeit.«

»Bist du nervös?« Ich war nervös und dabei kam ich noch nicht mal mit. Grace wollte es so.

»Weiß nicht. Es muss eben einfach sein. Dann bist du endlich aus dem Schneider. Und außerdem muss ich für Olivias Beerdigung auch offiziell lebendig sein. Rachel hat gesagt, sie haben sie eingeäschert.« Sie hielt inne. Es folgte eine lange Weile, in der man nichts hörte außer dem Wasser, das auf mich und die Kacheln prasselte. Dann sagte sie: »Dieses Brot ist wirklich köstlich.«

Schon kapiert. Themenwechsel. »Ulrik hat mir beigebracht, wie man so was backt.«

»Vielseitig begabtes Kerlchen. Spricht mit deutschem Akzent *und* kann auch noch Brot backen.« Sie pikste von der anderen Seite in den Duschvorhang; als sie meine nackte Hüfte berührte, schreckte ich auf nicht gerade würdevolle Weise zurück. »Weißt du, so könnten wir sein, in fünf Jahren.«

Ich hatte keine Körperteile mehr übrig, die ich noch waschen konnte. Ich war ein Gefangener in dieser Dusche, wenn ich nicht von meinem Platz hinter dem Vorhang an mein Handtuch kam oder Grace dazu bewegen konnte, es mir zu reichen. Ich glaubte nicht, dass sie es tun würde. »Was, Bäcker mit deutschem Akzent?«, fragte ich zurück.

»Ja, genau das hab ich gemeint«, sagte sie in vernichtendem Tonfall. Ich war froh darüber. Im Moment konnte ich ein bisschen Ungezwungenheit gut vertragen.

»Gibst du mir mein Handtuch?«

»Komm doch raus und hol es dir selber.«

»Kleines Biest«, murmelte ich. Es gab immer noch heißes Wasser. Ich blieb unter dem Strahl stehen und betrachtete den unebenen Mörtel in den Fugen unter dem Duschkopf. Meine Finger waren schon verschrumpelt wie Backpflaumen und die Haare an meinen Beinen klebten glatt auf der Haut und deuteten wie pitschnasse, fransige Pfeile auf meine Füße.

»Sam?«, fragte Grace. »Meinst du, Cole hat recht, was das Heilmittel angeht? Dass das mit der Meningitis funktioniert, wenn man sie bekommt, während man ein Wolf ist? Meinst du, ich soll es versuchen?«

Nach diesem Nachmittag, nach Beck, war das eine viel zu schwierige Frage. Ja, natürlich wollte ich, dass sie geheilt wurde. Aber dazu brauchte ich mehr Beweise als bloß mich selbst, dass es funktionierte. Irgendetwas, das Jacks grausames Schicksal auf einen niedrigeren Prozentsatz unter den wahrscheinlichen Ergebnissen reduzierte. Ich hatte alles dafür riskiert, doch jetzt, wo es für Grace so weit war, wollte ich nicht, dass sie dasselbe tat. Aber wie sollte sie ansonsten ein normales Leben führen?

»Ich weiß nicht. Ich will erst mehr Informationen sammeln.« Das klang wieder so formell, wie etwas, das ich zu Koenig sagen würde. *Ich habe die Datenerfassung noch nicht abgeschlossen.*

»Na ja, bis zum Winter müssen wir uns deswegen ja sowieso erst mal keine Sorgen machen«, sagte sie. »Ich hab mich nur gefragt, ob du dich geheilt fühlst.«

Ich wusste nicht, was ich ihr sagen sollte. Ich fühlte mich nicht geheilt. Ich fühlte mich so, wie Cole gesagt hatte – *noch nicht ganz* geheilt. Ein Kriegsüberlebender mit Phantomschmerzen. Ich spürte den Wolf, der ich einst gewesen war, noch immer: Er lebte in meinen Zellen, lag dort in unruhigem Schlummer, wartete darauf, dass das Wetter oder ein Adrenalinschub oder eine Spritze ihn hervorlockte. Ich wusste nicht, ob es wirklich so war oder ob ich es mir nur einbildete. Ich wusste nicht, ob ich mich eines Tages sicher in meiner Haut fühlen würde, ob ich irgendwann meinen menschlichen Körper als selbstverständlich betrachten würde.

»Auf jeden Fall siehst du geheilt aus«, sagte Grace.

Am Rand des Duschvorhangs war nur ihr Gesicht zu sehen, das zu mir hereinlugte. Sie grinste und ich schrie auf. Grace streckte die Hand in die Dusche und drehte das Wasser ab.

»Ich fürchte«, sagte sie, riss den Duschvorhang ganz auf und reichte mir mein Handtuch, »das ist die Sorte Dinge, mit denen du dich bis ins hohe Alter herumschlagen musst.«

Triefnass stand ich da und kam mir unendlich blöd vor. Grace stand mir gegenüber und lächelte herausfordernd. Es ging nicht anders, irgendwie musste ich über mein Unbehagen hinwegkommen. Ich nahm ihr Kinn zwischen die nassen Fingerspitzen und küsste sie. Wasser rann aus meinen Haaren über meine Wangen und unsere Lippen. Ihr Oberteil wurde nass, aber das schien sie nicht zu stören. Die Aussicht, das hier für den Rest meines Lebens zu haben, kam mir eigentlich ziemlich reizvoll vor. »Ich hoffe, das ist ein Versprechen«, sagte ich schmunzelnd.

Grace stieg mitsamt ihren Socken in die Dusche und schlang die Arme um meine feuchte Brust. »Das ist eine Garantie.«

Kapitel 58

Isabel

Es klopfte leise an die Hintertür. Ich stieg über Gummistiefel, eine Pflanzschaufel und einen Sack Vogelfutter und machte auf.

Cole St. Clair stand im schwarzen Rechteck des Türrahmens, die Hände in den Hosentaschen.

»Bitte mich herein«, sagte er.

Kapitel 59

Grace

Als Rachel und ich am Sonntagabend am Haus meiner Eltern ankamen, war es schon völlig dunkel. Rachel hatten ihre spektakulären Fahrkünste, deren Faszination sich der Polizei von Minnesota nicht recht erschließen wollte, vor Kurzem vorübergehend den Führerschein gekostet, also hatte ich sie abholen müssen. Zur Begrüßung hielt sie nur ihr perlenbesticktes Handtäschchen mit einem Smileygesicht darauf hoch und schenkte mir ein schmales weißes Lächeln. Es musste an der Dunkelheit liegen, beschloss ich, dass es mir so surreal vorkam, in die Auffahrt meiner Eltern einzubiegen. Denn nur mit dem Verandalicht, das die Front des Hauses und ein Stückchen der Einfahrt beleuchtete, sah hier alles genauso aus wie in der Nacht, als ich fortgegangen war.

Ich zog die Handbremse an und hielt neben dem Wagen, den ich mit dem Erlös aus der Versicherung für meinen letzten gekauft hatte – und mit einem Schlag erinnerte ich mich an noch eine andere Nacht, in der ein Hirsch die Windschutzscheibe des Bronco durchbrochen hatte und ich sicher gewesen war, Sam für immer an die Wölfe verloren zu haben. Es kam mir vor, als wäre das vor einer Million Jahre gewesen, und dann wieder, als wäre es erst wenige Stunden her. Der heutige Abend fühlte sich an wie ein Anfang und ein Ende zugleich.

Rachel neben mir kramte eine Tube Erdbeerlipgloss aus ihrem Smileytäschchen. Mit wilder Entschlossenheit trug sie zwei Lagen fruchtigen Schutzpanzer auf und packte ihn dann grimmig wieder ein. So marschierten wir zur Haustür, zwei Waffenschwestern, das Geräusch unserer Schritte auf dem Betonweg unser einziger Kampfschrei. Ich hatte keinen Schlüssel, also musste ich klingeln.

Jetzt, als ich hier war, wäre ich am liebsten wieder gegangen.

Rachel sah mich an. Sie sagte: »Du bist so was wie meine liebste große Schwester. Was überhaupt keinen Sinn ergibt, weil du genauso alt bist wie ich.«

Ich fühlte mich geschmeichelt, entgegnete aber: »Rachel, du redest wirr.«

Wir beide lachten und es waren unsichere kleine Laute, fast geräuschlos.

Rachel tupfte sich die Lippen am Ärmel ab; im gelben Licht der mottenumschwirrten Verandalampe sah ich die Stellen, wo sie dasselbe schon vorher gemacht hatte, wie eine kleine Sammlung von Küssen auf dem Ärmelaufschlag.

Ich überlegte, was ich sagen sollte. Ich überlegte, wer von ihnen wohl die Tür aufmachen würde. Es war fast neun. Vielleicht würde überhaupt niemand aufmachen. Vielleicht –

Es war Dad. Bevor er auch nur die Gelegenheit hatte, irgendwie darauf zu reagieren, dass ich es war, rief meine Mutter aus dem Wohnzimmer: »Lass nicht die Katze raus!«

Dad starrte Rachel an und dann mich, während sich eine braun getigerte Katze, klein wie ein Kaninchen, durch den Türspalt schlich und in den Vorgarten sauste. Ich fühlte mich seltsam verraten durch die Anwesenheit dieser Katze. Ihre einzige Tochter war verschwunden und sie hatten sich ein *Katzenbaby* gekauft, um mich zu ersetzen?

Und das war auch das Erste, was ich sagte. »Ihr habt jetzt eine Katze?«

Mein Vater war so schockiert von meinem Anblick, dass er ehrlich antwortete. »Deine Mutter hat sich einsam gefühlt.«

»Katzen sind ja sehr pflegeleicht.« Das war sicher nicht die wohlwollendste aller Entgegnungen, aber seine Worte hatten ja schließlich auch nicht gerade warmherzig geklungen. Irgendwie hatte ich erwartet, die Spuren meiner Abwesenheit in seinem Gesicht zu entdecken, aber er wirkte wie immer. Mein Vater verkaufte teure Immobilien und genauso sah er auch aus. Er hatte einen gepflegten Haarschnitt, der sich seit den Achtzigern nicht verändert hatte, und ein Lächeln, das zu großzügigen Anzahlungen ermutigte. Ich wusste nicht, was ich erwartet hatte. Blutunterlaufene Augen oder Tränensäcke oder dass er zehn Jahre älter aussah, zu- oder abgenommen hatte – irgendeinen konkreten Beweis für die Zeit, die ohne mich vergangen war, und dafür, dass es nicht leicht für ihn gewesen war. Mehr wollte ich gar nicht. Ein Indiz für ihren Schmerz. Irgendetwas, das bestätigte, dass es falsch von mir war, heute Abend die große Diskussion anzufangen. Aber da war nichts. Am liebsten hätte ich mich einfach wieder umgedreht und wäre gegangen. Sie hatten mich gesehen. Sie wussten, dass ich noch lebte. Mission erfüllt.

Dann kam meine Mutter um die Ecke in den Flur. »Wer ist denn da?« Sie erstarrte. »Grace?« Und bei dieser einen Silbe kippte ihre Stimme und ich wusste, dass ich doch reingehen würde.

Bevor ich Zeit hatte zu entscheiden, ob ich bereit für eine Umarmung war, befand ich mich schon mitten in einer; meine Mutter schlang die Arme fest um meinen Hals und presste mein Gesicht in die weiche Wolle ihres Pullovers. Ich hörte sie sagen: »Lieber Gott, danke, Grace, danke.« Sie schien entweder zu lachen oder zu weinen, aber als ich ein Stück zurückwich, sah ich kein Lächeln und auch keine Tränen. Ihre Unterlippe zitterte. Ich umklammerte meine Arme, um sie still zu halten.

Ich hatte nicht erwartet, dass es so schwer sein würde zurückzukommen.

Schließlich saß ich meinen Eltern am Küchentisch gegenüber. Viele Erinnerungen gruppierten sich um diesen Tisch, hauptsächlich daran, wie ich allein dort saß, aber schön waren sie trotzdem. Oder zumindest stimmten sie mich nostalgisch. Es roch komisch in der Küche, nach zu viel Imbissessen, das gegessen, eine Weile aufbewahrt und dann weggeworfen worden war. Irgendwie war das nie ganz der gleiche Geruch, als wenn man eine Küche tatsächlich benutzte, um darin zu kochen. Die ungewohnten Essensdünste ließen die ganze Situation wie einen Traum erscheinen, fremd und vertraut zugleich.

Ich dachte, Rachel hätte mich im Stich gelassen und wäre wieder zurück ins Auto gestiegen, doch nach ein paar Augenblicken des Schweigens kam sie durch den Flur, das kleine Kätzchen auf dem Arm. Wortlos setzte sie es auf der Couch ab und stellte sich hinter mich. Ihr Gesichtsausdruck ließ keinen Zweifel daran, dass sie am liebsten überall wäre, nur nicht hier. Sie sah so tapfer aus und mein Herz zog sich zusammen bei ihrem Anblick. Jeder sollte eine Freundin wie Rachel haben.

»Das ist ein ziemlicher Schock, Grace«, sagte mein Vater auf der anderen Seite des Tisches. »Wir haben deinetwegen viel durchgemacht.«

Meine Mutter fing an zu weinen.

In diesem Augenblick änderte ich meine Meinung. Ich wollte keinen Beweis mehr für ihren Schmerz. Ich wollte meine Mutter nicht weinen sehen. So lange hatte ich gehofft, dass sie mich vermissten, mir gewünscht, dass sie mich so sehr liebten, dass mein Verschwinden ihnen wehtat, aber jetzt, als ich das Gesicht meiner Mutter sah, formte sich in meiner Kehle ein fester Kloß aus Schuldgefühlen und Mitleid. Ich wollte das Gespräch einfach hinter mir haben und auf dem Weg zurück nach Hause sein. Das hier war einfach zu schwer.

Ich fing an: »Ich wollte euch nicht –«

»Wir dachten, du wärst tot«, unterbrach mich mein Vater. »Und dabei warst du die ganze Zeit bei ihm. Du hast uns –«

»Nein«, rief ich, »ich war nicht die ganze Zeit bei ihm!«

»Wir sind einfach nur froh, dass es dir gut geht«, sagte Mom.

Aber so weit war Dad noch lange nicht. »Du hättest anrufen können, Grace«, schimpfte er. »Dann hätten wir gewusst, dass du noch lebst. Das war doch alles, was wir gebraucht hätten.«

Das glaubte ich ihm aufs Wort. Er brauchte nicht *mich*. Nur die Sicherheit, dass ich noch lebte. »Beim letzten Mal, als ich versucht habe, mit euch zu reden, habt ihr mir gesagt, dass ich Sam erst wiedersehen darf, wenn ich achtzehn bin, und alles komplett über meinen Kopf hinweg –«

»Ich rufe die Polizei an und sage denen, dass du hier bist«, entschied Dad. Er war schon halb von seinem Stuhl aufgestanden.

»Dad«, hielt ich ihn scharf zurück. »Erstens weiß die Polizei schon Bescheid. Und zweitens, du machst es schon wieder. Du hörst mir überhaupt nicht zu.«

»Ich mache *gar* nichts«, protestierte er. Dann sah er Rachel an. »Warum hast du Rachel mitgebracht?«

Als sie ihren Namen hörte, zuckte Rachel ein bisschen zusammen. »Ich bin der Schiedsrichter«, erklärte sie.

Dad hob die Hände, als gäbe er nach, was Leute immer dann machten, wenn sie in Wirklichkeit kein Stück nachgaben, und dann presste er sie auf die Tischplatte, als hielten wir eine Séance ab und als versuchte der Tisch, sich zu bewegen.

»Wir brauchen keinen Schiedsrichter«, schaltete sich Mom ein. »So unangenehm wird es ja wohl nicht zugehen.«

»Doch, wird es«, widersprach Dad. »Unsere Tochter ist von zu Hause weggelaufen. Das ist ein Verbrechen, Amy. Ein echtes Verbrechen vor dem Gesetz von Minnesota. Ich werde nicht so tun, als wäre nichts passiert. Ich werde nicht so tun, als wäre sie nicht weggelaufen, um bei ihrem Freund zu wohnen.«

Ich war mir nicht sicher, was genau an dieser Aussage dazu führte, dass ich plötzlich alles vollkommen klar sah. Dad exerzierte hier die Vaterrolle durch; wie auf Autopilot durchlief er das reaktionäre Verhaltensmuster, das er sich vermutlich in Fernsehsendungen und Sonntagnachmittagsfilmen abgeguckt hatte. Ich musterte die beiden: Mom, die sich über ihr junges Kätzchen beugte, das von der Couch gehüpft und ihr auf den Schoß gekrabbelt war, und Dad, der mich anstarrte, als würde er mich gar nicht wiedererkennen. Natürlich, sie waren erwachsen, aber das war ich auch. Es stimmte, was Rachel gesagt hatte – dass ich so was wie ihre große Schwester war. Meine Eltern hatten mich im Eilverfahren zur Erwachsenen erzogen, also durften sie jetzt auch nicht beleidigt sein, wenn ich mich tatsächlich wie eine verhielt.

Ich presste die Hände auf den Tisch, wie um Dads Haltung widerzuspiegeln. Und dann sprach ich aus, was ich schon seit langer Zeit hatte sagen wollen. »Und ich werde nicht so tun, als wäre ich nicht fast in deinem Auto gestorben, Dad.«

»Ach, jetzt hör aber auf«, erwiderte er.

Vor lauter Entrüstung bekam ich Magenschmerzen. »Nein, ich höre noch lange nicht auf, ich fange gerade erst an. Das war nur ein Symptom. Du hast damals vergessen, dass du ein Kind im Auto sitzen hattest. Und davor bin ich von Wölfen von der Schaukel gerissen worden, während Mom oben war und gemalt hat. Und ja, mein

Freund hat bei mir im Bett geschlafen, aber ihr zwei habt Wochen gebraucht, bis ihr das mitgekriegt habt. Habt ihr überhaupt gemerkt, dass *ich* hier geschlafen habe? Ihr habt mir die Zügel so locker gelassen. Habt ihr denn gedacht, ich würde diesen Freiraum nicht nutzen?«

Rachel trug hektisch eine frische Schicht Lipgloss auf.

»Okay«, sagte Mom. Die Katze war jetzt in ihren Nacken geklettert. Sie hob sie herunter und gab sie an Rachel weiter, was, wie ich fand, eine unrechtmäßige Beeinflussung des Schiedsrichters war. Aber ich musste zugeben, dass Rachel mit dem Kätzchen im Arm schon wesentlich glücklicher aussah. »Okay. Und wo stehen wir damit jetzt? Ich will mich nicht mehr streiten. Mein Gott, Lewis. Ich will mich nicht mit ihr streiten. Ich dachte, sie wäre tot.«

Dad presste die Lippen zu einem dünnen Strich zusammen, aber er sagte nichts.

Ich atmete tief durch und wappnete mich für das, was nun kommen würde. Ich musste das hier richtig anpacken. »Ich ziehe aus.«

»Das tust du nicht«, protestierte Dad sofort.

»Genau das ist der Grund, warum ich ausziehe«, entgegnete ich. »Du kannst mir nicht plötzlich vorschreiben, was ich tun soll. Du kannst nicht einfach warten, bis ich mir meine eigene Familie suche und mein eigenes Leben und mein eigenes Glück, und dann sagen, nein, Grace, das erlauben wir dir nicht. Du wirst jetzt sofort wieder zu der einsamen, traurigen Einserschülerin, die du vorher gewesen bist! Das ist nicht fair. Es wäre was anderes, wenn ihr für mich da gewesen wärt, wie Rachels Eltern oder wie Sams.«

Mein Vater zog eine Grimasse. »Du meinst die, die versucht haben, ihn umzubringen?«

»Nein, ich meine Beck«, sagte ich. Ich dachte an gestern Nachmittag, an Beck und Sam, Stirn an Stirn, die stumme Verbindung zwischen ihnen so stark, dass jeder Beobachter sie hatte sehen können. Ich dachte an Sams Gesten, daran, wie er die Hände hinter dem Kopf verschränkte. Das hatte er von Beck. Ich fragte mich, ob ich irgendetwas von meinen Eltern in mir hatte oder ob der Mensch, der ich war, sich ausschließlich aus Büchern und Fernsehen und Lehrern in der Schule zusammensetzte. »Sam würde alles tun, worum Beck ihn bittet, weil Beck immer für ihn da gewesen ist. Wisst ihr, wer immer für mich da gewesen ist? Ich. Eine Ein-Personen-Familie.«

»Wenn du meinst, dass du mich damit überzeugen kannst«, sagte mein Vater, »dann liegst du falsch. Und außerdem habe ich das Gesetz auf meiner Seite, also *muss* ich auch gar nicht überzeugt werden. Du bist siebzehn. Du triffst hier nicht die Entscheidungen.«

Rachel machte ein Geräusch, von dem ich erst dachte, dass es etwas mit ihrem Schiedsrichteramt zu tun hatte, aber wie sich herausstellte, hatte die Katze sie nur in die Hand gebissen.

Ich hatte gar nicht geglaubt, dass ich Dad so schnell erweichen könnte. Er handelte aus reinem Prinzip, das sah ich jetzt, und davon würde er auch nicht abweichen. Mein Magen zog sich wieder zusammen, es war, als ob die Nervosität versuchte, hoch in meinen Mund zu krabbeln. Mit leiserer Stimme sagte ich jetzt: »Folgendermaßen kann es ablaufen. Ich will den Sommer über einen Ferienkurs belegen, um die Highschool fertig zu machen, und dann gehe ich aufs College. Entweder ihr lasst mich jetzt ausziehen, dann rede ich noch mit euch, wenn ich achtzehn bin. Oder ihr ruft die Polizei und zwingt mich hierzubleiben und in meinem Bett zu schlafen und mich an all eure neuen Regeln zu halten, aber dann, um Punkt zwölf Uhr nachts an meinem Geburtstag, ist dieses Zimmer da leer und ihr seht mich nie wieder. Und denkt ja nicht, dass das ein Witz sein soll. Seht mich an. Ihr wisst, dass ich es todernst meine. Und komm mir bloß nicht mit dem Gesetz, Dad! Du hast Sam geschlagen. Sag mir doch mal, welches Gesetz *das* erlaubt!«

Mein Magen war ein Trümmerfeld. Ich musste mich zurückhalten, um nicht weiterzureden, um nicht einfach weiter Worte in den leeren Raum zu speien.

Am Tisch herrschte absolutes Schweigen. Mein Vater hatte den Kopf abgewandt und starrte aus dem Fenster auf die Terrasse hinter dem Haus, obwohl es dort nichts zu sehen gab außer Schwärze. Rachel streichelte wie wild die Katze und die schnurrte, als würden sich jeden Moment ihre Rippen spalten, so laut, dass es im ganzen Raum zu hören war. Die Finger meiner Mutter lagen auf der Tischkante, Daumen und Zeigefinger zusammengepresst, und sie bewegte die Hände hin und her, als messe sie einen unsichtbaren Faden ab.

»Ich möchte dir einen Kompromiss vorschlagen«, sagte sie. Dad warf ihr einen finsteren Blick zu, aber sie ging nicht darauf ein.

Enttäuschung senkte sich schwer über meine Brust. Ich konnte mir keinen Kompromiss vorstellen, der auch nur annähernd akzeptabel sein würde.

»Ich höre«, sagte ich dennoch mit ausdrucksloser Stimme.

Dad explodierte. »Amy! Einen Kompromiss? Das kann doch nicht dein Ernst sein! Auf so was müssen wir uns doch gar nicht einlassen.«

»Aber auf deine Art funktioniert es auch nicht!«, fauchte Mom.

Dad feuerte einen weiteren bösen Blick auf meine Mutter ab, voll unendlicher Wut und Enttäuschung.

»Ich glaub es einfach nicht, dass du da auch noch mitmachst«, sagte er.

»Ich mache bei gar nichts mit. Ich habe mit Sam gesprochen, Lewis. Du hattest unrecht, was ihn angeht. Und jetzt bin ich mal dran mit Reden.« Sie wandte sich an mich. »Ich mache dir folgenden Vorschlag. Du wohnst hier, bis du achtzehn wirst, aber wir behandeln dich wie eine Erwachsene. Du darfst dich mit Sam treffen und kommen und gehen, wie du willst, solange –«, und jetzt kamen die Einschränkungen, hastig ausgedacht, »solange du die Ferienkurse und deinen Schulabschluss ernst nimmst. Sam darf nicht über Nacht bleiben, aber von mir aus den ganzen Tag, und wir werden uns bemühen, ihn besser kennenzulernen.«

Sie warf Dad einen Blick zu. Er verzog den Mund, zuckte aber nur mit den Schultern. Dann sahen sie beide mich an.

»Ach«, fügte Mom hinzu. »Und du redest weiter mit uns, wenn du achtzehn bist. Das gehört auch noch dazu.«

Ich presste die Finger auf meine Lippen, die Ellbogen auf den Tisch gestützt. Ich wollte meine Nächte mit Sam nicht aufgeben, aber es war wirklich ein fairer Kompromiss, besonders wenn man bedachte, dass ich dazu überhaupt keine Möglichkeit gesehen hatte. Aber was, wenn ich mich verwandelte? Ich konnte nicht wieder einziehen, bevor ich nicht wusste, dass ich fürs Erste stabil bleiben würde. Das musste doch bald so sein. Vielleicht schon jetzt? Ich wusste es nicht. Coles Heilmittel würde zu spät kommen, um mir hierbei von Nutzen zu sein.

»Woher weiß ich, dass ihr nicht wieder versucht, die Regeln zu ändern?«, sagte ich, um Zeit zu schinden. »Sam zum Beispiel ist über jede Diskussion erhaben. Den behalte ich. Für immer und ewig. Das kann ich euch gleich von Anfang an sagen. Er ist es.«

Dad zog wieder seine Grimasse, sagte aber immer noch nichts. Mom hingegen, zu meinem Erstaunen, nickte versonnen. »Okay. Ich habe ja gesagt, wir versuchen es. Und halten dich nicht davon ab, ihn zu sehen.«

»*Und* hauen ihn nicht mehr«, fügte Rachel hinzu. Ich warf ihr einen Blick zu. Sie machte sich ihren Schiedsrichterjob ja ganz schön leicht, indem sie sich erst zu Wort meldete, wenn der Konflikt schon so gut wie ausgestanden war.

»Gut«, sagte Mom. »Grace, was meinst du?«

Ich sah mich im Raum um: Von hier aus konnte ich bis ins Wohnzimmer sehen und ein seltsames Gefühl breitete sich in mir aus. Ich hatte gedacht, dies wäre das letzte Mal, dass ich herkam. Dass es einen riesigen Streit geben und ich dieses Kapitel beenden und niemals wieder aufschlagen würde. Die Vorstellung, in dieses Haus zurückzukehren und mich wieder in meinem alten Leben einzurichten, war erleichternd und erschöpfend zugleich. Ich dachte an Sams Furcht davor, sich wieder zu verwandeln, nachdem er geglaubt hatte, das längst hinter sich gelassen zu haben, und ich verstand genau, wie er sich fühlte.

»Da… darüber muss ich erst nachdenken«, sagte ich. »Kann ich eine Nacht darüber schlafen?«

»Kannst du das nicht hier tun?«, fragte Mom.

Rachel schüttelte den Kopf. »Nein, weil sie mich sowieso noch nach Hause bringen muss. Howgh, der Schiedsrichter hat gesprochen.«

Ich stand auf, um die Möglichkeit gar nicht erst zuzulassen. Ich verstand nicht, warum immer noch diese Nervosität in meinem Magen brannte, nachdem das Schlimmste doch überstanden war. »Ich denke nach und dann komme ich zurück, damit wir darüber reden können.«

Mom stand auch auf, so hastig, dass die Katze sich erschreckte und auf Rachels Arm ein Fauchen ausstieß, ein winziger Laut, mehr wie ein Niesen. Mom kam um den Tisch herum und umarmte mich wieder – eine feste, ungewohnte Berührung, bei der mir klar wurde, dass ich mich gar nicht erinnern konnte, wann sie so etwas das letzte Mal, vor diesem Abend, versucht hatte. Ich wusste nicht, wo ich meine Hände hinlegen sollte, jetzt, da es so weit war. Sie schien nur aus Brüsten und Haaren zu bestehen, also drückte ich sie einfach allgemein ein bisschen an mich.

»Du kommst doch wirklich wieder?«, flüsterte sie in mein Ohr.

»Ja«, antwortete ich und meinte es ernst.

Dad stand auf und drückte mir die Schulter, als ahnte er schon, dass ich auch nur aus Brüsten und Haaren bestehen würde, sobald er es richtig versuchte.

»Hier, Ihre Katze«, sagte Rachel und gab meiner Mutter das Tier.

»Danke, dass du sie zurückgebracht hast«, sagte Mom. Ich wusste nicht, ob sie mich oder die Katze meinte.

Rachel zuckte nur mit den Schultern und hakte sich bei mir unter. »Stets zu Diensten.« Und damit zog sie mich aus dem Haus und zurück zum Auto. Meine Eltern standen in der Tür und sahen uns nach, als wir rückwärts ausparkten und davonfuhren. Sie wirkten seltsam verloren. Mir war schwindelig und übel.

Eine Minute lang herrschte Schweigen im Auto.

Dann sagte Rachel: »Ich fass es nicht, dass sie sich als Ersatz für dich eine Katze geholt haben.«

Ich lachte und bekam gleichzeitig eine Gänsehaut. »Ich weiß. Danke fürs Mitkommen. Danke, im Ernst. Sie waren nur so umgänglich, weil du dabei warst.«

»Sie waren so umgänglich, weil sie vorher gedacht haben, du wärst tot. Ist – alles in Ordnung, Grace?«

Ich hatte in den falschen Gang geschaltet und das Auto keuchte auf, während ich nach dem richtigen suchte. Diese Gangschaltung und ich waren generell nicht die besten Freunde und plötzlich konnte ich mich überhaupt nicht mehr darauf konzentrieren. Mein Magen zog sich schon wieder zusammen und ich begriff, dass das, was ich als Nervosität abgetan hatte, in Wirklichkeit etwas viel Schlimmeres war.

»Oh nein«, presste ich hervor, als die Übelkeit mich ergriff. »Ich muss rechts ranfahren. Tut mir leid, ich –«

Die nächtliche Straße lag verlassen da. Ich riss das Lenkrad nach rechts, hielt an und stieß die Autotür auf. Hinter dem Wagen übergab ich mich. Rachels Gesicht leuchtete weiß in der Dunkelheit; ich hatte nicht mitbekommen, dass sie auch ausgestiegen war.

Sie fuchtelte wild mit den Händen. »Was soll ich machen? Ich kann doch nicht mit Gangschaltung fahren!«

Nun fing ich an zu zittern, heftige, unwillkürliche Zuckungen, die meine Zähne klappern ließen. »Rach, es tut mir so schrecklich leid. Du musst –« Ich hielt inne und rollte mich neben dem Auto zusammen. Gott, wie ich diesen Augenblick hasste. Meine Knochen barsten. Nein, nein, nein.

»Was muss ich? Grace, du machst mir Angst. Oh nein. Oh nein!« Endlich ging Rachel auf, was gerade geschah.

»Sam anrufen«, brachte ich heraus. »Sag ihm, dass ich mich verwandelt habe und dass er dich holen soll. Cole kann – ahhh. Cole kann den anderen Wagen nehmen … oh … Rachel … geh … warte im Auto. Nicht –«

Meine Knie wollten mich nicht mehr tragen. Sie lösten sich auf, bereit, zu etwas anderem zu werden. Plötzlich hatte ich riesige Angst davor, was sie denken würde, wenn sie sah, wie ich mich verwandelte. Sie musste unbedingt im Auto warten. Sie durfte nicht dabei zusehen – es würde alles zwischen uns zerstören. Meine Haut fühlte sich jetzt schon an, als gehörte sie nicht mehr zu mir. Ich musste grauenerregend aussehen.

Aber Rachel nahm mich in die Arme, eine große Umarmung, die meinen ganzen Körper einschloss und bei der ihre Wange an meiner vor Anspannung verzogen lag. Ich stank nach Wolf und musste aussehen wie ein Ungeheuer und sie umarmte mich trotzdem so fest, dass ich es noch über die Schmerzen hinweg fühlen konnte. Sie war so mutig, dass mir eine Träne übers Gesicht rann.

»Tut das weh?«, flüsterte Rachel und ließ los.

Ich schüttelte heftig den Kopf, ballte die Fäuste vor der Brust. »Ich hab dich nur so lieb und das macht mich ... macht mich ...«

»Zu einem Wolf«, sagte Rachel. »Schon klar.« Sie wischte sich mit dem Handrücken die Nase. »Diesen Effekt hab ich nun mal auf die Leute.«

Ich versuchte, noch etwas zu sagen, doch ich verlor den Halt. Die Sterne funkelten über mir und ich erinnerte mich noch an eine andere Nacht: Sam und ich unter dem Sternenhimmel, als wir das Nordlicht bewunderten. In meinem Kopf wurden die rosa Lichter der Aurora borealis zu den Lichtern im Armaturenbrett des Bronco, die sich in jeder Scherbe der geborstenen Windschutzscheibe spiegelten. Dahinter Sam und ich, unser Abschied, und plötzlich war nur noch ich übrig, in Stücke zerbrochen, zerschmettert wie Glas, und wurde zu etwas Neuem.

Kapitel 60

Sam

Es war seltsam beunruhigend, auf diese Weise eine Nacht mit Grace zu verlieren – ihre Verwandlung aus heiterem Himmel, weit weg von mir. Nachdem ich Rachel bei sich zu Hause abgesetzt hatte, wollte ich sie suchen gehen, aber Cole überzeugte mich davon, dass es keinen Sinn hatte; sie würde sowieso vor mir weglaufen, und wenn sie sich in der Nähe des Hauses ihrer Eltern zurückverwandelte, wüsste sie wenigstens, wo sie war. Ich glaubte nicht, dass ich ohne sie würde einschlafen können, aber nachdem Cole mir verboten hatte, an die Stelle zurückzufahren, wo Rachel sie das letzte Mal gesehen hatte, legte ich mich hin, starrte hoch zu meinen Papiervögeln und der Lichterkette und tat so, als würde ich nur darauf warten, dass Grace endlich ins Bett kam. Ein langer Tag lag hinter mir, und als es meinem Kopf irgendwann zu viel wurde, alles, was passiert war, zu verarbeiten, fand mich auch der Schlaf.

Im Traum lief ich durchs Haus, wanderte von Zimmer zu Zimmer. Alle waren leer, aber es war eine ausgefüllte, lebendige Leere, so als stünde, wenn ich mich umdrehte, jeden Moment irgendjemand hinter mir. Das Haus wirkte bewohnt – und zwar nicht bis vor Kurzem noch, sondern *gegenwärtig* – und es war, als wären seine Bewohner nur kurz nach draußen gegangen, um nachzusehen, wie das Wetter war, und würden gleich wieder zurückkommen. Die einzelnen Schlafzimmer wiesen deutliche Spuren von Leben auf: Auf jedem Bett lag ein Koffer oder ein Rucksack voller Kleidung, ein Paar Schuhe sorgfältig danebengestellt, persönliche Dinge, bereit für den Aufbruch. Auf Ulriks Bett sah ich seinen Laptop und seinen Rasierapparat. Bei Paul einen Haufen Gitarrenplektren und ein paar gebrannte DVDs, mit Filmen, von denen ich noch nie gehört hatte. Selbst in dem Zimmer mit den Etagenbetten lagen Sachen herum: Dereks Kopfhörer, die Kabel verknotet, auf seiner Kamera, und Melissas Skizzenbuch neben ihren Schuhen. Nur Becks Bett war leer.

Ich ging von Raum zu Raum und schaltete überall das Licht aus. Nahm Abschied von Becks Zimmer, das nie richtig bewohnt gewesen war. Nahm Abschied von Ulriks Zimmer, wo wir auf seinem Laptop immer Horrorfilme geguckt hatten. Ich wanderte weiter nach unten, ohne noch einmal in mein Zimmer zu gehen. Nahm Abschied vom Wohnzimmer, wo ich einst mit Grace auf der Couch gesessen hatte, schon fast ein Wolf, wo Isabel geholfen hatte, Coles Krampfanfall zu beenden. Ich schaltete das Licht aus. Nahm Abschied von dem gelben Zimmer, in dem Cole gelebt hatte und Jack gestorben war. Ich schaltete das Licht in dem Badezimmer aus, das ich zehn Jahre lang gemieden hatte. Nahm Abschied von der Küche, mit den Fotos von uns an jedem Schrank, eintausend Lächeln, jedes einzelne davon ehrlich. Ich schaltete das Licht aus und ging in den Keller.

Und hier, in Becks Bibliothek, umringt von Büchern, fand ich die Sachen, die oben in seinem Zimmer gefehlt hatten; sein Koffer und seine Schuhe standen auf dem Fußhocker seines Lesesessels. Daneben lagen eine Krawatte, ordentlich zusammengefaltet, und eine CD mit verschlungenen Zweigen auf dem Cover. Der Titel war auf die einzige freie Stelle gekritzelt: *Still Waking Up*.

Rings um mich war Beck, er lebte in all diesen Büchern, die er gelesen hatte. Er bewohnte jede einzelne Seite. Er war jeder Held, jeder Schurke, jedes Opfer und jeder Angreifer. Er war der Anfang und das Ende von allem.

Die letzte aller Türen

Doch nie hat man
an alle schon geklopft.

Dies war der endgültige Abschied. Ich schaltete das Licht aus.

Nun blieb nur noch ein Zimmer. Langsam stieg ich die Treppe ins Erdgeschoss hinauf, dann in den ersten Stock. Ging den Flur hinunter zu meinem Zimmer. Darin zitterten meine Papierkraniche an ihren Schnüren, gefangen in der Vorahnung eines Erdbebens. Ich konnte jede Erinnerung sehen, die die Vögel bewahrten, Bilder flackerten über ihre Flügel wie über einen Fernsehbildschirm und sie alle sangen mit kristallklarer Stimme Lieder, die einst ich gesungen hatte. Sie waren wunderschön und außer sich vor Angst, versuchten hektisch, sich zu befreien.

»Schlechte Nachrichten, Ringo«, sagte Cole. »Wir müssen alle sterben.«

Das Klingeln des Telefons weckte mich.

Das unerwartete Geräusch pumpte Adrenalin durch meinen noch halb schlafenden Körper und der erste Gedanke, den ich hatte, war unerklärlicherweise: *Oh nein, nicht hier.* Den Bruchteil eines Augenblicks später wurde mir klar, dass es nur das Telefon war, und ich verstand nicht, warum ich so etwas gedacht hatte. Ich griff nach dem Hörer.

»Sam?«, sagte Koenig.

Er klang überaus wach.

»Ich hätte schon früher anrufen sollen, aber ich habe Nachtschicht und ich ... na ja, spielt keine Rolle.« Koenig rang hörbar nach Luft. »Die Jagd findet früher statt.«

»Sie – was?« Ich war nicht sicher, ob ich nicht vielleicht noch schlief, aber meine Kraniche hingen vollkommen reglos da.

Koenig sagte, etwas lauter jetzt: »Morgen. Bei Tagesanbruch. Fünf Uhr siebenundvierzig, um genau zu sein. Der Helikopter wurde plötzlich frei und darum haben sie alles vorverlegt. Steh auf.«

Das musste er mir nicht sagen. Mir war, als würde ich nie wieder schlafen.

Kapitel 61

Isabel

Ich war noch nicht richtig eingeschlafen, als mein Telefon klingelte.

Es war kurz nach Mitternacht und ich hatte sowieso nur aus purem Selbsterhaltungstrieb versucht zu schlafen. Je näher der Tag der Jagd und der drohende Umzug nach Kalifornien rückten, desto mehr stieg die Anspannung im Hause Culpeper und meine Eltern vertrieben sich die Zeit mit einem der Schreiduelle, die ich in den letzten Wochen so schmerzlich vermisst hatte. Es klang ganz so, als wäre meine Mutter kurz davor zu gewinnen – zumindest schien sie in den letzten zwanzig Minuten mehr laut herausgebrüllte Treffer gelandet zu haben als mein Vater –, aber auch, als wäre das noch lange nicht die letzte Runde.

Also hatte ich die Tür zugemacht und meine Kopfhörer aufgesetzt, aus denen nun der unerträglichste Lärm und die aggressivsten Texte strömten, die ich nur finden konnte. Mein Zimmer war ein rosaweißer Kokon, der durch das fehlende Sonnenlicht etwas weniger bonbonartig wirkte. Hier, umgeben von meinen Sachen, hätte es jeder Tag jedes Jahres sein können, seit wir hergezogen waren. Ich hätte nach unten gehen können, den Flur runter, um Jack anzuschreien, weil er meinen Hund nicht rausgelassen hatte, während ich unterwegs war. Ich hätte meine Freunde zu Hause in Kalifornien anrufen können, die sich noch an mich erinnerten, und mit ihnen Pläne für meine Rückkehr und eine Tour durch die Colleges in der Gegend schmieden können. Dass das Zimmer so unverändert geblieben war, dass die Nacht mir solche Streiche spielen konnte, war tröstlich und erschreckend zugleich.

Jedenfalls bekam ich es beinahe nicht mit, als mein Handy klingelte.

»Becks Haus« stand auf dem Display.

»Hi«, sagte ich.

»Rat mal, was dein Arschloch von Vater jetzt wieder gemacht hat!« Cole wirkte ein bisschen außer Atem.

Mir war nicht nach antworten. So hatte ich mir mein nächstes Telefongespräch mit Cole nicht gerade vorgestellt.

»Uns gefickt«, fuhr Cole fort, ohne auf eine Antwort zu warten. »Auf dem Rücksitz von 'nem getunten Honda. Die Jagd geht bei Tagesanbruch los. Die haben sie vorverlegt.«

Wie aufs Stichwort fing nun auch das Festnetztelefon auf meinem Nachttisch an zu klingeln. Ich ging nicht ran, aber selbst von hier aus konnte ich sehen, was auf dem Display stand: »Landy, Marshall«. Was bedeutete, dass mein Dad und ich so ziemlich das gleiche Gespräch zur gleichen Zeit führen würden, nur mit unterschiedlichen Menschen.

Das Geschrei unten hatte aufgehört. Es dauerte eine Weile, bis diese Tatsache zu mir durchdrang.

»Was habt ihr jetzt vor?«, fragte ich.

»Na, zuerst muss ich Sam wieder funktionstüchtig kriegen«, erwiderte Cole. »Grace hat sich heute Abend verwandelt und ist irgendwo da draußen im Wald, also dreht er ein klitzekleines bisschen am Rad.«

Jetzt war ich hellwach. Ich zog den einzelnen Kopfhörer, den ich noch im Ohr hatte, heraus und setzte mich auf. »Grace ist da draußen? Das ist nicht gut.«

Es war mehr als nur nicht gut. Grace gegen Staranwalt Mr Thomas Culpeper war kein Kampf, bei dem ich gern zusehen wollte, weil ich nur zu genau wusste, wie er ausgehen würde.

»Sag bloß, Prinzessin«, sagte Cole knapp. »Deswegen hätte ich jetzt auch gern, dass du zu deinem Vater gehst und ihm sagst, er soll das Telefon in die Hand nehmen und sie aufhalten.«

Doch auch bei diesem Kampf war mir von vornherein klar, wie er ausgehen würde.

»Das wird nicht funktionieren«, antwortete ich. »Es liegt nicht mehr in seiner Hand.«

»Ist. Mir. Egal«, sagte Cole, langsam und geduldig wie zu einem Kind. »Geh zu diesem Bastard und sorg dafür, dass die Sache abgeblasen wird. Ich weiß, dass du das kannst.«

Ich merkte, wie sein Tonfall alles in mir zum Sieden brachte. »Okay, erstens: Du sagst mir nicht, was ich zu tun habe. Und zweitens: Alles, was passieren wird, wenn ich da runtergehe, ist, dass ich ihn völlig umsonst ziemlich stinkig auf mich mache, und vielleicht, wenn ich richtig Glück habe, fängt er dann auch noch an, sich zu wundern, warum ich die Wölfe auf einmal so furchtbar lieb habe, und damit öffnen wir vielleicht die Büchse der Pandora, mit deren Inhalt ich mich dann den Rest des Jahres rumschlagen darf. Und weißt du, was er dann sagen wird? Dass es nicht mehr in seiner Hand liegt. Es wird Zeit, dass *du* deinen Plan umsetzt.«

»Meinen Plan? Mein Plan würde nur funktionieren, wenn Grace hier wäre. Ohne Grace hab ich nur einen emotional instabilen Wolf und einen VW.«

Das Haus war totenstill im Vergleich zum Gebrüll von vorher. Ich stellte mir vor, wie ich nach unten ging und meinen Vater wegen der

Jagd zur Rede stellte. Es war zu lächerlich, um überhaupt darüber nachzudenken.

»Ich mach das nicht, Cole.«

»Wenigstens den Versuch bist du mir schuldig.«

»Schuldig?« Ich lachte, ein hartes, abgehacktes Geräusch. Einen Moment lang schlitterten meine Gedanken von einem unserer Aufeinandertreffen zum nächsten und versuchten, auch nur ein Körnchen Wahrheit in dem zu finden, was er gesagt hatte. Aber ich fand nichts. Wenn überhaupt, war er *mir* etwas schuldig, und zwar einiges. »Wieso sollte ich dir irgendwas schuldig sein?«

Coles Stimme war vollkommen ruhig. »Dein Scheißkerl von Vater hat Victor getötet und ihn mir vor die Füße geworfen.«

Ich fühlte, wie mein Gesicht immer heißer wurde.

»Ich bin aber nicht er. Ich bin dir einen feuchten Dreck schuldig, Cole St. Clair. Wenn ich vorher auch nur in Betracht gezogen haben sollte, da runterzugehen und mit meinem Vater zu reden, dann hat sich das spätestens jetzt erledigt und du kannst mich mal!«

»Ach, wie reizend – und so erwachsen. Tolle Art, mit Problemen fertig zu werden. Sich an einer unwichtigen Kleinigkeit festbeißen, total ausflippen und das Ganze einfach jemand anderem zuschieben. Du bist echt Daddys kleines Mädchen, was?«

Das tat weh, also lachte ich. »Musst *du* gerade sagen. Das Einzige, was mich gerade überrascht, ist, wie erstaunlich nüchtern du klingst. Na ja, wenn's schiefgeht, kannst du dich ja immer noch umbringen, stimmt's?«

Er legte auf.

Mein Puls raste, meine Haut glühte und plötzlich wurde mir schwindelig. Ich lehnte mich zurück und schlug die Hände vor den Mund. Mein Zimmer sah noch genauso aus wie vor dem Anruf.

Ich warf mein Handy an die Wand. Als es schon mitten im Flug war, dachte ich noch, dass mein Vater mir den Kopf abreißen würde, wenn ich es kaputt machte, aber es knallte gegen die Wand und rutschte dann zu Boden, ohne dass irgendwelche Teile davon absplitterten. Es sah genauso aus wie vorher.

Nichts hatte sich geändert. Gar nichts.

Kapitel 62

Sam

Cole explodierte in die Küche wie eine Nagelbombe. Es war beinahe ein Uhr nachts und in viereinhalb Stunden würden die Wölfe sterben.

»Keine Chance, Ringo. Culpeper kann's nicht mehr abblasen.« In seinen Augen lag einen Wildheit, die in seiner Stimme nicht zu hören war.

Ich hatte auch nicht damit gerechnet, dass er das tun würde, aber es war mir dumm vorgekommen, es nicht wenigstens zu versuchen. »Kommt Isabel?« Zu meiner Überraschung klang ich ganz normal, wie eine Tonbandaufnahme von mir selbst, die abgespielt wurde, während mein wahres Ich seine Stimme verloren hatte.

»Nein«, sagte Cole. Einfach so. Es war kaum ein richtiges Wort. Nur hervorgestoßener Atem. Er riss den Kühlschrank so heftig auf, dass die Flaschen in der Tür gegeneinanderklirrten. Kalte Luft drang heraus und strich mir um die Knöchel. »Dann müssen wir jetzt wohl ran. Kommt dein Freund Koenig?«

Das wäre schön gewesen: Jemanden so Praktisches dabeizuhaben, der auch noch auf der richtigen Seite des Gesetzes stand und wesentlich weniger emotional in die Sache verwickelt war als ich, war eine wunderbare Vorstellung. »Er hat es überhaupt nur rausgefunden, weil er arbeiten muss. Seine Schicht geht bis sechs.«

»Perfektes Timing.« Cole schnappte sich eine Handvoll Ampullen und Spritzen und warf sie vor mir auf die Kücheninsel. Sie hüpften und rollten in unförmigen Kreisen über die Arbeitsfläche. »Das sind unsere Optionen.«

In meinen Ohren erhob sich ein Klingeln. »Wir haben mehr als eine?«

»Drei, um genau zu sein«, antwortete Cole. Er deutete nacheinander auf die Ampullen. »Das hier macht dich zum Wolf. Das hier macht mich zum Wolf. Und von dem hier kriegen wir beide einen prima Krampfanfall.«

Aber es gab keine drei Optionen. Es gab nur eine. Es hatte immer nur diese eine gegeben. Ich sagte: »Ich muss da raus und sie holen.«

»Und was ist mit dem Rest?«

»Sie zuerst.« Es war das Schrecklichste, was ich je hatte sagen müssen. Doch alles andere wäre eine Lüge gewesen. Sie war alles, woran ich mich als Wolf erinnerte, wenn es nichts anderes mehr gab. Sie war alles, woran ich mich festhalten konnte. Mich festhalten musste. Ich würde die anderen retten, wenn ich konnte, aber Grace musste die Erste sein.

Ich hatte eigentlich nicht das Gefühl, besonders überzeugend geklungen zu haben, aber Cole nickte. Sein Nicken machte es offiziell. Plötzlich hatten wir einen Plan und mir wurde übel. Nicht nur unterschwellig, sondern auf die Art und Weise, bei der einem die Ohren dröhnten und grelle Flecken am Rand des Sichtfelds tanzten. Ich musste mich in einen Wolf verwandeln. Nicht irgendwann in ferner Zukunft. Sondern jetzt sofort.

»Okay, hier also noch mal der Plan. Ich laufe runter zum See«, sagte Cole. Jetzt war er der General, er ließ die Spritze, die einen Wolf aus ihm machen würde, in die Tasche seiner Cargohose fallen und deutete auf eine imaginäre Landkarte in der Luft, um zu veranschaulichen, wie wir vorgehen würden. »Das hier ist der Parkplatz am Two Island Lake. Da warte ich auf dich. Und Grace. Wen auch immer du mitbringen kannst. Und dann müssen wir so schnell, wie es geht, diese brachliegende Fläche auf dieser Seite des Waldes überqueren, damit wir sie möglichst lange vor Sonnenaufgang hinter uns haben. Ansonsten haben die so leichtes Spiel mit uns, als würden sie Fische aus 'nem Fass angeln. Keine Möglichkeit, uns zu verstecken. Bereit?«

Er musste alles noch mal wiederholen. Ich dachte daran, wie ich mit der Gitarre in der Badewanne gesessen und *Still Waking Up* gesungen hatte. Ich dachte daran, wie ich Grace das Kleid über den Kopf gezogen hatte. Ich dachte daran, wie Cole mir gesagt hatte, dass alle auf mich hörten, aber ich nicht immer mit ihnen redete. Ich dachte an alles, was mich ausmachte, und daran, wie viel Angst ich davor hatte, es zu verlieren.

Ich würde es nicht verlieren.

»Ich bin bereit.«

Uns blieb keine Zeit mehr.

Draußen zog ich langsam meine Kleider aus und stand dann einfach da, während Cole gegen die Spritze tippte, damit die Luftbläschen darin nach oben stiegen. Es war erstaunlich hell hier draußen, obwohl es bis zum nächsten Vollmond noch fast eine Woche dauern würde, aber die niedrigen Wolken und der Nebel reflektierten alles Licht, das da war, und warfen es in jeden Winkel. Es ließ den Wald hinter dem Haus gespenstisch und unendlich groß wirken.

»Sag mir, was du denkst.« Cole nahm meinen Arm und drehte meine Handfläche zum Himmel. Im Mondschein hoben sich meine Narben wulstig und hässlich von der Haut ab.

Ich dachte an: Grace' Hand in meiner, Beck, der zitternd im Keller lag, Victors Begräbnis, daran, wie ich ein Mensch geworden war.

Daran, dass irgendwo vielleicht auch Grace nach mir suchte. Ich konzentrierte mich auf die Gedanken, die ich mitnehmen wollte. »Ich bin Sam Roth. Ich finde Grace. Ich finde die Wölfe. Ich bringe sie zum See.«

Cole nickte. »Und ob du das tust, verdammt. Okay, das muss ich dir jetzt in irgendeine Ader spritzen. Halt still. Wiederhol es noch mal. Oder warte, sag mir erst, wo deine Schlüssel sind, bevor es losgeht.«

Mein Herz hämmerte vor Nervosität und vor Angst und vor Hoffnung. »In meiner Hosentasche.«

Cole sah an mir runter.

»Ich hab keine Hose mehr an«, sagte ich.

Cole blickte zur Türschwelle, wo meine Sachen lagen. »Nein, hast du nicht. So, jetzt halt aber still.«

»Cole«, sagte ich. »Wenn ich nicht –«

Er hörte den Unterton in meiner Stimme. »Nein. Wir sehen uns später.«

Mit dem Zeigefinger fuhr Cole eine Ader von den Narben an meinem Handgelenk bis zu meiner Ellbogenbeuge nach. Ich schloss die Augen. Er stach mir die Nadel in den Arm.

Kapitel 63

Sam

Eine Sekunde lang, den Bruchteil einer Sekunde, ein Fragment eines Atemzugs, löschte der Schmerz jeden Gedanken in mir aus. Meine Adern schmolzen. Mein Körper erfand sich neu, steuerte einen anderen Kurs an, plante frische Knochen, während er gleichzeitig andere zu Staub zermalmte. Es gab keinen Teil von mir, der nicht völlig neu modelliert wurde.

Ich hatte vergessen, wie qualvoll es war. Wie gnadenlos. Bei meiner ersten Verwandlung war ich sieben Jahre alt gewesen. Meine Mutter war die Erste gewesen, die es gesehen hatte. Im Moment erinnerte ich mich nicht einmal an ihren Namen.

Meine Wirbelsäule barst.

Cole ließ die Spritze auf die Türschwelle fallen.

Der Wald sang zu mir, in einer Sprache, die ich nur als Wolf kannte.

Beim letzten Mal, als das hier geschah, hatte ich Grace' Gesicht vor mir gesehen. Beim letzten Mal, als das hier geschah, war es ein Abschied gewesen.

Nie mehr. Keine Abschiede mehr.

Ich bin Sam Roth. Ich finde Grace.

Kapitel 64

Isabel

Ungefähr fünf Minuten nachdem Cole aufgelegt hatte, begriff ich, dass das, was er von mir verlangt hatte, gar nicht so furchtbar gewesen war. Nach zehn Minuten begriff ich, dass ich ihn sofort hätte zurückrufen sollen. Nach fünfzehn, dass er nicht ranging. Nach zwanzig, dass ich das mit dem Selbstmord nicht hätte sagen dürfen. Nach fünfundzwanzig, dass es vielleicht das Letzte war, was ich je zu ihm gesagt hatte.

Warum hatte ich es gesagt? Vielleicht hatte Rachel ja doch recht gehabt mit ihrem Miststück-Kommentar. Ich wünschte, ich hätte gewusst, wie man meine Waffen von *atomisieren* auf *betäuben* umstellte.

Nach einer Weile, die sich wie die halbe Nacht anfühlte, begriff ich, dass ich nie wieder in den Spiegel würde sehen können, wenn ich nicht versuchte, etwas gegen die Jagd zu unternehmen.

Ein letztes Mal versuchte ich, erst Cole, dann Sam anzurufen – nichts –, und ging dann nach unten. Im Kopf probte ich schon mal, was ich zu meinem Vater sagen würde. Erst Argumente, dann Flehen und dann, ganz am Ende, eine Begründung für meinen Wunsch, die nicht zu Sam und Beck führen würde, denn das würde bei meinem Vater nichts nützen, da war ich mir sicher. Na ja, höchstwahrscheinlich würde es sowieso nichts nützen.

Aber zumindest könnte ich Cole dann sagen, dass ich es versucht hatte. Dann würde ich mich vielleicht nicht mehr so elend fühlen. Ich hasste das. Das alles. Ich hasste es, mich wegen jemand anderem so schrecklich zu fühlen. Ich presste die Hand auf mein rechtes Auge, aber die Träne, die darin lauerte, blieb, wo sie war.

Es war stockdunkel im ganzen Haus. Ich musste auf dem Weg nach unten auf jeden Lichtschalter drücken. In der Küche war niemand. Im Wohnzimmer auch nicht. Schließlich fand ich meine Mutter in der Bibliothek, wo sie entspannt auf dem Ledersofa saß, in der Hand ein Glas Weißwein. Im Fernseher lief eine Krankenhausdoku. Normalerweise wäre die Ironie des Ganzen nicht an mir vorbeigegangen, im Moment aber war alles, woran ich denken konnte, mein letzter Satz zu Cole.

»Mom«, sagte ich und gab mir Mühe, es wie beiläufig klingen zu lassen. »Wo ist Dad?«

»Hm?« Irgendetwas an diesem *Hm* schien mich zu erden, half mir, mich stabiler zu fühlen. Die Welt geriet nicht aus den Fugen. Meine Mutter machte immer noch *hm*, wenn ich sie etwas fragte.

»Mein Vater. Die Kreatur, mit der du dich gepaart hast, um mich zu erschaffen. Wo ist er?«

»Musst du denn immer solche Sachen sagen?«, sagte meine Mutter. »Er ist auf dem Weg zum Helikopter.«

»Zum. Helikopter.«

Meine Mutter löste kaum den Blick vom Fernseher. In meiner Stimme lag offenbar nichts, was sie alarmierte. »Marshall hat ihm einen Platz besorgen können. Er hat gesagt, bei einem so guten Schützen wäre das nur gerechtfertigt. Mein Gott, bin ich froh, wenn das Ganze vorbei ist.«

»*Dad* fliegt in dem Helikopter mit, von dem aus die Wölfe abgeschossen werden sollen«, wiederholte ich. Ganz langsam. Ich kam mir vor wie ein Volltrottel. Selbstverständlich wollte mein Vater mit einem Großwildgewehr im Anschlag in der ersten Reihe sitzen. Und selbstverständlich konnte Marshall ihm diesen Wunsch auch erfüllen.

»Sie fliegen zu irgendeiner nachtschlafenden Zeit ab«, sagte Mom. »Deswegen ist er schon mal los, mit Marshall Kaffee trinken. Bleibt mir nur der Fernseher.«

Es war zu spät. Ich hatte zu lange mit mir gerungen und jetzt war es zu spät.

Ich konnte nichts tun.

Wenigstens den Versuch bist du mir schuldig, hatte Cole gesagt.

Ich fand immer noch nicht, dass ich ihm irgendwas schuldig war. Dennoch schlich ich, bemüht, mir vor meiner Mutter nichts von meiner quälenden Unruhe anmerken zu lassen, aus der Bibliothek und zurück durchs Haus. Ich nahm meine weiße Jacke, meinen Autoschlüssel und mein Handy und stieß die Hintertür auf. Vor gar nicht langer Zeit hatte Cole hier als Wolf gestanden und mit seinen grünen Augen in meine geblickt. Ich hatte ihm erklärt, dass mein Bruder gestorben war. Dass ich kein netter Mensch war. Er hatte mich nur angesehen, ohne zu blinzeln, gefangen in diesem Körper, den er selbst gewählt hatte.

Alles hatte sich verändert.

Ich fuhr los und trat so hart aufs Gaspedal, dass die Reifen auf dem Kiesweg durchdrehten.

Kapitel 65

Sam

Ich bin Sam Roth. Ich finde Grace. Ich finde die Wölfe. Ich bringe sie zum See. Ich bin Sam Roth. Ich finde Grace. Ich finde die Wölfe. Ich bringe sie zum See.

In gestrecktem Galopp preschte ich in den Wald. Meine Pfoten trommelten über Steine, meine Schritte verschlangen die Entfernung. Jeder Nerv in meinem Körper stand in Flammen. Ich hielt meine Gedanken wie einen Arm voller Papierkraniche. Fest genug, um sie nicht zu verlieren. Nicht so fest, dass ich sie zerquetsche.

Ich bin Sam Roth. Ich finde Grace. Ich finde die Wölfe. Ich bringe sie zum See. Ich bin Sam Roth. Ich finde Grace. Ich finde die Wölfe. Ich bringe sie zum See.

Es gab tausend Dinge zu hören. Tausend Dinge zu riechen. Hundert Millionen Spuren, die zu den zahllosen Lebensformen in diesem Wald führten. Aber so viele brauchte ich nicht. Ich brauchte nur eine.

Sie lehnte sich an mich und atmete den Duft in einem Süßigkeitenladen ein. Jede Farbe, die ich jetzt nicht mehr sehen konnte, fand sich an den Wänden und Etiketten rings um uns wieder.

Ich bin Sam Roth. Ich finde Grace. Ich finde die Wölfe. Ich bringe sie zum See.

Die Nacht war hell unter dem Halbmond, dessen Licht von ein

paar niedrig hängenden Wolken und fransigen Nebelschwaden reflektiert wurde. Ich konnte endlos weit blicken. Aber es waren nicht meine scharfen Augen, die mir hier helfen würden. Immer wieder verlangsamte ich meinen Lauf und lauschte. Grace. Ihr Heulen. Es war für mich bestimmt, da war ich sicher.

Die Wölfe heulten; ich stand an ihrem Fenster und sah nach draußen. Wir waren Fremde und kannten einander doch so gut wie einen Weg, den wir jeden Tag gingen. *Schlaf nicht auf dem Boden, sagte sie.*

Ich bin Sam Roth. Ich finde Grace. Ich finde die Wölfe. Ich bringe sie zum ...

Weitere Rufe erhoben sich, antworteten auf ihr Heulen. Es fiel mir nicht schwer, sie auseinanderzuhalten. Aber es fiel mir schwer, mich daran zu erinnern, *warum* ich sie auseinanderhalten musste.

Ihre Augen, braun und nachdenklich, in einem Wolfsgesicht.

Ich bin Sam Roth. Ich finde Grace. Ich finde die Wölfe.

Ich geriet ins Straucheln, als meine Pfoten plötzlich über nassen Lehm schlitterten. Ich glaubte zu hören, wie ganz in der Nähe etwas in Wasser fiel.

Eine Stimme in meinem Hinterkopf begann zu wispern. Etwas an dieser Situation war gefährlich. Ich wurde langsamer, sah mich aufmerksam um, und da war sie – eine riesige Grube, gefüllt mit Wasser, in dem man ertrinken konnte. Vorsichtig machte ich einen Bogen darum und lauschte weiter. Es war still geworden im Wald. Mein Geist stolperte und taumelte, sehnte sich nach – ich warf den Kopf in den Nacken und heulte, ein langer, zitternder Klageton, der half, den Schmerz in mir zu lindern. Kurz darauf hörte ich ihre Antwort und preschte wieder los.

Ich finde Grace. Ich finde die Wölfe.

Ein Schwarm Vögel stob vor mir auseinander, durch meine Hast aus ihren Nestern aufgeschreckt. Sie erhoben sich in die Luft, weiß vor schwarzem Grund, und etwas an der Vielzahl ihrer Gestalten, dem identischen Schwung ihrer Flügel, der Art, wie sie über mir im Wind schwebten, hinter sich die leuchtenden Sterne, erinnerte mich an etwas.

Ich versuchte krampfhaft, den Gedanken festzuhalten, klammerte mich daran, aber er entglitt mir. Der Verlust schien niederschmetternd, auch wenn ich nicht wusste, was ich verloren hatte.

Ich finde Grace.

Das würde ich nicht verlieren. Das würde ich nicht verlieren.

finde Grace.

Es gab Dinge, die mir niemand wegnehmen konnte. Dinge, die aufzugeben ich einfach nicht ertragen hätte.

Grace

Kapitel 66

Cole

Zwei Uhr vierunddreißig.
Ich war allein.
Jenseits des Parkplatzes erstreckte sich der See und die stille Wasseroberfläche lieferte das perfekte Spiegelbild des nicht so perfekt gerundeten Mondes. Irgendwo auf der anderen Seite lag das Grundstück der Culpepers.
Nein, daran würde ich jetzt nicht denken.
Zwei Uhr fünfunddreißig.
Ich war allein.
Vielleicht würde Sam nicht kommen.

Isabel

Es war drei Uhr einundzwanzig und in Becks Haus war niemand. An der Hintertür fand ich einen Stapel Kleider und eine benutzte Spritze und drinnen auf der Kücheninsel lag Sams Handy – kein Wunder, dass ich ihn nicht erreicht hatte. Sie waren fort. Sie hatten genau das getan, was ich gesagt hatte – Coles Plan durchgezogen, ohne meine Hilfe. Ich ging durch die Räume im Erdgeschoss und die Absätze meiner Stiefel klapperten auf den Holzdielen. Aber wenn jemand da gewesen wäre, hätte er sich auf mein Rufen sicher gemeldet.

Am Ende des Flurs lag das Zimmer, in dem Jack gestorben war. Ich drückte auf den Lichtschalter und sofort erstrahlte das Zimmer in demselben Übelkeit erregenden Gelb, wie ich es in Erinnerung gehabt hatte. Offenbar wohnte nun Cole hier. Eine Jogginghose wanderte unbeaufsichtigt über den Boden. Gläser, Schüsseln, Stifte und Papier bedeckten jeden verfügbaren Zentimeter horizontaler Oberfläche. Das Bett war ungemacht und auf dem höchsten Hügel in der verknitterten Decke thronte ein gebundenes Lederbüchlein, das aussah wie ein Tagesplaner oder ein Notizbuch.

Ich kletterte auf das Bett – es roch wie Cole an dem Tag, als er bei mir gewesen war und so sorgfältig darauf geachtet hatte, gut zu duften –, legte mich auf den Rücken und dachte an Jack, der *genau hier* gestorben war. Die Erinnerung war schwer heraufzubeschwören und selbst dann war sie nicht stark genug, um Gefühle in mir auszulösen. Ich war erleichtert und traurig zugleich; ich war dabei, ihn zu verlieren.

Schließlich griff ich nach dem Notizbuch. Ein Kugelschreiber lag als Lesezeichen darin. Die Vorstellung, dass Cole hier seine intimsten Gedanken aufgeschrieben haben könnte, kam mir seltsam vor; ich glaubte nicht, dass er ehrlich sein konnte, noch nicht einmal auf Papier.

Ich schlug es auf und überflog die Seiten. Es war ganz und gar nicht das, was ich erwartet hatte, und gleichzeitig doch genau das. Ehrlichkeit, aber keine Gefühle. Eine völlig sachliche Chronologie von Coles Leben im letzten Monat. Die Worte stürzten sich auf mich.

KRAMPFANFALL. SCHÜTTELFROST. MÄSSIGER ERFOLG. UNKONTROLLIERTES HÄNDEZITTERN, CA. ZWEI STUNDEN.

FÜR SIEBENUNDZWANZIG MINUTEN VERWANDELT. STARKES ERBRECHEN; EVTL. FASTEN?

Was mich an diesem Notizbuch interessierte, war das, was zwischen den Zeilen stand. Nicht weil ich es wissen musste, sondern weil ich es wissen wollte. Ich blätterte es durch, prüfte, ob seine Einträge später wortreicher wurden, aber das wurden sie nicht. Das, was ich wissen *musste*, fand ich schließlich auf der letzten Seite: TREFFEN AUF PARKPLATZ AM TWO ISLAND LAKE, DANN DIE 169 RAUF UND NACH NORDEN ZUM KNIFE LAKE.

Ich würde eine Weile brauchen, um den genauen Treffpunkt am Two Island Lake zu finden; der See war riesig. Aber wenigstens wusste ich jetzt, wo ich anfangen sollte.

Kapitel 67

Grace

Jetzt war er da, endlich, genau so, wie ich mich nach all der Zeit an ihn erinnerte.

Er fand mich in einem Wald voller Bäume mit weißer Rinde. Meinem Heulen, mit dem ich ihn gerufen hatte, waren in der Zwischenzeit zwei weitere Mitglieder des Rudels gefolgt. Je näher wir uns kamen, desto größer wurde meine Angst; es fiel mir schwer, weiter zu heulen, anstatt zu winseln. Die anderen versuchten, mich zu beruhigen, aber ich zeigte ihnen immer wieder Bilder von seinen Augen, versuchte ihnen zu vermitteln – was, wusste ich auch nicht genau. Ich konnte nicht glauben, dass es wirklich seine Stimme war. Nicht solange ich nicht seine Augen gesehen hatte.

Und dann stand er vor mir, keuchend, unsicher. Er war auf die Lichtung getrabt und hatte zögernd innegehalten, als er die anderen Wölfe sah, die mich flankierten. Doch offenbar erkannten sie ihn an seinem Geruch und ein Schwall von Bildern flog zwischen uns hin und her, wie er spielte, wie er jagte, wie er mit dem Rudel lief.

Ich sprang auf ihn zu, den Schwanz aufgestellt, die Ohren gespitzt, begeistert und zitternd vor Aufregung. Er sandte mir ein so starkes Bild, dass ich abrupt stehen blieb. Es waren die Bäume um uns, die weißen Stämme mit den schwarzen Striemen an den Seiten, fallende Blätter, dazwischen standen Menschen.

Ich warf ihm ein anderes Bild zurück: wie ich hierhergerannt war, um ihn zu finden, wie ich seiner Stimme gefolgt war, um ihm noch näher zu kommen.

Doch er schickte mir wieder dasselbe Bild.

Ich verstand es nicht. War das eine Warnung – kamen diese Menschen hierher? Oder war es eine Erinnerung? Hatte er sie gesehen?

Das Bild verschwamm, veränderte sich: ein Junge und ein Mädchen, sie hielten Blätter in den Händen. Es war durchtränkt mit Sehnsucht, Wehmut. Der Junge hatte die Augen meines Wolfs.

Ein Schmerz keimte in mir auf.

Grace.

Ich winselte sacht.

Ich verstand noch immer nicht, aber nun spürte ich ein vertrautes Stechen von Verlust und Leere in mir.

Grace.

Dieser Laut bedeutete nichts und gleichzeitig alles. Mein Wolf kam behutsam auf mich zu, wartete darauf, dass sich meine Ohren wieder aufstellten, bevor er mir das Kinn leckte und meine Ohren und die Schnauze beschnupperte. Es war, als hätte ich mein Leben lang darauf gewartet, dass er zu mir kam; ein freudiger Schauder durchlief mich. Ich konnte nicht aufhören, mich an ihn zu pressen, mein Gesicht an seine Wange zu schmiegen, aber das war in Ordnung, denn er ließ genauso wenig von mir ab. Unsere Zuneigung erforderte diese Berührungen.

Jetzt, endlich, sandte er mir ein Bild, das ich verstand: uns beide, die Köpfe zurückgeworfen, wie wir gemeinsam sangen und die anderen Wölfe aus dem gesamten Wald zusammenriefen. Es vermittelte Dringlichkeit, Gefahr. Beides Dinge, mit denen ich vertraut war.

Er legte den Kopf in den Nacken und heulte. Es war ein langes, klagendes Jaulen, traurig und glockenklar, und es half mir, dieses Wort aus seinen Bildern etwas besser zu verstehen. *Grace.* Nach einem Augenblick öffnete ich das Maul und heulte mit ihm.

Gemeinsam klangen unsere Stimmen lauter. Die anderen Wölfe drängten sich um uns, stupsten uns mit den Nasen an, winselten und stimmten schließlich mit ein.

Es gab keinen Ort im Wald, an dem man uns nicht gehört hätte.

Kapitel 68

Cole

Es war fünf Uhr fünfzehn.
Ich war so müde, dass ich mir überhaupt nicht mehr vorstellen konnte zu schlafen. Es war die Art von Müdigkeit, bei der einem die Hände zittrig wurden und die Augen Lichter am Rande des Blickfelds wahrnahmen, Bewegungen, wo keine waren.
Sam war nicht da.
Wie seltsam die Welt doch war: Ich war hierhergekommen, um mich in allem zu verlieren, und hatte stattdessen alles verloren außer mir selbst. Vermutlich hatte ich einen Molotowcocktail zu viel über Gottes Gartenzaun geworfen. Immerhin wäre es eine geradezu göttlich ironische Strafe, mich erst lernen zu lassen, etwas anderes als mich selbst wichtig zu nehmen, nur um am Ende alles zu zerstören, was mir wichtig war.
Ich wusste nicht, was ich tun würde, wenn das hier nicht funktionierte. In diesem Moment ging mir auf, dass ich irgendwann tatsächlich angefangen hatte, daran zu glauben, dass Sam es schaffen könnte. Es hatte keinen Teil von mir mehr gegeben, keinen noch so winzigen, der nicht davon überzeugt gewesen war, und darum war dieses Gefühl, das nun in meiner Brust rumorte, wohl so etwas wie Enttäuschung oder Ernüchterung.
Ich konnte nicht zurück in dieses leere Haus. Ohne die Menschen

darin war es nichts wert. Und zurück nach New York konnte ich auch nicht. Das war schon seit Langem nicht mehr mein Zuhause. Ich war ein Heimatloser. Irgendwann war ich wohl zu einem Teil des Rudels geworden.

Ich blinzelte, rieb mir die Augen. Wieder diese Bewegungen am Rand meines Blickfelds, irgendwelche Formen, die dort vorbeischwebten, Trostpreise für den Mangel an tatsächlich Sichtbarem in diesem trüben Licht. Ich rieb noch einmal und legte dann den Kopf aufs Lenkrad.

Aber diese Bewegungen waren echt gewesen.

Es war Sam, der mit seinen gelben Augen wachsam das Auto musterte.

Und hinter ihm die anderen Wölfe.

Kapitel 69

Sam

Alles an dieser Situation war falsch. Wir befanden uns auf offenem Gelände, zu dicht beieinander, zu nah an diesem Auto. Mein Instinkt befahl meinem Nackenfell, sich aufzustellen. Das Mondlicht ließ den Nebel leuchten, erhellte die Welt künstlich. Ein paar von den Wölfen fingen an, sich in die Dunkelheit der Bäume zurückzuziehen, und ich rannte los, trieb sie zurück zum See. Bilder flackerten in meinem Kopf auf: wir, am See, alle zusammen. Ich und sie. *Grace.*

Grace ... finde die Wölfe ... zum See.

Das hatte ich alles getan. Was nun? Aber da war kein *Was nun.*

Grace konnte meine Unsicherheit riechen. Sie stupste meine Schnauze mit ihrer an, lehnte sich an mich, aber auch das beruhigte mich nicht.

Das Rudel war rastlos. Wieder musste ich loslaufen und ein paar versprengte Wölfe zurück zum See bringen. Die weiße Wölfin – Shelby – knurrte, griff mich jedoch nicht an. Die Wölfe sahen ständig hoch zu dem Auto; ein Mensch saß darin.

Was nun, was nun?

Die Unwissenheit zerriss mich.

Sam.

Mein Kopf fuhr hoch. Das Erkennen durchzuckte mich.

Sam, hörst du mich?

Dann, ganz deutlich, ein Bild. Die Wölfe, wie sie eine Straße hinunterrennen, vor uns die Freiheit und hinter uns – hinter uns irgendeine Bedrohung.

Ich drehte die Ohren in alle Richtungen, versuchte auszumachen, woher diese Information kam. Dann wandte ich mich zu dem Auto um, traf auf den festen Blick des jungen Mannes. Wieder sah ich das Bild vor mir, diesmal noch klarer. Gefahr im Anzug. Das Rudel, wie es die Straße hinunterpreschte. Es war genug. Ich nahm das Bild, feilte es noch etwas zurecht und warf es dann den anderen Wölfen zu.

Sofort hob Grace, die gerade meine Arbeit erledigte und einen Wolf davon abhielt, im Unterholz zwischen den Bäumen zu verschwinden, den Kopf. Unsere Blicke trafen sich über einem Gewimmel aus zwei Dutzend Leibern und ich hielt ihren für einen kurzen Moment fest.

In meinen Pfoten spürte ich ein unerklärliches Vibrieren. Irgendetwas kam näher.

Grace schickte mir ein neues Bild. Einen Vorschlag. Das Rudel, mit mir an der Spitze, der es von dem fort führte, was auch immer sich uns da näherte. Und sie selbst, wie sie die anderen hinter mir hertrieb.

Ich konnte diesem Bild, das mir aus dem Auto zugesandt wurde, nicht misstrauen, denn es kam zusammen mit diesem Wort, wieder und wieder: *Sam*. Das ließ es richtig erscheinen, auch wenn ich die Zusammenhänge nicht ganz verstand.

Ich schickte dem Rudel ein Bild. Keine Bitte. Sondern einen Befehl: Bewegt euch. Folgt mir.

Eigentlich stand es nur Paul, dem schwarzen Wolf, zu, Befehle zu erteilen, und jeder andere würde dafür bestraft werden.

Einen Moment lang geschah gar nichts.

Dann, beinahe gleichzeitig, fingen wir an zu rennen. Es fühlte sich an, als wären wir auf der Jagd, nur dass unsere Beute zu weit weg war, um sie zu sehen.

Alle Wölfe hörten auf mich.

Kapitel 70

Cole

Es funktionierte. Doch als ich anfing, ihnen im VW zu folgen, stob das Rudel auseinander und es dauerte eine ganze Weile, bis es sich neu formiert hatten. Jeden Moment würde die Dämmerung hereinbrechen; wir hatten keine Zeit, sie an das Auto zu gewöhnen. Also stieg ich aus, warf ihnen Bilder zu, so gut ich konnte – langsam bekam ich Übung darin, aber ich musste immer noch ziemlich nah an sie heran –, und rannte zu Fuß weiter. Nicht so nah, dass es leichtsinnig gewesen wäre; ich blieb die meiste Zeit am Straßenrand, um mich orientieren zu können, Dutzende Meter von ihnen entfernt. Ich versuchte nur, so dicht in ihrer Nähe zu bleiben, dass ich sehen konnte, wo sie hinliefen. Unglaublich, dass ich vorher tatsächlich über ihre Langsamkeit geflucht hatte. Wenn sie jetzt auch nur einen Tick konzentrierter gewesen wären, hätte ich gar nicht mehr mit ihnen Schritt halten können. Und so rannte ich hinter ihnen her, beinahe selbst wieder Teil des Rudels, das im schwächer werdenden Mondlicht dahinjagte. Ich war mir nicht sicher, was passieren würde, wenn mir die Puste ausging. Im Moment, befeuert durch das Adrenalin, konnte ich es mir einfach nicht vorstellen.

Und selbst ich als bekennender Zyniker musste zugeben: Es war schon irre, die Wölfe so zu sehen, wie sie miteinander rannten und sprangen und durcheinanderwuselten. Und noch irrer war es, Sam und Grace zusammen zu sehen.

Ich konnte Sam Bilder schicken, ja, aber es kostete ihn merklich Mühe, sie zu verstehen. Sam und Grace dagegen, beides Wölfe und mit ihrer besonderen Verbindung – Sam brauchte kaum den Kopf zu drehen, da fiel Grace auch schon zurück und trieb einen Wolf zur Eile an, der langsamer geworden war, um irgendeinem faszinierenden Geruch nachzugehen. Ein anderes Mal fing sie eins meiner Bilder ab, übersetzte es mit einem raschen Schwanzwedeln für Sam und plötzlich änderten sie die Richtung, genau wie ich es gewollt hatte. Und die ganze Zeit, während sie dahinrannten, und obwohl das gesamte Rudel die drohende Gefahr spürte, hörten Sam und Grace nicht auf, sich zu berühren, immer wieder stupsten sie einander an, drängte sich einer gegen den anderen. Alles, was ihre Beziehung als Menschen ausmachte, übertrug sich auf ihr Verhalten als Wölfe.

Aber es gab ein Problem: Nördlich des Boundary Wood erstreckte sich eine weitläufige Ebene, auf der nichts als dürre Sträucher wuchsen. Auf diesem Gelände waren die Wölfe leichte Beute, bevor sie im nächsten Waldstück verschwinden konnten. Ich war schon öfter daran vorbeigefahren und es war mir nie allzu groß vorgekommen. Aber da hatte ich auch im Auto gesessen und war über neunzig Stundenkilometer gefahren. Jetzt waren wir zu Fuß unterwegs und bewegten uns mit zehn, vielleicht zwölf Kilometern in der Stunde. Und der untere Rand des Horizonts färbte sich immer deutlicher rosa, so als spielte die Sonne bereits mit dem Gedanken aufzugehen.

Zu früh. Oder vielleicht waren wir zu spät. Vor uns erstreckte sich meilenweit die Ebene. Nie im Leben würden die Wölfe es bis in den Schutz der Bäume schaffen, bevor die Sonne aufging. Meine einzige

Hoffnung war, dass sich der Abflug des Helikopters irgendwie verzögerte. Dass er ganz auf der anderen Seite des Boundary Wood startete und seine Insassen sich erst mal wunderten, warum es dort keine Wölfe mehr zu geben schien. Wenn wir Glück hatten, würde es so ablaufen. Wenn die Welt gerecht war.

Kapitel 71

Isabel

Als ich den VW verlassen auf dem Parkplatz am See fand, dämmerte es bereits. Ich verfluchte Cole dafür, dass er Sams Handy liegen und das Auto stehen lassen hatte, im nächsten Moment aber fielen mir die vielen Wolfsspuren auf dem taufeuchten Boden auf. Mehr Pfotenabdrücke, als ich je gesehen hatte. Wie viele Wölfe waren es gewesen? Zehn? Zwanzig? Das Gebüsch war niedergedrückt, wo sie alle gewartet hatten, dann führten die Spuren zurück zur Straße. Genau wie es in dem Notizbuch gestanden hatte. Die 169 hinauf.

Ich war so aufgekratzt darüber, auf der richtigen Fährte zu sein, dass ich zuerst gar nicht begriff, was es bedeutete, dass ich die Abdrücke so klar sehen konnte. Die Sonne ging auf – uns lief die Zeit davon. Nein, die Zeit war uns schon längst davongelaufen, es sei denn, die Wölfe hatten den Boundary Wood bereits weit hinter sich gelassen. Direkt an der Stelle, wo die 169 aus dem Wald und Mercy Falls herausführte, lag ein großes, hässliches Stück Brachland. Wenn der Hubschrauber die Wölfe dort erwischte, waren sie meinem übereifrigen Vater und seinem Gewehr hilflos ausgeliefert.

In meinem Kopf wiederholte sich ständig derselbe Gedanke: Alles würde in Ordnung kommen, wenn ich nur die Wölfe fand. Also raste ich in meinem Geländewagen die Straße hinunter. Plötzlich merkte ich, dass mir eiskalt war, dabei war es nicht mal besonders frostig, nur ganz normal morgendlich kühl, aber mir wurde und wurde einfach nicht warm. Ich drehte die Heizung bis zum Anschlag auf und klammerte mich ans Lenkrad. Kein anderes Auto kam mir entgegen – wer sollte auch um diese Zeit auf so einer Provinzstraße unterwegs sein, außer den Wölfen und den Leuten, die sie jagten? Ich war mir nicht sicher, zu welcher der beiden Kategorien ich gehörte.

Und dann, mit einem Mal, sah ich die Wölfe. Im schummrigen Licht der Morgendämmerung waren sie nur dunkle Flecken vor dem Hintergrund aus Gestrüpp und nahmen, erst als ich näher kam, unterschiedliche Schattierungen von Grau und Schwarz an. Und natürlich befanden sie sich mitten auf dem brachliegenden Gelände, in Zweier- und Dreiergrüppchen zu einer langen, ordentlichen Kette aufgereiht, wie auf dem Präsentierteller. Als ich noch weiter herankam, sah ich ganz vorne an der Spitze Grace als Wolf – ihre Körperform, ihre langen Beine und die Art, wie sie den Kopf hielt, hätte ich niemals verwechseln können – und neben ihr Sam. Es war auch ein weißer Wolf dabei und einen kurzen, verwirrten Moment lang dachte ich, es wäre Olivia. Doch dann fiel mir alles wieder ein und ich begriff, dass es Shelby sein musste, die verrückte Wölfin, die uns vor so langer Zeit zur Klinik gefolgt war. Die anderen Wölfe kannte ich nicht. Sie waren Fremde, einfach Wölfe.

Und da, weit vor mir, rannte ein Mensch am Straßenrand entlang. Die tief stehende Sonne dehnte seinen Schatten um das Hundertfache. Cole St. Clair. Er rannte mit den Wölfen, wich ab und zu einem Hindernis auf der Fahrbahn aus oder sprang für ein paar Schritte über den Straßengraben und wieder zurück. Im Sprung breitete er die Arme aus, um das Gleichgewicht zu halten, unbefangen wie ein kleiner Junge. Es hatte etwas so unglaublich Großes, wie

Cole hier mit den Wölfen lief, dass mir meine letzten Worte zu ihm in den Ohren klingelten. Die Scham ließ schließlich die Wärme in mir aufsteigen, die nichts anderes hatte erzeugen können.

Ich hatte ein neues Ziel. Ich würde ihm sagen, dass es mir leidtat, wenn das alles hier vorbei war.

Da fiel mir auf, dass irgendwas an meinem Armaturenbrett ratterte. Ich legte die Hand darauf, dann auf die Türverkleidung und versuchte, das Geräusch zu orten.

In dem Moment wurde mir klar, dass es gar nicht von innerhalb des Wagens kam. Ich ließ das Fahrerfenster herunter.

Aus der Richtung des Waldes hörte ich, wie die Rotorblätter des nahenden Helikopters die Luft aufpeitschten.

COLE

Von diesem Punkt an ging alles so schnell, dass ich die Ereignisse kaum noch in eine sinnvolle Reihenfolge bringen konnte.

Ich hörte das *Flapp-flapp-flapp* des Hubschraubers, immer zwei *Flapps* für einen hämmernden Schlag meines Herzens in meinen Ohren. Er war schnell, verglichen mit den Wölfen, dicht über uns und lauter als eine Explosion. In diesem Licht zeichnete er sich schwarz vor dem Himmel ab; selbst für mich als Mensch sah er aus wie ein Ungeheuer. Wie der Tod. Ein Kribbeln erhob sich in mir, eine böse Vorahnung. Der Rhythmus der Rotorblätter passte genau zu einem meiner alten Songs und der Text stieg mir ungewollt in den Kopf. *I am expendable.*

Der Effekt auf die Wölfe trat sofort ein. Zuerst der Lärm, der sie ziellos durcheinanderrennen ließ; sie drängten sich zusammen und zerstreuten sich wieder. Und dann, als der Helikopter selbst immer näher kam, sahen sie sich im Laufen danach um. Klemmten die Schwänze zwischen die Beine, legten die Ohren an.

Panik.

Keine Deckung weit und breit. Die Leute im Hubschrauber hatten mich nicht gesehen, oder falls doch, interessierte es sie nicht. Sams Kopf war mir halb zugewandt, er wartete auf Anweisungen. Grace war ganz in der Nähe und versuchte, die verängstigten Wölfe zusammenzuhalten. Ich warf ihnen immer wieder das Bild zu, wie wir es alle zum Wald am anderen Ende dieses offenen Geländes schafften, aber die Bäume schienen so weit weg, so unerreichbar.

Mein Blick irrte zwischen den Wölfen, dem Helikopter und dem Boden hin und her, während ich fieberhaft überlegte, was wir jetzt tun sollten, welcher neue Plan sie innerhalb der nächsten zwanzig Sekunden retten würde. Ich entdeckte Shelby ziemlich am Ende des Rudels. Sie versuchte, Beck zu beißen, der die Wölfe von hinten antrieb. Er schnappte nach ihr, aber sie ließ nicht locker. Wie eine lästige Mücke, wieder und wieder, griff sie ihn an. Seinetwegen hatte sie so lange niemanden aus dem Rudel herausfordern können und jetzt, da er abgelenkt war, ergriff sie ihre Chance. Sie und Beck fielen immer weiter hinter dem Rudel zurück. Ich wünschte, ich hätte härter gekämpft, als wir im Wald aufeinandergetroffen waren. Ich wünschte, ich hätte sie getötet.

Irgendwie musste Sam gespürt haben, dass Beck Probleme hatte, denn jetzt wurde auch er langsamer und überließ Grace die Führung. Sein Blick war fest auf Beck gerichtet.

Das Rauschen des Helikopters war jetzt so laut, so ohrenbetäubend, dass es war, als hätte ich niemals etwas anderes gehört. Ich blieb stehen.

Und ab diesem Moment ging alles viel zu schnell. Sam knurrte Shelby an und sie ließ von Beck ab, als hätte sie ihm nie auch nur ein

Härchen krümmen wollen. Kurz dachte ich, Sams Autorität hätte gesiegt.

Dann stürzte sie sich erneut mit voller Wucht auf Beck.

Ich dachte, ich hätte ein Warnsignal geschickt. Ich hätte eins schicken sollen. Aber es wäre so oder so zu spät gewesen, selbst wenn sie auf mich gehört hätten.

Plötzlich stoben ringsum Erdbröckchen auf, eine Art Prasseln ertönte, und bevor ich begriff, was passiert war, ging Beck zu Boden. Er rappelte sich auf, schnappte in Richtung seiner Wirbelsäule und fiel dann wieder hin. Noch einmal das Prasseln, kaum hörbar über dem Lärm des Hubschraubers, und diesmal blieb er liegen. Sein Körper war eine Ruine, vollkommen zerfetzt.

Ich durfte nicht darüber nachdenken. Beck. Er zuckte, wand sich, scharrte über den Boden, ohne wieder auf die Beine zu kommen. Das war keine Verwandlung. Das war ein Todeskampf. Sein Körper war zu stark zerstört, um sich selbst zu heilen.

Ich konnte nicht hinsehen.

Ich konnte nicht wegsehen.

Sam kam abrupt zum Stehen und ich sah, wie seine Schnauze sich zu einem Wimmern verzog, das ich von hier aus nicht hören konnte. Wir beide waren wie erstarrt; Beck durfte nicht sterben. Er war doch ein Riese.

Er war tot.

Shelby nutzte ihren Vorteil, solange Sam so abgelenkt war, und stürzte sich auf ihn, sodass er zu Boden ging. Sie rollten übereinander und kamen schlammverschmiert wieder auf die Füße. Ich versuchte Sam Bilder zu schicken, beschwor ihn, sie abzuschütteln und sich zu beeilen, aber er reagierte nicht, entweder weil er den Blick nicht von Beck wenden konnte oder weil Shelby seine ganze Konzentration beanspruchte.

Ich hätte sie töten sollen.

Vor ihnen flog noch immer der Helikopter langsam hinter den Wölfen her. Wieder stob Erde auf, dann noch einmal, aber kein Wolf fiel. Mir blieb nur ein Augenblick, um zu denken: *Vielleicht bleibt Beck ja der einzige*, als ein Wolf aus der Mitte des Rudels in vollem Lauf stürzte, sich ein paarmal überschlug und zuckend liegen blieb. Es dauerte mehrere endlos lange Minuten, bis die zwei Gewehre aus dem Helikopter die Sache beenden konnten.

Es war eine Katastrophe.

Ich hatte die Wölfe aus dem Wald geführt, damit sie nun einer nach dem anderen abgeknallt wurden, ein Tod in sieben langsamen Schüssen.

Der Hubschrauber drehte ab. Wie gern hätte ich geglaubt, dass die Jagd vorüber war, aber ich wusste genau, dass der Pilot nur einen besseren Schusswinkel auf die Wölfe suchte. Mittlerweile hatte sich das Rudel aus lauter Angst weitläufig zerstreut; Sams Kampf mit Shelby hatte die zielgerichtete Flucht der anderen Wölfe fast völlig zunichtegemacht. Dabei waren sie jetzt schon so nah am Wald. Sie konnten es in die sichere Deckung schaffen, wenn sie sich nur vorwärts bewegen würden. Alles, was sie brauchten, waren ein paar Augenblicke ohne diesen Helikopter, der sie so in Panik versetzte.

Aber uns blieb kein einziger Augenblick. Und so offensichtlich, wie Sam und Shelby nun vom Rudel getrennt waren, war mir klar, dass sie die nächsten Opfer sein würden.

Ich konnte immer noch Becks Tod vor mir sehen.

Ich konnte nicht zulassen, dass dasselbe mit Sam geschah.

Ich dachte keine Sekunde nach. Ich griff in die Tasche meiner Cargohose und mein Schatten, der lang ausgedehnt vor mir lag, tat es mir nach. Ich zog die Spritze hervor, riss mit den Zähnen die Kappe ab und rammte mir die Nadel in den Arm. Keine Zeit, darüber nachzudenken. Keine Zeit, sich wie ein Held zu fühlen. Nur eine rasende, schneidende Welle von Schmerz und dann der stumme Schub des Adrenalins, das die Verwandlung beschleunigte. Ich war eine Welt voller Qualen und dann war ich ein Wolf. Und ich rannte.

Shelby. Töte Shelby. Rette Sam.

Das war alles, woran ich mich erinnern musste, und die Worte begannen mir auch schon zu entgleiten, als ich mich mit voller Wucht auf Shelby stürzte. Ich bestand nur noch aus gefletschten Zähnen und Knurren. Meine Kiefer schlossen sich um ihr Auge, genau wie ich es von ihr gelernt hatte. Sie wand sich und schnappte nach mir, sie wusste genau, dass es diesmal um alles ging. In meinem Angriff lag keine Wut. Nur grimmige Entschlossenheit. So hätte auch unser vorheriger Kampf sein müssen.

Blut füllte meinen Mund, entweder Shelbys oder meins, vielleicht von meiner Zunge. Ich warf Sam ein Bild zu: *Verschwinde.* Ich wollte, dass er an der Spitze mit Grace lief. Ich wollte ihn nicht hier haben, sondern zurück beim Rudel, wo er einer von vielen war und kein einzelnes, unbewegtes Ziel.

Warum haute er nicht endlich ab? *VERSCHWINDE.* Eindringlicher konnte ich es nicht mehr formulieren. Es gab Wege, ihn zu überzeugen, das wusste ich, aber mein Kopf hielt sie nicht länger bereit. Dann flog ein Bild von Grace zu uns nach hinten. Das Rudel, orientierungslos, in alle Richtungen zerstreut, und der Wald so nah, aber gleichzeitig unerreichbar ohne ihn. Der Hubschrauber kam zurück. Beck war tot. Sie hatten Angst. Sam. Sie brauchten ihn. *Grace* brauchte ihn.

Er wollte mich nicht zurücklassen.

Ich ließ Shelby los und knurrte ihn an, so heftig ich konnte. Seine Ohren sanken nach unten und dann war er verschwunden.

Ich wünschte mir von ganzem Herzen, ich hätte mit ihm gehen können.

Shelby machte einen Satz, um ihm zu folgen, aber ich riss sie wieder zu Boden. Wir rollten über Schotter, Steine, ich bekam Erde in Maul und Augen. Sie war außer sich vor Zorn. Wieder und wieder schickte sie mir dieselben Bilder, begrub mich fast unter der Last ihrer Angst, ihrer Eifersucht, ihrer Wut. Dieselben Bilder, immer und immer wieder. Sie, wie sie Sam tötete. Sie, wie sie Grace tötete. Sie, wie sie sich den Weg zur Spitze des Rudels erkämpfte.

Ich schlug die Zähne in ihre Kehle. In dieser Rache lag kein Triumph. Sie wand sich, aber ich hielt sie fest, weil ich musste.

Kapitel 72

Grace

Das Rudel war völlig durcheinander. Anfangs hatte mein Wolf mir noch Bilder geschickt, genauso wie seltsamerweise der Junge, der mit uns lief. Jetzt waren beide verschwunden und ich musste die anderen zusammenhalten, so gut ich konnte, aber ich war nun mal nicht er. Ich hatte doch selbst gerade erst gelernt, ein Wolf zu sein. Er war es, der sie anführen musste. Aber sein eigenes Elend summte so laut in meinem Kopf, dass kein Platz mehr für irgendetwas anderes blieb. *Beck, Beck, Beck*, was, wie ich mit einem Mal verstand, der Name des ersten Wolfs war, der gefallen war. Mein Wolf wollte zurück zu Beck, aber ich hatte die Bilder bereits gesehen, die durch die Luft schwirrten. Sein Körper war zerstört, man konnte kaum erkennen, dass er einmal ein lebendiges Wesen gewesen war. Er war fort.

Das röhrende Ding, schwarz vor dem hellen Himmel, näherte sich wieder, ohrenbetäubend laut. Es war ein besonnener Jäger, es ließ sich Zeit mit uns.

Hektisch sandte ich meinem Wolf ein Bild des Rudels, wie es sich unter unserer gemeinsamen Führung wieder beruhigte und in den Schutz der Bäume entkam. Währenddessen huschte ich um die Wölfe herum, die mir am nächsten waren, trieb sie an, sich wieder in Bewegung zu setzen, drängte sie in Richtung des Waldes. Als mein

Wolf schließlich angeprescht kam, stürzten seine Bilder wie eine Wand aus Eindrücken und Geräuschen auf mich ein, aber ich konnte nichts davon deuten. Vielleicht eines von hundert. So miteinander verwoben ergaben sie keinen Sinn. Und immer noch kam das Monster über den Baumwipfeln näher.

Mein Wolf schickte mir einen einzelnen, eindringlichen Gedanken.

Cole. Shelby.

Und lag es an der Wucht dieses Gedankens oder vielleicht an der Sonne, die mich wärmte und den Schatten eines Geschöpfs, das ich einmal gewesen war, in mir auferstehen ließ, aber ich wusste, wen er meinte.

Noch immer halb seitwärts laufend, um nicht zu langsam zu werden, sah ich über die Schulter. Und da waren sie, Cole und Shelby, verstrickt in einen atemberaubend grausamen Kampf. Sie waren beinahe zu weit weg, um sie deutlich sehen zu können, viel weiter hinten auf dem sanft ansteigenden Gelände, das wir überquerten. Aber nichts verdeckte mir die Sicht, als ich sah, wie das schwarze Ding hinter ihnen herandonnerte.

Es knallte ein paarmal, kaum zu hören über dem Brausen aus der Luft, und dann ließ Shelby von Cole ab.

Er wich vor ihr zurück, als sie orientierungslos um sich schnappte. Kurz bevor sie zusammenbrach, drehte sie sich zu mir um. Ihr Gesicht war ein einziges rotes Schlachtfeld oder vielleicht befand sich dieses rote Schlachtfeld nun an der Stelle, wo früher einmal ihr Gesicht gewesen war.

Das Ungeheuer senkte sich dröhnend.

Eine Sekunde später fiel Cole.

Kapitel 73

Isabel

Irgendwie hatte ich nie geglaubt, dass es so weit kommen würde. Cole.

Die weiße Wölfin zuckte immer noch, ganz schwach, nur mit einem Hinterbein, aber Cole – Cole lag reglos an der Stelle, wo er gestürzt war.

Mein Herz zersplitterte in meiner Brust. Winzige Erdexplosionen markierten die Schüsse meines Vaters auf die Wölfe weiter vorn. Sam und Grace rannten, so schnell sie konnten, auf die Bäume zu, die sie niemals erreichen würden, der Rest des Rudels hinter ihnen.

Mein erster Gedanke war ziemlich egoistisch: *Warum Cole, von allen Wölfen? Warum ausgerechnet der, der mir am wichtigsten ist?*

Dann aber sah ich, dass überall Leichen lagen, dass Cole nur einer von einem halben Dutzend war. Und er hatte sich freiwillig in dieses Chaos gestürzt, als er gesehen hatte, dass Sam in Gefahr war. Er hatte gewusst, was –

Ich kam zu spät.

Der Pilot drehte ab, um einen Nachzügler ins Visier zu nehmen. Die Sonne war eine aggressiv rote Scheibe am Horizont; sie ließ die Kennnummer des Hubschraubers aufleuchten. Die Türen standen offen und in den Öffnungen saß auf jeder Seite ein Mann, das Gewehr auf den Boden gerichtet. Einer von ihnen war mein Vater.

Langsam senkte sich eine Erkenntnis über meinen Verstand.

Ich konnte ... ich konnte Cole nicht retten.

Aber Sam und Grace schon. Sie waren schon beinahe im Wald. So verdammt nah. Alles, was sie brauchten, waren ein paar Augenblicke.

Der Nachzügler war tot. Ich wusste nicht, wer es war. Der Hubschrauber flog eine langsame Schleife, um sich auf den nächsten Angriff vorzubereiten. Ich warf einen Blick zurück zu Cole; mir war nicht klar gewesen, wie sehr ich mir gewünscht hatte, er würde sich bewegen, bis ich die Gewissheit hatte, dass er es nicht tat. Ich konnte nicht sehen, wo genau er angeschossen worden war, aber ich sah das Blut rings um ihn und dass er flach und klein dalag und kein bisschen berühmt aussah. Zumindest war er nicht so übel zugerichtet wie ein paar der anderen Wölfe. Das hätte ich nicht ertragen.

Es musste schnell gegangen sein. Das redete ich mir ein.

Der Atem blieb mir in der Brust stecken.

Daran durfte ich nicht denken. Ich durfte nicht daran denken, dass er tot war.

Aber ich tat es trotzdem.

Und plötzlich war es mir egal, dass mein Vater sauer auf mich sein würde, dass ich mir damit eine Million Probleme einhandelte, dass es jeden noch so kleinen Fortschritt, den wir vielleicht gemacht hatten, zunichtemachen würde.

Ich konnte dem hier ein Ende setzen.

Als der Hubschrauber sich wieder näherte, lenkte ich meinen Wagen von der Straße auf die offene Ebene, die Böschung hinauf, die hier leicht anstieg. Dieses Auto war vermutlich nie wirklich fürs Gelände gedacht gewesen, auch wenn es so aussah, und es hüpfte auf und ab und machte Geräusche, als würde es jeden Moment in seine Einzelteile zerfallen, als versuchten sich gequälte Seelen aus dem Fahrwerk zu befreien. Wahrscheinlich würde jeden Moment eine Achse brechen oder was sonst noch alles passieren konnte.

Doch trotz allem Geklapper und Geschepper war ich immer noch schneller als das Rudel und so fuhr ich mitten hinein, direkt zwischen zweien von ihnen hindurch, und zwang die Wölfe so, vor mir herzulaufen.

Die Schüsse brachen sofort ab. Staub wallte in riesigen Wolken hinter mir auf und verdeckte die Sicht auf den Helikopter. Vor mir sah ich die Wölfe einen nach dem anderen hinter Sam und Grace im Dickicht unter den Bäumen verschwinden. Mir war, als müsste jeden Moment mein Herz explodieren.

Der Staub sank langsam zu Boden. Über mir schwebte der Hubschrauber. Ich atmete tief durch, öffnete das Schiebedach und starrte hoch in den Himmel. Die Sicht war immer noch nicht klar, aber ich wusste, dass mein Dad mich durch die offene Tür gesehen hatte. Selbst so hoch oben erkannte ich seinen Gesichtsausdruck. Entsetzen, Bestürzung und Betretenheit auf einmal.

Ich wusste nicht, was als Nächstes passieren würde.

Am liebsten wäre ich in Tränen ausgebrochen, aber ich starrte nur weiter nach oben, bis der letzte Wolf im Wald verschwunden war.

Mein Handy vibrierte auf dem Sitz neben mir. Eine SMS von meinem Vater.

verschwinde von hier

Ich schrieb zurück.

du zuerst

Kapitel 74

Sam

Ohne viel Aufheben verwandelte ich mich wieder zurück. Als wäre das *kein* Wunder. Einfach so: die Sonne auf meinem Rücken, die Wärme des Tages, der Werwolf, der durch meine unbeständigen Adern strömte und dann Sam, der Mensch.

Ich war an der Ferienhütte angelangt und dort wartete Koenig auf mich. Ohne einen Kommentar über meine Nacktheit reichte er mir ein T-Shirt und eine Jogginghose aus seinem Auto.

»Hinten gibt es eine Wasserpumpe, falls du dich ein bisschen sauber machen willst«, sagte er, dabei konnte ich doch gar nicht schmutzig sein. Die Haut, die ich nun trug, war vollkommen frisch.

Trotzdem ging ich um das Haus herum und staunte über meine Schritte, meine Hände, meinen langsamen menschlichen Puls. Als das Wasser aus der alten Metallpumpe zu spritzen begann, sah ich, dass meine Handflächen und Knie voller Matsch von der Verwandlung waren.

Ich schrubbte mich sauber, zog die Kleider an und trank Wasser aus der Pumpe. Meine Gedanken kehrten wie in einem Strudel zu mir zurück, wild und heftig und unsicher. Ich hatte es geschafft – ich hatte das Rudel hergeführt, mich zurückverwandelt. Ich war zum Wolf geworden und hatte mich selbst dabei bewahrt, oder wenn nicht alles von mir, dann zumindest meine Seele.

Eigentlich war es unmöglich und doch stand ich hier, hinter der Hütte, in meiner eigenen Haut.

Dann sah ich wieder Beck vor mir, seinen Tod, und mein Atem ging wie ein kenterndes Schiff auf hoher See, unstet und haltlos.

Ich dachte an Grace im Wald, an uns beide als Wölfe. Das Gefühl, neben ihr zu laufen, endlich zu haben, wovon ich all diese Jahre geträumt hatte, bevor ich sie als Mensch kennengelernt hatte. Diese gemeinsamen Stunden als Wölfe waren genau so gewesen, wie ich sie mir vorgestellt hatte – keine Worte, die uns im Weg standen. Ich hatte mir ganze Winter dieser Art gewünscht, doch ich wusste, dass es uns bestimmt war, wieder einmal die kalten Monate getrennt zu verbringen. Das Glück war eine Scherbe, die zwischen meinen Rippen steckte.

Und Cole.

Er allein hatte das Unmögliche möglich gemacht. Ich schloss die Augen.

Koenig fand mich neben der Pumpe. »Alles in Ordnung?«

Langsam öffnete ich die Augen wieder. »Wo sind die anderen?«

»Im Wald.«

Ich nickte. Wahrscheinlich suchten sie nach einem Fleckchen, an dem sie sich sicher genug fühlten, um sich auszuruhen.

Koenig verschränkte die Arme. »Gute Arbeit.«

Ich blickte hinaus in den Wald. »Danke.«

»Sam, ich weiß, du willst jetzt nicht darüber nachdenken, aber sie werden zurückkommen, wegen der Leichen«, sagte er. »Wenn du sie ho–«

»Grace wird sich bald verwandeln«, unterbrach ich ihn. »Ich will auf sie warten.«

In Wahrheit war es so: Ich brauchte Grace. Ohne sie konnte ich nicht dorthin zurück. Und, mehr noch als das, ich musste sie *sehen*.

Ich konnte meiner Wolfserinnerung, dass es ihr gut ging, nicht trauen, solange ich sie nicht gesehen hatte.

Koenig bedrängte mich nicht. Wir gingen in die Hütte und dann holte er noch ein paar Kleidungsstücke aus seinem Wagen, die er vor die Tür legte wie eine Opfergabe. Als er zurückkam, reichte er mir einen Styroporbecher mit Automatenkaffee. Er selbst nippte auch an einem. Das Gebräu schmeckte furchtbar, aber ich trank es, zu dankbar für die freundliche Geste, um es zu verschmähen.

Ich setzte mich in einen der staubigen Sessel in unserem neuen Zuhause. Den Kopf in die Hände gestützt, starrte ich auf den Boden und durchforstete mein Gedächtnis. Mir fiel das Letzte ein, was Cole zu mir gesagt hatte. *Wir sehen uns später.*

Dann klopfte es leise an die Tür und Grace kam herein, in Jogginghose und einem etwas zu großen T-Shirt. Alles, was ich zu ihr hatte sagen wollen – *Wir haben Cole verloren. Beck ist tot. Du lebst –*, löste sich auf meiner Zunge auf.

»Danke«, sagte Grace zu Koenig.

»Leben zu retten«, erwiderte Koenig, »ist mein Job.«

Dann erst kam sie auf mich zu und umarmte mich, fest, und ich vergrub mein Gesicht an ihrer Schulter. Schließlich löste sie sich von mir und seufzte. »Los, gehen wir sie holen.«

Kapitel 75

Sam

Verglichen mit unserer Reise von heute Morgen kam es mir überhaupt nicht weit vor, bis wir das Gelände erreichten, wo der Helikopter uns aufgespürt hatte.

Und da lag Beck, sein Körper eine Ruine. Um ihn herum alle möglichen inneren Organe, bei denen ich nie darüber nachgedacht hatte, dass er so etwas besaß.

»Sam«, sagte Grace.

Becks Körper wirkte so flach und dünn, als wäre er nur noch eine leere Hülle. Und vielleicht war er das ja auch. Vielleicht hatte die Wucht der Schüsse alles zermalmt. Aber diese Eingeweide. Die er mitgeschleift hatte, bevor er starb. Ich musste an den Vogel denken, den Shelby in unserer Einfahrt getötet hatte.

Sam.

Sein Mund stand offen, die Zunge hing über den Zähnen. Nicht als würde er hecheln, sondern auf eine seltsame, unnatürliche Weise. Allein der Winkel der Zunge sagte mir, dass sein Körper steif sein musste. Wie ein überfahrener Hund, nicht mehr, bloß ein totes Tier.

sam

sag

aber seine Augen

was

es waren immer noch seine Augen

sam

und ich wollte ihm noch so viel sagen

du machst mir Angst

Alles in Ordnung. Mit mir war alles in Ordnung. Es war, als hätte ich von vornherein gewusst, dass er sterben würde. Dass er tot sein würde. Dass wir seinen Körper so auffinden würden, zerschmettert und zerstört, dass er mich verlassen und wir nie die Chance haben würden zu reparieren, was zwischen uns kaputt war. Ich würde nicht weinen, denn so war es einfach. Er würde fort sein, aber das war er auch vorher schon gewesen, es würde nicht anders sein, jetzt, da er absolut und für immer fort war, ohne die Hoffnung, dass Frühling und Wärme ihn mir zurückbrachten.

Ich würde nichts fühlen, weil es nichts zu fühlen gab. Es war, als hätte ich diesen Moment schon tausend Mal erlebt, so oft, dass mir keine Energie, keine Gefühle mehr blieben, die ich hierauf verwenden konnte. Ich testete die Vorstellung in meinem Kopf, *Beck ist tot, Beck ist tot, Beck ist tot*, und wartete auf die Tränen, auf eine Regung, auf irgendetwas.

Die Luft um uns roch nach Frühling, doch in mir war Winter.

Grace

Sam stand einfach da. Zitternd, die Hände reglos an seinen Seiten, starrte er schweigend auf die Leiche zu unseren Füßen. Etwas in seinem Gesichtsausdruck war so furchtbar, dass mir Träne um Träne über die Wangen rollte.

»Sam«, flehte ich. »Bitte.«

Sam sagte: »Alles in Ordnung.«

Und dann brach er einfach zusammen. Er krümmte sich zu einer Kugel, die Hände hinter dem Kopf, das Gesicht auf den Knien, so weit jenseits aller Tränen, dass ich nicht wusste, was ich tun sollte.

Ich hockte mich neben ihn und schlang die Arme um ihn. Er zitterte und zitterte, aber er weinte nicht.

»Grace«, flüsterte er und in diesem einen Wort hörte ich unendliche Qualen. Immer wieder fuhr er sich mit der Hand durchs Haar, krallte unablässig die Finger hinein und ließ wieder los. »Grace, hilf mir. Hilf mir.«

Aber ich wusste nicht, was ich tun sollte.

Kapitel 76

Grace

Ich benutzte Koenigs Handy, um Isabel anzurufen. Sam, Koenig und ich hatten uns eine Stunde lang durchs Gebüsch geschlagen und die morbide Aufgabe erledigt, die Leichen zu zählen und zu prüfen, ob Sam sie erkannte. Sieben tote Wölfe, Beck eingeschlossen. Bis zu Shelbys und Coles Leiche waren wir noch nicht gekommen.

Sam stand ein paar Schritte weiter und blickte in den Wald hinaus, die Hände hinter dem Kopf verschränkt. Wie immer war diese Geste zu einhundert Prozent Sam und gleichzeitig Beck. Ich konnte mich nicht erinnern, ob ich Sam das je erzählt hatte. Ich wusste auch nicht, ob es eher wehtun oder trösten würde, wenn ich es jetzt tat.

»Isabel«, sagte ich.

Isabel seufzte nur.

»Ich weiß. Wie geht's dir da drüben?«

Isabels Stimme klang fremd. Ich hatte den Verdacht, dass sie geweint hatte. »Ach, wie immer. Ich hab für den Rest meines Lebens Hausarrest, also ungefähr bis nächste Woche, weil sie mir danach wohl sowieso den Kopf abreißen. Gerade bin ich in meinem Zimmer, weil ich einfach nicht mehr schreien kann.«

Das erklärte ihre Stimme.

»Tut mir leid«, sagte ich.

»Muss es nicht. Ich bin ja wohl diejenige, die ein bisschen spät dran war, oder?«

»Mach dich deswegen nicht fertig, Isabel. Ich weiß, das machst du gern, aber du warst den Wölfen nicht das Geringste schuldig und du bist trotzdem gekommen.«

Lange Zeit sagte sie nichts und ich fragte mich, ob sie mir wohl glaubte. Schließlich fuhr sie fort. »Und sie schicken mich nach Kalifornien zu meiner Grandma, bis sie das Haus verkauft haben.«

»*Was?*«

Mein Ausruf klang so scharf, dass Sam stirnrunzelnd zu mir rübersah.

Isabels Stimme war völlig ausdruckslos. »Ja. Direkt nach der letzten Prüfung verfrachten sie mich und meinen ganzen Kram in ein Flugzeug. Und so endet dann die Geschichte der fabelhaften Isabel Culpeper. Mit eingeklemmtem Schwanz zurück nach Kalifornien. Findest du, ich bin ein Schwächling, weil ich nicht einfach abhaue?«

Jetzt war ich mit Seufzen an der Reihe. »Ach, weißt du, wenn man seine Eltern irgendwie behalten kann, sollte man das auch tun, denke ich. Deine Eltern lieben dich, auch wenn dein Dad ein Idiot ist. Das heißt aber natürlich nicht, dass ich damit glücklich bin, wenn du gehst.« Isabel in Kalifornien? »Ich glaub es einfach nicht. Bist du sicher, dass sie es sich nicht noch mal anders überlegen?«

Sie schnaubte. Es war ein roher Laut, wie eine frische Wunde.

»Sag ihr Danke«, rief Sam.

»Ich soll dir von Sam Danke sagen.«

Isabel lachte. *Ha. Ha. Ha.* »Dafür, dass ich den Staat verlasse?«

»Dafür, dass du uns das Leben gerettet hast.«

Einen Moment lang sagten wir gar nichts. Unten am See schrie ein Eistaucher. Wenn ich nicht ganz genau gewusst hätte, dass ich erst an diesem Morgen hier gewesen war, hätte ich mich nicht daran erinnert. Wenn man ein Wolf war, sah dieser Ort vollkommen anders aus.

Isabel sagte: »Nicht euch allen.«

Ich wusste nicht, was ich darauf erwidern sollte, weil es die Wahrheit war. Es war nicht ihre Schuld, aber ich konnte es auch nicht abstreiten. Stattdessen sagte ich: »Wir sind gerade auf dem Gelände. Wo liegt Coles – äh – wo ist er ge–«

»Da war so eine etwas steilere Böschung am Straßenrand«, unterbrach sie mich. »Irgendwo da müssten auch Reifenspuren von mir sein. Er war ein paar Meter weiter. Ich muss auflegen. Ich muss –«

Die Verbindung brach ab. Ich klappte seufzend mein Handy zu und gab die Information weiter. Gemeinsam folgten wir Isabels Beschreibung, die uns zu Shelbys Leiche führte. Sie war erstaunlich intakt, mit Ausnahme des Gesichts, das so zerfetzt war, dass ich gar nicht hinsehen konnte. So viel Blut.

Ich wollte Mitleid für sie empfinden, aber alles, was mir durch den Kopf ging, war: *Sie ist schuld, dass Cole tot ist.*

»Jetzt hat sie es endlich hinter sich«, sagte Sam. »Sie ist als Wolf gestorben. Ich schätze, das hätte ihr gefallen.«

Das Gras um Shelbys Leiche war rot verschmiert und gesprenkelt und befleckt. Ich wusste nicht, wie weit entfernt von hier Cole gestorben war. War das hier auch sein Blut? Sam schluckte und ich wusste, dass er unter die Maske dieses Monsters blickte und dort etwas anderes sah. Ich konnte es nicht.

Koenig murmelte, er müsse telefonieren, und ging ein Stück weiter, um uns allein zu lassen.

Ich berührte Sams Hand. Er stand in einer so großen Pfütze Blut, dass es aussah, als wäre er selbst verwundet worden. »Geht es?«

Er rieb sich über die Arme; es wurde langsam kühler, je tiefer die Sonne sank. »Ich fand es nicht schrecklich, Grace.«

Er musste nichts weiter erklären. Ich erinnerte mich noch genau an die Freude, die mich durchströmt hatte, als er als Wolf auf mich zugesprungen war, auch wenn ich in jenem Moment nicht seinen Namen gewusst hatte. Ich erinnerte mich, wie wir an der Spitze des Rudels gelaufen waren und Bilder ausgetauscht hatten. Sie alle vertrauten ihm, genau wie ich. Ich sagte leise: »Weil du jetzt besser darin warst.«

Er schüttelte den Kopf. »Weil ich wusste, dass es nicht für immer sein würde.«

Ich strich ihm durchs Haar und er neigte den Kopf und küsste mich, lautlos, als wäre es ein Geheimnis. Ich schmiegte mich an seine Brust und so standen wir da und schützten einander vor der Kälte.

Nach ein paar langen Minuten löste Sam sich von mir und sah zum Wald hinüber. Einen Augenblick dachte ich, er würde lauschen, aber natürlich heulte nun kein Wolf mehr im Boundary Wood.

Er sagte: »Das ist eins der letzten Gedichte, die Ulrik mich hat auswendig lernen lassen.« Auf Deutsch rezitierte er:

»*endlich entschloß sich niemand*
und niemand klopfte
und niemand sprang auf
und niemand öffnete
und da stand niemand
und niemand trat ein
und niemand sprach willkommen
und niemand antwortete: endlich.«

»Was heißt das?«, fragte ich.

Zuerst dachte ich, Sam würde nicht antworten. Die Augen zusammengekniffen wegen der tief stehenden Sonne sah er zu dem Wald hinüber, in den wir vor einer Ewigkeit entkommen waren, und dann zu dem anderen Wald, in dem wir gelebt hatten, eine Ewigkeit davor. Er war nicht mehr der Mensch, als den ich ihn kennengelernt hatte, blutend vor unserer Hintertür. Jener Sam war schüchtern gewesen, naiv und sanft, verloren in seinen Songs und seinen Worten, und diese Version von ihm würde ich immer lieben. Aber sie war in Ordnung, diese Veränderung. Der andere Sam hätte das hier nicht überlebt. Und die Grace, die ich damals gewesen war, im Übrigen auch nicht.

Den Blick immer noch auf den Boundary Wood gerichtet, übersetzte Sam das Gedicht für mich.

Unsere Schatten waren so lang wie Bäume. Es war, als befänden wir uns auf einem anderen Planeten, hier auf diesem kargen Stück Brachland, wo plötzlich flache Pfützen orange und rosa aufleuchteten, in den Farben des Sonnenuntergangs. Ich wusste nicht, wo wir noch nach Coles Leiche suchen sollten. Mit Ausnahme seines Bluts, tröpfchenweise auf Grashalmen und in kleinen Senken zu Lachen zusammengelaufen, fehlte davon jede Spur.

»Vielleicht hat er sich noch in den Wald geschleppt«, sagte Sam mit ausdrucksloser Stimme. »Sein Instinkt hat ihn bestimmt dazu getrieben, sich zu verstecken, auch wenn er im Sterben lag.«

Mein Herzschlag beschleunigte sich. »Meinst du –«

»Hier ist zu viel Blut«, erwiderte Sam. Er wich meinem Blick aus. »Sieh dir das an. Und denk daran, dass meine Selbstheilungskräfte damals noch nicht mal für einen einzelnen Schuss in den Hals gereicht haben. Das kann er nicht überlebt haben. Ich hoffe nur … ich hoffe nur, er hatte keine Angst, als er gestorben ist.«

Ich sprach nicht aus, was ich dachte: Wir alle hatten Angst gehabt.

Gemeinsam suchten wir den Waldrand ab, nur um sicherzugehen. Selbst als es dunkel wurde, machten wir weiter, denn uns war beiden klar, dass unser Geruchssinn uns sowieso eine größere Hilfe war als unsere Augen.

Doch wir fanden nichts. Am Ende hatte Cole St. Clair getan, was er am besten konnte.

Er war verschwunden.

Kapitel 77

Isabel

Als wir in dieses Haus gezogen waren, war das Klavierzimmer der einzige Raum gewesen, in den ich mich sofort verliebt hatte. Ich hasste die Tatsache, dass wir aus Kalifornien weggezogen waren, in einen Staat, der von beiden Meeren, die unser Land zu bieten hatte, gleich weit entfernt war. Ich hasste den muffigen, alten Geruch des Hauses, den verwilderten Garten und den gruseligen Wald drumherum. Ich hasste es, dass der Umzug meinen jähzornigen Bruder noch jähzorniger machte. Ich hasste die Wandschrägen in meinem Zimmer und die knarzenden Treppenstufen und die Ameisen, die durch die Küche marschierten, egal, wie teuer die Einrichtung war.

Aber das Klavierzimmer liebte ich. Es war ein runder Raum, halb von weinrot gestrichenen Wänden, halb von Fenstern eingerahmt. Drinnen gab es nichts außer dem Flügel, drei Stühlen und einem, verglichen mit den restlichen Lichtinstallationen des Hauses, erstaunlich unkitschigen Kronleuchter.

Ich spielte kein Klavier, aber ich saß trotzdem gern auf der Bank, mit dem Rücken zum Flügel, und starrte aus den Fenstern in den Wald hinaus. Von hier drinnen, aus sicherer Entfernung, wirkte er gar nicht so gruselig. Vielleicht lebten dort Ungeheuer, aber bestimmt nichts, was gegen zwanzig Meter Garten, zweieinhalb Zentimeter Glas und einen Steinway ankam. Die beste Art, Natur zu erleben, hatte ich gedacht.

Und es gab immer noch Tage, an denen ich das so empfand.

Heute Nacht hatte ich mich aus meinem Zimmer gewagt, war an meinen Eltern vorbeigehuscht, die sich flüsternd in der Bibliothek unterhielten, und hatte mich ins Klavierzimmer geschlichen. Vorsichtig und geräuschlos hatte ich die Tür zugedrückt und mich dann im Schneidersitz auf die Bank gesetzt. Es war dunkel, also gab es vor den Fenstern nichts zu sehen außer dem kreisförmigen Stück Rasen, das vom Licht an der Hintertür erhellt wurde. Doch es spielte keine Rolle, dass ich die Bäume nicht sehen konnte. Dort lebten keine Ungeheuer mehr.

Ich drehte mich zur Seite, wickelte mich in meine flauschigste Kapuzenjacke und zog die Knie an die Brust. Es kam mir vor, als hätte ich in Minnesota ununterbrochen gefroren. Die ganze Zeit wartete ich, dass es Sommer wurde, aber irgendwie schien es nie so weit zu sein.

So schrecklich kam mir der Gedanke an Kalifornien im Moment gar nicht vor. Am liebsten hätte ich mich dort in den Sand eingegraben und Winterschlaf gehalten, bis ich mich nicht mehr so leer fühlte.

Als mein Handy klingelte, zuckte ich zusammen und mein Ellbogen donnerte auf die Tastatur des Klaviers, das einen tiefen, gequälten Seufzer ausstieß. Ich hatte gar nicht gewusst, dass ich das Handy noch in der Tasche hatte.

Ich zog es hervor und warf einen Blick aufs Display – Becks Haus. Ich schaffte es jetzt einfach nicht, wie die Isabel zu klingen, die sie kannten. Warum konnten sie mir nicht wenigstens eine Nacht geben?

Ich hielt mir das Handy ans Ohr. »Was?«

Am anderen Ende war nichts. Ich vergewisserte mich, ob ich überhaupt Empfang hatte. »Was ist? Hallo? Ist da jemand?«

»Ja.«

Ich hatte keinen Knochen mehr im Körper. Ich rutschte von der Bank und es kostete mich alle Mühe, das Handy am Ohr und meinen Kopf aufrecht zu halten, denn meine Muskeln schienen dieser Aufgabe nicht mehr gewachsen zu sein. Mein Herz hämmerte so schmerzhaft in meinen Ohren, dass ich ihn, falls er noch etwas gesagt hatte, so oder so nicht gehört hätte.

»*Du*«, fauchte ich, weil mir nichts anderes einfiel. Bestimmt würde sich der Rest des Satzes von selbst ergeben. »Du hast mir einen Scheißschrecken eingejagt!«

Er lachte, das Lachen, das ich in der Klinik gehört hatte, und ich fing an zu weinen.

»Jetzt haben Ringo und ich noch eine Sache mehr gemeinsam«, sagte Cole. »Wir wurden beide von deinem Vater angeschossen. Wie viele Leute können das schon von sich behaupten? Hey, erstickst du da gerade, oder was?«

Ich wäre gern irgendwie vom Boden hochgekommen, aber meine Beine waren immer noch zu wackelig. »Ja, genau, das mache ich gerade. Was denkst du denn, Cole?«

»Ah, du hast mich also erkannt. Hab ganz vergessen zu sagen, dass ich es bin.«

»Wo *warst* du?«

Er schnaubte abfällig. »Im Wald. Hab mir meine Milz oder was auch immer nachwachsen lassen. Und meine Oberschenkel, teilweise. Ich bin mir nicht sicher, ob mein bestes Stück noch funktionsfähig ist. Du kannst gern rüberkommen und mal einen Blick unter die Motorhaube werfen.«

»Cole. Ich muss dir was sagen.«

»Ich hab's gesehen«, entgegnete er. »Ich hab gesehen, was du gemacht hast.«

»Es tut mir leid.«

Er schwieg einen Moment. »Ich weiß.«

»Wissen Sam und Grace schon, dass du noch lebst?«

»Mit denen feiere ich später freudiges Wiedersehen. Zuerst musste ich dich anrufen.«

Einen Moment lang gestattete ich mir, mich einfach nur an diesem letzten Satz zu wärmen. Prägte ihn mir ein, um ihn später wieder und wieder in meinem Kopf abspielen zu können.

»Meine Eltern schicken mich zurück nach Kalifornien. Wegen dem, was ich getan habe.« Ich wusste nicht, wie ich es anders sagen sollte, also schleuderte ich es einfach heraus.

Cole antwortete nicht.

Nach einer Weile sagte er: »Ich war auch schon mal in Kalifornien. Ziemlich magischer Ort irgendwie. Diese trockene Hitze und die Feuerameisen und die grauen, importierten Autos mit den riesigen Motoren. Ich stelle mir dich gerade neben einem dekorativen Kaktus vor. Du siehst extrem lecker aus.«

»Ich hab Grace gesagt, ich will da nicht hin.«

»Lügnerin. Du bist das absolute California Girl«, erwiderte er. »Hier bist du eher so was wie ein Astronaut.«

Ich überraschte mich selbst, indem ich lachte.

»Warum lachst du?«

»Weil du mich gerade mal, sagen wir, vierzehn Sekunden lang kennst, von denen wir sieben knutschend verbracht haben, und du trotzdem mehr über mich weißt als alle meine Freunde hier in diesem dämlichen Kaff«, antwortete ich.

Cole dachte darüber nach. »Tja, ich verfüge über eine großartige Menschenkenntnis.«

Allein bei dem Gedanken daran, wie er drüben in Becks Haus saß, lebendig, wollte ich lächeln und dann noch mehr lächeln und schließlich anfangen zu lachen und nie wieder aufhören. Meine Eltern konnten meinetwegen für den Rest meines Lebens wütend auf mich sein.

»Cole«, sagte ich. »Verlier diese Nummer nicht.«

Kapitel 78

Grace

Ich erinnere mich, wie ich im Schnee lag, ein kleines, warmes Bündel, das langsam kälter wurde. Die Wölfe drängten sich um mich.

»Bist du sicher, dass es hier war?«, fragte ich Sam. Es war Oktober und die kalte Nachtluft hatte das Grün aus den Blättern gesaugt und die Sträucher rot und braun gefärbt. Wir standen auf der kleinen Lichtung. Sie war so winzig, dass ich, wenn ich in der Mitte stand und die Arme ausstreckte, mit einer Hand eine Birke hätte berühren können und mit der anderen die Zweige einer Kiefer. Und genau das tat ich auch.

Sams Stimme klang überzeugt. »Ja, hier ist es.«

»Damals kam es mir größer vor.«

Natürlich war ich zu der Zeit noch kleiner gewesen und es hatte geschneit – im Schnee wirkte alles viel weitläufiger. Die Wölfe hatten mich von der Reifenschaukel gerissen und hierher geschleift, mich zu Boden gedrückt und zu einer von ihnen gemacht. Ich war dem Tod so knapp entronnen.

Langsam drehte ich mich um die eigene Achse, wartete auf das Wiedererkennen, einen Erinnerungsblitz, irgendetwas, was mir bewies, dass wir uns wirklich am richtigen Ort befanden. Aber der Wald um mich blieb ein ganz gewöhnlicher Wald und die Lichtung blieb eine ganz gewöhnliche Lichtung. Wenn ich allein hier herumgelaufen wäre, hätte ich sie wahrscheinlich mit ein, zwei Schritten überquert und noch nicht mal als Lichtung betrachtet.

Sam scharrte mit den Füßen zwischen Laub und Farnen. »Deine Eltern denken jetzt also, du gehst … in die Schweiz?«

»Nach Norwegen«, korrigierte ich. »Rachel geht wirklich dahin und ich komme angeblich mit.«

»Meinst du, sie haben dir geglaubt?«

»Es gibt keinen Grund, warum sie es nicht sollten. Rachel hat sich als erstaunlich gute Schwindlerin herausgestellt.«

»Wie beunruhigend«, sagte Sam, der jedoch nicht im Geringsten beunruhigt klang.

»Ja«, stimmte ich zu.

Was ich nicht sagte, aber wir beide wussten, war, dass es eigentlich auch keine Rolle spielte, ob sie mir glaubten. Ich war inzwischen achtzehn und hatte im Sommer meinen Highschoolabschluss gemacht, wie ich es ihnen versprochen hatte, und sie hatten sich Sam gegenüber anständig verhalten und mich meine Tage und Abende mit ihm verbringen lassen, wie sie es versprochen hatten, und jetzt konnte ich ausziehen und aufs College gehen, ganz wie ich wollte. Meine Tasche war schon gepackt und lag im Kofferraum von Sams Auto, das bei meinen Eltern in der Auffahrt stand. Alles, was ich brauchte.

Das einzige Problem war der Winter. Ich konnte spüren, wie er in meinen Gliedern erwachte, wie er meinen Magen zu Knoten wand, wie er mich beschwor, mich in einen Wolf zu verwandeln. Für mich gab es kein College, keine eigene Wohnung, noch nicht mal Norwegen, solange ich mir nicht sicher sein konnte, dass ich ein Mensch bleiben würde.

Ich sah zu, wie Sam sich hinhockte und im Laub auf dem Waldboden herumwühlte. Irgendetwas hatte seine Aufmerksamkeit erregt, als er mit den Füßen darin gescharrt hatte. »Weißt du noch, dieses Mosaik, bei Isabels Haus?«, fragte ich.

Sam hatte gefunden, wonach er gesucht hatte, ein leuchtend gelbes Blatt, das wie ein Herz geformt war. Er richtete sich wieder auf und zwirbelte es an seinem langen Stiel hin und her. »Ich frage mich, was jetzt wohl damit passiert, wo das Haus leer steht.«

Einen Moment lang schwiegen wir beide und standen einfach bloß da, dicht nebeneinander auf dieser kleinen Lichtung, umgeben von den vertrauten Sinneseindrücken des Boundary Wood. Nirgends rochen die Bäume so wie hier, ihr Duft vermischte sich mit dem von Holzfeuern und der Brise, die vom See herüberwehte. Die Blätter flüsterten, auf eine subtile Art und Weise anders als die Blätter auf der Halbinsel. In diesen Ästen hier, rot belaubt und langsam sterbend in den kalten Nächten, waren Erinnerungen gespeichert, wie andere Bäume sie nicht hatten.

Eines Tages, so dachte ich mir, würde jener andere Wald unser Zuhause sein und dieser hier fremd.

»Bist du sicher, dass du das willst?«, fragte Sam sanft.

Er meinte die Spritze mit dem meningitisinfizierten Blut, die in der Hütte auf mich wartete. Das Beinaheheilmittel, das Sam geholfen und Jack getötet hatte. Wenn Coles Theorien stimmten und ich die Meningitisviren als Wolf verabreicht bekam, würden sie den Werwolf in mir nach und nach bekämpfen und mich für immer zu einem Menschen machen. Wenn Cole unrecht hatte und Sams Überleben nur ein Zufall war, verringerte das meine Chancen dramatisch.

»Ich vertraue Cole«, sagte ich. Mittlerweile strotzte er nur so vor positiver Energie und war weitaus erwachsener als damals, als ich ihn kennengelernt hatte. Sam hatte gesagt, er sei froh, dass Cole seine Superkräfte nun nutzte, um Gutes zu tun statt Böses. Mich freute es zu sehen, wie er die Hütte zu seinem Schloss machte. »Alle seine anderen Theorien waren auch richtig.«

Ein leichtes Kribbeln von Verlust stieg in mir auf, denn an manchen Tagen liebte ich es, ein Wolf zu sein. Ich liebte das Gefühl, den Wald zu *kennen*, ein Teil von ihm zu sein. Die grenzenlose Freiheit, die damit verbunden war. Doch gleichzeitig, stärker, hasste ich das Vergessen, die Verwirrung, das nicht stillbare Verlangen nach mehr Wissen. So gern ich auch ein Wolf war, Grace war ich lieber.

»Was machst du, während ich weg bin?«, fragte ich.

Ohne zu antworten, griff Sam nach meiner linken Hand. Er legte den Stiel des Blatts um meinen Ringfinger, sodass es aussah wie ein leuchtend gelber Ring. Wir beide bewunderten den Anblick.

»Dich vermissen«, antwortete er. Dann ließ er das Blatt los und es segelte zwischen uns zu Boden. Er sagte nicht, dass er Angst hatte, Cole könnte falschliegen, aber ich wusste, dass es so war.

Ich drehte mich um zum Haus meiner Eltern. Es war durch die Bäume nicht zu sehen, vielleicht im Winter, noch aber war es hinter den Herbstblättern verborgen. Ich schloss die Augen und gestattete mir, ein letztes Mal den Duft dieser Bäume einzuatmen. Der Moment des Abschieds war gekommen.

»Grace?«, sagte Sam und ich öffnete die Augen.

Er streckte mir die Hand hin.

Nachwort

Es ist ein komisches Gefühl, mich von einer Welt zu verabschieden, in der ich beinahe vier Jahre lang gelebt habe, von einer Buchreihe, die mein Leben komplett verändert hat, aber nun ist es wohl so weit. Ich dachte mir, jetzt, ganz am Ende, wäre vielleicht ein guter Zeitpunkt, ein paar Worte zu den Komponenten meiner Geschichte zu sagen, die außerhalb der Seiten dieser Bücher wirklich existieren.

Erstens: die Wölfe.

Ich habe in der gesamten Reihe versucht, mich so akkurat wie möglich an wirkliche Verhaltensmuster von Wölfen zu halten (obwohl ich niemandem empfehlen würde, einen zu küssen). Lesern, die gern mehr über Wölfe erfahren möchten, kann ich die Dokumentation *Living with Wolves* als Ausgangspunkt empfehlen. Die Rollen von Ulrik, Paul und Salem sind standardmäßig in jedem echten Wolfsrudel vertreten: der Schlichter, der Alpha- und der Omegawolf. Ich kann nur sagen, Rudeldynamik ist etwas unglaublich Faszinierendes.

Was auch stimmt, ist, dass die Stellung von Wölfen in unserer Welt sehr umstritten ist. Die Jagd, die Tom Culpeper anzettelt, ist echten Wolfsjagden nachempfunden, die in den westlichen USA und Kanada stattfanden, wo Viehzüchter und Wölfe nicht im Gleichgewicht miteinander leben konnten. Die Tatsachen bleiben stets dieselben – Wölfe sind wunderschöne, aber auch gefährliche Raubtiere und die meisten Menschen teilen ihren Lebensraum nicht gern mit ihnen –, also werden wohl immer wieder Wölfe im Schatten eines Hubschraubers dem Gewehr eines Jägers zum Opfer fallen.

Zweitens: Mercy Falls in Minnesota.

Viele Leser haben sich bei mir beklagt, weil sie dieses Städtchen auf keiner Landkarte finden konnten. Tut mir leid. Ursprünglich sollte *Nach dem Sommer* in Ely, Minnesota spielen, das es wirklich gibt, dann in Bishop, Minnesota, das fiktiv ist und das schließlich zu Mercy Falls wurde. In meiner Vorstellung liegt Mercy Falls ganz in der Nähe von Ely und den Boundary Waters. Außerhalb meiner Vorstellung liegt es nirgendwo, weil es nicht existiert. Was wiederum stimmt, ist, dass es in diesem Teil von Minnesota einen sehr realen Bestand an Wölfen gibt.

Andere echte Orte in den Büchern sind der Süßigkeitenladen (*Wythe Candy* in Williamsburg, Virginia nachempfunden), *The Crooked Shelf* (*Riverby Books* in Fredericksburg, Virginia nachempfunden) und *Ben's Fish and Tackle* (hier verrate ich nicht, wo dieser Laden im echten Leben zu finden ist, aus Rücksicht auf den verschwitzten Besitzer).

Drittens: die Menschen.

Manche der Charaktere basieren locker auf echten Menschen. Dmitra zum Beispiel, die Toningenieurin, kenne ich tatsächlich, nur dass sie in Wirklichkeit keine so große Nase hat und keine Frau ist. Grace' Eltern gibt es wirklich, aber, nein, es sind nicht meine. Und auch Ulrik ist ein echter Mensch – der sich allerdings nicht in einen Werwolf verwandeln kann.

Viertens: die Gedichte.

Sams Liebling Rilke führt natürlich entschieden die Liste an, aber es kommen auch noch Mandelstam, Roethke, Yeats und noch ein paar weitere deutsche Dichter zu Wort. Selbst ich als absoluter Anti-

Lyrik-Typ kann nur empfehlen, sich einfach mal ein paar ihrer Gedichte zu Gemüte zu führen.

Und schließlich: die Liebe.

Viele, viele Leser haben mich wehmütig über Sams und Grace' Beziehung ausgefragt und ich kann euch versichern, so etwas gibt es wirklich. Eine solch gegenseitige, respektvolle, bleibende Liebe ist absolut erreichbar, solange man sich nur niemals mit weniger abspeisen lässt.

Also dann, lebe wohl, Mercy Falls. Es wird Zeit, andere unerforschte Welten zu entdecken.

Danksagung

Es ist einfach unmöglich, allen zu danken, die dieser Reihe auf den Weg geholfen haben, also glaubt mir, das hier ist nur die Spitze des Eisbergs.

Als Erstes muss ich Scholastic danken, dafür, dass sie die Reihe so unterstützt und meine Eigenheiten so geduldig hingenommen haben. Besonders David Levithan, dafür, dass er keine Dorfbewohner mit Mistgabeln auf mich gehetzt hat, als ich alles über den Haufen geworfen habe; der stets lächelnden Rachel Coun und dem Rest der Marketingabteilung für ihre geradezu wölfische Gerissenheit; Tracy van Straaten, Becky Amsel und Samantha Grefe für Kekse, gesunden Menschenverstand und Pinkelpausen; Stephanie Anderson und dem Herstellungsteam, weil sie mich viel cleverer aussehen lassen, als ich wirklich bin; Christopher Stengel, für seine kontinuierlich perfekten Entwürfe; dem unglaublichen Lizenzenteam aus Rachel Horowitz, Janelle DeLuise, Lisa Mattingly und Maren Monitello – es ist nicht leicht, mir 3000 Meilen weit weg das Gefühl zu geben, ich sei zu Hause, aber ihnen gelingt es wirklich jedes Mal.

Und dann noch ein paar Dankesworte an Nicht-Scholastic-Menschen. Es sind:

Laura Rennert, meine Agentin, deren Stimme am Telefon immer eine dringend benötigte Dosis Vernunft ist.

Brenna Yovanoff, die neben der verwundeten Gazelle stehen geblieben ist, auch wenn alles dafür sprach, das Gegenteil zu tun.

Die Leute von script5 – Jeannette Hammerschmidt, Judith

Schwemmlein und Marion Perko –, die mir in absolut letzter Sekunde den Allerwertesten gerettet haben. Ich schulde euch mehr Plätzchen, als je in das Gepäckfach eines Flugzeugs passen würden.

Carrie Ryan und Natalie Parke, fürs Schnelllesen und dafür, dass sie mir abwechselnd die Hand getätschelt und auf die Finger geklopft haben, je nachdem, was gerade nötig war.

Meinen Eltern und Geschwistern, dafür, dass sie wissen, wann »Haut ab! Ich muss arbeiten!« in Wirklichkeit »Bitte passt auf die Kinder auf!« bedeutet und wann »Bitte rettet mich und geht mit mir Chimichangas essen!«. Besonders du, Kate – du weißt, du bist die Leserin, für die ich das alles überhaupt schreibe.

Tessa, denn du warst mit diesem Brocken genauso verheiratet wie ich und dabei hat er uns am Jahrestag noch nicht mal ein Geschenk geschickt. Das vergesse ich dir nie.

Ed, der mir Tee gekocht hat und mich nach nächtlichen Schreibmarathons hat schlafen lassen und der mit mir gelitten und geschwitzt hat. Eigentlich ist das alles hier sowieso deine Schuld – denn warum sonst sollte ich eine Liebesgeschichte schreiben, wenn nicht deinetwegen?

Und schließlich Ian. Du wirst das hier nie lesen, aber ich muss es trotzdem sagen: Danke, dass du mich daran erinnert hast.

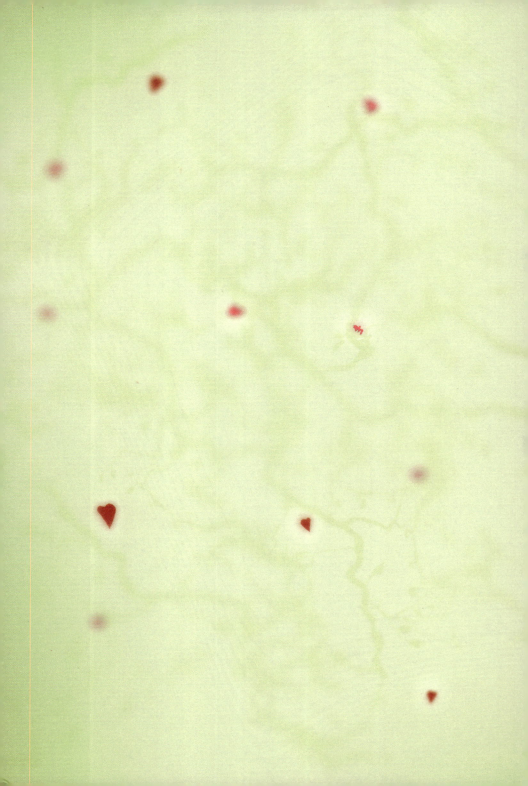